O feitiço da água

FLORENCIA BONELLI

O feitiço da água

Só se torna dona de seu destino
aquela que entende a si mesma

Tradução
Sandra Martha Dolinsky

Copyright © Florencia Bonelli, 2022
Copyright © Editora Planeta do Brasil, 2022
Copyright da tradução © Sandra Martha Dolinsky
Todos os direitos reservados.
Título original: *El Hechizo del Agua*

Preparação: Diego Franco Gonçales
Revisão: Mariana Rimoli e Ligia Alves
Diagramação: Márcia Matos
Capa: Departamento de Arte do Grupo Editorial Planeta
Adaptação de capa: Fabio Oliveira
Imagem de capa: Boiko Olha/Shutterstock

Dados Internacionais de Catalogação na Publicação (CIP)
Angélica Ilacqua CRB-8/7057

Bonelli, Florencia	
O feitiço da água / Florencia Bonelli; tradução de Sandra Martha Dolinsky. – São Paulo: Planeta, 2021.	
ISBN 978-65-5535-598-7	
Título original: El Hechizo del Agua	
1. Ficção argentina I. Título II. Dolinsky, Sandra Martha	
21-5230	CDD Ar863

Índice para catálogo sistemático:
1. Ficção argentina

Ao escolher este livro, você está apoiando o manejo responsável das florestas do mundo

2022
Todos os direitos desta edição reservados à
EDITORA PLANETA DO BRASIL LTDA.
Rua Bela Cintra, 986 – 4º andar
01415-002 – Consolação
São Paulo-SP
www.planetadelivros.com.br
faleconosco@editoraplaneta.com.br

*A Miguel Ángel, o primeiro a ler este livro
(para revisá-lo – não é à toa que é de Virgem).
A minha irmã Carolina, pura Lua em Peixes.
A seu filho Tomás, Sol em Capricórnio e Lua em Virgem.
Como teria sido parecido com a tia Flor!*

Porque as estrelas, ao mudarem de posição, mudam os destinos.

Astronomica, *de Marcus Manilius, poeta e astrólogo latino.*
(circa século I d.C.)

PRIMEIRA PARTE

Voltando (a Buenos Aires)

O que está em cima é como o que está embaixo.

Excerto de *O Caibalion*, de Hermes Trismegisto, sábio da Antiguidade.

1

Domingo, 7 de julho de 2019.

O garoto devia ter no máximo uns quinze, dezesseis anos, e viajava sozinho, a julgar pela plaquinha com o logo da Iberia que levava ao pescoço e dizia: "Menor não acompanhado". Estava sentado ao lado dela, na classe econômica do voo Madri–Buenos Aires que aterrissaria em poucas horas em Ezeiza.

A princípio ela não reparou nele, absorta na ideia de que não chegaria a tempo à sua cidade natal. Mas algo a distraiu. Foi o fundo de tela do celular do adolescente, uma foto, o rosto sorridente do cantor Diego Bertoni, líder da banda de rock argentina DiBrama, que estava em primeiro lugar nas paradas nos países hispanófonos.

Por que ainda se surpreendia com o fato de acontecerem coisas insólitas com ela? Com ascendente em Aquário, regida por Urano, mais conhecido como "o louco", sua vida sempre fora e continuaria sendo marcada por eventos inesperados e, especialmente, desconcertantes, muitas vezes dolorosos. Tentou deixar para lá e se convenceu de que não era tão absurdo que um adolescente tivesse a foto do ídolo juvenil do momento.

O fundo de tela desapareceu para dar vida ao Spotify. Ela estranhou que o garoto tivesse conexão com a internet, um serviço caro nos aviões.

Os dedos do adolescente moviam-se com agilidade na busca entre as opções oferecidas. Agora que o observava, ela notou que ele tinha o mesmo corte de cabelo de Bertoni: as têmporas raspadas e o topo da cabeça coberto por um cabelo castanho, liso e bem comprido, preso em um rabo de cavalo, como o músico. Ela se perguntou se, assim como Bertoni, ele às vezes usava um coque. E não teve dúvida de que, se não fosse imberbe, teria uma barba espessa mas bem recortada, como a de seu ídolo.

Ela fechou os olhos, em um ato ineficaz que pretendia apagar as lembranças. Inspirou para aquietar a pulsação, sem grandes resultados. Abriu o

Kindle e começou a ler o livro da astróloga americana Donna Cunningham, *Plutão no seu mapa astrológico*. Estava na parte de Plutão na Casa II, mas o que lhe interessava era chegar à casa VII, a dos relacionamentos. Apertou os lábios, contrariada. O garoto ao seu lado não tinha nada a ver com a onda de memórias e lembranças que a estava assaltando. Que a acossava todos os dias já fazia muito tempo – tempo demais, para dizer a verdade. Quase lera Plutão na Casa VII assim que comprara o livro, na semana anterior. E tudo porque era onde estava o Plutão *dele*.

O avião se sacudiu brusca e repentinamente. O alerta do cinto de segurança se acendeu com um aviso sonoro e, a seguir, a voz do comandante inundou a aeronave para anunciar que estavam atravessando uma zona de turbulência.

Ela abandonou o Kindle para fechar o cinto. Notou, então, que o adolescente se agarrava aos braços da poltrona e mantinha o olhar fixo à frente, com uma careta crispada. Pelos músculos ressaltados de sua mandíbula, notava-se a pressão que exercia com os dentes.

A compaixão própria de seu signo – o último do Zodíaco, o da constelação de Peixes – a dominou. Mais que compaixão, como lhe havia explicado Cecilia Digiorgi, sua astróloga e mentora, ela, como filha de Peixes, sentia a dor alheia em seu próprio ser. Hipersensibilidade netuniana – era como a chamava –, porque o planeta Netuno era o regente de Peixes.

— Não é fácil ser pisciano neste mundo tão hostil, querida Brenda — prevenira-a Cecilia mais de três anos antes, ao ler seu mapa astral. — Aliás é muito difícil — concluíra, reforçando o advérbio *muito*.

Apertou seu cinto e pôs a mão sobre a do garoto, que estava rígida. Ele girou bruscamente a cabeça e lhe destinou um olhar apavorado.

— Já vai passar — animou-o com um sorriso. — É só um minutinho.

Uma nova sacudida a fez pular da poltrona; se não estivesse se segurando, teria caído. Não se lembrava de uma turbulência tão violenta. O adolescente apertou-lhe a mão até doer; ela aguentou firme. As sacudidas passaram poucos minutos depois.

— Obrigado — murmurou o garoto, com voz dissonante, e soltou sua mão.

— De nada. É a primeira vez que pego uma turbulência tão forte. Dá muito medo, né? Tome um pouco de água — sugeriu ela, e apontou para a garrafinha que havia no bolso da poltrona da frente. — Vai te fazer bem.

O adolescente obedeceu. O desconforto dele era evidente; estava mal por ter revelado seu medo. Ela podia ler a mente do jovem e sentir o mesmo que ele sentia. Mas o deixaria em paz. Pegou o Kindle de novo, pronta para retomar a leitura.

— Qual é o seu nome?
— Brenda. E o seu?
— Francisco. Quantos anos você tem?
— Vinte e três. E você?
— Quase dezesseis. Estou viajando sozinho — acrescentou depressa, e Brenda reprimiu um sorriso diante da ostentação de orgulho.

Francisco também lhe contou que era portenho, mas morava em Madri com a mãe havia dois anos. Estava voltando à Argentina, aproveitando o verão europeu para passar os meses de férias com o pai, que havia prometido levá-lo para esquiar em Las Leñas.

— Ele também vai me levar ao show do DiBrama — contou, com uma esperança enternecedora. — Já comprou os ingressos. Comprou faz meses, assim que El Moro anunciou que encerrariam a turnê pela América Latina em Buenos Aires. — Havia chamado Diego Bertoni pelo apelido, El Moro. — Esgotaram em poucas horas. Conhece o DiBrama, né? — Brenda assentiu. — Claro, quem não conhece? São demais! A música nova, "La Balada del Boludo", está em primeiro lugar nas paradas. Já ouviu? — Brenda assentiu de novo, embora não fosse verdade. — Adoro. É meio uma balada romântica, meio reggaeton, meio indie rock. É demais. E aquele começo de violino... Que gênios!

— Você entende muito de música.

— Quero ser músico — declarou ele. — El Moro é minha inspiração. E Manu um pouco. Sabe quem é Manu? — Não deu a ela tempo de assentir. — É o baixista da banda, o melhor amigo de El Moro. Rafael também é muito amigo de El Moro, mas ele conhece Manuel desde o jardim de infância. Que legal ter amigos assim! Por isso deram esse nome à banda, DiBrama, por causa do Diego... Esse é o verdadeiro nome do El Moro — explicou —, não sei se você sabia — disse, e de novo prosseguiu sem esperar resposta. — O resto é por causa de

Rafael e Manuel. Ah, e de Brenda. O B é de Brenda. Exato, igual a você! Brenda fazia parte da banda, mas saiu antes que eles ficassem famosos. Não quiseram tirar o B porque disseram que ela sempre estaria com eles. E Rafa disse outro dia que está em maiúscula porque ela era a melhor dos quatro. Mas Brenda não morreu, viu? Só abandonou a música. Tem vídeos com ela no YouTube. Ela e El Moro eram vocalistas. Dizem que ao vivo ela tinha uma voz impressionante. É uma pena que tenha saído. Procurei por ela nas redes sociais, mas não encontrei nada. O nome dela é Brenda Gómez.

— Você sabe tocar algum instrumento?

— Quero aprender os mesmos que El Moro toca: guitarra e piano. Ele manja *muito*.

— Você o admira bastante, hein?

— Sim, demais. Ele é um gênio como músico e uma ótima pessoa. Veja. — Acendeu a tela do celular e entrou em seu Instagram, @fran_pichiotti2003.

— Você tem internet!

— A comissária me deu um cartãozinho com a senha para conectar. Eles dão a senha de graça para o pessoal da classe executiva.

— Você é cheio das regalias.

— É porque estou viajando sozinho, eu acho. Mas veja — insistiu —, há uns meses eu mandei um direct e ele respondeu. Ele mesmo! Meus amigos dizem que foi a secretária que respondeu, mas eu sei que foi ele.

— Como tem tanta certeza?

— Olha só.

Ele procurou o usuário de Diego Bertoni e Brenda viu que tinha dois milhões e meio de seguidores antes que Francisco entrasse em "Enviar mensagem" para mostrar a curta conversa mantida com o ídolo uns meses antes.

— Escrevi para ele porque estava mal — explicou Francisco. — Meu avô tinha acabado de morrer em Buenos Aires e eu não pude ir ao enterro. Contei a El Moro que a música dele, "Todo Tiene Sentido (Excepto que No Estés Aquí)", me fazia esquecer que meu avô tinha morrido. Olha o que ele respondeu.

Brenda se inclinou sobre a tela oferecida e leu: "Fran, transforme a tristeza pela morte do seu avô em força para fazer algo de que ele se orgulhasse. Foi o que eu fiz quando meu filho morreu. Eu prometi a ele que me tornaria músico e que ele se orgulharia de mim, e consegui. Um abraço".

Por que essas coisas tinham que acontecer com ela?, tornou a se perguntar, a um passo de cair no choro. Se havia algo que a astrologia lhe ensinara era que, pelo princípio da correspondência, o que está em cima é como o que está embaixo, o que está dentro é como o que está fora. O que acontecia fora dela correspondia às energias que fervilhavam em seu interior e refletia nelas. De alguma maneira mágica e inexplicável, ela mesma as gerava. Ou talvez o cosmo as enviasse porque ela precisava delas. De qualquer maneira, nada acontecia por acaso. Sem dúvida não era por acaso que, em um avião com centenas de passageiros, aquele garoto estava sentado ao lado dela, mostrando para ela uma mensagem na qual Diego Bertoni mencionava o filho morto.

— Ele nunca fala do filho que morreu — comentou Francisco, enquanto Brenda tentava soltar o cinto. — Nem diz como se chamava.

— Desculpe — ela conseguiu dizer com uma voz estranha, grata por estar sentada em uma poltrona do corredor, o que lhe permitiu uma escapatória rápida. Estava difícil conter as lágrimas.

Ela se trancou no banheiro e se inclinou sobre a pia. Seu longo cabelo castanho deslizou para a frente e escondeu seu rosto. Ela mordia o lábio e apertava os olhos. As letras da mensagem se repetiam em sua mente: "Foi o que eu fiz quando meu filho morreu. Eu prometi a ele que me tornaria músico e que ele se orgulharia de mim, e consegui". "Nem diz como se chamava", dissera Francisco.

Ergueu a cabeça com medo, mas se propôs a vencê-lo. Demorou a abrir os olhos. Estava vendo tudo borrado por causa das lágrimas.

— Bartolomé Héctor — gaguejou, sem fôlego. — Esse era o nome do filho dele — sussurrou, quase sem voz.

Brenda cobriu o rosto e começou a chorar. O estrondo das turbinas abafava os espasmos causados pela angústia, e ela deixava vir à tona uma dor profunda e devastadora. Tentava se acalmar, mas era impossível. Endireitou-se e jogou a cabeça para trás. Ficou olhando para o teto do banheiro minúsculo, ainda sem conseguir respirar direito e com a vista turva. Ergueu o punho e o agitou com raiva.

— O que você quer de mim? O quê? Não entendo! Por que faz isso comigo? E o B ficou pelo filho dele, não por mim.

Deu um nó no cabelo e lavou o rosto. Secou-o em movimentos lentos, observando seu nariz vermelho e os olhos injetados.

— Será que um dia essa dor vai passar? — perguntara a Cecilia havia não muito tempo.

— Vai diminuir, eu acho. Eu sei que parece vazio, mas o tempo cura as feridas. E se afastar, tomar distância, como você tem feito, também ajuda — acrescentara a astróloga.

Se afastar não havia adiantado, porque a dor vivia nela, se nutria de sua fraqueza e crescia até ocupá-la por completo, tanto que às vezes não a deixava respirar.

Ela saiu do banheiro. Não voltaria para o seu lugar, não ainda. Dirigiu-se à copa. A comissária logo concordou em lhe preparar um chá quando notou sua expressão congestionada. Ela o bebeu ali mesmo, em pé, enquanto folheava a revista da companhia aérea.

— Veja o que eu trouxe para você — disse a comissária, e lhe entregou quatro barras de chocolate com o logo da Iberia. — Vai em frente, pega um pedaço. Depois você vai ver que as coisas não são tão ruins.

— Obrigada, é muita gentileza sua — sussurrou e, embora não estivesse com vontade, comeu, porque sentiu uma fraqueza súbita.

Quando voltou para sua poltrona, Francisco tirou os fones e a contemplou, preocupado.

— Está tudo bem? Aconteceu alguma coisa?

— Já estou melhor — disse ela, largando-se na poltrona; seu corpo doía.

— Foi por minha causa? O marido da minha mãe diz que eu falo muito e deixo as pessoas tontas.

— Não foi por sua causa, de jeito nenhum — respondeu ela, e o olhou nos olhos.

Notou que eram de uma cor indefinida, entre o cinza e o verde. Como os de Diego, pensou, embora os de Diego tivessem uma intensidade única, talvez pelos cílios muito pretos, que lhe conferiam o aspecto de um delineado e eram motivo do apelido "El Moro".

— Foi a turbulência — mentiu. — Olha o que eu ganhei.

Entregou a ele as barras de chocolate.

— Que legal! Estou com uma fome do caralho. Vixe, desculpe! O marido da minha mãe também diz que eu sou boca-suja.

— Sem drama. Palavrões não me assustam. Anda, come. São seus.

— Não — protestou o garoto. — Só um. É o justo.

— Só um já está bom para mim — afirmou ela, e mostrou a ele o chocolate que havia aberto na copa.

— Obrigado, Brenda!

Comeram em silêncio.

— E aí? — perguntou ela, interessada. — Você fez o que o líder do DiBrama pediu e transformou sua dor em força?

Francisco assentiu, ganhando tempo para engolir.

— Sim, e foi maravilhoso. Eu sabia que o meu avô estava preocupado porque eu não estava indo bem na escola nova de Madri. Eu odiava aquele lugar, sentia falta da escola de Buenos Aires. Toda vez que nos falávamos pelo Skype, ele me perguntava como iam as coisas e eu contava para ele.

— E então?

— Então, depois de ler a mensagem de El Moro, corri atrás do prejuízo e melhorei nas matérias que estavam com notas baixas, que eram quase todas — acrescentou, com um sorriso tímido. — Mas não parei por aí. El Moro disse que tinha prometido ao filho que se tornaria um músico de quem o menino se orgulharia. E eu prometi ao meu avô que me tornaria o melhor aluno, para que ele ficasse orgulhoso.

— E conseguiu?

— Consegui. Este ano fechei com a melhor média da minha turma.

— Que maravilha! — exclamou ela, e estendeu a mão, na qual Francisco bateu com orgulho. — Você deveria escrever para contar tudo.

— Para El Moro?

Brenda assentiu.

— Acho que ele vai adorar saber o quanto ajudou você com as palavras dele.

— Sério? Você acha mesmo? Não quero ser chato. Sou muito fã dele, mas não sou como esses bizarros que ficam stalkeando o cantor favorito.

— Tenho certeza de que ele vai adorar.

Como bom virginiano, pensou ela, *ele ama ser útil aos outros*. E se lembrou do que Mabel, avó materna de Diego – a quem chamavam de Lita –, havia contado a ela. "Desde pequenininho, meu Dieguito só queria ajudar e ser útil. Assim como agora", dissera, contemplando o neto com um misto de amor e nostalgia enquanto ele punha a mesa. Diego dera uma piscadinha, o que bastara para que o coração de Brenda batesse a toda a velocidade.

— Não sei se devo. — Francisco hesitou. — Acho que ele não vai me responder de novo. Além do mais, ele está em turnê. Hoje iam tocar na Cidade do México. Que horas serão lá? — Consultou o celular. — Devem estar no meio do show. O de Buenos Aires vai lotar. Vai ser em Vélez, em 4 de agosto. Não vejo a hora de esse dia chegar. Seria muito abuso pedir seu Instagram?

— Não tenho Instagram. Nem Twitter nem Facebook. — Ela riu diante da cara de espanto de Francisco. — Sim, eu sei, sou esquisita. Mas, se quiser, posso te dar o meu celular.

— Ótimo!

O garoto o salvou na lista de contatos como "Brenda do avião".

— Em que bairro você mora? — perguntou Francisco. — Meu pai mora na Recoleta.

— Na verdade eu moro em Madri. Em Malasaña.

— Nem fodendo! Oops! — Ele cobriu a boca. — Desculpe.

— Sem problemas. Sim, eu moro em Madri.

— Eu moro no Retiro.

— Que luxo! — brincou Brenda, e Francisco deu de ombros.

— E em Buenos Aires — perguntou ele —, onde você fica?

— Minha casa fica em Almagro.

— Vai visitar sua família?

— Estou voltando porque minha avó está internada, muito mal.

— Que chato...

Ela ficou olhando para ele, incapaz de falar. Lautaro, seu irmão mais velho, havia ligado no dia anterior, de madrugada, para avisar que a avó materna deles havia sido internada com um quadro severo de pneumonia. Embora Brenda tivesse ficado triste, não se surpreendera; fazia dias que, devido a seu conhecido poder intuitivo, estava com um nó no peito e sonhava com a avó Lidia. Ali estava a resposta. Não queria pensar que chegaria tarde demais. Precisava calar a voz que lhe dizia que a hora de se despedir da avó se aproximava. Ela sabia bem que essa voz não estava enganada; fazia parte dos dons (ou maldições) com que contava por ter nascido sob o signo de Peixes.

— Gosta de morar em Madri? — perguntou a ele, para mudar de assunto.

E Francisco a distraiu com suas histórias; não parou de falar nem quando serviram o café da manhã, faltando duas horas para a aterrissagem.

— O que você faz em Madri, Brenda?

— Sou assistente executiva e estudo astrologia e tarô.

Ela estava acostumada à reação das pessoas quando contava o que estudava.

— É para escrever o horóscopo nas revistas?

Brenda riu.

— Eu poderia fazer isso, mas o que me interessa são os outros usos da astrologia.

— Tipo quais?

— Conhecer a mim mesma e saber o meu destino. E conhecer os outros para compreendê-los.

— A astrologia serve para isso?

— Entre outras coisas.

— Parece legal. E o tarô? É com cartas, né?

— É parecido com a astrologia, só que são as cartas que falam da gente e do nosso destino. A astrologia usa a localização dos planetas no momento do nosso nascimento.

— Isso é meio bruxaria, não?

— Na realidade, é mágico, assim como tudo. Se você reparar, não temos respostas racionais ou lógicas para as coisas mais importantes.

— Tipo?

— De onde vem o ser humano e para que nós estamos nesta vida. Nós somos seres imortais? Para onde vamos quando morremos? Reencarnamos?

— Pois é, chato isso. Tem razão, nós estamos no escuro.

— De que signo você é, Fran?

— Sagitário, mas não faço a menor ideia do que isso significa. E você?

— Sou de Peixes — declarou ela, com fingida vaidade —, o melhor signo.

— O melhor?

— O mais complexo — explicou ela, rindo.

— Que coincidência! O DiBrama tem uma música muito legal chamada "Nacidos Bajo el Hechizo de Piscis". Já ouviu?

A comissária se inclinou para retirar as bandejas e Brenda aproveitou para dar uma escapada até o banheiro. Com o nécessaire na mão, ficou no fim de uma fila de três pessoas. Não se incomodava de esperar. Deixaria o tempo passar para que Francisco esquecesse o que havia acabado de perguntar. Voltou depois de escovar o cabelo e se maquiar um pouco para disfarçar a noite insone, o choro e as emoções extremas.

— Uau! — exclamou Francisco ao vê-la. — Está uma gata.

— Obrigada — disse ela, e piscou ressaltando os cílios, toda metida. — Melhorei um pouco?

— Está ótima — confirmou o garoto, com seu jeito palhaço, que ela agora sabia que provinha de seu Sol em Sagitário. — Tem namorado? Aposto que tem — respondeu ele mesmo, de imediato.

— Estou saindo com uma pessoa, sim, mas é muito recente. E você, Fran, tem namorada?

— Não, mas gosto de duas meninas, uma de Madri, colega de escola, e outra de Buenos Aires, sobrinha da mulher do meu pai. Na verdade são três, porque tem outra que eu acho o máximo, mas é muito mais velha e duvido que vá me dar bola.

Brenda caiu na risada e imaginou que havia algum componente geminiano no mapa astral de Francisco que o tornava inconstante e encantador.

— Seria muito abuso se eu pedisse para a gente tirar uma foto?

— Imagina! E depois você pode fazer ciúme para as duas meninas — propôs ela, e deu uma piscadinha.

A foto foi parar no Instagram com um comentário. "Brenda, a companheira de viagem mais legal de todas."

2

Ela identificou Lautaro, seu irmão, entre a multidão assim que atravessou as portas depois de passar pela alfândega. Ao lado dele estava Camila, a namorada, com quem morava desde o início do ano anterior. Haviam madrugado para ir buscá-la em Ezeiza.

Ao vê-los de mãos dadas, apaixonados como no primeiro dia, ela sentiu um nó na garganta. Ser romântica e emotiva era parte da personalidade complexa adquirida por ter nascido em 1º de março.

Camila a viu primeiro e soltou a mão de Lautaro para correr até ela. Abraçaram-se em silêncio, e, embora Brenda estivesse controlando a vontade de chorar, quando ergueu o rosto e encontrou os olhos escuros e insondáveis do irmão – raios laser escorpianos, como dizia Cecilia, as lágrimas rolaram sem que pudesse impedir. Lautaro a abraçou e ela sentiu alívio. O irmão era forte, nascido sob a influência de escorpião. E ela o amava profundamente. Graças ao seu Vênus na Casa III, a dos irmãos, sempre se deram bem – se bem que houvera um tempo em que ela o detestava.

— Só a vovó mesmo para fazer você voltar, hein? — foi o comentário de Lautaro enquanto acariciava seu rosto e enxugava suas lágrimas com os polegares longos e finos.

— Como você está?

Lautaro torceu os lábios e pegou a alça da mala de Brenda. Camila segurou a mala de mão da cunhada e a pegou pelo braço.

— Vamos — propôs Camila, e se dirigiram para a saída. — O que você quer fazer, Bren? Quer passar na sua casa para se trocar ou…

— Quero ir ao hospital — interrompeu Brenda. — Quero ver a vovó o mais rápido possível.

Os primeiros minutos do percurso transcorreram em silêncio. Ainda não havia amanhecido. Brenda observava a paisagem da avenida Ricchieri sentindo-se alheia, como se a visse pela primeira vez. Havia partido dois anos antes, fugindo, e nunca mais voltara. A mãe, Lautaro e Camila tinham ido visitá-la, mas a vovó Lidia não, pois reclamava que as viagens longas a deixavam prostrada.

Camila, no banco do passageiro, virou-se para trás, esticou a mão e entrelaçou os dedos com os dela. Brenda beijou sua mão e a apoiou no próprio rosto. Que taurina de ferro era sua cunhada! Amava Camila por ser uma boa garota, mas especialmente porque ela amava Lautaro intensamente.

— Você está ótima com esse bronzeado — comentou a cunhada.

— Fiquei uns dias com Ceci e Jesús na casa dele em Alicante.

— Você está linda, Bren.

— Você também, cunhadinha. Uma deusa.

— Fez uma boa viagem?

— Sim, dentro do possível. Me fale da vovó.

— Os antibióticos não estão fazendo efeito. Já tentaram com os mais fortes. Os médicos nos deixam entrar na UTI fora do horário de visita porque dizem que... — Camila mordeu o lábio. — Ela está muito confusa, Bren. Não reconhece ninguém. Conversa com o seu avô como se ele estivesse ali.

— É que ele *está* ali, Cami.

Camila assentiu, incapaz de se expressar. Depois de uns segundos, comentou:

— Eu sabia que você ia dizer isso. Talvez você consiga vê-lo. Se existe alguém com o poder de ver o seu avô, esse alguém é você, Bren.

Elas se olharam fixamente. Explicações eram desnecessárias. Camila havia abraçado a astrologia muito antes, quando Brenda ainda julgava ser coisa de gente ignorante. Por sorte, e graças a Cecilia, ela havia superado o tempo da cegueira e agora sabia que, com o Sol em Peixes e Netuno, seu regente, na peculiar Casa XII – a dos mistérios e do oculto –, tinha uma capacidade extraordinária de se conectar com outras dimensões.

Embora tivesse se preparado para o encontro com a mãe, ao avistá-la na porta do hospital Güemes, Brenda desmoronou. Ximena a envolveu nos braços e Brenda se permitiu sentir-se como quando era pequena e a poderosa Lua em Câncer a fazia mergulhar em uma espécie de amor puro, eterno, quente e acolhedor. Em parte, também havia se afastado de Buenos Aires para quebrar o feitiço, que, do contrário, ainda a manteria imersa em uma irrealidade.

Nessas circunstâncias, porém, precisava do abraço da mãe tanto quanto de ar para respirar. Ximena a entendia sem palavras; sempre fora assim entre elas: abraços silenciosos, olhares cúmplices, carícias consoladoras. "Não preciso te explicar nada", havia confessado Diego em certa ocasião. "Você entende tudo sem palavras." "É uma das habilidades dos nascidos com a Lua em Câncer", Brenda teria respondido, mas ele era cético em relação à astrologia, de modo que ela havia preferido se calar.

— Como você está? — perguntou Ximena depois de lhe dar um beijo na testa.

— Mal. Quero ver a vovó agora mesmo. Cami disse que podemos entrar fora do horário de visita.

— Sim, eles liberaram o acesso para nós, mas só dois por vez.

Enquanto Lautaro procurava uma vaga para estacionar, as três mulheres foram até a recepção do hospital Güemes. Brenda sentiu-se oprimida pela energia carregada de medo que inundava o local. Em especial por causa das cenas associadas àquele lugar que conhecia de cor. Haviam se passado mais de dois anos, mas isso não bastava para apagá-las. O passar do tempo nunca seria suficiente. A dor a paralisava. Trocou um olhar com Ximena, que assentiu e a pegou pela cintura.

— Consegue, sim — incentivou a mãe, como se houvesse lido sua mente. — Vovó está esperando você.

Na unidade de tratamento intensivo mandaram que ela lavasse as mãos com um sabonete bactericida e vestisse um avental descartável. Apesar do cheiro pungente do antisséptico, ao entrar no quarto de sua avó Lidia sentiu um perfume masculino que logo identificou: a água de colônia que seu avô Benito usava desde que ela se conhecia por gente. *Ah, sim*, pensou, *ele está aqui*. O aroma se intensificava à medida que Brenda se aproximava da cabeceira. Talvez graças à confirmação de que seu avô estava ali, ao lado da mulher que amara, ela reuniu coragem para se inclinar e olhá-la no rosto.

O impacto foi enorme. A avó tinha envelhecido desde a última chamada por Skype, dez dias antes. Sua pele estava muito enrugada, com uma alarmante coloração acinzentada, e as pálpebras afundadas. Dormia ou estava sedada, Brenda não sabia ao certo. Deu um beijo na testa dela. Endireitou-se e descobriu que a avó abrira os olhos. Contemplava-a com um olhar consciente, nem um pouco confusa. A mulher retirou a máscara de oxigênio com uma segurança surpreendente.

— Brendita, meu amor — sussurrou, com voz seca. — Você veio se despedir.

— Como não viria, vovó?

Ximena colocou uma cadeira atrás de Brenda e a obrigou a sentar. Ela tomou a mão direita da avó e a levou aos lábios, para depois pousá-la em seu próprio rosto.

— Não quero que você vá embora — suplicou, com os olhos fechados.

— Seu avô está aqui — disse Lidia, com tamanho anseio que obrigou Brenda a erguer o rosto.

— Eu sei. O quarto está com o cheiro dele.

O sorriso da avó foi impressionante, encheu-a de vida, a fez rejuvenescer. Ouviu os soluços de Ximena.

— Eu sabia que você sentiria. Brendita, meu amor... — soluçou Lidia — Não vejo a hora de encontrar Bartolomé para contar o quanto você o ama.

A garganta e o rosto de Brenda doíam de tentar se segurar, e ela se obrigou a afrouxar a pressão que exercia na mão da avó.

— Me dê um abraço, minha querida.

Brenda levantou-se e, desviando de sondas e cabos, abraçou o corpo magro, pequeno e extenuado da mulher que havia sido um pilar no pior momento de sua vida. E chorou com a desesperada sensação de que seria muito difícil seguir em frente sabendo que sua avó já não fazia parte da realidade perversa chamada vida. As palavras de Cecilia, que afirmavam que Brenda era uma mulher privilegiada, com as duas polaridades mais complexas e poderosas do Zodíaco – a netuniana e a uraniana –, pareceram ridículas para ela. Ela não era nada, era menos que nada. Havia perdido tudo e agora estava perdendo algo mais.

Mais uma vez, Brenda se impressionou com a força que sua avó Lidia reuniu para obrigá-la a olhar para ela, e encontrou tanta determinação em seus olhos desbotados que chegou a pensar que os médicos estavam enganados; que a avó não estava morrendo.

— Quero que você procure Diego. Quero que o perdoe. Quero que volte com ele. Quero que seja feliz.

Raras vezes elas mencionavam Diego Bertoni. Sua família e suas melhores amigas sabiam que esse nome era um tabu. A única pessoa que o mencionava com a descarada sinceridade que a caracterizava era Cecilia, que acusava Brenda de negação e punha a culpa em seu Júpiter na Casa XII.

Brenda balançou a cabeça e mordeu o lábio.

— Não me peça isso, vovó — respondeu, com a voz entrecortada e cansada. — Diego está no passado. Ele seguiu em frente.

— Seguiu como pôde, mas não é feliz. Fama não é felicidade, Brenda. Eu daria a vida por você e seu irmão, meus únicos netos. Por isso lhe peço, porque adoro você, meu amor.

A avó teve um ataque de tosse. Brenda se afastou quando a mãe correu para colocar nela a máscara de oxigênio. Duas enfermeiras entraram e pediram às duas que esperassem do lado de fora.

— Ela fez muito esforço — disse Brenda, angustiada. — Foi culpa minha.

— Ela disse o que precisava dizer para ir em paz. Não foi culpa sua nem de ninguém. — Ximena puxou a filha para seu peito e a encerrou em seus braços. — Devem estar sedando a vovó e ela vai dormir um bom tempo. Vamos à lanchonete comer alguma coisa.

* * *

Brenda passou a manhã toda entre a UTI e a lanchonete do hospital. Ao meio-dia, Millie e Rosi, suas melhores amigas, foram almoçar com ela. As duas trabalhavam no escritório de contabilidade do pai de Millie, mas tinham a tarde livre para acompanhar Brenda, porque aquela segunda-feira era uma emenda de feriado; o dia seguinte seria 9 de julho, Dia da Independência. As amigas tinham visitado Brenda em Madri, mas fazia mais de um ano que não a viam, de modo que as horas passavam e a conversa não acabava.

Brenda conhecia Emilia Rossman – Millie – a vida toda, desde o jardim de infância, e fora provavelmente pela impossibilidade de sua Lua em Câncer de se afastar dos afetos que ela decidira fazer ciências econômicas, faculdade que Millie havia escolhido para seguir os passos do pai. "Estudar economia", explicara Cecilia, "é o contrário de algo netuniano, e, como você, por ter Netuno na Casa XII, é uma netuniana inversa, faz sentido que tenha escolhido uma profissão tão distante dessa realidade de feitiços e esoterismo característica de Netuno e do seu signo, Peixes".

Brenda sabia que havia perdido mais de dois anos fazendo uma faculdade que – agora via com clareza – era o oposto de sua essência. Mesmo assim, o tempo que passara na Universidade Del Salvador lhe dera uma das melhores pessoas que conhecia, Rosalía Dumoni – Rosi –, a quem ela e Millie acolheram no refúgio de sua sacra irmandade com incrível simplicidade, como se a conhecessem desde sempre.

— Não me venha com essa, Rosi — provocou Millie, uma escorpiana sem papas na língua. — Quer que eu acredite que não aconteceu nada entre você e Daniel naquele dia?

— Daniel é o primo do Marti, né? — perguntou Brenda.

Martiniano Laurentis, o Marti, era outro amigo que seguiu a carreira de contador por influência de Brenda.

— Sim — respondeu Rosi. — Falando em Marti, ele já está sabendo de tudo, inclusive que você chegava hoje. Contei ontem à noite por telefone. Está viajando, mas disse que vem te ver assim que voltar.

— Não mude de assunto, querida Rosalía — disse Millie —, e vai desembuchando o que aconteceu com Daniel.

Rosi, uma virginiana de quem nada escapava, estava prestes a responder, mas seguiu o olhar de Brenda, que estava fixo na tela da TV gigante da lanchonete onde se via o líder do DiBrama em primeiro plano, interpretando o último sucesso da banda, "La Balada del Boludo", em um estádio cheio de jovens. A legenda dizia: "A banda argentina conquistou o público asteca ontem à noite. Sucesso estrondoso".

— Ei. — Rosi apertou a mão de Brenda. — Quer que eu peça para mudar de canal?

— Rosalía — disse Millie, brava —, por que você a incentiva a esconder a cabeça como um avestruz? Deixa ela olhar. Pena que a TV está no mudo; se não estivesse, daria para ouvir a letra, que, como todas as que El Moro compôs, é para ela.

— Pega leve aí, Millie — exigiu Rosi. — Não é hora disso.

— Quando é hora, então? O que me irrita é que seja um pecado até mencionar o nome dele.

Brenda esticou a mão e segurou a de Millie, que a agitava no ar para enfatizar suas declarações.

— Não briguem, por favor. Vocês sabem que eu não suporto isso. Você tem razão — concordou com Millie —, fui imatura fazendo de conta que ele não existe.

— Bravo! — exclamou Millie. — Por mais que você finja que ele não existe, isso não vai fazê-lo sumir. Você sabe muito bem que ele enche o nosso saco com bastante frequência para perguntar da sua vida.

Brenda ia explicar que Diego Bertoni, com a Lua em Peixes na Casa X, sempre se preocupava com o bem-estar de todo mundo e que ela era só mais uma, mas preferiu se calar. Contudo, muito a seu pesar, perguntou:

— Ele ainda quer saber de mim?

Millie revirou os olhos e bufou de exasperação.

— Brenda Gómez, você é idiota ou o quê? O cara é louco por você, e você me pergunta se ele ainda quer saber da sua vida? Sim, ele quer saber de você. E não pode fazer mais nada além de perguntar a nós, porque você nem tem Instagram.

— Falei com ele por telefone há uns meses. No dia 18 de março, para ser mais precisa.

— O quê? — disse Rosi, pasma, enquanto Millie exclamava:

— *What the super fuck!* E decidiu não contar para nós? Me segura, Rosi, porque eu juro que vou arrancar os cabelos dela. Um pouco porque estou com inveja e um pouco porque ela é uma idiota. A canção deveria se chamar "La Balada de la Boluda", não *de lo Boludo*.[1]

Brenda sorriu com uma expressão cansada.

— Não ria. É sério, estou com vontade de passar para a violência física.

— Não foi importante — justificou Brenda.

— E ainda diz que não foi importante, imbecil. Anda logo, conta tudo *agora*.

— Ele disse que estava em Madri a trabalho — recordou Brenda, sem erguer o olhar, brincando com um sachezinho de açúcar.

— Ele ligou para o seu celular? — perguntou Rosi. — Juro que não fomos nós que demos o número.

---

1. *Boludo* é um xingamento usado na Argentina e no Uruguai para menosprezar a inteligência alheia; algo como "imbecil" ou "idiota". (N.T.)

— Ele não tem meu celular — confirmou Brenda. — Ligou na Medio Cielo.

— Quem contou para ele que você trabalha lá? Sua mãe? — conjecturou Millie. — Afinal, ele é afilhado dela, e ela o a-do-ra.

— Foi a minha avó. Mamãe o adora, sim, mas respeita minha decisão. Minha avó nem tanto — disse Brenda, e franziu o nariz. — Ela contou que eu estava trabalhando e estudando em uma escola de astrologia. Mesmo assim, não disse o nome nem deu o telefone. Segundo ele, era a sétima escola de Madri para a qual ligava.

— Sete escolas de astrologia em Madri? — surpreendeu-se Rosi. — Tem mercado para tudo isso?

— Ah, Rosi — exasperou-se Millie —, não me venha agora com suas análises virginianas. — E, dirigindo-se a Brenda, pressionou-a a prosseguir. — E aí? O que você fez? Deve ter deixado cair o telefone.

— Com meu ascendente em Aquário — replicou Brenda —, estou aprendendo a esperar que as coisas mais loucas aconteçam. Mas, sim, foi terrível. Atendi como sempre, dizendo a frase padrão da escola, e, assim que ele escutou, me reconheceu de cara. Quando disse "Brenda?", meu coração deu pulo no peito, juro.

— E com aquela voz... — acrescentou Millie, com um ar sonhador. — Brenda? — repetiu, imitando o timbre rouco e grave que deixara Bertoni famoso no mundo da música.

— Quase desliguei, mas... não sei, não consegui. Disse que sim, que era eu. E nós dois ficamos calados. Obrigado por não desligar, ele falou. Eu perguntei como tinha conseguido o número, e foi aí que ele me contou que era sétima escola de astrologia para a qual ligava. Perguntei o que ele queria. Então ele me disse que estava em Madri a trabalho e queria me ver. Como eu fiquei calada, ele logo explicou que Manu e Rafa também estavam lá e que estavam morrendo de vontade de me ver; que podíamos sair os quatro para jantar. Eu disse que não. Ele me perguntou seu eu estava saindo com alguém. Eu deveria ter respondido que não era da conta dele, mas de novo não consegui. Disse que não e ele me disse que também não, que não era verdade o que estavam falando nas redes sociais. Eu respondi que não sabia o que diziam e que não queria saber.

— *Oh, my gosh* — exclamou Millie.

— Parece que não estavam tão errados os boatos nas redes, porque agora ele está com ela — comentou Rosi.

— Está se referindo àquela modelo, à tal de Ana... — Millie estalou os dedos enquanto tentava recordar. — Ana... sei lá o quê.

— Ana María Spano — disse Rosi.

Brenda sentiu-se sufocar de ciúme, mas tentou disfarçar tomando o último gole de café; estava gelado. Não conhecia a modelo e a vontade de procurá-la no Google que a assaltara tinha acabado com seu humor. Por causa dela ele não ligara mais, mesmo sabendo onde encontrá-la? O fato de ele não ter tentado falar com ela outra vez doía mais do que Brenda se permitia admitir. *Decida o que você quer, maluca!*, exigiu de si mesma. *Você pediu para não ligar mais e ele obedeceu.*

— E aí? — instou Millie. — Como acabou a coisa?

— Em nada — admitiu Brenda. — Quando eu disse que tinha que desligar, ele ficou mal e falou que me amava.

— Mãe do céu! — exclamou Millie de novo.

— Que romântico! — acrescentou Rosi, e Brenda olhou de uma para outra de cara feia.

— Muito romântico — ironizou Brenda, fingindo uma indiferença que estava longe de sentir. — Isso foi em meados de março e agora já está com outra. O amor passou rápido. Imagino que não tenha procurado mais vocês para perguntar por mim desde que está com a modelo.

— Não seja injusta — disse Millie. — Se for verdade esse negócio da modelo, é a primeira vez que ele fica com alguém. Manu e Rafa colecionam mulheres, uma diferente por semana. Mas El Moro parece um monge.

Brenda bufou e olhou para o outro lado.

— É sério, Bren. Além do mais, nem sabemos se é verdade o lance com essa tal de Spano.

— Acho que é verdade — confirmou Rosi. — Outro dia falaram em um programa de fofocas...

— Chega — interrompeu Brenda. — Nada sobre ele me importa. Vocês duas estão sofrendo um ataque de amnésia? Não lembram o que aconteceu? Supostamente vocês são *minhas* amigas incondicionais, não dele.

— Sim — respondeu Millie —, somos suas amigas incondicionais, mas você não nos contou isso.

Brenda cravou o olhar na amiga.

— Pare com esse seu rancor escorpiano. Não contei porque...

— Por quê? — incitou Rosi.

— Porque tenho medo de falar dele. Tenho medo de admitir que ele ainda é importante para mim.

Os olhos de Brenda se encheram de lágrimas. Rosi e Millie a abraçaram, e ela soltou um soluço reprimido.

— Desculpe — sussurrou Millie —, desculpe. Não quero que você chore.

— Por que não consigo esquecer Diego? Por que não consigo seguir a vida como ele segue a dele? Fui morar longe, já se passaram mais de dois anos, o que mais eu tenho que fazer?

— Tem que enfrentar o fato de que ainda o ama.

— Não! — respondeu Brenda em um grito sussurrado.

— Você não me disse que o que nós negamos nos subjuga e o que aceitamos nos transforma? — recordou Rosi.

— Quem disse isso foi Carl Jung — corrigiu Brenda.

— Que seja. É uma frase genial.

— Não posso amar um imbecil — declarou Brenda, pegando um guardanapo e enxugando os olhos.

— Você deve guardar um pouquinho de rancor para chamar Diego de imbecil — Millie falou de supetão. — Você nunca xinga.

— Bem, ele mesmo admite que é um imbecil — comentou Rosi com um sorriso. — Não foi à toa que escreveu "La Balada del Boludo". Aliás, essa música é muito legal — e começou a cantarolar o refrão. — *Boludo, boludo, bastante pelotudo... No es contagioso, tampoco peligroso, pero ella dice no, no. Yo, la del embudo no... La, la, la.* Não lembro o resto — admitiu.

— Rosi, por favor — suplicou Brenda. — Desde que comecei essa viagem, tenho a impressão de que ele está em todos os lugares. — Cobriu o rosto em uma atitude exasperada.

— Como assim? — perguntou Millie, interessada.

Brenda contou sobre Francisco, seu companheiro de viagem.

— Nossa! — declarou Rosi no fim do relato.

Millie, porém, recordou:

— Não é você que sempre repete esse negócio de que o que está em cima é como o que está embaixo, o que está dentro é como o que está fora? Você tem um elefante na sala e não quer enxergar. É dessas que dizem: faça o que eu digo, mas não faça o que eu faço. Porque a verdade é que você não faz bosta nenhuma para fechar essa ferida de uma vez, e o cosmo, como você diz, continua apontando com seu superdedo intergaláctico a merda que você tem que limpar. E você finge que não está vendo.

— Bren — interveio Rosi, em tom compreensivo —, só queremos que você volte a ser a garota alegre que era. Sinto muita falta da Brenda que sempre sorria, de riso fácil. Das piadas que me faziam gargalhar o tempo todo.

— Essa Brenda não existe mais, Rosi. Morreu em 13 de março de 2017.

Millie e Rosi baixaram o olhar. Um celular tocou. O de Brenda. Ela olhou para a tela, certa de que era Gustavo; ele havia prometido que ligaria antes de ir dormir. Número desconhecido. Eram seis e meia da tarde; onze e meia na Espanha. Tarde demais para que fosse um aluno da escola de astrologia perguntando sobre o curso de tarô de verão. Mas atendeu mesmo assim.

— Brenda?

— Sim. Quem fala?

— Francisco.

— Francisco? — repetiu, desorientada.

— Francisco Pichiotti. Nós nos conhecemos no avião, lembra?

— Fran! Sim, claro, desculpe. Estou meio perdida, sem dormir e sob o efeito do jet lag. Tudo bem?

— Sim, tudo. E a sua avó?

— Não muito bem, Fran. Não temos muitas esperanças.

— Que chato...

— E você, tudo bem?

— Sim, mas... Não sei, acho que pisei na bola.

— O que aconteceu?

Brenda se aprumou na cadeira. Seu ritmo cardíaco mudou, acelerou repentinamente, pois intuiu do que se tratava.

Rosi e Millie, que acompanhavam o diálogo com atenção, arregalaram os olhos e perguntaram a ela, com gestos, o que estava acontecendo. Brenda afastou o olhar para que não a distraíssem.

— No fim, tomei coragem e mandei um direct para El Moro para contar o que eu tinha feito, como você disse.

— Que ótimo — reforçou ela, tentando disfarçar a ansiedade e o medo.

— É, muito legal, porque ele logo respondeu.

— Que legal! — Brenda fingiu se alegrar.

— Sim, mas acho que ele respondeu porque queria saber de você.

Brenda levou a mão à testa e baixou as pálpebras.

— Bren — perguntou Rosi, preocupada —, o que foi?

Brenda sacudiu a mão, minimizando a importância do assunto.

— Como assim, Fran?

— Eu mandei a foto que nós tiramos no avião. Queria mostrar a garota que havia me convencido a escrever para ele. — O garoto fez uma pausa antes de admitir: — Mandei para me exibir. Você é muito bonita.

Apesar de tudo, ela retorceu a boca em um sorriso.

— Obrigada, Fran. Você também é muito bonito.

— Obrigado, mas eu sei que sou feio — disse ele, e não permitiu que ela corrigisse o equívoco; antecipou-se e afirmou depressa: — Você é Brenda Gómez, não é? A vocalista do DiBrama antes de a banda ficar famosa.

— Diego disse isso?

— Você o chama de Diego?

Sim, ela o chamava pelo nome.

— Sim — confirmou. — Para mim é Diego. Ele disse que eu era vocalista do DiBrama? — perguntou de novo.

— Não, mas eu deduzi. Não entendo como não reconheci você dos vídeos do YouTube — questionou-se o garoto.

— Eu mudei um pouco — apontou Brenda.

— Por que não me contou?

— Eu nunca falo disso. Mas por que você acha que pisou na bola?

— Melhor eu mandar um print das mensagens que nós trocamos pelo Instagram. Você tem WhatsApp?

Minutos depois, Brenda leu a conversa entre Francisco e aquele que havia sido tudo para ela.

Francisco Pichiotti: Olá, El Moro! Demais sua música nova, "La Balada del Boludo". O DiBrama é demais. Estou escrevendo porque uma garota que eu conheci no avião me disse para escrever e te contar o quanto você me ajudou quando meu avô morreu. Você falou para eu transformar a dor em força e fazer alguma coisa de que meu avô se orgulharia. E eu fiz. Todas as minhas notas melhoraram e eu passei de ano com a melhor média. Muito legal. Obrigado! Aí vai a foto da garota que conheci no avião. Você é meu ídolo.

Diego Bertoni: Olá, Fran! Obrigado por me contar que as minhas palavras ajudaram você. Que sorte a sua viajar com a Brenda. Eu a conheço desde sempre e garanto que é a melhor pessoa que existe. Faz muito tempo que vocês viajaram juntos?

Francisco Pichiotti: Chegamos hoje às seis da manhã em Buenos Aires. Ela veio de Madri porque a avó está morrendo. Está muito triste. Acho que foi chorar no banheiro do avião.

Diego Bertoni: Obrigado por me contar.

Francisco Pichiotti: De nada. A gente se vê no show de Vélez.

Diego Bertoni: Vou pôr o seu nome na lista VIP, assim você pode me dar um oi depois do show.

Francisco Pichiotti: Nossa, essa é a melhor notícia do mundo. Obrigado, El Moro! Você é d+.

Brenda mostrou o celular a Rosi e Millie, que leram as mensagens em poucos segundos.

— Bem — disse Rosi após um silêncio —, El Moro não teve que fazer um grande esforço para que esse tal de Fran entregasse o ouro.

Brenda encontrou o olhar de Millie, que a observava sem pestanejar. "Raios laser escorpianos", recordou, e soube que sua amiga apontaria uma verdade irrefutável que ela não queria escutar.

— Você fez de tudo para que Diego ficasse sabendo, né?

— Não exagera — Brenda fingiu se irritar. — Ele tem dois milhões e meio de seguidores, como eu ia imaginar que ia ler a mensagem desse garoto? Ainda mais estando em turnê — concluiu.

— A mim você não engana — insistiu Millie. — Você, que nem tem Facebook, incentivou o menino a escrever para ele, tirou uma foto com o garoto, sabendo que acabaria em todas as redes sociais, e ainda por cima deu o seu celular. Percebe o seu comportamento manipulador? E depois diz que eu é que sou a manipuladora.

Brenda sustentou o olhar dela. Teria explicado: "Com o Sol em conjunção com Marte, sou quase ariana, querida Millie. E a destreza para manipular está entre as minhas características". Mas não era necessário. Millie a conhecia praticamente desde o maternal e sabia tudo sobre ela, inclusive que tomara mamadeira até os sete anos, que gostava de Diego Bertoni desde que se conhecia por gente e também os detalhes de sua primeira vez.

— Sim, percebo — aceitou. — Admito que brinquei com fogo.
— Louca para se queimar — provocou a escorpiana.
— É, acho que sim.

3

Millie e Rosi se despediram com a promessa de que manteriam o celular ligado. Enquanto voltava para a avó, Brenda ansiava por tomar um banho e descansar. Encontrou Ximena no corredor, na entrada da UTI. Certamente havia saído para atender a ligação que a mantinha grudada no celular.

— Sim, chegou hoje de manhã bem cedo — ouviu-a dizer, e sabia que se referia a ela.

Brenda fez uma expressão interrogativa, diante da qual Ximena se limitou a manter um olhar neutro. Uma suspeita se alojou em seu peito até se transformar em uma pulsação dolorosa. *É Diego*, convenceu-se. Embora soubesse que a mãe e Diego mantinham contato – afinal, Ximena era madrinha de batismo dele –, vê-la conversando com ele a afetou profundamente. Convenceu-se a sair dali, a seguir seu caminho, entrar na UTI e deixar tudo para trás; porém, não conseguiu se afastar.

— Na hora do almoço tiveram que a colocar no respirador — informou Ximena —, então está sedada. — Fez silêncio antes de responder: — Não te avisei para não preocupar você no meio da turnê. Não precisa vir, querido. Seria uma loucura vir do México... — interrompeu-se, e Brenda a viu esboçar um sorriso cheio de ternura. — Sei que você a ama, e ela a você, mas insisto: não faça nenhuma loucura. Você está muito ocupado com essa turnê pela América Latina. — Outro sorriso doce. — Está bem, está bem — concordou —, eu mantenho você informado.

O coração pisciano de Brenda, bom e sensível, alegrava-se porque, apesar do que acontecera, o vínculo entre Diego e sua mãe não se quebrara. Outras partes mais obscuras de seu mapa astral a incitavam a se rebelar. Por acaso Ximena não conhecia detalhadamente os fatos que tinham virado sua vida de cabeça para baixo? Não sabia que Diego Bertoni era, em parte, culpado pelos acontecimentos caóticos que ela vivenciara?

Ela teve a impressão de ouvir a voz de Cecilia advertindo-a: "Querida Brenda, com sua Lua em oposição a Urano, o louco, com seu ascendente em Aquário e, especialmente, com sua polaridade uraniana, você vai ter que aprender a assumir a loucura que a habita". Segundo a astróloga, Diego havia se tornado a projeção do que ela devia encarnar: um ser sem preconceitos, criativo e, principalmente, rebelde.

O que está em cima é como o que está embaixo, repetiu mentalmente, *o que está dentro é como o que está fora*. Era ela, com sua energia disruptiva, subversiva e louca, que gerava as situações absurdas que povoavam sua vida desde o início. Negá-las, segundo Cecilia, era a única loucura. Servia como pretexto porque, com Júpiter na Casa XII, era fácil para ela negar a realidade.

Brenda recordou a frase de Jung, que Rosi havia citado antes, só que a enunciou completa, de cor; fazia isso às vezes, quando tinha a impressão de que estava perdendo o rumo; assim se mantinha alerta. *Aqueles que não aprendem nada com os fatos desagradáveis da vida forçam a consciência cósmica a reproduzi-los tantas vezes quanto seja necessário para aprender o que o drama do acontecido ensina. O que negamos nos subjuga. O que aceitamos nos transforma.*

Em um sussurro, repetiu:

— O que negamos nos subjuga. O que aceitamos nos transforma.

Sentiu uma mão em seu ombro e soube que era de sua mãe. Voltou-se e a contemplou em silêncio. Poderia ter perguntado tantas coisas... "Fala sempre com ele? O que você sabe da vida dele? Ele está saindo com a tal de Spano? Ele pergunta por mim? Está feliz?"

— Era Diego — informou Ximena. — Disse que soube da vovó por meio de um fã dele que é amigo seu.

Brenda ergueu as sobrancelhas em um gesto que poderia ser considerado uma careta de espanto, mas também de desinteresse.

— Que história é essa de amigo seu que é fã dele?

— Sei lá — mentiu.

— Ele quer vir aqui — declarou Ximena, e a máscara de Brenda caiu.

— Não — respondeu antes de pensar.

— Ele está no México, portanto acho bem improvável.

— Mãe, por favor, não me fale dele como se nada tivesse acontecido. Não suporto isso!

A mãe levou as mãos ao rosto de Brenda e lhe deu um beijo na testa.

— Desculpe, filha. Não quero que você fique mal.

Brenda pulou no pescoço de Ximena e apoiou o rosto em seu colo, como quando era pequena e sentia medo.

— Seu abraço é tão bom, mamãe. Morro de saudade. Todos os dias.

— Meu amor — sussurrou Ximena, e a apertou contra seu corpo. — Você deve estar um caco. Vá para casa — instou —, tome um banho, coma alguma coisa de verdade e vá dormir.

— Vou descansar um pouco e volto para ficar o resto da noite com ela.

— Eu vou ficar, e Lauti também. Apesar do bronzeado, você está muito pálida, filha. Quero que descanse.

— Lauti tem que ir à fábrica amanhã.

— Primeiro de tudo, amanhã é feriado, 9 de julho — recordou Ximena. — Segundo, Juan Manuel está cuidando de tudo.

Brenda ficou mais tranquila ao saber que a empresa da família estava nas mãos de Juan Manuel Pérez Gaona, pai de Camila, que havia vários anos era gerente-geral da fábrica de recipientes plásticos que Héctor, pai de Brenda, fundara nos anos 1980.

Pegou um táxi na porta do hospital e, depois de dar o endereço ao motorista, mandou um WhatsApp a seu irmão para avisar que o renderia dali a algumas horas. Lautaro protestou, disse que depois de uma noite acordada no avião seria uma insensatez não dormir confortavelmente na cama dela, mas ela replicou que havia saído de Madri para ficar com vovó Lidia.

Guardou o celular e relaxou no banco. Apoiou a nuca no encosto e deixou a cabeça cair de lado para observar a cidade imersa na noite e cheia de ruídos e luzes. Teve a mesma sensação daquela manhã, quando a paisagem perto de Ezeiza lhe parecera tão pouco familiar. Lembrou o que dizia o astrólogo Eugenio Carutti: que, quando no exterior, o destino do nascido com ascendente em Aquário era encarnar o diferente, o peixe fora d'água. *É uma experiência inevitável e, de início, necessariamente dolorosa para o ascendente em Aquário*, explicava. Será que ela já não era nem dali nem de lá? Porque, apesar das amizades que havia feito em Madri, também não a considerava *sua* cidade. Uma lágrima rolou por sua face, mas ela a secou depressa, com raiva. Endireitou-se e aprumou os ombros. Detestava sentir dó de si mesma, algo típico da natureza pisciana em um nível pouco elevado, assim como a incapacidade de cortar os vínculos que a feriam. Havia percorrido um longo caminho, sofrido tanto e emergido das cinzas para voltar ao ponto de partida pelo simples fato de ter regressado a Buenos Aires?

Percebeu que o volume do rádio do táxi estava muito alto. Ia pedir ao motorista que o abaixasse, mas se deteve, atraída por um ritmo alegre que convidava a dançar. Conhecia o gênero: *cumbia pop*. A voz da vocalista era maravilhosa, e Brenda imaginou sua antiga professora de canto, Juliana Silvani, analisando a tessitura, que dependia do timbre, como também do volume, extensão e *coloratura*.

O locutor irrompeu os últimos acordes para anunciar que haviam acabado de tocar o grande sucesso da banda uruguaia Toco Para Vos, "Su Fiel Admirador". Brenda pegou o celular para procurar no Google o nome da banda, mas ergueu os olhos depressa ao ouvir que estavam falando do DiBrama.

— Poderia desligar por...

— Que música! — exclamou o motorista, e aumentou o volume. Aproveitou o semáforo vermelho para se voltar para ela. — Incomoda, moça?

Ela balançou a cabeça para negar. Um pouco para que o cosmo entendesse que havia recebido a mensagem, mas também por curiosidade, inclinou-se para a frente e perguntou:

— Como se chama essa música?

— "Tuya y Mía." El Moro Bertoni, o líder do DiBrama, é o compositor.

— Obrigada — disse Brenda, em um sussurro que o rapaz não ouviu.

Recostou de novo o corpo no banco e a nuca no encosto. Fixou o olhar no teto do automóvel e se rendeu.

Reconhecia Diego Bertoni em cada nota, em cada estrofe, até mesmo na maneira de montar as frases, de usar as palavras, de combinar as rimas e os instrumentos. Era um músico talentoso, ninguém podia negar. Com a Lua em Peixes e Netuno na Casa VIII, a dos medos, segredos e desejos não revelados, mas em especial da morte e transformação, tinha uma capacidade criativa que perturbava por ser provocadora e obscura. Ela sabia que Diego se atrevia a expressar com a música o que calava nos demais âmbitos.

"Tuya y Mía" era o nome da música, como dissera o motorista. Concentrou-se nas estrofes. Era possível que a letra não tivesse sentido, como acontecia com muitos rocks. Contudo, ao se lembrar da afirmação de Millie, de que as canções compostas por El Moro eram para ela, ficou nervosa. Acovardada de repente, ia pôr os fones e escutar algo de Toco Para Vos quando, depois de um solo de bateria de Manu, a voz rouca de Bertoni – alguns a comparavam com a de Kurt Cobain – cantou um verso que atraiu sua atenção: *Flotabas en un océano de amor*, disse, e ela soube exatamente do que ele estava falando.

> *Antes flotabas en un océano de amor.*
> *¿Dónde estás ahora? Decímelo, por favor.*
> *Decime al menos que no hace frío.*
> *Quiero saberlo porque ya no vivo.*
> *¿Dónde estás ahora? Yo sigo con mi huída.*
> *Estás dentro de ella, ¿que era tuya y mía?*
> *Que era mía y la perdí*
> *Cuando le mentí, cuando la herí.*[2]

* * *

Ao entrar no apartamento que abandonara havia tanto tempo, Brenda sentiu falta da recepção de Max, o labrador de Lautaro, que agora vivia com ele e Camila. Apareceu Modesta, a empregada peruana que trabalhava lá desde que Brenda era uma menina de nove anos. Abraçaram-se e a mulher se afastou para enxugar os olhos no avental.

— Eu estava indo ao hospital — explicou Modesta enquanto entravam na casa —, mas dona Ximena me ligou e disse para eu ficar porque você ia chegar. Ai, minha Brenda! Que alegria boa em meio a tanta desgraça! Quanta falta você faz para a sua mãezinha, minha menina! Para

---

2. Antes você flutuava em um oceano de amor/ Onde está agora, diga por favor/ Diga ao menos que não faz frio/ Quero saber porque já não vivo/ Onde está agora? Eu continuo com minha fuga/ Você está dentro dela, que era sua e minha?/ Que era minha e a perdi/ Quando menti para você, quando a feri. (N.T.)

todo mundo, não vou mentir. Ninguém mais ri nem canta nesta casa. Você levou a alegria embora, minha menina.

— Eu também não rio nem canto mais, Modestiña.

— Ai, que lindo você me chamar de Modestiña. Venha, entre. Deixei a banheira pronta para você tomar um belo banho. Com esse frio! Você sempre foi friorenta, minha menina. — Pegou suas mãos e as esfregou para aquecê-las. — Lauti trouxe sua mala hoje na hora do almoço. Já está no seu quarto. Bem, vou acabar de preparar a lasanha à bolonhesa, você vai lamber os beiços.

— Tenho certeza disso — disse Brenda, apesar de não estar com fome. — Obrigada, Modestiña.

Brenda tateou a parede até encontrar o interruptor. Acendeu a luz. Permaneceu na porta, de onde contemplou o interior do quarto, uma fotografia do que havia sido sua vida e que nunca mais voltaria a ser. Tinha fugido às pressas, pois nada a retinha naquele lugar. Tudo havia congelado nesse ponto de não retorno, o cenário onde haviam trocado as últimas palavras.

Soltou o ar. Estava cansada do medo, das lembranças, do passado, do presente e do futuro. Estava farta de sofrer e de querer se convencer de que aquele buraco enorme dentro de si havia se fechado, porque, na realidade, ele crescia a cada inspiração.

O toque do celular a assustou. Brenda teve medo de que fosse Ximena para lhe dar a pior notícia. Consultou a tela com mãos trêmulas. O alívio a fez sorrir. Era Gustavo Molina Blanco, fotógrafo madrilense de trinta anos que Joan, enteado de Cecilia, lhe apresentara quatro meses antes e com quem havia começado a sair depois que ele a cortejara e lisonjeara com uma criatividade, uma devoção e especialmente uma paciência tal que mesmo ela, com a alma paralisada de dor, soubera apreciar.

Surpreendeu-a ao aparecer em Alicante uns dez dias antes. Cecilia e Jesús, felizes por vê-lo, tinham pedido a eles que deixasse o hotel e ficasse em um dos quartos de hóspedes da casa que dava para a praia de San Juan. Foram quatro dias em que Brenda se esqueceu de tudo. Gustavo alugou um carro e percorreu a costa com ela. Comeram mariscos até enjoar e caminharam pela praia enquanto ele contava a ela suas aventuras como correspondente de guerra freelancer.

Na última noite, a do sábado 29 de junho, andaram pela praia de Benidorm depois de terem acabado com uma travessa de arroz com lagosta, e Gustavo a pegou pelos ombros e a beijou apaixonadamente, mas com um cuidado infinito, como se intuísse que ela era uma criatura frágil e fugidia. Não voltaram à casa da praia de San Juan; dormiram em um motel da estrada, onde fizeram amor – a primeira vez para Brenda depois de mais de dois anos.

— Seu Marte em Peixes — havia advertido Cecilia — é mais romântico que passional. Você precisa de romance para que o sexo faça sentido. Caso contrário, acha que é frio, sórdido. Em uma palavra, insuportável.

Gustavo Molina Blanco, sagitariano com Lua em Gêmeos, tinha um espírito inquieto, inquisidor e cheio de energia. Contudo, tratava-a com a consideração própria de um libriano, com agrados e gestos que a impressionavam porque mostravam que ele estava atento a cada desejo dela sem que ela os manifestasse – condição que sua Lua em Câncer, acostumada a ser compreendida sem palavras, valorizava. Era louco por ela, pelo menos era o que declarava. E ela permitiu que a seduzisse e a fizesse esquecer. Porém, na manhã seguinte a essa noite mágica em Benidorm, ao despertar nos braços dele, Brenda foi tomada por uma vontade louca de voltar a Buenos Aires.

Despediram-se à tarde; ele tinha que voltar a Madri. Brenda ficaria com Cecilia e Jesús mais uns dias, até a quarta-feira 3 de julho. Na segunda-feira, dia 8, reabririam a escola para um curso de tarô de verão, e precisavam cuidar de várias questões. Só que no domingo, dia 7, de madrugada, Brenda recebeu a ligação de Lautaro e à noite já estava voando para a Argentina.

De qualquer maneira, havia passado um tempo com Gustavo desde sua volta de Alicante. Tinham almoçado juntos na quinta e na sexta e passado o sábado com uns amigos. Acabaram sozinhos no apartamento dele no bairro de Chamberí, comendo pizza e vendo uma série na Netflix. Gustavo lhe pediu que dormisse lá, mas Brenda disse que ia voltar para casa. Como pretexto, argumentou que não tinha roupa para trocar, porque não saberia como lhe explicar que o nó no peito que a acompanhava fazia dias a deixava inquieta e que precisava ficar sozinha. Seu pressentimento acabou se confirmando com a ligação de Lautaro poucas horas depois.

— Alô?

— Amor — respondeu Gustavo, e Brenda ficou tensa; não conseguia se acostumar com esse apelido carinhoso; na verdade, até a incomodava.

— Não é muito tarde aí? — perguntou depressa, enquanto chacoalhava o pulso esquerdo para fazer o relógio descer. — Uma e meia, não?

— Eu não conseguia dormir — admitiu o madrilense. — O calor, mas especialmente o fato de você estar tão longe, não me deixam fechar os olhos. Como está a sua avó?

— Sem muita esperança. Os antibióticos não estão fazendo efeito.

— Sinto tanto... Queria estar aí com você.

— Eu sei.

— Já falou de mim para a sua família e as suas amigas?

— Não tive oportunidade — mentiu, e de repente sentiu uma grande preguiça de enfrentar a reação de Millie e Rosi. E de Ximena também. *Por que estou escondendo?*, questionou-se, e tentou se convencer de que, desde a volta de Alicante, não tivera tempo. Nem nesse mesmo dia, em que almoçara com as amigas, conversaram bastante e só falaram de Diego Bertoni?

— Entendo — disse Gustavo, e a resignação dele chegou a ela pela linha.

— Como vai o trabalho?

— Na quarta-feira vou para Colombo, capital do Sri Lanka.

— Nossa! — ela se espantou.

— A Cadena 3 me contratou para participar de um documentário sobre os atentados da Páscoa. Não comentei antes porque só confirmaram hoje.

— Parabéns!

Gustavo continuou contando as coisas. Brenda, com ar ausente, dirigiu-se à parede onde havia um mural de cortiça com fotografias. Acariciou a de seu pai com ela recém-nascida e a de seu avô Benito. Amava aquele painel com imagens que representavam os melhores momentos de sua vida. E por que, entre as dezenas e dezenas de fotografias, seu olhar caiu em uma de Diego Bertoni? O que essa foto estava fazendo ali? Não se lembrava dela. De fato, tinha certeza de que era a primeira vez que a via. Arrancou a tachinha que a segurava e a tirou do mural.

Gustavo contava como tinha gostado do diretor do documentário enquanto ela contemplava o rosto do homem que havia amado loucamente desde que se conhecia por gente. *Que ainda amo*, acabou confessando. O impacto foi enorme. Deixou escapar um soluço.

— Amor? — perguntou Gustavo, preocupado. — Ainda está aí?

— Sim — Brenda conseguiu pronunciar em um sussurro agitado. — Estou aqui.

— Você está chorando, Brenda. Notícias da sua avó?

A preocupação de Gustavo a deixou devastada. *O que estou fazendo?*, perguntou-se.

— Gustavo...

— O que está acontecendo, Brenda? Você está me assustando.

— Estou bem. Só preciso de um instante.

— Claro — replicou ele, solícito como sempre.

Ela afastou o celular para tomar ar; expirou lentamente. Observou a foto. Reconhecia o lugar: era o bar de karaokê The Eighties, onde o DiBrama costumava tocar, na época de Brenda, graças à recomendação de sua amiga Bianca Rocamora, conhecida dos donos. Virou-a e se surpreendeu ao encontrar uma dedicatória com a caligrafia de Diego. *Brenda e eu no The Eighties, sábado, 4 de março de 2017. Para minha madrinha, com amor.*

Aquela noite havia sido especialmente boa após o sucesso no Cosquín Rock no fim de semana anterior. Como estavam felizes! Rafa e Manu, fiéis a seu estilo, davam uma de loucos, mostravam a língua e faziam o clássico gesto do *reggaeton* com as mãos. Diego e ela davam seu próprio show. A bem da verdade, não se via o rosto deles. Ele a agarrava pela nuca e pela mandíbula e, ali, na frente de todos, sem se importar com nada, como era seu costume, beijava-a.

Suas pálpebras caíram inconscientemente e ela soltou o ar, com suspiros entrecortados, ao evocar os lábios grossos e carnudos de Diego, e sua língua se mexendo dentro dela. Sentiu um calafrio. Era possível que ele ainda a afetasse desse jeito?

— Nunca te contei minha história — disse ela depois dessa pausa, com a voz fraca.

— Você tem alguma em especial para contar? — replicou Gustavo, com delicadeza.

— Sim, tenho uma. E acho que não se encerrou. Voltar ao lugar onde tudo aconteceu está remexendo coisas que eu imaginei que tivessem acabado quando fugi para Madri.

— Você me disse que veio morar aqui para trabalhar com Ceci e estudar na escola dela.

— Em parte, é verdade.
— Mas não é *toda* a verdade — apontou Gustavo.
— Não. Toda, não.
— Me conte, então. Quero saber.

Brenda mordeu o lábio e levou a mão à testa. Estava deixando-o preocupado, e não suportava isso.

— Estou tão confusa, Gustavo!
— Diga, conte para mim, amor.
— Estou muito cansada — ela admitiu, e se deixou cair na cama.
— Vá dormir, então. Amanhã é outro dia e você verá as coisas de uma perspectiva mais positiva. Agora está exausta. O jet lag pode afetar a gente emocionalmente também; eu sei por experiência própria.

Apesar da amargura, Brenda esticou os lábios em um sorriso. O doce Gustavo era tão sagitariano, sempre otimista, cheio de fogo e paixão pela vida... Cecilia dizia que, quando não gostavam da realidade, podiam se transformar em negacionistas obstinados.

— Boa noite, então.
— Boa noite, amor. — E, depois de uma pausa, disse: — Eu te amo, Brenda.
— Eu sei.

Tirou a roupa, sentindo um esgotamento infinito nos músculos. A roupa ficou espalhada pelo chão. Não conseguiu reunir vontade para recolhê-la; faria isso depois. Pegou a foto, o celular e entrou no banheiro da suíte, onde a banheira cheia de água e sais de banho a aguardava. Experimentou a água com o pé e deslizou para dentro, tendo o cuidado de não deixar respingar água na foto nem no telefone. Relaxou e apoiou a nuca na toalha enrolada que Modesta havia deixado a postos.

Ela fechou os olhos, que arderam, e o ardor a fez estremecer. Respirou pausada e profundamente, como havia aprendido na ioga, para aplacar a palpitação. Abriu o YouTube no celular e procurou pela primeira vez uma música do DiBrama, aquela que havia escutado no táxi, "Tuya y Mía". Enquanto a voz de Diego Bertoni inundava cada recanto de seu corpo e mente, ficou olhando para a foto. Foi relaxando e permitiu que as lembranças longamente censuradas despertassem e a fizessem se sentir viva.

SEGUNDA PARTE

Voltando (ao passado)

Don't get too close.
Não se aproxime demais.
It's dark inside.
Está escuro aqui dentro.
It's where my demons hide.
É onde meus demônios se escondem.

Trecho da canção "Demons", do Imagine Dragons.

4

Os Bertoni faziam parte de sua vida desde sempre; e ela gostava de Diego desde que se conhecia por gente. Mabel Fadul, mãe dele, era amiga de Ximena desde o ensino fundamental, e, quando Héctor Gómez entrou na Escuela Pública nº 2, no segundo ano, as duas confabularam e colocaram vários estratagemas em prática para que "o garoto novo" notasse a colega Ximena Digiorgi, que havia se apaixonado por ele antes do fim da primeira semana de aula. Ele a notou e, no feriado prolongado da Páscoa de 1976, começaram a namorar. Mabel ficou radiante pela amiga.

Em 1985, Mabel pediu a Ximena que lhe apresentasse o colega com quem estudava as últimas matérias do curso de contabilidade. David Bertoni era o nome dele, um garoto de San Luis, alto, bonitão, com uma franja loura que lhe caía sobre a testa ampla e olhos azuis-claros que a cativaram à primeira vista. Ximena achava Bertoni meio pedante, mas admitia que ele era responsável, inteligente e simpático. E se dava muito bem com Héctor.

Os dois casais ficaram muito amigos e unidos, tanto que, em 1990, quando nasceu Diego, o primogênito de Mabel e David, ninguém se surpreendeu que houvessem escolhido como padrinhos de batismo os recém-casados Ximena e Héctor, que nessa época já havia fundado a fábrica de recipientes plásticos em San Justo, onde David trabalhava como faz-tudo na administração e na contabilidade.

Ximena e Héctor adoravam e mimavam Dieguito, um pouco para compensar a disciplina estrita e exigente de David, que obrigava o filho de quatro anos a somar e subtrair e escrever o nome e o sobrenome. Apesar de adorar Lita, sua avó materna, e as tias Silvia e Liliana, irmãs mais novas de Mabel, Dieguito preferia passar o tempo com os padrinhos, em especial com Héctor, que lhe ensinava caratê e o levava ao zoológico Temaikén, ao Parque de la Costa e ao cinema.

Em 1994 nasceram a filha dos Bertoni, Lucía, e o primogênito dos Gómez, Lautaro, e para Dieguito isso foi um duro golpe. Enciumado e confuso, fazia birra facilmente, chorava por tudo e vivia de castigo, e inclusive levava uma ou outra bofetada de David. De novo Héctor intervinha para aliviar a situação. Aos sábados ia buscar o menino cedo para levá-lo ao treino de caratê e depois passar o dia com eles em casa. O amor pelos padrinhos crescia, mas Dieguito nunca se afeiçoou a Lautaro, que também não lhe dava atenção. Mantinham uma prudente distância e não incomodavam um ao outro.

Contudo, em 1996, quando Brenda nasceu, Dieguito não tirava os olhos dela. Chegava à casa dos Gómez e corria para o quarto para vê-la dormir no moisés. Ficava todo vermelho quando Ximena lhe perguntava se queria pegá-la, mas assentia com um sorriso tímido. Acomodava-se no sofá e a segurava até ficar com os braços dormentes, e mesmo assim não dizia nada, continuava com ela no colo até que alguém a tirasse dele, o que o deixava bravo, embora disfarçasse; havia aprendido a reprimir as emoções à base de pancada.

Mabel contou a Ximena que a professora de Dieguito lhe perguntara quem era Brenda, porque ele a desenhava como se fosse um membro da família. Segundo a professora, ele a chamava de "minha irmãzinha". Jamais se referia a Lucía, mas Brenda estava sempre presente. Ficava de olho nela nas festas de família e uma vez passou o tempo todo trancado em um quarto distraindo-a porque ela estava chorando, assustada por causa do palhaço que haviam contratado para a festa de aniversário de Lucía.

Para Brenda, Diego era como o herói dos filmes da Disney que ela tanto amava. Com um coração irremediavelmente pisciano e romântico, desenhava príncipes e princesas que sempre eram Diego e ela. Nunca o viu como a um irmão, e a presença dele jamais lhe passava batido, apesar de ambas as famílias se reunirem com frequência. Vê-lo sempre lhe causava uma alegria sem fim. Corria para os braços dele. Ele a pegava no colo, porque era um menino forte, e a girava. Às vezes, quando ia visitar Mabel com sua mãe, ela só pensava em encontrar Diego, e era uma grande frustração quando ele não estava ou quando estava com outras crianças, porque então a recebia com afeto, mas não lhe dedicava nem um minuto.

Aos sete anos, ela combinou com Millie, sua melhor amiga, de anunciarem a seus pais que no ano seguinte iriam para a Escuela Pública nº 2, porque era onde Diego estudava. Por que Lautaro podia estudar na mesma escola dos pais e ela tinha de ir para a Santa Brígida? Não importavam as razões de Ximena e Héctor – Lautaro precisava das tardes livres para treinar caratê –, tudo que sabia é que tinham encerrado o assunto sem levar em conta os sentimentos dela e lhe comunicaram que não a colocariam na Escuela Pública nº 2 de jeito nenhum. Ela continuaria na Santa Brígida, onde fazia esportes e aprendia inglês. Millie também não teve sorte. De qualquer maneira, de nada teria adiantado que a amiga tivesse obtido a autorização dos pais se Brenda tivesse que continuar na escola de sempre.

Brenda detestava a diferença de seis anos que a separava de Diego. Era evidente que ele não a levava a sério, e, à medida que o tempo passava, o abismo entre eles aumentava. Ela não se atrevia a dizer que gostava dele. Millie, a única que sabia de sua aflição, incentivava-a a contar a Diego. Passavam o tempo todo planejando como e imaginando o cenário mais conveniente. Decidiram escrever a confissão em uma carta que Brenda entregaria a Diego no dia 4 de setembro, na festa de dezesseis anos dele. Millie, que pedira conselhos à irmã de quinze, recomendou que não incluísse desenhinhos, porque ele já era grande e os acharia muito infantis.

Brenda nunca entregou. Naquela tarde, assim que pôs os pés na casa de Fadul – os aniversários eram festejados na casa dos avós de Diego –, procurou-o entre as pessoas e o encontrou de chamego com uma garota a quem ele mesmo apresentou como namorada. A ela, porém, referiu-se como "irmãzinha adotiva". Por sorte, ficaram pouco tempo na festa, porque Héctor não estava se sentindo bem. Um tempo antes, ele havia sido diagnosticado com câncer de pulmão. Ninguém entendia como um homem saudável e atleta como ele, que nunca havia fumado, podia ter desenvolvido um tumor tão agressivo.

Naquela noite de 4 de setembro Brenda foi para a cama e começou a chorar. Chorava porque havia perdido Diego e porque tinha medo de perder o pai também. Embora seus avós Lidia e Benito afirmassem que ele se curaria, uma sensação contrária a torturava. Tinha ódio de si mesma por não compartilhar o otimismo familiar, mas não havia nada que pudesse fazer contra aquele pressentimento.

Fingiu estar dormindo quando Ximena entrou no quarto. A mãe tirou as pantufas e se recostou com ela. Limitou-se a abraçá-la e a beijar sua têmpora encharcada, e isso bastou para que o nó no peito de Brenda cedesse. Muitos anos depois, ela compreenderia que sua Lua, que indica o vínculo afetivo com a mãe, por se situar na constelação de Câncer, propiciava uma relação próxima que não precisava de palavras. Ximena a entendia sem precisar de explicações.

— Você vai ter que esperar um pouco.
— Para quê, mamãe?
— Para o Diego perceber que você gosta dele.
Brenda quase negou, mas soltou um suspiro, resignada.
— Agora ele tem uma namorada. E ela é linda, mamãe.
— Uma flor não faz primavera.
— O que isso quer dizer?
— Que uma namorada não significa que você o perdeu para sempre.
Assentiu, mas nada convicta. De seu ponto de vista, havia perdido Diego para sempre. Seu coração doía de tanto sofrer.
— Mamãe, papai vai morrer?
— Não, meu amor.

* * *

Héctor morreu poucos dias depois, em 13 de setembro. Brenda passou por isso como se fosse um pesadelo confuso, emaranhado, impossível de explicar. No cemitério onde o enterraram, observava fascinada o caixão de madeira brilhante, que descia à cova emitindo um chiado hipnótico.

Nada a impressionou tanto quanto o pranto de Diego. Chorava mais que todos, mais que ela, que Lautaro, que os avós, que a própria Ximena. O pranto dele a emudeceu e ela se distraiu olhando fixamente para eles, Diego e a namorada, que sem sucesso tentava consolá-lo. Diego parecia incomodado com as carícias da garota. Será que a tonta não percebia? Mesmo Brenda, que estava bem longe, percebia.

Depois do enterro, foram para a chácara de San Justo, que os avós dela haviam comprado no ano anterior. Cecilia Digiorgi, madrinha de Brenda e prima-irmã de Ximena, ia todos os dias visitá-los. Sempre chegava com coisas gostosas e surpresas, como jogos de tabuleiro para Lautaro e bonecas para Brenda. Cecilia era divertida e cheia de ideias, e não se cansava de propor saídas, passeios e aventuras. Brenda sempre a amara, mas compartilhar com ela os dias após a morte de Héctor permitiu que o vínculo se consolidasse. Gostava de conversar com Cecilia porque ela não se incomodava de mencionar Héctor nem de lhe explicar esse assunto estranho que era a morte, tema em que não ousava tocar com os outros porque pressentia que queriam evitá-lo ou fazer de conta que nada de mau acontecia.

Os Bertoni os visitaram três dias depois do enterro. David tinha que falar com Ximena sobre as questões da fábrica e pedir que assinasse uns documentos. Brenda correu até a cozinha para buscar para Diego um pedaço da torta de limão que havia feito com Cecilia. Queria que ele experimentasse. Quando voltou à sala de jantar, não o viu em lugar nenhum. Procurou-o no jardim e o encontrou nos fundos, sentado no chão com as costas na parede da casinha onde guardavam o equipamento de jardinagem. Ele não a viu de imediato, e ela ficou observando-o. Impressionou-se ao vê-lo fumando. Não sabia que ele fumava. Fumar era ruim, não? Fazia mal para os pulmões. Seu pai, porém, nunca fumara e morrera de câncer de pulmão. Ela não entendia nada.

Brenda ficou encantada contemplando-o. Ele segurava o cigarro entre o polegar e o indicador e franzia o cenho quando tragava. O cigarro chamou sua atenção; era diferente dos da mãe de Millie, nem tão comprido nem tão reto, e acabava em uma ponta enrolada.

Diego ergueu os olhos e a viu. Lançou um sorriso para ela enquanto apagava o cigarrinho contra a parede e o guardava no bolso da jaqueta.

— Olá, Bren.

Aproximou-se. O cheiro ainda estava suspenso no ar, só que era muito diferente do normal, mais adocicado, mais agradável.

— Olá — respondeu ela, de repente tímida. — Quer experimentar a torta de limão que eu e Ceci fizemos? — Estendeu o prato, que Diego recebeu com uma expressão de espanto. — Se não gostar, não precisa comer até o fim — disse ela, desobrigando-o.

Diego riu, soltando o ar pelo nariz porque havia enchido a boca de torta. Fechou os olhos e fez um som de satisfação enquanto mastigava.

— Esta torta de limão está demais, Bren. É minha torta favorita, sabia?

— Sim, sabia. Por isso pedi para a Ceci me ensinar a fazer.

Diego ficou olhando para ela, primeiro seriamente, mas depois sorriu e sugeriu que se sentasse a seu lado na grama.

— Você ainda joga hóquei?

— Jogo.

— E gosta?

— Sim. De que outra torta você gosta?

— Da chocotorta — respondeu Diego sem hesitar.

— Chocotorta é demais! — exclamou, encantada ao ver que ele engolia a última garfada e raspava o prato. — E a sua namorada? Por que não veio?

— Não tenho mais namorada. Terminamos.

— Ah — sussurrou ela, e mordeu o lábio para se impedir de sorrir. — Você está triste por causa disso?

— Não. Estou triste por outra coisa.

— Porque meu pai morreu?

Diego baixou a cabeça e assentiu. Brenda notou, entre as longas mechas louras, que ele apertava os olhos e mordia os lábios. Cobriu a mão dele com a sua.

— Se quiser chorar, chore — incentivou. — Eu não ligo.

Sem olhar, Diego a estreitou em um abraço. Ela se agarrou a ele, e aquilo lhe pareceu a sensação mais maravilhosa que já havia experimentado.

— Seu velho era o melhor cara do mundo.

Ela ficou perturbada ao ouvi-lo chamá-lo de "velho", porque era assim que falavam os garotos grandes. E Diego, por ser muito mais velho, não lhe dava bola. Ficou decepcionada quando ele se afastou e evitou seu olhar. Queria dizer alguma coisa inteligente e engraçada que a fizesse parecer mais velha. Nada lhe ocorreu, e ali ficou, sentada ao lado dele, sentindo-se uma tola.

* * *

Cecilia Digiorgi conheceu um espanhol pela internet e foi para Madri morar com ele, o que representou outro duro golpe para Brenda, poucos meses depois da perda do pai. Na família se falava da "loucura" que

Cecilia estava fazendo, que estava abandonando tudo para ir atrás de um sujeito de quem nada sabia.

— Não me surpreende — declarou Verónica, irmã de Cecilia. — Você sempre foi louca, sempre gostou de escandalizar pelo simples prazer de chocar. Nunca consegue fazer nada normal, como todo mundo.

— Querida irmã — disse Cecilia, com solenidade fingida —, não esqueça o que dizia Krishnamurti: Não é sinal de boa saúde estar bem adaptado a uma sociedade profundamente doente.

— Já estou cansada dos seus gurus e do seu esoterismo. Você não vai chegar a lugar nenhum com isso — sentenciou, e Cecilia soltou uma gargalhada, que Brenda imitou não porque compreendia o que estavam falando, e sim porque foi contagiosa.

— Não sabemos quais são as reais intenções dele — interveio vovó Lidia. — Sua mãe está muito preocupada.

— Mas tia Lidia! Já tenho quarenta e cinco anos. Duvido muito que ele queira me sequestrar para tráfico sexual — debochou Cecilia.

— Não fale assim na frente das crianças! — exclamou vovô Benito. — Se meu irmão estivesse vivo, não aprovaria essa loucura.

— Mas seu irmão partiu faz muito tempo — retrucou Cecilia —, e não se preocupa mais com as questões terrenas.

Brenda observava a conversa, fascinada pela alegria de Cecilia e também por sua personalidade jovial e sem preconceitos. Brenda a amava porque fazia Ximena rir. Tinha medo de que, quando ela fosse embora, sua mãe afundasse em um sofrimento sem fim.

Cecilia se mudou para a Espanha e, embora se falassem pelo telefone e, tempos depois, pelo Skype, não era a mesma coisa. Voltou em 2009 para as festas de fim de ano e para apresentar Jesús, seu marido espanhol. Bastaram poucas horas em companhia do madrilense para que a família se convencesse de que não havia sido tão absurda a ideia de Cecilia de abandonar tudo por ele. Jesús era um arquiteto cinquentão simpático, viúvo, com dois filhos universitários que gostavam muito da nova mulher do pai.

Os Bertoni passaram o Ano-Novo com eles, mas Diego não foi. A desilusão de Brenda foi avassaladora. Havia estreado o vestidinho divino que Cecilia lhe trouxera da Espanha com a única expectativa de que ele a visse. Já tinha treze anos e dez meses; com certeza ele notaria que ela não era mais uma menina.

A verdade era que estava cada vez mais difícil encontrá-lo. Diego quase não participava dos encontros familiares e, quando se cruzavam, ele a cumprimentava com afeto e seguia seu caminho, sempre apressado, sempre fugindo. Brenda prestava atenção quando sua mãe e Mabel cochichavam na cozinha porque, em geral, falavam dele: que não se dava bem com o pai, que não queria fazer ciências econômicas, que sua paixão era a música, que havia montado uma banda de rock com dois amigos inúteis como ele, na opinião de David.

Cecilia notou Brenda tristinha e se sentou ao lado dela na ceia de fim de ano. Conversaram sem parar, e Brenda acabou confessando seu amor por Diego, um segredo que só dividira com Millie. Para Ximena nem precisara contar; ela percebera sozinha.

— Por que não liga para ele depois da meia-noite para desejar feliz Ano-Novo?

— O quê? — espantou-se Brenda. — Não! Não tenho coragem.

— Você gostaria que ele ligasse? — perguntou Cecilia. Brenda assentiu. — Ele também, tenho certeza.

Ela esperou chegar a meia-noite e meia com uma ansiedade incontrolável e ligou do celular de Ximena. Diego atendeu depressa.

— Ximena?

— Não, é Brenda. — Ouviam-se vozes e música alta. — Alô? — repetiu devido ao silêncio que se fez do outro lado da linha.

— Aconteceu alguma coisa? Você está bem?

— Sim, estou bem. Liguei para desejar feliz Ano-Novo.

Diego soltou uma gargalhada estranha.

— Obrigado, Bren! Feliz Ano-Novo para você também!

— Quer vir mais tarde à chácara ficar conosco?

— Não posso. Estou com uns amigos, e daqui vamos tocar em um bar.

— É verdade que você tem uma banda de rock?

— Sim, é verdade.

— Como se chama?

— Sin Conservantes.

Ela achou o nome horrível, mas disse:

— É legal.

— Obrigado!

— Amor! — Uma voz feminina irrompeu na conversa e Brenda se espantou. — O que está fazendo aqui ainda? Vamos!

— Tenho que ir, Bren.

— Tudo bem.

— Obrigado por ligar.

— De nada.

— Beijo — disse Diego e, a seguir, Brenda escutou outra vez a voz feminina que exigiu saber:

— Bren? Quem é Bren?

Diego desligou. Brenda não escutou a resposta, mas a imaginou: *Não é ninguém. Uma menina que conheço desde que nasceu.* Correu para seu quarto e se jogou na cama, chorando. Era a terceira vez consecutiva que começava um ano chorando: duas vezes porque sentia falta de seu pai, e, naquele 31 de dezembro de 2009, porque sentia falta do pai e odiava Diego Bertoni.

***

Ela o odiava, mas morria de vontade de saber dele. Solicitou sua amizade no Facebook e ele aceitou. Também seguia a página do Sin Conservantes. Pouco depois, percebeu que não tinha sido boa ideia, porque em muitas fotos Diego estava com garotas penduradas no pescoço. Ler as mensagens que elas escreviam era pior que ver as fotos.

Certa tarde, entrou na cozinha e ficou atônita ao encontrar Mabel chorando. Ximena a consolava e dizia que iam achar uma solução. Depois ficou sabendo que David havia expulsado Diego de casa porque o rapaz passara o fim de semana preso por dirigir bêbado. A palavra "bêbado" provocou em Brenda um calafrio que a deixou muda e paralisada. Diego estava enchendo a cara? Ficou mais tranquila ao saber que havia saído da cadeia e estava morando com a avó Lita; ela amava a avó Lita.

Perto do Natal, David e Diego fizeram as pazes, graças à intervenção de Ximena, que deu ao garoto um emprego na fábrica, no qual estaria sob as ordens do pai. Brenda começou 2011, ano de seu aniversário de quinze anos, sem lágrimas. Passar o verão em San Justo, indo à fábrica e vendo Diego todos os dias, era o plano perfeito para ela.

Mas nada saiu como o esperado. Diego não era mais o mesmo, era só uma sombra do que ela recordava. Sorria forçado e a evitava. Respondia com monossílabos e continuava a tratá-la como se fosse uma menininha, e não uma garota de quase quinze anos. Por acaso não notava que ela se maquiava e que seus peitos haviam crescido?

A grande desilusão ocorreu em uma tarde de fim de janeiro, quando Brenda o acompanhou à saída da fábrica e viu que uma mulher o esperava em um carro vermelho vivo, como o batom que usava. Logo a reconheceu pelas últimas fotos e vídeos da página do Sin Conservantes. Era a nova vocalista da banda. E que voz! De arrepiar.

Ao vê-los se aproximar, a mulher saiu do carro e caminhou até eles sorrindo, rebolando e chacoalhando seus longos cachos platinados. Estava com uma minissaia que mal cobria a calcinha e o início de pernas que teriam parecido igualmente compridas e esguias mesmo que ela estivesse de pantufas, e não com aqueles sapatos de salto alto. Talvez por isso balançasse os quadris, pensou Brenda, porque andar com aquilo nos pedregulhos não devia ser fácil; e dirigir também não. Mas, para aquela mulher, o impossível não existia.

Diego a apresentou como Carla e, embora Brenda temesse que ele acrescentasse "minha namorada", não o fez. Um pouco depois, quando Carla entregou as chaves a ele e disse "Dirija você, amor", a esperança de Brenda se despedaçou.

— Ah, sua priminha! — exclamou Carla quando Diego lhe disse quem era.

— Não somos primos — corrigiu Brenda.

— Sim, eu sei — admitiu a garota. — Mas Di me disse que a ama como a uma irmãzinha ou priminha.

Di?

— Vamos? — interveio Diego, de cara feia. — Tchau, Bren — despediu-se com um tom brusco e se inclinou para dar um beijo em seu rosto.

Com os olhos, Brenda acompanhou o carro se afastar até desaparecer. Voltou para a fábrica com o coração arrasado e se sentindo idiota, feia e, em especial, uma adolescente muito inexperiente. Ligou para

Millie para contar o que havia acontecido, e, por mais que tentasse conter as lágrimas, foi impossível.

— Seu Dieguito está cansando minha beleza, Bren! — reclamou Millie, empregando sua conhecida sinceridade. — Não percebe que para ele você é só uma irmãzinha, que ele nunca vai te ver de outro jeito? Quando você vai parar de esperar por ele? Eu já tive dois namorados e você nem sequer beijou na boca! E olha que interessados não faltam — observou.

Brenda prometeu a Millie que tentaria esquecê-lo. Queria conseguir de verdade. Pensar em Diego só a fazia sofrer. Estava farta de viver na expectativa e depois ver suas ilusões se despedaçando, toda vez. Não o culpava; ele jamais havia prometido nem insinuado nada para ela. Ela sozinha inventara o roteiro do filme. Esqueceria Diego, jurou para si mesma. E decidiu não voltar à fábrica.

Meses depois, estourou um escândalo quando Ximena descobriu que David Bertoni, seu braço direito, responsável pelo departamento mais sensível – o de compras – e pelo controle do depósito, estava roubando a fábrica havia anos; desde a morte de Héctor, para ser preciso. Mabel ficou do lado do marido, de modo que a amizade de uma vida toda acabou em uma amarga ruptura, seguida por denúncias e processos de ambas as partes. David exigiu uma indenização milionária e Ximena contra-atacou denunciando-o por roubo e fraude. Dizia-se que, para evitar serem presos, os Bertoni haviam fugido. Alguns diziam que estavam em San Luis.

Brenda viveu a briga das duas famílias do mesmo modo que passara pela morte do pai: como se estivesse em um pesadelo do qual só uma imagem emergia com clareza: a última vez que havia visto Diego, quando ele lhe apresentara Carla e dissera "tchau, Bren" tão bruscamente. Nunca esqueceria o rosto triste e o olhar sem esperança dele. A lembrança doía nela cada vez que a evocava.

Quebrando a promessa que havia feito a Millie e a si mesma naquela tarde de fim de janeiro, ela ligou para ele. Queria dizer que nada havia mudado, que continuava a amá-lo, que não ligava para o que o pai dele havia feito, que sabia que Diego era honesto e bom. Ligou em várias ocasiões e horários diferentes. Sempre caía na caixa postal. Atreveu-se a entrar de novo no Facebook dele, mas descobriu que havia sido bloqueada.

5

Bianca Rocamora, a melhor amiga de Camila Pérez Gaona, tinha a voz mais maravilhosa que Brenda conhecia, e desde que a ouvira cantar músicas dos anos 1980 em um karaokê em Palermo Hollywood queria cantar como ela. Brenda conversou com a professora de música do Santa Brígida, que lhe recomendou fazer aulas com uma colega que lhe ensinaria os rudimentos do solfejo.

Ela gostou de Juliana Silvani desde o primeiro encontro. Magérrima, alta, cabelão escuro, farto e cheio de cachos, apresentou-se contando que habitava este mundo havia quarenta anos e que passara o mesmo tempo no mundo da música, porque, esclareceu, não se lembrava de nenhum momento de sua vida sem melodias e porque a música era um mundo em si mesmo, uma realidade dentro da realidade, que ajudava a tornar a vida suportável. Brenda só viria a compreender as palavras da professora anos depois.

— Por que quer aprender a cantar?

Brenda se surpreendeu com a pergunta.

Porque quero impressionar o garoto de quem eu gosto, respondeu seu coração. Sua mente, porém, respondeu:

— Porque há uns dias escutei uma amiga de meu irmão cantar e fiquei maravilhada. Quero aprender a cantar como ela.

A professora deve ter julgado isso razão suficiente, porque assentiu com seriedade.

— Ficou emocionada?

— Demais — admitiu Brenda. — As lágrimas rolaram quando ela cantou "Wuthering Heights", uma música dos anos 1980...

— Conheço — interrompeu Silvani. — É da Kate Bush. E não é dos anos 1980, é de 1978. Era uma das minhas músicas preferidas na adolescência. Ainda é.

— Eu adoraria aprender a cantar essa música — disse Brenda, entusiasmada.

Juliana a convidou para entrar em uma sala do velho casarão de Caballito; ali havia um piano de cauda ao lado de uma porta-balcão que se abria para um jardim onde se destacavam as azaleias. Brenda passaria horas inesquecíveis naquela sala, que se tornaria um lugar familiar onde aprenderia muito mais que a cantar: aprenderia a reconhecer que a música era pura magia, uma arte inexplicável que não estava em lugar nenhum e ao mesmo tempo ocupava tudo, em especial o coração do compositor, cuja sensibilidade se revelava extrema – condição fundamental para entrar em contato com o mundo quase esotérico das notas e melodias. À medida que esse mundo se abria diante de seus olhos, Brenda ia amando Diego Bertoni mais profunda e reverencialmente. Fazia quase dois anos que não o via nem sabia dele, mesmo assim se sentia conectada com a essência dele, mais do que com a de qualquer outro ser humano.

Embora se tratasse de uma arte quase mística, Brenda aprendeu que havia na música técnicas e normas muito rígidas. Anos depois, Cecilia lhe explicaria que todo pisciano (segundo ela, a música era a arte pisciana por natureza) precisava de um lado virginiano que pusesse ordem no caos de Netuno e que apresentasse a arte de um modo que permitisse ser transmitida. Virgem dava a Peixes a linguagem para comunicar sua magia. Mas isso ela só soube muito tempo depois.

Naquela época, dedicava-se com afã às aulas de canto. Não era questão de cantar de qualquer jeito, como dizia Silvani. Era preciso dominar a técnica para não prejudicar as cordas vocais e alcançar, sem esforço, as notas mais elevadas. Era fascinante ver como, de maneira natural, ia ampliando seu vocabulário e fazendo amizade com as partituras, que, no começo, pareciam grego para ela.

Tinha aulas uma vez por semana, às quartas-feiras. Depois de pouco tempo decidiu que isso não bastava, e pediu a Silvani que a recebesse também aos sábados à tarde, depois do treino de hóquei. Mesmo protestando, dizendo que assim Brenda não poderia descansar, Silvani aceitou, porque a verdade era que havia se afeiçoado à garota. De fato, esperava-a com o almoço pronto aos sábados. Comiam juntas e falavam de música, e depois começavam a trabalhar. Em um desses almoços Brenda conheceu Leonardo Silvani, sobrinho e orgulho de Juliana, a quem ela havia ensinado a tocar piano aos quatro anos e que depois preparara para entrar no Instituto Superior de Arte do Teatro Colón, onde ele se formara cantor lírico. Era tenor e tinha uma carreira promissora em uma companhia italiana. Estava de passagem por Buenos Aires a caminho do Chile.

Mesmo com vergonha, Brenda concordou em cantar para Leonardo. Cantou uma cavatina de "La Traviata" que estava preparando para Ximena, amante de ópera, em especial da obra do mestre Verdi; pretendia interpretá-la no dia do aniversário da mãe. Também cantou "Rolling in the Deep", de Adele, com notas muito elevadas, especialmente no refrão.

— Sua voz tem uma flexibilidade incrível — elogiou Leonardo.

— É realmente notável — ratificou Juliana. — Passa do lírico para o pop com a maior tranquilidade.

— Ela faz a mudança de ressonância com tanta naturalidade... — disse o tenor, espantado, pois a transição entre o canto nascido nos ressonadores do peito aos da cabeça exigia uma destreza difícil de dominar.

— É que ela sabe controlar o ar muito bem — apontou a professora. — Tem um suporte abdominal ótimo, e a respiração costodiafragmática já é parte de seu jeito de respirar — acrescentou, com uma risadinha cheia de orgulho.

— É como se na voz de Brenda — prosseguiu o tenor — se resumissem uma soprano leve, uma lírica e uma dramática. Sua voz é policromática, Brenda — afirmou, com um entusiasmo sincero. — Você tem agudeza, volume e gravidade, as três qualidades ao mesmo tempo.

— Obrigada — disse Brenda, e morreu de ódio por ficar vermelha.

— Alcança o dó de peito sem fazer esforço — comentou Juliana, referindo-se a uma das notas musicais mais elevadas. — E reparou na articulação dela, Leo?

— Reparei, sim. Parabéns, tia. Você fez um trabalho incrível.

— Brenda é uma de minhas discípulas mais entusiasmadas. E sabe cuidar muito bem da voz.

— Que idade você tem, Brenda?

— Dezessete.

— Já decidiu que faculdade vai fazer?

— Ciências econômicas. Para ser contadora.

— Que desperdício! — lamentou Leonardo. — Você faria uma carreira maravilhosa no ISA.

— Ele está falando do Instituto Superior de Arte — explicou Juliana —, a escola do Teatro Colón. Leo estudou lá e se formou com louvor.

— Muitas colegas minhas invejariam a sua voz. Há quanto tempo está dando aula para ela, tia?

— Um ano, mais ou menos — respondeu a professora, e Leonardo ergueu as sobrancelhas, espantado. — Ela vem duas vezes por semana e é muito aplicada nos exercícios que eu passo para casa.

— Meu irmão quer me expulsar — brincou Brenda. — Não aguenta mais as vocalizações e os exercícios de aquecimento. O único que não reclama e me escuta com paciência é o meu cachorro, Max.

Leonardo não foi receptivo à brincadeira. Acompanhou-a até a calçada e, enquanto se despediam, olhou-a fixo. Brenda notou os lindos olhos azuis dele.

— Pense bem, Brenda — disse ele. — Acho que você deveria se dedicar ao canto profissional. Você tem uma voz que conquistaria o coração mais duro.

O de Diego Bertoni?, perguntou-se ela.

* * *

Durante o caminho de volta, Brenda pensou no que Leonardo Silvani havia sugerido. Faria ciências econômicas para trabalhar na empresa da família. Achava natural, divertido inclusive, trabalhar com Ximena. As duas se davam bem e se entendiam com o olhar. Ela e Lautaro, que já havia começado a cursar engenharia química, ficariam ao lado da mãe e a protegeriam dos vigaristas. A essas razões se somava outra não menos importante: Millie também pretendia fazer ciências econômicas e as duas haviam decidido estudar na mesma faculdade. Tudo redondinho, tudo no lugar. Por que então se sentia tentada pela ideia de entrar no ISA? Sabia que Bianca Rocamora estava se preparando para passar na dificílima prova de acesso. Pensou em perguntar a ela. Bianca responderia com franqueza, sem sonegar informações.

Com uma racionalidade que a protegia das ideias malucas que às vezes surgiam em sua cabeça, convenceu-se de que aquilo era um feitiço. A música era sua paixão, mas com ela não poria comida na mesa, e também não lhe serviria quando tivesse que assumir a fábrica. Não estragaria aqueles bem traçados planos por causa de um sonho louco. Por que dedicar um instante sequer para avaliar essa possibilidade? Às vezes seus próprios pensamentos a assustavam.

Mesmo assim, Brenda procurou Leonardo Silvani no Google e, além de descobrir que ele tinha trinta anos e que a companhia lírica na qual trabalhava se chamava Vox Dei, estabelecida em Milão, resolveu ver vídeos no YouTube e fotografias. Era decididamente atraente: alto, magro, pele morena, cabelo preto cacheado e penetrantes olhos azuis. Em várias fotos estava com uma mulher, soprano da Vox Dei, uma húngara de nome Maria Bator, mais velha que ele e que cantava como os deuses – foi o que achou ao vê-la interpretar "Ebben? Ne Andrò Lontana". Pediria a Silvani que lhe ensinasse essa. Talvez a professora considerasse esse pedido pretensioso, pois era uma obra complexa, com notas elevadíssimas. Brenda prometeria se esforçar para aprender. Era de um requinte sublime, emocionara-a até as lágrimas. Queria incorporá-la ao repertório do aniversário de Ximena.

Ela pensou em Diego e, como sempre, a tristeza acabou com seu entusiasmo, sua vontade de aprender a ária, de planejar o futuro, até mesmo de se levantar da cadeira e se vestir para ir a um esquenta na casa de um colega do Santa Brígida.

Onde estaria? Desde a briga entre as famílias, os dois haviam cortado relações. Suspeitava que Ximena continuava se dando bem com Lita Fadul, mãe de Mabel. Tempos atrás, ouvira a mãe falando ao celular justamente quando ela dizia: "Bem, Lita, tenho que ir". Lita, avó de Diego, era a única que conheciam com esse nome. A seguir, acrescentara: "A senhora já sabe: ligue se precisar de qualquer coisa. Sem hesitar". Por que se esconderá antes que Ximena notasse sua presença? Por que não ficara para lhe perguntar sobre o que haviam conversado? Porque tinha medo. Não queria saber de Diego nem da vida dele, não queria que a mãe lhe contasse que ele estava feliz, apesar de não a ver havia tanto tempo. "Ele jamais pensa em você, sua idiota!", censurou-se. Nem com Millie tocava no assunto mais, porque sua amiga revirava os olhos e simplesmente ordenava: "Nem comece".

Incapaz de vencer o anseio de vê-lo, Brenda entrou no Facebook da banda dele. Pelo visto, Sin Conservantes continuava tocando em bares da Grande Buenos Aires e em outros lugares, como cinemas de bairro e teatrinhos fuleiros. Era formada pelos quatro membros de sempre: Diego, Manu, Rafa e Carla, que agora atendia por Carla Queen.

Mergulhar no mundo do Sin Conservantes reafirmou o que Brenda já sabia: ela não pertencia ao universo de Diego; nada tinha a ver com seu jeito de ser nem de ver a vida. Assim como acontecera na tarde em que conhecera Carla, sentiu-se feia e nada sofisticada. O golpe mais duro, porém, foi ver Diego de novo. O impacto foi imenso, porque a metamorfose havia sido radical, e não só fisicamente; a mudança de atitude também a deixou pasma. Os olhos dele estavam cheios de ira; nada restava do garoto doce que a havia tratado tão bem. Estava com o cabelo comprido e o rosto coberto por uma barba muito fechada e avermelhada. Uma fileira de brincos cobria suas orelhas, e ele tinha um piercing na sobrancelha direita. Entre tantas fotos que viu, uma em especial a afetou: Diego com o torso nu, tocando guitarra e mostrando a língua, onde também tinha um piercing. Tatuagens de tinta preta cobriam seus antebraços e o peito. Brenda recordou o verão de 2011, quando ele trabalhava na fábrica e um dia ela lhe pedira que lhe mostrasse as poucas tatuagens que tinha no antebraço direito. Lembrou-se também de que as tocara com o indicador, mal as roçara com a ponta do dedo, e que Diego retirara o braço abruptamente. "Faz cócegas", justificara.

Em outra foto ele estava com Carla, os dois se beijando no palco. Diego passava o braço direito pela cintura da vocalista enquanto com a mão esquerda segurava o braço da guitarra a tiracolo. A imagem transmitia energia, sensualidade, entusiasmo, intimidade, todas as sensações e sentimentos que Brenda teria adorado compartilhar com ele.

Ela ligou para Millie para dizer que não sairia naquela noite. Deu a desculpa de que sua menstruação havia acabado de descer e que estava com cólica; não tinha vontade de nada.

— Você nunca tem cólica — desconfiou Millie. — Anda, me conta o que está acontecendo.

— Entrei no Facebook do Sin Conservantes — Brenda atreveu-se a confessar, e, embora esperasse a bronca da amiga, isso não aconteceu; só ouviu um suspiro do outro lado da linha.

— Vou para a sua casa — disse Millie. — Também não estou muito a fim de sair.

— Obrigada — sussurrou Brenda.

Precisava da amiga naquele momento em que havia aceitado que Diego Bertoni e ela jamais ficariam juntos.

* * *

No início de 2014, Brenda havia acabado de entrar na faculdade de ciências econômicas quando sofreu mais uma perda: o avô Benito. Morreu dormindo, e, embora fosse um consolo ele ter partido em paz e sem sofrimento, não era o bastante para aceitar que não mais o veria, nem o ouviria, nem o abraçaria.

Hugo Blanes era aluno do último ano de contabilidade e monitor do primeiro ano. Segundo Millie, era atraente, e, na opinião de Rosalía Dumoni, a nova colega de estudos, era muito inteligente. Brenda gostava dele por outra razão: porque a fazia rir. Na bruma de dor em que estava imersa desde a morte de seu avô Benito, julgava essa a virtude principal dele. Em pouco tempo ficou claro que o jovem monitor mostrava certa preferência pela aluna Brenda Gómez.

— Não seja tão indiferente, Bren — dizia Rosi. — Você tem muita concorrência. Paloma Rodríguez está a fim dele e demonstra sempre que pode.

— É um gato! — dizia Millie. — Se eu o pegar, vou devorar esse cara como se ele fosse uma pizza. Não deixo nem o farelo.

Brenda sorria e nada dizia. A verdade era que adoraria gostar dele. Na realidade, gostava, não podia negar, mas uma sombra se erguia para ofuscar o início do entusiasmo. Fazia tempo que proibira a si mesma de sequer pronunciar o nome de Diego em pensamento; contudo, ele estava sempre ali para angustiá-la.

No fim de 2014, faltando poucos dias para o término das aulas, Hugo as encontrou na lanchonete da faculdade e as convidou para tomar um café. Millie primeiro e Rosi depois inventaram desculpas e os deixaram sozinhos. Brenda também pensou em fugir, mas, movida pela compaixão, decidiu ficar uns minutinhos. Não se arrependeu, e os minutos se tornaram uma hora que ela passou rindo. Hugo era espirituoso e descomplicado, inteligente e cavalheiro. E olhava para ela como se a considerasse maravilhosa, escutando-a como se cada palavra que emergia de sua boca fosse uma verdade revelada.

— Está saindo com alguém? — perguntou ele de repente, e sua atitude segura e descontraída mudou um pouco.

— Não.

— Não? — repetiu, e ergueu as sobrancelhas. — Como é possível, você é linda!

"É possível porque o garoto que eu amei a vida inteira não me ama", teria respondido ela. "Nem se lembra de mim", teria acrescentado. Foi golpeada por uma amargura que lutou para disfarçar e que Hugo não percebeu.

— Nunca namorei.

— Impossível! — disse ele, escandalizado, e soltou uma risada incrédula, mas contente.

Paloma Rodríguez se aproximou da mesa e Hugo se levantou, o que agradou Brenda. Pensou: *Ele é um* gentleman. A garota queria consultá-lo por causa de umas dúvidas que tinha sobre os temas da revisão da semana seguinte, e Brenda aproveitou para bater em retirada. Mas Hugo não queria isso.

— Pode esperar um pouco, Paloma?

— Sim, claro — respondeu a garota.

— Vou acompanhar você até a escada — propôs Hugo a Brenda, que aceitou.

Os dois caminharam alguns metros, calados, cercados pelo murmúrio incessante da lanchonete. Ao chegar ao pé da escada, olharam-se com nervosismo.

— Eu adoraria te encontrar de novo, fora da facul — disse Hugo. — Está a fim de sair comigo no sábado? — E logo acrescentou: — Posso apresentar uns amigos para a Millie e a Rosi. Eles são bem legais.

— Millie está saindo com um cara, mas Rosi não.

— Isso quer dizer que você aceita?

Brenda assentiu, e o sorriso de Hugo provocou nela uma sensação agradável. Sabia que não chegava nem perto do que Diego a fizera sentir, mas, refletiu, era hora de virar a página.

6

Brenda continuava amando Diego Bertoni em segredo. Tinha vergonha de amá-lo, não porque o pai dele os havia roubado, mas porque ele não tinha interesse nenhum por ela e, em especial, porque estava saindo com Hugo já fazia quase nove meses. Sentia-se uma traidora e não culparia a insistência ou a perseguição de Hugo por ter cedido. Sim, ele havia mesmo se mostrado incansável, mas ela acabara cedendo porque decidira pôr uma pedra sobre o passado. Cansada de amar sem ser correspondida, queria saber como era estar com alguém que a quisesse.

Era normal que continuasse amando um garoto que não via desde 2011? Havia algo nela que não funcionava direito? Às vezes achava que estava meio louca. Mas, fosse como fosse, Diego Bertoni continuava cravado em seu coração. Seu pulso se acelerava quando, de vez em quando, se atrevia a entrar na página do Sin Conservantes, ou quando acordava com uma alegria irrefreável por ter sonhado com ele, só para depois se deprimir imediatamente ao perceber que tinha sido só um sonho.

Às vezes, quando a confusão e a tristeza a perturbavam, tinha vontade de correr para os braços de sua mãe e contar a verdade a ela. Mas se continha. Ximena gostava de Hugo. Além do mais, já podia imaginar o conselho que ela teria dado: "Se você não o ama, termine com ele". Millie e Rosi suspeitavam de que a coisa não andava bem porque, depois de quase nove meses de namoro, ainda não haviam transado. Tinham uma grande intimidade, mas ela não se atrevia a dar o grande passo. Por quê? Ela também sabia a resposta a essa pergunta.

As aulas de canto com Juliana Silvani representavam a grande fuga de sua vida confusa e triste. Chegava ao velho casarão de Caballito e entrava em um mundo sem tempo nem pressões. Cantava e era transportada a uma dimensão na qual o medo, a desilusão e o desamor não existiam. Com as exigências da faculdade, sobrava pouco tempo para as aulas de canto e os treinos em casa, mas preferia sacrificar horas de sono a ter que abandonar a música. Os resultados saltavam aos olhos. Sua voz alcançava níveis de perfeição que deixaram até a própria Bianca Rocamora espantada quando, no último aniversário de seu irmão, Brenda interpretou "Insensitive" – a música do casal Lautaro e Camila –, além de outras canções.

— Bren, você tem uma voz maravilhosa! — dissera Bianca, que havia quase dois anos estudava no ISA. — Estou impressionada. É obvio que você está fazendo aulas com alguém.

— Com certeza você a conhece, porque ela dá aula no Colón. O nome dela é Juliana Silvani.

— Jura? — disse Bianca, pasma. — Silvani é um gênio, mas todo mundo tem medo dela, porque é superexigente. Não me diga que ela te dá aula de canto lírico?! — Brenda assentiu, meio lisonjeada, meio envergonhada. — Não acredito!

— E você não sabe como Brenda é boa no canto lírico — interveio Ximena, e lhe contou que, para seu aniversário, Brenda havia preparado "Ebben? Ne Andrò Lontana".

— O quê?! — Bianca estava admirada. — Preciso ouvir isso — declarou, toda entusiasmada.

Então, Brenda interpretou a famosa ária da ópera *La Wally*, e, embora sabendo que havia errado várias notas, aceitou os aplausos com orgulho. Como sonhava cantar um dia com Bianca, pediu a Silvani que lhe ensinasse dois duetos que Ximena amava, "Barcarola" e "Viens, Mallika".

— Não sei para que tanto esforço — dizia a professora, fingindo-se contrariada —, se, como disse meu sobrinho, você esconde do mundo essa voz prodigiosa.

— Porque eu gosto — replicava Brenda, e a abraçava e beijava no rosto, pois era grande o afeto entre as duas. — Além do mais, você não suportaria viver sem mim — argumentava.

Leonardo Silvani havia feito uma solicitação de amizade no Facebook, por isso Brenda estava a par dele e de seu sucesso não só nos teatros europeus como também nos asiáticos, especialmente nos do mundo árabe. Às vezes trocavam mensagens e falavam de música, e para ela o tempo passava voando. Sem dúvida, a música era a grande constante em sua vida.

E seu amor por Diego Bertoni.

* * *

— Não é normal que vocês não tenham transado ainda, Bren — argumentou Millie. — Hugo deve te amar muito para aguentar as suas frescuras. Quanto tempo faz que vocês estão juntos? Estão saindo oficialmente desde março — respondeu ela mesma. — Está chegando o fim do ano e vocês ainda nada. Pretende começar 2016 ainda virgem?

— Não sei, Millie.

— Hugo não pressiona você? — perguntou Rosi, sempre mais moderada.

— Bem, não somos dois monges — justificou Brenda. — Nós nos satisfazemos mutuamente.

— Não é a mesma coisa, Bren! — exclamou Millie. — Que pretexto você usa para não transar como se deve? — inquiriu e cravou o olhar na amiga. — Não vá me dizer que...

Brenda tinha medo daquele olhar acusador de Millie que tanto a fazia recordar o de Lautaro, seu irmão.

— O quê? — perguntou, impaciente.

— Você não quer transar com Hugo porque está pensando em El Moro Bertoni — declarou, usando o apelido pelo qual Diego era conhecido no mundo da música.

— É isso, Bren? — perguntou Rosi, que sabia da história de Brenda com o líder do Sin Conservantes.

— Não, não é isso.

Millie bufou, exasperada, e Rosi ficou encarando Brenda com olhos de pena.

— Não minta para nós — exigiu Millie. — Somos suas irmãs da vida, Bren. Minta para si mesma, mas não para a gente.

Ela alternou o olhar embaçado de lágrimas entre suas queridas amigas e mordeu o lábio. "Prefiro morrer a admitir a verdade", jurou. E a verdade era que tinha medo, ou melhor, pânico de que, enquanto Hugo estivesse dentro dela, pensasse em Diego Bertoni.

***

Na segunda-feira, 4 de janeiro de 2016, Brenda entrou pela última vez no Facebook do Sin Conservantes. Jurou a si mesma que, a partir de então, daria fim à obsessão por Diego Bertoni e se entregaria plenamente a Hugo, que a amava e tinha uma paciência infinita – isso sem contar que Ximena e vovó Lidia gostavam dele. Haviam passado juntos o Ano-Novo e o fim de semana na chácara de San Justo, e foram quatro dias maravilhosos. Ele a fizera rir e esquecer. Lautaro o observava como se estivesse esperando que cometesse um erro, mas seu irmão era assim mesmo. Camila, que sabia muito de astrologia, consolava-a dizendo que, por ser escorpiano, Lautaro era desconfiado. Brenda não acreditava em astrologia, mas admitia que acertava nessa e em outras características de seu irmão mais velho, como o fato de ser intenso, dominante e controlador.

Entrou na página e ficou surpresa por não haver posts desde a última vez que a acessara, no dia 4 de setembro, aniversário de Diego. Naquela data, inclusive, teve a impressão de que a página estava congelada em uma publicação de julho de 2015, quando a banda tocara nas festas do padroeiro do município de General Arriaga. Será que haviam se separado? Procurou informações, mas não encontrou nada. Depois de duas horas de pesquisa infrutífera, deu-se por vencida e fechou o notebook com um suspiro. Cobriu o rosto com as mãos e ficou quieta.

Levantou-se, decidida a pôr um fim naquela loucura. Tomou banho, fez uma escova no cabelo e vestiu um conjuntinho que adorava – minissaia de algodão e blusa de tule. Maquiou-se levemente e passou o perfume *Nina*, que Hugo havia dado a ela de presente de Natal.

— Vou para a capital — anunciou a Ximena e à avó Lidia, que estavam cuidando do jardim da chácara. — Vou dormir lá.

— Você está linda.

— Obrigada, vovó.

Entrou no carro e baixou o quebra-sol para se olhar no espelho. Gostou do que viu. Forçou um sorriso antes de pôr os óculos escuros e ligar o motor. A estrada estava vazia, porque ela ia no sentido contrário ao trânsito, que era da capital para a Grande Buenos Aires. Calculou que chegaria por volta das sete da noite, e que Hugo já teria voltado do escritório. Ele trabalhava no importante escritório de contabilidade do pai e, justamente por ser filho do dono, empenhava-se para deixar claro que não tinha privilégios. Pensou que, talvez com o objetivo de fazer média com o pessoal, ele ficaria até mais tarde. Hesitou entre fazer uma surpresa e mandar uma mensagem avisando que estava chegando. E se não o encontrasse em casa? Decidiu pela surpresa. Ela tinha as chaves do apartamento; entraria e o esperaria. Ficou entusiasmada planejando preparar algo gostoso para o jantar.

Parou antes em uma Farmacity para comprar camisinhas. Eram tantas marcas, tipos e até mesmo sabores que ficou parada em frente à gôndola, desorientada. Passou um bom tempo lendo as caixinhas, até que decidiu perguntar a Millie. Ligou para ela.

— Decidiu! — exclamou a amiga.

— Sim, mas agora estou sem tempo. Depois te conto.

— Claro que vai me contar. Com todos os detalhes — exigiu.

Ela comprou as camisinhas que Millie indicara e saiu dali nervosa e com o coração acelerado. Entrou no carro e tentou se acalmar. Ao chegar à avenida De los Incas, avistou um táxi esperando na entrada do edifício de Hugo. Ligou o pisca-alerta, parou em fila dupla e aguardou; pretendia ocupar o lugar que o táxi logo desocuparia. Consultou a hora: eram dez para as seis da tarde e ainda havia luz do dia.

Brenda tamborilava os dedos no volante para acompanhar o ritmo de uma música de Ed Sheeran quando parou abruptamente e se aprumou no banco ao ver que sua colega de faculdade Paloma Rodríguez, com o cabelo molhado e toda sorridente, saía do edifício de Hugo e entrava no táxi. Depois da estranheza, surgiu um mau pressentimento. Manobrou para estacionar o carro no espaço em frente à entrada e desceu. Enquanto subia de elevador, recordou que, desde o ano anterior, Paloma era monitora da matéria Contabilidade do primeiro ano, e Hugo era chefe de trabalhos práticos desde que obtivera o título de contador. Na opinião de Rosi e Millie, Paloma não se interessava por dar aula, e sim por estar perto dele.

Estranhou que a porta não estivesse trancada. Entrou e ficou quieta no hall enquanto farejava claramente um perfume feminino. Deixou cair o chaveiro, que provocou um estrondo ao bater no chão.

— Ainda está aí, Palo? — exclamou Hugo enquanto avançava pelo corredor. — Pensei ter ouvido você fechar a...

Brenda o viu aparecer com uma toalha em volta da cintura e parar bruscamente ao vê-la à porta.

— Amor...

— Paloma já foi. Acabei de vê-la entrar em um táxi. — Levantou o chaveiro para mostrá-lo a ele. — Tome, estou devolvendo as suas chaves — disse, e as deixou sobre um móvel. — Felicidades.

Voltou-se para a porta, mas Hugo a deteve pelo braço.

— Me solta, Hugo. Não me toque. — E, com calma, acrescentou: — Por favor.

— Isso não significa nada, Bren, juro. Nada. Eu amo você, meu amor. Eu te amo, Bren. Você é o amor da minha vida.

— Hugo, não estou te censurando. Juro que não te recrimino por nada. Não sou a pessoa certa para você. Você merece uma mulher que seja sua plenamente.

— E você é! Você é minha plenamente.

— Garanto que não sou — disse Brenda, e foi embora.

Desceu correndo as escadas e chegou à calçada sentindo-se livre e leve.

* * *

Ela passou o resto de janeiro entre a chácara de San Justo e a casa de Millie em Pinamar. As três haviam passado em todas as matérias em dezembro, por isso não tinham que se preocupar com os estudos até o começo das aulas, em março, e passavam o tempo juntas, em especial para levantar o ânimo de Millie, que havia acabado de terminar um namoro de mais de dois anos.

Para Brenda, terminar com Hugo não gerou grandes consequências. Às vezes sentia saudade, que logo desaparecia. O que prevalecia era a sensação de liberdade; havia tirado um peso das costas. Hugo, porém, não conseguia superar. No início, procurava-a com uma persistência que se poderia considerar assédio; inclusive apareceu uma vez na chácara de San Justo, onde o segurança permitiu que ele entrasse porque a placa do seu carro ainda constava nos registros.

Brenda não estava, havia ido ao supermercado com Ximena e vovó Lidia, mas Camila lhe contou que Lautaro saíra para recebê-lo e que os dois conversaram um pouco.

— Fiquei vendo tudo da janela da frente — contou sua cunhada —, mas não escutei o que eles diziam. Seu irmão estava tranquilo, como sempre, mas Hugo colocava as mãos na cabeça e parecia angustiado. No fim, foi embora com uma cara de desolação que me deu pena.

— O que Lauti te contou?

— Quando perguntei o que tinha acontecido, ele disse: "Eu sempre soube que ele era um hipócrita". Depois, ligou para o segurança e mandou tirar a placa do carro de Hugo do registro de convidados.

Hugo não voltou à chácara, mas continuou ligando e mandando mensagens várias vezes por dia. Movida pela pena, de vez em quando ela atendia e os dois conversavam. Em mais de uma ocasião quase cedeu, especialmente quando ele começava a chorar.

* * *

Cecilia Digiorgi chegou de Madri no dia 2 de fevereiro de 2016 para passar uma temporada em Buenos Aires; o tempo que fosse necessário para esvaziar e pôr à venda a casa de sua infância – sua mãe havia morrido no ano anterior – e organizar as questões tributárias e legais. Precisava do dinheiro para abrir uma escola de astrologia em Madri, e, se esperasse sua irmã Verónica cuidar disso, a casa viraria uma ruína – pelo menos era o que afirmava, com seu jeito falastrão.

Cecilia passou os primeiros dias na chácara; Brenda ficava grudada nela, embora fosse alheia às conversas que ela mantinha com Camila sobre os astros e sua influência. Sempre amara sua madrinha; sempre se sentira atraída por sua personalidade jovial e sua paixão pela liberdade. Por que gostava tanto dela se eram tão diferentes? Isso sem contar que, desde que havia feito um curso em Madri, Cecilia era obcecada por astrologia, algo em que Brenda não acreditava.

— Brendita — disse Cecilia certa tarde enquanto tomavam mate —, sua mãe já me disse a hora do seu nascimento, e estou fazendo seu mapa astral. Amanhã termino e mostro para você.

— Nossa — reclamou Camila —, você não sabe quantas vezes eu tentei ler o mapa astral dela, Ceci, mas Brenda nunca quis.

— Não acredito nessas coisas — disse Brenda, e deu de ombros.

— Astrologia — disse Cecilia — não é uma religião. Não é questão de acreditar ou não. Ninguém diz: não acredito em matemática. Com a astrologia é a mesma coisa. É uma ciência, uma das mais antigas que existem. Os sumérios, há oito mil anos, estudavam a influência da energia eletromagnética dos astros na vida terrestre. Mas não vou falar mais nada! — exclamou, alegre de novo. — Amanhã, quando eu ler o seu mapa, as evidências serão tão esmagadoras que você só vai conseguir dizer: Agora sim acredito em astrologia.

* * *

Marcaram a hora da leitura para as três da tarde, quando o sol tirava a coragem de todo mundo, mantendo-os dentro de casa, com o ar-condicionado ligado. Brenda estava intrigada, contagiada pelo entusiasmo de Cecilia e Camila.

Acomodaram-se na sala, em cima do tapete, ao redor de uma mesa de centro, onde Cecilia espalhou várias folhas impressas com um círculo dividido em partes e cheio de símbolos esquisitos e linhas vermelhas e azuis.

— Isso é grego para mim! — reclamou Brenda, rindo.

— É a imagem do céu no momento em que você nasceu, Bren — explicou Camila. — Essa era a disposição dos planetas no exato momento em que você despontou neste mundo.

— Exato — corroborou Cecilia. — E devo acrescentar que você tem um dos mapas mais interessantes que eu já vi em todo esse tempo como astróloga.

— Interessante? — repetiu Brenda. — Isso não parece muito bom. Essa palavra se usa quando algo é ruim.

— Em astrologia nada é bom ou ruim — replicou Cecilia —, simplesmente *é*. São as ferramentas com que você nasceu, que o cosmo deu a você para que viva a vida que lhe cabe. Depende de você aprender a usá-las bem ou mal. Mas a ferramenta não é nem boa nem ruim.

— Certo — disse Brenda, espantada diante da mudança de comportamento de sua madrinha, que se transformara numa severa profissional.

— Não vou negar que existem mapas astrais com mais desafios que outros. O que se deve ter em mente é que, quando um mapa tem energias complexas, dá como resultado uma vida mais rica e obriga a pessoa a sair da zona de conforto e se transformar em um ser mais profundo e, com sorte, mais elevado. Contudo, quando o mapa é fácil — disse, e fez sinal de aspas na palavra fácil —, pode dar como resultado uma vida mais medíocre.

— Meu mapa tem desafios?

— Sim, tem. Muitos e fortes. Você precisa me escutar bem para que, a partir de agora, as energias que te controlam em seu inconsciente passem para o consciente e você, Brenda Gómez, tenha controle sobre elas e as use para viver plenamente.

— Tudo bem — sussurrou, totalmente encantada.

— Osho disse — citou Cecilia — que o único pecado é a falta de consciência.

— O que isso significa?

— Segundo estudos recentes, o comportamento do ser humano é consciente em apenas cinco por cento (outros falam de três por cento). Isso quer dizer que os noventa e cinco por cento restantes das coisas que nós fazemos, pensamos e dizemos nascem de uma parte à qual não temos acesso nem controlamos: o inconsciente. Pois bem, a astrologia é uma ferramenta que nos permite mergulhar nessa caixa-preta e aprender de verdade como somos e por que fazemos e pensamos as coisas que fazemos e pensamos.

— O que tem no mapa astral da Bren que o transforma em um grande desafio? — perguntou Camila, interessada.

— Primeiro, ela é pisciana — disse Cecilia, e Camila assentiu. — Querida Bren, quando você nasceu, em 1º de março de 1996, às quatro e quinze da madrugada, na cidade de Buenos Aires, o Sol se encontrava na constelação de Peixes. Por isso digo que você é pisciana.

— E por que ser de Peixes é um desafio? — perguntou Brenda, preocupada.

— Porque é uma energia que os humanos não reconhecem. É transpessoal, ou seja, vai além da pessoa, do indivíduo, do ego. Peixes é o signo que nos ensina que nós somos todos parte do Todo, com

T maiúsculo; de Deus, se você quiser dar um nome mais comum. Peixes vem nos dizer que nós somos gotas em um grande oceano de amor e que o indivíduo e o ego não existem. Você pode imaginar como seria explicar a uma criatura como o ser humano, que constrói sua vida em torno do ego, que este não serve para nada? Ele vai sair correndo e gritando!

Cecilia ficou calada, apertando o queixo e estudando o estranho círculo, até que ergueu o olhar e o fixou em Brenda para explicar:

— Não é fácil ser pisciano neste mundo tão hostil, querida Brenda. Aliás, é muito difícil.

— Por quê? — perguntou Brenda em voz baixa, inexplicavelmente comovida.

— Porque vocês nascem em carne viva e percebem a dor alheia como se a sentissem dentro de si mesmos.

A declaração deixou Brenda estupefata por ser tão certeira. Por alguma razão indecifrável, sempre havia se esforçado para ocultar essa característica, que ela julgava uma fraqueza, e agora chegava Cecilia, a louca da família, como dizia Verónica, e revelava seu segredo sem pudor.

Cecilia estendeu a mão sobre a mesa e secou a lágrima que marcava o rosto de Brenda.

— Eu sei que você tenta se fazer de forte e esconder o que a sociedade considera uma desvantagem — disse —, mas vou te dizer uma coisa: você só está se machucando, porque isso é exatamente o que você é: um ser extremamente sensível e amoroso, capaz de sentir a dor dos outros na sua própria carne. Veio a este mundo para isso, para se conectar com a dor e para se compadecer das criaturas que o habitam. Todos os signos de água (Câncer, Escorpião e Peixes) são muito sensíveis, mas a sensibilidade de Peixes... — Cecilia mordeu o lábio e sacudiu a cabeça, de repente também emocionada. — A sensibilidade dos piscianos não é deste mundo. Eles são capazes de ver e perceber coisas que os outros não veem nem percebem. São os videntes do Zodíaco.

— Sério?

— Sim. Se você começar a estudar sua vida, tenho certeza de que vai se lembrar de situações em que percebeu muitas coisas, mas, por achá-las estranhas, entrou em negação.

— Sim, é verdade — admitiu Brenda, com um tremor no queixo.

Camila pegou a mão de Brenda e esta apertou a da cunhada. Cecilia enxugou os olhos e sorriu.

— Mas o cosmo, querida Bren — prosseguiu, mais animada —, não satisfeito com transformar você nessa criatura hipersensível e ressonante, pôs o misterioso planeta Netuno, o rei de Peixes, na Casa XII, a casa de Peixes.

— Ela tem polaridade netuniana? — perguntou Camila, espantada.

— E uraniana!

Camila sufocou uma exclamação. Brenda alternava olhares desconcertados entre as duas e não entendia nada.

— Expliquem! — exigiu, por fim. — Não estou entendendo nada. O que é Casa XII?

— Como vê — replicou Cecilia, e apontou para o círculo zodiacal com uma caneta —, o Zodíaco está dividido em doze signos, que você já conhece: Áries, Touro, Gêmeos etc., e em doze casas, que são doze cenários da vida. Por exemplo, a Casa III, que corresponde ao terceiro signo, o de Gêmeos, é a casa dos irmãos, dos primos e dos vizinhos; é também a casa da comunicação. Quando existem planetas nessa casa, dependendo de quais sejam e se têm outros aspectos, o nascido sob esse signo vai ter um vínculo mais fácil ou mais complicado com os irmãos e os primos. Você tem Vênus na Casa III, o planeta do amor e da criatividade, e por essa razão sempre teve uma relação harmoniosa com Lauti.

— E se uma casa estiver vazia?

— Melhor! Os astrólogos dizem: casa vazia, vida tranquila.

— A Casa XII é especial — apontou Camila. — Não é verdade, Ceci, que a Casa XII é especial?

— Muito especial, como tudo que tem a ver com Peixes. Peixes é o último signo, o número doze, por isso a casa dele é a décima segunda. É uma casa difícil de definir porque tem relação com conceitos como inconsciente coletivo, esoterismo, sonhos... Dizemos que os planetas da Casa XII ultrapassam os limites dessa casa e banham o mapa todo.

— E eu tenho Netuno aí?

— Sim, Netuno, o amoroso e romântico. E também Urano, o louco, e Júpiter, o bonachão.

— Mãe do céu! — suspirou Camila.

— Isso é ruim? — inquiriu Brenda, mas logo se corrigiu: — Nada é bom nem ruim.

— Exato — afirmou Cecilia. — Cami disse "mãe do céu" porque esses três planetas são de uma força enorme. Estando na Casa XII, multiplicam várias vezes o seu poder. E é essa localização de Netuno, Urano e Júpiter que faz o seu mapa ser tão peculiar e um desafio para a vida. Porque o mais importante que você tem que entender, Brenda querida, é que a sua vida nunca vai ser normal nem tradicional. Você tem o mapa de uma mulher que vai viver uma vida intensa, fora dos cânones que a sociedade define como corretos. Mas não quero me perder no caos pisciano. Mas vamos voltar à organização de Virgem.

— Peixes é caótico?

— O mais caótico!

— Agora você sabe por que é tão desorganizada, Bren — disse Camila, rindo.

— Tenho que explicar isso a mamãe e Modesta para que elas parem de reclamar. Sou pisciana, vou dizer, o que elas querem que eu faça?

— Esse aspecto de Peixes, o caos, é uma das sombras do signo. É preciso controlá-lo porque, na verdade, não é fácil viver no caos; alguma ordem é necessária. Por isso você tem que olhar para seu oposto complementar, Virgem, o prestativo e organizado. Mas voltemos ao seu mapa — propôs. — Eu estava dizendo que você tem Netuno, o rei de Peixes, na casa de Peixes, uma posição que a transforma em netuniana. É como se você fosse uma dupla pisciana. Pisciana ao quadrado. Sua sensibilidade e sua capacidade de vidência devem ser elevadíssimas. Você é poderosa, querida afilhada.

— Não me sinto poderosa — disse Brenda. — Pelo contrário.

— Ela não se sente poderosa porque é netuniana inversa? — arriscou Camila, e Cecilia assentiu.

— Exato. Sendo netuniana, inconscientemente você tem medo do poder dessa energia e imediatamente se situa no lado contrário e se torna saturnina, ou seja, cai sob a influência do planeta Saturno, que é o oposto de Netuno. É o planeta da ordem, da lei, da obrigação, do limite, do trabalho e da carreira profissional. Por isso você escolheu algo tão rígido e duro como ciências econômicas.

Brenda se empertigou diante dessa última declaração. Não queria ouvir o que já havia tempo suspeitava: que detestava a faculdade. Se não tivesse Millie e Rosi com ela lá, já a teria largado.

— Eu não deveria ter escolhido contabilidade?

Cecilia apertou os lábios e negou com a cabeça.

— Eu sei por que você escolheu. Por dois motivos: primeiro, como acabei de explicar, para fugir da sua alma pisciana, sensível, sonhadora e romântica. E segundo porque não quer se afastar de sua mãe. Quer trabalhar com ela.

Brenda estava chocada.

— Como você sabe?

— Estou vendo a localização da sua Lua. Quando você nasceu, a Lua estava no signo de Câncer. Assim como a Lua é o astro mais próximo da Terra, a mãe é a mais próxima da criança, por isso a energia da Lua rege o vínculo de afeto que temos com a nossa mãe, e você tem um dos mais próximos e lindos do Zodíaco. Não precisa explicar nada a Ximena; ela entende tudo. Abraça você e isso é suficiente para que seu mundo volte a estar certo.

Brenda soltou uma gargalhada.

— Isso que você disse é tão exato! — disse, admirada.

— Não sou eu que estou dizendo — explicou Cecilia —, é a astrologia, depois de milhares e milhares de anos de estudo e observação.

— Pelo que eu sei — disse Camila —, os nascidos com a Lua em Câncer não querem nunca deixar os filhos.

— Exato — ratificou Cecilia. — É por causa da sua Lua que você tomou mamadeira até os sete anos. E foi difícil fazê-la largar!

— Não! — Camila gargalhou. — Você nunca me contou isso!

— Não costumo alardear essas coisas — replicou Brenda, com as bochechas vermelhas.

— A Lua de Câncer é linda — retomou Cecilia —, mas, como toda Lua, é uma energia associada à infância e é preciso superá-la para se tornar um adulto responsável pelo seu próprio destino, especialmente com um ascendente como o seu, Bren.

— Qual é o ascendente dela? — perguntou Camila, interessada.

— Nada mais nada menos que Aquário.

— Uau! — exclamou Camila. — Agora o desafio está completo.

— O que é um ascendente? — perguntou Brenda, impaciente. — Me falem, por favor!

— É a energia que você veio aprender. Você vai resistir a ela porque durante a vida vai se mover entre seu Sol, que é Peixes, e sua linda Lua, que está em Câncer, e também vai se sentir tentada a seguir os passos de Saturno. Mas o destino estará lhe dizendo o tempo todo: Não, querida Brenda, seu caminho é por aqui, por Aquário.

— Como é o caminho de Aquário?

— É o caminho da liberdade. É o caminho no qual se rompe com os cânones preestabelecidos. Nele se aprende a aceitar o outro que é completamente diferente; oposto, na verdade. Vão acontecer coisas loucas, muito loucas, e graças a elas você vai se tornar uma pessoa melhor. E certamente não é um caminho no qual você vai ficar calculando impostos e fazendo balanços, pode ter certeza.

— Meu Deus — desanimou —, fiz tudo errado.

— Ah, não! — censurou Cecilia. — Você não fez nada errado. Fez o que pôde estando absolutamente inconsciente das energias poderosíssimas que te regem. Mas, Bren, você acha que é coincidência eu ser sua madrinha, uma mulher que a família inteira considera uma louca, e que eu mesma esteja te explicando isso? Sou uraniana como você, porque também tenho Urano na Casa XII. Portanto, querida afilhada, nós somos almas gêmeas. E sou a primeira ajuda que Aquário envia para você tomar seu caminho.

Brenda se arrastou até o outro lado da mesa, abraçou Cecilia e começou a chorar.

— Desculpe. Ultimamente eu choro por qualquer coisa.

— Prerrogativa dos piscianos — brincou Camila.

— Exato — confirmou Cecilia. — Netuno entrou no seu signo, que é Peixes, em 4 de fevereiro de 2012, e ficará até 2025, de modo que todo mundo vai estar muito sensível, especialmente os piscianos. Mas é durante este ano de 2016, querida Bren, que vão acontecer coisas muito fortes, porque Netuno vai se situar no grau dez de Peixes, e seu Sol está justamente no grau dez de Peixes. Os graus vão se alinhar a partir de abril — especificou —, e vai haver mais duas datas críticas nesse processo de retrogradação: agosto de 2016 e fevereiro de 2017.

— O vai acontecer nesses meses?

— Não sei exatamente, mas serão vivências que farão você mudar profundamente, que vão obrigar você a se conectar com sua verdadeira essência, que vão exigir que tire a máscara saturnina que usa como mecanismo de defesa contra o seu coração netuniano e aquariano. Bem, agora está avisada, portanto vai se manter atenta e não vai ter medo. Tudo vai ser para seu crescimento pessoal.

— Além disso — interveio Camila —, quem tem ascendente em Aquário tem que estar preparado para o imprevisível, porque Aquário é o louco do Zodíaco e sempre surpreende. Com ele, os planos não servem para nada.

— Exatamente — ratificou Cecilia.

— Devo abandonar as ciências econômicas? — atreveu-se Brenda a sussurrar.

Cecilia inspirou profundamente antes de responder.

— Acho que você sabe a resposta a essa pergunta. Também devo dizer a você que o destino dos piscianos é a arte. Na arte eles drenam essa energia tão peculiar que os habita e que às vezes os angustia e os afasta do mundo. A música é, por natureza, a arte pisciana. Você estudando canto é o seu Peixes implorando para que o aceite. Estudar economia é o contrário de algo netuniano, e, como você, por ter Netuno na Casa XII, é uma netuniana inversa, faz sentido que tenha escolhido uma profissão tão distante dessa realidade de feitiços e esoterismo característica de Netuno e de seu signo, Peixes. Você quer tudo redondinho, que dois mais dois seja igual a quatro. Só que, sendo uma pisciana com ascendente em Aquário, nada é redondinho, Brenda, nada se encaixa. Nada mesmo. É hora de aceitar que a sua vida vai ser qualquer coisa menos dois mais dois igual a quatro.

7

Cecilia foi para a capital e ficou no apartamento dos Gómez, em Almagro, para esvaziar a casa dos pais e colocá-la à venda. Brenda foi com ela e, embora tenha dito que queria lhe dar uma mão, a verdade era que queria continuar aquela conversa sobre astrologia. Nunca havia falado sobre si mesma com tanta profundidade, e tudo girava em torno da análise de seu mapa astral. Que idiota havia sido ao recusar nas ocasiões que Camila lhe oferecera ler seu mapa!

— Faz sentido que você tenha se fechado para a astrologia — explicou Cecilia certa manhã em que esvaziavam os armários da cozinha. — Um dos problemas dos nascidos com a Lua em Câncer é que se tornam reticentes a enfrentar um conhecimento profundo de si mesmos.

— Por quê? — perguntou Brenda enquanto recebia os pratos e os colocava em cima da mesa.

— Porque eles acham desnecessário. Vocês dizem: para que eu preciso me conhecer se a minha mãe sabe tudo de mim, se me conhece até do avesso e eu não preciso explicar nada para ela? — Brenda riu baixinho e anuiu. Cecilia prosseguiu: — Também acho que você se recusou a se aprofundar em sua personalidade porque tem medo desse lado louco e uraniano tão poderoso que existe em você. De uma maneira instintiva, você se protegeu por trás de uma couraça de garota normal, responsável e séria, quando, na verdade, o tempo todo aconteciam coisas loucas e você pensava em coisas loucas.

— Não sou normal, Ceci?

— Defina normalidade.

— Não sei, ser como todo mundo.

— Vou recordar duas coisas que o sábio Krishnamurti dizia: primeiro, não é sinal de boa saúde estar bem adaptado a uma sociedade profundamente doente. E, segundo, quando me comparo com o outro, eu destruo a mim mesmo. Cada um é como é, Bren. Nós somos peças únicas, com uma configuração única. Temos que viver de acordo com essa configuração, porque, se tentarmos nos adaptar à configuração que a sociedade define como *normal*, vamos ser pessoas profundamente infelizes.

— Não quero ser louca — insistiu Brenda.

Cecilia soltou uma gargalhada e lhe passou uma panela.

— Pois não seja — replicou, e acrescentou: — Quando dizemos que Urano é o louco do Zodíaco e que os uranianos são loucos, não nos referimos à loucura como transtorno ou condição patológica, embora possa ser o caso. Nós nos referimos a uma personalidade transgressora, criativa, que vem quebrar os cânones velhos e obsoletos. O desafio que a sua polaridade uraniana representa é o seguinte: compreender que existem duas energias dentro de si: uma que a faz ter medo do imprevisto, da mudança, da insegurança, e, portanto, você tende a ser muito previsível e prefere mover-se em âmbitos seguros. A outra energia incita você a ser livre, a romper com o estabelecido, a não se envolver emocionalmente, a não se conectar com o outro em um nível que exija um grande compromisso.

— Qual é o desafio dessa polaridade?

— Aprender a transitar habilmente entre as duas energias sabendo que você é as duas coisas, que tem capacidade de pôr ordem e segurança na sua vida e ao mesmo tempo pode ser livre e criativa.

— Nossa! — resmungou. — É difícil.

— Mas divertido. Com um mapa como o seu, você nunca vai se entediar. O que aconteceu com Hugo foi bem uraniano. O imprevisto absoluto — definiu. — E também um pouco netuniano.

— Por que netuniano?

— Nunca se perguntou por que você escolheu aquele dia para ir à casa dele de surpresa? Nada é por acaso, querida Bren, nada. Grave isso na sua mente. Tudo acontece por alguma razão. E, naquele dia, sua poderosa intuição netuniana a conduziu até a casa dele para que caísse o véu que você tinha diante dos olhos. Qual o signo do Hugo?

— Faz aniversário em 11 de junho.

— Ah — murmurou —, geminiano. O signo mais inconstante do Zodíaco. Digamos que eles não se caracterizam pela fidelidade. A virtude deles não passa por aí.

Quase lhe pediu para falar de alguém nascido em 4 de setembro, mas se absteve. Contudo, perguntou:

— Você já me explicou o desafio da polaridade aquariana. E qual é o desafio da polaridade netuniana?

— Aprender a flutuar entre dois comportamentos antagônicos, um no qual você vai ser muito racional e cética, e outro no qual vai ser romântica, sensível, crédula e mística. A aprendizagem não vai ser fácil, mas tenho certeza de que, tendo consciência, como você está começando a ter agora, vai acabar dominando a energia de cada polo de uma maneira que lhe seja conveniente. Nem pura razão, que a leve a ser uma pedra, nem pura sensibilidade, que a exponha ao mundo como se estivesse nua e indefesa. Você é, querida Bren, acima de tudo, infinitamente sensível, perceptiva e esotérica, mas, ao mesmo tempo, vai ter que filtrar as informações que chegam aproveitando o que for útil e descartando o que não te servir. Esse é o serviço que você vai prestar à sociedade.

— Qual? Não entendi.

— O de ser uma bruxa, um xamã, porque é isso que você é e para isso que veio ao mundo.

* * *

No dia seguinte, enquanto encaixotavam as roupas da mãe de Cecilia, esta ergueu o rosto e Brenda notou que estava com os olhos marejados. Soltou a blusa que segurava e foi depressa para ela. Abraçaram-se.

— Verónica me disse que não me ajudaria porque não estava preparada para isso — comentou, com a voz entrecortada. — Eu, que sou bastante vaidosa e me acho superior, disse que para mim não havia problema. E aqui estou, fungando e sofrendo.

— Vamos parar um pouquinho e tomar um mate? — propôs Brenda, e foram abraçadas até a cozinha.

Brenda trocou a erva, ajeitou tudo e pôs uns biscoitos em um prato, enquanto Cecilia soluçava e assoava o nariz. Serviu o primeiro mate e o passou à madrinha.

— Que delícia — comentou Cecilia, com a voz falhando. — Estava precisando. Se é duro perder os pais na minha idade, não quero nem imaginar como foi para você com onze anos.

— Ainda não sei como eu superei — admitiu Brenda, e ficou com o olhar fixo na toalha de mesa. — Sempre me senti culpada por uma coisa.

— Eu sei — disse Cecilia.

— Sabe o quê? — perguntou Brenda, espantada.

— Você se sente culpada pelo alívio que sentiu por não ter sido sua mãe que morreu. Tinha certeza de que sem ela teria sido impossível seguir em frente.

O queixo de Brenda tremeu; ela assentiu por trás de um véu de lágrimas. Percebeu a mão de Cecilia, que apertava a sua.

— É bem típico da Lua em Câncer, Bren, não se sinta culpada. A mãe é tudo para uma criança com essa Lua. O mundo inteiro dela. O ar que respira. Tudo — enfatizou.

— Eu adorava o meu pai. Ainda adoro e sinto muito a falta dele.

— Eu sei. Sua capacidade de amar é infinita, Brenda. Essa é a beleza de Peixes, essa incondicionalidade que vocês têm no amor.

— Mas ontem você disse uma coisa que ficou na minha cabeça e que talvez se contraponha à minha grande capacidade de amar.

— O quê? — perguntou Cecilia, interessada.

— Que, por causa de minha polaridade uraniana, eu tenho uma tendência a não me envolver emocionalmente, a não me conectar com o outro em um nível que demande um grande compromisso.

— É uma característica dos uranianos, porque o compromisso e o apego tiram deles a liberdade, que eles valorizam acima de qualquer coisa. Mas, se não se identifica com isso, talvez você não enfatize essa característica. Antes de mais nada, você é pisciana — recordou.

— É que eu me identifico, sim — confirmou Brenda. — Foi o que aconteceu com Hugo.

Cecilia aguçou o olhar e ficou olhando para Brenda com atitude analítica.

— Sabe o que eu acho, Bren? Que Hugo foi parte do esquema de correção e seriedade de que você precisa para escapar da loucura uraniana que habita você. Eu me atrevo a dizer que você não o amava. Nem um pouco.

— É verdade, eu não o amava — murmurou.

"Eu amo o mesmo garoto desde que me conheço por gente. É normal, Ceci?" Que desejo enorme tinha de perguntar isso! Mas tinha vergonha de falar de Diego Bertoni. Seu amor inexplicável por ele seria uma consequência da polaridade uraniana? Porque, sem dúvida, era uma loucura amar o mesmo garoto desde a infância e ser incapaz de esquecê-lo apesar de haver se passado quase cinco anos desde a última vez que o vira.

* * *

Nessa noite ela ligou para sua mãe, que continuava na chácara. Falaram um pouco sobre os avanços da mudança e depois Brenda comentou que estava aprendendo muito sobre si mesma graças ao conhecimento astrológico de Cecilia.

— Mamãe — disse depois de uma pausa —, preciso te pedir uma coisa, mas não quero que me pergunte nada, por favor.

— Do que você precisa?

— Da hora de nascimento de uma pessoa.

— Onze e cinquenta e cinco da noite — disse Ximena. — Ou seja, cinco para a meia-noite — especificou.

— Eu não disse quem era a pessoa!

— Diego.

Essa Lua em Câncer é poderosa, pensou Brenda.

— Sim, é ele. Eu sabia que você saberia a hora do nascimento dele.

— Eu estava com Mabel na sala de parto. Eu o vi nascer.

— Jura? Você nunca me contou isso. E David?

— Não teve coragem de entrar. Disse que ia passar mal. Entramos Lita e eu, a pedido de Mabel. Havia um relógio na parede, e, quando Diego nasceu, não me pergunte a razão, ergui os olhos e vi a hora. Nunca esqueci.

— Você fez isso porque sabia que eu ia querer saber um dia.

Ximena soltou uma gargalhada.

— Você nem era um projeto na minha vida ainda, mas fico feliz de ter feito isso se com essa informação a deixo feliz, meu amor.

— Muito feliz, mamãe.

— Vai pedir a Ceci que faça o mapa astral dele?

— Se eu tiver coragem.

Ximena riu de novo.

— Não tenho dúvida de que vai ter coragem.

* * *

No dia seguinte, enquanto fotografavam os quadros e outros enfeites que poriam à venda no Mercado Livre, Cecilia contava a Brenda sobre seu projeto para a escola de astrologia.

— De certo modo — explicou —, já tenho uma espécie de escolinha em casa. Mas a atividade está florescendo e os pedidos estão aumentando. Não tenho mais lugar em casa, e, se continuar invadindo o espaço doméstico, Jesús vai me pôr para fora. Por isso nós tivemos a ideia de comprar uma casa velha no bairro de Malasaña e reformar para abrir a escola. Jesús já está cuidando disso. Sendo arquiteto, você pode imaginar que ele vai cuidar de tudo.

— Ah! Já compraram!

— Sim.

— Você não disse que precisava do dinheiro da venda desta casa para comprar uma em Madri?

— É preciso mesmo. Jesús me emprestou o dinheiro, senão nós teríamos perdido a oferta. É uma linda casa e o preço estava excelente. Mas preciso devolver o dinheiro. Eu, tendo ascendente em Capricórnio, não posso me permitir depender de um homem. Aprendi a assumir as responsabilidades da minha vida e a me sustentar sozinha, mesmo que depender de outro seja mais tentador que um bolo de chocolate inteiro para mim — concluiu, e Brenda riu porque sabia que Cecilia era gulosa. — Independência é o lema de meu ascendente.

Brenda ficou meditativa. Por fim, perguntou:

— E eu, que tenho ascendente em Aquário, o que devo fazer?

— Aprender a esperar o inesperado, a se jogar na vida sem condicionamentos do passado ou demandas sociais. Aprender que a criatividade é mais frutífera em grupo que individualmente. Você vai ter que aceitar que é a esquisita, o peixe fora d'água, aquela que não se encaixa, que rompe com os ordenamentos impostos. — disse Cecilia, gargalhando, e acariciou seu rosto. — Mude essa carinha, não se assuste. O destino será seu grande mestre e vai te indicar o caminho, e também vai trazer os mestres que te ensinarão a abraçar sua natureza livre e diferente.

— Você é minha primeira mestra.

— Tenho certeza de que o seu ascendente me trouxe aqui neste momento particular da sua vida para iniciar você na astrologia. Mas é provável que você já tenha tido outros mestres, pessoas que transgrediam e se rebelavam.

Diego, pensou imediatamente. Por acaso ela não estudava música e canto inspirada na paixão dele?

— Ceci, não quero abusar de você, mas tenho muita vontade de te pedir que faça o mapa astral de uma pessoa muito especial para mim.

— Com todo o prazer! Você tem os dados? — Brenda assentiu. — Anote aqui — disse, e lhe passou um bloco de papel — e me dê alguns dias para estudá-lo.

* * *

Passavam-se os dias e Cecilia não falava da leitura do mapa astral de Diego. Brenda tinha medo de que ela houvesse esquecido. Trabalhavam sem descanso em uma casa que havia acumulado lembranças e coisas durante mais de cinquenta anos, e quando voltavam, à noite, estavam mortas de cansaço e emocionalmente esgotadas. Beliscavam alguma coisa, tomavam um banho e iam dormir.

De uma coisa tinha certeza: não tornaria a pedir a Cecilia o mapa de Diego. Talvez assim o destino desse um jeito de lhe dizer para esquecê-lo. Agora que sabia que tudo acontecia por uma razão e que de cada circunstância se devia extrair um aprendizado, interpretaria esse esquecimento de Cecilia como uma resposta.

Na sexta-feira, 26 de fevereiro, quando o caminhão de mudança levou os últimos móveis para um depósito, com a casa vazia e pronta para receber o avaliador da imobiliária, Brenda e Cecilia se fundiram em um abraço.

— Obrigada, obrigada, Bren. Eu não teria conseguido fazer isso sem a sua ajuda. Depois que o homem da imobiliária for embora, vamos passar o fim de semana na chácara, e lá vou eu fazer a leitura do mapa que você me pediu. Levei todo esse tempo porque queria estudá-lo bem.

Brenda se sentiu tomada por uma alegria que teria sido julgada excessiva, porque, afinal de contas, o que significava a leitura do mapa astral dele? Contudo, tinha a certeza de que esse ato de alguma maneira os aproximaria.

— Só te peço uma coisa — disse Brenda, e Cecilia assentiu. — Quando for ler o mapa, quero que seja em particular, só nós duas.

— Claro, seremos só nós duas.

O momento surgiu no sábado depois do almoço. Vovó Lidia foi descansar, Lautaro e Camila foram caminhar para aproveitar o dia nublado e fresco e Ximena, depois de dar uma olhada nelas, disse que ia ao cabeleireiro.

— Sua mãe sentiu no ar que nós estamos tramando alguma coisa — apontou Cecilia. — Nossa, que conexão maravilhosa vocês têm! Vamos para o seu quarto? — propôs, e Brenda disse que sim.

Sentaram-se de pernas cruzadas no tapete, onde Cecilia deixou as folhas com as rodas zodiacais impressas. Pegou uma, colocou os óculos e leu:

— Essa pessoa nasceu em 4 de setembro de 1990 às cinco para a meia-noite, na cidade de Buenos Aires. — Olhou para Brenda por cima dos óculos como quem solicita confirmação, de modo que Brenda assentiu. — É de Virgem, com a Lua em Peixes e ascendente em Touro. Já vou explicar cada uma dessas características, mas antes gostaria de esclarecer que neste mapa prevalece o elemento Terra. Em princípio, isso nos daria uma pessoa oposta a uma netuniana como você, que tende a viver em um mundo de sonhos, não na realidade. Poderíamos afirmar, então, que essa pessoa está bem plantada na realidade. Só que tem Lua em Peixes, e parece que essa Lua tinge todo o seu mapa.

— É uma Lua complicada?

— Como tudo que tem a ver com Peixes e Netuno, sim, é uma Lua complexa, muito difícil de superar. O mais provável é que essa pessoa tenha nascido em uma família com uma figura feminina muito forte. Nasceu dentro de um matriarcado, porque esta Lua não se reduz à própria mãe, como ocorre com a sua, a de Câncer, mas se refere a uma *grande* mãe, que a criança relaciona com a *sua mãe*, mas também com uma avó muito presente, com tias, com amigas da família. Devem ser uma grande influência nessa pessoa, inclusive na sua vocação.

Brenda disfarçou a surpresa. A descrição não poderia ter sido mais exata. Fazia-a lembrar de Lita, avó materna de Diego, que lhe havia ensinado a tocar piano, e das duas tias, Silvia e Liliana, que adoravam Diego e o mimavam como se fosse o príncipe herdeiro. E não podia esquecer a madrinha, Ximena, que o havia protegido e mimado. Agora que pensava nisso, notava que os aniversários de Diego sempre eram comemorados na casa da avó. Quando era pequena, Brenda tomava isso como natural; mas agora entendia o motivo.

— Você e essa pessoa devem ter uma afinidade especial — disse Cecilia.

— Sério? — animou-se Brenda.

— Veja, aqui está o seu mapa — estendeu outra folha e apontou com uma caneta. — Há muita afinidade, porque a Lua dela está no grau doze de Peixes, enquanto o seu Sol está no grau dez de Peixes. A Lua dela está quase em cima do seu Sol. Quando isso ocorre, a conexão entre as pessoas é forte e harmoniosa.

"Então, por que ele consegue viver sem mim?" Queria muito saber a resposta. Mas só perguntou:

— Por que você disse que a Lua em Peixes é difícil de superar?

— Porque, como tudo que tem a ver com Peixes e Netuno, é uma energia que enfeitiça o nativo. Ele está à vontade nessa realidade de sonho na qual sempre vai existir a grande mãe que para protegê-lo e nutri-lo. São pessoas extremamente sensíveis, que detestam se conectar com a realidade porque não suportam a dureza do mundo. Costumam ser vítimas de vícios. É tão forte o desejo de escapar da dureza da vida que se entregam às drogas ou ao álcool, ou a ambos.

— Ah — exclamou Brenda, enquanto lembrava da vez em que o havia visto fumar um baseado. Naquele momento Brenda não soubera o que era, mas compreendera com o passar dos anos.

— O ascendente em Touro vai duplicar a vontade de escapar da realidade, da matéria. Touro é um signo lento, que se move ao ritmo da natureza. A pessoa com esse ascendente em geral deseja acelerar os processos com uma intensidade impraticável, principalmente o nativo deste mapa, que, com Marte na Casa I, a casa da personalidade, se assemelha a um ariano. Deve sentir uma frustração permanente.

— O que a pessoa teria que fazer?

— Aprender a controlar o desejo e a distinguir o necessário do capricho. Touro não é movido pelo desejo, e sim pela necessidade. Compreender isso é muito complicado, porque os outros signos podem considerar Touro preguiçoso. Mas não é, porque, quando o Touro detecta a necessidade e se põe em movimento, não há poder no Zodíaco que o detenha.

— O que significa se mover por necessidade?

— Significa especialmente descartar os caprichos e mais ainda a vaidade, se movimentar só quando há um objetivo que possa contribuir com o enriquecimento, o *verdadeiro* enriquecimento, da vida do nativo. Olhando para este mapa, eu diria que essa pessoa tem que se mover rumo a uma atividade na qual as emoções e sentimentos sejam tudo.

— Como você sabe disso? — perguntou Brenda, interessada.

— Porque tem a Lua, o astro das emoções, muito perto do Meio do Céu e na Casa X, a da carreira profissional. Com a Lua em Peixes e na Casa X, o ideal para essa pessoa seria se dedicar a uma atividade artística.

— Ele ama música! — disse Brenda sem pensar, com um entusiasmo que a deixou envergonhada.

Cecilia a observou com um olhar inquisitivo, por cima dos óculos.

— É uma excelente escolha. A música é muito pisciana e, ao mesmo tempo, precisa muito de Virgem. E este nativo é virginiano, não podemos esquecer esse detalhe.

— O que significa ser virginiano?

— Virgem é seu oposto complementar, Bren. Essa pessoa tem muito a aprender com você e você com ela. Virgem é um signo de terra, mas mutável. Isso parece um contrassenso; terra mutável? A terra é a coisa mais fixa que existe. Porém, Virgem questiona permanentemente o fixo, quer aperfeiçoá-lo para deixá-lo mais eficiente. Dizemos que os virginianos vieram a este mundo para apontar os erros dos outros signos. Eles podem ser muito chatos quando não sabem medir sua capacidade natural de crítica. A seu favor, vale dizer que eles são os mais prestativos do Zodíaco. Precisam que a vida tenha um sentido para sair da cama a cada manhã; caso contrário, ficam deprimidos. Quando conseguimos perdoá-las por ser tão detalhistas e perfeccionistas, essas pessoas podem ser fiéis e constantes companheiras.

— O que eu, que sou pisciana, posso dar a essa pessoa?

— Um virginiano pode aprender com um pisciano a ter compaixão. Eles não têm, temos que admitir. Estão sempre observando a realidade com um olho crítico, procurando uma falha no sistema para consertá-la imediatamente, por isso costumam ser duros e inflexíveis. Não escutam a razão dos outros. Se o sistema não está funcionando é pela ineficiência de alguém, e ponto. As razões desse alguém não interessam.

— O que um virginiano pode me ensinar?

— Especialmente a impor limites, a ser mais seletiva, a organizar seus pensamentos e sua vida. Virgem detesta o caos, enquanto Peixes vive em um caos eterno. Especialmente nisso um virginiano pode ajudar você: a combater o caos.

Brenda riu ao recordar o quanto havia se admirado, quando pequena, com a organização e limpeza do quarto de Diego, sendo que o dela parecia um ninho de rato nas palavras de Ximena.

— Há outro aspecto da vida dessa pessoa que é importante destacar: o vínculo com o pai.

— Ah, é?

— Ele deve ter uma relação complexa com o pai, de muito conflito — disse. — Tendo a Lua em oposição ao Sol e Saturno em Capricórnio na Casa VIII, o pai é uma figura com quem essa pessoa tem dificuldade de se conectar em harmonia. Estão sempre combatendo. O conflito é inevitável. A exigência do pai deve ser intolerável para ele. Mas o pai também deve temê-lo, porque, tendo nascido em uma noite de lua cheia, essa pessoa chegou para lançar luz sobre os mistérios e a escuridão da família. Este nativo tem coragem de pôr em evidência o que se tenta esconder.

Cecilia levou a mão ao queixo e ficou em silêncio, estudando a mandala zodiacal.

— Com Saturno na Casa VIII — acrescentou —, a casa dos recursos alheios, pode ser que o pai dessa pessoa seja um golpista.

— Ah! — exclamou Brenda de novo, incapaz de reprimir o espanto.

— É? O pai é um golpista?

Brenda assentiu lentamente e Cecilia ficou olhando para ela. Brenda tinha certeza de que ela havia feito a conexão e adivinhado de quem se tratava. Agradeceu por sua madrinha não o citar. Sentiu-se tomada de uma emoção repentina e incontrolável e começou a chorar. Cecilia estalou a língua e a abraçou.

— Eu o amo, Ceci. Eu o amo tanto — balbuciou entre soluços.

— Eu sei, meu amor. Você o ama desde que era pequenininha.

— E tenho a impressão de que vou amar Diego a vida inteira. É como uma maldição.

Cecilia a obrigou a se aprumar e segurou seu rosto. Olhou-a diretamente nos olhos.

— Amar como você ama, Brenda, nunca, *nunca* vai ser uma maldição. E, se veio a este mundo para amá-lo a vida inteira, que assim seja.

— Que assim seja — repetiu Brenda, fanhosa, e riu, feliz.

8

Brenda descobriu que a leitura de um mapa astral não se esgotava em uma sessão, e nos dias seguintes continuou aprendendo outros aspectos de sua roda zodiacal e da do "nativo", como Cecilia continuava chamando Diego. Agora compreendia onde estava a complexidade dos seres humanos, levando em conta as múltiplas energias planetárias que participavam do instante do nascimento.

Com seu entusiasmo, contagiou Millie e Rosi, que passaram o último fim de semana antes do começo das aulas na chácara de San Justo para que Cecilia fizesse uma leitura *express* do mapa delas. Ela esclarecera que não havia tido tempo suficiente para estudá-los profundamente. Mesmo assim, suas amigas ficaram passadas com os acertos e as coincidências.

— Você é um gênio, Ceci! — exclamou Millie.

— Não eu — corrigiu Cecilia. — O gênio é a astrologia.

— Como é possível que só agora tenhamos descoberto que a astrologia é tão fantástica? — disse Rosi, contrariada.

— A astrologia é uma ferramenta de autoconhecimento — explicou Cecilia. — Foi escondida e depois difamada e proibida para evitar que iluminasse a mente e a vida do povo. Mas estamos nos aproximando da Era de Aquário, na qual a liberdade e o conhecimento serão para todos.

— A astrologia não resolve os problemas — apontou Lautaro. — Sempre tenho a mesma discussão com Camila. Reconheço que é bom saber como somos, mas a astrologia não nos dá as ferramentas para solucionar os conflitos que o mapa mostra.

— Boa observação — disse Cecilia —, e é verdade. Para isso existem outras disciplinas, como a psicoterapia. Só que o primeiro passo para resolver um conflito é conhecê-lo, isto é, tirá-lo do inconsciente e passá-lo para o consciente. Carl Jung, um grande psiquiatra e astrólogo suíço, dizia: Enquanto o inconsciente não se tornar consciente, vai continuar dirigindo sua vida e você o vai chamá-lo de destino.

— Que frase maravilhosa! — apontou Camila. — Para mim, a astrologia é, em si mesma, muito curativa — declarou, e olhou para Lautaro. — Pelo menos essa é minha experiência.

Brenda vivia o aprendizado com uma grande animação. Intuía que uma verdade fundamental havia sido revelada, que chegava à sua vida para mudá-la radicalmente. Uma ansiedade agradável lhe invadia o peito, como se estivesse em compasso de espera diante de um acontecimento definitivo. Graças às conversas com Cecilia, conhecia seu poder de vidência e premonição; assim, não subestimava mais a percepção.

Depois de repetir aquele "que assim seja" em relação a seu amor eterno e desesperado por Diego, ela acabou aceitando que reprimir e negar era uma bobagem. Com um ascendente como o dela, guiado pelo "louco", parou de se perguntar se cada coisa que sentia ou pensava era um absurdo, e não tornou a questionar se era uma garota normal ou se era meio louca. Permitiu-se a liberdade de entrar no Facebook do Sin Conservantes tantas vezes quantas desejasse, independentemente de os resultados serem nulos, porque não havia novos posts desde a última vez. Também revia as fotografias e os vídeos que restavam dos tempos em que a banda tocava.

Voltar à faculdade de ciências econômicas foi um duro golpe no entusiasmo vivido desde a chegada de Cecilia. Ela sabia que, cedo ou tarde, teria que enfrentar a realidade: não podia continuar com a farsa.

Encontrar Paloma e Hugo outra vez não foi tão difícil quanto Brenda havia temido. Ela já não era a mesma. Via Paloma todos os dias; cruzava com Hugo às quartas-feiras, quando ele dava aula de Contabilidade, e, embora tentasse evitá-lo, ele sempre a interceptava e implorava que fossem tomar um café e conversar.

— Nós não terminamos, Brenda — disse ele com o olhar agressivo certa manhã, no corredor da faculdade, em frente à porta da classe, segurando-a pelo pulso.

— Me solte, Hugo — exigiu ela, apertando os dentes.

— Tudo bem, Bren? — interveio Martiniano Laurentis, seu colega alto e corpulento.

Hugo a soltou.

— Sim, Marti, tudo bem — respondeu. — Vamos entrar? — disse, e o garoto estendeu o braço, lhe dando passagem.

Em outra oportunidade, enquanto comiam na lanchonete da faculdade, Paloma Rodríguez se aproximou da mesa.

— Brenda, queria te pedir que pare de atender as ligações do Hugo, porque desse jeito você o confunde.

— Olhem só a garotinha! — exclamou Millie. — Diga você a ele, já que tem *intimidade* com aquele verme, que pare de perseguir a Brenda.

— Millie, por favor — interveio Brenda, e se voltou para Paloma. — Faz semanas que não respondo às mensagens nem atendo as chamadas dele — declarou.

E era verdade. Desde a leitura de seu mapa, desde que havia compreendido tantas coisas, algumas atitudes haviam mudado, e uma delas havia sido acabar com o dó que Hugo lhe inspirava e cortar relações definitivamente com ele. Cecilia lhe havia explicado que um pisciano básico e obscuro não sabe quebrar laços tóxicos. "Eles costumam cometer os mesmos erros repetidamente", advertira, e ela jurara a si mesma que nunca mais sairia com um garoto pelo qual não estivesse apaixonada. Não só machucava a si mesma como também arrastava o outro em seu egoísmo. Hugo estava sofrendo e ela se sentia culpada.

— Se é verdade que não atende as chamadas dele — persistiu Paloma —, por que Hugo diz que estão dando um tempo e que, cedo ou tarde, vão voltar?

— Cai fora, Paloma! — disse Millie, irritada, e se levantou.

A garota não se mexeu e insistiu com o olhar para que Brenda respondesse.

— Se é verdade que Hugo disse isso — respondeu —, ele está mentindo. Não pretendo voltar com ele. Agora, por favor, nos deixe comer em paz.

Paloma se afastou a passos rápidos e furiosos. Brenda a seguiu com o olhar, incapaz de sufocar a compaixão que a garota lhe inspirava. Ela sabia o que era amar em vão.

— Estou lembrando o que a Ceci te disse — comentou Rosi, e Millie e Brenda se voltaram para ela. — Que, com ascendente em Aquário, sempre vão acontecer coisas loucas com você.

* * *

No fim de março, o professor de contabilidade de custos mandou os alunos escolherem uma empresa, de preferência uma indústria, para realizar diversos trabalhos de campo ao longo do ano. Os grupos seria de quatro alunos. Millie, Rosi e Brenda concordaram em convidar Martiniano Laurentis, que além de esforçado, era responsável e inteligente.

A escolha natural teria recaído na fábrica de recipientes plásticos dos Gómez, se a questão da distância não fosse uma complicação; por isso, acabaram aceitando a proposta de Martiniano, que ofereceu o restaurante orgânico de sua mãe, situado em Palermo Hollywood. Apresentaram a proposta ao titular da disciplina, que a aceitou.

O primeiro trabalho consistia em um estudo profundo da organização da empresa, desde o layout do salão e da cozinha e a descrição dos processos de produção até a quantidade de funcionários, o organograma e sua constituição legal. Aproveitaram que a mãe de Martiniano e o chef estavam com mais tempo, já que, devido a uma reforma, o local ficaria fechado durante um mês, e marcaram as entrevistas para esse período. Agendaram o primeiro encontro para quinta-feira, 7 de abril, à tarde, depois da faculdade.

— Não vão muito arrumadas — advertiu Martiniano. — Os pintores estão lá e o lugar está uma zona.

Em 7 de abril, depois de almoçar na lanchonete da faculdade, entraram no carro de Martiniano, que contou às meninas que um dos pintores era Franco, seu irmão mais velho.

— Ele e os outros rapazes que pintam fazem parte de um grupo de reabilitação. Moram todos em uma casa e precisam fazer a manutenção dela — comentou. — Por isso trabalham como pintores e pedreiros.

— Grupo de reabilitação? — estranhou Rosi.

— De drogas e álcool. Meu irmão é viciado em cocaína — declarou Martiniano, sem um pingo de vergonha.

— Nossa! — sussurrou Millie. — Desde quando ele é usuário?

— Desde os dezesseis. Agora tem vinte e quatro anos. O divórcio dos meus pais foi duro para ele. Passou por todas as instituições de reabilitação que vocês possam imaginar. Ficava limpo durante alguns meses, mas sempre tinha recaídas. Eu já estava aceitando a ideia de que antes dos trinta teria que o enterrar.

Rosi ficou horrorizada; Millie assentiu, séria; e Brenda sentiu um calafrio que a fez tremer.

— Sabem quantas vezes ele teve que ser internado por causa de overdoses ou porque se metia em brigas? Ele não duraria muito, estava tentando se matar. Da última vez foi preso e meu pai teve que gastar uma porrada de grana em advogados para tirar ele de lá.

— Essa casa de reabilitação é melhor que as outras? — perguntou Brenda.

— Nossa! — exclamou ele. — É infinitamente melhor. Na verdade, é outra coisa. Os rapazes entram lá para trabalhar, ralar mesmo. Durante as primeiras semanas fazem a desintoxicação, e sem ajuda de substâncias químicas nem medicamentos, auxiliados pelos garotos que estão lá há mais tempo. Não há enfermeiros nem nada disso. Todos colaboram com todos lá. Eles vão se revezando para cozinhar, limpar, lavar roupa... Acho que a diferença é que eles mantêm a cabeça ocupada com coisas úteis. O grande problema do dependente químico é que ele não faz nada além de pensar na próxima dose. São egoístas e egocêntricos porque só querem satisfazer o vício. Vivem para isso. Mas nessa casa eles conseguem desviar o pensamento porque são parte de um grupo, e para que a coisa funcione todos têm que colaborar. É legal. É um ambiente muito amigável e descontraído, mas eles também sabem que, se não cumprirem as regras, são expulsos. Sem exceções.

— Você disse que eles trabalham para manter a casa — disse Rosi. — Isso quer dizer que não pagam para ficar lá?

— Não, não pagam nada. A casa é mantida com o trabalho dos rapazes e também com doações de particulares. Não aceitam doações de partidos políticos nem do Estado. Não querem saber de políticos nem do governo. Mas na verdade a casa é mantida majoritariamente com o trabalho dos rapazes, porque com as doações não dá para fazer nada.

— E também trabalham para se manter ocupados, né? — recordou Brenda.

— Isso mesmo. Na casa eles aprendem ofícios. Alguns trabalham com madeira, outros são mecânicos de automóveis, outros consertam aparelhos elétricos, outros pintam e fazem serviços de pedreiro, como meu irmão. Um chef de cozinha vai lá uma vez por semana e dá um curso de culinária para eles sem cobrar nada. É um ex-dependente químico que se recuperou na casa.

— Essa casa pertence a uma ONG? — perguntou Rosi, interessada.

— É uma ONG, sim. Chama-se Desafío a la Vida e é administrada por dois padres.

— Dois padres! — surpreendeu-se Millie.

— Eu reagi igual quando minha mãe me contou. Logo pensei que fossem pedófilos e pervertidos, como muitos padres, mas não, esses dois são muito gente boa. Parece que existem padres como a gente. Padre Antonio tem setenta anos e trabalha há quarenta com todo tipo de vício. Na casa tem dependentes de drogas, mas também de álcool, de jogo, sexo, pornografia... Nossa, vocês iam se surpreender de saber em quantas coisas as pessoas podem se viciar.

— E o outro padre? — perguntou Brenda. — É legal também?

— Padre Ismael fez quarenta e cinco este ano e é muito legal. Toca violão como os deuses. Todos os domingos, quando vamos visitar meu irmão, ele está lá tocando e cantando com os meninos.

— Vocês vão todos os domingos? — perguntou Brenda, interessada.

— Todo santo domingo — respondeu ele. — Meu irmão espera nossa visita como se fosse a água em um deserto. Fico arrasado, porque muitos não recebem visita de ninguém. Por isso minha mãe cuida de vários lá dentro.

— Seu pai e sua mãe vão juntos sempre? — perguntou Millie.

— Vamos os quatro: meus pais, minha irmã Belén e eu. Nós curtimos muito. Tivemos que esperar para poder ir. No primeiro mês, enquanto estão fazendo a desintoxicação e se adaptando à vida na casa, não podem ter contato com a família, e é duro demais para eles. E para a família também.

— Marti — interveio Millie —, como a casa é dirigida por dois padres, os rapazes têm obrigação de ir à missa e essa chatice toda?

— Não, de jeito nenhum. É dirigida por dois padres, mas a casa não tem caráter religioso. Há até dois rapazes judeus lá. Quem quer vai à missa. Quem não quer não vai. Liberdade absoluta. Eles podem ir embora quando quiserem também; as portas estão abertas. Mas, depois que decidem ficar, têm que cumprir as regras rigorosamente. Por exemplo, às oito da noite têm que estar todos lá dentro. Têm que tomar banho todo dia, sem exceção. Não podem falar palavrão nem erguer a voz. Têm que se tratar com respeito, pedir as coisas com educação e agradecer por tudo. Têm que fazer exercício físico. Há uma academia muito bem equipada na casa; todos os aparelhos foram feitos pelos rapazes, e um profissional dá aulas de ioga para eles uma vez por semana. Vocês não imaginam como faz bem para eles. Depois da aula de ioga eles têm meditação, e isso os acalma muito, especialmente o ego. Porque, como eu disse antes, os dependentes são uma montanha de ego. Só pensam em si.

— Que coisa terrível depender de drogas ou álcool para viver! — disse Brenda, desconsolada. — Deve ser um horror ter a vida governada por essas substâncias.

— É mais que um horror, Bren. E é um horror também para quem ama um dependente.

Brenda e Martiniano se olharam, e ela notou a tristeza que banhava os olhos de seu colega.

— Vamos comprar umas coisinhas gostosas e levar para tomar mate com seu irmão e os amigos quando fizerem um intervalo! Que tal? — propôs. — Eu trouxe as coisas de fazer mate.

— Sempre pensando nos outros, hein, Bren? — comentou Martiniano.

— Nossa, Marti — interveio Millie, que estava no banco de trás —, você não faz ideia. Agora sabemos que ela é assim porque é pisciana, então não podemos culpar a coitada.

* * *

O restaurante da mãe de Martiniano, um velho casarão de três andares do início do século XX, ficava na rua Armenia, quase esquina com a Soler. Entraram na garagem e Martiniano parou o carro atrás de uma van branca com o logo da Desafío a la Vida em letras pintadas em azul royal.

Assim que ele desligou o motor, ouviram o som de vozes masculinas, música de rádio e barulho de ferramentas. Gabriela, mãe de Martiniano, foi recebê-los, e foi tão simpática e acessível que Brenda se afeiçoou de imediato. Como acontecia com frequência desde que Cecilia a havia iniciado na astrologia, perguntou-se de qual signo seria Gabriela, onde teria Netuno e Urano.

— Como vocês vão ver, os pintores invadiram quase todas as salas — apontou Gabriela —, mas estão fazendo um trabalho maravilhoso, portanto não reclamo. Vamos ficar no quintal e aproveitar este dia lindo.

Um dos pintores apareceu – Franco, a julgar pela semelhança com Martiniano. Os irmãos se cumprimentaram com um abraço. Brenda notou que Franco estava com um macacão branco e um boné da mesma cor, os dois com o logo da Desafío a la Vida em azul, o que demonstrava a seriedade e boa organização da ONG.

Apareceram três rapazes igualmente uniformizados, com manchas de tinta nos rostos sorridentes. Brenda calculou que deviam ter entre vinte e vinte e cinco anos. Martiniano os apresentou como José, Ángel e Uriel.

— Falta o chefe — explicou Franco. — Subiu um instante, já vai descer.

— Vejam só o irmãozinho mais novo — brincou Ángel. — Está bem na faculdade, com todas essas colegas tão lindas.

— Minhas amigas não estão na pista — advertiu Martiniano.

— Por que não estamos na pista? — arguiu Millie. — Rosi pode ser, porque namora, mas Bren e eu estamos solteirinhas.

— Isso sim é que é atitude! — exclamou Uriel; os outros riram.

Martiniano ergueu as mãos em atitude de rendição e assentiu.

— Tudo bem — cedeu —, mas estamos aqui para fazer um trabalho. Cada um na sua.

— Trouxemos comidinha e mate para depois — comentou Millie. — Mas Marti tem razão: primeiro a obrigação, depois o prazer.

— Assim é que se fala! — exclamou Ángel, e desapareceu atrás de seus colegas.

Gabriela os esperava em um pátio de piso frio e teto de vidro, que permitia a entrada de luz. Brenda achou o lugar encantador, com as paredes cobertas de hera e grandes vasos de barro com laranjeiras. Sentiu-se à vontade assim que atravessou a porta. Antes de se sentar em uma das cadeiras, pediu licença para ir ao banheiro. Martiniano a acompanhou até o pé da escada que levava aos andares superiores e lhe explicou que o banheiro privativo ficava no segundo andar, primeira porta à direita.

Ela subiu devagar, permitindo-se admirar a madeira trabalhada da escada e as molduras de gesso no teto. Um vitral no descanso chamou sua atenção, e ela se inclinou para observar o escudo desenhado com diversos losangos coloridos. Voltou-se ao ouvir um barulho atrás de si e, ali, no alto da escada, viu Diego Bertoni. Ele a observava enquanto limpava as mãos em um pano com aguarrás, a julgar pelo cheiro forte.

À noite, já mais em posse de suas faculdades mentais, ela analisaria o choque brutal que fora tê-lo diante de si depois de cinco anos. Mas, naquele momento, ignorara a onda que a tomava dos pés à cabeça, suas mãos que tremiam e a atípica pressão que sentia nos olhos.

— Diego! — disse, e subiu correndo os degraus que a separavam dele, sem real consciência do que estava fazendo.

Ela o viu retroceder. Ele a contemplava com o cenho franzido. Brenda notou três coisas: a bandana vermelha que lhe cobria a cabeça, a mesma que usava no palco; a barba bem densa, avermelhada e comprida; e que ele havia engordado alguns quilos. Como o reconhecera tão facilmente? Lembrava-se dele muito magro nas últimas fotos da página do Sin Conservantes. Não que estivesse acima do peso; apenas era de novo o Diego que ela havia conhecido. Mas, para dizer a verdade, não era o mesmo, porque estava mais maciço, mais imponente em sua altura, com braços grossos sob as mangas do macacão branco. Depois, com contundente efeito, notou o que no passado não havia achado peculiar: seus olhos. Ela ficou fascinada com a estranha combinação de cílios pretíssimos e pálpebras como se estivessem delineadas de preto, e o contraste com as íris claras, de uma tonalidade entre o cinza e o verde. O conjunto era impactante e fazia jus ao apelido "El Moro".

— Diego, sou Brenda. Brenda Gómez. — Ia se aproximar para dar um beijo em seu rosto, mas ele se afastou. — Não está me reconhecendo?

— Sim, estou — admitiu ele, e sua voz grave e rouca a pegou desprevenida. — Não vou te cumprimentar porque estou sujo, cheio de pó — esclareceu. — O que está fazendo aqui? — inquiriu de forma tão brusca que a deixou pasma.

— Viemos entrevistar a dona do restaurante para um trabalho da facul. O filho dela, Martiniano, é meu colega.

Diego ergueu o queixo e as sobrancelhas em um gesto entre espantado e arrogante, o que de novo a surpreendeu.

— Que legal te ver depois de tantos anos! — exclamou ela, muito nervosa, constrangida, sentindo-se uma idiota. — Como vão as coisas? O que tem feito da vida?

— Nada de especial — respondeu ele, e ficou olhando fixo para ela, com ar sempre profundo e severo. — Foi bom te ver, mas preciso ir. Tenho que trabalhar.

Ele se esquivou dela e desceu depressa a escada. Brenda não se voltou para segui-lo. Ficou paralisada, olhando para o nada. Esqueceu-se de ir ao banheiro. Desceu aturdida e desorientada. Sentou-se ao lado de Millie e não ouviu uma palavra do que Gabriela estava dizendo. Em sua cabeça se repetia a cena que havia acabado de viver. Lembrou-se da imprevisibilidade em seu mapa astral, impregnado por Urano e Aquário, e também do que Cecilia havia advertido: que em abril aconteceria algo que mudaria radicalmente sua vida. *Hoje é 7 de abril*, pensou.

— Onde você está? — sussurrou Millie, enquanto Rosi e Martiniano ouviam a explicação de Gabriela. — Desça para a Terra.

— Diego Bertoni está aqui — murmurou, e agarrou a mão de sua amiga. — É um dos pintores.

— *What the holy fuck!*

— Por favor — suplicou —, não diga nada. Depois conversamos.

Brenda passou a hora seguinte como se estivesse mergulhada em um entorno aquoso e turvo, pois era assim que captava as palavras de seus colegas, primeiro com a dona e depois com o chef de cozinha. Se alguém notou sua expressão ausente e seu mutismo, não comentou.

— Vamos fazer um intervalo? — propôs Martiniano. — Bren, quer fazer um mate para nós?

Ela assentiu com a expressão sombria. Rosi lançou um olhar inquisitivo a Millie, que fez um gesto com a mão indicando que depois lhe explicaria. Foram as três à cozinha para aquecer a água e colocar os docinhos em um prato, enquanto Martiniano convidava seu irmão e os amigos para fazer um lanche. Acomodaram-se no salão, cuja janela dava para o quintal. Brenda entrou com a bandeja e a primeira coisa que notou foi que Diego não fazia parte do grupo. Viu-o no quintal, sentado com o torso para a frente e os antebraços apoiados nos joelhos. Fumando. Segurava o cigarro com o indicador e o polegar e, embora detestasse o vício, Brenda se encantou com o jeito como ele franzia o rosto cada vez que dava uma tragada.

— O que houve com El Moro? — estranhou Franco.

— Estava bem até agora há pouco — comentou José, o mais calado e tímido. — Quando desceu, estava com uma cara... como se tivesse recebido uma má notícia.

Eu sou a má notícia?, perguntou-se Brenda.

— Deve ser aquela Carla — arriscou Uriel, e, à menção desse nome, Brenda se alterou. — Que mina pirada, meu Deus!

— Um domingo, Carla pegou minha irmã pelo cabelo — contou Ángel —, dizendo que ela estava a fim de El Moro e estava dando em cima dele.

— Sorte dela que o padre Antonio não estava, só o padre Ismael, porque senão ele a expulsaria e ela não nunca mais ia colocar o pé na casa.

— E o que disse o padre Ismael? — perguntou Rosi.

— Que ia deixar passar, mas que ela tinha que tomar cuidado para não cometer outra... ele usou uma palavra...

— Infâmia — murmurou José.

— Isso, infâmia. Que tomasse cuidado, porque se cometesse uma infâmia de novo, podia esquecer novas visitas.

— Quando ela o chama de "Di" — disse Franco com uma voz aguda e ridícula —, fico louco da vida.

— Manu e Rafa me contaram — interveio Ángel — que tinham terminado por causa de uma grande caga... pisada na bola daquela louca, mas depois voltaram.

— Ela é um pé no... — começou Martiniano.

— Ei! — interrompeu Franco, dando um tapinha em seu ombro. — Há damas aqui presentes, maninho.

— Desculpe — murmurou Martiniano, e lançou um olhar às colegas constrangidas.

— Vou levar um mate para ele — anunciou Brenda, apontando para Diego.

— Boa ideia — disse Ángel. — Talvez mude o humor dele.

Ela colocou em um pratinho dois croissants com creme e se levantou com o mate. Dirigiu-se ao quintal com o olhar fixo nele, que estava de perfil, fumando, ainda inclinado para a frente. Mexia na barba e no bigode com um movimento mecânico e repetitivo, e o olhar perdido em sabe-se lá que reflexão. Acaso estaria pensando em Carla?

Como ele era lindo! Ela o via com outra atitude, mais consciente, mais de mulher, e notava detalhes que no passado haviam sido normais para ela, como a nobreza de sua testa larga e a perfeição de seu nariz reto, comprido e masculino. Como estaria o cabelo dele? Descobriu um coque na altura da nuca, fora da bandana.

— Diego — chamou-o com voz suave para não o assustar.

Sem mudar de posição, ele girou a cabeça para a direita e a observou com uma expressão que transmitia irritação. Ela lhe estendeu o mate. Ele não o aceitou e continuou olhando para ela.

— Eu trouxe um mate para você — apontou ela, como se a obviedade da situação não bastasse. — Amargo, do jeito que você gosta — explicou, e sentiu alívio quando ele o aceitou.

— Obrigado — disse ele, e de novo sua voz a assustou, inclusive afetando-a fisicamente.

O pratinho com os croissants tremeu em sua mão, de modo que o apoiou depressa na mesa de jardim. Apontou para ele antes de dizer:

— Minha mãe sempre comprava esses croissants com creme porque "Dieguito adora" — riu baixinho, mas, como ele não respondeu à brincadeira, calou-se. — Bem, tome o mate tranquilo. Temos outra cuia lá dentro.

Ela voltou para dentro da casa. Ficou imaginando se Diego a seguiria com o olhar. Ela estava com uma calça jeans velha, de ficar em casa, que não fazia justiça a suas pernas longas e a seu bumbum empinado. A camiseta branca também não era das melhores, mas pelo menos era justa e marcava seus seios e a cintura. Como estava usando um rabo de cavalo, ele não podia ver como o cabelo dela estava comprido. Talvez não tivesse outra oportunidade para mostrar seu cabelo a ele. A perspectiva de não tornar a vê-lo aumentou sua tristeza. Por que a tratava como se fossem estranhos? Será que estava ressentido pela demissão do pai e o posterior processo judicial? *Na realidade*, pensou, *ela é que deveria ficar ofendida*. Afinal, David Bertoni os havia roubado depois de anos de amizade, aproveitando-se da morte de Héctor.

Brenda continuou servindo mate e analisando a causa do comportamento hostil de Diego. Seu celular apitou, anunciando a entrada de uma mensagem no WhatsApp. E soltou o som desagradável de novo antes que ela terminasse de entregar um mate a José e deixasse a garrafa térmica em cima da mesa.

— Alguém está impaciente por uma resposta sua — disse Rosi.

— Pode ser do grupo dos formados de 2013 — conjecturou. — Às vezes é um bombardeio.

— Não — disse Millie. — Nesse caso, o meu também tocaria.

Olhou o WhatsApp. Era Hugo. Dizia que estava em frente ao restaurante e lhe pedia que saísse um instante porque queria falar com ela.

— Meu Deus! — exclamou em um sussurro.

— Problemas? — perguntou Martiniano, preocupado.

— É Hugo — disse, e olhou alternadamente para Rosi e Millie. — Disse que está aqui fora.

— O quê! — espantaram-se as duas.

— Não entendo como ele soube que eu estava aqui.

— Vou matar esse cara! — exclamou Rosi. — Aposto que foi Santos.

— Seu namorado? — perguntou Martiniano, e Rosi assentiu antes de acrescentar:

— Ontem à noite eles estavam trocando mensagens. Jamais imaginei que ele contaria ao Hugo que nós viríamos aqui. Vou acabar com ele.

— Mas antes que você o mate vou fazer picadinho das bolas dele — garantiu Millie, e os rapazes agitaram as mãos e imitaram uivos de dor.

— Vou pedir para ele ir embora — disse Brenda. — Já venho.

— Vou com você — ofereceu Millie, e começou a se levantar.

— Não. Vocês sempre acabam discutindo — disse Brenda.

Ela se levantou e, ao se voltar para sair, viu Diego à porta com o mate e o pratinho vazio na mão, observando-a. Brenda saiu sem olhar para ele.

Hugo, vestindo um terno de corte impecável e com a gravata no lugar, esperava-a apoiado na lateral de seu Audi A4. Ele se aproximou com um sorriso. Ameaçou beijá-la na boca, mas Brenda o empurrou.

— Qual é a sua, Hugo? Não entende que nós terminamos? Por que veio até aqui?

— Porque você não atende as minhas chamadas nem responde às minhas mensagens. Não me deixou alternativa, amor.

— A alternativa é você não me ligar nem me mandar mais mensagens. Siga sua vida como eu sigo a minha.

— Não. Minha vida e a sua são a mesma coisa.

Brenda se assustou com essas palavras e a maneira como ele a fitou, de repente sério, com um brilho estranho nos olhos.

— Por favor, vá embora. E não me procure mais. Acabou.

Deu meia-volta para entrar, mas Hugo a pegou pelo braço e a puxou bruscamente, prendendo-a contra o peito.

— Me solta! — exclamou. — Me solta!

— Ei! — chegou um vozeirão por trás. — Tire as mãos de cima dela agora!

Brenda viu Diego fitando Hugo e ficou toda nervosa ao adivinhar a força que comandava aquele sujeito de lenço vermelho, que, implacável, devorava os metros que os separavam. Recordou a ocasião em que Cecilia lhe explicara o que significava Diego ter Marte, o guerreiro, na Casa I – a casa da personalidade, do temperamento.

— O planeta Marte nessa posição — dissera a astróloga — é irrefreável. O nativo sente que não o controla, que sua força de impulso e seu instinto guerreiro são ativados sem que ele possa controlar. O guerreiro lhe escapa das mãos.

— Isso o torna agressivo? — perguntou Brenda, preocupada.

— Agressivo, sim. E também impaciente, ansioso e especialmente vital, cheio de energia. Jamais vai fugir de situações de perigo. Pelo contrário, sempre vai enfrentá-la, inclusive vai buscá-las e provocá-las. E fica muito contrariado quando lhe dizem o que fazer ou aonde ir. Ele traça seu próprio destino e seu único líder é ele mesmo.

Brenda recordou essas palavras enquanto o via avançar para eles com o rosto marcado de determinação. Hugo afrouxou as mãos e Brenda aproveitou para empurrá-lo e ficar fora do alcance dele. Os dois eram altos, mas Diego era mais robusto. A diferença de tamanho não intimidou Hugo, que o encarou para brigar.

— Não se meta! Estou falando com a minha namorada.

— Eu ouvi ela te pedindo para largar dela e ir embora. Então, suma daqui!

— Nenhum pedreiro de merda vai me dizer o que fazer.

Diego riu com sarcasmo e coçou a barba.

— Entendo... mas sabe de uma coisa? Acontece que este pedreiro de merda conhece a Brenda desde o dia em que ela nasceu, literalmente, e, na ausência do irmão dela, Lautaro, e de Héctor, o pai, que descanse em paz, a proteção dela é minha responsabilidade. E se não a deixar em paz vai ter que se ver comigo. Agora suma daqui, porque minhas mãos estão coçando de tanta vontade de quebrar sua cara.

Hugo alternou olhares furiosos entre Diego e Brenda.

— Isso não acabou — declarou, olhando para Brenda e apontando o indicador para ela.

Entrou no carro e arrancou cantando os pneus. Brenda e Diego o seguiram com o olhar até que virou à esquerda na Soler. Diego foi voltando para o restaurante.

— Diego! — chamou ela.

Ele se voltou abruptamente, com a raiva estampada no rosto.

— Ah — exclamou ela, e parou antes de trombar com ele, que se inclinou para a frente para ficar à altura dos olhos dela.

— Você deveria ser mais seletiva com os moleques com quem anda. Esse sujeito, mesmo de terno e dirigindo um Audi, tem "mentiroso" escrito na testa.

Ele deu meia-volta e entrou no restaurante.

Brenda correu atrás dele e o deteve pelo braço. Diego se soltou com um gesto brusco.

— Eu não ando com ele. Não ando com ninguém — explicou ela e, de repente, sentiu-se uma idiota dando explicações que ele não havia pedido e que com certeza não lhe interessavam. — Por que está me tratando mal, Diego?

Ele soltou uma gargalhada forçada.

— *Eu* te trato mal?

— É por causa do que aconteceu com seu pai?

— O que você acha?

— Acho que você é uma coisa e seu pai outra. O que ele fez não tem nada a ver com você. Você não é como ele.

— Como você pode ter tanta certeza?

— Porque eu tenho memória. Porque me lembro de como você era.
— Por que me perguntou o que ando fazendo da vida?
— Ora, por quê? Porque faz cinco anos que não tenho notícias suas. Liguei muitas vezes e você nunca me atendeu. E me bloqueou no Facebook.
— Sua mãe não fala de mim? — perguntou ele, ignorando as acusações.
— Minha mãe?
— Mantive contato com Ximena todos esses anos. Ela não fala de mim para você?

Brenda, tomada por uma confusão paralisante, só conseguiu negar com a cabeça, e o sorriso irônico de Diego doeu nela.

— É evidente que Ximena não quer que a sua preciosa filhinha ande com um cara como eu, portanto é melhor nos despedirmos aqui e agora.

* * *

Brenda passou o resto da tarde reprimindo a vontade de chorar e conjecturando o significado da situação que havia vivido. A indiferença e a raiva de Diego a machucavam. Como havia mudado! Onde estava aquele garoto bom e afetuoso que a havia feito se sentir amada? Tentou definir a última vez em que Diego havia sido o doce garoto de sempre: aquela ocasião, na saída da fábrica, no verão de 2011, quando lhe apresentara Carla. Uriel a havia chamado de "mina pirada" e Ángel havia contado o escândalo com sua irmã. Seria ela a responsável pela metamorfose de Diego? Teria ela o induzido às drogas? Ou será que ele era alcoólatra? Ou as duas coisas? Não via a hora de confrontar sua mãe.

Já no finzinho, enquanto recolhiam a papelada para ir embora, apareceu Uriel, trocado e pronto para sair, com a mochila no ombro.

— Garotas, eu e os rapazes queríamos convidar vocês para ir à casa no domingo. Nós nos reunimos com nossas famílias e amigos e fazemos de tudo menos morrer de tédio. Gostariam de ir? Martiniano sempre vai. Ele pode dizer o quanto se diverte.

— Os domingos na casa são demais — ratificou Marti.

— Vamos adorar — replicou Brenda, e sorriu pela primeira vez em várias horas. — Obrigada pelo convite.

— Até lá! — disse Millie, entusiasmada. — Que horas?

— Lá pelas três.

Brenda caminhou com passo firme para a escada. Não queria cruzar com Diego, não se exporia outra vez à atitude radioativa dele. Subiu correndo até o segundo andar, entrou no banheiro e trancou a porta. Saiu poucos minutos depois e abafou um grito ao topar com ele.

— Quase me matou do susto — recriminou-o.

— Não quero que você vá à casa no domingo.

— Por quê? — perguntou ela, com mágoa na voz.

— Não é lugar para você. E não estou a fim de brigar com os caras com quem convivo por sua causa.

Com o ego ofendido, ela ia replicar, mas ficou olhando para ele, tentando descobrir o ser sensível escondido por trás da máscara de rancor. A Lua em Peixes de Diego o dotava de uma sensibilidade extrema, contra a qual ele se defendia tingindo sua conduta com a inflexibilidade do Sol em Virgem e a impaciência de Marte na Casa I. Mas ela via além. Não era à toa que era uma pisciana netuniana. Desejava muito esticar a mão e acariciar a sua barba, porque percebia o quanto ele precisava de contato físico e de amor verdadeiro. A beleza dele a deixava sem fôlego. Estava lindo com aquela camisa azul-escura e o jeans branco. Havia tirado a bandana e ajeitado o coque bem alto. Quantas garotas deviam desejá-lo! Quantas cairiam diante daquele olhar exótico! Ficou triste ao concluir que ela era apenas mais uma.

— Já disse a Uriel que nós vamos — respondeu Brenda, com uma calma surpreendente. — Não posso voltar atrás agora. Ele ficou muito contente quando confirmamos.

— Mas não vai. Não quero que você vá.

— Pois eu não quero que haja guerra nem fome no mundo e — deu de ombros —, mesmo assim, não há dia em que não haja. Nem sempre conseguimos o que desejamos. Tchau — despediu-se e foi depressa para a escada.

Brenda desceu correndo. Era imperioso fugir dele e de sua aura de raiva. Martiniano já estava com o carro na rua. Despediu-se dos rapazes com beijos apressados e confirmou que se veriam no domingo.

* * *

Entrou em casa. Max a esperava balançando o rabo e ganindo. Virou de barriga para cima à espera das cócegas e carícias que ela sempre lhe fazia. Só que naquele dia Brenda não estava no clima.

— Hoje não, Maxito — disse, e seguiu para o quarto de Ximena.

Bateu na porta. Sua mãe pediu que entrasse. Brenda a encontrou sentada em frente à penteadeira, limpando a pele. Olharam-se pelo espelho.

— Por que essa cara, filha? — perguntou Ximena, preocupada, e girou no banquinho. — Aconteceu alguma coisa?

— Me fale de Diego, mamãe. De Diego Bertoni — pontuou e ficou calada, de braços cruzados, em pé à porta, com o olhar fixo na expressão desconcertada de Ximena.

— Por que quer falar dele?

— Porque hoje, depois de cinco anos, eu o encontrei por acaso. E ele me disse que durante todo esse tempo manteve contato com você. É verdade?

— É verdade — admitiu Ximena, e se voltou para o espelho para tirar o creme do rosto.

— Por que nunca me falou? — perguntou Brenda, impaciente, e avançou na direção dela.

— Porque você estava apaixonada pelo Diego e eu queria preservar você da capacidade destrutiva dele. — Ximena se levantou e foi ao encontro da filha. — Eu faria qualquer coisa para protegê-la e preservá-la da dor.

— Dor foi perder a amizade dele. Dor foi não ter notícias dele, mamãe. Você sabia o quanto eu estava sofrendo. Me fale dele. Me conte tudo.

— Você disse que o viu hoje... ele não te contou nada da vida dele?

— Nada. Praticamente não me dirigiu a palavra e me tratou mal. Não entendi nada — disse, desanimada. — Ele me amava, mãe. Eu sei que me amava.

— Sim, ele a amava, mas não como você a ele, e sim como a uma irmã mais nova.

— Me fale dele. Quero saber tudo. Você não pode me negar a verdade agora que eu sei que a escondeu de mim esse tempo todo.

Ximena inspirou fundo e exalou o ar com desânimo. Assentiu e convidou Brenda a se sentar na beira da cama.

— Diego sempre foi um ser muito especial. David e Mabel são básicos demais para compreendê-lo, especialmente David, que é tão severo e pedante. Era impaciente com Diego. Por isso o seu pai, que o adorava, ia buscá-lo nos fins de semana para mantê-lo longe de David, porque sabíamos que ele batia em Diego.

— E Mabel? — estranhou Brenda. — Não protegia o filho?

— Mabel é escrava de David. Ela não faria nada para contrariá-lo nem o irritar. Seu pai protegeu Diego o melhor que pôde, mas ele nos deixou e acho que foi Dieguito quem sofreu o pior impacto da perda de Héctor. Ficou se debatendo no vácuo. Seu pai teria sabido protegê-lo da ira de David quando Diego se recusou a fazer ciências econômicas porque queria estudar música. Eu tentei, mas não tenho a sabedoria nem a força de Héctor. A partir de 2008, tudo foi piorando e se transformou em uma bola de neve. As brigas eram constantes. Diego vivia mais na casa de Lita do que com sua família. Havia começado a se drogar e a beber demais. Depois, em 2011, a bomba estourou quando eu descobri o golpe de David Bertoni. Diego ficou muito mal por causa disso. Muito mal — enfatizou. — Aumentou o consumo de cocaína e começou a misturá-la com uísque. Lita me ligou em três ocasiões para levá-la ao hospital porque ele havia sido internado por overdose ou por descompensação ou por passar dias sem comer nem beber nada além de uísque.

Brenda cobriu a boca com a mão e abafou um grito. Seu coração batia a galope. Seu Diego, seu adorado Diego atravessando esse tormento e ela vivendo no país das maravilhas? Ela era, sim, a preciosa filhinha à qual Diego havia se referido; ele tinha razão, era uma menininha estúpida e mimada. Tola, muito tola.

— Mamãe, por que você me deixou fora disso tudo? Ele precisava de mim.

— Não, Brenda, ele não precisava de você. Ele precisava de profissionais que o ajudassem a sair do poço de morte e de destruição em que havia caído.

— Por que ele caiu nesse poço? — perguntou Brenda.

Mas logo se lembrou do que Cecilia havia explicado acerca da propensão aos vícios das personalidades com a Lua em Peixes. *É tão forte o desejo de escapar da dureza da vida que se entregam às drogas ou ao álcool, ou a ambos*, dissera ela – acertadamente, à luz dos fatos. Sentiu-se tomada por uma compaixão avassaladora. As lágrimas turvaram sua vista e ela mordeu o lábio para não se desmanchar em lágrimas.

Ximena estalou a língua e a aninhou em seu colo. Brenda ergueu os pés e se deitou enroscadinha na cama.

— Diego é um garoto muito sensível, busca nas drogas e no álcool a fuga para suportar a realidade. Tem dificuldade de assumir as responsabilidades de um adulto.

— Não me importa. Você sabe que eu o amo desde que me conheço por gente.

— Mas ele agora é incapaz de amá-la, filha. De amar qualquer um. Nessas circunstâncias, ele é uma pessoa mesquinha e egocêntrica.

— Não! — disse Brenda, e se levantou. — O Diego bom e doce está ali dentro. Preso no mundo das drogas, mas está lá. Eu sei.

— Eu sabia que você se ergueria como defensora dos fracos e oprimidos, como fez a vida toda. Meu amor — levou as mãos ao rosto da filha e a olhou nos olhos com uma ternura infinita —, não quero que você sofra. Você o ama e eu sei que sua capacidade de amar é profunda, mas ele não a vê assim, menos ainda nessas circunstâncias.

— Mas agora ele está vivendo em uma casa de reabilitação. E me pareceu muito bem.

— Onde você o viu? — perguntou Ximena, interessada.

Brenda lhe relatou o encontro.

— Martiniano disse que é o melhor lugar de reabilitação em que o irmão dele, Franco, já esteve.

— É um lugar excelente — concordou Ximena. — Eu o encontrei como costumamos encontrar essas coisas que mudam nossa vida: por acaso. Estava enlouquecida porque fazia mais de quinze dias que Diego estava preso no Departamento Central de Polícia, na avenida Belgrano.

— Preso?!

— Diego passou por tanta coisa — lamentou Ximena. — Por todas, eu diria. Foi preso várias vezes, mas daquela vez foi grave, porque não se tratava de uma briga de rua ou de andar bêbado em via pública. Ele havia cometido lesões graves. Tadeo agiu muito bem.

— Tadeo González é advogado de Diego? — disse Brenda, surpresa, e Ximena assentiu. — Que ironia! Justo Tadeo, que cuidou do processo contra David Bertoni.

— Ele tem um grande carinho por Diego. Conseguiu tirá-lo da cadeia, mas o juiz impôs a condição de que fosse internado em um centro de desintoxicação e reabilitação. No Departamento de Polícia eu conheci o padre Antonio Salla, que cuida dos presos com vícios. É um homem magnífico, com um espírito elevado. Deus colocou esse homem no meu caminho.

Como era possível que sua mãe tivesse uma vida dupla e que Brenda não houvesse percebido? Por acaso não era forte a conexão com a mãe quando se nasce sob a influência da Lua em Câncer? Seria ela uma boba incapaz de ver além do umbigo, que só pensava em besteiras?

— Mas agora estou muito brava com Diego. Faz semanas que não ligo nem vou visitá-lo na casa. Ele está de novo com aquela sujeitinha, Carla. Haviam terminado não sei por qual pisada na bola dela. Não sei dos detalhes, porque Diego me esconde muita coisa. Mas eu a encontrei um domingo na casa de reabilitação, quando a avó dele e eu fomos visitá-lo. Diego não me esperava e tenho certeza de que quis morrer quando me viu, porque ele sabe o que eu penso daquela mulher. Eu a culpo pelos vícios de Diego — disse Ximena, e Brenda se espantou com o ódio que cintilava nos sempre serenos e amorosos olhos de sua mãe. — Ela o arrastou para esse inferno.

— Ela é dependente química?

Ximena assentiu, e acrescentou:

— Não tem nenhuma vontade de se desintoxicar e quer arrastar Diego para a perdição porque não tem coragem de ir sozinha. O egoísmo dos viciados é imenso.

— Manu e Rafa, os melhores amigos dele, também se drogam?

— A princípio não, mas no mundo deles, da música, e nesses antros onde vão tocar, com certeza bebem muito e devem pelo menos fumar maconha.

— Martiniano disse que os rapazes da casa podem ir embora quando quiserem, que são livres. Diego também?

— Não é o caso de Diego — disse Ximena. — Ele está lá há quase oito meses por ordem judicial; o juiz aprovou o pedido que Tadeo apresentou quando propusemos a casa da Desafío a la Vida.

— E Lauti sabe desse problema de Diego?

— Ele sabe que eu falo com Diego e que estou a par de todos os problemas dele.

— Ah, Lauti sabe.

— Ele não aprova que eu cuide de Diego. Diz que ele tem pais.

— E Mabel e David, o que fazem?

— Nada — afirmou, com desprezo. — Mabel e David fugiram para San Luis e fazem de conta que Diego não existe. E é melhor assim. Eles só sabem cometer erros e complicar as coisas. Lita e eu cuidamos dele.

— Você não deveria ter escondido isso de mim, mamãe — insistiu Brenda.

— Talvez não, filha, e te peço desculpas. Mas... — deixou cair as pálpebras e respirou fundo. — Como é difícil educar os filhos! Sempre ficamos nos perguntando se fizemos bem ou mal. Especialmente eu, sem seu pai... É tudo mais difícil.

— Você é a melhor mãe do mundo! — exclamou Brenda, e abraçou Ximena.

Em pouco tempo Brenda se sentiu reconfortada pela sensação de bem-estar que a invadia quando estava nos braços de sua mãe, seu refúgio, seu pilar. Afastou-se, transbordando de amor e emoção, e a olhou através de um véu de lágrimas.

— Eu o amo, mamãe! Hoje o vi de novo e me senti tão... viva! — concluiu.

— Mas você disse que ele não a tratou bem.

Brenda apertou os lábios e negou com a cabeça.

— Foi como se ele sentisse vergonha de si mesmo — murmurou por fim, com o choro preso na garganta. — Foi como se não quisesse que eu o visse como um dependente químico.

— Ele se envergonha, eu sei — confirmou Ximena. — Nunca te contei que Diego ia todos os dias visitar seu pai no hospital, todo santo dia, duas vezes por dia, no horário de visitas da uma da tarde e no das sete da noite. Nunca faltou. Ele amava tanto o seu pai... Eu estava com Héctor no dia em que Diego jurou que protegeria nós três, mas especialmente a você e a mim. Seu pai sorriu (já não conseguia falar) e lhe estendeu a mão. Diego a beijou. — Ximena apertou o nariz e fechou os olhos. — Héctor morreu poucas horas depois — acrescentou, mal conseguindo respirar.

Abraçaram-se de novo e choraram amargamente. Por fim, Ximena foi até a penteadeira e pegou lenços de papel, dando um a sua filha.

— Diego sente que decepcionou seu pai — disse Ximena. — Essa vergonha que você percebeu é real. A vergonha dele é dupla, por você e pela memória de Héctor. — Acariciou a face morna e corada de Brenda. — Como eu queria que você o esquecesse!

— É impossível, mamãe.

* * *

Após o diálogo com Ximena, Brenda ficou exausta física e emocionalmente. Entrou na banheira cheia de água morna, sais e aroma de lavanda. Lembrou-se do conselho de Cecilia – que meditasse pelo menos meia hora por dia. Colocou uma música apropriada e se acomodou com uma toalha na nuca.

Fez os exercícios de respiração que Silvani lhe havia ensinado e imaginou as cenas que Cecilia indicara. Desistiu minutos depois. Esvaziar a mente depois do terremoto que havia significado encontrar Diego Bertoni não só era uma tarefa infrutífera como também insensata.

Recordou Diego enfrentando Hugo. *Acontece que este pedreiro de merda conhece Brenda desde o dia em que ela nasceu, literalmente, e na ausência do irmão dela, Lautaro, e de Héctor, o pai, que descanse em paz, sou eu quem a protege.* Sua pele se arrepiou debaixo d'água, e não por causa do frio; na verdade, sentia calor. Tocou seus mamilos duros e deslizou a mão entre as pernas, fantasiando que eram os lábios carnudos de Diego. No momento do orgasmo, ele a contemplava com uma intensidade feroz, como se a incitasse a gozar, e tornou a vê-lo como naquela tarde, quando fora defendê-la com a bandana vermelha na cabeça e o olhar delineado de preto fixo em Hugo. Parecia um pirata. A beleza dele a havia deixado sem fôlego.

Você não decepcionou meu pai, meu amor, pensou, e sorriu diante da facilidade e naturalidade com que o chamara de "meu amor". *Hoje você cumpriu sua promessa quando me protegeu de Hugo.*

Ela saiu da banheira relaxada e contente, pois havia tomado uma decisão. Mandou uma mensagem a Cecilia, pedindo que a chamasse pelo Skype no sábado. Queria muito contar a ela o que havia acontecido e pedir sua opinião.

* * *

Brenda passou a manhã de sábado na casa de Juliana Silvani fazendo exercícios respiratórios, depois de vocalização e, por último, trabalhando a força do diafragma, que, segundo palavras de sua professora, era o instrumento primordial do cantor. Acabou a aula relaxada e carregada de uma energia revitalizadora como só o canto lhe proporcionava.

Comeu depressa e se trancou em seu quarto, porque às três da tarde havia marcado com Cecilia para conversar pelo Skype. Desde quinta-feira à noite analisava com Millie e Rosi o encontro com Diego, e, embora adorasse trocar opiniões com suas amigas, tinha a impressão de que o raciocínio delas carecia do matiz esotérico e astrológico que dava profundidade à análise.

— Acho que Netuno no grau dez de Peixes — disse Brenda após se cumprimentarem — está demostrando a força dele.

— Do que está falando?

Brenda contou sobre o afortunado encontro com Diego Bertoni e foi meticulosa ao relatar os fatos.

— Mãe do céu — sussurrava a astróloga de vez em quando. — Que coisa impressionante!

— Ele não me tratou bem, Ceci. Me tratou como se estivesse ofendido. Eu e mamãe achamos que foi porque ele tem vergonha de toda essa situação.

— Faz sentido — disse Cecilia —, uma vez que ele tem o Nodo Sul em Leão.

— O que é Nodo Sul?

— Existem dois nodos lunares, o Norte e o Sul. São dois pontos imaginários no mapa. O que chamamos de Sul representa o karma, as experiências de vidas passadas — esclareceu. — É uma energia que se deve abandonar. O nativo tem que se encaminhar para o Nodo Norte, que fica exatamente no ponto oposto. É o que chamamos o darma, o destino da alma, algo como um supra-ascendente. Pois Diego tem o

Nodo Sul em Leão, de modo que me atrevo a dizer que deve ser orgulhoso, e, levando em conta que o Nodo Sul está muito perto de Júpiter... Júpiter — reiterou —, aquele que tudo expande e aumenta, pode chegar a ser arrogante. *Muito* arrogante. Sua teoria de que ele a tratou com agressividade porque se sentiu envergonhado não é nenhum absurdo.

— O que ele teria que fazer para se encaminhar para o Nodo Norte?

— Para Aquário — pontuou Cecilia —, porque Leão e Aquário são opostos complementares. Diego tem que entender que não é com o ego que vai brilhar, e sim como parte de um grupo. Como será que ele se dá com os membros da banda de rock?

— Ele é o líder — apontou Brenda, e viu Cecilia torcer os lábios.

— Imaginei, e não só por esse Nodo Sul em Leão, mas também por Marte na Casa I, que o transforma em um ser independente, artífice de seu próprio destino. É interessante o exemplo que nós, astrólogos, usamos para ilustrar o Nodo Sul em Leão — comentou Cecilia, sorrindo —, e digo que é interessante porque tem a ver com a música. Dizemos que ter o Nodo Sul em Leão é como ter sido Madonna na vida passada e agora ter que cantar em um coro. O que você pretende fazer? — perguntou à queima-roupa.

Brenda respondeu com a mesma resolução:

— Quero conquistar Diego. Quero que ele me veja como mulher. Não sou mais a filhinha de Héctor e Ximena, seis anos mais nova que ele. Esses tempos ficaram para trás.

— E os vícios dele? O feitiço de Lua em Peixes é muito poderoso, e garanto que não vai ser fácil para ele superar isso.

— Quero dar alguma ajuda a ele — declarou Brenda.

Cecilia ficou olhando para ela com uma expressão séria.

— E Carla, a mulher que, segundo sua mãe, o leva para o mau caminho?

— Tinham terminado, mas voltaram — explicou Brenda, incapaz de disfarçar a amargura.

— Deve ser uma mulher extremamente possessiva — disse Cecilia —, que fica indo atrás dele.

— Por que está dizendo isso?

— Porque o ascendente de Diego é Touro. A força do apego, uma característica muito taurina, é tema obrigatório para esse nativo. Precisa experimentá-lo, mas, assim como o rejeita, ele o projeta nos outros. O outro é o possessivo, que gruda como craca e não quer soltá-lo. É comum que isso aconteça nos vínculos amorosos. No caso de Diego, tudo se complica por causa de sua Lua em Peixes, devido à qual ele mesmo tende a deixar as coisas confusas e a perpetuar vínculos tóxicos. Tem dificuldade de cortá-los. Além disso — retomou após dar uma olhada no mapa de Diego —, há um aspecto que não mencionei antes e que tem um papel fundamental na vida dele. Plutão está na Casa VII, do relacionamento. E não só isso: a Casa VII está em Escorpião.

— O que isso significa?

— Plutão, regente de Escorpião, é o planeta da morte e da transformação. Quando ele está na casa do relacionamento, significa que nada vai ser fácil nesse âmbito. Haverá uma intensidade permanente, um conflito permanente. Um destruir e renascer constantes. Os nascidos com Plutão nessa localização são desses que mantêm relacionamentos tóxicos durante anos. Terminam e arrumam outro. Terminam de novo e arrumam outro.

— Isso é inevitável?

— É inevitável, sim — ratificou Cecilia. — Esse círculo vicioso só se interrompe quando o nativo toma consciência da força que o domina e a utiliza para se aprofundar em sua psique e na de seu companheiro para, juntos, realizarem uma transformação absoluta, uma comunhão de almas, digamos. É um processo doloroso, porque implica a morte do ego para que nasça um novo ser, o dos dois como casal sólido, quase indestrutível.

— Acho que essa Carla é uma rival de peso — disse Brenda, desanimada. — Além do mais, é atraente e sexy, conhece Diego há anos. Ela é da banda também. E tem uma voz maravilhosa.

— Com tudo isso — contra-argumentou Cecilia —, você ainda quer tentar conquistá-lo?

Brenda assentiu.

— Então, fique esperta, pisciana — disse Cecilia, puxando o olho com o indicador em um gesto de alerta. — Já falamos que Peixes tende a ser muito crédulo e a se sacrificar por causas perdidas. Não esqueça que o único pecado é a falta de consciência. E agora você tem muita consciência das energias que a habitam. Use-as com sensatez.

9

No domingo, embora estivesse acompanhada de Millie e Rosi, Brenda estava muito nervosa.

— Não se preocupe, Bren — disse Rosi. — Não dei o endereço da casa para Santos. Quis evitar que ele o passasse para Hugo.

— Duvido que aquele imbecil venha encher o saco de novo — disse Millie sem se virar; estava dirigindo. — Depois da intervenção de El Moro, acho que ele perdeu a vontade de continuar dando uma de psicopata. Se foi como você nos contou, Bren, foi muito romântico.

— Contei exatamente do jeito que aconteceu — ratificou Brenda enquanto se certificava de que a chocotorta ainda estava inteira depois de passarem por um buraco. — Não foi tão romântico assim. Ele me defendeu como a uma irmã e depois me tratou mal.

— Mas você não viu a cara dele quando Millie explicou que seu ex-namorado perseguidor estava ali fora te perturbando.

— Ele saiu feito uma flecha — interveio Millie, e riu com malícia.

— Estou nervosa — admitiu Brenda.

Rosi, que estava no banco da frente, virou-se e estendeu a mão, que Brenda aceitou de imediato.

— Calma, amiga — sussurrou. — Vai dar tudo certo.

— Estamos aqui para te proteger — disse Millie.

— Tenho medo de que ele me expulse — admitiu Brenda.

— Ele que se atreva! — exclamou Millie. — Os meninos nos convidaram. Ele não é o dono da casa. E vou deixar isso bem claro se ele der uma de idiota. Pode ficar tranquila.

Apesar de tudo, Brenda riu. Tentou relaxar e curtir a visita à casa. Queria conhecer o lugar onde Diego morava havia quase oito meses. Ficava na cidade de Avellaneda, de modo que, quando atravessaram a ponte Pueyrredón, soube que estavam perto. Olhou a hora no celular: três e cinco da tarde.

— Você está linda, Bren — comentou Rosi. — Essa saia e essa blusinha ficam ótimas em você.

— Poderia ter posto alguma coisa mais sexy — replicou Millie. Esse conjunto fica lindo em você, como disse Rosi, mas é meio... não sei, romântico, inocente.

— Mas ela sempre se vestiu assim — alegou Rosi. — Além do mais, a saia é justa e acaba acima do joelho. E essas sandálias com um pouco de salto destacam os pernões que ela tem. Quem dera eu tivesse umas pernas dessas! — desejou.

— Seu cabelo está maravilhoso — elogiou Millie. — Essas ondas naturais caem muito bem. Tome — disse, e jogou a bolsa para trás. — Pegue meu gloss e passe um pouco. Você quase nem passou maquiagem, Bren!

— Mas seu perfume é delicioso — interveio Rosi. — Adorei, é bem fresco.

— É da minha mãe. Ela disse que seria ideal para uma tarde quente como a de hoje.

— Sua mãe sabe que você veio ver Diego? — inquiriu Millie.

— Sim — respondeu Brenda, e a olhou com seriedade pelo retrovisor.

— E o que ela disse?

— Não gostou muito da ideia — admitiu Brenda.

— É lógico — apontou Rosi.

Chegaram guiadas pelo GPS. A casa ficava perto do Museu Ferroviário. De fato, a ONG havia sido construída nos anos 1980 em um edifício doado pela empresa Ferrocarriles Argentinos. Millie parou o carro, virou-se para Brenda, cujo ritmo cardíaco estava acelerado, e deu uma piscadinha.

Ela achou a casa linda, com um grande jardim na frente, bem conservado, o teto de telhas de duas águas e uma galeria com vasos e cadeiras de madeira branca. Enquanto avançava para a entrada pelo caminho de pedras, Brenda concluiu que gostava do tom de amarelo com que havia sido pintada e achou que combinava perfeitamente com o suave azul-clarinho das janelas.

Millie mandou uma mensagem a Martiniano para avisar que haviam chegado, e logo ele saiu para recebê-las. Encontraram-se no meio do caminho.

— Os caras vão pirar quando virem vocês — confessou o amigo. — Tinham certeza de que não viriam. As pessoas os marginalizam por serem viciados — acrescentou, com olhos tristes, que logo se iluminaram ao cruzar o batente e anunciar: — Ei, homens de pouca fé! Vejam quem chegou.

Uriel, Franco, Ángel e José pularam da cadeira e se aproximaram entre exclamações e sorrisos. Após a calorosa recepção, convidaram as meninas a entrar e foram apresentando os outros. Brenda ficou toda confusa com os nomes e rostos. Não era um talento dos piscianos reter esse tipo de informação, e, além do mais, só lhe interessava encontrar uma pessoa específica. Mas prestou atenção quando José lhe explicou que moravam dezessete rapazes na casa, dois dos quais estavam ainda em período de desintoxicação, e por isso não desceriam. Os outros quinze e seus familiares e amigos – umas trinta pessoas, calculou – estavam espalhados pela sala, que era muito ampla, fresca e luminosa, com janelas que davam para a galeria. Havia vários grupos de poltronas e sofás, uma televisão ligada com o volume baixinho, uma mesa de pingue-pongue, outra de pebolim e uma de bilhar, onde avistou Diego, que, inclinado para dar uma tacada, estava absorto no destino da bola que ia acertar. Rosi e Millie já o haviam visto e o observavam de cara fechada. Era improvável que não tivesse notado a presença das meninas, por conta do escândalo que os rapazes haviam feito. Mas ele as ignorava.

A indiferença de Diego não doeu tanto em Brenda como ver a mulher que, do outro lado da mesa de bilhar, com um taco na mão, foi para perto dele deliberadamente requebrando os quadris. Começou a acariciar suas costas. Brenda logo a reconheceu; estava como no verão de 2011, com seu longo cabelo platinado e os lábios vermelhos.

— Essa é a tal da Carla? — interrogou Millie, e Brenda assentiu. — *For the record*:[3] odeio essa mulher.

Carla ergueu o olhar de cílios postiços e fixou seus penetrantes olhos verdes em Brenda, que sorriu para estabelecer contato. A mulher não retribuiu o gesto e se endireitou quando Diego deu a tacada. Sussurrou no ouvido dele sem deixar de olhar para Brenda. Diego se voltou para elas e revirou os olhos com evidente contrariedade e balançou a cabeça.

---

3. *For the record:* "só para constar". (N.T.)

— Quem ele pensa que é? — disse Rosi, indignada.

— Quero ir embora — declarou Brenda, ciente de que quem estava falando era a parte fugidia e medrosa de seu Sol em Peixes.

— De jeito nenhum — sentenciou Millie, a escorpiana. — Não vamos dar esse gostinho, especialmente para ela, que está com uma inveja e um ciúme mais gritantes que os cílios postiços que usa. Esses dois se merecem. Como diz minha avó, Deus os cria e eles se juntam. Vamos lá cumprimentar todo mundo — propôs.

Brenda ia negar, mas recordou que estava ali para conquistá-lo. Não se acovardaria diante do primeiro obstáculo.

— Vamos — disse, e as três se dirigiram à mesa de bilhar.

— Diego está todo tatuado — comentou Rosi em um sussurro — e com os braços bem sarados. Será que malha?

— É óbvio, Rosi — respondeu Millie.

Carla as observava com um sorriso torto, apoiada no taco. Brenda tinha certeza de que nunca havia visto um corpo tão escultural quanto o dessa mulher. Com aquela calça jeans justíssima, provavelmente com bastante stretch, parecia a obra de um escultor. Será que malhava? As pontas onduladas de seu cabelo roçavam o início de um bumbum arrebitado.

— Que vontade de enfiar esse taco no cu dela — murmurou Millie —, para ela parar de fazer pose como se fosse uma puta atraindo clientes.

— Ai, Di, veja quem veio! — exclamou Carla quando elas já estavam bem perto. — Sua priminha! O que você trouxe? — Brenda não teve tempo de pôr o recipiente fora do alcance antes que Carla retirasse o guardanapo que o cobria. — O que é? — perguntou, e franziu o nariz com uma careta de repugnância.

— Uma chocotorta — respondeu Brenda, enquanto Millie arrancava o guardanapo da mão de Carla e a sobremesa. — É a torta favorita de Diego — disse olhando para ele.

Por mais que ele fingisse se concentrar na próxima tacada, dava para notar seu desconforto, sua contrariedade e, em especial, sua vergonha. Como Brenda se arrependia de estar ali!

— Di, chocotorta é sua torta favorita?! — proclamou Carla, como se estivesse atuando. — Tantos anos dormindo juntos e você nunca me contou.

— Agora entendo por que acabou se drogando — interveio Millie, e Carla se voltou bruscamente e a fulminou com um olhar feroz, que revelava sua índole. — Só estando doidão para transar com você — acrescentou.

Brenda se voltou quando ouviu risadas às suas costas. Dois rapazes, que evidentemente haviam ouvido a resposta de Millie, aproximavam-se da mesa de bilhar. Ela logo os reconheceu: Manu e Rafa, os melhores amigos de Diego, os outros músicos do Sin Conservantes.

— Quem você pensa que é para falar comigo desse jeito, pirralha?

— Obrigada pelo pirralha — contra-atacou Millie. — Pena que não posso devolver o elogio, porque ou você já é uma senhora ou está acabada, não sei dizer qual é a alternativa correta. Você injeta colágeno nos lábios? — perguntou, inclinando a cabeça para a frente e aguçando o olhar.

Mais gargalhadas. Brenda observava a cena como se estivesse em estado de hipnose. Carla foi em direção a Millie. Diego deixou o taco na mesa com um estrondo desnecessário e a interceptou com o corpo para evitar que se mexesse.

— Sai da minha frente. Vou dar uma lição nessa pirralha.

— Não — disse ele pela primeira vez, e Brenda estremeceu. — Não quero confusão, você sabe disso.

A seguir, dirigiu um olhar assassino a Brenda; mas ela sorriu mesmo assim.

— O que está fazendo aqui? Eu não disse para não vir?

— Você é um *grande* imbecil, Diego Bertoni — disse Millie, furiosa, e as gargalhadas de Manu e Rafa inundaram a sala e chamaram a atenção do resto. — Vamos, Bren, não vale a pena. Deixa ele aí com essa mulher de colágeno. Esses dois imbecis se merecem.

Cecilia havia advertido que, com Plutão, o planeta do poder, na Casa XI, a dos amigos, ela podia ser vítima de amizades perigosas ou se cercar de pessoas fortes e intensas que projetassem seu próprio Plutão. Era evidente que se tratava da segunda opção.

Estavam indo para o grupo onde estava Martiniano e os demais quando Millie se voltou repentinamente, esticou o indicador em direção a Diego e advertiu:

— Seu eu vir vocês comendo um pedaço sequer da chocotorta da Bren, enfio esse taco no cu dos dois, ouviram?

— Ui! — exclamou Manu, e fez uma expressão de dor.

— Só de imaginar já me dá arrepio — comentou Rafa.

— Vocês são idiotas, por acaso? — disse Carla aos dois. — Por que dão trela para essa imbecil?

— Aparentemente você tem fixação com taco de bilhar e o cu das pessoas — sussurrou Rosi enquanto se afastavam.

— Das pessoas não — corrigiu Millie. — Só desses dois imbecis.

Brenda caminhava apertando o recipiente contra a barriga, sem perceber que só conseguia fazer aumentar a náusea. Andava movida pelo instinto. Aquela visita estava saindo pior que o esperado. Diego a havia feito se sentir sobrando; ela não pertencia ao universo dele.

* * *

O grupo as acolheu e elas arranjaram lugar nas cadeiras dispostas em volta de uma mesinha de centro. Se haviam notado o momento de tensão perto da mesa de bilhar, não comentaram. Belén, irmãzinha de Martiniano, de doze anos, estava encantada com Brenda. Contemplava-a com fascinação, como se a achasse a garota mais linda e interessante do mundo.

Além da chocotorta, haviam levado docinhos e as coisas para mate, e começaram a servir tudo. Manu e Rafa se aproximaram.

—Podemos comer a chocotorta? — perguntou Manu, com o olhar fixo em Millie. — Ou corremos o mesmo risco que El Moro?

— Se me garantir que você e seu amigo não são tão... — conteve-se ao notar a presença de Belén — bobos como ele, sim, podem provar a chocotorta.

Brenda os serviu e os rapazes receberam os pratos com sorrisos e olhares cheios de curiosidade. Ela deduziu que deviam estar se lembrando dela, de quando a encontravam nos aniversários de Diego de trancinhas e aparelho na boca. Sentaram-se do outro lado da mesa e, depois de saborear a primeira mordida, ergueram os garfos em um gesto de aprovação, ao qual Brenda respondeu com um sorriso.

A conversa prosseguia leve e animada. De vez em quando explodiam gargalhadas graças às tiradas de Millie e dos rapazes da casa. Havia um chamado Anselmo, baixinho e muito magro, que tinha um humor mordaz e espirituoso, que fez Brenda rir e esquecer por um momento o desprezo de Diego. Ela notou que ele estava com uma camisa de manga comprida, apesar do dia quente, e deduziu que estava escondendo os antebraços para não expor algum tipo de ferida. Será que tentara se suicidar cortando os pulsos? Ou se autoflagelava? Ou tinha as veias cheia de marcas de agulha? Ao sorrir, ele escondia os dentes carcomidos por causa do consumo de drogas, possivelmente heroína ou metanfetamina, as mais nocivas para a saúde bucal, segundo aprendera em uma aula especial no último ano do ensino médio.

Apesar do ambiente descontraído, Brenda percebia as correntes de dor e angústia que atravessavam o espaço da grande sala. Sentia-as em volta dela como cintas que iam se apertando e a aprisionando. No passado, essa experiência lhe havia causado pânico; mas, nesse momento, sabia que isso era consequência de sua hipersensibilidade netuniana, uma característica de seu temperamento tão genuína quanto a cor de seus olhos. Só tinha que aprender a se proteger e controlar isso.

— Essa é a chocotorta mais gostosa que já comi na vida — declarou Belén para Brenda.

— Obrigada, Belu. Se quiser, eu te ensino meu segredo — disse Brenda, e deu uma piscadinha.

— Quero, sim!

Entraram dois homens – dois padres, pensou Brenda, ao notar o colarinho clerical na camisa azul-clarinha deles.

Um tinha o cabelo completamente branco, o outro era jovem e atraente. Deviam ser padre Antonio e padre Ismael.

— Eles sempre chegam a esta hora porque primeiro vão ver as crianças do orfanato — explicou Belén.

— Eles têm um orfanato também? — perguntou Brenda, admirada, enquanto os observava cumprimentar os familiares com abraços e apertos de mão; conheciam todos e os tratavam com informalidade e confiança.

Brenda notou claramente a mudança no jeito dos padres ao cumprimentar Carla; fecharam a cara e não houve troca de beijos, e sim apertos de mão bem formais. Mais que formalidade, pensou Brenda, havia desconfiança neles.

— Estou vendo rostos novos aqui — comentou padre Antonio ao se aproximar do grupo onde estavam Brenda, Millie e Rosi.

— São as amigas de quem falei, padre — interveio Ángel.

— Eles achavam que vocês não viriam — recordou padre Ismael, inclinando-se para cumprimentá-las com um beijo.

Franco, irmão de Martiniano, fez as apresentações.

— Brenda é filha de Ximena, madrinha de El Moro — apontou Rafa, o que confirmou a Brenda que ele se lembrava dela.

Houve um momento de surpresa e de comentários obsequiosos por parte do padre Antonio.

— Sentimos falta de sua mãe — disse Ismael. — Faz vários domingos que ela não vem.

— Ela está pu... — começou Manu, mas se interrompeu diante do olhar severo do padre Antonio. — Ela está brava com El Moro porque ele voltou com Carla.

Os sacerdotes assentiram com expressão neutra. Brenda lhes ofereceu chocotorta e mate e os dois aceitaram. Anselmo e José foram buscar cadeiras e os padres acabaram se sentando com eles.

— Está faltando música aqui — reclamou Manu. — Onde está seu violão, padre? — perguntou a Ismael.

— Esqueci no orfanato.

— Querem música? — interveio Millie. — Minha amiga aqui — disse, e apontou para Brenda — tem a voz mais maravilhosa do mundo.

Ela ficou vermelha; sentia as faces ardendo. Não queria cantar na frente de tanta gente. Cantava nos aniversários e festas familiares, mas se expor naquele lugar cheio de desconhecidos e de conhecidos hostis lhe parecia impossível.

— Bren, *plisss, plisss*! — rogou Belén, e se agarrou ao braço de Brenda. — Cante alguma música da Katy Perry, eu imploro.

— Ela adora Katy Perry — comentou Gabriela, mãe de Martiniano.

— Bren arrasa cantando "Hot N' Cold" — comentou Rosi.

— Não acredito! — exclamou a menina. — É minha música favorita! — afirmou, e os adultos soltaram uma gargalhada.

Brenda, ainda rindo, ergueu o rosto e encontrou o olhar de Diego fixo nela. Seu sorriso desapareceu e ela afastou os olhos, desconfortável.

Ficou triste por compreender que ele havia erguido um muro construído de vergonha e orgulho e que agora eram estranhos um para o outro.

— Vejam só quem nos honra com sua presença! — exclamou Rafa nesse momento e se levantou.

— Minha velha linda! — disse Manu, e o seguiu.

Foram a passos rápidos para a porta principal, por onde entravam uma idosa e duas mulheres de uns cinquenta anos. Brenda a achou ligeiramente encurvada e com o cabelo mais branco e ralo, mas reconheceu Lita, a avó de Diego. Estava acompanhada por suas filhas Silvia e Liliana, parecidas com Mabel; as três tinham o mesmo ar da família.

Rafa e Manu abraçavam e beijavam a idosa enquanto a elogiavam, e ela os recriminava chamando-os de mentirosos. Brenda não prestava atenção neles, mas seguia Diego com o olhar. Ficou impressionada com a metamorfose no semblante dele, que se iluminou ao ver as três mulheres. Deixou o taco na mesa, apagou o cigarro em um cinzeiro e atravessou a sala a passos largos. Brenda notou que Carla continuou jogando bilhar e fumando, e não se voltou nem sequer uma vez para ver a cena.

Lita e Diego se abraçaram. A energia de amor incondicional que se reuniu em torno deles emocionou Brenda. Sua mãe estava enganada, Diego ainda era capaz de amar. Amava aquela velhinha talvez como não amasse nenhum outro ser vivo. A descoberta a deixou feliz, imensamente feliz, e compensou a amargura que estava alojada em seu coração desde que tornara a ver Diego Bertoni.

Os padres Antonio e Ismael se levantaram e, cumprindo seu papel de anfitriões, foram receber as recém-chegadas. Brenda não perdia um detalhe e percebeu com que respeito cumprimentavam a avó e as tias. Carla continuava em seu canto, jogando sozinha e fumando.

Lita tomou o braço de Diego. Ele a acompanhou com um caminhar lento até umas poltronas, onde a ajudou a se sentar; colocou uma almofada em sua lombar e a mulher acariciou o rosto barbudo do neto. Brenda gostaria de tê-la cumprimentado, mas tinha medo de enfurecer Diego e provocar uma cena que estragasse aquele que, claramente, era o único momento valioso para ele.

— Não vai cantar, Bren? — Belén a olhava com uma expectativa que a desarmava.

Brenda achara que a interrupção propiciada pela chegada de Lita faria Belén se esquecer dela e de seu canto. Acariciou a face da menina.

— Talvez os outros não queiram.

— Todo mundo quer! — exclamou Uriel. — Anselmo, traga seu notebook para procurarmos no YouTube o karaokê de "Hot N' Cold".

Anselmo saiu e foi para uma parte da casa onde Brenda havia visto as escadas que, deduziu, levavam aos andares superiores. Adoraria conhecer o quarto de Diego. Deu uma olhada rápida na direção dele e o flagrou no instante em que se inclinava sobre a mão da avó e a beijava. Sentiu uma emoção incontrolável ao imaginá-lo beijando a mão de seu pai no dia em que lhe prometera cuidar dela e de sua mãe quando Héctor já não estivesse aqui. Levantou-se e limpou a garganta antes de dizer:

— Já venho.

Trancou-se no banheiro e se olhou no espelho. Seus olhos estavam injetados de tanto segurar o choro. Obrigou-se a não chorar. Não permitiria que a pior parte de seu coração pisciano a dominasse. Não sentiria pena de si mesma. Havia se metido naquela confusão sozinha. Diego havia exigido que não fosse e ela o havia desafiado. Agora, não choraria como uma menininha. Tinha que enfrentar a situação como adulta. Usaria sua incomensurável sensibilidade netuniana para derramar amor e alegria por meio do canto.

Deixou a água correr até esquentar. Fez gargarejo para preparar as cordas vocais. Realizou uns exercícios respiratórios que distenderam seu diafragma. Por último, treinou umas vocalizações sem erguer muito o tom. Sentia-se confiante. Conhecia bem a voz de Katy Perry, cujos registros máximos estavam abaixo dos seus.

De volta à sala, encontrou Anselmo cuidando das últimas conexões; havia até um microfone e caixas de som conectadas ao notebook. Com certeza a acústica do lugar deixaria muito a desejar, mas ela não estava ali para prestar um exame, e sim para alegrar aquelas pessoas oprimidas pelo peso dos vícios.

Mas estava muito nervosa. Diego a ouviria, e também Carla, que era uma cantora profissional com uma voz prodigiosa. Decidiu ficar de costas para eles e achou prudente se concentrar nos olhinhos cintilantes e emocionados de Belén. Cantaria para ela, decidiu.

Brenda pegou o microfone e inspirou longamente uma última vez antes de sinalizar para que Anselmo desse play. O começo, com a bateria, acelerou seu coração de uma linda maneira, como só a música o fazia palpitar. Era pisciana; mais que pisciana, era uma poderosa netuniana, e aquela era sua arte. Sentia-se como um peixe na água enquanto repetia as estrofes e fazia a mímica para acompanhar o sentido das frases. Belén se esforçava para imitá-la, e logo os outros a incentivavam com palmas. Esticou a mão para a menina, que a aceitou. Obrigou-a a se levantar e as duas continuaram cantando e dançando juntas. Uriel tirou Millie para dançar e Franco chamou Rosi, e logo estavam todos dançando em volta dela e de Belén – inclusive Gabriela e seu ex-marido.

A música acabou e Brenda e Belén se abraçaram enquanto a sala explodia em aplausos, ovações e assobios.

— Você é demais, Bren! — sussurrou Belén com fervor, e Brenda a apertou contra o peito.

Alguém a pegou pelo braço e a afastou de Belén. Era Martiniano, que a contemplava com um misto de alegria e espanto.

— Você está de brincadeira, Bren? Canta desse jeito e eu não sabia?

— Viu só, Marti? — interveio Millie, orgulhosa do talento da amiga.

O grupo a cercou para elogiá-la e lhe dar os parabéns. A rodinha se abriu e deu lugar aos padres, que se aproximavam aplaudindo.

— Criatura! — irrompeu o padre Antonio. — Que voz! Deixou a todos nós de boca aberta.

— De boca aberta é pouco! — admitiu o padre Ismael.

— Mais um! Mais um! — começaram a repetir em coro, inclusive os rapazes e os familiares reunidos em partes mais afastadas.

— Isso mesmo, Bren! — incentivaram suas amigas.

— Escolha uma música, padre Ismael — sugeriu Ángel.

— Não conheço nada de música moderna — disse o sacerdote. — Sou da época do Pink Floyd e do Queen.

— Bren arrasa com Queen! — garantiu Millie. — Era a banda favorita do pai dela.

Era verdade; Héctor lhe havia inculcado o amor por Freddie Mercury e Queen desde que era bem pequenina. Diego também os amava graças à influência do pai de Brenda. Foi um instante em que se permitiu mover os olhos para onde ele estava, e o instante se perdeu no infinito. Não saberia explicar, foi só um pestanejar, menos de um segundo; porém ela o viu como se estivesse congelada diante dele, como teria desejado para observá-lo e decorar cada parte, cada ângulo, cada peculiaridade do amado rosto dele. E, nesse eterno e efêmero olhar que trocaram, ela descobriu a explícita admiração que inspirara nele com seu canto.

— Padre Ismael, quer que eu cante "Don't Stop Me Now"? — propôs, e riu diante da expressão de êxtase do sacerdote. — Anselmo, tem aí "Don't Stop Me Now"?

— O quê?

— O karaokê — esclareceu.

— Pronto! — disse o garoto um instante depois e aguardou o sinal de Brenda.

Após as primeiras estrofes lentas, a música adquiriu um ritmo frenético que contagiou o ânimo das pessoas. Todos aplaudiam e dançavam, inclusive o padre Ismael. O padre Antonio se mantinha à parte, mas acompanhava com palmas e sorria. Ela continuava segurando a mão de Belén e ria pelo modo como a menina se esforçava para imitar Brenda. Era adorável.

Brenda esmerou-se nas últimas estrofes, nas quais a música se transformava drasticamente e languescia em tons melancólicos, sem palavras, simples unidades melódicas que praticamente cantou *a capella*, e sua voz se destacou.

De novo a casa estremeceu com a animada aprovação do público. O padre Ismael, ainda agitado, tomou-a pelos ombros e sussurrou em seu ouvido.

— É um talento que Deus lhe deu, Brenda, um dom com que você faz as pessoas felizes. Fazia muitos anos que eu não via este lugar tão cheio de alegria e de vida. Obrigado.

— De nada, padre. Quem dera eu pudesse fazer mais.

— Você não tem ideia do que fez hoje por esses rapazes.

Ela vibrava de alegria e orgulho, de amor pela humanidade e paixão pela vida. Compreendia com profundo entendimento que, de acordo com os augúrios dos planetas quando ela nasceu, seu destino estava na música, e não nas frias ciências econômicas.

— Agora é a vez do padre Antonio — declarou Franco. — Padre, vamos, escolha outra música.

— Ah, não, não — esquivou-se o homem. — Sou velho demais para essas coisas. Não entendo nada de música moderna. Gosto de ópera e nunca ouço outra coisa.

— Brenda arrasa com ópera! — interveio Rosi. — Bren, por favor, cante aquela que você cantou para sua mãe outro dia na chácara. Aquela... — Agitou a mão no ato de esforçar-se para recordar. — Era um nome em italiano.

— "Ebben? Ne Andrò Lontana" — arriscou.

— Essa! — confirmou Rosi. — Sabe, padre, fiquei arrepiada quando escutei. E isso que eu não entendo nada de ópera, nem gosto muito.

— Você sabe cantar a ária de *La Wally*? — perguntou o padre, e Brenda notou seu ceticismo.

Embora se tratasse de uma peça complicada, com registros muito elevados, ela se sentia segura para interpretá-la. Sabia a canção de cor; aprendera-a tempos atrás, quando se apaixonara pela composição depois de escutá-la entoada pela soprano Maria Bator, colega de Leonardo Silvani.

— Sim, padre, eu sei cantar essa ária — ratificou. — Mas não sei se o pessoal vai querer escutar. Nem todos gostam de canto lírico.

— Claro que queremos escutar! — interveio Gabriela. — *Morro* de vontade de te ouvir cantando lírico.

Brenda caiu na risada quando Uriel começou a bater palmas para marcar os gritos de "Lí-ri-co! Lí-ri-co!". Ela ergueu as mãos em um gesto de rendição e fez uma genuflexão para saudar o público, como Silvani lhe havia ensinado.

— Bren, como se escreve o nome dessa canção? — perguntou Anselmo. — É para ver se eu acho a música.

Ela duvidava que existisse. Digitou o nome da ária com a palavra karaoquê ao lado e se surpreendeu ao ver que existia. Mas descartou essa logo, porque o pianista não respeitava o tempo ao qual ela se ajustava. Procurou outra, e, depois de escutá-la por alguns segundos, decidiu usá-la. Teria sido mais emotivo cantá-la com a melodia executada pela orquestra, como fazia no estúdio de Silvani –, especialmente a parte final, com os tímpanos e os violinos em toda a sua glória. Mas teria que se conformar com o acompanhamento do piano.

Fechou os olhos e se permitiu alguns segundos para inspirar e relaxar os músculos, em especial o diafragma. Ergueu as pálpebras e o viu. Havia se levantado, estava em pé atrás da poltrona de Lita, descansando as mãos sobre os magros e pequenos ombros da idosa. Mesmo àquela distância, Brenda percebia em sua própria carne a expectativa que o dominava. Sentia-o tenso. *Ele tem medo por mim*, convenceu-se. *Tem medo de que eu fracasse*. Então, propôs-se: cantaria para ele.

Anselmo lhe entregou o microfone e ela sacudiu a cabeça, recusando.

— Esta é sem microfone — explicou em um sussurro. — Quando eu erguer a mão, aperte o play, por favor.

Ela ergueu a mão e os primeiros acordes do piano inundaram a sala emudecida. Baixou as pálpebras para se encerrar no canto dolente de *La Wally*, que, triste e resignada, tinha que abandonar seu lar e seu amor. Bastou a primeira estrofe para que se erguesse um murmúrio da perplexa plateia. Isso não a surpreendeu. A disparidade entre o canto moderno e o lírico era chocante; difeririam em tudo. Deviam pensar que eram vozes de duas pessoas diferentes. Silvani sempre elogiava a flexibilidade da voz de Brenda e que lhe permitia mudar com a simplicidade de um estalar de dedos.

Para Brenda só importava o que Diego estivesse sentindo e, como se houvesse um canal aberto diretamente entre ela e ele, cega ao entorno, notou o estupor, a admiração e, em especial, a tristeza dele. Ansiava correr para ele e confessar que o amava, que nada importava, nem os vícios, nem a vergonha, nem a angústia dele. Ela o amava, infinitamente o amava.

Até aí, ela havia cantando sem cometer erros. Aproximava-se a *coda*, que exigiria de sua voz um dos máximos registros. Cantaria com o coração, e seria como um grito de amor dirigido a Diego. Expressaria com o canto aquilo que talvez nunca lhe confessaria com palavras.

— *Ne andrò sola e lotaaaaaana e fra le nubi d'ôooooor.*

"Partirei sozinha, para longe, entre as nuvens de ouro." A ária acabou e ela manteve os olhos fechados. Um, dois, três segundos de silêncio. Até que padre Antonio murmurou com voz insegura:

— Deus a abençoe, filha.

Os aplausos, ovações e bravos inundaram a sala com uma energia impregnada de aturdimento, como se o público acabasse de perceber que havia testemunhado um milagre, um fenômeno, algo que desafiava as leis naturais.

Padre Antonio havia tirado os óculos e enxugava as lágrimas com um lenço. Brenda se aproximou e sorriu, e o homem se emocionou de novo.

— Nem Anna Netrebko me comove tanto quanto você acabou de fazer, querida — admitiu o sacerdote. — Que voz! Que dom!

— Obrigada, padre — sussurrou Brenda, também comovida, antes que o círculo se fechasse à sua volta e a lisonjeassem com parabéns e comentários exaltados.

Rosi, prestativa e observadora, passou um mate quente e a guiou para que se sentasse.

— Você deve estar esgotada — disse. — Arrasou, Bren! — exclamou em um sussurro e lhe apertou o braço. — Você é um gênio cantando, amiga.

— Com licença — pediu uma voz trêmula, e o grupo que circundava Brenda se abriu.

Lita, de braço dado com Diego, estava do outro lado da mesinha de centro. Contemplava-a com olhos marejados e um sorriso benévolo. Brenda devolveu o mate a Rosi, levantou-se e foi ao encontro da idosa, que lhe estendeu as mãos.

— Olá, Lita — cumprimentou. — Não sei se se lembra de mim...

— Como não vou me lembrar da bonequinha de Héctor, a luz dos olhos dele!

Brenda deu uma risadinha congestionada e a abraçou. A seguir, cumprimentou Silvia e Liliana, que não paravam de elogiar sua voz extraordinária. Sentaram-se no sofá, Lita ao lado de Brenda, com as mãos sempre unidas. Diego ficou em pé, em silêncio, atento à sua avó.

— Sabia que eu também fui cantora? — inquiriu a idosa. Brenda negou com a cabeça. — Eu cantava tango — disse com orgulho. — Foi assim que conquistei meu Bartolomé, cantando tangos em uma festa de família.

— Eu sabia que a senhora tocava piano, mas não que cantava tango — admitiu Brenda.

— Ainda toco piano. E, assim como minha mãe me contagiou com sua paixão pela música, eu contagiei Silvia — disse, e apontou para a filha — e meu neto. — Brenda evitou dirigir o olhar para Diego. — Os dois aprenderam a tocar piano comigo. Dieguito toca melhor que eu — declarou com orgulho.

— Silvia é professora de música — acrescentou Liliana — e, além de piano, toca violão muito bem. Ela ensinou Dieguito.

— Mas nem de longe canto como você, Brenda — confessou Silvia.

— Qualquer um pode aprender a cantar — disse Brenda com humildade, e acrescentou a seguir: — Eu adoraria ver você cantando um tango, Lita!

— Ah, não, querida, minha voz não é mais a mesma. Mas eu queria ouvi-la cantar "Naranjo en Flor" ou "Cambalache", ou "El Firulete".

— Ou "Un Tropezón", mami — sugeriu Silvia, e Lita assentiu.

— Prometo que vou aprender esses tangos e cantar para a senhora — disse, e ao ímpeto da promessa seguiu-se o peso da realidade: era muito provável que nunca mais se vissem de novo.

— Obrigada, meu amor.

A idosa pousou a mão no rosto de Brenda, que experimentou uma sensação agradável, familiar, como se Ximena a estivesse tocando. Surgiu em sua mente o que Cecilia lhe havia explicado sobre a Lua em Peixes de Diego, que propiciara que ele nascesse dentro de um matriarcado, com uma avó importante e também com tias e amigas da família como figuras centrais. "Devem exercer uma grande influência nessa pessoa, inclusive na sua vocação", acrescentara a astróloga, sem imaginar o quanto havia acertado.

— Bren — interveio Millie —, desculpe interromper, mas são quase sete horas e Rosi tem que estar na capital antes das oito.

— Sim, sim — respondeu Brenda depressa. — Vou me despedir e nós vamos embora — prometeu.

— Millie e eu vamos recolher tudo — disse Rosi. — Pode se despedir tranquila.

Brenda se levantou e se inclinou para ajudar Lita. Diego, em um movimento rápido e solícito, aproximou-se para dar o braço à sua avó. Roçou a mão de Brenda. Lá estava ele ao seu lado, quase a tocando com o corpo. Teimou em não olhar para ele, guiada pela certeza de que se o olhasse naquele instante, com o coração em carne viva, seria devastador. Queria se poupar de tanta amargura, ciente de que, depois desse domingo, a vida seria retomada, para sempre sem Diego. Havia chegado àquela casa decidida a conquistá-lo e dera de cara com um muro de arrogância e de vergonha por trás do qual Diego escondia seu verdadeiro ser, aquele que ela amava e que, suspeitava, ainda o habitava. O muro, recordou, também havia sido construído por anos de relacionamento com Carla, um vínculo poderoso demais para ser destruído.

* * *

Durante a viagem de volta, Millie e Rosi falavam atropeladamente para contar a Brenda os detalhes que ela havia perdido por estar absorta no canto.

— A mulher de colágeno se mandou enquanto você cantava a música do Queen — informou Millie.

— Você não imagina a cara dela, Bren!

— Claro, deixou de ser o centro das atenções — deduziu Millie. — Qual será o signo daquela víbora?

Brenda sorriu. Desde que Cecilia as havia iniciado nos segredos da astrologia, com frequência perguntavam as coordenadas astrais das pessoas.

— O mais incrível — prosseguiu Rosi — é que nem passou perto da família do Diego.

— Do Diego não, Rosi — corrigiu Millie. — Do *Di* — disse, mudando a voz até virar em um guincho irritante.

Todas riram, o que fez Brenda rir também. Precisava aliviar a opressão que voltara a seu peito depois de ter se despedido de todos, menos de Diego, que havia desaparecido no momento da partida. Esse último desprezo lhe doera.

— O que Diego fez quando ela foi embora? — perguntou, interessada, muito a seu pesar.

— Acompanhou-a até lá fora — respondeu Rosi.

— Deve ter sido uma despedida sem muitos amassos — conjecturou Millie —, porque ele voltou logo.

— O que a avó e as tias fizeram quando viram Carla indo embora?

— Não viram — recordou Millie. — Estavam hipnotizadas olhando para você. Além do mais, a sem-vergonha passou por trás. Parecia estar se escondendo.

— Bren, você precisava ver a velhinha marcando o ritmo com o pé — comentou Rosi. — Uma graça, com aquele coquezinho branco e os óculos de estilo John Lennon. Parecia uma personagem de um conto.

— Ela é uma graça — afirmou Millie. — E tratou você tão bem, Brenda! Compensou você pela canalhice do neto.

— Não quero que você o odeie, Millie.

— Por quê? — inquiriu a amiga, e cravou os olhos em Brenda pelo retrovisor. — Você tem esperanças com ele?

— Não. Depois de hoje não — admitiu Brenda.

* * *

Max a esperava na porta; embora não tivesse ânimo para nada, Brenda se obrigou a se abaixar e fazer carinho e cócegas nele. Apertou suas orelhas e beijou sua cabeça.

— Amo você — sussurrou, e o cachorro soltou um ganido lastimoso.

O labrador devia ter percebido a tristeza de Brenda – ou melhor, angústia – pois, apesar de Lautaro o chamar para passear, o cão recusou e não saiu do lado dela.

Brenda sabia que a necessidade se devia a um comportamento infantil característico da Lua em Câncer; mesmo assim, adentrou a casa em busca de Ximena para que a consolasse. Encontrou-a no terraço tomando mate com vovó Lidia. Acomodou-se sobre os joelhos dela e a abraçou. Max ganiu de novo e apoiou o focinho na coxa de Brenda.

— Está sofrendo de carência de mamãe aguda? — perguntou Lidia, brincando.

— Sim, vovó — sussurrou Brenda, com o rosto no ombro de sua mãe.

Pouco a pouco as palpitações foram se aquietando, a opressão cedendo e a vontade de chorar passando. O diálogo trivial e baixo entre sua mãe e sua avó a sedava. Um pouco depois, decidiram entrar para cuidar do jantar, de modo que Ximena a obrigou a se levantar. Olharam-se fixamente.

— Vai ficar tudo bem, meu amor — garantiu, e Brenda assentiu sem convicção.

10

Embora não tivesse atingido seu objetivo, a visita à casa de reabilitação gerou consequências inesperadas. A primeira se mostrou já na segunda-feira, quando Ximena mandou uma mensagem para Brenda avisando que padre Antonio queria falar com ela; mandou também o número do celular dele. Brenda ligou depois das duas da tarde, assim que acabou sua última aula. Não aguentava de curiosidade e estava se iludindo, pensando que poderia ter algo a ver com Diego Bertoni. Mas tentou se convencer de que era improvável.

Padre Antonio atendeu de imediato e, depois de repetir o quanto haviam ficado impressionados com a interpretação dela, explicou o motivo de seu interesse naquela conversa.

— Ismael e eu administramos um orfanato — disse ele, algo que Brenda já sabia graças a Belén —, lá mesmo em Avellaneda, ao lado da paróquia onde trabalhamos. E estamos sempre pensando em coisas que possam ajudar as crianças. São trinta e uma — esclareceu. — Vinte e uma meninas e dez meninos. Aqui vai o pedido — alertou, com riso na voz. — Pensamos que você poderia ensiná-las a cantar. Quem sabe uma vez por semana. Ou a cada quinze dias. Eu sei que, como toda jovem, você deve estar muito ocupada com suas coisas, mas como ontem você disse a Ismael que gostaria de fazer mais...

— Eu adoraria ajudar as crianças, padre, mas não sou professora de canto — Brenda se esquivou. — Acho que seria irresponsável da minha parte.

— Mas, cantando como você canta — interrompeu o sacerdote —, certamente faz aulas com uma professora ou um professor. Você tem técnica.

— Tenho — admitiu. — Há quatro anos estudo com uma professora de canto lírico do Teatro Colón.

— Isso explica muita coisa — disse o padre. — Você tem um talento natural e um registro de voz de soprano, mas é evidente que alguém muito capaz a treinou. Para nós, isso é credencial suficiente.

Brenda pensava depressa, dividida entre o desejo de aceitar e o medo de cometer erros ou de não estar à altura da tarefa.

— Não sei tocar piano — replicou —, e uma professora de solfejo *precisa* do acompanhamento de um piano.

Padre Antonio riu do outro lado da linha.

— Se você usar o computador como fizeram ontem na casa, vai ser mais que suficiente. Brenda — disse o padre, com certa inflexão —, na verdade, a questão não é que as crianças aprendam a cantar, e sim que passem momentos criativos e alegres. Deus sabe que eles tiveram poucos momentos felizes na sua curta existência. Ontem você deixou uma alegria na casa que eu nunca havia sentido. Seu canto foi mágico. Sua presença foi mágica — concluiu após uma brevíssima pausa.

— Mas o senhor não me conhece, padre, não sabe que tipo de pessoa eu sou. Eu estaria lidando com crianças. É uma grande responsabilidade, uma coisa muito séria.

— O fato de você se preocupar com isso — pontuou o padre — já mostra que é uma boa pessoa. Por um lado, eu conheço sua mãe. Sei que ela é uma mulher excepcional. Além de tudo, ontem, enquanto jantávamos na casa, Ismael... ele teve a ideia de te pedir isso — esclareceu. — Ismael comentou com os rapazes da casa e Diego nos deu as melhores referências sobre você.

— É mesmo? — balbuciou Brenda.

— Ele disse que você é a pessoa mais doce e bondosa que ele conhecia, e que ele punha a mão no fogo por você.

Brenda sentiu uma onda de emoção que a impediu de continuar falando. Ela era bondosa e doce, mesmo assim ele não a queria.

— Só não poderíamos pagar você — prosseguiu padre Antonio.

Brenda limpou a garganta para afrouxar o nó que sentia.

— Como eu poderia cobrar, padre?!

— Aceita, então?

— Nas tardes de quarta-feira tenho aulas de canto com minha professora. Eu gostaria de falar com ela, pedir sua opinião e conselho. Posso ligar na quarta à noite para dizer ao senhor o que eu decidi?

— É claro! Mas vou começar a rezar desde já para que você seja professora de canto das crianças. Vou acender uma vela para Santa Cecília, a padroeira dos músicos! — afirmou.

A segunda consequência apareceu na terça-feira à tarde, enquanto Brenda fazia exercícios de variância para a primeira prova de estatística. Estavam lhe dando sono, por isso ela foi à cozinha fazer um café.

O telefone fixo tocou. Modesta atendeu.

— É para você, Brenda — informou a empregada.

Brenda estranhou; ninguém ligava para ela no fixo.

— Obrigada, Modestiña.

Ela encaixou o telefone sem fio entre o ombro e a orelha e continuou mexendo o café instantâneo com o açúcar.

— Alô?

— Brenda? — disse uma voz trêmula e velha. — É Lita, avó de Diego.

Brenda deixou a xícara na bancada e empunhou o telefone com firmeza.

— Lita! Que surpresa!

— Desculpe incomodar...

— Não é incômodo nenhum, ao contrário. Como vai?

— Vou indo. E você? Linda como sempre — ela mesma respondeu. — E tão doce!

— A senhora não diria o mesmo se pudesse me ver agora — protestou Brenda. — Estou com uma cara que nem imagina. E, quanto a ser doce, eu estava estudando estatística e garanto que essa matéria me faz mostrar meu pior lado.

A idosa riu abertamente.

— Eu te acharia doce e linda do mesmo jeito — afirmou, divertida. — Se está estudando, não quero tomar muito seu tempo.

— Adorei que tenha me ligado — confessou Brenda. — Como posso te ajudar, Lita?

— Talvez você não veja graça, mas eu queria te convidar para tomar um chá aqui uma tarde dessas, quando puder. Eu adoraria conversar com você. Tivemos pouco tempo no domingo na casa — justificou. — Todos queriam falar um pouco com você e eu não quis te monopolizar, mas a verdade é que fiquei com vontade de conversar. Se for muito complicado...

— De jeito nenhum! — respondeu Brenda, exaltada, feliz. — Eu adoraria conversar com a senhora e saber sobre o tempo em que cantava tangos.

— Que época, aquela! — disse Lita com saudade. — Será um prazer compartilhar isso com você.

Marcaram para a sexta-feira às quatro da tarde.

— Lita, você mora na mesma casa? Aquela onde vocês faziam os aniversários de Diego e Lucía?

— A mesma, meu amor, construída pelas mãos de meu Bartolomé.

— Ah — espantou-se Brenda. — Não sabia que ele tinha construído a casa.

— Grande mestre de obras, meu marido — declarou a idosa, com um orgulho comovente.

Brenda refletiu que talvez por isso Diego, entre os ofícios ensinados na casa, tivesse escolhido o de pintor e pedreiro.

Elas se despediram. Brenda largou o telefone com ar ausente. Talvez fosse um erro ir à casa de Lita, não porque corresse o risco de encontrar Diego – descartava essa possibilidade –, mas porque inevitavelmente falariam dele e evocariam as cenas de sua infância. Ir à casa de Lita não a ajudaria em seu propósito de esquecer Diego.

A terceira e última consequência ocorreu na quarta-feira, em um intervalo entre matemática financeira e economia pública, enquanto ela tomava um café na lanchonete com seu grupo. Estavam falando sobre custos. O professor havia passado as instruções da segunda etapa da pesquisa.

— Minha mãe disse que nós podemos ir ao restaurante amanhã para fazer o trabalho — comentou Martiniano.

Millie, Rosi e Brenda trocaram olhares conspiradores.

— Os meninos da Desafío a la Vida vão estar lá? — perguntou Millie.

— Sim, eles ainda têm mais umas duas semanas de trabalho. Estão loucos para ver vocês de novo — respondeu o colega em tom confidente. — Querem convidar vocês para outro churrasco no domingo. Vão te pedir para cantar, Bren — advertiu ele. — Ainda estou pasmo, Gómez. Quase caí sentado quando você cantou aquela última.

— Uma ária — apontou Rosi.

— Era como se uma pessoa completamente diferente estivesse cantando. De onde você tira essa voz? Tão magrinha!

— Magrinha, mas cheia de curvas — defendeu Millie.

Martiniano não teve tempo de replicar. Seu celular tocou e ele atendeu ao ver que era Gabriela. Depois de cumprimentá-la, perguntou:

— Confirmado para amanhã à tarde, mãe?

Após um silêncio no qual Martiniano só assentia e sorria, ele passou o celular para Brenda.

— Minha mãe quer falar com você.

— Sim, claro — respondeu ela, desorientada, e pegou o aparelho. — Oi, Gabriela.

— Brenda, querida, como você está?

— Bem, e a senhora?

— Bem, graças a Deus. Não queria te incomodar, mas Belén está me enlouquecendo desde o domingo passado. Fica atrás de mim, me pedindo para perguntar se você poderia dar aulas de canto para ela.

Brenda sorriu com ternura ao pensar em Belén, tão fofa e cheia de vida. Utilizou os mesmos argumentos que esgrimira com padre Antonio. Assim como o padre, Gabriela rebateu um por um. No fim, Brenda encerrou a conversa do mesmo modo que com o sacerdote, pedindo tempo para pensar. Naquela tarde veria Silvani e se aconselharia com ela.

Terminaram o café e foram para o segundo andar, para a aula de economia pública. No caminho, cruzaram com Hugo Blanes, que estava saindo da aula de contabilidade. Brenda ficou tensa ao trocar um olhar com ele. A tensão cedeu diante da surpresa que foi ver Blanes baixar o olhar e fugir pelo corredor a passos largos.

— Ui! — celebrou Rosi. — Lá vai ele com o rabo entre as pernas.

— Parece que a ficha caiu depois que El Moro o ameaçou na semana passada.

Brenda lançou um olhar furioso para Millie, que havia acabado de dar com a língua nos dentes na frente de Martiniano. O garoto franziu o cenho antes de perguntar:

— Quando foi que Blanes e El Moro se encontraram?

— Não importa, Marti — disse Brenda.

— Importa sim — rebateu ele. — Agora estou começando a entender por que Franco me ligou no outro dia para saber se eu conhecia seu ex. Eu disse que sim e ele me submeteu a um interrogatório: como se chamava, onde trabalhava. Quando perguntei qual era o motivo de tanta pergunta, ele disse que não era da minha conta e me mandou parar de ser curioso.

— *Oh, my God!* — exclamou Millie, e pegou a mão de Brenda, que a apertou em um ato inconsciente.

— Vocês acham que El Moro mandou meu irmão me perguntar? — Martiniano quis saber.

— Óbvio que sim! — afirmou Millie.

— Ele deve ter ido tirar satisfações com Hugo, Bren — deduziu Rosi.

— Ele estava te incomodando? — perguntou Martiniano, interessado. — Outro dia tive a impressão de que ele estava forçando a mão na porta da sala de aula — pontuou. — Eu vi quando ele te segurou e chacoalhou. Por isso fui me meter.

— Fez muito bem, Marti — disse Millie. — Sim, ele ficava perseguindo Brenda. E, no dia em que foi atrás dela no restaurante da sua mãe, parecia um psicopata. Precisava mesmo que um macho com colhões o detivesse.

— Agora ele é um macho com colhões? — provocou Rosi. — No domingo você o chamou de imbecil — recordou — e ameaçou fazer um exame proctológico nele com o taco de bilhar, se ele chegasse perto da chocotorta da Bren.

Martiniano caiu na gargalhada.

— O fato de ele ser um macho com colhões — alegou Millie — não o exime de no domingo ter se comportado como o pior imbecil *ever*. Pelo menos serviu para alguma coisa: espantou Hugo, aquele verme — concluiu, e deu de ombros.

* * *

Silvani incentivou Brenda a aceitar as duas propostas, a de padre Antonio e a de Gabriela. E lhe deu de presente um cancioneiro para crianças. Passaram aquela quarta-feira planejando a aula dos órfãos e de Belén.

Brenda mandou uma mensagem pelo WhatsApp para Cecilia para contar a ela. Ela respondeu poucos minutos depois, apesar de ser muito tarde em Madri. *Acho que o cosmo está sendo bem claro com você, querida*

Bren. Seu destino é a música. E o esoterismo, acrescentou, mandando junto com essas palavras uma carinha piscando.

Um peso no estômago de Brenda a impedia de curtir a decisão que havia tomado, e, depois de ligar para padre Antonio e Gabriela, que ficaram felizes com sua resposta positiva, trancou-se em seu quarto para pensar na confidência de Martiniano – a de que Franco andara perguntando sobre Hugo Blanes. Sem dúvida, algo havia acontecido para que o ex a evitasse nos corredores da faculdade.

No dia seguinte, Rosi resolveu o mistério. Santos, seu namorado, havia contado a ela que na terça-feira de manhã Hugo recebera, em seu escritório no Microcentro, a visita do doutor Tadeo González e de um tal de Diego Bertoni. O primeiro era o advogado da fábrica dos Gómez, a quem Hugo conhecia por tê-lo encontrado em reuniões familiares. O segundo era um amigo da família.

— Bren, você ficou branca! — disse Rosi, assustada.

— Sim, amiga — afirmou Millie, séria. — Vem, senta aqui.

Brenda estava mole, suas pernas tremiam levemente.

— É que eu não tomei café da manhã — explicou, e notou que sua voz também tremia.

Enquanto Rosi corria até a lanchonete em busca de sachês de açúcar, Millie abanava Brenda. Martiniano entrou na sala e, ao ver a cena, aproximou-se e a observou antes de mandá-la colocar a cabeça entre os joelhos. Disse a ela para tentar erguer a cabeça enquanto ele a pressionava para baixo.

— Não vai matar a Bren desse jeito, Marti? — perguntou Millie, preocupada.

— Eu entendo dessas coisas. No rúgbi, muitas vezes a nossa pressão cai por causa de uma pancada forte. Essa técnica faz ela subir depressa.

Brenda viu que Martiniano sabia o que estava fazendo; um instante depois já se sentia melhor. Mas estava coberta por um suor gelado, e uma leveza esquisita entorpecia seu corpo. Rosi a obrigou a comer açúcar.

— Já estou melhor — sussurrou Brenda. — Muito obrigada aos três.

— Você quase desmaiou — disse Millie.

— É que não comi nada hoje — insistiu Brenda.

— Sim, claro, não tomou café.

Tiveram que esperar terminar a aula de microeconomia para que Rosi continuasse a narrar para elas os eventos da terça-feira de manhã.

— Hugo contou a Santos que Bertoni estava diferente, que não parecia mais o pedreiro que tinha visto na semana anterior. Estava de terno e gravata.

— Devia estar um gato — comentou Millie, enquanto Brenda tentava imaginá-lo. A última vez que o vira de terno fora no velório e no enterro de seu pai.

— Para que eles foram lá? — perguntou, impaciente.

— Só o advogado falou. Disse que estava ciente do assédio a que ele estava submetendo você, e que não só tinham as mensagens que ele te mandava, mas também que Diego era testemunha de que Hugo tinha exercido violência física contra você na quinta-feira, 7 de abril, na rua Armenia 1900. Disse que ele até especificou a hora — detalhou Rosi, espantada.

— Como ele soube das mensagens? — perguntou Millie.

— Minha mãe deve ter contado — conjecturou Brenda, embora fosse difícil para ela aceitar que Ximena, sabendo da estratégia de Tadeo González, não houvesse lhe contado.

Mas logo recordou que sua mãe, tentando preservá-la da dor, havia escondido o vínculo que mantinha com Diego.

— Não acredito — replicou Millie. — González é amigo de sua mãe. Poderia ter perguntado a ela sobre Hugo em vez de fazer Franco ligar para Marti.

— Millie tem razão — disse Rosi. — Para mim, o advogado e Diego agiram por conta própria, sem contar nada à sua mãe para não a preocupar.

— Se foi assim — insistiu Millie —, como eles souberam das mensagens?

— Não é difícil imaginar — inferiu Rosi — que, se um sujeito está perseguindo uma garota, também vai assediá-la com mensagens e telefonemas. É evidente que o advogado e Diego estavam blefando.

— É bem provável — concordou Millie.

— Pois bem — retomou Rosi —, disseram que estavam ali como cavalheiros para pedir a ele que te deixasse em paz e que nem se aproximasse de você de novo; caso contrário, eles iriam prestar queixa na Agência da Mulher na Corte Suprema da Nação.

— Isso está ficando cada vez melhor — disse Millie, entusiasmada, esfregando as mãos.

— Ele não fez isso por mim — declarou Brenda.

— Não, claro que não, foi por mim — replicou Millie, mordaz.

— Ele fez isso pela memória do meu pai — alegou, e contou o que Ximena havia lhe revelado dias antes sobre a promessa de Diego a Héctor.

— Mesmo assim, acho que ele fez isso por você, Bren — insistiu a escorpiana.

— Faz sentido que Bren não queira se iludir — interveio Rosi, esgrimindo sua racionalidade virginiana. — Por um lado, temos o *pequeno* detalhe de que Diego está com aquela Carla. Por outro, não esqueçamos que ele deixou bem claro que não quer ver Brenda.

Ninguém questionava que a lógica virginiana servia para pôr ordem no coração pisciano de Brenda, caótico e romântico, mas como era irritante! Embora ela mesma argumentasse que Diego havia enfrentado Hugo para cumprir a promessa feita a seu pai, a ideia de que na verdade estava lutando por ela, para protegê-la e porque estava com ciúme, realmente a seduzia. A voz de Cecilia surgiu em seus devaneios: *Cuidado, pisciana. Já falamos que Peixes tende a ser muito crédulo e a se sacrificar por causas perdidas.*

— Não vou ao restaurante — anunciou Brenda depois da última aula. — Não quero encontrar Diego de novo. Prometo compensar o grupo passando o trabalho a limpo no Word.

As amigas assentiram, desanimadas.

* * *

Por volta das três da tarde, enquanto estudava em seu quarto, Brenda ouviu o som de notificação do WhatsApp. Era um áudio de Millie. Ela começava bem efusiva:

Ai, amiga, se eu pudesse filmar a expressão de El Moro quando Marti explicou aos meninos que você não veio porque hoje cedo quase desmaiou na facul e que não estava se sentindo muito bem... A cara de preocupação dele foi impagável! Eu observei de perto porque queria ver a reação dele quando percebesse que você não estava. Ele ficou te procurando, todo dissimulado!

Fiquei com vontade de rir, juro. Aí, Uriel perguntou por você e Marti explicou o quase desmaio. Pirei com a cara de El Moro. Bem, vou lá continuar com o trabalho. Se tiver mais novidades, mando um áudio. Love U. *Tchau.*

Foi difícil para Brenda voltar ao exercício de matemática financeira. Ela sorria sozinha e ficava olhando para um ponto indefinido. Em alguns momentos se iludia, em outros voltavam à sua mente as palavras de Rosi e Ceci. O áudio seguinte de Millie não ajudou a aplacar sua inquietude.

El Moro acabou de me perguntar por você! Oh-My-Gosh! *Ele veio e me disse que sabia que eu não ia com a cara dele, mas que precisava me perguntar uma coisa. Eu o adverti: "Se falar um ai contra ela, vou socar sua cara, porque estou de saco cheio de você, Diiii". Quando eu disse "Diiii", o sem-vergonha sorriu, juro, Bren, ele tem o sorriso mais bonito do planeta. É mais gostoso que sorvete de doce de leite com nozes, tenho que admitir. Mas não se preocupe, amiga, para mim é como se ele fosse mulher. Continuando. Ele disse: "É verdade que Brenda quase desmaiou hoje na faculdade?". Eu confirmei, toda séria. "Por quê?", ele me perguntou. É óbvio que eu não podia falar a verdade. Dei a desculpa que você deu, de que não tinha tomado café da manhã. E fiquei com dó de vê-lo tão preocupado... Já estou parecendo você, que tem dó de todo mundo. Enfim, eu disse para ele não se preocupar, que isso é comum em pessoas com a pressão naturalmente baixa como a sua. Percebi que ele estava morrendo de vontade de me perguntar outras coisas, mas não tinha coragem. Daí Ángel o chamou e ele teve que ir. Mas que momento, amiga! Você deveria ter visto com seus próprios olhos. Quando eu chegar em casa, ligo para conversarmos.* Love U.

Millie ligou já eram mais de oito da noite; Brenda estava fazendo uma torta de limão para levar à casa de Lita no dia seguinte. Millie estava ansiosa para contar que os meninos as haviam convidado para um churrasco no domingo, como Martiniano tinha antecipado.

— Rosi perguntou se podia levar o Santos — disse Millie. — Como no domingo ele não está de plantão, ela tem que fazer isso. Meio pé no saco — lamentou —, mas tudo bem. Claro que os rapazes disseram que sim. Oferecemos levar a carne; é evidente que eles não estão nadando em dinheiro. Mas eles não quiseram, e nós não insistimos para não ofender. Pediram para levarmos a salada e uma sobremesa. Ah, disseram que não vão cancelar se o tempo estiver ruim. Estão loucos para nos ver lá no domingo.

— Morro de pena deles, Millie.

— Eu sei, Bren, mas acho que eles são felizes na casa.

Brenda não tinha a mesma opinião. No domingo anterior, havia percebido as correntes de tristeza e pesar, embora os rapazes tentassem escondê-las de seus familiares e amigos.

— A cereja do bolo foi quando eu disse em voz bem clara e forte, olhando para El Moro, que não sabia se você iria. Fizeram umas caras! Mas a cara *mo-nu-men-tal* foi a de El Moro. Acho que, se existe uma expressão cheia de culpa, foi a dele naquele instante.

— E os meninos — perguntou Brenda, interessada —, perguntaram por que eu não iria? Não quero que pensem que os estou evitando ou marginalizando.

— Óóóóóbvio que perguntaram. Mais que qualquer coisa, eles querem que *você* vá. Você é a estrela; Rosi e eu já aceitamos isso.

— O que você falou?

— Dei uma resposta evasiva. A questão ficou meio em aberto. Achei melhor assim, para o caso de você decidir ir.

— Não, Millie — replicou Brenda, com determinação. — Não vou me submeter de novo àquela tortura do domingo passado.

— No fim, valeu a pena — recordou Millie. — Você cantou como os deuses, deixou a Sra. Colágeno puta da vida e todos a aplaudiram de pé.

— Mas ele não, Millie. E eu só cantei para ele. Melhor eu ficar em casa e adiantar o trabalho da aula de custos.

— Você não quer ir no domingo, mas amanhã vai tomar chá na casa da avó dele — provocou a amiga.

— Aceitei porque não tem nenhuma possibilidade de eu o encontrar lá.

— Eu sei — admitiu Millie —, mas o que você pretende estreitando laços com a velhinha? Ela é um amor, não estou dizendo que não, mas...

— Eu não podia recusar, Millie — argumentou Brenda.

***

Na sexta-feira de manhã, enquanto dirigia para a faculdade, Brenda pôs o celular no viva voz e ligou para Tadeo González. Ele logo atendeu.

— Brendita querida — cumprimentou-a com o carinho de sempre.

Brenda não sabia o que Ximena estava esperando para formalizar o relacionamento. O Doutor González havia cuidado das questões legais derivadas do golpe de David Bertoni e desde 2011 se comportava como um profissional irrepreensível e um amigo fiel. Era divorciado havia mais de uma década, tinha duas filhas casadas e estava apaixonadíssimo por Ximena. Ela conversaria com a mãe para perguntar o que a impedia.

— Tadeo, desculpe por ligar tão cedo. Espero não estar atrapalhando.

— Em absoluto, querida. É sempre uma alegria falar com você.

— Igualmente — disse ela.

— Em que posso ser útil?

— Eu soube que você e Diego Bertoni foram falar com meu ex na terça de manhã.

— Ah — murmurou o homem, de repente constrangido. — Eu...

— Tadeo, por favor, não estou te censurando — disse Brenda, rápido, para evitar mal-entendidos. — Só quero saber como foram as coisas.

— Blanes te falou alguma coisa? Você soube por ele?

— Não foi por ele — ela o tranquilizou. — Na verdade, cruzei com ele na quarta-feira na facul e me surpreendi quando, ao me ver, ele baixou os olhos e praticamente saiu correndo.

— Ótimo! — comemorou o advogado. — Nossa visita deu resultado.

— Sim, e eu agradeço, porque a coisa estava começando a ficar perigosa. Só quero entender como você soube que ele estava me assediando. Foi pelo Diego?

— Sim — admitiu ele, contrariado.

— Eu sei que você o conhece bem.

— Conheço, sim. Sua mãe o adora, e eu acabei criando muito carinho por ele. É um ótimo garoto, apesar de tudo.

— Minha mãe me disse que você está ajudando Diego com os problemas legais.

— Sim.

Era frustrante ver o advogado tão reticente, o que a obrigava a arrancar informações como se fosse um interrogatório.

— Quando Diego ligou para você para falar de Hugo?

— Naquela quinta-feira à noite, no mesmo dia em que Blanes foi atrás de você no restaurante da rua Armenia.

Brenda decidiu falar francamente.

— Por favor, Tadeo, me conte como foram as coisas. Eu *preciso* saber. Diego é muito importante para mim — confessou, espantada com a facilidade de admitir.

— Parece que você é importante para ele também, porque, quando me ligou, ele estava muito perturbado com o que tinha visto. Disse que, se a Justiça não estivesse de olho nele, teria enchido o rapaz de porrada para fazê-lo entender que com você não se brinca.

— Que bom que ele ligou para você! Eu odiaria ver Diego encrencado por minha culpa.

— Ele está fazendo um bom papel perante o juiz. Na terça, inclusive, antes de ir falar com Blanes, fomos bem cedo ao tribunal. O juiz queria falar com Diego.

— E como foi?

— Muito bem. Padre Antonio nos acompanhou e fez um relatório muito elogioso.

Sem que pudesse evitar, os olhos de Brenda ficaram marejados. Ela parou o carro; não podia continuar dirigindo dominada por tanta emoção.

— Depois da entrevista com o juiz, nós fomos ao escritório de Blanes. Graças a um amigo que você e Diego têm em comum, descobrimos onde ele trabalha.

— Ele recebeu vocês sem hora marcada?

— No início a secretária se fez de difícil, mas eu disse que estava ali por sua causa e isso nos abriu as portas imediatamente. E agora você me disse que ontem ele praticamente saiu correndo como um rato... Fico muito feliz, querida! Sujeitos assim costumam se transformar em sérios problemas.

— Obrigada, Tadeo. Obrigada por ter me ajudado.

— Agradeça a Diego. Ele fez de tudo para conseguir os dados de Blanes. Dá para ver que gosta muito de você.

— Obrigada — murmurou Brenda enquanto pensava que, na verdade, Diego fazia aquilo para manter uma velha promessa, não porque gostasse dela.

* * *

Na sexta-feira, pouco antes das quatro da tarde, Brenda estacionou em frente à casa de Lita, na Arturo Jauretche, uma típica rua de paralelepípedos de Almagro, sombria naquela tarde nublada e melancólica. Desceu do carro fazendo malabarismo com o guarda-chuva – estava garoando – e a travessa de torta de limão. Parou um instante para observar o velho casarão construído por Bartolomé. Sempre o havia achado meio estranho, com suas duas entradas idênticas e os dois portões iguais para as duas garagens. Uma das portas de entrada era da casa de Lita; a segunda dava para um corredor comprido, estreito e a céu aberto, que levava a outras duas casas. Perguntou-se quem estaria morando nas outras casas. Lembrava-se de que, quando era pequena, Lita e Bartolomé as alugavam. Inclusive, aquela antiga namorada de Diego que Brenda conhecera no aniversário de dezessete anos dele, que tanta amargura lhe causara, era filha de um dos inquilinos.

Brenda sorriu ao ver o rosto pequeno de Lita, que a contemplava da janela. A cortina se fechou e a mulher desapareceu. Poucos segundos depois, abriu-se a porta da casa principal. Lita recolheu o guarda-chuva dela. Brenda se inclinou para beijá-la.

— Que alegria ter você aqui, Brendita! Entre, entre, querida.

— Obrigada, Lita — disse Brenda, emocionada por voltar a um lugar inexoravelmente ligado a Diego e à sua história com ele. — Quantas lembranças! — sussurrou, movida pelo silêncio e pela mansidão da casa. — O mesmo cheiro delicioso — acrescentou. Baixou as pálpebras e inspirou fundo. — Cada casa tem um aroma diferente, e o da sua, Lita, sempre me fascinou.

— Fiz pãezinhos e torta de maçã — comentou a mulher. — Talvez você esteja sentindo o perfume da canela e da manteiga derretida. O que você trouxe?

— Uma torta de limão — respondeu Brenda, e entregou a travessa a ela. — Fazia muito tempo que não fazia essa torta, espero que tenha ficado boa.

— A chocotorta de domingo estava maravilhosa.

As duas foram para a cozinha. Brenda avançava como se estivesse presa em uma viagem no tempo. Os móveis e a decoração ainda eram como na época de sua infância, o que facilitava as evocações. Havia uma grande variedade de fotografias expostas em quadros e porta-retratos que ela pretendia olhar com atenção. A familiaridade com que se movia naquele ambiente era impressionante; sentia-se em casa e, isso, para uma Lua em Câncer, era significativo.

Acomodaram-se à mesa da sala de jantar principal. Lita havia se esmerado, cobrindo-a com uma toalha de linho bordada a mão e um jogo de chá de porcelana; havia até um centro de mesa com flores naturais. A idosa experimentou a torta de limão e garantiu que jamais havia saboreado uma melhor.

— Dieguito vai adorar — declarou. — Vou guardar um pedaço para levar para ele no domingo.

Brenda bebia seu chá. Não sabia como perguntar a Lita se o neto fora avisado de que ela a visitaria naquela tarde. Decidiu relaxar e se entregar ao afeto e à conversa interessante daquela mulher que havia sido fundamental na vida e no destino de Diego. Lita falava de sua paixão pela música, herdada da mãe, uma aristocrata russa que a duras penas conseguira escapar dos bolcheviques. Levantou-se e foi buscar um velho álbum de fotos que colocou em cima da mesa. Folheou-o até achar uma foto antiga, com as bordas gastas, em tons de sépia.

— Minha mãe, Yelena Sokolova — apontou-a entre várias jovens. — Ela e as irmãs — explicou —, prontas para um baile na corte dos Romanov.

— Que mulher linda — admirou-se Brenda. — Parece com você, Lita.

— Obrigada, querida.

Lita continuou contando a história de Yelena, a quem carinhosamente chamavam de Lena; falou da fuga dela de São Petersburgo no meio da noite e do exílio, primeiro na Turquia e depois na França, antes de acabar em Buenos Aires, onde conhecera um sírio por quem se apaixonara loucamente e com quem se casara e tivera quatro filhas.

— Meu pai era funcionário e amigo dos Fadul, a família de meu Bartolomé. Este é ele — disse, apontando o retrato de um jovem.

— Seu marido era sírio também? — perguntou Brenda, surpresa, enquanto apreciava a imagem de um homem alto, robusto e, a julgar pela velha fotografia em branco e preto, de tez e cabelos claros. — Eu me lembro de seu Bartolomé — comentou. — Não parecia sírio. Eu diria que parecia um viking.

Lita soltou uma gargalhada que expressava alegria e orgulho também.

— Quando o conheci, Bartolomé tinha o cabelo meio loiro, meio avermelhado. E uns olhos às vezes verdes, às vezes cinza. Eu ficava hipnotizada. Era um espetáculo de homem, meio como meu Dieguito. Dieguito se parece muito com ele — disse, sem tirar os olhos da foto.

— Como pode um sírio ter cara de escandinavo? — insistiu Brenda.

— Minha filha Liliana, que é professora de História, disse que, durante as cruzadas na Terra Santa, muitos cavaleiros de origem normanda acabaram na Síria, onde ou ficaram para sempre ou deixaram sua semente. Enfim, em muitas regiões da Síria e do Líbano há pessoas de pele bem branca, olhos azuis-claros e cabelo loiro ou ruivo.

— Que incrível!

— Mas os genes árabes estão ali também — afirmou a idosa, e procurou uma fotografia moderna, colorida. — Meu Bartolomé era desconcertante, com suas sobrancelhas grossas e escuras, seus cílios fartos e as pálpebras que pareciam delineadas. Duas etnias em um rosto — descreveu, acariciando a imagem do falecido marido.

— Agora entendo — disse Brenda — de quem Diego puxou aqueles olhos tão lindos.

Ela se arrependeu de suas palavras imediatamente; havia decidido não o mencionar, e na primeira oportunidade caíra na armadilha.

— Afinal, não é por causa dos olhos que o chamam de El Moro? — perguntou Lita, orgulhosa, e Brenda murmurou que sim.

Ela levou um susto com o som da campainha.

— Quem será? — estranhou a idosa, e se levantou com bastante agilidade.

Brenda preferiu ficar sentada olhando os álbuns, que, pouco a pouco, haviam ocupado um grande espaço da mesa. Ficou tensa ao ouvir vozes jovens, que cumprimentavam Lita com familiaridade. Eram Rafael e Manuel. Ao encontrar Brenda sentada à mesa, eles a cumprimentaram com uma efusividade sincera.

— Ainda estamos embasbacados com sua voz — disse Manu enquanto enfiava um pãozinho na boca.

— Não consigo tirar da cabeça a potência da sua voz naquela última canção — confessou Rafa.

— Não era uma canção — corrigiu Lita —, era a ária de uma ópera. E, se quiserem tomar chá conosco, são mais que bem-vindos; mas lavem as mãos, sentem-se e comam como Deus manda, não como macacos.

— Não, velhinha — declinou Rafa, e beijou o alto da sua cabeça. — Viemos ensaiar um pouco. Mas sem El Moro... — disse, e deixou a frase inconclusa.

— Seria legal se você cantasse conosco, Bren! — proclamou Manu. — Não quer tentar um dia desses? Temos uma sala à prova de som aqui, na casa de trás, a do Diego — esclareceu.

— E a Carla? Não ensaiam com ela?

— Nãããoo — disse Rafa. — Velhinha, posso levar um pedaço disso? Estou ficando com água na boca.

— É a torta de limão da Brenda — explicou a idosa. — Só um pedacinho, porque quero levar o resto para o Dieguito no domingo. Ele adora torta de limão.

— Vai à casa no domingo, Bren? — perguntou Manu, interessado. — Os caras disseram que estão organizando um churrasco com vocês.

— Não posso — mentiu Brenda. — Tenho muita matéria para estudar.

— Que pena — lamentou Rafa, chateado.

— Estávamos doidos para te escutar de novo — disse Manu. — Piramos no domingo quando te ouvimos cantar. Para nós, seria maravilhoso ensaiar um dia com você — insistiu. — Está a fim?

Ela estava muito a fim, só que tinha medo de provocar a ira de Diego.

— Estou cheia de coisas na facul e com minhas aulas de canto — esquivou-se.

— Nem que seja só um dia — insistiu Rafa. — Assim como hoje aceitou tomar chá com a velhinha, outro dia poderia ensaiar conosco.

— Não insistam — intercedeu Lita enquanto servia um pedaço de torta de limão a cada um. — Ela é muito ocupada.

— No dia em que você quiser, Bren — encerrou Manu ao perceber que a garota hesitava —, e na hora em que você pedir.

— Acho que Diego não vai gostar da ideia — disse Brenda por fim.

Lita ergueu o olhar e a contemplou com o cenho franzido.

— Por que ele não gostaria? — perguntou. — No domingo ele não parava de dizer que nunca ouviu uma voz tão perfeita como a sua.

Incapaz de controlar o reflexo, Brenda ficou vermelha.

— Esqueça Diego e Carla — disse Manu, e deu uma piscadinha, dando a entender que compreendia mais do que deixava transparecer.

Combinaram que ela mandaria uma mensagem para avisar em que dia da semana seguinte poderia cantar com eles. Os rapazes foram embora e Brenda ficou ali, nervosa e cheia de dúvidas. Teria cometido um erro ao ceder?

— Por que você acha que Diego não ia querer que você ensaiasse com Manu e Rafa? — perguntou Lita de novo quando ficaram sozinhas.

— Porque a voz feminina da banda é a namorada dele, Carla.

— A namorada, aquela mulherzinha! — exclamou, e Brenda estremeceu diante do desprezo com que Lita, sempre tão afável, referira-se a Carla. — Foi a perdição do meu neto. Não a quero aqui. Manu e Rafa podem ensaiar, mas ela não é bem-vinda.

— Onde a banda completa ensaia, então? — indagou Brenda.

— Antes eles ensaiavam aqui com ela — explicou Lita. — Mas desde a última recaída de Diego, e com tudo que aconteceu...

Lita ficou com o olhar perdido e Brenda percebeu a angústia da mulher.

— Você ainda aluga as outras duas casas? — perguntou, para mudar de assunto.

— A primeira sim. Está alugada para um casal jovem sem filhos. Ficam fora o dia todo porque trabalham como loucos. A segunda é de Dieguito. O avô dele quis assim antes de morrer, e as tias, que o adoram, concordaram.

— Silvia e Liliana são divinas. Onde elas moram?

— Silvia mora aqui comigo. Nunca se casou. E Liliana mora a poucas quadras daqui com o marido. Ela se casou com um viúvo — explicou, e se inclinou para sussurrar: — Ela o conheceu pelo computador.

— Pela internet?

— Isso, pela internet — confirmou Lita. — Chacho é um bom homem — acrescentou.

— Então, seus dois únicos netos são Diego e Lucía.

— Sim, os filhos de Mabelita. Agora que elas moram em San Luis vejo pouco minha filha e minha neta. Mas daquele genro fujão prefiro distância.

— Como está Lucía? — perguntou Brenda, mais para evitar o assunto de David do que por verdadeiro interesse; nunca havia suportado a irmã de Diego.

As duas continuaram conversando com a confiança e a fluidez de uma velha amizade. Brenda espiou o relógio da parede: eram seis e cinco da tarde. Não queria ir, mas também não queria abusar. Decidiu ir embora às seis e meia. Minutos depois, ouviu-se um barulho de chave na porta principal. Lita, depois de consultar o relógio, anunciou:

— Deve ser Silvia. Às sextas-feiras ela tem aula até tarde.

Estava enganada. Eram Diego e os rapazes da casa, José, Uriel, Ángel e Franco. Lita soltou uma exclamação emocionada e foi recebê-los. Brenda ia se levantar da cadeira, mas tornou a se sentar, resignada. Depois de cumprimentar Lita, Diego ergueu o olhar e o fixou em Brenda com seriedade. Não parecia surpreso por encontrá-la ali; e nem os rapazes, que se aproximaram para cumprimentá-la sorridentes.

— Lá na casa ainda se comenta sobre sua atuação no domingo passado — declarou Uriel.

— Ficamos todos de boca aberta — comentou Franco. — Martiniano me disse que não tinha ideia de que você cantava como os deuses, e isso porque ele te conhece há mais de dois anos.

— Nunca falo sobre isso — justificou-se Brenda. — Poucas pessoas sabem que eu canto.

— Com licença.

Brenda ouviu o tom grave de Diego e ficou toda arrepiada, um pouco por causa da emoção, outro por causa do medo.

Os rapazes se afastaram e Diego se ergueu diante dela, fazendo-a se sentir pequenininha e vulnerável. Olhou para Brenda com uma expressão séria, mas não de raiva, e então se inclinou, sussurrou "olá" e deu um beijo em seu rosto; um beijo deliberado, lento, não um contato rápido ou um simples toque entre as bochechas. Apertou seus lábios carnudos na pele do rosto de Brenda, que ficou toda arrepiada, a ponto de seus mamilos endurecerem. Ela ficou nervosa ao perceber que, com aquele sutiã e a blusinha tão leve, ficariam marcados. Diego se demorou mais que o aceitável, parecia até que a farejava, e, embora ao vê-lo entrar Brenda tenha se arrependido de não ter se maquiado, nesse momento agradeceu por ter se perfumado com o Pure Poison que Camila tinha dado a ela de presente de aniversário.

— Venham — disse Lita, e Diego interrompeu o contato e foi para o outro lado da mesa. — Vou trazer mate.

Brenda, ainda aturdida, notou que os meninos estavam ocupados demais com as delícias à mesa para notar o beijo do colega. *Que comportamento diferente do de quinta-feira e de domingo passados!*, pensou. A que se devia a mudança? Estava louca para perguntar por Hugo. Queria agradecer Diego por ter posto um limite nele. A bem da verdade, queria perguntar se ele tinha feito aquilo movido pelo dever nascido da promessa ou por ela.

— Vou ao banheiro, vovó — anunciou Diego, e seguiu para o interior da casa.

Brenda aproveitou para se levantar. Os rapazes a imitaram.

— Lita, tenho que ir — anunciou ela. — Já está meio tarde.

— Ah, não! — resmungou Ángel. — Acabamos de chegar.

— É cedo ainda — choramingou Franco.

— Não pode ficar só mais um pouquinho, meu amor? — pediu Lita.

Brenda, embora tentada, foi firme.

Ela se despediu dos rapazes, que perguntaram se no domingo a veriam no churrasco. Brenda respondeu que não. Dirigiu-se à entrada da casa com a alma triste e confusa. Lita ia atrás dela com o mesmo ânimo. Recebeu o casaco das mãos da idosa e, enquanto o vestia, prometeu que no dia seguinte pediria à professora Silvani que lhe ensinasse uns tangos. Lita lhe entregou o guarda-chuva em silêncio. Brenda se inclinou para beijá-la e a idosa segurou seu rosto entre as mãos.

— Você está fugindo — afirmou, com o semblante sombrio. — O que o meu neto fez para você fugir? Ele não é como o pai dele — declarou, apressada, como quem acaba de compreender a razão.

Embora Lita estivesse equivocada, Brenda não tinha tempo para esclarecer. Além do mais, o que poderia ter explicado? Que o neto dela a desprezava? Que a queria longe? Era verdade: estava fugindo; queria ir embora dali.

— Eu sei, Lita, sei que Diego não é como o pai, mas é melhor eu ir agora.

De volta à sala de jantar, Diego não a encontrou à mesa. Franco apontou para o vestíbulo. Brenda, que o viu de rabo de olho, deu um beijo em Lita e foi embora. Como chovia, abriu o guarda-chuva e atravessou a larga calçada em direção a seu carro. Enquanto lutava para tirar as chaves da bolsa com uma mão — na outra estava o guarda-chuva —, escutou uns passos às suas costas. Soube que era Diego.

— Brenda! — chamou ele.

Ela se voltou, movida por uma força sobre a qual não exercia controle algum. Ele estava a poucos centímetros dela, e estava se molhando. Só nesse momento Brenda notou que a barba dele estava recortada e, embora ainda bem densa, estava caprichada e bem cuidada. Deu um passo à frente e elevou o guarda-chuva para que ele também entrasse debaixo.

— Obrigado — disse ele. — Já está indo embora?

— Sim — murmurou ela.

— Obrigado por ter vindo visitar minha avó.

— Ela me ligou convidando — Brenda conseguiu explicar —, e não tive coragem de dizer não. Não teria aceitado se soubesse que você viria hoje. Ela não comentou nada. Se tivesse falado, eu não teria vindo — repetiu. — Entendi perfeitamente que você não quer me ver e peço desculpas.

Brenda notou que estava caindo na verborreia típica dos netunianos, que, segundo Cecilia, a usam para espantar aqueles que constituem uma ameaça. "Assim como o polvo cospe tinta para espantar seus predadores", explicara a astróloga, "os netunianos cospem uma avalanche de palavras sem conteúdo para aturdir e afastar os outros". Ficou nervosa enquanto fuçava de novo na bolsa para encontrar as chaves. Diego continuava parado em frente a ela. A chuva caía com mais força. Os dois estavam se encharcando. A situação estava ficando ridícula.

— Você entendeu mal — disse ele por fim, erguendo um pouco a voz acima do fragor da chuva.

Diego pegou o guarda-chuva da mão dela para facilitar a procura das chaves. Brenda ergueu o rosto e o olhou com raiva.

— O que eu entendi mal?

— Não pense que não quero te ver.

— Eu gostaria de entender. Explique, por favor. O que eu devo pensar?

Diego passou a mão no rosto em um gesto exasperado, e Brenda se lembrou do que Cecilia lhe dissera: que, por ter a Lua, o astro das emoções, em oposição a Mercúrio, o analista, Diego ficava furioso quando lhe exigiam que avaliasse e explicasse seus sentimentos – coisa que, por destino, acontecia com frequência.

— Eu não pretendia vir hoje — confessou. — Vim porque Rafa me ligou e me disse que você estava aqui.

— Não entendo. Por que veio se não quer me ver? Se foi para me dizer para não ir ao churrasco no domingo, pode ficar tranquilo, porque...

Diego pôs o indicador sobre os lábios de Brenda para que ela se calasse, e Brenda quase não conseguiu respirar. Deu um passo atrás para romper o contato; precisava ficar fora do alcance do poder incomensurável que a havia tocado e que ainda fazia seu corpo tremer. Ele se aproximou para cobri-la com o guarda-chuva de novo.

— Aquele imbecil do Audi voltou a incomodar você?

— Não, nunca mais me mandou uma mensagem sequer — disse Brenda, e se emocionou com o sorriso que Diego lhe ofereceu, lembrando-se do que Millie havia afirmado: que ele tinha o sorriso mais bonito do planeta.

Ela achou que Diego a tocaria, ou talvez ele tivesse simplesmente levantado a mão para segurar o guarda-chuva e descansar a outra. Nunca saberia; ele a deixou cair quando um homem gritou seu nome.

— Ei, Moro! — vociferou o homem de dentro de um Mercedes amarelo estacionado em fila dupla. — Moro!

A transformação de Diego foi evidente, embora ele não tivesse alterado a expressão. Evidente para Brenda, que percebeu na pele como a raiva e o medo o dominavam. Ela sentiu em seu próprio coração o aumento das palpitações e na tensão dos próprios músculos a ira crescente de Diego.

— Ei, Moro! — insistiu o sujeito do Mercedes amarelo, a quem Brenda via através da chuva. — Venha aqui um instantinho!

— Quem é? — perguntou, mesmo sabendo que não tinha nenhum direito de se meter.

— Ninguém, ninguém — respondeu Diego às pressas. — É melhor você entrar no carro antes que fique encharcada. Me dá as chaves.

Ela as entregou a Diego. Ele a guiou pelo cotovelo até a porta do motorista e Brenda teve a impressão de que ele a cobria com o corpo para evitar que o homem do Mercedes a visse. Diego abriu a porta e a ajudou a entrar.

— Fique com o guarda-chuva — ofereceu ela quando ele ia fechá-lo. — Vai se molhar.

— Não tem problema — disse, e o deixou no banco de trás. — Agora vá.

Ele fechou a porta e ficou esperando que ela ligasse o carro e fosse embora. Brenda ficou olhando pelo retrovisor enquanto se afastava pela Arturo Jauretche. Apesar da cortina de água, viu Diego entrar no Mercedes e fechar a porta. O carro não saiu do lugar.

Ao chegar em casa, ciente de que seria incapaz de seguir a vida sem antes ter certeza do bem-estar de Diego, falou com Millie e, depois de descrever superficialmente os fatos para sua amiga, pediu que ela ligasse para algum dos meninos da casa só para saber sobre ele. A amiga ligou de volta dez minutos depois.

— Finalmente! — resmungou Brenda.

— Calma aí, acabei de desligar! Só se passaram poucos minutos.

— Tem razão, desculpe. O que você descobriu?

— Estão todos bem, indo para a casa. Estão com pressa porque não podem chegar depois das oito — recordou.

Brenda consultou o horário; sete e meia da noite.

— Diego estava com eles, né?

— Sim, Bren, estava com eles — respondeu Millie, pacientemente.

— Inclusive estava dirigindo a van. Pode me explicar o que aconteceu?

— Já disse. Fiquei com um mau pressentimento depois de ver Diego entrar no carro daquele cara. Um Mercedes amarelo-milho.

— Cor estranha, né?

— Sim. Tudo me pareceu estranho.

— Talvez fosse um amigo dele, Bren.

— Não, não era amigo, Millie. Senti uma energia muito ruim.

— Se você está dizendo, bruxa pisciana... — brincou a amiga.

Brenda não achou graça.

11

Brenda colocou o endereço do orfanato no GPS de seu carro. Assim como a casa de reabilitação, o orfanato ficava perto do Museu Ferroviário, na rua Pitágoras. Haviam marcado para as três e meia. Ela tivera tempo só de comer um sanduíche entre a aula de canto e a hora de sair. Mesmo assim, não estava com fome. Modesta havia reclamado enquanto se assegurava de que comesse até a última mordida do sanduíche.

— O que está acontecendo, menina? — perguntou, preocupada. — Está ficando puro osso. Por que anda comendo tão pouquinho?

— Não tenho tempo de comer, Modestiña — mentiu, e sorriu para tranquilizá-la.

A verdade era que, desde o reaparecimento de Diego, Brenda havia perdido uns dois quilos. Pensou em Carla, no corpo escultural, esguio e ao mesmo tempo voluptuoso dela. Será que havia posto silicone nos seios? Era o mais provável, visto que eram grandes demais para uma estrutura tão delicada. Olhou para os seus. Eram normais, mas não atraentes como os de Carla. Lembrou-se do que Cecilia lhe dissera naquele verão, a frase de Krishnamurti: *"Quando me comparo com o outro, destruo a mim mesmo"*. Era verdade, sentia-se arrasada. E, enquanto dirigia rumo ao orfanato, pensava que Diego, e tudo que estivesse relacionado com ele, sempre haviam lhe causado desilusão, ansiedade e muitas vezes angústia, como a que sentia nesse instante ao imaginá-lo com a belíssima Carla. Sua mãe e Lita a detestavam, porém ele continuava com ela. Por que havia aparecido no dia anterior na casa da avó? *"Não pretendia vir hoje. Vim porque Rafa me ligou e disse que você estava aqui."* Por quê?, tornou a se perguntar. Para quê? Para perguntar sobre Hugo? Poderia ter perguntado a Tadeo González.

Qual era o jogo de Diego? Primeiro a tratava com uma indiferença desdenhosa, depois com explícita hostilidade, para então acabar confessando que havia ido à casa de Lita de propósito, para encontrá-la. Virgem não era um signo constante e confiável, justamente o oposto do caos pisciano? Será que o consumo de drogas mudara o comportamento dele? Imaginou-o cheirando carreiras de cocaína. Nunca, desde que Ximena lhe havia revelado a verdade sobre Diego, se atrevera a imaginá-lo como um dependente químico; mas ele era. Não conseguia mais manter a figura do herói. Era um homem complexo, obscuro, a quem ela não conhecia. A ilusão da infância estava se despedaçando.

Seu coração se endurecia. Seu lado racional assumia o controle e sussurrava que o esquecesse, mas o esquecesse de verdade, que o extirpasse de sua cabeça, pois ele não servia para nada, era pura complicação. Essa linha de pensamento provocava nela uma sensação de segurança e de proteção reconfortante, só que ela sabia, graças à astrologia, que se tratava de um mecanismo de defesa nascido das duas polaridades, a uraniana e a netuniana: ela se posicionava do lado da fria razão para combater a loucura de Urano e o romantismo de Peixes, que tanto medo lhe despertavam. Cecilia também explicara sobre o sutil equilíbrio entre a loucura e a lucidez e entre a flexibilidade e a rigidez. Sua tarefa consistia em se tornar especialista nesse equilíbrio. Nas atuais circunstâncias, estava difícil combater o anseio de se tornar dura, fria e racional para proteger seu coração dos embates com um ser difícil como Diego Bertoni.

"Talvez", animou-se, "eu nunca mais o veja". Ela não voltaria à casa de reabilitação nem ao restaurante enquanto os trabalhos de pintura continuassem. Também não visitaria Lita, e, se a idosa a convidasse de novo, tentaria convencê-la a se encontrarem em sua casa ou em um café. Faria um esforço para olhar para outros rapazes e dar uma chance a eles. Mas a sensatez das decisões não a salvava da tristeza que, como um facão, ia cerceando sua vontade de viver. Amá-lo era angustiante; tentar esquecê-lo também.

Às três e vinte ela parou o carro diante do portão de ferro preto que padre Ismael havia descrito. Mandou uma mensagem para avisá-lo de que estava ali fora. O portão se abriu segundos depois. O sacerdote a cumprimentou com a mão e fez um gesto para que entrasse. Brenda parou em uma esplanada que devia fazer as vezes de estacionamento e também de campo de futebol e basquete, a julgar pelas traves e tabelas.

Pegou o cancioneiro e umas anotações que havia feito naquela manhã durante a aula com Silvani e saiu do carro. Padre Ismael foi cumprimentá-la depois de fechar o portão.

— Bem-vinda, Brenda!

— Obrigada, padre — respondeu, e logo notou uma van branca com o logo da Desafío a la Vida, igual à que os rapazes usavam para se locomover com as ferramentas e as latas de tinta.

Não tem por que ser a mesma, conjecturou, e, um instante depois de pensar isso, ficou atarantada ao ver a porta do motorista se abrir e Diego Bertoni sair do carro.

— El Moro e Anselmo acabaram de chegar — explicou o padre enquanto os jovens se aproximavam. — Padre Antonio pediu para Anselmo ser seu assistente técnico, como no domingo passado — explicou com ar divertido, do qual Brenda não compartilhou. — El Moro se ofereceu para acompanhá-lo. Como ele é músico, padre Antonio achou que poderia ser útil para você e o autorizou a vir.

Lita utilizara o verbo "hipnotizar" para descrever o poder que os olhos de Bartolomé exerciam sobre ela. Na verdade, o olhar de Diego também mantinha Brenda hipnotizada; ela havia caído em um feitiço que fazia evaporar os argumentos que a acompanharam até ali, e, embora tentasse afastar os olhos, não conseguia. Estava fascinada pela mistura genética, parte árabe, parte normanda, uma escura e a outra tão clara; mais ou menos como era Diego: às vezes pura luz, às vezes profunda escuridão. Diferentemente da tarde anterior, quando usara uma camisa de manga comprida, naquele momento ele estava de camiseta, que deixava expostos seus braços cobertos de tatuagens.

Ele não pronunciou uma palavra ao parar diante dela. Inclinou-se para dar um beijo em seu rosto. O rito da tarde anterior se repetiu, e de novo ela teve a sensação de que ele a farejava.

— Olá — sussurrou ele, e seus lábios roçaram a orelha dela.

De novo a pele de Brenda se arrepiou, e ela aproveitou o cancioneiro e as anotações para esconder a evidência.

— Bren! — exclamou Anselmo. — Eu e El Moro viemos ser seus assistentes.

— Obrigada. Como não sei tocar piano, preciso da música do YouTube.

— Padre — interveio Diego —, se fosse possível arranjar um piano, eu viria todos os sábados e tocaria para Brenda.

Por fim Brenda compreendia integralmente o que Cecilia havia tentado explicar sobre ser habitada por uma polaridade – ou melhor, por duas. Diante da proposta de Diego, uma parte dela gritava que não, que era perigoso e insensato; a outra dava pulos, ria e exclamava "Sim!". Como encontrar o ponto de equilíbrio?

— Temos um piano velho na escola paroquial — comentou o sacerdote. — Deve estar muito desafinado.

— Eu posso afinar — ofereceu Diego. — Aliás, eu poderia dar aulas de piano às crianças que quisessem aprender.

— Isso seria maravilhoso! — entusiasmou-se o padre.

Brenda ia dizer que o karaokê do YouTube bastava, mas fechou a boca.

— Posso ensinar você também, Brenda — sugeriu Diego sem sorrir, mas com os olhos cintilantes.

Ela não conseguiu responder; ficou olhando para ele. Tornou a se perguntar: *Qual é a dele?* Ficou triste por confirmar que não mais o conhecia. *Que fim levou meu adorado Diego, o amor da minha vida?* A amargura devia transparecer em seu olhar, porque Diego a encarou, preocupado.

— O que aconteceu? — perguntou com gentileza, sussurrando.

Brenda notou que ele estava erguendo a mão com a intenção de tocá-la, de modo que instintivamente recuou. Ele deixou cair o braço, derrotado.

O grupo atravessou a esplanada rumo ao orfanato. Padre Ismael estava programando o transporte do piano e conjecturando sobre o melhor lugar para colocá-lo. Parou antes de transpor a porta e dirigiu um olhar de gratidão a Brenda.

— Você não faz ideia do entusiasmo com que eles a estão esperando — comentou.

— Tenho medo de decepcioná-los — confessou ela.

— Cante como cantou no domingo — disse Anselmo — e vai deixar todos de queixo caído.

Padre Ismael abriu a porta e ela entrou em um vestíbulo amplo e fresco, de piso de granito e arquitetura simples, mas bem iluminado e decorado com plantas. Foi envolvida por uma energia suave, benévola; sentiu-se à vontade, e parte de sua ansiedade desapareceu. Surgiram duas freiras jovens seguidas por umas trinta crianças. Durante a conversa com padre Antonio para definir os detalhes, ele dissera a Brenda que, das trinta e uma crianças do orfanato, dezenove fariam aulas de canto.

— Os outros são pequenos demais — explicara o padre — ou têm problemas de aprendizagem.

Mesmo assim, ao contar depressa as cabecinhas, Brenda concluiu que o orfanato inteiro havia ido recebê-la. Estavam adoráveis com suas roupinhas surradas, mas limpas, e seus olhinhos curiosos. Padre Ismael lhes apresentou as irmãs Visitación e Esperanza, que os saudaram com simpatia. A seguir, dirigiu-se às crianças para contar que Brenda seria a professora de canto delas e que tinham que obedecer a ela como se estivessem na escola.

Uma menina, que Brenda calculou que devia ter uns oito anos, puxou o braço da irmã Esperanza até conseguir que a freira se inclinasse para ouvi-la.

— Candelaria me disse que você é igual à Violetta.

Brenda riu. Em nada se parecia com a cantora; talvez na cor do cabelo e no formato do rosto, mas a semelhança acabava aí.

— Obrigada, Cande. Violetta é muito bonita.

— Você também.

— Vai nos ensinar a cantar as canções da Violetta? — outra se atreveu a perguntar.

— Se isso é o que vocês querem, sim.

Uma aclamação contida se ergueu entre as crianças, em especial entre as meninas, que trocavam olhares cúmplices e assentiam. *Adeus, cancioneiro*, pensou Brenda.

— Estes são Anselmo e Diego — disse Brenda, e apontou para os dois. — Eles vão cuidar da música.

— E, se nós conseguirmos afinar o velho piano da escola — informou padre Ismael —, El Moro... quero dizer, Diego vai ensinar vocês a tocar, se quiserem.

Os órfãos demonstraram seu entusiasmo em silêncio; bastava ver seus olhares expressivos. Brenda notou que, apesar do tamanho de Diego e de seus braços cobertos de tatuagens – algumas assustadoras, como uma caveira –, as crianças o contemplavam encantadas e curiosas. *Deve ser a Lua em Peixes dele*, pensou, *que é amorosa e maternal. E feiticeira.*

Eles foram conduzidos a uma sala onde já haviam sido colocadas cadeiras para todos. Anselmo e Diego, depois de estudarem as instalações elétricas, saíram e logo voltaram com as caixas de som e o computador. Enquanto instalavam os aparelhos, Brenda tentava decorar os nomes de seus dezenove alunos, sete meninos e doze meninas. Os restantes se acomodaram em volta. Era incrível como se comportavam bem, sem que as freiras precisassem erguer a voz.

Brenda os observou ali sentadinhos, ansiosos, inocentes, balançando os pezinhos e rindo, mesmo que a vida jamais houvesse sorrido para eles, e sentiu uma emoção perturbadora; achou que seria incapaz de reprimir o choro. Virou o corpo para esconder a emoção e fingiu mexer em suas anotações. Não havia contado com sua natureza pisciana ao aceitar a tarefa. Sentia-se desintegrar de amor, dor e impotência.

Diego se aproximou e se inclinou para sussurrar:

— Ei, o que foi? Está se sentindo bem?

Ela assentiu, comovida por ele ter percebido sua comoção. *A Lua dele é mesmo poderosa*, admitiu, e também se lembrou da afinidade que os unia por ela ter o Sol e ele a Lua nos mesmos graus de Peixes.

— Quer alguma coisa? Água? Um pouco de sal? — ofereceu Diego, prestativo como um bom virginiano. — Martiniano me contou que na quinta-feira você quase desmaiou.

"Porque eu fiquei sabendo que você foi ameaçar meu ex", queria ter dito.

— Estou bem. Fiquei emocionada por ver as crianças aí, tão obedientes e contentes. Pensei no pouco que a vida deu a elas e tive vontade de chorar. Já vai passar — garantiu, afastou o cabelo do rosto e respirou profundamente.

Diego a observava com o cenho franzido, e ela desejou massageá-lo para que relaxasse. *Sempre sisudo*, Brenda pensou.

— Sou uma boba — disse, e deu uma risadinha.

— Nada disso — retrucou Diego. — Você sempre foi muito sensível.

Brenda se comoveu por ele mencionar o passado que haviam compartilhado. Tinha a impressão de que estava recuperando o velho Diego, aquele que ela amava desde que se conhecia por gente.

— Tudo pronto aqui! — exclamou Anselmo, e os obrigou a quebrar o contato visual.

***

As horas com as crianças se passaram sem que Brenda se desse conta. Silvani a havia ajudado a organizar a aula de uma maneira, mas, como sempre acontecia com ela, as coisas se desenrolaram de outra. Não lamentava, porque a sala se enchera de canto, risos, música e dança em uma maravilhosa desordem pisciana. Até as freiras e o sacerdote participaram da aprendizagem das músicas de Violetta. Uma das meninas, Candelaria, a que dizia que Brenda se parecia com Violetta, emprestara a ela um caderno no qual, com caligrafia clara e redonda, havia transcrito as composições mais famosas dessa cantora. Fizeram uma votação e escolheram "En Mi Mundo". Brenda precisou de um tempo para se familiarizar com a letra e a música daquela cantora argentina tão popular.

Era fundamental organizá-los de acordo com as vozes, o que levou mais tempo que o previsto, porque, de repente, as crianças ficaram tímidas e não queriam repetir as entonações individuais que permitiriam classificá-las. Por sugestão de Diego, ele e Anselmo começaram a fazer palhaçadas. Modulavam vozes dissonantes que suscitavam gargalhadas inclusive entre os adultos. Brenda fingia se horrorizar, sacudia a cabeça e tampava os ouvidos. Diego pegou a mão de um menino especialmente tímido e o convidou a vocalizar com ele. Anselmo fez o mesmo com uma menina e, assim, conseguiram testar a voz dos dezenove, que foram classificados em primeiro, segundo e terceiro nível, das mais agudas às mais graves.

Por volta das sete da noite, as irmãs Esperanza e Visitación, ao ver as crianças tão agitadas e tagarelas depois da interpretação de "En Mi Mundo", obrigaram-nas a formar duas filas para ir ao banheiro lavar as mãos antes do jantar. Brenda sentia seu peito se encher de ternura com a cena composta pelos menores – dois e três anos –, que obedeciam e ocupavam os primeiros lugares na fila com atitude solene. Visitación havia dado a ela um bebê de seis meses para segurar. Anselmo estava com outro de onze. Quando o silêncio e a calma se estabeleceram, Esperanza, que impunha mais autoridade, fez um sinal às crianças para que começassem a andar.

— É o único jeito de lidar com tantas crianças — comentou padre Ismael —, com mão de ferro e disciplina.

— São uns santos — disse Brenda. — É impressionante como se comportam bem.

— Você já pode ir — disse o sacerdote, e tirou o bebê do colo de Brenda. — Vocês também, rapazes. Obrigado por terem trazido tanta alegria às crianças.

— Posso ficar para ajudar, se precisarem, padre — ofereceu Brenda.

— Não — interveio Diego, e Anselmo, padre Ismael e Brenda se voltaram para encará-lo. — Está escurecendo e não quero que você volte para a capital à noite. Não posso te acompanhar porque não daria tempo de voltar até as oito para casa.

— Sim, sim — concordou o padre —, El Moro tem razão. Esta área não é muito segura quando escurece. É melhor você ir.

— Não posso ir sem me despedir das crianças — disse Brenda, e notou o ar de exasperação de Diego.

As crianças foram voltando com o rostinho e as mãozinhas lavados e Brenda disse a todos que estava indo embora. Os mais expansivos pediram que ela ficasse, outros perguntaram se voltaria no sábado seguinte.

— Vamos, Brenda — instou Diego, com voz impaciente.

Era verdade; a noite ia avançando para o oeste e tingindo o céu de penumbra. Brenda, porém, não ligava para o trajeto até a capital nem para a insegurança. Sorria e pensava: *Queria fazer isso a vida inteira*, porque estar entre crianças ensinando-as a cantar provocara nela uma sensação de plenitude que não se lembrava de já ter sentido.

— Você parece contente, Bren — declarou Anselmo enquanto avançavam pela esplanada em direção aos veículos.

— Estava pensando que eu poderia fazer isso a vida inteira — confessou ela. — Dar aulas de canto às crianças.

— Você é ótima com crianças — comentou Anselmo. — Visitación me disse que nunca as viu tão contentes. Ontem Uriel contou que você não vai ao churrasco amanhã. Millie e Rosi vão, mas você não.

— Não posso — murmurou Brenda, de repente desanimada.

— Franco disse que você vai dar aulas para Belu também — disse Anselmo.

— Começamos na semana que vem — informou Brenda.

— Eu queria... — começou Anselmo, mas Diego o interrompeu.

— Ela tem que ir. É quase noite já.

Brenda não gostou que ele tratasse o outro com tanta dureza. Despediu-se de Anselmo com um beijo no rosto.

— Obrigada por ser o melhor assistente musical do mundo — brincou, antes de dirigir o olhar a Diego. — Tchau — disse, sem intenção de beijá-lo.

— Vou te acompanhar até o carro — disse ele, e se voltou para Anselmo para ordenar: — Vá guardando as coisas.

— Tudo bem — respondeu o rapaz com respeito e atitude solícita.

E Brenda ratificou o que havia percebido no restaurante: que Diego era como um líder natural daquela heterogênea tribo de ex-viciados.

Caminharam em um silêncio constrangedor, pelo menos para Brenda.

— Você é tão simpática assim com todos os caras?

— Você é tão autoritário assim com todos os caras? — rebateu ela, e flagrou um sorriso nos lábios de Diego.

Ele não pode evitar, justificou, recordando o Nodo Sul em Leão, que conferia a Diego aquele ar arrogante, e Marte na Casa I, que o dotava de um espírito guerreiro. *É mais forte que ele.*

— Me dá o número do seu GPS — ordenou Diego sem olhar para ela, digitando no celular.

— Para quê?

— Tenho um aplicativo com o qual posso acompanhar seu trajeto até em casa. É para eu ficar mais tranquilo — alegou.

A iluminação artificial provinha de um poste e jogava mais sombra que luz sobre o rosto de Diego. Ela o contemplava, atônita e brava, tentando interpretar os argumentos, esforçando-se para compreender a natureza deles.

— Não precisa, obrigada — replicou, e tentou abrir a porta do carro.

Diego apoiou o antebraço na coluna da porta e a impediu.

— Eu quero o número, Brenda.

— Qual é a sua, dá para explicar? Primeiro é grosso comigo e me proíbe de ir à casa, e agora fica me rondando todos os dias. Você não é meu pai, Diego! Não preciso que cuide de mim, entenda. Tenho me cuidado sozinha...

Ele a pegou pela mandíbula com uma mão e a empurrou levemente até encostá-la no carro. Reclinado sobre ela, estudou seu rosto com olhos velozes e inquisitivos, rigorosos e exigentes. Brenda não notou que estava na ponta dos pés, prendendo a respiração. Sua mente estava vazia e ela só conseguia segui-lo com um olhar carregado de anseio e medo – medo de que ele se afastasse. Percebia a pressão do corpo dele no seu, e uma excitação como ninguém jamais lhe provocara a fez vibrar. Era uma reação sobre a qual não tinha controle. E por tão pouco... Lembrou-se de quanto era difícil se excitar com Hugo, apesar dos esforços dele. *É porque o amo*, convenceu-se, ciente agora de que, com seu Marte em Peixes, o sexo para ela não tinha sentido sem o romance adequado que – aceitou com fatalismo – só Diego Bertoni poderia lhe proporcionar.

— Não quero que você se aproxime de mim — afirmou ele em um sussurro ardente, com os lábios bem perto dos dela e a respiração morna formando um redemoinho em torno de sua boca.

— Por quê? — perguntou Brenda, com um fio de voz.

— Porque estou na merda e não suportaria te contaminar.

Brenda o fitava na penumbra do ocaso, enfeitiçada por aqueles olhos escurecidos, como se tivessem uma máscara sobre eles. Seu coração pisciano teria implorado para que ele a acolhesse em seu mundo cheio de merda, ela não se importava. Mas o instinto o fez se esconder e agir contra sua índole.

— Então me deixe ir embora — desafiou.

Diego baixou as pálpebras e descansou a testa na dela. Exalou um suspiro de derrota e admitiu:

— Não posso — sussurrou com veemência. — Desde que te vi de novo, você está na minha cabeça o tempo todo. O tempo todo bem aqui — repetiu.

Brenda pousou a mão no rosto barbado dele, tomada por uma felicidade que a impedia de falar; teve medo de que sua voz saísse trêmula. Diego, sem abrir os olhos, respondeu à carícia com uma inspiração profunda. Passou o braço pela cintura dela e a puxou para si.

— E eu — ela se atreveu a falar e Diego abriu os olhos — tenho você bem aqui — apontou para o lado esquerdo do peito — desde que me conheço por gente.

— Ei, Moro! — exclamou Anselmo da van, e Diego se afastou imediatamente. — Já guardei tudo!

— Já vou! — replicou Diego bruscamente, e abriu a porta do carro.

Brenda se sentou diante do volante. Diego fechou a porta com mais força que o necessário. Ela pôs a chave no contato e baixou o vidro. Ele apoiou os antebraços na janela.

— Manda uma mensagem quando chegar, por favor — pediu ele, com atitude mansa. — Fico muito preocupado. Esta área é uma bosta.

— Não tenho seu número.

— É o mesmo de sempre.

— O mesmo de 2011?

Diego assentiu.

— Diga de novo, por favor.

Diego lhe passou o número e ela o salvou em seus contatos.

— É sério que você não pode ir amanhã ao churrasco?

— Você disse que não me queria na casa — provocou ela. — Disse que não queria ter problemas com os caras — pressionou.

— Agora você sabe que não é por causa dos caras. Se puder ir amanhã, vá. Ficou uma *vibe* muito boa depois que vocês foram embora domingo passado. O pessoal costuma ficar muito deprimido, mas você fez a coisa ficar diferente. Vá amanhã. Se puder... talvez você tenha compromisso — sugeriu.

Brenda intuiu que ele queria descobrir mais sobre ela.

— Não, não tenho nenhum compromisso.

— Ximena sabe que você foi à casa domingo passado? — perguntou Diego, olhando para o chão, fingindo mexer em algo com o pé.

— Sim.

— Não achou ruim? — ele quis saber, sempre evitando fitá-la.

— Não.

Ouviram a buzina da van e Anselmo com metade do corpo para fora da janela, gritando que tinham que voltar à casa antes das oito.

— Coloque a bolsa embaixo do banco do passageiro — ordenou ele, de novo todo mandão, e se afastou do carro.

— Até amanhã — disse ela, e ligou o carro. — E obrigada por me ajudar com as crianças.

Diego se limitou a assentir, com o cenho franzido que o caracterizava, distante, rígido, os braços cruzados. Não lhe dera nem um beijo no rosto. Ela o percebera de novo distante, inalcançável, e suspeitava que tivesse a ver com a menção a Ximena. Chegou a Almagro sem inconvenientes, mas com um peso no coração. Assim que entrou, enquanto fazia carinho em Max, mandou uma mensagem pelo WhatsApp para Diego avisando que havia chegado bem. A resposta surgiu na tela imediatamente: um frio "OK".

* * *

No dia seguinte, foram até Avellaneda no carro de Santos, que reclamava que só comia churrasco com vinho tinto, e que achava nojento com refrigerante. Brenda suspeitava que ele não estivesse a fim de ir, com ou sem vinho. Ela também não estava muito animada. Havia acordado às três e meia da madrugada e não conseguira mais dormir. Tinha certeza de que, à menção de Ximena, Diego não só havia se afastado fisicamente como também se escondera de novo atrás do muro. Morria de medo de perder a ínfima conexão que havia despontado no dia anterior. Aqueles minutos com ele bastaram para demonstrar que vivia pela metade, que não tinha ideia do que era sentir de verdade. Só de se lembrar da respiração dele sobre seus lábios, ou da mão na curva de sua cintura, seu coração acelerava.

Durante as horas de vigília, imaginara-o também acordado, torturando-se, julgando-se uma escória humana. "Estou na merda e não suportaria te contaminar", dissera. Ela estava com medo de que ele continuasse pensando nos pais dela, que achasse que os trairia se maculasse a filha deles. Evocou o ressentimento com que ele se dirigira a ela no dia do reencontro: "É evidente que Ximena não quer que a sua preciosa filhinha ande com um cara como eu, portanto é melhor nos despedirmos aqui e agora".

Chegaram à casa pouco antes do meio-dia. Brenda saiu do carro com o coração triste. Franco foi recebê-los e se alegrou ao vê-la.

— Que legal que você veio, Bren! — disse, e passou um braço pelos ombros dela. — Os rapazes vão pirar.

Ele os guiou pela sala vazia até a cozinha, onde acabaram de preparar as saladas e guardaram a sobremesa na geladeira. Os rapazes entravam e saíam, todos contentes por Brenda estar ali. Nenhum deles era

Diego. Ela estava louca de vontade de perguntar onde ele estava, mas permaneceu calada.

— Uriel — disse Millie —, e El Moro?

Brenda deteve a faca com que cortava os tomates e manteve o olhar voltado para baixo.

— Está dormindo ainda. Parece que não pregou os olhos esta noite.

Brenda deixou cair as pálpebras. Seu pressentimento se confirmava. Ela queria correr escada acima em busca do quarto de Diego para se deitar com ele na cama e propor que se esquecessem de tudo, dos vícios, da merda, de ela ser uma filhinha preciosa, de Ximena, da memória de Héctor, de tudo, e que se amassem. Ficar ali cortando tomates era uma tortura. Era normal amar com tamanha intensidade? Millie se apaixonara várias vezes e, apesar de ser escorpiana, nunca exprimia sentimentos tão comprometidos nem profundos; o mesmo acontecia com Rosi; bastava vê-la com Santos; às vezes davam a impressão de ser amigos ou irmãos.

Estavam todos à mesa, a carne ia ser servida, e Diego não aparecia.

— José, vá chamar El Moro — disse o piloto da churrasqueira, um tal de Ricky.

— Já fui — respondeu José. — Ele continua dormindo e disse para eu não encher o... para eu não incomodar.

Millie e Rosi dirigiram olhares compassivos a Brenda. As emoções dela oscilavam como um pêndulo entre acabar para sempre com a obsessão por Diego Bertoni e realizar a fantasia de minutos antes. Acabar para sempre com a obsessão por Diego Bertoni? A quem pretendia enganar? Tentara durante os últimos vinte anos, sem resultado. Será que alguma coisa sobrenatural os unia? Bem, *ela* se sentia unida por algo inexplicável. Quanto a ele, duvidava.

Almoçaram no jardim dos fundos, onde haviam colocado, perto da churrasqueira, mesas feitas com longas tábuas. Quando acabaram, todos aplaudiram Ricky e o elogiaram, inclusive o namorado de Rosi. Brenda se uniu às palmas, embora não houvesse sido capaz de distinguir o sabor da morcela do da carne; tudo tinha o mesmo gosto para ela: gosto de nada. Ela ajudou a tirar a mesa e a lavar a louça. Brenda, Millie e Rosi foram ao banheiro dos visitantes, que tinha vários reservados e pias. Queriam retocar a maquiagem e trocar opiniões.

— Esse Moro é um idiota... — declarou Millie. — A música dele deveria ser "Hot N' Cold". Ontem agarrou você daquele jeito e agora nem dá as caras. O que ele tem na cabeça?

— O que será que aconteceu? — perguntou Rosi.

— Eu já disse — recordou Brenda —, ontem ele falou da minha mãe e a mudança foi automática, uma guinada de cento e oitenta graus.

— Que saco isso! — reclamou Millie, exasperada. — Vamos?

— Vou escovar os dentes — disse Brenda. — Vão indo, já vou.

Quando terminou, se olhou no espelho e decidiu mudar de cara. Não tinha o direito de estragar o domingo dos meninos. Cobriu as olheiras, passou blush e gloss. Perfumou-se com Pure Poison e saiu. A casa estava silenciosa. Os rapazes continuavam no jardim e suas gargalhadas a alcançavam a distância. Enquanto se dirigia à cozinha, surpreendeu-se com um barulho metálico que se repetia com constância, como se fosse uma máquina em funcionamento.

Ela andou pelo corredor seguindo o som, que a guiou até uma porta entreaberta. Era uma academia, e bem caseira, concluiu ao ver a confecção dos aparelhos, e se lembrou do que Martiniano havia contado, que haviam sido fabricados pelos rapazes nas oficinas de marcenaria e serralheria.

Brenda abriu um pouco a porta, só alguns centímetros, e ali estava Diego, sentado em um banco, levantando uma polia para exercitar os músculos dos braços e costas. Ficou paralisada admirando o torso nu coberto de tatuagens pretas que ela conhecia das fotografias do Facebook.

Ela não sabia o que fazer, se revelava sua presença ou o deixava em paz; era o desejo dele, como dissera José. Só que ela não era a poderosa netuniana que Cecilia afirmava. Sentia sua confusão de maneira inequívoca; via-o triste e sozinho.

Diego parou o exercício e se inclinou para a frente. Apoiou os cotovelos nos joelhos e cobriu o rosto com as mãos.

— Diego — ela chamou com suavidade para não o assustar.

Mesmo assim, ele reagiu exageradamente e, depois de olhar para ela surpreso e furioso, levantou-se, pegou sua regata que estava em outro aparelho e a vestiu. Aproximou-se dela a passos largos enquanto secava a cabeça e a barba com uma toalha. Brenda queria tocá-la de novo: a barba. O desejo se tornou arrebatador.

— Por que você está aqui? — perguntou ele em tom exigente. — Não pode ir entrando.

— Fui ao banheiro — balbuciou ela, e apontou com o polegar para trás. — Ouvi o barulho do aparelho e... sabia que ia te encontrar aqui — admitiu. — Por isso eu vim. Porque queria te ver. Precisava te ver — acrescentou, e ficou olhando para ele sem fôlego, sem esperanças, sem nada, presa a um fio que provavelmente arrebentaria.

Só tinha certeza de uma coisa: estava dizendo a verdade, e talvez essa fosse a última oportunidade que daria a seu amor. Afinal, quanto mais lutaria se ele não sentia nada por ela?

Ela ergueu a mão e roçou sua barba. O contato deve ter sido intenso, pois Diego ficou rígido e fechou os olhos. Ela continuou a tocá-lo como tantas vezes desejara, cada parte daquele rosto amado, o nariz, as rugas do cenho e o osso das sobrancelhas. Parecia um sonho. Brenda o estava tocando e ele permitia. Por último, roçou os lábios grossos e carnudos dele, e ele respondeu pegando-a pelo pulso e obrigando-a a entrar. Diego fechou a porta, encostou-se nela e se apoderou da boca de Brenda. Ela se entregou ao ímpeto incontrolável do beijo, da língua, dos lábios dele que, queriam sugá-la, lambê-la, devorá-la. Sim, ele a estava devorando. Mexia a cabeça de um lado para o outro buscando o melhor ângulo para penetrá-la, como se já não a houvesse preenchido por completo. Ao desejo do assalto contrapunha-se o atrito da barba. Era uma experiência nova; Brenda jamais havia beijado alguém de barba. Na verdade, jamais havia sido beijada de um jeito tão incrível, com tanta paixão e liberdade. Diego era um marco na vida dela, definindo um antes e um depois.

Cecilia havia alertado que Diego Bertoni, com Marte – deus do desejo – na Casa I, a da personalidade, e com Plutão – deus do sexo – na Casa VII, a do relacionamento, era um homem de grandes e obscuros apetites sexuais. Porque seu beijo não era como os outros. Por um lado, era *ele* quem a beijava, o amor da sua vida, e isso teria bastado para se perder no furacão de sensações em que girava como uma folha ao vento. Contudo, havia algo mais; existia um substrato escuro, ameaçador e ao mesmo tempo tentador, que a fazia querer se entregar a qualquer capricho que ele exigisse dela.

Diego interrompeu o beijo e descansou a testa no punho apoiado na porta, acima da cabeça de Brenda. Os dois respiravam de forma superficial e pesada.

— É impossível — disse Diego.

— O quê? — perguntou Brenda.

— Resistir a você.

— Por que resistiria?

— Por respeito à sua mãe, à memória do seu pai. Não sou o que Héctor iria querer para a sua filha.

— Mas você é o que *eu* quero para mim. Sempre foi, desde sempre. Você acabou de me dar o melhor beijo da minha vida. É evidente que você é o melhor para mim.

Diego riu, divertido e lisonjeado, e Brenda riu com ele, fascinada por vê-lo contente.

— Por isso você não dormiu ontem à noite?

— Como você sabe?

— Pressenti — admitiu ela. — E Uriel confirmou.

— Como assim pressentiu?

— Acordei de madrugada pensando em você, e foi como se eu pudesse sentir a sua angústia.

Diego acariciava sua testa e a observava com um olhar exigente. Brenda captou sua incredulidade virginiana, que precisava da lógica para acreditar, e também percebeu que ele estava começando a se enredar em seus medos, em seus complexos e no falso senso de dever. Ficou na ponta dos pés e o beijou. Mordiscou o lábio dele para provocá-lo; queria que a fizesse se sentir viva outra vez. Não precisou de muita coisa; ele logo caiu na armadilha da provocação e a beijou com paixão redobrada. Brenda tinha a impressão de que os dois não conseguiriam interromper a energia que os mantinha unidos. Queria que a fusão fosse completa. Brotava de corpos e mãos uma pulsação que ia se tornando ingovernável. Será que ele a sentia também? Era uma experiência mágica, poderosa e única. Começou a rir por causa de uma felicidade que sentia pela primeira vez em vinte anos.

— Estou tão feliz — ela sussurrou sobre os lábios quentes dele.

— Brenda...

Diego pronunciou o nome dela com uma admiração reverencial e ela soube que a magia que havia acabado de deixá-la sem fôlego também o afetara.

— Como faço para te manter longe de mim? Como faço para te tirar da cabeça agora que sei como é ter você nos braços?

— Você não vai me tirar da cabeça — afirmou Brenda, imperativa.

— Não tenho nada para te oferecer. Estou preso nesta casa. O que posso te dar?

— Eu quero você. Me ofereça você — enfatizou. — Você é a coisa mais linda que eu conheço. É *você* que eu quero.

Diego riu com emoção. Segurou a cabeça de Brenda e a beijou na testa, uma, duas, três vezes, muitos beijinhos, até que Brenda notou que os lábios dele tremiam e que uma umidade quente molhava sua pele.

— Eu te amo, Diego — confessou, com a voz estrangulada. — Você sabe que eu te amo.

Os dois se olharam nos olhos profundamente, as mãos dela segurando fortemente os ombros de Diego, os braços dele envolvendo possessivamente a cintura dela.

— Faz cinco anos que não nos vemos — disse Diego. — Se Ximena nunca te falou de mim, foi por uma razão; porque não queria estimular nada entre nós. E a sua mãe tem razão, porque você não tem ideia do inferno pelo qual eu passei. Pelo qual eu continuo passando. Você não sabe o que eu sempre fui e vou continuar sendo — afirmou.

— Eu sei.

— Não sabe não — replicou ele, agressivo. — Eu sou e sempre vou ser um dependente químico, viciado em cocaína e álcool — disse com brutalidade. — Ontem à noite estava ficando louco, morrendo de vontade de tomar um uísque. Você não tem ideia do que está enfrentando.

— Eu sei que te amo mesmo alcoólatra e viciado em cocaína, e te amo sabendo que sempre vai ser. E, cada dia que você me permitir estar ao seu lado, seu desafio vai ser o meu, porque, a partir de agora, quero enfrentar o que for com você.

Uma emoção perturbadora distorceu as feições de Diego antes de ele afundar o rosto no pescoço de Brenda e começar a chorar. Ele a grudou seu corpo e ela o aninhou entre os braços, absorvendo sua dor; queria recebê-lo inteiro, desembaraçá-lo dele mesmo; Diego havia se carregado sozinho durante tempo demais.

— Só quero que você possa sentir o quanto eu te amo — sussurrou Brenda entre soluços.

Diego ergueu a cabeça e inspirou fundo antes de enxugar o rosto com a regata. Brenda acariciou sua barba e o buscou com o olhar; ele a evitava.

— Você acha que estou invadindo seu espaço — disse ela —, que vou exigir coisas. Acha que sou uma menininha mimada que não entende nada do mundo, do *seu* mundo, e que só vou atrapalhar.

— Não acho que você atrapalharia. Mas acho, sim, que você tem uma ideia da vida que não coincide com a minha — afirmou ele.

— Qual é sua ideia da vida?

— Por enquanto, sair daqui e voltar a tocar.

— Eu penso na melhor maneira de dizer à minha família que detesto ciências econômicas e que quero me dedicar à música.

Diego franziu o cenho e sorriu, primeiro devagar, meio confuso e espantado, depois abertamente, revelando uma dentição que as drogas ainda não haviam destruído.

— E também penso — acrescentou Brenda enquanto acariciava os lábios dele — em como fazer Diego Bertoni perceber que não sou essa filhinha preciosa e cheia de caprichos que ele acha que eu sou, e que...

Diego não permitiu que ela terminasse. Pegou-a pelo cabelo para levar sua cabeça para trás e lhe devorar a boca de novo. Brenda sentiu a ereção dele e foi invadida de novo pela felicidade de estar nos braços do amor da sua vida. É um sonho, pensou, como aqueles que tinha com ele e, ao acordar, se decepcionava; só que nos sonhos não havia experimentado tamanha intensidade, nem sentira os lábios quentes, nem a mão dele apertando sua bunda, nem inspirara o cheiro da pele dele. A realidade era avassaladoramente forte e perfeita.

— Você é o oposto de mim — sussurrou ele sobre a boca inchada e vermelha de Brenda — e não sei como fazer para me afastar. Juro que estou tentando.

— Não vou permitir que você me afaste de novo, como fez em 2011 por causa da confusão na fábrica. Nunca mais.

— Agora eu deveria me afastar por causa da merda de pessoa em que me transformei — disse ele sem convicção, enquanto a obrigava a expor o pescoço para que ele o mordiscasse.

— Eu também sou uma merda — disse Brenda, e Diego interrompeu o beijo e se afastou para encará-la, confuso. — Se sou a menininha mimada, caprichosa e malcriada que você acha que eu sou, então sou uma merda.

Eles se contemplaram em silêncio, de início envolvidos em um ar desafiador que pouco a pouco foi se dissipando e se transformando em sorriso no rosto de Diego e em emoção no coração de Brenda. Ele a beijou nos lábios de leve e afirmou:

— Você é perfeita, como eu sempre soube que seria. Era a menina mais doce e a menos mimada que eu conhecia, e se transformou na mulher incrível que eu sempre soube que seria.

— Mas tanta perfeição se volta contra mim se o garoto que eu amei a vida toda não me quer com ele.

— Claro que te quer! — disse Diego com um anseio reprimido, e tornou a beijá-la. — Você não tem ideia do quanto eu quero você comigo. Mas eu sei que vou te machucar por ser quem sou. É como se eu tivesse demônios vivendo dentro de mim. Não quero que te machuquem.

— Você me machuca quando me deixa de lado. Machuca tanto, Diego...

As carícias e os beijos se tornaram exigentes e ingovernáveis. Diego enfiou as mãos por baixo da minissaia de algodão de Brenda e a segurou pelos glúteos para esfregá-la em sua ereção. Ela o acompanhava mexendo os quadris; seu corpo respondia automaticamente. Uma energia a enchia de vigor e de felicidade; especialmente de felicidade. Era difícil de explicar.

— Chega — decidiu ele, e interrompeu os beijos, as carícias e os movimentos ondulantes. — Chega, senão vou te deitar aqui no chão — afirmou com a respiração entrecortada. — E não quero que a nossa primeira vez seja aqui.

— Minha primeira vez.

Diego ergueu a cabeça e a contemplou com uma expressão de evidente confusão.

— Você é virgem?

Brenda ficou vermelha e assentiu. Sentiu vergonha; talvez ele a julgasse inexperiente, certinha, caipira, e outros adjetivos que a posicionavam como a antítese dele.

— Nunca transou?

Ela negou com a cabeça.

— Nem com o babaca do Audi?

Ele mexeu de novo a cabeça para negar.

— Por quê?

— Porque eu tinha medo.

— Medo de doer? — supôs ele.

— Medo de transar com ele pensando em você.

Ficou evidente que ele não esperava essa resposta, que ouviu comovido e ao mesmo tempo angustiado. Pensou que talvez seu amor fosse opressivo.

Uma batida na porta os assustou.

— Moro, você está aí?

— Sim, José. O que foi?

— Manu, Rafa e Carla acabaram de chegar e estão perguntando por você.

— Diga que vou tomar um banho e já vou.

— Tudo bem.

Brenda esperou que os passos de José se perdessem para perguntar:

— Carla é sua namorada? Fale a verdade. Se preferir ficar com ela, vou entender. E não vou te incomodar mais, você nunca mais vai me ver, mas...

Ele selou os lábios dela com um beijo duro.

— Você fala demais quando fica nervosa — disse o virginiano observador.

Ela poderia ter explicado que aquilo era um mecanismo de defesa pisciano estimulado por seu Mercúrio, o comunicador, na Casa I; mas preferiu ficar de boca fechada.

— Carla e eu... — Diego esfregou a testa e apertou as pálpebras, e de novo Brenda se lembrou de quanto o irritava se ver obrigado a explicar suas emoções e sentimentos. — É complicado — disse com impaciência. — Só peço que você confie em mim. Não quero que ela perceba que nós estamos juntos.

Jura?, poderia ter perguntado, cheia de esperanças. *Estamos juntos de verdade? Você me quer ao seu lado de verdade?* Mas pensou que não era o momento de fazer exigências, e sim de confiar. A parte racional de sua polaridade mandou a romântica se calar e afirmou que Diego estava só se divertindo com ela. Que ficaria com as duas: Carla, a oficial, e ela, a menina boba, o brinquedinho novo para passar o tempo.

— Confia em mim? — perguntou Diego, e ela assentiu.

* * *

Ao entrar na sala, Brenda notou que muitos familiares e amigos haviam chegado, mas Lita e suas filhas não. Millie e Rosi se aproximaram a passo rápido.

— Onde você se meteu? — inquiriu Rosi. — Estamos procurando você faz tempo.

— Estava com Diego na academia — confessou Brenda em voz baixa.

— Ele acabou com a sua boca — apontou Millie. — Seus lábios parecem duas salsichas.

Brenda cobriu os lábios em um ato instintivo.

— Não é verdade — disse Rosi. — Sua boca está linda como sempre. Talvez um pouco mais vermelha. Conte os detalhes *agora*!

Belén a viu a distância e soltou uma exclamação. Correu a seu encontro.

— Depois eu conto — prometeu Brenda antes que a menina se jogasse em seus braços.

— É verdade que na quinta-feira você vai na minha casa me ensinar a cantar?

Brenda assentiu, afastando o cabelo do rosto da menina.

— Estou muito feliz! — exclamou Belén.

— Na quinta-feira — explicou —, depois da facul, vou direto para sua casa com Marti. Sua mãe me disse que você tem as tardes de quinta livres.

— Sim! Chego em casa ao meio-dia e meia. Que horas você vai?

— Antes das duas, acho. Minha aula acaba à uma.

— Eba! — exclamou Belén, e foi correndo para o jardim onde sua família estava reunida.

Manu e Rafa foram cumprimentá-las. Brenda viu Carla de soslaio; estava jogando pebolim com Ricky, o churrasqueiro.

— E aí, Bren? — pressionou Manu. — Vamos tocar juntos?

— Que tal na sexta-feira à tarde? — propôs ela.

Eles não esperavam uma resposta positiva; ergueram as sobrancelhas e sorriram em franca surpresa.

— Legal! — concordou Rafa.

— Vai ser *muito* legal — previu Manu.

Os padres Antonio e Ismael se aproximaram.

— Já soube que ontem foi um sucesso total — comentou o sacerdote idoso. — Acabei de passar pelo orfanato; as crianças ainda estão falando de você e da famosa Violetta. O que achou? — perguntou ele, interessado.

— Foi ótimo, padre. Saí de lá renovada.

— E os assistentes que eu te mandei, o que achou deles?

— Os dois se comportaram muito bem. E me ajudaram demais.

— A partir de sábado que vem, El Moro vai ter o piano — interveio padre Ismael.

— Nós também poderíamos ajudar — ofereceu Manu.

— Se quiserem ajudar — ofereceu padre Antonio —, poderiam tocar na festa que eu e Ismael estamos organizando. — Ele se dirigiu a Brenda: — Você também poderia cantar. Estamos angariando fundos para várias obras de manutenção da casa e do orfanato, e pensamos em organizar uma festa. O que acham? — perguntou, olhando para Manu, Rafa e Brenda. — Querem participar do projeto?

— Se Brenda aceitar cantar com a banda, sim — disse Manu.

— Diego também vai participar? — perguntou ela, tímida.

— Se ele quiser — disse Rafa. — A menos que padre Antonio e padre Ismael não concordem — acrescentou depressa.

— Vou pensar — prometeu o idoso. — De qualquer maneira, podemos contar com vocês três, certo? — pressionou, e os jovens disseram que sim.

— Estamos planejando a festa para 21 de maio, um sábado — informou padre Ismael.

— Onde seria? — perguntou Manu, interessado. — Aqui na casa?

— Não, na casa não — respondeu padre Antonio. — Nessas festas são servidas bebidas alcoólicas — explicou.

— Não seria um excelente teste para os rapazes? — perguntou Manu. — Afinal, em todo lugar há bebidas, e eles um dia vão ter que voltar ao mundo real.

— Tudo no seu tempo — replicou o sacerdote, cauteloso.

— Se não vai ser aqui na casa, onde vai ser? — perguntou Rafa.

— Na paróquia — respondeu padre Ismael. — Precisamos da autorização da prefeitura para fechar a rua. É mais pelo barulho que pelo trânsito. Assim que conseguirmos a licença, confirmamos o dia.

— Além disso — acrescentou padre Antonio —, estamos planejando uma coisa que, se der certo, poderia nos ajudar a arrecadar uma boa quantia de dinheiro para enfrentar muitos gastos que se avizinham. Também precisaríamos de você, Brenda.

— Precisaríamos de sua voz — explicou padre Ismael.

— Mas ainda não está nada confirmado — pontuou padre Antonio. — Nós avisamos quando o panorama estiver mais claro. Com a ajuda de Deus, tenho certeza de que vamos conseguir concretizar esse projeto também.

Os sacerdotes foram cumprimentar os familiares de um dos internos, e os cinco – Manu, Rafa, Brenda, Millie e Rosi – foram até onde estava Santos.

— Bren, esses padres querem te sugar ao máximo — comentou Manu, contrariado.

— Eu chamo isso de exploração — comentou Rafa.

— Se for para colaborar com a casa e o orfanato, é um prazer ajudar. E tenho certeza de que vai ser muito legal cantar com vocês — afirmou. — Só espero que não tenham problemas com Diego nem com Carla.

Santos se aproximou de cara feia. Disse que ia embora, que não aguentava nem mais um minuto. Brenda ficou mal porque Diego não havia aparecido e não poderia se despedir dele nem de longe. *Talvez seja melhor*, convenceu-se. Vê-lo outra vez perto de Carla a teria devastado.

12

Brenda sabia que o que havia acontecido na casa da Desafío a la Vida no domingo, 17 de abril de 2016, era um ponto de inflexão. Nada seria como antes depois de ela ter compartilhado com Diego a vivência mais extraordinária de seus vinte anos de vida. Ao entrar em casa e cumprimentar a família, percebeu que o laço ficava mais fino e perdia força, inclusive aquele que a unia a Ximena, que ela havia julgado indestrutível. Agora tinha um segredo que não contaria à mãe. Mesmo assim, nessa noite, enquanto jantavam, Ximena lhe lançava olhares curiosos, como se ouvisse as batidas desenfreadas de seu coração ou adivinhasse o sorriso que ameaçava lhe curvar os lábios. Sua mãe, recordou Brenda, havia escondido dela o vínculo com Diego durante os últimos cinco anos, sabendo o quanto o amava e sentia falta dele; ela faria o mesmo, dadas as circunstâncias.

Repassou na cabeça, na solidão de seu quarto, enquanto esperava o sono chegar, as cenas que haviam acontecido na academia. Sorria na escuridão ao rememorar cada palavra dele, cada gesto, cada carícia trocada, como os beijos que ele lhe dera a haviam feito sentir. Estava assustada com a intensidade da energia que a havia possuído quando suas bocas se tocaram. Suspeitava de que isso não era algo comum. Millie jamais havia lhe falado de algo tão profundo nem transcendental quando contava sobre os namorados.

Contudo, como acontecia em sua vida tingida pelo caos pisciano e pela loucura uraniana, nada era fácil nem direto nem normal. Por um lado, havia Carla, de quem pouco sabia e cujo vínculo com Diego, que existia pelo menos desde 2011, era forte e, podia apostar, turbulento. Evocou a fotografia do Facebook dos dois se beijando no palco. Era evidente que se tratava de uma mulher sem preconceitos e vivida, e Brenda ainda era virgem. Estava se arrependendo de ter confessado isso a Diego. Com Marte na Casa I, ele devia ser um sujeito impaciente, com pouca vontade de lidar com uma garota inexperiente.

Como se Carla e a influência dela sobre Diego não bastassem, sua família se erigia como outra ameaça ao relacionamento que estava começando. Tinham mesmo um relacionamento estável e sério como ela desejava? Talvez Diego não estivesse habituado a esse tipo de vínculo, com compromisso e constância. Talvez fosse isso que queria dizer quando insistia em que eram opostos.

Naquela segunda-feira de manhã, na faculdade, não fez mais que pensar nele. Não queria admitir que doía o fato de ele não ter lhe mandado uma mensagem; e não queria admitir porque achava que ser uma namorada exigente e pegajosa o espantaria antes de terem tido a oportunidade de começar. Olhava o celular embaixo da carteira a cada poucos minutos e reprimia o desejo de escrever para ele. Millie e Rosi lhe lançavam olhares reprobatórios. Haviam aconselhado Brenda a não se iludir com pessoas como Diego, afinal nem sabiam se ele tinha um relacionamento sério com Carla.

Brenda estava assistindo à última aula da segunda-feira, de microeconomia, quando Diego lhe mandou uma mensagem. "Ligue pra mim assim que puder", ordenava. Ela decidiu sair, coisa que jamais teria feito antes. Agora tudo era diferente. Além do mais, as curvas isoquantas não poderiam lhe interessar menos.

Ela se fechou em uma cabine do banheiro para ligar. Ele atendeu depressa e, ao ouvi-lo pronunciar seu nome, Brenda se arrepiou. Baixou as pálpebras em um ato mecânico que tinha muito de resignação.

— Oi — disse ela.

— Tudo bem? — perguntou ele, dono de si.

— Sim. E você?

— Bem. — Ele caiu em um silêncio que Brenda captou ser hesitante. — Quero te ver — acabou admitindo. — Pode dar uma passada no restaurante?

— A que horas seria bom para você? — perguntou Brenda, tentando conter a alegria.

— Me diga um horário que fica bom para você.

— Eu termino aqui em... — Deu uma olhada no relógio de pulso. — Saio daqui a meia hora. À uma e meia consigo chegar lá — calculou.

— OK. Me manda uma mensagem quando chegar — disse ele, com seu tom mandão. — Não toque a campainha.

— Certo.

— Até já — ele se despediu e desligou.

Ao voltar à aula, Rosi e Millie a contemplaram com olhos inquisidores, que Brenda ignorou. Ela se sentou e ficou sonhando com Diego e com o curto, mas significativo, diálogo que haviam acabado de ter.

Faltando poucos minutos para terminar a aula, Brenda já estava com tudo guardado e pronta para sair. O professor os dispensou e ela se voltou para as amigas para informar que as esperava no banheiro, que fossem depressa. Millie e Rosi a encontraram em frente ao espelho, penteando seu cabelo longo e abundante.

— Diego me ligou — informou sem que elas perguntassem. — Quer me ver.

— Agora? — estranhou Rosi.

— Sim, no restaurante da mãe de Martiniano. — Inclinou-se diante do espelho para passar batom. — Que foi? — inquiriu ao encontrar o olhar de suas amigas.

Millie a abraçou por trás e apoiou o rosto nas costas de Brenda.

— Eu sei que você está feliz. Sei que isso é o que você deseja desde sempre, mas tenha cuidado.

— Queremos que você fique atenta, Bren — apontou Rosi.

As três se fundiram em um abraço antes que Brenda saísse correndo. Ela chegou a Palermo Hollywood e encontrou um lugar para estacionar na rua Armenia mesmo, quase na esquina com a Nicaragua. Escreveu para Diego e esperou. Estava muito nervosa. Pensou que lhe faria bem meditar, mas descartou a ideia. Demoraria um bom tanto para acalmar a respiração; além do mais, não estava com cabeça para se concentrar. Decidiu esperá-lo fora do carro. Caminhou os poucos metros que a separavam da esquina com a Nicaragua.

Suas amigas estavam preocupadas e sua mãe havia dito abertamente que queria que Brenda o esquecesse. Ximena, que adorava Diego e o conhecia profundamente, queria vê-lo longe da filha. Que termo ela utilizara mesmo? "Capacidade destrutiva", recordou. Será que Rosi, Millie e Ximena viam algo que ela era incapaz de notar?

Ela se virou para voltar para o carro e o viu avançando em sua direção. Parou inconscientemente e ficou olhando para ele sem piscar, sem respirar, sem pensar. Só via Diego, o amor da sua vida, aquele que ninguém queria perto dela e por quem ela estava disposta a tudo. "Os piscianos", havia explicado Cecilia, "com sua sensibilidade em um estado pouco elevado, tendem a se sacrificar pelos outros". Sim, era verdade, Brenda teria se sacrificado por ele.

Ela notou que ele estava sem a bandana que usava para pintar, e dava para ver que havia se penteado e refeito o coque; estava arrumado. Contudo, com aquele macacão manchado de tinta, ninguém teria duvidado de que se tratava de um pedreiro ou pintor. Ele caminhava com tranquilidade, sem nenhuma pressa, e a fitava com tamanha fixação que escondia um pouco de desafio. Seus olhos árabes estavam mais sombreados que de costume; talvez fosse o efeito da luz, conjecturou Brenda, ou talvez o veio escuro se aprofundasse quando seu temperamento se tornava hostil. Os olhos de Diego pareciam convidá-la a se envergonhar da aparência de trabalhador dele; esperavam que ela o desdenhasse para ter um pretexto para repudiá-la e afastá-la, pois, embora Rosi, Millie e Ximena o quisessem longe de Brenda, o próprio Diego era quem com mais firmeza desejava o mesmo.

Ela teria corrido ao encontro dele se não temesse que Diego acharia isso brega. Foi em direção a ele com passo rápido, em oposição ao andar despreocupado dele, e sorrindo, em oposição à severidade da boca de Diego. Parou a poucos centímetros e, sem uma palavra, beijou-o nos lábios com o fervor compartilhado na academia no dia anterior. Só que naquela oportunidade haviam se beijado escondidos, e nesse momento o faziam em uma rua movimentada e à luz do dia, expostos aos olhares dos transeuntes. Desejou que ele entendesse claramente a mensagem.

— Oi — disse com os lábios ainda colados nos dele.

Diego não respondeu. Encerrou-a no círculo de seus braços e tornou a capturar sua boca em um beijo sem misericórdia. Havia raiva no beijo, muita raiva, mas também impotência e desejo. Brenda gemeu, incapaz de controlar a excitação que se espalhava por seu corpo.

Deviam estar dando um show escandaloso, vergonhoso inclusive, mas ela não ligava. De dentro de um carro que passava alguém gritou que arranjassem uma cama, e Diego se afastou. Seguiu o carro com um olhar ameaçador enquanto Brenda o observava e admirava sua beleza.

Ela enroscou os dedos na barba dele e o obrigou a prestar atenção nela. Diego passou os lábios pelo rosto dela, e essa carícia simples a fez estremecer exageradamente.

— É impressionante como a sua pele é suave — sussurrou ele. — É difícil afastar as mãos de você.

— Não quero que as afaste — disse ela.

— Agora eu não poderia me afastar de você nem que quisesse — disse, e ergueu o rosto para fitá-la. — Estou de pau duro. Não posso andar pela rua assim. — Soltou uma risadinha e arrastou a ponta do nariz pelo rosto dela. — Adoro quando você fica vermelha.

— Você deve me achar uma boba sem experiência — disse Brenda, contrariada, e Diego a beijou no rosto.

— Acho que você é a coisa mais linda que me aconteceu em muito, muito tempo — confessou no ouvido dela. — Mas agora tenho que me concentrar para voltar ao meu estado normal.

Brenda queria acariciar a ereção dele ali mesmo, no meio da rua, mas se absteve. E ofereceu:

— Eu posso te explicar sobre as curvas isoquantas que aprendi hoje na aula de microeconomia. É tão chato que garanto que vai ajudar.

Diego deu uma gargalhada e beijou o pescoço de Brenda.

— Na verdade, não posso explicar muito porque não prestei atenção. Eu durmo de tão chato que é tudo aquilo. Essa semana quero falar com mamãe e dizer a ela que vou abandonar o curso. Não acho justo ela continuar pagando a mensalidade se já decidi largar.

— Tem certeza? — perguntou Diego, preocupado.

— Sim — respondeu ela com segurança. — É uma decisão que venho avaliando desde o verão.

Ela poderia ter contado a ele sobre Cecilia e a astrologia, mas ficou em silêncio. Depois de um segundo contemplando-a com olhos atormentados, o olhar de Diego se suavizou. Afastou-a com gentileza e observou a roupa dela.

— Eu estava lixando. Não queria te sujar, mas não deu para impedir — desculpou-se.

Independentemente do pó, ele havia se lavado, penteado e passado desodorante, e esse detalhe a enterneceu.

— Não se preocupe — disse ela. — É só um pouco de pó. Além do mais, fui eu que te ataquei. Vamos almoçar em algum lugar?

— Não posso, tenho que voltar à casa e almoçar com os caras. Vem comigo ao supermercado? Vou comprar uns refrigerantes.

Brenda assentiu, feliz, apesar de entender que tinham apenas poucos minutos juntos, meia hora no máximo. Diego a pegou pela mão e os dois se dirigiram à esquina com a Nicaragua. Estavam com os dedos entrelaçados; para Brenda, isso foi reconfortante.

— Desculpe por ter feito você vir para tão pouco tempo — disse ele, como se lesse a mente de Brenda.

— Adorei que tenha me pedido. Estou feliz por estar aqui.

Diego a olhou de soslaio.

— Como você consegue ser tão feliz?

— Como não, se você está comigo? — replicou Brenda; ou melhor, pensou em voz alta.

Rosi havia pedido que ela tivesse cuidado e, para isso, teria que se mostrar cautelosa e receosa. Mas ela se sentia guiada pela certeza de que só lhe mostrando seu coração conseguiria derrubar o muro que ele insistia em erguer para mantê-la longe.

— A vida não tem sentido — disse o virginiano.

— Se você está comigo, tem sim — perseverou, e, antes de Diego voltar o olhar à frente, julgou ver que os olhos dele brilhavam.

Quanta dor ele encerrava na alma! O que ele havia dito no dia anterior mesmo? "É como se eu tivesse demônios vivendo dentro de mim." Essas palavras, que ecoavam na mente de Brenda desde aquele momento, nesse instante, por alguma razão, a fizeram recordar o que Cecilia lhe havia explicado durante o verão – uma dissertação sobre a personalidade de Diego em consequência da posição de Saturno no mapa astral dele.

Segundo a astróloga, com Saturno na Casa VIII, a casa do inconsciente, da morte e do oculto, Diego havia sido reprimido quando criança, especialmente devido a seu temperamento tão marcial, e a figura do repressor havia sido encarnada pelo pai (Saturno), que o subjugara com violência. Para evitar o castigo paterno, Diego trancafiara seus impulsos naturais na prisão representada pela Casa VIII, ou seja, o inconsciente.

"É lá que ele guarda o que considera seus demônios", dissera Cecilia, e Brenda se espantou por ambos terem usado a mesma palavra: "demônios".

Ela também lhe explicara que, com a Lua em Peixes, era possível que ele usasse substâncias para liberar os demônios, mas sem ter consciência e sem se responsabilizar pelo caos que provocavam a seu redor. "A aprendizagem desse nativo é dupla", advertira a astróloga. "Por um lado, precisa conhecer seu inconsciente pelo direito e pelo avesso, seus demônios, suas sombras. Tem que pegar o oculto e transformá-lo em consciente. Mas ele faz justamente o contrário. Ele se nega a enfrentar sua parte oculta. Ele se torna rígido emocionalmente para não se conectar com seu interior, porque tem medo. Por outro lado, precisa aprender a compartilhar com o companheiro ou companheira uma intimidade profunda, tem que aprender a confiar, a se abrir, a se conectar no vínculo sexual. A fusão com o outro deve ser absoluta. Na verdade, o grande desafio desse nativo é aprender a confiar nos outros."

A complexidade de Diego, corroborada por seus vícios, deveria ter acovardado Brenda. Teria sido racional tirá-lo de sua vida. Contudo, sujeita ao pêndulo de sua polaridade uraniana, ela oscilava para o lado da loucura, o que significava agarrar-se a ele como se tudo dependesse disso; e, de certo modo, dependia. Sua felicidade e o sentido de sua vida dependiam do amor de Diego Bertoni.

— Quando você vai falar com sua mãe sobre a facul? — perguntou Diego, mudando de assunto.

Embora chateada por isso, Brenda respondeu:

— Esta semana.

— Como acha que ela vai reagir?

— Vai tentar me convencer a terminar. Vai me dizer para não jogar fora dois anos de estudo. Eu vou dizer que não estou jogando fora, porque com dois anos de curso tenho diploma de analista administrativa contábil. E assim nós vamos ficar um tempo argumentando.

Diego assentiu sem fitá-la, com o cenho mais franzido que antes.

— Eu quero me dedicar à música. É o que amo.

— Onde você aprendeu a cantar tão bem? — perguntou ele, interessado.

— Com uma professora excelente, Juliana Silvani. Ela dá aula de canto lírico no Colón.

— Não duvido, deve ser uma professora excelente — assentiu Diego —, mas seu talento natural é evidente. Quando você cantou aquela ária, fiquei em choque. Que potência!

— Aprendi lírico por causa da mamãe — disse, e depois de uma pausa acrescentou: — E comecei a estudar canto por você.

— Por mim? — Diego se surpreendeu de verdade, e Brenda assentiu.

— Eu queria te impressionar — confessou. — Não sei como faria isso, porque em 2012, quando comecei a fazer aulas com Silvani, você já tinha me bloqueado no Facebook e não atendia às minhas ligações — apontou sem ressentimento. — Mas, para ser sincera, eu comecei por essa razão.

— No fim — concluiu Diego —, tudo saiu exatamente como você pensou, porque você não imagina como fiquei impressionado ao te escutar.

— Cantei para você — confessou ela.

— Embora eu não merecesse — replicou ele.

Os dois pararam na entrada do supermercado chinês.

— Eu entendi tudo naquele dia — disse ela. — Não fiquei brava com você; só triste.

Diego assentiu com o cenho franzido e um semblante que exalava angústia – sinal de que não se perdoava. Brenda o imaginou quando pequeno, quando David o reprendia, muitas vezes usando violência física, e Diego segurava a vontade de chorar. Ela o abraçou e ele se agarrou ao corpo dela.

— Não quero que você fique mal por isso — pediu ela com voz fraca. — Só quero fazer você feliz.

Diego descansou a testa na dela e assentiu. Brenda, porém, percebia a incredulidade dele. Talvez não fosse questão de não acreditar nela, e sim de não se considerar digno da felicidade.

Entraram, por fim, no mercado. Para distraí-lo, Brenda perguntou:

— Manu e Rafa te contaram que na sexta-feira vou ensaiar com eles?

Diego respondeu com uma espécie de grunhido enquanto pegava dois refrigerantes na geladeira.

— Não acha legal? — perguntou ela, preocupada.

— Avisei a Manu que, se ele encostasse um dedo em você, eu o arrancaria.

Brenda parou e o obrigou a voltar atrás.

— Juro que ele jamais tentou nada — esclareceu ela depressa. — A última coisa que eu quero é causar problema entre vocês. Acho que é melhor cancelar o...

— Manu anda encantado com você desde aquele domingo em que te escutou cantar na casa — interrompeu ele. — Mas já sabe que nós estamos juntos. Garanto que vai se comportar direitinho. Pode ficar tranquila.

Brenda se limitou a assentir enquanto tentava sufocar a euforia suscitada por aquele "já sabe que nós estamos juntos". Ela queria aprofundar o alcance dessa afirmação, mas decidiu se conformar. De uma coisa tinha certeza: Diego não aceitava dividi-la com ninguém. Por sua vez, Brenda teria ficado tranquila informando a ele que não suportaria dividi-lo com outras, especialmente com Carla. Mas de novo decidiu se calar, evocando o dia anterior, quando ele lhe pedira que confiasse nele no que se referia àquela mulher.

— Os caras me contaram — prosseguiu Diego a caminho do caixa — que padre Antonio conseguiu que você se comprometesse com uma festa. Esse padre está te explorando — disse, usando o mesmo termo que o amigo.

— É para arrecadar fundos — respondeu ela, na defensiva.

— Sempre dinheiro, dinheiro... — reclamou ele.

Brenda recordou que, por ter o ascendente em Touro, o signo do dinheiro e dos recursos, a maior aprendizagem dele seria gerá-los e se reconciliar com a matéria.

— Eu aceito qualquer oportunidade de cantar — argumentou ela. — Além do mais, eu cantaria com Manu e Rafa. Seria legal demais! Sabia que padre Antonio talvez autorize você a cantar na festa conosco? Só de pensar já fico maluca!

Diego ficou em silêncio enquanto pagava e Brenda se arrependeu de ter tocado no assunto. Imaginava por que ele havia se incomodado: dependia da decisão de um padre para fazer o que amava; não era livre. Brenda tinha a impressão de ter entrado no corpo dele. Sentia e pensava o que ele sentia e pensava. O guerreiro impaciente de Diego, aquele Marte na Casa I, estava começando a perder a paciência. Por sua vez, seu ascendente em Touro, que pretendia que se movesse com o ritmo lento e paciente desse animal, o estava enlouquecendo. Compunham uma terrível conjunção de forças contrapostas.

— É por causa de Carla que você não quer cantar comigo e os meninos? — atreveu-se a perguntar quando estavam voltando.

— Não — respondeu Diego, e parou em uma banca para comprar cigarros.

Brenda gostava de vê-lo fumar tanto quanto de vê-lo com Carla; porém, não exigiria que abandonasse esse vício, sendo que ele estava travando uma batalha maior.

— Morro de vontade de cantar com você — disse ele ao retomar a caminhada. — Mas faz muito tempo que não toco nem canto.

— Mas, se padre Antonio autorizasse — perguntou Brenda, entusiasmada —, você aceitaria cantar na festa conosco? Falta mais de um mês. Você teria tempo para entrar em forma.

Os dois haviam parado diante do carro de Brenda e se olhavam nos olhos com uma confiança em que ela não parecia acreditar. Diego relaxou o cenho e deu a ela um sorriso torto, que a fez sorrir também. Ela acariciou sua barba, incapaz de se conter quando estava perto dele. Ele tomou a mão de Brenda e a beijou com uma atitude reverente. Brenda a levou ao rosto de Diego de novo e ele a segurou como se tivesse medo de que ela a retirasse.

— Ontem à noite comecei a escrever uma música — disse, e Brenda soube que ele estava confessando algo importantíssimo. — Ontem foi o melhor dia em muito tempo, apesar de que, quando cheguei à sala, você já tinha ido embora e eu quase gritei e xinguei de raiva. Estava feliz demais pelo que nós tínhamos vivido na academia e decidi me agarrar a isso e não ficar mal. E quando chegou a noite, que é o pior momento para mim, eu pensava em você e isso me acalmava. E não só isso: tive vontade de escrever uma canção. E assim fiz. Você me inspirou — acrescentou depois de uma pausa.

— Você não imagina a vontade que tenho de ler a letra dessa música — declarou Brenda.

— Fala de você.

— Jura?

— Sim, de você — confirmou ele. — Do que você era para mim e do que é agora. Do que me faz sentir.

— O que eu faço você sentir? Que a vida tem sentido?

Diego riu baixinho e deu um beijo leve em sua boca.

— Tenho que ir — ele anunciou depois de consultar a hora em seu relógio.

— Quer que eu volte amanhã? — ofereceu Brenda, pois se despedir dele era intolerável. — Posso trazer pizza ou empanadas, ou o que você quiser, e nós comemos com os meninos.

— Não — replicou ele com certa dureza. — Não — repetiu com mais delicadeza. — Não quero que saibam de nós. Não confio em ninguém.

A afirmação de Cecilia – que o grande desafio de Diego era aprender a confiar nos outros – demonstrava mais uma vez como a astrologia era certeira.

— Nem em mim? — inquiriu Brenda, com interesse sincero e dúvida autêntica.

Diego riu de novo, como se achasse divertidas as perguntas dela.

— Como se faz para não confiar em você? — O sorriso dele se apagou. — Agora, confiar em mim...

Brenda lhe cobriu a boca com a mão.

— Confiar em você, Diego, é a coisa mais natural para mim.

* * *

Naquela noite de segunda-feira, Tadeo González e Camila jantaram com eles. Depois do jantar, enquanto Ximena conversava com a nora e com Lautaro, Brenda aproveitou o assunto de Hugo para conversar com o advogado; queria falar de Diego Bertoni. A questão era delicada porque, devido ao sigilo profissional, González pouco lhe diria. Escolheu uma estratégia que implicava certo risco.

— Mamãe te contou que sou apaixonada por Diego Bertoni desde pequena?

— Não — disse González, surpreso, e deixou a taça de conhaque na mesinha de centro. — Eu sei que as duas famílias foram muito unidas até a descoberta da fraude de David Bertoni. Eu sei também que seus pais são padrinhos de batismo de Diego. Mas não sabia dos seus sentimentos por ele.

— Ninguém levava a sério os meus sentimentos — disse Brenda —, em especial o próprio Diego. Eu era pequena e a diferença de idade naquele momento era muita. Ele tem quase seis anos a mais que eu — apontou. — Mas agora...

Brenda e Tadeo sustentaram o olhar no silêncio que se criou entre eles.

— Mas agora — completou o advogado — as coisas mudaram.

— Sim. A mudança foi de cento e oitenta graus — enfatizou Brenda, e continuou a encará-lo com deliberada seriedade.

— Agora entendo por que ele queria enfrentar o seu ex.

— Ele teria feito isso mesmo que não houvesse nada entre nós — disse Brenda. — Prometeu ao meu pai que nos protegeria.

González quebrou o contato visual, soltou um suspiro e se ajeitou no sofá. Quando ergueu de novo o rosto, Brenda soube que diria algo que ela não queria ouvir.

— Diego é um bom garoto, mas...

— Não me diga que não é bom para mim, Tadeo — pediu ela em tom de súplica. — Só te imploro que o ajude.

— Estou ajudando — afirmou, balançou a cabeça e sorriu com benevolência. — Agora entendo a ligação dele de hoje bem cedo.

— Ele ligou para você? — perguntou Brenda, inquieta.

— Isso não é incomum — apontou González. — Nós conversamos com frequência por questões relacionadas ao processo dele. Mas hoje — disse, e tornou a sorrir — ele me pareceu diferente ao telefone. Sua voz era outra. Parecia... não sei... parecia contente. Agora entendo por quê. Espero que ele saiba a sorte que tem por contar com o seu carinho.

— Eu sou uma garota de sorte por amar Diego — disse Brenda.

— Sua mãe sabe? — perguntou o advogado, desconfiado.

— Ainda não contei a ela — admitiu. — Pode guardar meu segredo por enquanto?

González assentiu com um semblante sério. Um pouco mais tarde, quando se preparava para ir para a cama, Brenda recebeu uma mensagem no WhatsApp. Achou que fosse de Millie ou de Rosi. Seu coração deu um pulo ao descobrir que era de Diego.

Pensando em você. Esta é a canção. Primeira estrofe e refrão.

Me parece raro que me ames.
Me parece raro que seas mujer.
Sabés que soy un infame.
Sabés que voy a caer.
La noche muda ya no me asusta
si en tus brazos puedo yacer.

Nena caprichosa y mimada.
Temo que voy a ceder.
En nuestra historia secreta y callada
sabré ocultarme y desaparecer.
En el afán por merecerte
temo que te voy a perder,
temo que te voy a perder.[4]

Brenda respondeu: *Eu te amo. Você não vai me perder.* Adormeceu chorando. Chorava porque o amava e porque não duvidava da imortalidade de seu amor. Chorava pela tristeza que os versos dele comunicavam. Chorava porque Diego se sentia pouco, sendo que para ela era tudo.

* * *

Ela continuou indo à faculdade, apesar de sua absoluta desconexão. Millie e Rosi ficaram chateadas com a notícia de que ela abandonaria o curso de ciências econômicas e, embora lhe pedissem que voltasse atrás, Brenda ratificou que era irreversível. Estava esperando o melhor momento para falar com Ximena; depois iria à secretaria cuidar de tudo.

— O que você vai fazer da vida? — perguntou Rosi.

---

4. Acho estranho que você me ame./ Acho estranho que você seja uma mulher./ Você sabe que sou infame./ Você sabe que vou cair./ A noite silenciosa não me assusta mais/ se em seus braços posso estar./ Menina caprichosa e mimada./ Acho que vou ceder./ Em nossa história secreta e tranquila/ eu saberei me esconder e desaparecer./ Na ânsia de merecê-la/ tenho medo de perdê-la,/ tenho medo de perdê-la. (N.T.)

— Estudar música.

Na quarta-feira, em um dos intervalos, recebeu uma ligação do padre Antonio. Estava entusiasmado. Havia conseguido a autorização do bispo de Avellaneda-Lanús para organizar uma tarde de canto lírico na catedral a fim de arrecadar fundos para o orfanato e a casa de reabilitação. Queria que ela cantasse e que também o ajudasse na organização do evento. Brenda ficou calada, primeiro pela surpresa, depois porque a imensidão do projeto a assustava. Ela era uma cantora amadora, justificou, não uma profissional, de modo que seria desonesto cobrar das pessoas para ouvi-la cantar. Essa última afirmação provocou uma gargalhada no padre Antonio.

— Eu pagaria para te ouvir cantar de novo a ária de *La Wally*! Por outro lado, querida, você considera desonesta uma atividade com fins beneficentes em um país de ladrões como o nosso? Fique tranquila, Brenda, ninguém vai questionar sua honestidade, pelo simples fato de que as pessoas vão estar boquiabertas ouvindo você cantar.

— Padre, o senhor sabe que eu quero ajudar, de coração, mas isso é demais para mim sozinha. Proponho o seguinte: se eu conseguir convencer uma amiga que estuda canto lírico no Colón a me acompanhar, eu faço. Senão, não.

— Quando você teria a resposta da sua amiga?

— Assim que tiver uma resposta, eu entro em contato com o senhor.

Despediu-se de padre Antonio e mandou uma mensagem a Bianca Rocamora. Avisou que queria falar com ela, que dissesse em que dia e hora poderia ligar. Bianca respondeu minutos depois. *Ligue hoje às oito e meia. Bjo.*

À tarde, na aula com Silvani, Brenda contou sobre a proposta do sacerdote. A professora a incentivou a aceitar e garantiu que ela estava preparada para enfrentar um público conhecedor.

— Vai precisar de alguém para te acompanhar ao piano — alertou a professora. — Tem alguém?

Brenda disse que sim, pensando em Diego.

Toda noite, desde a segunda-feira, ele mandava uma mensagem curta e os novos versos da música. Não falavam de se encontrar nem do que havia nascido entre eles. A imprevisibilidade do futuro e a fragilidade do vínculo deles os sobrevoavam como abutres. Brenda dependia daquelas breves, quase lacônicas mensagens de WhatsApp e dos versos que ele compartilhava com ela. E se conformava. Era, de longe, muito mais do que havia sonhado quando, com medo, Brenda se permitia entrar na página do Sin Conservantes e descobria que ele estava vivendo uma vida sem ela.

Pontualmente às oito e meia, ligou para Bianca, que a cumprimentou com a simpatia de sempre. Bianca Rocamora tinha uma mansidão e uma humildade que convidavam as pessoas a se abrirem com ela. Brenda evitou os rodeios e lhe falou da proposta do sacerdote, de quanto a atraía e do medo que lhe causava.

— Vou largar a carreira de contadora — confessou Brenda — para seguir na música. Não contei em casa ainda, mas queria que você soubesse para entender por que isso é tão importante para mim.

— Entendo perfeitamente — disse Bianca. — Para os estudantes de canto lírico é sempre uma boa oportunidade se expor em público. É o melhor treino — afirmou. — E se, além de tudo, vou ajudar a arrecadar fundos para uma boa causa... Sim, Bren, conte comigo.

— Obrigada, Bianca! Estou muito feliz, juro! Cantar com você... que honra!

— Vamos nos divertir, você vai ver. Tenho dois amigos, um barítono e uma mezzo-soprano, que vão pirar se eu os convidar para entrar no grupo.

— Sério? — exclamou Brenda, incrédula diante de tanta sorte. — Padre Antonio vai pirar quando souber!

— Amanhã confirmo se nós podemos contar com eles — prometeu Bianca. — Vão me perguntar a data e também vão querer ir à catedral para estudar a acústica e para ensaiar no palco do espetáculo. Você tem alguém para nos acompanhar ao piano?

— Sim, acho que sim — respondeu Brenda, hesitante e ansiosa.

As duas se despediram pouco depois com a promessa de manter contato para acertar os detalhes e marcar a primeira reunião para selecionar as árias. Brenda não perdeu tempo, ligou para o sacerdote para dar as boas novas. O homem ficou exultante, e não parava de ter novas ideias. Uma hora estava falando da publicidade, e de repente propunha cavatinas e duetos; falava sobre o preço da entrada e logo se preocupava com os arranjos florais do templo.

— Vamos precisar de um pianista — interrompeu Brenda. — Pensei em Diego Bertoni — disse sem parar para não lhe dar tempo de pensar. — O que acha? — inquiriu, fingindo imparcialidade e desinteresse.

A verborreia do padre desapareceu e um silêncio ocupou a linha. Falou depois de alguns segundos, que para Brenda pareceram uma eternidade.

— Vou pensar — pediu padre Antonio. — Na sexta-feira ele terminou o trabalho no restaurante da mãe de Franco. El Moro terá tempo livre... mas tenho que pensar — insistiu.

Brenda mordeu os lábios para conter um grito triunfal. Limpou a garganta antes de prosseguir como se nada de especial houvesse acontecido e interrogou o sacerdote acerca dos aspectos do espetáculo lírico que Bianca e os amigos dela precisavam saber, como a data, a duração do evento e as preferências para a escolha das composições musicais.

***

Estava combinado com Martiniano que na quinta-feira, depois da faculdade, Brenda o levaria para casa, na Villa Urquiza, onde a irmã dele, Belén, a esperava para a primeira aula de canto.

— Podemos passar primeiro pelo restaurante da minha mãe? — perguntou ele enquanto prendia o cinto de segurança.

Brenda manteve a expressão imutável enquanto seu ritmo cardíaco disparava diante da possibilidade de ver Diego.

— Claro, sem problemas — respondeu ela.

— Tenho que levar para os caras essas ferragens para as portas internas — explicou, e lhe mostrou uma sacola. — Amanhã eles acabam tudo. Fizeram um trabalho excelente. Segundo Franco, quem manja muito de alvenaria e pintura é El Moro, por isso o chamam de chefe.

— Eles aprendem os ofícios ali mesmo na casa, não é? — perguntou Brenda.

— Sim, mas Franco disse que El Moro sabia muito porque o avô era mestre de obras e ensinava as coisas para ele.

Seu Bartolomé, pensou Brenda com afeto.

Contudo, a emoção e a expectativa desapareceram ao ver Diego com Carla à porta do restaurante. Como nunca acontecia, havia uma vaga bem em frente, e, embora Brenda preferisse parar a cinco quarteirões dali, Martiniano indicou o espaço e ela foi obrigada a estacionar a poucos metros do casal.

— Não vai descer para dar oi para os caras? — estranhou o colega ao ver que Brenda não tirava o cinto.

— Vou sim — hesitou, dividida entre a pouca vontade que tinha de passar perto daqueles dois e a vontade louca de engatar a primeira e fugir dali.

Diego a viu descer do carro e, depois de um instante de perplexidade, colocou a máscara da indiferença. Carla se voltou para ver quem havia chegado e, ao vê-la, revirou os olhos sem prudência nem educação.

Brenda notou que não se tocavam. Ele estava com as mãos nos bolsos do macacão, enquanto Carla ocupava a mão esquerda com um cigarro e a direita com o celular. Jogou a ponta do cigarro no chão e a esmagou com fúria. Usou a mão que acabara de liberar para acariciar Diego, mas ele afastou o rosto.

Martiniano, alheio ao tormento de Brenda, parou para cumprimentá-los. Deu um beijo em Carla e apertou a mão de Diego.

— Ai, sua priminha, Di! — exclamou Carla. — Olá, Bren!

— Olá — respondeu Brenda sem olhar para ela, e entrou.

Martiniano ficou conversando com eles.

Brenda correu para o banheiro, no andar de cima, e trancou a porta. Tremia. Obrigou-se a inspirar várias vezes para se acalmar. Ficou tonta. Baixou a tampa do vaso sanitário e se sentou. Sentia-se confusa e sufocada pelo ciúme. Qual era a de Diego?

Sua pressão estava despencando e ela logo acabaria no chão, desmaiada, se não lançasse mão de algumas táticas. Colocou os pulsos debaixo da água fria da torneira. Procurou na bolsa, até encontrar, um envelopinho com sal. Colocou alguns grãozinhos debaixo da língua e se sentou de novo no vaso sanitário. Minutos depois já se sentia mais dona de si.

Saiu do banheiro e, assim como havia acontecido naquela quinta--feira, 7 de abril, assustou-se ao dar de cara com Diego, que a envolveu em um abraço implacável e a arrastou de novo para dentro. Ele trancou a porta. Brenda se debateu sem pronunciar uma palavra, com o olhar fixo no dele. Diego se limitou a segurá-la firme e a contemplá-la com olhos cintilantes.

— Você é muito ciumenta — disse, e o tom divertido dele serviu para enfurecê-la.

Ainda dominada pela raiva, Brenda lembrou-se do pouco efeito que tivera sobre ela a traição de Hugo – um pouco de surpresa e um pouco de desilusão, mas só isso – e que devastadora era a de Diego. Se bem que, para ser sincera, não os havia flagrado fazendo nada de errado, só dois velhos amigos conversando.

— Me solte, por favor.

— Não — disse ele, sempre com um sorriso incipiente que fazia Brenda suspeitar de que ele achava a situação divertida. — Desde segunda-feira estou morrendo de vontade de te abraçar, portanto não, não vou te soltar — concluiu, e a beijou levemente nos lábios.

Brenda afastou o rosto.

— A minha ideia de relacionamento não é a mesma que a sua, evidentemente. Não te culpo. Não te culpo, de jeito nenhum — enfatizou. — Você me alertou e eu não dei ouvidos. Nós somos diferentes. Portanto, é melhor terminarmos seja lá o que tenhamos começado no domingo...

Diego a calou colando a boca na dela e beijando-a. Dessa vez a beijou com brusquidão, e ela não teve forças para se afastar.

— Não vamos terminar — disse ele sobre os lábios quentes dela.

— Você está brincando comigo.

— Não! — disse ela, furioso. — Jamais; entenda bem, Brenda, eu jamais brincaria com você.

A determinação dela começou a ceder.

— Por que estava com ela?

— Eu te pedi que confiasse em mim — recordou e, a seguir, perguntou, educado e em voz baixa: — Por que está com Martiniano? Onde estão as suas amigas?

— Estamos indo à casa de Marti — explicou ela, e ergueu o rosto para encontrar olhos nos quais a exigência se contrapunha à gentileza com que Diego havia formulado as perguntas.

— Você e ele *sozinhos*? — ele a fitou com uma sobrancelha arqueada. — Tenho que ficar com ciúme?

Brenda estalou a língua e fez uma careta que provocou risos em Diego.

— Não, você não tem do que ter ciúme — afirmou. — Nem de Martiano nem de ninguém. Comecei a sair com Hugo para esquecer você e foi uma catástrofe. Acho que o fato de eu te amar desde que me conheço por gente é suficiente para você ficar tranquilo. Mas, eu... — desafiou-o com o olhar — O relacionamento de vocês é sério? Me diga ao menos isso.

— Não mais.

— Por que ela tocou seu rosto?

— Para te provocar. Ela tem ciúme de você desde o dia em que te conheceu.

— Ela sabe de nós?

— Não — replicou ele com firmeza. — E não quero que saiba.

— Por que ela me provocaria se não sabe que nós estamos juntos?

— Eu já disse, porque ela tem ciúme de você desde o dia em que te conheceu. Além do mais, ela me conhece como ninguém e pressente que eu sinto algo por você.

A primeira metade da última frase reacendeu o ciúme e a raiva de Brenda. Sim, Carla o conhecia como ninguém. A outra metade, que ele sentia algo por ela, suavizou o sentimento negativo causado pela primeira.

Os dois sustentaram o olhar em um silêncio eloquente. Parecia mentira que Diego a contemplava com desejo. Ela se remexeu para indicar que queria que ele afrouxasse os braços e liberasse suas mãos. Desejava tocá-lo. Ele cedeu.

Brenda acariciou a testa dele e percorreu a borda da bandana que a cobria em parte. Traçou o contorno de suas maçãs do rosto. Diego baixou as pálpebras e Brenda o sentiu relaxar. Continuou a tocá-lo porque percebia que ele estava curtindo. Decidiu que um dia lhe faria uma massagem.

— Tenho ótimas notícias — sussurrou ela enquanto enroscava seus dedos na barba dele.

— Você estar aqui é a melhor notícia de todas — replicou ele, ainda de olhos fechados, entregue às carícias.

Brenda riu, feliz e lisonjeada. Atraído pelo riso dela, Diego ergueu as pálpebras e a encarou. Pegou-a pela nuca e a beijou. Brenda o surpreendeu ao chupar o lábio inferior dele e penetrar sua boca com uma língua impetuosa. Diego gemeu colado na boca de Brenda. Levou uma mão à bunda dela e a puxou contra sua pelve. Brenda intensificou o beijo e acompanhou Diego no movimento ondulante que tanto havia detestado quando Hugo a beijava. Mas os beijos de Diego a faziam estremecer. Repetia-se a experiência avassaladora do primeiro beijo na academia.

O toque de um celular – o de Brenda – os assustou. Ficaram quietos, tensos, bocas unidas, mãos enterradas na carne um do outro, respiração superficial que acariciava a pele crispada dos dois. Brenda se esticou para alcançar a bolsa. Diego não queria soltá-la. Ela tateou às cegas até encontrar o aparelho. Ele apoiava a testa na têmpora dela enquanto ela destravava o aparelho com o polegar direito para ver quem havia mandado mensagem.

— É Marti — informou. — Está perguntando onde eu me meti. Vão perceber que estamos juntos.

— Não — protestou Diego. — Martiniano acha que ainda estou na calçada com Carla. Saia você primeiro. Eu vou depois, quando vocês já tiverem ido e o negócio aqui baixar — disse, apontando para o volume que erguia o tecido branco do macacão.

— OK — respondeu Brenda, de repente triste porque tinham que se separar.

Diego a deteve segurando-a pelo queixo.

— Por que você está sozinha com Martiniano?

— Estou indo dar aula de canto a Belén, irmã dele, na casa deles.

Diego arqueou as sobrancelhas em sinal de espanto.

— Gabriela me ligou na semana passada para dizer que Belu a estava deixando louca, que queria que me perguntasse. Eu sei que sou cara de pau por aceitar sem ser uma profissional, mas...

— Você tem uma das melhores vozes que já ouvi na vida — disse Diego. — Não vejo a hora de gravar você cantando para depois te ouvir quando estiver sozinho. Vai me fazer gostar de ópera. Quais eram as boas notícias que você tinha para me dar?

— À noite eu ligo e te conto — propôs Brenda. — Não quero me atrasar para a aula de Belén. Ela está muito ansiosa. Ontem à noite me mandou um áudio e hoje de manhã uma mensagem. Está louca para virar uma Katy Perry — disse e sorriu.

Diego a beijou rápida e vorazmente antes de deixá-la partir.

* * *

Ela voltou contente para casa depois do sucesso da primeira aula de Belén. Ficou surpresa ao encontrar Ximena, que voltara mais cedo que de costume; havia tirado a tarde para ir à ginecologista.

Depois de trocar de roupa e ficar à vontade – sua mãe era taurina dos pés à cabeça –, Ximena juntou-se a Brenda na cozinha para tomar mate. Brenda serviu o primeiro e o passou à mãe. Bastou uma breve troca de olhares para que Ximena declarasse:

— Você quer me contar alguma coisa, mas não tem coragem.

— É meio decepcionante você ler minha mente — resmungou Brenda.

— Não leio tudo que está na sua mente — disse a mãe —, só aquilo que você quer que eu leia. Ande, diga.

Brenda inspirou fundo e baixou os olhos antes de confessar:

— Mamãe, decidi largar a carreira de contadora.

— Diego reaparece e você decide largar a faculdade? — inquiriu Ximena.

Brenda se espantou; nunca mais tinham falado do assunto desde aquela tarde de quinta-feira, 7 de abril, quando enfrentara a mãe e cobrara dela o fato de ter escondido cinco anos da vida de Diego. Decidiu ser prudente e demonstrar uma reação natural. Enganar uma mulher vivida como Ximena não era fácil, mas era necessário. Doía em Brenda esconder de Ximena sua grande felicidade, mas a mãe não teria aprovado sua escolha; e a teria combatido. Brenda tinha medo de sua teimosia e perseverança taurinas.

— Estou pensando em largar ciências econômicas já faz tempo, e você sabe — recordou Brenda. — Depois que Ceci leu meu mapa e eu entendi tantas coisas que acontecem comigo, caiu a ficha e eu entendi por que odeio esse curso.

— Não nego que a astrologia é uma ferramenta útil — concordou Ximena —, mas não quero que você se perca em um pensamento romântico que não vai te levar a lugar nenhum. A realidade é dura e uma só.

— Meu sonho é a música, mãe. Não é à toa que eu estudo canto duas vezes por semana há quatro anos. É meu momento de felicidade, quando realmente sou eu mesma.

— Só faltam dois anos para você se formar — recordou Ximena. — Por que não faz um esforço e termina a faculdade?

— Com dois anos de curso já tenho diploma de analista administrativa contábil — informou Brenda. — Para mim, dá e sobra. Não quero mais números, nem status contábeis, nem resoluções técnicas. Não aguento isso.

— Quais são seus planos?

— Juliana Silvani me recomendou estudar no Conservatório de Música.

— O Manuel de Falla?

— Sim, o Manuel de Falla — confirmou. — Eu começaria ano que vem.

Mais tarde, enquanto jantavam, Ximena tocou no assunto; Lautaro olhou para a irmã.

— Tem certeza? — perguntou, com um tom que parecia sereno, mas que escondia uma nota dominante.

— Sim, absoluta.

— Bianca disse que você tem uma voz maravilhosa — disse ele. — Se ela, que canta como uma deusa, diz isso... — acrescentou, e voltou o olhar para o prato.

— Mas ninguém faz nada *só* com uma bela voz — apontou Ximena. — Para ter sucesso...

— Mamãe — interrompeu Brenda —, só dar aulas de canto para mim seria suficiente. Hoje me senti ótima dando aula a Belén, e no sábado passado saí flutuando do orfanato do padre Antonio.

Ximena assentia, séria. Não parecia convencida.

— Se deixar a faculdade agora, o que vai fazer o dia inteiro? — perguntou. — Não vai poder entrar no conservatório, porque as aulas já começaram.

— Durante o resto do ano vou estudar piano com Juliana e continuar aperfeiçoando a voz — disse Brenda. — Além das aulas de Belén e dos sábados no orfanato, fui convidada para um projeto — explicou, e contou a eles sobre a tarde de canto lírico na catedral de Avellaneda.

13

No dia seguinte Brenda foi à faculdade, mas não assistiu às aulas. Esteve na secretaria e deu início ao processo para obter o diploma intermediário. Como se fosse uma confirmação cósmica de que estava dando o passo certo, padre Antonio ligou enquanto Brenda esperava Millie e Rosi na lanchonete para almoçar.

O sacerdote lhe informou a data do evento lírico. O bispo havia autorizado o domingo, 12 de junho, às quatro da tarde. Brenda calculou que teriam uns cinquenta dias para preparar a apresentação. Quanto ao repertório, o bispo lhes deu liberdade para escolher; a autoridade eclesiástica só exigiu que acrescentassem uma interpretação religiosa, como a "Ave Maria", de Schubert. Brenda ligou para Bianca Rocamora logo a seguir, mesmo sem esperança de que ela atendesse. O cosmo continuava confirmando que estava indo pelo caminho certo quando Bianca atendeu. Informou a ela data, hora e as demais condições. Bianca, por sua vez, confirmou a participação de Jonás e Eugenia, o barítono e a mezzo-soprano.

— Temos tempo — disse a estudante do Colón —, mas é melhor começar a ensaiar o mais rápido possível.

— Silvani me ofereceu o estúdio dela — comentou Brenda. — Inclusive, disse que nós podemos contar com ela ao piano.

— Não acredito! — exclamou Bianca, admirada. — Silvani é meio inalcançável no instituto. Seria maravilhoso conhecê-la fora desse ambiente. Vou falar com Jonás e Euge e ligo à noite para marcarmos o primeiro ensaio.

Brenda desligou, fechou os olhos e inspirou fundo para controlar a emoção. Pouco depois chegaram Millie e Rosi, que a encontraram com as faces coradas, os olhos cintilantes e um sorriso permanente. Emocionaram-se ao brindar com refrigerante por seu futuro na música, e Brenda deu uma choradinha ao tomar real consciência de que não mais passaria as manhãs com suas amigas nem se reuniriam para estudar. Compreendeu que, se havia conseguido completar dois anos naquele mundo de números e balanços tão alheio a seu coração pisciano, era devido à presença constante e sólida das duas amigas que considerava suas irmãs. Sua Lua em Câncer, como explicara Cecilia, a levava a se agarrar a realidades em que se sentia à vontade e em família, mesmo que não fossem benéficas. Romper o esquema infantil a assustava, ao mesmo tempo que a obrigava a se transformar em uma mulher independente.

Ela chegou meia hora mais cedo à casa da rua Arturo Jauretche. Lita a esperava com o mate pronto. Abraçaram-se. A idosa era pequenina, baixinha. Sentaram-se à mesa e Brenda lhe contou a novidade – que havia abandonado a faculdade de ciências econômicas para se dedicar à música e que, no dia seguinte, na aula de canto, pediria mais aulas a Silvani, inclusive de piano. Queria se preparar para entrar no Manuel de Falla.

— Eu adoraria te ensinar a tocar piano — disse Lita.

— Jura? — perguntou Brenda, entusiasmada. — Não seria muito compromisso para a senhora?

— Que compromisso que nada! — disse a idosa, com fingida exasperação. — Seria uma honra. O piano está aqui na casa de Dieguito, onde a banda ensaia.

Lita começou a fazer planos e a propor dias e horários. Em uma pausa para servir um mate, comentou sem olhar para Brenda:

— No domingo fomos visitar Dieguito lá na casa. Você já havia ido embora. No fim, você foi, não é? — perguntou, curiosa, pois na sexta-feira anterior Brenda dissera a Manu e Rafa que precisava estudar.

— Os meninos nos convidaram para um churrasco — respondeu Brenda vagamente. — Tivemos que ir embora cedo — comentou, sem se aprofundar.

— Não falei muito com Dieguito porque aquela mulher...

— Carla?

— Ela mesma — afirmou Lita com desdém. — Mas o achei muito contente. Olhei-o nos olhos e me dei conta de que alguma coisa havia acontecido. Algo muito bom. — A idosa lhe dirigiu um olhar resoluto. — Sei que tem a ver com você, Brendita. Não me pergunte como eu sei. Eu intuo as coisas sem que ninguém me diga nada.

— Entendo — disse Brenda, imaginando que posição ocupava o intuitivo Netuno no mapa astral de Lita.

Ela se debatia entre guardar segredo e revelar que sentia uma alegria imensa por ter transformado em realidade seu maior sonho – namorar Diego Bertoni. Queria gritar isso aos quatro ventos, mas não podia.

Aproveitou que a idosa havia mencionado sua rival para perguntar:

— Desde quando Diego e Carla se conhecem?

— Nossa — suspirou Lita —, há muitos anos. — Elevou o olhar ao teto como quem faz cálculos. — Se bem me lembro, ele a conheceu em 2010, mais para o fim do ano.

Batia com a data em que Brenda a vira pela primeira vez, no verão de 2011, na porta da fábrica.

— Ele a trouxe pela primeira vez aqui no aniversário de Silvia, que é em meados de novembro, por isso me lembro. Não gostei dela — declarou com segurança. — Era muito bonita, não nego, mas me pareceu falsa. Muito falsa — enfatizou —, como se estivesse atuando. Depois, fomos sabendo de coisas que confirmaram minha primeira impressão.

— Que coisas? — pressionou Brenda, mas logo se justificou: — Lita, não pense que sou fofoqueira. É que tudo que tem a ver com Diego me interessa demais. Morro de vontade de saber sobre a vida dele — confessou.

Lita deu um tapinha na mão de Brenda.

— Claro que você não é fofoqueira. E eu contaria qualquer coisa sobre Diego para você, porque tenho a firme suspeita de que o amor que você tem por ele é tão grande quanto o meu. E garanto que o meu não tem fim.

De súbito, a visão de Brenda se turvou e um nó se formou em sua garganta. Era sua sensibilidade pisciana batendo forte. Considerava a sensibilidade pisciana suave e doce; ela, porém, era forte, perseverante, firme, tanto que quase parecia ser de Touro. Lita a observava com um meio sorriso, expressão de quem confirma que tem razão. A velhinha lhe serviu outro mate. Continuou falando, ignorando a emoção de Brenda.

— A primeira coisa que soubemos: ela é a irmã mais nova do prefeito de General Arriaga, um dos mais importantes municípios da Grande Buenos Aires.

— Não sei quem é o prefeito de General Arriaga.

— Mais que prefeito, deveríamos chamá-lo de caudilho. É prefeito há muitos anos — afirmou. — Um corrupto, dizem. *Muito* corrupto — enfatizou. — Chama-se Ponciano Mariño.

Carla Mariño, pensou Brenda; era a primeira vez que associava um sobrenome àquele detestado nome, porque, embora fosse sempre mencionada na página do Sin Conservantes, usavam o nome artístico dela, Carla Queen. *Será que era leonina?*, perguntou-se.

— Como se conheceram? Diego e ela — especificou.

— Acho que em um desses lugares a que os jovens vão agora para dançar. Um dos tantos que o irmão dela tem, administrados por aquele cunhado sanguessuga, um tal de Coquito Mendaña, irmão da esposa de Mariño. Um inútil. Silvia o chama de Juancito, por causa de Juancito Duarte, irmão de Eva Perón.

Brenda não entendeu a referência, mas se absteve de perguntar.

— Graças aos contatos dessa mulher — Brenda já havia notado que Lita jamais pronunciava o nome de Carla —, os rapazes começaram a tocar em muitos lugares e a adquirir certa popularidade. E também começou o consumo de drogas e álcool — declarou e baixou a cabeça, desanimada. — Ela o arrastou para esse inferno.

Brenda pegou a mão de Lita enquanto, em uma análise sincera e realista, perguntava-se se realmente poderiam culpar exclusivamente Carla pelos vícios de Diego. Afinal, ela se lembrava dele fumando maconha aos dezessete anos, poucos dias depois da morte de seu pai e muito tempo antes de conhecer Carla. Também não esquecia a vez que ele havia sido preso por dirigir bêbado. De qualquer maneira, precisava dizer algo animador.

— Isso já ficou para trás — disse.

Lita ergueu o olhar e Brenda se comoveu com a dor que transparecia de seus olhos envelhecidos.

— É mesmo, Brendita? Ficou mesmo para trás?

A pergunta a deixou pasma.

— Tem medo de que ele tenha uma recaída?

A mulher mordeu o lábio e negou com a cabeça. Cobriu a mão de Brenda com a dela e forçou um sorriso.

— Não, Brendita, não — repetiu com falsa segurança. — Agora ele tem você. Isso muda tudo.

Lita se referia a eles como se fossem um casal sólido, estável; mas, na realidade, não tinha nem coragem de compartilhar com sua família aquilo que, o que quer que fosse, havia começado poucos dias atrás. Mas achou ridículo continuar negando ali, sendo que a idosa parecia estar a par da situação.

— Ainda me sinto como uma menininha que não entende nada — disse. — Pouco sofisticada. Não vivi o suficiente para estar à altura dele. Diego... ele vai se entediar comigo, Lita.

A mulher soltou uma gargalhada que fez Brenda sorrir, apesar do desânimo.

— Você é adorável — afirmou. — Para você, ser sofisticada é se vestir como uma prostituta e descolorir o cabelo? Usar drogas e ficar bêbada é atraente?

— Não, claro que não.

— Cantar rock e poucos minutos depois uma ária como uma soprano profissional... bem, *isso* é ser sofisticada.

O som de um celular quebrou o silêncio que se seguiu a essa declaração. Era Manu mandando uma mensagem para perguntar por que Brenda estava demorando. Ela consultou o relógio: haviam se passado cinco minutos da hora marcada.

— Estão ensaiando a manhã toda — comentou Lita enquanto a acompanhava até uma porta lateral que dava para o corredor externo. — Não sei de que concurso de canto querem participar, mas disseram que, se tiverem você, vão ganhar.

* * *

Brenda bateu na porta da última casa. Manu abriu com um sorriso que transmitia admiração e ansiedade ao mesmo tempo. Inclinou-se para beijá-la no rosto. Brenda franziu o nariz ao sentir o cheiro de maconha que pairava ao redor dele. Deu um passo para trás. Esticou o pescoço e viu numa mesinha de centro uma grande desordem de garrafas de bebida e cinzeiros abarrotados.

— O que foi? — disse Manu, impaciente. — Entre.

Brenda sacudiu a cabeça para negar e lhe cravou um olhar que Cecilia teria classificado de saturnino. "Às vezes", dissera a astróloga, "um pouco de Saturno cai bem, especialmente com um Urano louco e um Netuno sonhador tão fortes como os seus".

— Não — respondeu ela. — É melhor eu ir. — E deu meia-volta.

— Ei, espere! — exclamou ele, e a pegou pelo braço. — O que deu em você?

— Me solta, Manu — exigiu Brenda enquanto pensava: *Sim, com Marte, o guerreiro, em conjunção com o Sol, às vezes me dá a louca e ninguém me reconhece.*

— Tudo bem, eu solto. Mas me fala o que aconteceu.

Rafa apareceu e observou a cena com olhos estreitos e cara de sono.

— Olá, Bren — disse, com um sorriso bobo.

— Olá — respondeu Brenda, sem sorrir, sem humor.

— Não vai entrar? — estranhou Rafa. — Estamos loucos para ensaiar com você.

— Não, acho que é melhor eu ir embora. Não sou o tipo de garota de que vocês precisam.

— Que bobagem é essa, Bren? — gargalhou Manu. — É justamente de você que nós precisamos para tocar como antes de novo.

— Garanto que não, Manu.

— O que foi que te incomodou? — perguntou Rafa, preocupado, sóbrio de repente.

— O fato de vocês fumarem e beberem. Eu não poderia passar cinco minutos na mesma sala com vocês com toda essa fumaça e esse cheiro de bebida. E é evidente que vocês não podem viver sem essa porcaria. Por isso — decretou, e apertou os lábios —, é melhor nós pararmos por aqui. Está tudo bem, mas...

— Não! — disse Manu, desesperado. — Não — reiterou mais calmo. — Nós podemos viver sem essa merda toda, Bren.

— Não minta, Manu. Seu melhor amigo está preso em um centro de reabilitação e vocês vêm fumar maconha e beber vodca na casa dele? Que espécie de amigos vocês são? — censurou e tentou ir embora de novo.

Sem encostar nela, Manu a impediu de avançar colocando-se diante de Brenda no estreito corredor.

— Não vá, Bren. Eu imploro.

— Sério, Bren — pediu Rafa. — Nós não víamos a hora de você chegar. A banda seria o máximo com você como vocalista.

— Eu amo cantar e amo música, Rafa, mas detesto o fato de que as drogas e o álcool tenham que ser parte desse mundo como se fossem indispensáveis. Parece que sem isso não é possível fazer boa música.

— Claro que é possível! — garantiu Manu, e ergueu os braços ao céu em um gesto desesperado. — É possível, Bren — reiterou mais comedido e cobriu a cabeça com as mãos. — Não vá embora.

— Vamos combinar umas condições — propôs Rafa, afastando Manu para ocupar seu lugar em frente a Brenda e lançando a ela um olhar de súplica que tocou seu coração pisciano. — Nada de maconha nem de bebida enquanto estivermos com você e durante o trabalho.

— E nada de cigarro — acrescentou Brenda. — Não vou virar fumante passiva.

— OK, nada de cigarro — concordaram os dois em uníssono.

Rafa estendeu a mão para selar o acordo. Ela a aceitou depois de encará-la com desconfiança. Manu tentou abraçá-la em um gesto conciliador, mas Brenda o deteve.

— Não se atreva a me contaminar com esse cheiro de maconha. Detesto.

O garoto deu um passo para trás, levantando as mãos para indicar que não a tocaria. Entraram, mas Brenda não permitiu que fechassem a porta de entrada. Ela começou a percorrer a casa sem lhes dar atenção, com o único propósito de abrir as janelas e gerar correntes de ar para levar embora o ar parado e fedorento. Pediu sacolas plásticas e eles lhe entregaram duas. Limpou a mesa, jogando fora as garrafas, mesmo as que não estavam vazias, e esvaziando os cinzeiros. Havia também caixas com restos de pizza, pratos e talheres sujos, lenços de papel amassados e farelos por todo lado. As coisas que não foram para o lixo acabaram nas mãos solícitas dos rapazes, que as levaram à cozinha.

— Enquanto ventila — propôs Rafa —, quer ver a casa?

Brenda teria gostado de conhecê-la com Diego, mas assentiu, tentando disfarçar a decepção. O *tour* durou pouco; a casa não era muito grande. Começaram pelo andar de cima, subindo por uma escada nem larga nem estreita, do mesmo granito da entrada e com guarda-corpo de ferro preto. Havia dois quartos, nenhuma suíte, ambos sem móveis, com exceção dos guarda-roupas e dois colchões jogados no chão. O banheiro era comprido, com aqueles azulejos turquesa típicos dos anos 1970. Embaixo ficava a cozinha, uma sala de jantar, um lavabo e a sala de estar – que, informou Manu com orgulho, eles mesmos haviam tornado à prova de som usando tapetes, tiras de pano, painéis isolantes de espuma de borracha e trocando a janela por uma de alumínio com vidro antirruído e fechamento hermético.

— Conseguimos trocar a janela porque El Moro é um mestre da alvenaria — acrescentou Manu.

— Seu Bartolomé ensinou tudo para ele — explicou Rafa.

Brenda os ouvia explicar o que haviam feito enquanto, parada no meio da sala, observava as caixas de som, os teclados e demais equipamentos que não identificava. O piano vertical de Lita destoava da modernidade dos outros instrumentos: a bateria, duas guitarras elétricas, uma acústica e um baixo, que ela identificou devido às quatro cordas. Estava no coração do Sin Conservantes.

Ela inspirou o aroma peculiar e pungente do recinto, certamente da espuma de borracha e da cola com que haviam fixado os painéis acústicos nas paredes e no teto.

— Há um cheiro estranho aqui — comentou.

— É o produto antichamas — respondeu Manu. — Tivemos que passar esse líquido fedido em tudo, do chão ao teto. Em tudo — enfatizou.

— É por causa do risco de incêndio por curto-circuito — explicou Rafa.

Brenda assentiu em silêncio e foi até a janela, cujo vidro, opaco de tanta sujeira, lhe permitiu entrever com dificuldade um jardim muito descuidado nos fundos. Imaginou-o arrumadinho, com flores. Teve vontade de decorar a casa, decrépita e sem móveis, à exceção da mesa da sala de jantar, o jogo de cadeiras velhas, um sofá marrom de três lugares, com o estofado de couro sintético cheio de buracos de cigarro, e duas poltronas desconjuntadas, uma delas apoiada em uma pilha de livros.

— Foi aqui que vocês gravaram o CD que vendiam pelo Facebook?

— Não — riu Manu. — Aqui é impossível gravar qualquer coisa. A acústica não é boa, sem falar que não temos tecnologia para isso. Aqui nós só ensaiamos.

— Gravamos em um estúdio — explicou Rafa.

Manu propôs voltarem à sala de jantar.

— Já saiu o cheiro de maconha e bebida? — perguntou e, ao ver que Brenda assentia, foi fechar a porta principal e as janelas.

A sala escureceu notavelmente, e não porque a casa tinha pouca luminosidade, mas sim porque os vidros sujos limitavam a entrada de luz. O mau cheiro havia saído, mas persistia um odor indefinido, não intenso, mas também não agradável.

Foram para a cozinha preparar mate. Sacos de lixo – os que ela havia enchido e outros mais antigos – acumulavam-se em um canto e emanavam um cheiro nauseabundo. Rafa a viu os observando e propôs:

— Manu e eu vamos pôr o lixo lá fora e você vai preparando o mate, pode ser, Bren?

Ela assentiu. Foi lavar as mãos no lavabo — um recinto pequeno e lúgubre devido à decoração fora de moda e à sujeira. O sabonete era velho e estava ressecado e rachado; usou-o mesmo assim. Decidiu secar as mãos com seus lenços de papel depois de observar a toalha de uma cor imprecisa, entre o bege e o cinza, com manchas escuras.

Voltou à cozinha e ficou parada na porta, observando a bagunça de copos, pratos e talheres, tudo empilhado na bancada e dentro da pia. Aproximou-se como se estivesse se dirigindo à jaula de uma fera. Passou o olhar pelos restos de comida seca nos pratos. O aço inox da pia estava opaco e o mármore branco da bancada tinha certos veios que – Brenda tinha certeza – não faziam parte do desenho natural da pedra.

Ela lavou a chaleira várias vezes antes de pôr a água para ferver. Fez o mesmo com a garrafa térmica e a bomba – medidas que eram um ato reflexo diante da sujeira que a circundava, mas que pouco ajudavam a mudar a situação. Ela não era especialmente organizada nem apaixonada por limpeza, mas diante daquele caos notou que sempre tinha valorizado a ordem, a limpeza e os bons aromas de seu lar. Além do repúdio à sujeira imperante, despontava outra sensação nela, que identificou como raiva e ciúme. "Esta é a casa de Diego", recordou, "que Seu

Bartolomé decidiu deixar para ele". Incomodava Brenda que os amigos dele não cuidassem dela. Será que Diego tinha visto o estado em que se encontrava? Ou teria mudado tanto em consequência de seus vícios a ponto de virar desorganizado e porco? Evocou as vezes, durante a infância e os primeiros anos da adolescência, que entrara no quarto dele e se impressionara com o capricho e a limpeza reinantes. Agora conhecia a origem de sua personalidade organizada: o Sol na constelação de Virgem. Será que a cocaína o fizera mudar tão profundamente a ponto de apagar uma característica com a qual havia nascido?

Os rapazes voltaram e a encontraram à mesa, pronta para servir o primeiro mate. Como estava brava, ela fez Manu se calar e exigiu:

— Antes de mais nada, eu quero saber, e quero que me digam sem rodeios, por que me chamaram para cantar na banda se vocês já têm uma voz feminina. E muito boa — acrescentou.

Os músicos trocaram olhares sérios. Manu tomou a palavra.

— Não estamos de boa com Carla — confessou. — Queremos nos livrar dela.

— Nunca gostamos muito dela — acrescentou Rafa. — Ela canta muito bem, mas é cheia de mimimi e sempre arranja confusão. É como se ela *gostasse* de confusão — observou. — Nós a aguentávamos por causa de El Moro e porque o irmão dela, prefeito de General Arriaga — pontuou —, arranjava a maior parte dos nossos shows. Mas desde que aconteceu aquilo...

— O que aconteceu? — perguntou Brenda; não lhe importava que a considerassem fofoqueira.

De novo os rapazes trocaram olhares eloquentes.

— Carla disse que o Sin Conservantes estava ficando pequeno para ela e que queria fazer carreira solo — contou Manu.

— Nossa — exclamou Brenda, espantada. — E Diego? O que ele disse?

— Ficou fulo — interveio Rafa. — Brigaram.

— Como Carla ia fazer para começar uma carreira solo? Não é fácil — argumentou Brenda.

— É, não é fácil — concordou Manu —, mas ela, por um lado, tem o irmão, o prefeito — esclareceu —, que tem dinheiro que não acabava mais. Por outro, ela conhece um cara da época em que dançava no *Pasión Cumbiera*. Ele prometeu que a transformaria em uma estrela.

— *Pasión Cumbiera*? O que é isso?

Manu e Rafa riram baixinho.

— É um programa de TV — explicou Rafa. — Um programa de cúmbia. Passa aos sábados à tarde no canal Música y Basta. Não é o tipo de coisa que você veria, Bren.

— E vocês veem?

— Nós não curtimos cúmbia — explicou Rafa —, só rock. Mas Carla começou nesse mundo da cúmbia. Um ambiente bem pesado.

— O produtor do programa a viu ano passado em um dos nossos shows — retomou Manu — e propôs a Carla uma carreira como cantora.

— E? — perguntou Brenda. — Ela começou?

Manu e Rafa deram de ombros e expressaram desinteresse ou ignorância, mas Brenda percebeu que eles sabiam mais do que estavam revelando.

— Mas Carla e Diego não estão brigados — alegou. — Ela vai na casa para se encontrar com ele, que dá trela.

— Eles são assim — disse Manu, evasivo. — Primeiro se matam e depois se ajeitam.

— Mas eles não se ajeitaram — argumentou Brenda.

— Não — concordou Rafa —, dessa vez não. Carla pisou feio na bola. E não estou falando só da traição que foi querer seguir carreira solo.

— Ah, não? O que mais ela fez? — De novo olhares circunspectos.

— Digam! — exigiu. — Quero saber no que estou me metendo. Não quero tomar uma decisão sem saber das coisas. Não quero roubar o lugar de Carla e...

— Você não está roubando o lugar dela, Bren — interrompeu Manu, de repente sério e firme. — Carla traiu El Moro com o produtor do *Pasión Cumbiera*.

— Ah!

— Parece que o preço pela carreira solo era ser amante do sujeito — deduziu Rafa.

— Como Diego ficou sabendo?

— Recebeu um vídeo de Carla transando com o produtor em um camarim do canal; pelo menos era o que parecia.

— O quê? Pobre Diego... Que chato...

— Um pouco mais que chato, eu diria — comentou Manu. — O sujeito deu queixa contra Diego por entrar na casa dele e lhe dar uma surra. Diego acabou preso. Como sempre, sua mãe o tirou da cadeia. O advogado conseguiu a liberdade para ele e o levou para a casa de reabilitação.

— Meu Deus do céu — murmurou Brenda. — Mas, se ela o traiu com aquele sujeito, por que continuam se vendo?

— É complicado — sentenciou Rafa.

— Ela foi se encontrar com ele em um domingo, na casa — retomou Manu —, e contou que tinha recebido o diagnóstico de câncer de mama.

— Ah! — exclamou Brenda.

— Isso fez El Moro amolecer.

— Coitada — sussurrou ela.

— Sim, coitada — repetiu Manu, com um tom sarcástico e desconfiado.

— Não tem pena dela? — perguntou Brenda, intrigada.

— Não é isso — justificou Manu. — É que não sabemos se é verdade. Ela não perdeu nem um fio de cabelo.

— Ela diz que é porque está fazendo radioterapia, não químio — apontou Rafa. — Quando eu perguntei, ela disse: "Quer que lhe mostre o peito todo queimado?". Claro que eu disse que não. Ela *sabia* que eu ia dizer não.

— É muito mentirosa — insistiu Manu.

— Ela não mentiria sobre algo tão sério! — disse Brenda, escandalizada.

— Ah, mentiria — afirmou Manu. — Carlita Queen mentiria sobre qualquer coisa para segurar El Moro.

Brenda relembrou o olhar de sua rival, e, embora não quisesse admitir em voz alta, sabia que Manu estava dizendo a verdade: Carla Mariño seria capaz de qualquer estratagema para não perder Diego. E agora, além de ficar com o homem que Carla cobiçava, ela ocuparia seu lugar na banda. Sentiu medo.

— Quem mandou o vídeo para Diego? — inquiriu Brenda. — O de Carla com o produtor no camarim — explicou.

— Não sabemos — respondeu Manu. — Pode ter sido o próprio produtor para tirar El Moro da jogada — deduziu.

— E como vai a carreira dela como cantora? — insistiu, apesar da indiferença anterior dos rapazes.

— Segundo ela — disse Rafa —, parada até que termine o tratamento do câncer.

— Ah, claro — murmurou Brenda.

— De novo, achamos que ela está mentindo. Com o barraco que El Moro armou, a mulher do produtor ficou sabendo que o marido a traía com Carla. Temos certeza de que o sujeito a deixou para acalmar a esposa, que é filha do acionista majoritário do Música y Basta.

— Então — raciocinou Brenda —, quando acabar o tratamento e estiver melhor, ela vai querer voltar ao Sin Conservantes. Não vai aceitar ficar sem nada.

— Nós achamos — argumentou Rafa — que ela quer formar uma banda com El Moro. Quer se livrar de Manu e de mim.

— Diego jamais abandonaria vocês — defendeu Brenda, e alternou olhares exigentes entre os músicos, que se limitaram a lhe devolver expressões pouco comprometedoras.

— Mas vamos cuidar da nossa vida! — exclamou Manu. — Carla não faz mais parte da banda, pelo menos não da nossa — explicou, e apontou o dedo indicador para os três. — Essa mina não é mais problema nosso.

— Como assim *da nossa*? — estranhou Brenda. — Diego não faria parte dessa banda que nós formaríamos?

— Se ele quiser, sim — respondeu Rafa.

— Vocês acham que ele aceitaria formar uma banda só com Carla? — atreveu-se a questionar.

Não obteve resposta. Os três voltaram o olhar para a porta ao ouvir o som de uma chave na fechadura. Era Diego. Brenda levantou-se uns milímetros da cadeira no ato inconsciente de correr para ele. Deteve-se a tempo, apertando a cuia do mate com uma mão e a garrafa térmica com a outra enquanto o observava cumprimentar os amigos, que se levantaram para recebê-lo com genuína alegria e surpresa. Apertavam-se as mãos executando uma espécie de coreografia e se davam tapinhas nas costas. Manu e Rafa fizeram perguntas, às quais Diego respondeu sem afastar o olhar dela. Devia achar engraçado vê-la vermelha. Brenda não podia evitar, por mais que ficasse constrangida. Como não esperava encontrá-lo, não havia se arrumado muito, de modo que, além de considerá-la uma menininha com as bochechas vermelhas, ele devia achá-la pouco atraente. Repassou mentalmente as condições de sua roupa, cabelo e rosto, mas não viu possibilidades de melhorar nada.

Diego foi até ela com um meio sorriso, usando o olhar para enfeitiçá-la. Brenda tremia, por isso apertou ainda mais as mãos em volta da cuia e da garrafa térmica, tentando controlar a resposta descomunal de seu organismo à inesperada presença dele. O que a consolava era pensar que um dia se acostumaria a vê-lo entrar em um lugar. Diego invadiria seu campo visual sem risco de que ela tivesse uma taquicardia ou de que seu rosto se incendiasse. *Um dia*, pensou. Ele, porém, parecia firme e dono de si enquanto se inclinava, segurava-a pela nuca e se permitia alguns segundos para beijá-la e lhe morder os lábios, até que parou para sorrir, divertido com os comentários de Manu e Rafa, que ela também achou engraçados.

— Não tem um mate para mim? — sussurrou com a testa apoiada na de Brenda e a mão ainda em volta do pescoço dela.

— Esta erva está lavada — disse Brenda — Vou trocar.

Ela foi para a cozinha sentindo seu corpo como se fosse de gelatina. *Isso não é normal*, refletiu. A bem da verdade, a aparição de Diego Bertoni sempre a havia afetado, mesmo quando era pequena, mesmo sabendo que ia encontrá-lo. Ele entrava em um lugar e o coração dela dava um salto; só que antigamente corria para ele, que a pegava no colo e a fazia girar. A confiança era absoluta. No presente, a situação era oposta. Assim como um momento antes havia se mostrado inquisidora e firme com os amigos dele, agora a timidez a atormentava. Sentia-se uma idiota.

Brenda trocou a erva e pôs água para ferver com mãos hesitantes. Decidiu esperar ali, e dar um tempo para Diego conversar com Manu e Rafa. Ou melhor, dar um tempo a si mesma para recuperar o controle. Encheu a garrafa térmica e voltou à sala de jantar. Os rapazes haviam ido para a sala à prova de som. Serviu um mate e o passou a Diego, que sussurrou um "Obrigado".

Rafa estava lhe mostrando o monitor Yamaha e a caixa de som Marshall que havia comprado no Mercado Livre por um bom preço. Seguiu-se uma conversa sobre caixas de som ativas e passivas, *baffles*, amplificadores e impedância da qual Brenda ficou excluída. Mesmo assim, era fascinante para ela estar ali. Não tirava os olhos de Diego;

observava-o enquanto ele prestava atenção ao que seus amigos explicavam sobre a nova aquisição. Adorava vê-lo sorver o mate com ar descontraído. Diego lhe devolveu a cuia sem nem olhar para ela; colocou os fones para testar o equipamento, tocando as notas mais agudas e depois as mais graves do teclado. Fechava os olhos e se concentrava no som com uma atitude profissional e conhecedora. Brenda soube que Diego era feliz naquele ambiente e que os problemas desapareciam da cabeça dele quando ocupada pelos acordes que seus dedos ágeis arrancavam do teclado.

Voltaram à sala de jantar e se sentaram à mesa. Brenda serviu mate para Rafa.

— Estava pensando, Bren — disse Manu. — Você nunca nos fez a pergunta de praxe.

— Que pergunta?

— Por que nós demos à banda o nome de Sin Conservantes.

— Porque eu acho que sei por que a batizaram assim.

— Ah, é? — desafiou Manu. — Por que nós demos esse nome?

— Porque vocês são como os alimentos sem conservantes nem aditivos químicos. São puros, autênticos, sem máscaras nem hipocrisia — acrescentou. — São um bom alimento para a alma.

— El Moro contou para você! — provocou Manu.

— Eu não disse uma palavra. E agora... fora — ordenou, e apontou a porta atrás dele com o polegar.

Manu e Rafa se levantaram sem um pio e Brenda compreendeu que a liderança de El Moro era indiscutível. Manu, porém, sempre provocador, deu uma piscadinha e pediu:

— Não vá embora sem se despedir. Ainda temos que conversar.

Diego esperou com impaciência e com os olhos fixos na mesa até ouvir a porta se fechar. E então, de supetão, pegou Brenda pela cintura, arrancando-lhe uma exclamação, e a sentou sobre seus joelhos. Brenda ria, feliz e espantada, até que ele a calou com um beijo, devolvendo-lhe a seriedade e conduzindo-a àquele ponto de excitação que havia descoberto com ele e que a enchia de pontadas dolorosas.

— Meu Deus — disse Diego em um sussurro ardente —, não via a hora de chegar aqui e ver você.

— Acabaram cedo — comentou Brenda, segurando-se na nuca de Diego, com a boca ainda colada na dele.

— Sim. Hoje eu peguei no pé deles para que acabassem o mais rápido possível. Queria ter mais tempo para ficar com você.

— E os meninos? Estão com sua avó?

— Sim. A velha me dá cobertura.

— Lita é demais!

— Sim — disse ele com uma voz particularmente rouca. — Gostou de eu ter vindo?

— Adorei — afirmou ela enquanto o segurava pelas têmporas e lhe depositava beijinhos no rosto.

Ela se afastou. Diego a observava com um olhar atento. Será que a achava tão atraente quanto Carla? O que havia de verdade entre Diego e sua ex? As revelações de Manu e Rafa se juntavam às peças de um quebra-cabeças que havia começado a montar um pouco antes, durante a conversa com Lita. Odiou a dúvida que despontara, mas era impossível apagá-la da cabeça: será que Diego a estava usando para se vingar de Carla e provocar ciúme nela? *Não seja idiota*, censurou-se. *Lembre-se de que Diego não quer que Carla saiba que vocês estão juntos.* Achava estranho que ele escondesse isso. Sendo amigos, até quando conseguiria sustentar essa situação? Será que esperaria que Carla vencesse o câncer de mama para contar a ela? Que confusão! Por que tudo tinha que ser tão confuso e complicado?

— Como foi que Manu e Rafa se comportaram? — perguntou Diego.

— Muito bem — respondeu em voz baixa, com uma tristeza repentina.

— Ei, o que aconteceu? — perguntou Diego, preocupado, e acariciou o rosto dela.

— Nada, estou bem — afirmou, e tentou melhorar a expressão.

— Sei que é chato nos encontrarmos assim, sempre com pouco tempo e escondidos.

— Os rapazes da casa sabem que estou aqui?

— Não. E Manu e Rafa não vão abrir a boca, fique tranquila. Eu disse que vinha ensaiar uma música que estava compondo, para que me dessem cobertura.

Brenda acariciou a barba de Diego. Olharam-se fixamente.

— Estou feliz por você estar aqui — sussurrou ela. — É a melhor surpresa do mundo. Bem — retificou —, a melhor surpresa foi te ver de novo no dia 7 de abril, depois de cinco anos.

— Dia 7 de abril? — repetiu ele com uma expressão divertida. — Você se lembra do dia?

— Quinta-feira, 7 de abril — completou ela com orgulho. — Nunca vou esquecer o momento em que te vi na escada. — Baixou o olhar. — Também não vou me esquecer de como me tratou.

Diego ajustou os braços em volta de Brenda e encostou a testa na dela.

— Desculpe — suplicou em um murmúrio apaixonado. — Reagi mal.

— Por que você me tratou mal? — perguntou Brenda sem rancor, mas curiosa.

Diego a encarou com uma seriedade que ela se obrigou a sustentar.

— Reagi mal porque gostei de você. Gostei muito. Você estava meio agachada olhando a janelinha colorida e eu, de cima, pensei... — Ele parou e ficou em silêncio, inquieto.

— Pensou o quê? Diga — exigiu ela.

— Pensei: nossa, que bela bunda! — Brenda sorriu automaticamente. — Depois você se virou e te achei linda. — disse ele, e acariciou seu rosto com o dorso áspero dos dedos manchados de tinta.

— Não me reconheceu quando virei o rosto?

— Não. Depois, quando você disse quem era, reconheci. Você estava igual, mas tão diferente ao mesmo tempo. Fiquei gelado.

— E me tratou mal porque gostou de mim?

Diego fez cara de contrariado, esfregou o rosto e soltou um suspiro. Brenda não ia ceder; não teria medo nem recuaria.

— Fazia muito tempo que uma menina não me atraía nem me abalava — admitiu ele. — E o fato de ser justo você...

— A filha de Héctor e Ximena — completou, e Diego deixou cair as pálpebras em um ato de rendição. — Isso ainda pesa para você?

A pergunta o fez reagir. Abriu aqueles olhos que, para Brenda, pareceram mais bonitos do que nunca de tão escuros e enigmáticos; tão duros por um lado, tão suaves por outro, graças à influência dos longos cílios arqueados dele.

— Sim — foi a resposta categórica, e ele a pegou pela nuca e a obrigou a encostar a testa na dele. — Sim — repetiu —, ainda pesa, mas não tem mais volta.

— Não, não tem mais volta — disse ela. — Além do mais, graças a mim você se recompôs — disse, com fingida arrogância. — Eu te trouxe sorte.

Ao notar o sorriso maroto que despontava nos lábios de Diego, Brenda caiu na risada.

— Vamos para o estúdio — propôs ele, referindo-se à sala à prova de som.

Entraram. Diego fechou a porta. Afastou a banqueta do piano e a limpou com a bandana vermelha que tirou do bolso da calça jeans. O banquinho era largo, de couro marrom capitonê, e revelava a idade e o uso em seus rasgos e rachaduras.

— Sente aqui — ordenou Diego, e pegou a mão de Brenda para ajudá-la. — Venha para a borda — indicou, e se colocou atrás dela.

Ela ficou sentada entre as pernas de Diego, com as costas no peito dele. Sentiu essa posição como a mais íntima que haviam compartilhado. Ao mesmo tempo se sentia protegida e desejada. Diego ergueu a tampa do piano e acariciou as teclas sem arrancar nenhum som. Brenda prendia a respiração. O primeiro acorde lhe causou um estremecimento, que foi muito mais que um simples calafrio. Estava começando a aceitar a desmesurada resposta de seu corpo aos simples atos de Diego Bertoni; surpreendiam-na de todas as maneiras, e a assustavam um pouco, porque deixava claro o poder que ele exercia sobre ela. Não só sobre seu corpo; sobre ela *inteira*.

Ele executou várias escalas com uma habilidade que a deixou pasma. Brenda se sentiu tão orgulhosa que se emocionou.

— Eu tinha esquecido como você tocava bem — comentou ela quando Diego parou.

Acariciou as mãos dele, que ainda descansavam no teclado.

— É só a escala maior — disse ele, sem dar muita importância. — É a primeira coisa que se aprende.

— Lita disse que vai me ensinar a tocar piano — anunciou Brenda.

— Minha avó? *Eu* vou te ensinar a tocar piano — replicou ele enquanto continuava brincando com as teclas e executando escalas.

— Você, com seu Marte na Casa I, não vai ter paciência comigo — disse ela sem pensar.

— Com meu o quê? Onde?

— Com seu Marte na Casa I. — A expressão desorientada dele a fez rir. — É o que diz seu mapa astral: que, quando você nasceu, o planeta Marte estava em sua Casa I.

— Você manja de astrologia?

Ela contou a ele sobre Cecilia Digiorgi, de quem Diego recordava das reuniões familiares.

— E você pediu a ela que fizesse meu mapa astral?

— Sim. E ela conseguiu porque minha mãe sabia a que hora em que você nasceu. Ela estava na sala de parto com sua mãe. Ela e Lita — esclareceu.

A escala do piano adquiriu um tom lúgubre e o ar se modificou ao redor de Diego.

— Ter Marte na Casa I — explicou Brenda depressa — quer dizer que você tem o planeta Marte, o guerreiro, o conquistador, na casa da personalidade. Você é muito destemido. Não se incomoda de enfrentar os conflitos; inclusive os procura, porque se sente bem brigando. Você é independente e não admite que lhe deem ordens nem que lhe digam o que fazer. Quer traçar seu próprio caminho.

— Nunca acreditei em astrologia — admitiu Diego —, mas o que você descreveu está bem próximo da verdade. E, sabendo disso, você não tem medo de se envolver com alguém como eu? — perguntou, provocando. — Uma pessoa que gosta de fazer barraco e de arranjar brigas?

— O que eu posso fazer? — respondeu ela com doçura. — Eu te amo, você pode ser o que for.

Uma expressão de surpresa cintilou em Diego. Antes de colar os lábios nos dela, já havia colocado de novo a máscara de cenho franzido e olhar duro. Brenda, contudo, notara, e ainda percebia a emoção que o embargava e que a envolvia também. Também pressentia certa desconfiança, como se Diego não acreditasse nela, ou melhor, como se ele se considerasse indigno de ser amado tão incondicionalmente.

Brenda interrompeu o beijo e sussurrou no ouvido de Diego:

— Eu te amo com todas as forças do meu ser.

— E eu não sei por quê — murmurou ele com a voz fraca, que deixava transparecer a perplexidade que o impedia de acreditar e a humildade que em geral não mostrava porque se agarrava a seu Nodo Sul na constelação de Leão, o rei.

— E eu não sei como poderia ser diferente — replicou Brenda. — Você foi o herói da minha infância.

— Não sou um herói — refutou ele, de repente defensivo. — Sou o contrário.

— Você é o único que me faz feliz — alegou ela. — Você é o único que me beija e me faz esquecer tudo. Você é o único que eu levo no coração desde sempre. Você é o único, Diego.

Depois de se contemplarem sem piscar no silêncio, ela suplicou:

— Acredite em mim, por favor.

A incredulidade desapareceu, assim como as defesas. O cenho e os músculos apertados de Diego se suavizaram, mas Brenda o achou mais sério que nunca. Ele imobilizou o rosto dela antes de beijá-la, mas foi um beijo menos desesperado, mais delicado e reverencial. Ela foi se remexendo até que ele lhe permitiu virar quase completamente o corpo. Riram nos lábios um do outro quando Brenda apertou as teclas com a bunda e produziu sons discordantes. Acabou montada em Diego, que a segurava pelos glúteos.

— Amei a música que você compôs.

— É sua.

— A estrofe que você me mandou ontem à noite é a última? – perguntou ela. Diego assentiu. — Já pensou na música?

— Queria fazer uns testes.

Brenda tentou sair para lhe dar espaço, mas Diego a deteve fechando os braços em torno dela.

— Fique quieta — ordenou. — Ter você assim é melhor que qualquer outra coisa. Conta para mim o que fez hoje — exigiu.

— Ontem eu disse à minha mãe que vou largar ciências econômicas. Hoje fui à facul e iniciei o processo para pegar o diploma de analista administrativa contábil.

— O que Ximena disse?

— Ela me pediu para terminar e depois estudar música, mas eu disse que não.

— Não seria bom? — argumentou Diego.

— Só de pensar em mais dois anos fazendo ciências econômicas, fico deprimida.

Diego beijou a testa dela.

— Entendo. Meu pai queria que eu fizesse esse curso. Acho que teria me enforcado no primeiro mês de aula.

— O que preocupa minha mãe é que eu passe o dia todo sem fazer nada, mas eu expliquei a ela que quero me preparar para entrar no conservatório. Vou estudar piano e continuar com as aulas de canto. Além de Belu e das crianças do orfanato, tenho os projetos da festa e... Ah! — recordou. — No fim, não te contei ontem à noite.

Contou sobre o espetáculo de canto lírico na catedral de Avellaneda. Diego já sabia; padre Antonio havia comentado sobre isso no jantar da noite anterior; inclusive, havia comentado que Brenda sugerira que ele os acompanhasse ao piano.

— Ele me disse que eu podia ensaiar para a festa, mas que não poderia tocar piano.

— Ah, não? — disse ela, desiludida.

— Hoje acabamos o restaurante da mãe de Franco, mas já apareceu outro trabalho. Amanhã de manhã vou com os rapazes fazer o orçamento. É em Wilde — acrescentou —, ficaria muito complicado.

— Tudo bem.

— Mas a boa notícia é que ele me autorizou a passar o domingo aqui para ensaiar para a festa.

— Que legal! — exclamou Brenda, e fechou os braços em volta do pescoço dele.

— Como é fácil fazer você feliz — comentou Diego.

— É fácil para você — corrigiu ela —, pelo que significa para mim.

Ela o observou com muita atenção; queria medir o efeito de suas palavras. Descobriu que faziam Diego se sentia lisonjeado, sem dúvida, mas também tenso. Será que deveria começar a se controlar e evitar esse tipo de declaração tão aberta e sincera? Poderia acabar assustando-o. As mesmas perguntas de sempre; o mesmo silêncio como resposta. Não sabia como se portar diante dele. Diego Bertoni seria demais para ela, uma inexperiente menininha mimada? Será que desconhecia as profundezas às quais as drogas e o álcool o haviam conduzido? Ele entrara na casa do amante de Carla e lhe dera uma surra. Imaginava-o furioso, atacando como um touro, o rosto transfigurado pela ira.

— O que eu significo para você? — pressionou ele, e Brenda pensou que, diante das circunstâncias, não podia dar para trás e responder com base no medo.

Ficou olhando para ele, não porque precisasse pensar na resposta, e sim porque precisava de tempo para descobrir como dizer que ele era tudo, mas sem ficar tão exposta.

— Você é meu pensamento — respondeu. — Está sempre em minha cabeça.

— O tempo todo? — insistiu ele, não mais com incredulidade, e sim com uma expressão suavizada pela emoção.

— O tempo todo — ratificou ela.

— E você está o tempo todo nos meus pensamentos desde o dia 7 de abril — disse ele, e sorriu, um sorriso expansivo que confirmava o que Millie havia declarado: Diego tinha o sorriso mais bonito do planeta.

Ela o beijou, decidida, com o desejo e a loucura que lhe provocava o fato de saber que Diego era seu. Quanto mais se convencia de que o havia conquistado, mais atrevido se tornava o beijo. Diego demonstrou seu apetite tirando sua blusa de dentro da calça e deslizando as mãos pelas costas nuas dela. Brenda estremeceu ao sentir o contato e interrompeu o beijo quando Diego pegou seus seios; era a primeira vez que ele fazia isso. Jogou a cabeça para trás e gemeu, desmanchando-se pelas sensações que os polegares dele provocavam ao passar por seus mamilos endurecidos por dentro do sutiã. Iam e vinham em um ato quase indolente que ele devia ter executado milhares de vezes em outros seios. Para ela, porém, era a primeira vez; não a primeira vez que um garoto tocava seus seios, mas a primeira vez que por causa desse gesto tão simples ela se encontrava prestes a explodir.

Bateram na porta e Brenda se assustou.

— Puta merda — murmurou Diego, sem tirar as mãos de onde estavam. — Que é? — perguntou de mau jeito.

— Podemos entrar? — perguntou Rafa.

— Esperem um instante — replicou Diego com voz firme.

Brenda se levantou e enfiou a blusa dentro da calça enquanto Diego ia em direção à janela. Apoiou-se e se inclinou, como se estivesse interessado no jardim.

— Esses vidros estão sujos demais — comentou, furioso. — Você deve ter achado a casa um nojo — acrescentou, sempre de costas para ela.

Brenda se aproximou e o abraçou por trás. Diego afastou as mãos delas gentilmente, mas com firmeza.

— Não. Preciso que amoleça — justificou.

Ela voltou à banqueta e se sentou em frente ao piano. Tentou imitar a escala que Diego havia executado, mas não conseguiu; na verdade, produziu um som dissonante e desagradável.

— Como posso ajudar? — perguntou, e tornou a tocar sem harmonia. — A amolecer — esclareceu.

Ouviu-o gargalhar e se voltou para não perder o espetáculo do riso dele. Diego estava se dirigindo à porta. Abriu-a e, sem dizer uma palavra, voltou para o banquinho e se sentou de novo às costas dela. Manu e Rafa entraram. Brenda não se atrevia a encará-los, de modo que ficou quieta, a salvo entre os braços de Diego, que tirou uma folha de papel do bolso de trás da calça e a alisou para suavizar as dobras antes de colocá-la no atril do piano. Estava cheia de pautas musicais desenhadas a mão e cobertas por notas. Ele começou a brincar com as teclas de um jeito descontraído, sem pressa.

— O que está tocando? — perguntou Manu.

— Uma música que estou compondo.

— Andou compondo?

O espanto no tom de Rafa não passou despercebido para Brenda.

— Quer tocar para nós — prosseguiu Rafa?

Diego alongou e flexionou os dedos. Apoiou-os com delicadeza sobre o teclado e Brenda notou que, independentemente das unhas quebradas e das manchas de tinta, eram lindos, longos, finos, levemente cobertos por pelos avermelhados. Limpou a garganta.

Após os primeiros acordes, entrou a voz peculiar de Diego, pela qual era conhecido, rouca e de um registro muito baixo, muito grave, muito grunge – como definiria um conhecedor de soul, um misto da voz de Kurt Cobain com a de Layne Staley. Diego também era hábil no *scat* e nos *falsettos*, com uma ductilidade que lhe permitia lançar mão do *crooning* para cantar baladas românticas ou usar o rap com a mesma destreza. Sua versatilidade era admirável. Contudo, faltaria uma voz feminina se quisesse acrescentar notas mais elevadas às composições. Ela ficou preocupada ao perceber a ausência de uma técnica de canto – ele nem sequer havia feito exercícios de aquecimento. No futuro, isso causaria um dano irreparável à voz dele, como havia acontecido com alguns grandes nomes do rock.

Brenda esqueceu a preocupação de imediato, impactada pelo efeito que a voz de Diego lhe causava. Era uma voz que a percorria – a percorria *fisicamente*, como se sobrevoasse sua pele e a fizesse se arrepiar. Concentrou-se nas estrofes. Já as havia lido noite após noite nas mensagens dele e adorado cada palavra. A música do piano as elevava a uma dimensão superior, que mal deixava Brenda respirar. Jamais teria imaginado essa melodia lenta e obscura que depois, no refrão, se tornava rápida e grudava no cérebro. O contraste era surpreendente e emocionante. A criatividade de Diego Bertoni a deixava maravilhada.

Ali, entre os braços dele e suspensa na aura gerada pelas vibrações daquela voz tão peculiar, Brenda soube que Diego era seu destino. Isso não deveria tê-la surpreendido; não deveria viver isso como uma descoberta; não era uma novidade que ela o amasse e fosse obcecada por ele. Contudo, a certeza se materializou naquele momento em que a música e a letra os transformavam em um único ser, dois corpos e um espírito. Talvez fosse isso: descobrir que o sentimento unilateral havia mudado e se transformara em algo precioso e único dos dois.

Os olhos dela se encheram de lágrimas. Diego beijou sua face como se pressentisse sua emoção. Brenda levou a mão para trás e acariciou sua barba enquanto ele executava as últimas notas no piano. Depois de um silêncio, Manu e Rafa assobiaram e aplaudiram. Diego apertou os braços em torno dela e sussurrou em seu ouvido:

— Gostou?

Ela virou o rosto só o suficiente para fitá-lo e encontrou os olhos de Diego marejados.

— Demais — respondeu com a voz trêmula. — É demais. Original e viciante.

Manu e Rafa interromperam o momento fazendo perguntas e propondo os ajustes e mudanças necessários para tocar a música com os instrumentos de corda e a bateria. Diego explicou que usaria também o teclado. Colocou a guitarra elétrica a tiracolo, Manu pegou o baixo e Rafa se agachou para ligar uns aparelhos conectados à bateria. Brenda, ainda na banqueta, observava enquanto eles se inclinavam sobre a folha com as pautas e estudavam a melodia. Testaram na guitarra, no baixo, enquanto Rafa se sentava à bateria, pegava as baquetas e tocava. Absorvia a cena com uma alegria incontrolável que provinha de saber que estava onde devia estar.

— Vou reescrever essa música para Brenda, com as notas apropriadas para os registros dela — disse Diego, fazendo o coração dela disparar.

— Você escreveu essa parte com notas muito agudas — apontou Rafa. — Você não alcança esses registros nem a pau.

— Acabei de cantar essa parte com as notas adequadas para minha voz, mas a escrevi assim porque quero que Brenda a cante sozinha.

Ele falou sério, com aquele ar profissional que a impressionava e a seduzia, que o afastava dela e ao mesmo tempo a fazia se sentir parte do que ele amava, sua banda de rock.

O ensaio foi interrompido um pouco mais tarde, quando o celular de Diego vibrou. Era uma mensagem de Franco, alertando-o de que estava ficando tarde. Manu e Rafa saíram do estúdio sem uma palavra. Brenda abandonou a banqueta e se aproximou de Diego, que estava colocando a guitarra no suporte. Viu-o dobrar a folha e guardá-la no bolso de trás da calça com ar absorto. Sentia-se dominada por uma emoção que não conhecia; seu coração batia forte e suas mãos tremiam. Jogou os braços ao redor do pescoço dele e o surpreendeu devorando sua boca.

— Você é um gênio. A música é muito legal. Nunca me cansaria de te ver compor e tocar. Eu te admiro, Diego — acrescentou depois de sustentar o olhar dele em silêncio.

— Obrigado — murmurou ele, lisonjeado.

— Qual é o nome da música?

— "Brenda Gómez" — brincou ele, e mordiscou o queixo dela.

— Sério, como chama?

— Não gostou do nome? — disse ele, erguendo as sobrancelhas e fingindo-se de ofendido. — É o nome da garota que me inspira — brincou.

— O nome da menina caprichosa e mimada? — provocou ela.

Diego riu e beijou seu pescoço, esfregando a barba de propósito. Brenda riu e tentou escapar do abraço, sem sucesso.

— Já sei o nome — anunciou Diego, e se olharam, os dois agitados e risonhos. — "Caprichosa e Mimada." Gostou?

Brenda assentiu com um sorriso que iluminou os olhos escuros dele.

— Minha menina caprichosa e mimada — repetiu ele em voz baixa, de repente comovido ou excitado, Brenda não saberia distinguir, ela mesma aturdida pela emoção. — Minha menina linda — disse, e a beijou com delicada adoração.

Ele descansou a testa na dela. Ficaram calados, acariciando-se com a respiração de cada um, que pouco a pouco entravam em compasso. O celular vibrou de novo; Diego nem se deu o trabalho de olhar para a tela. Deram-se as mãos e seguiram para a porta principal.

— Vamos nos ver amanhã no orfanato? — perguntou Brenda.

— Quase certeza que sim. Como eu disse, temos que ir a Wilde fazer um orçamento. Acho que não vai demorar muito.

Era difícil deixá-lo ir, tirar as mãos de cima dele, romper o contato. Diego se afastou, impulsionado pelo espírito virginiano pragmático e resolutivo, mas Brenda supunha que para ele a separação pesava tanto quanto para ela. Beijou-a nos lábios uma última vez e saiu pelo corredor sem olhar para trás. Ela ficou vendo-o partir, seduzida pelo andar seguro dele, dominada pelo amor que se expandia dentro dela e que ameaçava ocupar cada canto, até não deixar mais lugar para nada nem ninguém, exceto Diego Bertoni.

**

No dia seguinte, na esplanada do orfanato, Brenda ficou arrasada ao ver Anselmo saindo sozinho de uma van diferente da usada por Diego e os rapazes.

— El Moro foi hoje cedo a Wilde com os caras e ainda não voltou — disse o garoto enquanto a cumprimentava com um beijo no rosto.

— Tudo bem — respondeu Brenda, e forçou um sorriso, que se tornou autêntico ao entrar no edifício e encontrar as carinhas felizes dos órfãos.

Também foi uma decepção para as crianças, que esperavam sua primeira aula de piano com ansiedade. Já passava das seis da tarde, Brenda voltava para a capital e Diego ainda não havia mandado mensagem para explicar o motivo de sua ausência. Ela não escreveria. Admitia que havia muito de ego ferido em sua decisão rancorosa; mas também havia medo, pois sua dependência em relação a Diego Bertoni a assustava. Lhe dava vertigem, e por um momento desejou não o amar tanto. Mas logo se lembrou de sua polaridade uraniana e percebeu que estava se movendo para um extremo no qual as emoções a asfixiavam e punham em risco seus anseios de liberdade.

Inquieta e chateada, ela decidiu aceitar o convite de Millie e Rosi para jantar no Friday's de Puerto Madero. Enquanto se vestia e se maquiava, o pêndulo se movia para o outro extremo e a fazia se sentir culpada, como se estivesse enganando Diego. Sua vontade de recuperar a liberdade e de quebrar as correntes emocionais havia evaporado enquanto tentava se convencer de que estava só saindo com suas amigas, que tinham de consolar Rosi que havia terminado com Santos. Não tinha nada de errado nisso. Da mesma maneira, enquanto dirigia pelas ruas do centro da cidade, a ideia de Diego trancado na casa e ela saindo com suas amigas a deixava com a consciência pesada.

A ligação de Diego chegou enquanto ela dava voltas para encontrar lugar para estacionar. Parou em fila dupla para atender.

— Alô?

— Onde você está? — inquiriu ele de imediato. — Estou ouvindo muito barulho.

— Em Puerto Madero, procurando lugar para estacionar.

A resposta o surpreendeu; Brenda o sentiu hesitar, de modo que lançou a pergunta sem lhe dar tempo de reagir:

— O que aconteceu que você não apareceu no orfanato?

— A van quebrou em um lugar de merda — explicou ele de mau humor. — Agora pouco arranjamos um guincho para fazer o reboque. Foi uma confusão. Desculpe por não ter ligado antes. Além de tudo, meu celular ficou sem bateria. Está sozinha?

— Sim — respondeu, mais calma depois da explicação.
— Posso saber o que está fazendo em Puerto Madero?
— Vim jantar com Millie e Rosi.
— Ah. E vai voltar sozinha para casa?
— Sim.
— É perigoso — disse ele com voz dura —, especialmente na hora de entrar na garagem do prédio.
— Para isso nós temos seguranças. Fique tranquilo. Eu adoraria que você estivesse aqui — acrescentou depois de um silêncio que deixou transparecer a ira dele.

A dela havia desaparecido.

Ela o ouviu suspirar do outro lado da linha e também ouviu o som familiar que ele fazia ao coçar a barba.

— Eu também. Hoje, o pior de tudo foi saber que estava perdendo a oportunidade de estar com você — admitiu.

— Para mim foi uma decepção ver Anselmo chegar sozinho.

— Sentiu saudade? — perguntou Diego, sério.

— Você sabe que sim.

Fez-se um silêncio tenso; Brenda sentiu a inquietude de Diego.

— O que aconteceu? Me diz, por favor.

— Não quero que você fique com outro.

— Claro que não vou ficar com outro — disse ela, meio ofendida e meio espantada.

— Eu sei que não tenho direito de te pedir nada. Estou aqui, trancado...

— Não sei o que sou para você, Diego — interrompeu ela, brava outra vez —, mas me considero sua namorada. Portanto, você é o único para mim, mesmo que esteja *trancado*, como você disse. Aceitei sair com as meninas porque Rosi terminou com o namorado e está triste. Mas elas sabem que amanhã tenho que levantar cedo para ensaiar e que só vou ficar até a uma da manhã. No máximo à uma e meia estarei em casa.

— Pode me ligar ou mandar uma mensagem quando chegar? — pediu ele em um tom tão humilde que Brenda apertou o nariz para reprimir uma gargalhada.

— Não vai estar dormindo a essa hora?

— Você acha que vou conseguir dormir sabendo que você está sozinha na rua até tão tarde?

— Não, claro que não.

— Está debochando de mim?

— Não, de jeito nenhum. E sim — disse depressa para acalmá-lo —, eu te mando uma mensagem.

— Obrigado — sussurrou ele de novo, dócil, e acrescentou: — Para mim você é a única.

Quatro horas depois, Brenda lhe mandou uma mensagem para avisar que estava a salvo em casa e, enquanto lia a resposta sóbria dele – um simples "Obrigado, até amanhã" –, pensava que não importava quanto o pêndulo oscilasse entre o medo de perder a liberdade e o medo de ser livre; Diego Bertoni sempre estaria no centro de tudo.

14

Brenda foi a primeira a chegar no dia seguinte, pouco depois das oito e meia. Tinha medo de que a deixassem ali plantada ou que aparecessem perto do meio-dia. Por prudência, decidiu esperar no carro e evitar tocar a campainha da casa de Lita. A avó de Diego espiou pela janela da sala e a viu; mandou Silvia a convidar para tomar mate.

Manu e Rafa chegaram poucos minutos depois. Lita e Silvia os receberam com o entusiasmo digno do filho pródigo. Serviram o café da manhã e perguntaram o que queriam almoçar. Os rapazes concordaram de imediato: espaguete à bolonhesa.

— El Moro voltou a compor — anunciou Rafa antes de dar uma mordida em uma *medialuna* molhada no café com leite.

— Sério? — disse Silvia, espantada.

— Louvado seja Nosso Senhor — murmurou Lita, e uniu as mãos em prece.

— Ele compôs uma baita música — afirmou Rafa. — E aqui está a musa inspiradora — acrescentou e apontou para Brenda com a ponta da *medialuna*.

— Eu sabia que você seria uma bênção para meu neto, Brendita! — A idosa pegou o rosto de Brenda para beijá-lo. — Bendita seja, querida. Bendita seja — repetiu com a voz embargada.

— Você não sabe o que significa para nós o fato de Dieguito voltar a compor — disse Silvia.

— A música fala dela — acrescentou Rafa, e começou a cantarolar a melodia do refrão e a bater os dedos na borda da mesa como se fossem as baquetas da bateria.

Brenda teria esperado que o comentário que veio a seguir partisse de Lita, tão sensível e sentimental, ou de Rafa, que era puro coração. Contudo, nasceu de Manu, cujo espírito competitivo e brincalhão lhe conferia a pecha de mundano, e que Brenda julgara ciumento e meio invejoso em relação a Diego.

— Você faz El Moro feliz — afirmou o rapaz, anormalmente sério. — É maravilhoso que ele tenha voltado a compor, porque eu sei o que isso significa para ele. Mas estou mais feliz ainda por ver Diego tão bem. Você devolveu a ele a vontade de viver. Por isso... obrigado.

Brenda se limitou a assentir com um leve movimento de cabeça; teria sido incapaz de falar com aquele nó na garganta. Silvia lhe passou um mate e deu uma piscadinha. As sensações transbordavam, o amor se acumulava, sentia a alma em carne viva. Seu pulso disparou ao escutar o barulho da porta principal se abrindo. Viu-o entrar e de novo sentiu a já familiar catástrofe física e emocional. Ela escondeu as mãos sob a mesa e o seguiu com um olhar e uma expressão de êxtase. Era a primeira vez que o via de cabelo solto. Chegava abaixo dos ombros e estava úmido; dava para ver que havia acabado de tomar banho. Ia deixando um rastro de cheiro limpo e fresco. Ele fumava, mas, apesar disso, Brenda nunca sentira o desagradável odor rançoso de cigarro na roupa nem no hálito dele.

Diego a cumprimentou por último. Ela girou na cadeira e ele se inclinou para beijá-la na boca, ali, na frente da avó e da tia. Foi um contato breve, mas intenso. Diego se afastou uns centímetros e a fitou com olhar exigente.

— Tudo bem?

— Sim. E você?

— Perfeito — afirmou ele. — Já acabaram? — perguntou aos amigos, que assentiram enquanto davam os últimos goles de café. — Vamos, então.

* * *

Se ainda tinha dúvidas sobre a decisão tomada na semana anterior, ao longo daquela manhã de domingo, 24 de abril, Brenda se convenceu de que não havia se equivocado. Ter seu amado a seu lado só servia para confirmar o que o destino insistia em mostrar: a música era sua vocação.

Diego Bertoni mostrou-se exigente: seu caráter beirava a tirania, mas ninguém teria ousado negar que se tratava de um excelente músico e que, dos quatro, era o que mais sabia. Brenda se orgulhava de vê-lo agir com tanta desenvoltura e segurança. Contudo, o Nodo Sul dele, carregado da energia leonina, potencializava-se naquele ambiente em que se sentia o rei, tornando-o meio pedante. Em algumas ocasiões, Manu e Rafa tinham medo dele e evitavam fazer comentários ou propor mudanças. Para Brenda, com sua sensibilidade pisciana, era fácil detectar a dinâmica dos três. Diego era o líder indiscutível, mas sua liderança sacrificava a criatividade dos colegas.

Ela relembrou as palavras de Cecilia: "Dizemos que ter o Nodo Sul em Leão é como ter sido Madonna na vida passada e agora ter que cantar em um coro". Quase começou a rir ao tentar imaginar Diego Bertoni dissolvido no mundo aquariano que compunha um coro, onde ninguém se destacava, onde as vozes individuais se fundiam em uma só.

Contudo, foi muito legal. Estavam tão absortos na tarefa de ajustar as músicas que só fizeram uma pausa para os rapazes irem fumar no jardim. Ensaiaram duas músicas, uma delas a nova composição de Diego, "Caprichosa y Mimada", que com a voz de Brenda adquiria uma beleza notável. O próprio Diego, tão exigente, ficou perplexo com o resultado. Rafa e Manu foram mais generosos com os elogios, mas, para Brenda, bastava descobrir o orgulho no olhar de Diego para se sentir plena.

Pararam ao meio-dia para almoçar. Foram à casa de Lita, onde encontraram Liliana e seu marido, o tal Chacho, a quem os três rapazes cumprimentaram com afeto.

— Essa é a Brenda — apresentou Liliana —, filha de Ximena.

— E a nova integrante da banda — acrescentou Rafa, fazendo Chacho arregalar os olhos.

— Ela tem uma voz extraordinária — comentou Liliana. — Amor, ela é a garota de quem te falei, que cantou naquele domingo na casa.

— Que cantou Queen e depois uma ária? — admirou-se o homem.

— Ela mesma — respondeu Silvia.

— Além disso — interveio Diego, passando um braço pela cintura de Brenda —, é minha namorada.

— Ah, sua namorada, Dieguito! — disse Chacho, alegre. — Que bela notícia! Desejo que sejam muito felizes, assim como sua tia e eu.

Brenda sorria de modo quase mecânico e recebia os beijos no rosto e os parabéns sem prestar atenção no que diziam. Só escutava repetidamente as palavras que Diego havia acabado de pronunciar: *É minha namorada*. Ele dissera aquilo, ali, na frente da família e de seus melhores amigos. Brenda considerou isso um passo gigantesco, algo impensável poucos dias antes, quando se perguntava o que ela era para Diego e o que Carla ainda representava na vida dele. A felicidade só não era completa pela falta de sua família, que – ela tinha certeza – não teria recebido a notícia com o mesmo entusiasmo dos Fadul.

Não lhe passou despercebido o fato de Diego, e não Chacho, ocupar a cabeceira da mesa. Diego, muito cavalheiro, puxou a cadeira à sua direita para Brenda. Olharam-se e, pela primeira vez desde 7 de abril, Brenda o notou contente e relaxado. Devia sofrer na casa de reabilitação, longe da família. Diferentemente de rapazes como Franco, que estavam ali por vontade própria para se curar, ele estava porque o juiz assim ordenara. Diego realmente queria superar o vício em cocaína e álcool? O que aconteceria quando ele obtivesse a liberdade?

Brenda notou que não havia vinho na mesa. O que teria acontecido se houvesse? Diego teria bebido? E se bebesse, como ela deveria reagir? Impedindo-o? Ela, que havia nascido com o severo Saturno no frouxo Peixes, o signo do amor e da dissolução do ego, não poderia se transformar em guardiã dele, e menos ainda em carcereira.

— Que gostoso ter você no domingo em casa! — exclamou Liliana, e esticou a mão para apertar a do sobrinho.

— A família reunida de novo — acrescentou Silvia.

— Faltam Mabelita e Lucía — lamentou Lita.

Caiu um silêncio sobre a mesa; Brenda percebeu, acima das demais energias que circulavam, a vibração obscura de Diego, que continuou engolindo o macarrão com o olhar fixo no prato. Chacho salvou a situação elogiando a comida, e a conversa logo se restaurou. Silvia e Liliana lembraram de novo o domingo em que ela havia cantado, o que deu oportunidade a Brenda de perguntar aos rapazes se já haviam feito aulas de canto.

— Não, nunca — respondeu Manu. — Não gosta do jeito que nós cantamos? — perguntou, rindo.

— Vocês cantam maravilhosamente — afirmou ela depressa —, mas acho que não cuidam da voz.

— Como assim? — perguntou Diego, que até esse momento havia permanecido calado.

— Acho que vocês forçam os músculos errados e, portanto, fazem os ressonadores trabalharem mal.

— Os o quê? — estranhou Rafa.

— Ressonadores são os órgãos que produzem o som no corpo humano. A laringe, a faringe, as cordas vocais, a cavidade bucal, a nasal — enumerou Brenda. — É preciso usar tudo isso direito para evitar machucados, especialmente nas cordas vocais. Senão, você corre o risco de perder a voz.

— O que se faz para cuidar da voz? — perguntou Manu, interessado.

— O mais importante é ter um bom professor de canto.

Deveria acrescentar que evitar álcool e drogas também era importante, mas decidiu não falar nada.

— Você deve ter um professor excelente — apontou Silvia.

— Sim, minha professora é demais. Ela dá aula de canto lírico no Colón.

— Você poderia dar aulas para nós, Bren — propôs Rafa.

Continuaram conversando sobre as técnicas e os exercícios que ela havia aprendido ao longo dos quatro anos sob a tutela de Juliana Silvani. Diego mantinha-se em silêncio, mas Brenda percebia que prestava atenção aos comentários dela. Será que se incomodariam por ela, mal tendo entrado na banda, já os estar criticando e propondo mudanças?

Diego se levantou e ordenou à avó e às tias que não se mexessem; ele, Manu e Rafa tirariam a mesa. Brenda tentou ajudá-los, mas Diego apoiou a mão no ombro dela e disse que ficasse sentada.

Enquanto ele recolhia os pratos, Lita o seguia com o olhar.

— Desde pequeno, meu Dieguito só queria ajudar e ser útil — declarou com orgulho. — Assim como agora. Inclusive secava a louça para mim — acrescentou enquanto o contemplava com um misto de amor e nostalgia.

Não é de estranhar, refletiu Brenda, *sendo virginiano...*

— Dieguito, mamãe está fazendo a maior propaganda sua para a Brenda — comentou Silvia.

— Obrigado, vovó — disse ele, e se inclinou para beijá-la no rosto, mas com o olhar fixo em Brenda.

Deu uma piscadinha. Esse gesto simples bastou para fazer Brenda pensar que estava vivendo o melhor dia de sua vida, o dia em que Diego

Bertoni a havia apresentado como sua namorada. Tinha vontade de subir na mesa, pular e gritar de alegria. Como faria para se conter quando chegasse em casa?

— Você come como um passarinho — disse Liliana. — E é tão magrinha! De onde tira tanta potência para cantar?

Seguiu-se uma conversa dominada pelo assunto do canto lírico. Brenda comentou sobre o evento que aconteceria na catedral de Avellaneda em 12 de junho e Chacho prometeu levar as mulheres Fadul.

Depois do café, Brenda pediu licença para usar o banheiro. Preferia escovar os dentes e urinar na casa de Lita, não na de Diego, com aquele banheiro sujo. Aproveitou também para se perfumar e ajeitar o cabelo. Estudou sua imagem no espelho e se viu linda. A felicidade dava uma luz especial a seu semblante. *Sou namorada de Diego Bertoni*, pensou pela enésima vez.

Saiu do banheiro e, como já estava se tornando um costume, topou com ele, que a esperava encostado na parede. Contemplaram-se à meia-luz do corredor. Ele ficou onde estava. Ela, porém, cobriu a distância e jogou os braços em volta do pescoço dele. Imediatamente sentiu o braço de Diego se ajustar em volta de sua cintura.

— Que perfume gostoso — sussurrou Diego.

— Você também tem um cheiro gostoso.

— De sabonete — disse ele.

Depois de uma pausa e um cenho que se franzia mais a cada segundo, ele disse:

— Você não sabe a vontade que tenho de que fiquemos sozinhos. Estou com vontade de te beijar e fazer tantas coisas... Queria poder te dar normalidade. Queria ser livre, ser melhor para você — acrescentou.

— Meu amor — sussurrou ela, usando o termo afetuoso pela primeira vez.

Os olhos de Diego cintilaram na penumbra e seus braços se fecharam ainda mais em torno dela.

— Se você soubesse como me deixou feliz hoje quando disse à sua família que eu sou sua namorada! Não preciso de mais do que isso, Diego. Só uma coisa: que você seja livre, para te ver feliz, só isso.

Diego assentiu, visivelmente comovido, com uma expressão rígida e os lábios apertados. Brenda os beijou com suavidade, sentindo o já familiar atrito da barba, até que Diego soltou o ar com um gemido e, dando um giro rápido e surpreendente, colocou-a contra a parede e a beijou, entre lágrimas e um desejo com sabor também de raiva e impotência. Brenda o segurou pelas têmporas e correspondeu com uma voracidade que espantou a si mesma. Os beijos que trocavam sempre a excitavam, comoviam, extasiavam; a intensidade deles era única. E esse beijo, nascido no corredor escuro da casa de Lita, era especial, como havia sido tudo durante aquele dia.

Foi difícil se afastarem. Diego escondeu o rosto para que Brenda não visse que havia chorado, como se ela não tivesse saboreado as lágrimas, como se não lhe houvessem umedecido a pele do rosto. Ele entrou no banheiro e, quando saiu, minutos depois, estava tranquilo e refeito. Voltaram à sala de jantar, onde se instalara uma polêmica acerca do nome da banda.

— Vocês deveriam mudar o nome agora que têm uma nova vocalista — sugeriu Silvia, e Lita a apoiou. — Seria como renascer. Um bom presságio.

— Sin Conservantes é um nome legal — defendeu Manu. — E a galera nos conhece por esse nome.

— Mas não tem identidade — persistiu a tia escorpiana. — Falta personalidade.

A discussão prosseguiu sem a participação de Brenda nem de Diego. Chacho propôs que formassem o nome usando as iniciais dos integrantes. Até Diego acabou gargalhando com as sugestões de cada um; algumas eram muito divertidas.

— Ouçam esta! — pediu Rafa. — Bramoma!

— Parece Ramona! — debochou Silvia.

— Que tal esta? — propôs Manu. — Mabremora.

Foi vaiado.

— E Breramamo?

As vaias se repetiram.

— Por que não usam as iniciais do nome do meu neto, em vez do apelido?

Então, para agradar Lita, tentaram com a sílaba "di". Riram durante um tempo, até que Diego esmagou a ponta do cigarro no cinzeiro e pôs fim à brincadeira; tinham que voltar ao estúdio e ensaiar. Mas não dedicaram as últimas horas a cantar, pois, a pedido de Diego, Brenda ensinou exercícios a eles para fortalecer os músculos do pescoço e do rosto e outras técnicas para proteger os ressonadores. Manu e Rafa acharam alguns exercícios meio ridículos, mas Diego os levou a sério.

Acabaram por volta das seis e meia, quando começava a escurecer. Diego e Brenda saíram da casa e avançaram de mãos dadas pelo corredor a céu aberto. Havia esfriado. Brenda tremia com sua blusinha de algodão fino. Diego passou o braço pelos ombros dela e a atraiu para seu calor.

— No que está pensando? — perguntou.

— No seu aniversário de dezessete anos — respondeu ela. — Naquele dia, eu tinha decidido dizer que gostava de você. — Diego soltou uma gargalhada inesperada e sonora. — Eu tinha escrito uma carta para você, com a ajuda de Millie, sem desenhinhos nem adesivos. Uma carta de gente grande — esclareceu, o que lhe valeu outra gargalhada.

— Não lembro de você ter me dado a carta nem ter dito que gostava de mim.

— Não fiz nem uma coisa nem outra — explicou Brenda. — Assim que entrei na casa da sua avó, vi você com a vizinha, aquela que morava aqui — apontou a porta da primeira casa. — Você estava fazendo carinho nela. Depois a apresentou como sua namorada. Que desilusão!

Haviam chegado à porta que dava para a rua. Diego a encarou com um semblante descontraído, onde despontava um sorriso.

— Eu teria adorado ler essa carta. Não guardou?

Brenda sacudiu a cabeça para negar.

— Mas me lembro do que dizia.

— O quê? — ele perguntou como quem exige, com verdadeiro anseio.

— Querido Diego — recitou Brenda —, acho você o garoto mais lindo e o melhor do mundo. Gosto de você e queria, se possível, que fôssemos namorados.

Diego riu e beijou seu nariz. Brenda prosseguiu:

— Eu sei que você me acha uma menina, mas para mim meus amigos são imaturos. Eu os comparo com você e não gosto de nenhum. Só gosto de você, desde o jardim de infância. — Diego gargalhou e tornou a beijá-la. — E juro que vou gostar de você a vida toda. Eu te amo muito. Bren.

O sorriso de Diego foi se desvanecendo e a seriedade esculpindo as linhas duras e masculinas de seu rosto. Brenda o acariciou, sentindo-se em carne viva, oprimida por tanto amor, admirada pela magia que compartilhavam no fim de um dia perfeito.

— Eu te amo — lembrou a ele, e o beijou nos lábios.

— Você é a coisa mais perfeita que já me aconteceu na vida — disse ele, e acrescentou: — Não por acaso é filha de Héctor. Ele também era perfeito.

— Obrigada por aceitar ser meu namorado.

Diego se limitou a assentir e Brenda intuiu que ele não estava com o astral divertido. Talvez ter falado do pai dela houvesse despertado de novo as dúvidas e a culpa. O complexo de inferioridade anuviava o semblante dele como uma nuvem escura. Ele abriu a porta que dava para a rua com um ânimo totalmente diferente. Ia deixá-la passar, mas a puxou para dentro e fechou a porta de novo. Na confusão, Brenda só conseguiu ver o Mercedes amarelo, o mesmo da sexta-feira em que havia tomado chá com Lita.

— Fique aqui — ordenou Diego com uma expressão e um tom que não davam lugar a perguntas. — Não saia — enfatizou, e deixou a casa apenas entreabrindo a porta.

Brenda voltou decidida para a casa e irrompeu lá dentro, dando um susto em Manu e Rafa, que estavam fumando um baseado.

— Bren! — exclamaram em uníssono enquanto apagavam as pontas depressa.

— Quero saber quem é o dono de um Mercedes amarelo. E não quero mentiras.

Os amigos hesitaram, trocaram olhares cheios de dúvida e confusão e a contemplaram com expressões desoladas.

— É melhor você perguntar a El Moro, Bren — disse Manu.

— Estou perguntando a vocês. Quem é?

— Um sujeito que administra uns bares — confessou Rafa. — Nós tocávamos para ele.

— Como se chama? — exigiu.

— Coquito Mendaña — respondeu Rafa, como se cuspisse as sílabas.

O cunhado do irmão de Carla, recordou Brenda, *o tal de Ponciano Mariño*.

— Por que Diego não quer que esse sujeito me veja?

— Isso, Bren, você vai ter que perguntar a El Moro — insistiu Rafa.

— Muito bem — aceitou ela. — E não fumem maconha na frente de Diego. Se não o ajudarem a vencer o vício, minha amizade com vocês vai ser impossível.

Os dois assentiram, derrotados. Ela voltou para a porta da rua. Diego entrou pouco depois. A mudança nele era radical. Olharam-se fundo nos olhos.

— O que aconteceu? Quem é o dono daquele Mercedes amarelo?

— Alguém do passado que não quero que chegue nem perto de você — respondeu Diego, de novo duro e impenetrável. — Nisso também te peço que confie em mim e não faça perguntas.

Olharam-se por alguns segundos. Nada convencida, Brenda assentiu.

* * *

Ela dormiu mal, inquieta pelo efeito que o aparecimento de Coquito Mendaña havia tido sobre Diego, como se o rapaz tivesse medo dele. Lita havia dito que Ponciano Mariño era corrupto. *Muito* corrupto, enfatizara. Brenda imaginava que o tal Coquito, um inútil, como o havia descrito a avó de Diego, era outro corrupto que cuidava dos negócios sujos do cunhado – negócios que iam muito bem, a julgar pelo carro que dirigia.

Brenda se levantou às seis, tomou banho e vestiu roupas confortáveis. Esperou Ximena e Lautaro saírem para ajudar Modesta a arrumar a casa. Acabaram depois das nove. Puseram no carro de Brenda o aspirador, outros utensílios de limpeza e vários produtos, além de Max – não estava acostumado a ficar sozinho –, e partiram para a casa da Arturo Jauretche. Lita as recebeu para lhes entregar as chaves. Brenda havia ligado para ela na noite anterior e explicado seus planos.

Após analisar a casa de Diego, Modesta dividiu o trabalho com Brenda. Lita insistiu em colaborar e não houve maneira de dissuadi-la.

Por fim cederam, e Modesta lhe pediu que pusesse ordem na cozinha. Fizeram uma pausa à uma da tarde para comer empanadas e *fainá*, paixão de Modesta, e acabaram pouco depois das quatro. Haviam limpado tudo, inclusive os vidros, o forno, a geladeira e o teto cheio de teias de aranha. Brenda disse a Lita que voltaria no dia seguinte, bem cedo, para cuidar do jardim.

À tarde, depois de tomar um banho, ela foi ao Carrefour e comprou toalhas, lençóis, sabonete líquido para as mãos, dois aromatizadores e óleos essenciais, velas e fósforos. Também comprou copos, pratos e talheres, que se somaram aos que se salvaram do lixo, pois muitos acabaram no lixo junto com as toalhas.

No dia seguinte, esperou de novo que sua mãe e seu irmão saíssem para voltar à casa da rua Arturo Jauretche com o objetivo de atacar o mato do jardim. Lita deixara preparados o cortador de grama, o rastelo e outras ferramentas. Brenda estava acostumada a fazer jardinagem com Ximena na chácara de San Justo e curtia. Além do mais, o clima daquela terça-feira de fim de abril estava bom; a temperatura era agradável e o sol se escondia atrás de umas nuvens que não representavam ameaça de chuva. Lita, sentada em uma espreguiçadeira que haviam limpado meticulosamente, servia mate e a distraía com sua conversa. Brenda se debatia entre contar a ela o acontecido no domingo com Coquito Mendaña e se calar. Por fim, decidiu manter a boca fechada; não queria preocupá-la.

Ela tomou banho na casa de Lita e as duas almoçaram sozinhas. Sentia-se à vontade com a idosa, fonte inesgotável de casos e histórias. Brenda adorava as relativas a Diego. Notava que Lita escolhia aquelas que o apresentavam como o garoto bom e prestativo que ela recordava da infância. Mas nem mesmo seu espírito pisciano a teria impedido de aceitar que devia haver muitas nas quais Diego havia se comportado de maneira diferente, oposta inclusive.

Manu e Rafa chegaram cedo para ensaiar e ficaram em choque com a metamorfose sofrida pela casa.

— O que aconteceu aqui? — perguntou Manu.

— Nada — respondeu Brenda. — Limpei um pouco. Tinha meses e meses de sujeira nesta casa — disse, com certo tom de censura amigável.

— Uau! — exclamou Rafa. — Ficou demais. E que cheiro bom! O que é esse cheirinho?

— Óleo essencial de melissa — respondeu Brenda, e apontou para o aromatizador em um canto.

— Eu também tenho uma surpresa — anunciou Rafa. — Queria esperar até domingo para contar, para que El Moro visse também, mas não aguento.

— Desembucha — pressionou Manu.

— Gabi... — interrompeu-se para dirigir-se a Brenda e explicar: — Gabriel é meu irmão mais velho, um gênio em design gráfico. No domingo eu contei a ele sobre o novo nome da banda e vejam o que ele me entregou hoje de manhã.

Tirou uma folha de papel do bolso e a abriu em cima da mesa.

— Di-Bra-Ma — leu Manu. — Meu nome ficou por último — reclamou.

Brenda se inclinou para observar.

— Não encha o saco — disse Rafa. — Gabi fez mil combinações e esta é a melhor. O primordial é que soe bem e que as pessoas o gravem fácil.

Brenda gostou, não teve dúvidas de que era um nome fácil de gravar e original. O design era lindo também, com uma tipografia para cada sílaba, tão diferentes e absurdas que pareceria impossível combinar as três em uma mesma palavra. Era um desenho que comunicava a disparidade entre eles e, ao mesmo tempo, a beleza que formavam os quatro juntos. Achou adequado que o B e a sílaba Ra estivessem juntos e com a mesma fonte, pois, sem dúvida, dos dois amigos, era com Rafa que se identificava mais. Talvez compartilhassem alguma semelhança astral. Sabia que ele era libriano, mas nada mais.

— Por que o B está em maiúscula? — estranhou.

— Porque quando eu disse a meu irmão que era a voz feminina da banda e que era muito legal, ele disse que você merecia se destacar, porque aguentar nós três não devia ser fácil. E, quando contei que você era namorada de El Moro, ele disse: "mais razão ainda".

— Por que mais razão ainda?

— Porque El Moro é um pé no saco, Bren — respondeu Manu. — Entende muito de música e é o mais criativo, ninguém discute, mas é ultraexigente e muito impaciente. Às vezes tenho vontade de matar o Diego quando ele fica todo arrogante e imbecil. Eu amo muito ele, mais que a meus irmãos, juro, porque senão já teria o mandado à merda.

— Se você o ama tanto — argumentou Brenda —, algo positivo ele deve ter.

— Beeem... — admitiu Manu. — Ele é superfiel e confiável. É capaz de fazer qualquer coisa pelas pessoas que ama.

— Rafa, agradeça a seu irmão por esse desenho e por ter destacado o B. Adorei o nome. Combina muito com uma banda de rock. E vocês, o que acham?

Os dois concordaram que era legal.

— Bem, vamos ver o que diz o quarto membro.

— Se você disser que gostou — afirmou Rafa —, ele vai gostar.

Manu tirou uma foto do desenho e a mandou a Diego pelo WhatsApp.

— Agora ele deve estar trabalhando, com as mãos cheias de tinta — comentou. — Vamos ter que esperar até a noite para ele ver.

Brenda aguardou a ligação noturna com ansiedade. Diego ligou mais tarde que de costume, mas ela não se preocupou; sabia que às terças e quintas ele tinha terapia de grupo e que acabava às nove. Percebeu logo que ele estava de bom humor; estava começando a identificar os tons de voz dele.

— Manu me contou que você limpou a casa — disse depois de a cumprimentar — e o jardim. Que até comprou toalhas e um monte de coisas.

— Não limpei sozinha. Modesta e Lita me ajudaram. Eu não queria que sua avó limpasse nada, mas não houve jeito de deixá-la de fora. Ela é muito teimosa. Achou ruim? — perguntou, preocupada. — Eu deveria ter pedido licença, né? Acho que me excedi.

— Não, não se excedeu.

Brenda o ouviu suspirar e coçar a barba.

— É que... eu preferia que você tivesse conhecido minha casa limpa e arrumada, do jeito que eu gosto.

— Agora vai ficar limpa e arrumada do jeito que você gosta — brincou ela. — Eu vou cuidar disso.

— Obrigado.

— De nada, meu amor.

— Depois me diga quanto gastou.

— Nem sob tortura. E não toque mais nesse assunto. Gostou do desenho e do nome do grupo? — perguntou depressa, para mudar de assunto.

— O que *você* achou? — indagou o virginiano, interessado.

— Eu achei o máximo.

— É, ficou muito bom.

E Brenda soube que, com essas palavras, encerrava-se o assunto. Assim, acabava de nascer a banda de rock **DI**B𝓇ə*ma*.

* * *

Foi difícil, mas, por fim, Bianca, Jonás e Eugenia aceitaram se encontrar com Brenda na casa de Silvani na quarta-feira de manhã. Brenda se surpreendeu ao encontrar na casa de sua professora Leonardo Silvani e sua companheira, a soprano Maria Bator, que estavam em Buenos Aires para apresentar um espetáculo operístico em um teatro da avenida Corrientes. Falavam inglês com Maria e logo houve afinidade. Apesar de sua fama e de seu grande talento, a soprano se portava com a simplicidade de uma alma sábia. Brenda calculou que devia ter uns quarenta anos e a achou muito exótica, com seus traços eslavos acentuados, maçãs do rosto altas e olhos escuros meio puxados.

Após a chegada de Bianca e dos colegas, passaram a escolher as árias que interpretariam no evento lírico. Cercada de tantos talentos, Brenda ficou calada e se limitou a escutar e a aprender, bastante intimidada. Leonardo a observava e, quando seus olhares se encontravam, sorria para ela e dava uma piscadinha de incentivo.

Perto do meio-dia já haviam decidido o repertório e também organizado a sequência em que o interpretariam. Silvani se ofereceu para acompanhá-los ao piano no evento, coisa que eles aceitaram de bom grado.

— Quero te ensinar uma música muito especial — disse Leonardo enquanto se despediam. — Acho que é ideal para destacar a ductilidade da sua voz, que passa do pop ao lírico sem problema nenhum, de uma nota grave a uma aguda como se nada fosse. O que acha?

— Que música é? — perguntou Brenda, com receio.

— É uma composição francesa do fim dos anos 1970. Chama-se

"S.O.S. d'un Terrien en Détresse". "S.O.S. de um terráqueo em perigo" — traduziu.

Embora a oferta fosse tentadora, também a assustava. Em francês, pensou, um idioma que mal conhecia. De fato, Silvani nunca lhe havia ensinado árias nesse idioma. Mas recuar também lhe pareceu uma covardia. Aquele era seu mundo agora, a música; tinha que vencer o medo e aceitar os desafios. Combinou com Leonardo que voltaria na manhã seguinte.

Passou a tarde em casa estudando as composições que cantaria na catedral de Avellaneda e preparando as aulas de Belén e das crianças do orfanato. Procurou no YouTube a música em francês e, apesar de não se lembrar bem do nome, encontrou-a sem dificuldade. Era uma balada romântica pela qual se apaixonou só de ouvi-la uma vez. Procurou a letra e ficou repetindo-a e cantando-a na cabeça, tentando aprender a pronúncia.

Estava nessa quando seu celular tocou. Era Diego, ligando mais cedo que de costume. Brenda atendeu cheia de energia por causa da música. Ele também estava contente.

— O que fez hoje? — perguntou ele, e Brenda lhe contou sobre a manhã na casa de Silvani.

— E você, como está?

— Comecei a compor outra música.

— Que legal! Vai me mostrar conforme for escrevendo, como a outra?

— Sim. O nome é "Querido Diego".

Brenda sorriu ao recordar a carta que lhe havia escrito quando tinha onze anos.

— Eu te amo — pensou em voz alta.

— E eu amei o que você me contou no domingo. Fiquei inspirado com a carta sem desenhinhos nem adesivos — destacou em um tom divertido, raro nele.

— O que você teria feito se eu tivesse entregado a carta naquele momento?

— Teria adorado você ainda mais do que já adorava.

— Mas depois, quando aconteceu aquilo com seu pai, você me tirou de sua vida — disse Brenda sem pensar, e amaldiçoou seu Mercúrio na Casa I, que lhe soltava a língua e a tornava imprudente e a fazia pisar na bola. — Desculpe, eu não devia ter dito isso.

— Tudo bem — respondeu Diego, e não parecia zangado; apenas triste. — Algum dia vamos falar sobre essa merda, mas hoje não. Agora só quero conversar. Você me dá muita paz.

— E você me dá muita felicidade. Desde que me beijou na academia da casa, sou muito feliz.

— Estou na academia agora — disse ele —, e enquanto me exercito olho para a porta e me lembro do que aconteceu aqui naquele domingo.

— Domingo, 17 de abril — acrescentou Brenda, e sorriu ao ouvir o riso contido de Diego.

— Você é muito boa com datas.

— Na verdade, sou *muito ruim* com datas. Só as *nossas* datas que não posso esquecer.

Mais tarde, enquanto lia as estrofes de uma ária de O *barbeiro de Sevilha*, o celular a alertou da chegada de uma mensagem. Era de Diego, passando os primeiros versos da nova composição.

Entre mis manos solías caber.
Desde el primer instante te amé.
Tu mirada me hacía renacer.
No sé por que tenías ese poder.
Con solo mirarte volvía a creer.

(Refrão)
Camino solo en la oscuridad.
Querido Diego, te escucho decir.
Tu vocecita me hace reír
aunque tengo ganas de llorar.
Querido Diego, vuelvo a oír.
Me das ganas de vivir.[5]

---

5. Em minhas mãos você cabia./ Desde o primeiro instante a amei./ Seu olhar me fazia renascer./ Não sei por que tinha esse poder./ Só de olhar para você eu voltava a acreditar./ (Refrão)/ Caminho sozinho na escuridão./ Querido Diego, ouço-a dizer./ Sua vozinha me faz rir/ Mesmo tendo vontade de chorar./ Querido Diego, torno a ouvir./ Você me dá vontade de viver. (N.T.)

***

Passou a manhã de quinta-feira ensaiando "S.O.S. d'un Terrien en Détresse", só com Leonardo e Maria Bator, porque Juliana Silvani estava dando aula no Colón. Foi uma experiência diferente das vividas com sua professora de canto. Aprender guiada por um tenor e uma soprano fez mudar sua visão e se concentrar não só no uso da voz, mas também na importância do espetáculo e da arte dramática. Então, enquanto Leonardo as acompanhava ao piano, Maria a ensinava a usar o olhar, as mãos e os movimentos do corpo para acompanhar a interpretação, mostrando a diferença entre cantar com e sem determinados movimentos e olhares.

A balada francesa fazia parte do repertório do espetáculo operístico que a companhia Vox Dei estava apresentando em um importante teatro da avenida Corrientes. Escrita originalmente para ser interpretada por uma voz masculina, a Vox Dei havia respeitado o desejo do compositor. No entanto, Maria e Leonardo achavam que se destacaria mais cantada por uma mulher.

— Você vai lidar com notas que vão cair do teclado do piano de tão agudas que são — anunciou Leonardo.

Brenda acabou esgotada. A música era de uma exigência brutal, com notas elevadíssimas e outras muito graves, com mudanças abruptas e outras muito sutis, isso sem contar que estava cantando em um idioma com uma pronúncia peculiar, que Maria corrigia o tempo todo. Tinha a impressão de que a soprano e o tenor a estavam avaliando.

— Tia Juliana nos contou que você acabou de abandonar a faculdade de ciências econômicas — comentou Leonardo em inglês durante um intervalo. — Você não imagina a alegria que me deu!

— Vou entrar no conservatório no ano que vem — disse Brenda —, no Manuel de Falla.

— Você tomou a melhor decisão, Brenda — disse Maria. — Sua voz não poderia ser desperdiçada. Você tem que ter consciência de que tem um tesouro. Não é qualquer um que alcança seus níveis de ductilidade pelo simples fato de se empenhar e praticar todos os dias — acrescentou, fazendo não com o indicador e estalando a língua. — Você passa do pop à ópera sem dificuldade, e isso mostra uma configuração física pouco frequente dos seus ressonadores. Eu não conseguiria nem se quisesse.

No sábado de manhã, durante o ensaio com Bianca, Jonás e Eugenia, Maria Bator pediu a Brenda que interpretasse "S.O.S. d'un Terrien en Détresse". Ela aceitou, mas hesitante – não havia treinado o suficiente –, e, embora tenha cometido alguns erros, seus colegas ficaram atônitos. Bianca logo propôs que a canção fosse incorporada ao repertório do evento na catedral e os outros concordaram. Leonardo se ofereceu para acompanhá-la ao piano, uma vez que Juliana reclamara que não teria tempo para aprendê-la nem ensaiar.

* * *

No domingo à noite, enquanto tomava um banho de banheira escutando a gravação caseira de "Caprichosa y Mimada", Brenda sorria inconscientemente e pensava que sua primeira semana longe da faculdade de ciências econômicas havia sido a melhor dos últimos anos. Cecilia tinha razão: depois de aceitar o destino, a vida fluía com uma facilidade mágica, porque mágico havia sido o sábado à tarde no orfanato onde vira Diego rir e curtir enquanto as crianças experimentavam o piano sentadas ao lado dele. Esquecidas de Violetta e da nova estrela da TV, uma tal de Luna Valente, esperavam pacientes sua vez de executar a escala.

Mágico foi também aquele domingo na casa de Diego, enquanto ensaiavam para a festa dos padres e a harmonia e o alto astral impregnavam cada canto. Brenda havia chegado mais cedo para arrumar tudo e acender o aromatizador. Conhecendo a índole virginiana de Diego, queria que ele apreciasse a casa arrumada e fresca. E, embora ele não tenha dito nada ao chegar, Brenda percebeu quanto havia gostado de encontrá-la arrumada e limpa. O fato de estar relaxado e propenso ao riso demonstrava isso. Mas a agradeceu quando a acompanhou até o carro para se despedir dela. Pararam ao fim do corredor, diante da porta de entrada fechada.

— Obrigado por ter posto ordem na minha casa — agradeceu ele depois de um longo beijo. — Por ter posto ordem na minha vida.

— Não quero pôr ordem na sua vida — replicou ela. — Quero te fazer feliz.

— Para mim, ordem é felicidade.

Brenda sorriu com malícia.

— Qual é a graça? — perguntou ele, e mordiscou seu pescoço, fazendo cócegas com a barba.

— Se Cecilia te ouvisse dizer que para você ordem é felicidade, diria: você é tão virginiano que chega a doer.

— Ah, é? Por quê? — perguntou Diego, fingindo interesse, quando, na realidade, o que buscava mesmo era enfiar as mãos por baixo da camiseta dela.

— Porque o seu signo, Virgem — explicou ela —, é o signo da ordem. Vocês olham para a realidade como se a escaneassem em busca de erros. Procuram a falha no sistema. E, quando a detectam, corrigem.

Diego deteve as carícias e tomou distância para encará-la com um sorriso incrédulo.

— Faz sentido? — perguntou Brenda, com fingida inocência.

— Muito — admitiu ele. — O que mais você pode me dizer sobre meu signo?

— Posso dizer que é o oposto complementar do meu, Peixes. Você tem as virtudes que me faltam, e eu as que faltam em você.

— Quais?

— Você põe ordem no caos pisciano.

— Mas foi você que pôs ordem na minha casa e na minha vida.

— Porque eu sei o quanto você precisa disso, por ser de Virgem. Mas garanto que não sou organizada.

— E Peixes? O que Peixes ensina a Virgem?

— A ter compaixão — respondeu ela, de repente séria. — A julgar os outros com menos dureza.

Diego suavizou a expressão, acariciou a face dela com o dorso dos dedos e assentiu.

— Sim, é verdade — admitiu, e tornou a beijá-la, dessa vez com uma doçura que a desarmou.

Estava anoitecendo. Diego não gostava que Brenda voltasse sozinha na escuridão e a ela não agradava que ele chegasse tarde à casa de reabilitação. Interromperam o beijo com dificuldade.

— Essa semana vai parecer eterna até chegar o sábado — sussurrou Diego. — Quinta-feira é aniversário de Ximena, não?

— Sim, dia 5 — confirmou Brenda, e ficou olhando para ele à espera de um comentário que ele não fez.

Enfim, Diego abriu a porta e observou para se certificar de que não havia ninguém dentro dele. Carla e aquele tal de Coquito Mendaña eram a única nódoa que maculava tanta felicidade.

* * *

Nas semanas seguintes, Brenda seguiu uma rotina que não era pesada, pois, embora tivesse horários e compromissos, a maioria estava relacionada com a música, e isso bastava para fazer tudo parecer novidade. Regida por sua paixão, a realidade se tornava inconstante, mudava o tempo todo. Cecilia teria afirmado que estava se tornando aquariana, por causa da criatividade e do dinamismo. Cada coisa nova que aprendia sobre a música, o canto e o instrumento que se empenhava para aprender com Lita, o piano, faziam seu dia único. Mesmo o ato de falar ao telefone com Diego à noite se renovava a cada ligação, como se perdesse a memória e vivesse tudo como a primeira vez. Seu coração batia forte, sentia a boca seca, as bochechas vermelhas. Ele parecia muito inteiro enquanto falava com aquela voz rouca e grave, que pouco ajudava para devolver o equilíbrio a Brenda. Tudo era único e novo desde que Diego Bertoni havia entrado em sua vida para virá-la de ponta-cabeça.

Gabi, irmão de Rafa, havia confeccionado flyers, banners e e-cards com o nome da banda e várias opções de design muito legais. Ela gostava de todas. Havia umas com a clave de sol substituindo o B, com duas guitarras cruzadas atrás, ou o mesmo, mas com baquetas, e também com uma guitarra deitada que cortava a palavra DiBrama, todas com vinhetas e cores.

No domingo, 8 de maio, faltando duas semanas para a festa dos padres, Manu e Rafa falaram da necessidade de criar uma página no Facebook, um perfil no Instagram, um canal no YouTube, outro no Vimeo e uma conta no Twitter.

— Não podemos desperdiçar os mais de treze mil seguidores que o Sin Conservantes ainda tem no Facebook — argumentou Manu. —

Temos que fazer uma postagem e convidar todo mundo para visitar a nova página do DiBrama.

Brenda dirigiu o olhar a Diego, que mexia na barba e no bigode com a cadência que usava quando estava meditativo. Mantinha o olhar fixo na tela do notebook de Rafa e avaliava os desenhos, tentando encontrar um defeito ou erro. Depois da declaração de Manu, Brenda soube para onde se desviaram os pensamentos dele – ou melhor, para quem: Carla Mariño.

Era verdade, perder os treze mil seguidores só podia ser qualificado como um grande desperdício. Contudo, usar a velha página da banda para promover a nova os expunha a um grande risco: Carla acabaria sabendo da existência do DiBrama, algo que Diego pretendia evitar a todo custo. De qualquer maneira, o risco existia pelo simples fato de o DiBrama surgir nas redes sociais.

— A única publicidade que fizeram da festa — reclamou Manu — foi na página da paróquia do padre Antonio, que é uma chatice e nem Jesus deve entrar lá.

— Padre Ismael disse que mandaria um e-mail aos assinantes da página da paróquia para convidá-los — comentou Diego.

— Aqueles velhos caducos de oitenta anos? — debochou Manu.

A casa mergulhou em tamanho silêncio que só se ouvia o som da barba de Diego sendo tocada e esticada. Brenda observou Manu e Rafa, que aguardavam a resposta. O veredito recaía naturalmente sobre ele, El Moro, o chefe.

— Tudo bem — disse Diego um momento depois —, vamos criar as redes sociais do DiBrama.

— E o que acha de convidar os fãs do Sin Conservantes? — inquiriu Rafa, e Diego se limitou a assentir com uma expressão indecifrável.

Brenda foi tomada por duas emoções: um desejo inesperado e um medo das consequências. Diego ergueu o olhar e a observou como se percebesse a confusão de emoções que a atropelavam. Para ela, ele era o garoto mais sexy que conhecia, mesmo com aquela expressão sem sorriso. Sentira-se seduzida ao vê-lo agir na posição de rei, de chefe, de todo-poderoso, que mesmo o rebelde e contestador Manu respeitava.

Diego estendeu o braço e acariciou o rosto dela, como costumava fazer, com o dorso dos dedos para evitar tocá-la com as partes mais rachadas e ásperas, castigadas pelas tintas, a aguarrás e os diluentes. Brenda sentiu um calafrio que subiu até seu couro cabeludo e eriçou seus mamilos. Ela saiu do estúdio para buscar o casaquinho de linho e se cobrir; não queria que Manu e Rafa a vissem excitada. Enquanto ia, dizia a si mesma: *Tenho que começar a usar sutiãs com bojo.*

Diego foi atrás dela e a ajudou a vestir o casaco. Inclinou-se ao ouvido dela e falou por trás.

— Que foi? Está com frio?

Brenda pegou as mãos dele e o obrigou a passá-las sobre seus mamilos duros.

— Não queria que Manu e Rafa me vissem assim. Senti um calafrio quando você me tocou — explicou.

Diego riu baixinho. A respiração dele umedeceu a orelha de Brenda e só serviu para acentuar os arrepios e palpitações. Ela se voltou e o olhou nos olhos.

— É muito arriscado postar o convite na página do Sin Conservantes. Sei que você tem medo de que Carla fique sabendo da existência do DiBrama.

— Cedo ou tarde ela vai saber — concluiu Diego. — Além do mais, o que eu não quero é que ela saiba que você e eu estamos juntos.

— Eu faço parte da banda — argumentou Brenda.

— Isso não significa que você e eu estejamos juntos — disse ele. — Carla não está mais interessada em ser vocalista do Sin Conservantes. Ela queria começar carreira solo.

— Tem certeza?

Diego franziu o cenho e a olhou com uma expressão confusa.

— Talvez ela queira formar uma dupla com você.

— Ela sabe melhor do que ninguém que eu jamais trairia meus amigos — afirmou Diego, resoluto.

Isso só ratificava o que ela havia dito a Manu e a Rafa: que Diego não os abandonaria para ir embora com Carla Mariño.

Mais tarde, enquanto Diego estava trocando uma corda quebrada da guitarra elétrica e Brenda o observava com fascinação, Manu e Rafa discutiam sobre a criação e administração das redes sociais do DiBrama.

— Não entendo nada disso, Rafa — disse Manu. — Peça a Gabi que cuide disso, como fazia com o Sin Conservantes.

— Meu irmão se ofereceu para fazer os flyers e essas coisas, mas não tem mais tempo para administrar a conta do Facebook. Agora está trabalhando para uma empresa e não pode assumir essa responsabilidade. Estou em dívida com ele por cuidar dessas coisas todos os dias — alegou.

— Eu posso cuidar disso — ofereceu Brenda, e Diego ergueu o rosto, sempre atento a ela.

— Está falando sério, Bren? — perguntou Rafa.

— Não entendo muito de redes — admitiu ela —, mas Millie manja muito. Posso pedir a ela que me ensine.

— Seria demais!

— Bren, que é muito doce — afirmou Manu, e jogou um beijo para ela, ganhando um olhar bravo de Diego —, responderia aos fãs com mais simpatia que Gabi, que às vezes se excedia nas respostas.

— É mesmo — lembrou Rafa. — Bren vai arrasar administrando as redes sociais.

Os quatro juntos elaboraram o texto do comunicado que postariam na página do Sin Conservantes assim que Brenda acabasse a do DiBrama.

Como já era hábito, por volta das seis e meia da tarde Diego a acompanhou até a porta, no fim do corredor. Estava calado, mais ensimesmado que de costume, olhando para o chão. Brenda segurava a mão dele, mas poderia apostar que ele nem percebia. Continuava pensando em Carla. O assunto das redes sociais o havia feito encarar uma realidade: no mundo atual, privacidade não existia. Se alguém quisesse ficar longe do olhar público ou evitar ser vítima de um hacker, tinha que evitar a internet – e Tadeo González acrescentava: o celular também.

Pararam diante da porta fechada. Diego forçou um sorriso e pousou a mão no rosto de Brenda. Ela baixou as pálpebras e curtiu esse momento de privacidade e intimidade, tão raro no relacionamento deles.

— Sua voz sempre me emociona, mas hoje você foi demais — elogiou ele. — É a melhor voz feminina que já ouvi.

Brenda se sentiu uma idiota por ficar vermelha.. Sabia que Diego, por ser virginiano e exigente, raramente elogiava, de modo que, quando o fazia, era sincero.

— Estou ensaiando muito para o evento na catedral de Avellaneda — justificou ela. — Além do mais, adoro cantar suas canções. Elas me inspiram.

— É incrível a sua capacidade de passar do lírico ao pop — continuou adulando-a. — Eu me lembro daquele domingo na casa, quando você cantou uma música de Katy Perry, uma do Queen e depois aquela ária. Ainda lembro e ainda fico de queixo caído.

— Diego?

— Sim?

— O que você fala para Carla? Quero dizer, o que fala que faz aos domingos?

— A verdade — respondeu, meio na defensiva. — Que o padre me autorizou ir à casa da minha avó para ensaiar para a festa.

— Você acha que ela vai a essa festa? — perguntou Brenda, preocupada.

— Eu não convidei — foi a ambígua resposta dele. — Carla não é fã de festas em paróquias, fique tranquila.

Nada relacionado àquela mulher a deixava tranquila. Por exemplo, da curta conversa que havia acabado de manter com Diego, extraiu conclusões que só serviram para aumentar sua preocupação. A primeira, que Diego e Carla se falavam por telefone ou se viam durante a semana. Será que ela ia vê-lo no novo trabalho em Wilde, como havia feito naquela quinta-feira no restaurante da mãe de Martiniano? Claro que sim, convenceu-se. A segunda conclusão tinha a ver com Coquito Mendaña. Agora entendia quem o havia avisado sobre a presença de Diego na casa da rua Arturo Jauretche naquele primeiro domingo de ensaio, no fim de abril.

* * *

Outro hábito da nova vida consistia em almoçar às quintas-feiras com Millie e Rosi na lanchonete da faculdade. Depois, ia com Martiniano à casa dele para a aula de Belu. Naquela semana, porém, encontrou-se com Millie quase todos os dias para falar das contas do DiBrama nas redes sociais.

— Os banners estão demais — disse Millie —, mas vão precisar de fotos de vocês quatro — a amiga sorriu com malícia. — Você imaginou, um dia, que seu sonho se tornaria realidade? Não, seu sonho não; seus dois sonhos! Namorar Diego e se dedicar à música.

— Não, na verdade não — admitiu Brenda. — Costumo pensar que tenho pouca sorte na vida. Cecilia disse que é por causa de meu Júpiter na Casa XII.

— Traduza — solicitou Millie.

— Parece que Júpiter é o bonachão do sistema solar. Onde ele estiver localizado, vai ser uma área da vida em que, em geral, você não terá problemas. Mas a Casa XII, a casa do meu signo, é muito complexa, como tudo que tem a ver com Peixes. É a casa do não ego. A casa do Todo com letra maiúscula, do inconsciente coletivo. Pois bem, os planetas localizados na Casa XII têm uma energia triplicada, mas o nativo a percebe como contrária. Então, Júpiter, o planeta bom e generoso, quando localizado na Casa XII nos leva a pensar que não temos sorte na vida, sendo que, na realidade, é o oposto.

— Tenho que fazer meu mapa astral *já* — declarou a escorpiana. — Não posso continuar ignorante. Ceci fez o meu no verão, mas o leu só por cima. Preciso que ela me fale de mim. Às vezes eu mesma tenho medo de mim.

— Você é de Escorpião, amiga querida — explicou Brenda —, o signo mais obscuro do Zodíaco. Vocês adoram o que para o resto é tabu. Sexo, morte, poder — enumerou.

— Você ainda fala pelo Skype com Ceci? — perguntou Millie.

— Sim. Não consigo passar muito tempo sem falar com ela. Desde que comecei a namorar Diego, preciso dela mais do que nunca. Ceci disse que eu deveria fazer terapia. Segundo ela, com meu mapa tão complexo, deveria ter começado há muitos anos, quando meu pai morreu.

— E aí? Vai começar a terapia?

Brenda deu de ombros.

— Você tem medo de quê, Bren? — indagou a escorpiana.

Brenda respirou profundo para tomar coragem antes de responder:

— De que o terapeuta me diga que Diego não serve para mim, que não me faz bem.

— Por que você pensa tão negativamente? De novo por causa de seu Júpiter não sei onde?

— Na Casa XII. Não sou negativa, só realista. Só de imaginar o que minha mãe e Lauti vão dizer quando souberem, já quero me esconder debaixo da cama.

— Então também acha que ele não serve para você — concluiu Millie.

— Não interessa se serve ou não — afirmou com repentina firmeza. — Só sei que amo Diego como nunca vou amar outro cara, e que nas últimas semanas tenho sido imensamente feliz.

— Vocês se veem pouco — comentou Millie.

— Sim — admitiu Brenda —, pouco e sempre com gente em volta.

— Nada de sexo, então.

— Não. Nem sequer falamos disso. Eu tenho vergonha de tocar no assunto porque ele não diz nada. Fica excitado quando nos beijamos e depois se afasta para acalmar a fera.

— Você já viu a "mala" dele? — inquiriu Millie, com a típica brutalidade de seu signo zodiacal.

— Millie, você não tem limites! — fingiu se escandalizar. — Sim, eu vi a "mala" dele. Satisfeita? Além do mais, se ele não fosse um ótimo amante, Carla não andaria atrás dele. Segundo Ceci, por ter Plutão e Escorpião na Casa VII, a do relacionamento, Diego tem apetites sexuais muito obscuros e fortes; sem contar que tem Marte na Casa I, que o leva a querer fazer sexo com frequência.

— Talvez ele curta sadomasoquismo e encha você de chicotadas — brincou Millie. — O importante aqui é que você, dona iceberg-que--afundou-o-Titanic, sinta alguma coisa toda vez Diego devore sua boca, porque sou testemunha de que naquele domingo na casa ele devorou. Lembro que era sempre difícil para você se excitar com Hugo, e ficava angustiada por isso.

— Esqueça. Com Diego é exatamente o contrário.

— Ou seja, em vez de ser um iceberg, você poderia derreter um de tão quente que fica.

— Exato — afirmou Brenda.

— Essa é minha garota! — exclamou a escorpiana, e ergueu a mão para um *high five*.

15

No dia 14 de maio, o sábado anterior ao da festa na paróquia, Brenda, Millie e Rosi foram à casa de Augusto, um colega do Santa Brígida, comer churrasco e jogar truco enquanto esperavam a hora de sair para dançar. Diego ligou quando ela estava ajudando a pôr a mesa na galeria do jardim. Ele sabia do churrasco; Brenda havia comentado sobre isso naquela tarde no orfanato.

— Já está aí — disse ele, de mau humor. — Estou ouvindo as vozes dos caras.

Brenda controlou a vontade de rir. Às vezes, a secura de Diego a magoava. Por isso ela adorava que ele comunicasse seu interesse por meio das canções que compunha ou de ceninhas de ciúme.

— Sim, já estamos aqui — respondeu ela, descontraída. — No sábado que vem você vai conhecer todo mundo, porque eles prometeram ir à festa. Não veem a hora de me ouvir cantar. Pedi para nos seguirem nas redes sociais. Já temos quase cinco mil seguidores no Facebook e mais de três mil no Instagram. Millie disse que seria bom repetir o convite na página do Sin Conservantes...

— Você já teve alguma coisa com algum deles? — Diego a interrompeu.

— Não, Diego. São meus colegas de escola — argumentou. — Eu os conheço desde o jardim de infância.

— Você me conhece desde que nasceu e se apaixonou por mim — objetou ele —, então não sei o que tem a ver uma coisa com outra.

Brenda se sentia surpresa e lisonjeada por ver um cara como Diego, que escondia as emoções atrás de um olhar sisudo, demonstrar sua insegurança, sua raiva e seu desespero. Sendo Virgem um signo muito controlador, ele depois se arrependeria de ter se exposto.

— Justamente — replicou Brenda, com paciência — porque eu me apaixonei por você quando estava no berço e continuo apaixonada até agora, com vinte anos, é que você não deveria se preocupar.

Brenda ouviu uma espécie de grunhido do outro lado da linha e o tomou como concordância ou concessão.

— Vão sair para dançar depois? — perguntou ele, apesar de já saber a resposta.

— Eu te falei hoje à tarde que eles vão sair para dançar, mas eu vou voltar para casa. Amanhã levanto cedo para ensaiar, esqueceu?

— E, como sempre, vai voltar sozinha — disse ele, bravo. — E não me diga que os seguranças estão lá quando você entra com o carro porque eu não penso *só* nesse momento, e sim em todo o trajeto.

— Você tem o número do meu GPS no seu aplicativo — recordou ela.

— Sim — admitiu Diego, mal-humorado. — Ligue para mim assim que chegar — exigiu.

— Amor — retrucou Brenda, com paciência —, você não sabe quanto eu gostaria que estivesse aqui. Estou com saudade.

— Eu também — admitiu Diego, e Brenda o ouviu suspirar. — Ficar aqui trancado me deixa louco. E ficar longe de você também — acrescentou.

— Eu sei. Se eu pudesse estar trancada aí com você, estaria.

— Se você estivesse aqui comigo, eu não me sentiria trancado.

— Boa frase para uma canção — disse Brenda.

— Muito boa — ele concordou.

Diego ligou pela segunda vez enquanto estavam comendo, com o pretexto de lembrar a Brenda que levasse a máquina fotográfica no dia seguinte. E uma terceira, durante a partida de truco. Millie, que era parceira de Brenda, arrancou o celular dela.

— Escute aqui, *Diii* — avisou —, quero te informar uma coisa: ninguém conhece Bren como eu. Ninguém — enfatizou. — Portanto, saiba: nem quando ela estava saindo com Hugo conseguiu esquecer você. Imagine se agora, que finalmente está com você, ela vai se enroscar com outro. Para ela, os outros homens não existem. Isso sem contar que Bren é mais correta que o Código Civil.

Diego devia estar dizendo alguma coisa, porque Millie calava e assentia.

— Se você fica preocupado por ela voltar sozinha, nós vamos acompanhá-la até a casa dela e depois vamos à danceteria. Pronto, sem drama, durma tranquilo. Mas não negue que você está meio enciumado — provocou e, depois de um curto silêncio, soltou uma gargalhada.

Millie devolveu o telefone a Brenda, que se afastou para terminar a conversa.

— O que ele disse para te fazer rir?

— Que não está *meio* enciumado. Que está verde de ciúme.

Augusto, Millie e Rosi escoltaram Brenda até sua casa, em Almagro, apesar da tentativa dela de dissuadi-los. Durante o caminho, ela foi falando pelo viva voz com Diego, que ainda estava acordado.

Brenda estava dirigindo pela avenida Rivadavia quando, ao parar no semáforo da esquina com a Senillosa, viu-a sair de uma confeitaria: Carla Mariño. "Prostituta", dissera Lita. Fosse como fosse, era linda, deslumbrante, com seus longos cabelos louros alisados e seu corpo de vedete que não parecia esconder um tumor maligno. Brenda sentiu-se feia e pouca coisa. "Quando me comparo com outro, destruo a mim mesmo", recordou, e talvez tenha murmurado a frase de Krishnamurti a meia voz, porque Diego disse:

— O quê? Não ouvi.

— Estou vendo Carla Mariño — pensou em voz alta.

— Ah... onde? — perguntou Diego.

— Está saindo da San Carlos — pontuou —, uma confeitaria na Rivadavia com a Senillosa.

— Está com alguém? — inquiriu ele.

Brenda se esforçou para descobrir se imaginá-la com outro o deixava zangado, perturbado ou enciumado. Mas, independentemente dos grandes dotes de vidente com que a coroavam seu Sol em Peixes e seu Netuno na Casa XII, não conseguiu perceber nada. Estava nervosa e deprimida demais.

— Está com um cara.

— Descreva-o — exigiu Diego, com um tom imparcial, como o que teria usado um detetive seguindo alguém.

— Da altura dela, se bem que ela está de salto, então deve ser um pouco mais alto. Cabelo curto, grisalho nas têmporas, pele morena. Ou talvez bronzeada — corrigiu. — Uns quarenta anos. Rosto meio comprido — acrescentou —, estilo casual.

— Já sei quem é — afirmou Diego, com o mesmo tom imparcial.

— Quem?

— O produtor de um show de cúmbia onde ela trabalhava há alguns anos.

Com quem ela te traiu, pensou Brenda.

— Você fica chateado por saber que ela está com ele?

— Não, mas é bom saber — foi a resposta misteriosa.

* * *

Carla Mariño foi com duas amigas à festa da paróquia, contrariando a declaração de Diego de que ela não era fã dessas coisas. Ou talvez fosse uma mulher disposta a tudo para reconquistá-lo. Teria Diego lhe dado os detalhes do evento – dia, hora, lugar – ou ela os lera nos anúncios das redes sociais do DiBrama? Porque Brenda duvidava de que ela houvesse sabido pelo site da paróquia. Ao ver Carla sentada a uma mesa, Manu e Rafa juraram a Brenda que fazia semanas que não a viam nem falavam com ela.

A noite estava perfeita, com uma lua cheia que refulgia no negríssimo céu sem nuvens. Não estava frio nem calor; a temperatura era ideal. Apesar do entorno, dos arranjos e da decoração humildes, o pátio da paróquia vibrava com uma energia vital. Estava lotado, incluindo as crianças do orfanato, que haviam sido compensadas pela perda da aula de canto com a permissão de assistir ao espetáculo até as onze da noite. O que elas mais queriam era ouvir Diego e Brenda cantarem e comer *choripán* com Coca-Cola.

— Postar a mensagem na página do Sin Conservantes deu resultado — comentou Rafa. — Os fãs antigos continuam chegando. Está vendo aquele? — Apontou para um garoto que usava uma camiseta com o nome da velha banda. — É um superfã. Ele nos segue para todo lado. Acabei de dar um abraço nele. Está feliz por termos voltado.

Brenda estava nervosa por causa da presença de Carla e dos antigos seguidores da banda. A comparação seria inevitável. Ela estava morrendo de medo de que identificassem Carla entre o público e lhe pedissem para cantar mais uma vez com a banda.

— O que ele disse quando soube que eu vou substituir Carla?

— Você não vai substituir ninguém, Bren — objetou Manu. — Esta é uma banda nova.

— Para os fãs eu sou a substituta da Carla — disse ela, obstinada.

— Ele disse que você é linda — disse Rafa. — Você ficou maravilhosa nas fotos que Chacho tirou no domingo passado — enfatizou.

Mas Brenda sabia que ele estava dizendo aquilo só para animá-la. Nesse campo Carla não tinha concorrentes.

Mas ela tinha seus admiradores pessoais: as crianças do orfanato e seus amigos, os do colégio e alguns da faculdade. Até os poucos da casa que haviam tido permissão para ir à festa estavam do lado dela. Mas a situação a angustiava do mesmo jeito. Brenda tentava não olhar para Carla nem para Diego, que estava no palco ajustando a conexão do equipamento. Será que haviam se cumprimentado?

— Não fique com essa cara — disse Millie, e Rosi, a seu lado, concordou.

— Não posso evitar, com essa mulher aqui — justificou Brenda.

— Naquele domingo na casa, com Carla lá, você arrasou cantando — recordou Rosi. — Agora, faça o mesmo.

— Vamos manter aquela sem-vergonha sob controle — prometeu Millie.

Brenda achou que a hora de sua apresentação chegou rápido demais. Não queria estragar o primeiro show do DiBrama com suas inseguranças, que não passavam de um ego gigante – convenceu-se. A festa estava sendo um sucesso e havia mais gente que o esperado. Padre Antonio e padre Ismael sorriam e declaravam que a arrecadação já excedera o previsto; já haviam coberto os custos e obtido um bom lucro. Não seria ela quem estragaria tudo por se sentir menos que Carla Mariño.

Estavam os quatro vocalizando e aquecendo a voz na sacristia quando Brenda recebeu uma mensagem de Millie: "Acho que a sem-vergonha está indo aí", o que lhe permitiu se preparar antes de vê-la entrar em uma área supostamente vetada ao público. Carla não se deixava deter por placas que diziam "Entrada proibida".

Seu perfume invadiu o recinto em poucos segundos, assim como sua presença. Era como se lançasse cintilações que nasciam de seu cabelo platinado – jamais se havia visto as raízes dela pretas –, dos lábios carregados de gloss, dos olhos verdes habilmente maquiados, da pele sem imperfeições. Carla dirigiu a todos um sorriso, somando o branco antinatural de sua dentição ao jogo de luzes e brilho.

— O que estão fazendo? — riu com escárnio. — Parecem uns retardados.

— Estamos aquecendo a voz e fazendo exercícios de vocalização — explicou Rafa.

Carla deu de ombros e se dirigiu a Diego com uma cadência que pretendia destacar seu corpo, por si só já bem exposto graças à estratégica escolha da roupa. Ficou na ponta dos pés com a intenção de beijá-lo na boca; Diego lhe ofereceu o rosto. Ela não cumprimentou os demais, nem com palavras nem com beijos. Se Brenda houvesse visto a cena em um filme, teria lhe parecido inverossímil, artificial e ridícula. Contudo, era pura realidade e se desenrolava diante de seus olhos. Ela recordou uma frase que Cecilia, que adorava citar os grandes nomes da história, tinha dito. Era atribuída a Mark Twain: "Por que a realidade não deveria ser mais estranha que a ficção? Afinal, a ficção tem que fazer sentido". Ela a havia citado depois de Brenda se queixar de sua vida cheia de eventos loucos e coisas estranhas. Em seguida, Cecilia lembrara a ela que, com a polaridade uraniana e o ascendente em Aquário, sem contar a Lua em conjunção com Urano, conectar-se com a loucura, a inconstância e a estranheza humanas era parte de sua aprendizagem.

Brenda suspirou, vencida, e ficou observando Carla, que, por sua vez, a observava com uma expressão carregada de escárnio e um sorriso falso.

— Quer dizer, então, que eu fui substituída pela priminha do Di?

— Nós não substituímos você — rebateu Manu, e passou um braço sobre os ombros de Brenda, em atitude protetora. — Você quis ir embora, ou já esqueceu tudo que aconteceu?

Manu ergueu uma sobrancelha; Carla desviou o olhar e buscou o apoio de Diego, que continuava em silêncio, como se não tivesse nada a ver com aquilo.

Mas Brenda o percebia tenso, os olhos cravados com obstinada atenção no braço de Manu sobre ela.

— Na verdade — acrescentou Rafa —, ninguém substituiu você. Esta é uma banda nova.

— Sim, mas usaram a nossa página do Facebook para promover a nova banda de vocês. Di-Bra-Ma — soletrou com deboche. — Que nome ridículo!

— A página não é sua — interveio Diego.

A voz dele ecoou no pequeno recinto e se propagou no ambiente carregado e denso. Até a inabalável Carla se sentiu afetada.

— Como não? — replicou, com menos segurança. — Eu *faço parte* do Sin Conservantes. A única voz feminina.

— O nome da banda e tudo que nós criamos são propriedade minha, de Manu e de Rafa. Não sua. E você não faz parte do Sin Conservantes porque o Sin Conservantes não existe mais.

— Sem contar que foi *você* quem quis cair fora — insistiu Manu.

— Como diz o velho ditado — citou Rafa —, se for por falta de adeus...

— Vocês são uns imbecis, os três! — reagiu Carla. — Acham que uma boa voz é suficiente para fazer um bom espetáculo? O que pretendem fazer com essa... mosca morta? Ela nem sabe se vestir!

Brenda observou sua roupa: jeans skinny preto e uma blusa branca com flores bordô, de ombros de fora e mangas boca de sino. Para completar, tênis Nike violeta. *Não estou tão mal*, pensou, e recordou que estava ótima, com o cabelo escovado e a maquiagem que Rosi havia feito, bem anos 1970, porque havia destacado seus olhos com delineador preto líquido.

— Não é preciso parecer uma puta... — começou Manu, mas Carla voou para cima dele como um animal raivoso.

Manu girou a tempo e o soco o acertou nas costas.

— Pare com isso, sua louca! — exclamou Rafa enquanto Diego a segurava, puxando seus braços por trás, e a arrastava para fora da sacristia pela porta que dava para a igreja.

Os gritos e palavrões dela se propagaram pela nave do edifício com uma qualidade de arrepiar. Todos ficaram mudos e quietos, até que o som desapareceu.

— Que coisa mais desagradável — sussurrou Brenda.

— Assim que a vi — disse Rafa —, soube que haveria confusão. Era o que ela queria: desestabilizar todos nós.

— É sempre assim com essa louca — apontou Manu. — Parece que não vive sem fazer barraco, sem arranjar briga, sem provocar conflito.

— Estou tremendo — comentou Brenda, e esticou a mão para mostrar.

Manu a abraçou sem lhe dar tempo de reagir. O gesto a incomodou, embora fosse amistoso, e Brenda não retribuiu; manteve os braços caídos nas laterais do corpo.

— Solte-a — ouviu-se a voz de Diego, ameaçadora e sombria.

Brenda se afastou de imediato e, em um ato instintivo, colocou-se entre ele e Manu. Pegou o rosto de Diego e tentou obrigá-lo a encará-la. Ele, porém, lançava um olhar tormentoso e cheio de ameaça a seu amigo.

— Irmão — tentou argumentar Manu —, ela estava tremendo por causa da sua ex.

— Não a toque nunca mais — advertiu Diego, com o indicador estendido.

— Amor, por favor, olhe para mim — suplicou Brenda. — Olhe para mim! — exigiu com a agressividade que lhe propiciava seu guerreiro Marte em conjunção com o Sol.

Diego virou os olhos com indolência e os fixou nela com a soberba que nascia de seu karma, do Nodo Sul em Leão.

— Não quero brigas. — Ela o beijou nos lábios. — Estamos assim por causa da energia ruim que ela plantou entre nós. — Tornou a beijá-lo, dessa vez um beijo mais longo, e sentiu que os lábios dele começavam a ceder. — Era o que ela queria vindo aqui, que nós brigássemos. — Esticou a mão para Manu e Rafa, que se aproximaram, solícitos. — Ninguém pode destruir o DiBrama. Ninguém — repetiu —, a menos que nós permitamos. E não vamos permitir.

— Claro que não — apoiou Rafa.

Diego, ainda severo, com uma expressão impenetrável, esticou o braço em direção a seus amigos, convocando-os. Acabaram os quatro fundidos em um abraço.

— Vamos arrasar — disse Rafa.

— É isso aí! — exclamou Manu.

Diego limpou a garganta antes de se dirigir a seus amigos.

— Vão indo — pediu. — Quero falar um instantinho com Brenda.

Assim que Manu e Rafa fecharam a porta da sacristia, Diego devorou os lábios de Brenda. Ela sentia que o beijo os redimia e os limpava, e sob suas pálpebras fechadas imaginou que renovava a aura que os protegia. Vibrava entre eles uma paixão que, convenceu-se, seria inesgotável.

Diego a pegou pelas nádegas e a sentou na beira de uma mesa. Colocou-se entre os joelhos afastados dela e continuou a beijá-la.

— Queria fazer isso desde que te vi chegar — confessou ele com os olhos fechados e a testa apoiada na dela. — Você está tão linda...

— Meio mosca morta, talvez?

— Não ligue para ela.

— Nem um pouco. Se você diz que estou linda, é suficiente para mim.

— Mais que linda. — Ele se afastou para observá-la com seu crítico olhar virginiano. — Seu cabelo ficou lindo assim, liso. E seus olhos... isso que você fez aí ficou muito bom.

— Rosi passou delineador. Ela é fera na maquiagem.

Diego a observava e sorria com ar de quem guarda um pensamento divertido.

— Que foi? Por que está me olhando assim?

— Agora entendo o que você quis dizer quando me explicou que Peixes ensina Virgem a ser compassivo — recordou. — O que você fez pelo grupo agora pouco foi demais. Incrível — enfatizou. — Eu não teria afrouxado se você não tivesse dito o que disse.

— E você vai me ensinar a não me perder no caos pisciano.

— Isso é fácil.

— Para você, que é de Virgem! Para mim, é como escalar o Everest.

Os dois riram. Os risos se transformaram em sorrisos, até que estes também desapareceram.

— Obrigado por não ficar brava pelo que aconteceu — sussurrou Diego.

— De nada — respondeu Brenda, escondendo a vontade de perguntar muitas coisas.

* * *

Contra todos os prognósticos, Carla continuava ali, à mesa com as duas amigas, disposta a ver o DiBrama. Brenda teria jurado que ela iria embora. Padre Ismael anunciou a banda de rock depois de uma apresentação de mágica e os quatro subiram ao palco. Aplausos e gritos de incentivo explodiram não só na área onde se encontravam seus amigos, mas também em todo o público, o que confirmava que os seguidores do Sin Conservantes haviam lotado o pátio da paróquia.

Brenda se sentia em carne viva, com as emoções à flor da pele e a sensibilidade exacerbada pela energia poderosa que os envolvia. Trocou um olhar com Diego e ficou sem fôlego, oprimida de repente pela realidade: ia cantar com sua banda diante de um público de, no mínimo, trezentas pessoas. Jamais teria imaginado viver uma experiência tão fascinante.

Ela se concentrou no olhar dele para se acalmar e o achou mais lindo do que nunca, com as orelhas cheias de brincos e as mãos cheias de anéis. Ele tirara o moletom com capuz e ficara só de camiseta de mangas curtas, preta, com o *smiley* do Nirvana, a banda de rock favorita dele. Os músculos dos braços e antebraços de Diego se ondulavam sob a pele tatuada quando ele abria e fechava os punhos em uma espécie de exercício. Estaria fazendo isso para se acalmar?

Brenda assentiu levemente para indicar que estava pronta e, sem se voltar, Diego estendeu a mão direita para trás, contou até três mostrando o dedo indicador, médio e anular, e a bateria de Rafa explodiu em uma sequência de golpes e sons metálicos, como se tocasse tudo de uma vez só, causando uma resposta fervorosa do público.

Haviam escolhido começar com duas músicas nas quais Brenda acompanhava Diego só no refrão. Eram duas canções muito queridas pelos fãs do Sin Conservantes, o que colocou todos a seu favor. No início ela não sabia o que fazer com o corpo, e ficava sentada na banqueta alta em frente ao microfone, tensa e questionando tudo; nem a voz de Diego a ajudava a se acalmar. A experiência, que minutos antes havia considerado fascinante, naquele momento a assustava. Admirou ainda mais seus colegas, que se mostravam tão profissionais e seguros diante do público. Mas pouco a pouco foi se soltando, graças às aulas de canto com Maria Bator e Leonardo Silvani, que haviam insistido no uso do corpo e, especialmente, do olhar.

Brenda cantou a terceira música praticamente sozinha, com poucas intervenções de Diego – era primeira oportunidade real de se mostrar para ser julgada, pensou. Sabendo que sua rival estava ali lançando maldições e maus augúrios, decidiu se entregar ao público e cantar com o coração. Em especial o refrão, no qual alcançava notas muito agudas, serviu para conquistar a admiração dos fãs, que inevitavelmente a comparariam com Carla. Só que ela havia visto vários vídeos e sabia que Mariño não possuía a potência dela, tão elogiada por Juliana Silvani e seu sobrinho. Também não contava com a técnica adquirida por Brenda depois de anos de estudo.

Todos se levantaram para aplaudi-la. Seu coração batia como o de um passarinho silvestre caído em uma armadilha. Seus olhos se encheram de lágrimas. Diego se aproximou, pegou sua mão e levantou seu braço, o que suscitou uma nova onda de aplausos e bravos.

— Esta é Brenda Gómez. Deem as boas-vindas a ela, por favor.

Interpretaram mais quatro canções, duas das quais eram as composições mais recentes de Diego, "Caprichosa y Mimada" e "Querido Diego", que os fãs não paravam de aplaudir. Brenda observava a paixão dos seguidores e se perguntava se Carla havia percebido que ambas as músicas falavam dela, a "priminha" de Diego. Esforçava-se para evitar dirigir o olhar para a área onde ela se encontrava. Tinha medo dela.

Os quatro membros do DiBrama desceram do palco e os fãs os cercaram. Diego não saiu do lado dela nem a perdeu de vista, mesmo sendo crivado de pedidos de autógrafos e perguntas. Um fã perguntou: "O que aconteceu com Carlita Queen? Ela não faz parte do DiBrama?", ao que Diego respondeu com uma discrição admirável: "Ela escolheu seguir seu próprio caminho".

* * *

— Ainda estou em choque, Bren! — exclamou Augusto, seu colega do Santa Brígida.

Continuaram os parabéns e elogios dos amigos e dos poucos rapazes da casa de reabilitação que haviam comparecido. Brenda estava feliz. Até que Millie se inclinou em seu ouvido e sussurrou:

— Acabei de ver a sem-vergonha seguindo Diego para dentro da igreja.

A alegria desapareceu. Seu coração não batia mais velozmente por causa da emoção, e sim por causa da angústia.

— Vamos — exigiu sua amiga.

Foram as duas para o edifício e entraram por uma porta lateral.

— Ela o seguiu sem ele saber?

— Não faço ideia — respondeu Millie. — Ele foi na frente, ela atrás.

— Estou com medo — admitiu Brenda.

— Eu sei — disse Millie, e a pegou pelo braço. — Mas você tem que enfrentar isso.

Chegavam as vozes da sacristia. Brenda parou uns metros antes e Millie a imitou. As duas ficaram quietas e mudas, protegidas pelas sombras do corredor.

— Tome, Di.

— Está louca? — disse Diego, zangado. — Guarde isso. O que você pretende? Que eu me drogue debaixo do nariz do padre?

— Ande, experimente. Você vai gostar, é da boa. Coquito me deu. O padre não vai nem notar.

As meninas ouviram uma gargalhada de Diego, vazia e forçada.

— Não o subestime, Carla. Garanto que só de me ver ele saberia até quantas carreiras eu cheirei. Já disse que não quero confusão. Preciso sair daqui o quanto antes. Não vou cheirar — enfatizou.

— Por isso você anda tão idiota, porque faz meses que não cheira.

— Sobre o que você queria falar comigo? — inquiriu ele, respondendo, assim, à pergunta de Brenda.

— Sobre nós.

— Nós?

A voz debochada de Diego escondia um grande ressentimento, o que entristeceu Brenda; ela teria preferido um tom indiferente.

— Você está me traindo com aquela pirralha, sua priminha?

— Seria difícil, já que você e eu terminamos no dia em que você decidiu me trair com Silvio Cammarano.

— Já chega de castigo, Di. Você já me fez sofrer o suficiente. Sabe por que eu fiz aquilo? Por nós. Além do mais, já larguei Silvio.

— Não foi o que me disseram. Você foi vista com ele sábado passado, de madrugada, na avenida Rivadavia.

O silêncio que se seguiu revelou a surpresa de Carla diante da declaração de Diego.

— Não aconteceu nada entre...

— Não me interessa se aconteceu — declarou Diego.

Mas Brenda se convenceu de que as palavras dele não condiziam com o tom carregado de ira.

— Nós conversamos sobre trabalho. Trabalho para você e para mim.

— Para mim? — debochou Diego.

— Para pagar a dívida. Até agora consegui controlar meu irmão, mas... Coquito disse que ele está impaciente. Por que não aceita trabalhar para Ponciano? Ele pagaria bem e faria um bom plano de pagamento da dívida.

— Dívida que eu tenho por sua culpa. Não esqueça, Carla.

— Chega de castigo, Di! Chega! — exclamou Carla de novo, com voz de menininha caprichosa. — Quero formar nossa dupla e...

— Você está me escutando? Ou está tão chapada que perdeu até a audição?

O silêncio que se seguiu foi mais insuportável para Brenda que o diálogo. Imaginava os dois se olhando nos olhos com a mesma quantidade de ódio, atração e desejo.

— Está me traindo com aquela pirralha? Com aquela sua priminha de merda? — perguntou Carla de novo, e de novo não obteve resposta. — Tudo bem, divirta-se um pouco, já que está a fim. Mas não esqueça que você e eu fizemos um juramento e estamos juntos para sempre.

A última afirmação deixou Brenda sem fôlego e, como uma menininha assustada, ela apertou as pálpebras para se blindar das imagens, dos pensamentos horríveis, da energia que a sufocava. *Eu não deveria estar aqui. Isso é errado*, censurou-se. Já ia sair dali quando foi detida por sons provenientes de movimentos bruscos, de respirações agitadas, como de pessoas se debatendo. O que quer que estivesse acontecendo na sacristia se desenrolava sem troca de palavras. Estavam se beijando, não havia dúvida; era tão claro para Brenda como se estivesse vendo: um beijo duro, carregado de ressentimento e paixão.

Ela correu dali sem esperar Millie.

* * *

Brenda queria ir embora. Não se despediria de ninguém. Queria desaparecer. Não conseguia pensar. Não conseguia raciocinar. Precisava desligar. Agia movida por uma energia uraniana implacável. Ela pegou suas coisas na mesa ocupada por Rosi e Millie e, sem uma palavra, foi para a saída enquanto mandava uma mensagem para suas amigas dizendo que as esperava no carro.

As garotas apareceram minutos depois. Millie já havia contado a Rosi o que acontecera na sacristia.

— Vamos — demandou Brenda, bem no momento em que seu celular vibrava na mão, indicando a chegada de uma mensagem.

"Onde você está?", perguntava Diego.

— Não vamos nos despedir de ninguém? — perguntou Rosi, inquieta.

— Não dê uma de louca, Bren — disse Millie. — Não aconteceu nada entre aquela sem-vergonha e Diego. Eu fiquei lá e ele saiu logo depois com uma cara de cu que você nem imagina.

— Carla quis falar com Diego e ele foi correndo ver o que ela queria — disse Brenda, obstinada, olhando fixamente para o telefone, que não parava de vibrar por causa das mensagens com que Diego a bombardeava.

— Bren, por favor — interveio Rosi —, você não é assim. Vai embora sem falar com ninguém? O pessoal veio esta noite para te ver, amiga.

Brenda baixou a cabeça e apertou as pálpebras para conter as lágrimas. Sentia-se sufocada por uma tristeza infinita. Assentiu, vencida, e se deixou guiar pelas amigas de novo à paróquia. Diego as avistou assim que atravessaram o portão do pátio e caminhou na direção delas.

— Onde você estava, Brenda? — exigiu ele. — Ninguém sabia me dizer.

— Calma, Di — Millie o conteve. — Calma — enfatizou. — Você também tem que responder a algumas perguntas.

— Do que você está falando?

— De seu encontro íntimo com Carla na sacristia — disse Brenda, de repente dominada por uma segurança inesperada e bem-vinda.

Rosi e Millie saíram em silêncio e voltaram para a festa. Diego e Brenda encaravam-se naquela parte do pátio, afastada e ensombrada.

— Estava me espionando?

— Sim — admitiu ela. — Não devia, eu sei.

— Exato, não devia. Eu pedi que você confiasse em mim.

— Você também tem que confiar em mim e me contar o que há entre vocês.

Diego levou as mãos à cabeça. Durante o show, havia tirado a bandana para enxugar o suor, de modo que estava com o cabelo solto. Afastou-o do rosto, o que deixou exposta uma expressão irascível. Ela conhecia a índole dele, sabia que era impaciente e intolerante; só que, naquele momento, pouco lhe importava. Queria respostas, e as conseguiria.

— Você teria aceitado a cocaína que ela ofereceu se padre Antonio não estivesse por perto?

— Não. E não tomei uma gota de bebida, apesar de haver cerveja e fernet passando a noite toda debaixo do meu nariz. Mais tranquila?

Marte na Casa I, recordou ela. *Não suporta que lhe digam o que fazer nem que o controlem.* Contudo, prosseguiu o interrogatório.

— Por que você aceitou falar com ela a sós?

— Porque ela me pediu — respondeu ele. — Somos amigos, por que eu não aceitaria falar com ela?

Brenda ficou olhando para ele, ou melhor, estudando-o. Estava zangado, inquieto, com os polegares enganchados no cós da calça e sacudindo a perna como quem está a fim de ir embora. Ela queria perguntar sobre a dívida com o prefeito Mariño e sobre tantos outros assuntos derivados da conversa com Carla. Contudo, o que mais desejava era saber: "O que eu significo para você, Diego?". Detestava se rebaixar e agir com uma namorada controladora e ciumenta, pois não era assim.

Ela assentiu, vencida. Queria sair dali, voltar para casa, para sua mãe. Precisava de Ximena tanto quanto precisava se afastar de Diego e das dúvidas que nasciam só de olhar para ele. Desde a leitura de seu mapa astral, identificava facilmente o momento em que seu pêndulo uraniano se colocava no extremo, onde o desapego e a desconexão emocional significavam um refúgio e uma proteção. Esse era um desses momentos. Algumas pessoas a teriam considerado inconstante, louca; uma hora proclamava seu amor por Diego Bertoni, e outra impunha distância dele.

Os dois voltaram à festa. Caminharam em silêncio, um ao lado do outro, sem sequer roçar as mãos. Ficaram até o fim e ajudaram a arrumar a paróquia. Ela teria gostado de compartilhar a alegria dos padres, que se gabavam do sucesso do evento, e de Manu e Rafa, que estavam cansados de dar autógrafos e receber pedidos dos fãs para tocar em festas. Sim, teria gostado de se sentir feliz, só que um vazio se abria dentro dela. Um pensamento em especial a angustiava: *No fim*, pensava, *Carla venceu.*

* * *

No dia seguinte, levantou-se tarde, perto do meio-dia. Foi ao terraço e encontrou sua avó e sua mãe tomando mate e conversando. Max abandonou o lugar aos pés de Ximena e foi recebê-la balançando o rabo. Era uma cena tão familiar que a fez sorrir. Sentou-se entre as duas e, enquanto com uma mão acariciava o labrador, com a outra segurava a cuia do mate que Lidia lhe havia servido.

— Que foi, meu amor? — perguntou Ximena, afastando o cabelo do rosto da filha e a observando.

— Nada, mamãe — mentiu.

— Vai ficar em casa hoje? Faz muitos domingos que não a tenho para mim.

— Sim, mãe. Hoje vou ficar em casa — prometeu, com infinita tristeza, pois acabava de se dar conta de que não haveria mais domingos de ensaio na casa de Diego.

Ela voltou a seu quarto para se vestir e escutou o celular. Era uma mensagem dele perguntando se iria vê-lo à tarde. Seu Sol em conjunção com Marte, incentivado por seu Mercúrio na Casa I, teriam respondido: "Para que quer que eu vá se já tem Carlita Queen? Ou talvez ela não vá e você está me chamando porque sou seu plano B?". Inspirou fundo, envergonhada por um pensamento tão mesquinho e estranho à sua natureza pisciana. Digitou com a vista ofuscada pelas lágrimas: "Tenho um compromisso familiar. Hoje não posso". A resposta chegou um segundo depois. Um simples "OK".

Brenda se jogou na cama e chorou com o rosto no travesseiro. O vazio nascido nela na noite anterior se transformava em uma ferida gigante, como se houvessem arrancado seu coração. A dor era assustadora. Onde estava seu desapego uraniano quando mais precisava dele?

16

Desde a briga com Diego na festa, Brenda se movia como um robô e não sorria. Forças opostas lutavam com ferocidade por trás de seu semblante sério e aparentemente calmo: às vezes o ego se impunha e a raiva crescia; outras, diluía-se por completo, e ela teria corrido à casa de reabilitação para pedir desculpas a Diego. Às vezes ela se agarrava à sensação de liberdade que experimentava ao tirá-lo de sua vida, e em outros momentos se assustava ao pensar em viver sem ele, sem a segurança de seu amor. E tudo no intervalo de poucas horas. Em um mesmo dia ela mudava de ideia várias vezes. Tinha a impressão de que estava perdendo o juízo.

Na quarta-feira, Brenda gravou um áudio bem longo para Cecilia, contando sobre aquela vivência e terminando com uma pergunta: "Estou louca?". A astróloga respondeu com uma citação, como costumava fazer: "Nikos Kazantzakis, autor de *Zorba, o grego*, afirmava que um homem precisa de um pouco de loucura, senão nunca se atreverá a cortar a corda e ser livre. Ele conhecia a loucura muito bem. Era aquariano". Diante da resposta enigmática, Brenda enviou outro áudio, perguntando se tinha que cortar a corda que a mantinha amarrada a Diego desde sempre. "Isso só você pode responder, Bren", afirmou Cecilia. "Procure o equilíbrio", sugeriu. "E não se assuste no processo. Não é fácil achar o centro, não é uma coisa que acontece depressa. É um trabalho muito saturnino, ou seja, exige tempo e dedicação. Muita dedicação", enfatizou.

Brenda praticamente não dormiu naquela noite. Meditou sobre a busca de equilíbrio e a corda que a amarrava a Diego. Os dois não trocavam mensagens desde domingo ao meio-dia; o silêncio dele a estava matando. Só de pensar em pôr fim na relação, ela ficava arrasada. Talvez já houvesse acabado, convencia-se, e o terror, aumentado pela escuridão e o silêncio esmagador da noite, a impedia de respirar. Aquilo era uma obsessão ou um amor puro e saudável? Brenda sabia que Peixes costumava se iludir e acreditar em contos de fadas. Era isso que estava acontecendo? Ela devia acreditar quando Diego garantia que só restava uma amizade entre ele e a ex? Ou seria uma grande mentira? De uma coisa tinha certeza: Carla não aceitaria perdê-lo. Havia uma dívida no meio. Diego devia dinheiro ao prefeito Mariño. Era por isso que ele não queria afastá-la totalmente, porque era conveniente tê-la como aliada?

Surgiu em sua mente o que Cecilia havia explicado sobre a posição de Plutão no mapa de Diego. O planeta da morte e da transformação estava na Casa VII, do relacionamento. "Significa que nada será fácil nesse âmbito", afirmara a astróloga. Haveria conflito e intensidade, um destruir e um renascer constantes. Na opinião de Cecilia, o círculo vicioso era interrompido quando o nativo tomava consciência da força que o dominava e a usava para aprofundar sua psique e a do ser amado a fim de conseguirem, juntos, uma transformação absoluta, uma comunhão de almas. A aprendizagem implicava a morte do ego e o nascimento de um novo ser – os dois como um casal sólido, indestrutível. Se não fosse ela, quem ajudaria Diego nesse processo doloroso? A questão não era se julgar mais sábia que ele, mas sim o fato de o amar tanto que era capaz de matar o ego e emergir de novo como alguém melhor para ajudá-lo.

Depois de uma noite em claro, Brenda se levantou às seis e encheu a banheira com sais aromatizados de lavanda. Mergulhou lentamente, curtindo a dor prazerosa provocada pelos músculos ao relaxar. A água quente e os sais a purificavam da energia nociva que a habitava desde o sábado à noite. Emergiu um pouco depois, renovada.

Tadeo González ligou enquanto Brenda se vestia. Ela consultou o relógio: eram cinco para as oito. Como estava atrasada – Juliana Silvani a esperava para ensaiar às oito e meia –, pensou em retornar a ligação mais tarde. Mas, refletindo que podia ser algo a respeito de Diego, atendeu depressa.

— Desculpe por ligar tão cedo, Brendita – disse ele.

— Algum problema, Tadeo?

— Nenhum, querida. Poderia passar em meu escritório hoje às onze e meia? Está bom para você?

Na hora do almoço ela precisava se encontrar com Millie e Rosi na lanchonete da faculdade para almoçar e, depois, iria à casa de Belén dar aula.

— Sim, pode ser. Não aconteceu nada mesmo?

— Nada, fique tranquila. Só preciso te perguntar umas coisas.

Brenda passou a manhã ensaiando com Bianca, Jonás e Eugenia na casa de Juliana Silvani, que a notava distraída e a alertava o tempo todo. Sim, estava distraída mesmo. Sua cabeça estava explodindo; uma hora pensava em Diego e em seu silêncio desde domingo, e no momento seguinte se perguntava se Tadeo queria falar com ela sobre Ximena. Queria pedi-la em casamento e não tinha coragem? Queria sondar o terreno antes de arriscar? Brenda não tinha ideia do que responderia se fosse essa a pergunta.

Às onze, foram os quatro para o centro, no carro de Brenda. Bianca, Jonás e Eugenia iam ao Colón, ao passo que Brenda ia ao escritório de Tadeo, que ficava perto do teatro e do Tribunal. Seguindo as instruções do advogado, Brenda digitou a senha no painel da garagem do edifício e estacionou no número indicado. Estava nervosa. Ficava feliz que um homem como Tadeo González estivesse interessado em sua mãe, mas será que a ideia se casar com ele também agradava Ximena? Incorporá-lo como membro da família implicava grandes mudanças, como dividir a casa com ele. Ela teria coragem de tomar o café da manhã de pijama com o elegante advogado sentado à mesa da cozinha? Na verdade, admitiu, o que não tinha certeza era de querer compartilhar a própria Ximena. Sua Lua em Câncer mandava o bondoso Peixes se calar e se fechava em torno de sua mãe como o caranguejo dentro da carapaça.

O escritório González & González, que Tadeo havia fundado com seu irmão mais velho quase trinta anos antes, era impressionante. Saltava aos olhos assim que se atravessavam as portas automáticas do elevador e se entrava em uma luxuosa recepção. Uma funcionária cumprimentou Brenda com simpatia e a conduziu a uma sala de reuniões bem iluminada, apesar da ausência de janelas. As paredes, revestidas com painéis de madeira, estavam cobertas por aquarelas com motivos campestres.

— O doutor González estará aqui em um minuto — disse a recepcionista. — Quer um café, uma água, um refrigerante?

— Nada, obrigada.

Brenda ficou sozinha. Sentou-se. Eram onze e quarenta. Millie e Rosi a esperavam à uma da tarde. Estava perto da faculdade, portanto tranquila, e com certeza a reunião com Tadeo não tomaria muito tempo. Pegou o celular e checou para ver se havia mensagens de Diego. Nada. Depois da noite anterior, ela estava disposta a lutar por seu amor. Escreveria para ele no fim do dia e, embora tivesse medo da resposta, arriscaria.

Ela ergueu o olhar ao ouvir a porta se abrir. Guardou depressa o celular na bolsa e se levantou com um sorriso ao avistar Tadeo González. Ele a cumprimentou da porta, com a mão na maçaneta, como se não se decidisse a abri-la por completo.

— Obrigada por aceitar vir tão em cima da hora — disse o advogado.

— Sem problemas.

— É que só ontem à noite, bem tarde, e graças a um contato que tenho no Tribunal, eu soube da decisão do juiz.

— Juiz? Algum problema com Diego? — inquiriu Brenda de imediato.

— Tenho uma surpresa para você — anunciou González, ignorando a pergunta dela e abrindo mais a porta.

Diego Bertoni, que estava atrás dele, contornou-o e foi até ela com um sorriso que a privou de qualquer possibilidade de processar o que estava vivendo, menos ainda de elaborar um pensamento ou um comentário coerente. Ele estava muito elegante, com um terno azul-escuro, o cabelo puxado para trás com gel e preso em um coque, a barba recortada e bem arrumada, sem os anéis nem os brincos que havia usado no sábado na festa. Brenda sentiu a boca seca por causa da excitação.

Diego a pegou pela cintura e a levantou do chão com suavidade. Brenda abraçou-o pelo pescoço e, sem entender nada, mas instintivamente, agarrou-se nele com o desespero nascido durante as tormentosas horas da noite anterior.

— Estou livre — sussurrou no ouvido de Brenda, que literalmente começou a tremer nos braços dele.

— Jura? — perguntou ela, com a voz congestionada.

— Juro.

Os dois se beijaram, esquecendo Tadeo González e a briga do sábado. Beijaram-se com a necessidade que se impunha quando estavam perto um do outro, como se fossem atraídos por uma força eletromagnética onipotente. E, enquanto Diego a mantinha com os pés fora do chão, Brenda conseguiu responder à pergunta formulada durante a noite anterior: seu amor por Diego era obsessivo, sim, mas também puro e saudável. Era complexo como ela, uma pisciana extremamente sensível, com poderes de xamã e o destino de uma louca aquariana criativa e livre, para quem achar o equilíbrio era tão difícil quanto ser organizada e exigente. Como podia, desse caos cósmico, nascer um caráter normal, se ela era habitada por energias estranhas à natureza humana? Aceitando-se, ela aceitava que seu amor por Diego e seu vínculo com ele seriam tudo menos fáceis e normais.

A aceitação consciente e voluntária de si mesma e da complexidade de Diego Bertoni trouxe um grande alívio a Brenda. Talvez fosse a isso que Kazantzakis se referia quando falava da necessidade da loucura para cortar a corda; ele se referia a aceitar a própria insanidade e a romper com os cânones sociais que amarravam e asfixiavam sua índole tão peculiar. Brenda também se sentia livre, apesar de presa no abraço estreito de Diego.

— Estou tão feliz — sussurrou no ouvido dele, e Diego assentiu com o rosto afundado no pescoço dela.

Ele a deixou no chão e a beijou levemente nos lábios.

— Você é a única que sabe — confessou. — Eu só pensava em contar para você.

— Obrigada.

Tadeo González se aproximou e deu uns tapinhas nas costas de Diego. Convidou-os a sentar. Brenda sentiu um imenso carinho e gratidão por aquele homem que havia feito o impossível para manter o amor da sua vida fora da cadeia. Estendeu a mão sobre a mesa e apertou a do advogado.

— Obrigada, Tadeo. De coração — acrescentou.

— Foi um bom trabalho em equipe — respondeu o advogado. — Diego fez a parte dele muito bem, e padre Antonio nos deu uma grande ajuda. De qualquer maneira, não podemos esquecer que ele conseguiu a liberdade condicional e que certas regras devem ser respeitadas. Diego tem que continuar participando das duas sessões semanais de terapia na casa de reabilitação e trabalhando como pintor e pedreiro.

— Ele pode tocar na banda? — perguntou Brenda.

— O juiz permitiu, desde que não interfira no trabalho dele. Além disso, tem que fazer exame de urina toda semana no Durand, que fica do lado da casa dele. O hospital entrega o recipiente esterilizado e depois envia o resultado diretamente para o Tribunal. Diego só tem que se preocupar em estar lá bem cedo às quartas-feiras — pontuou o advogado, e Brenda começou a fazer planos mentais para acompanhá-lo toda semana. — E em permanecer limpo — acrescentou, e levantou uma sobrancelha ao olhar para Diego.

— Estarei — prometeu.

Tadeo González assentiu, sério, e se levantou.

— Preciso ir — anunciou. — Podem ficar aqui o tempo que quiserem. Bem — corrigiu-se —, não tanto, porque Diego tem que voltar a Wilde para trabalhar.

— Tenho tudo aqui — informou Diego, e apontou para uma mochila que descansava em uma cadeira e que Brenda não havia notado. — Pego o trem em Constitución e chego lá em vinte minutos. Ángel vai me buscar na estação.

Os dois se despediram do advogado e deixaram o escritório de mãos dadas. As portas do elevador se fecharam atrás deles. Olharam-se. Diego soltou a mochila, que caiu pesadamente no chão, e puxou Brenda para si, cobrindo sua boca de um modo desenfreado que havia evitado na presença de González. O beijo foi duro, exigente, quase brutal. Brenda, na ponta dos pés, agarrou-se à sua nuca. Tentava acompanhar o ritmo de Diego, até que, vencida, afrouxou e ficou mole nos braços dele, percebendo em sua própria carne os sentimentos do namorado, desde a paixão cega até a raiva desapiedada. Absorveu-os um por um, amou cada emoção que ele lhe entregava e desejou estar sempre ao lado dele para acalmar os demônios que o habitavam.

As portas se abriram e eles ficaram com as testas coladas e arfando como cães. Não saberiam dizer se estavam no térreo ou em algum andar intermediário. Voltaram a se isolar dentro do elevador.

— Sentiu minha falta esta semana?

— Demais — admitiu Brenda. — Ia ligar para você hoje à noite.

— Jura? Eu não aguentava mais não ouvir você pelo menos no telefone.

— Por que não me ligou?

— Porque, quando ligasse — explicou —, eu queria que fosse como um homem livre.

— E se o juiz não concedesse a liberdade hoje, você nunca mais teria me ligado? — perguntou ela, desanimada.

— Era o que eu deveria fazer — confessou —, pelo seu bem; mas eu não teria conseguido.

— Estou bem quando estou com você, Diego.

— Não, mas eu sou egoísta e não tem como voltar atrás.

Brenda mandou uma mensagem a Millie e Rosi para cancelar o almoço e convidou Diego para comer um hambúrguer no McDonald's.

— Eu te levo até Wilde — propôs ela enquanto esperavam pelo pedido.

— Não. Se me levar à estação de Constitución já está de bom tamanho.

Eles ocuparam uma mesa e, enquanto Brenda pegava o álcool em gel na bolsa e higienizava as mãos, Diego devorava metade do hambúrguer. Ele ergueu o olhar e sorriu para ela.

— Estava com fome — explicou. — Tomei café muito cedo.

Ele estava descontraído e contente; era como se outro rapaz estivesse diante dela – parecido com o Diego carinhoso e doce da infância. Brenda estendeu a mão sobre a mesa e o acariciou.

— Você fica bem de terno. Está um gato. Todas as garotas estão olhando para você — declarou.

— Eu só vejo uma — disse ele, e deu uma piscadinha.

Brenda ficou vermelha e Diego riu.

— Agora vai ser diferente — prometeu ele. — Vamos ter tempo para nós, para ser um casal normal.

— Nunca vamos ser um casal normal — disse Brenda, com um semblante tranquilo.

Diego ergueu as sobrancelhas, espantado.

— Por que não?

— Porque nenhum de nós é normal. Nós somos especiais — afirmou ela. — *Você* é especial. Um ser muito sensível que tenta se esconder atrás de um guerreiro duro e briguento. Não permitiram que você demonstrasse fraqueza — prosseguiu —, e você aprendeu a escondê-la. Mas quando compõe e toca... — calou-se.

Diego ergueu o rosto; seus olhos brilhavam.

— Quando a música se apodera do seu ser, aí então você mostra sua essência, que eu amo até o infinito.

Seus olhares se entrelaçaram, pairando sobre aquele ambiente barulhento e frenético. Os dois se contemplavam com uma serenidade nova e, ao mesmo tempo, com um desejo que pulsava e crescia. Uma funcionária se aproximou para oferecer a sobremesa e quebrou o encanto.

— Por que você não foi ontem de manhã à aula de piano com minha avó? — perguntou Diego. — Ela me ligou para contar e disse que te achou estranha ao telefone. Foi por causa do que aconteceu no sábado?

Temos que enfrentar a questão e falar sobre o que aconteceu no sábado, pensou Brenda, mas ela não queria estragar o momento perfeito e decidiu deixar para lá.

— Não. Ontem e hoje de manhã nós ensaiamos na casa de Silvani para o evento na catedral. É difícil conseguirmos conciliar os dias e horários, por isso eu tive que ceder e ficar sem a aula de piano. Mas vou amanhã de manhã — acrescentou.

— Minha avó disse que achou que você não estava bem — insistiu Diego.

— É, não estava — Brenda admitiu enquanto brincava com uma batata frita.

— Nem eu — confessou Diego. — Estava bem mal.

— Sentiu vontade de beber ou se drogar? — sussurrou Brenda.

— O dependente sempre tem vontade de beber ou se drogar. Qualquer ocasião é boa para beber, cheirar ou injetar, tanto os bons momentos quanto os ruins. Sempre.

— Queria poder te ajudar a carregar esse fardo.

— Você não faz ideia de quanto me ajuda.

— No sábado, fiquei morrendo de ciúme — confessou ela.

— Eu sei. Mas não deveria.

— É que ela é tão linda e sexy, e vocês têm uma história tão longa que...

— Da qual não resta nada — completou Diego. — Durou demais. Era uma relação tóxica, agora eu entendo. Nós éramos duas pessoas destruídas, os dois muito egocêntricos. Não tinha futuro.

— Mas você continua sendo amigo dela e ela pensa que vocês vão voltar.

Diego negou com um movimento de cabeça.

— Carla sabe que não existe chance de voltarmos. E eu continuo sendo amigo dela porque ela esteve ao meu lado em alguns momentos de merda na minha vida.

"Te oferecendo cocaína e bebida?", Brenda queria replicar, mas amordaçou seu Mercúrio na Casa I antes que lhe arranjasse problemas. Contudo, recordou o que Cecilia havia explicado sobre o ascendente de Diego, Touro, e como ele impactava em seus vínculos. "A força do apego, uma característica muito taurina, é tema obrigatório para esse nativo. Precisa experimentá-lo, mas, assim como o rejeita, ele o projeta nos outros. O outro é o possessivo, que gruda como craca e não quer soltá-lo. É comum que isso aconteça nos vínculos amorosos. No caso de Diego, tudo se complica por causa de sua Lua em Peixes, devido à qual ele mesmo tende a deixar as coisas confusas e a perpetuar vínculos tóxicos. Tem dificuldade de cortá-los."

— É verdade que ela está com câncer de mama?

Diego assentiu.

— Manu e Rafa têm dúvidas de que seja verdade.

— Eu entendo, Carla é muito mentirosa. Mas nisso ela não está mentindo.

Como você pode ter tanta certeza?, queria perguntar. *Ela te mostrou o seio todo queimado?* Como se farejasse suas suspeitas, Diego inspirou, impaciente, e se recostou na cadeira. *Ele também é perceptivo*, recordou Brenda. Afinal, tinha a Lua em Peixes.

— Eu sei que você precisa falar disso, e vamos falar, mas agora estou feliz demais para estragar o momento com esses assuntos. — Consultou a hora. — Vamos indo — disse e se levantou.

Eles caminharam de mãos dadas pelas calçadas lotadas e estreitas, alheios à agitação e à impaciência das pessoas. O sol morno de outono acariciava o rosto de ambos. Brenda semicerrava as pálpebras e elevava os olhos para o céu diáfano e azul. Não era religiosa, mas sim espiritualizada, e agradecia ao universo por lhe conceder esse momento perfeito junto ao garoto que era tudo para ela. Naquele momento era difícil acreditar que havia sequer pensado na possibilidade de cortar o laço que a unia a ele.

— Quando você vai poder voltar para sua casa? — perguntou ela a caminho da estação.

— Quando quiser, a partir de hoje. Esta noite vou ficar lá na casa de reabilitação — ele respondeu. — Não faz sentido sair, porque tenho terapia de grupo.

— Quer que eu vá te buscar amanhã?

— Os caras vão me levar depois do trabalho. Preciso da van para transportar algumas coisas que fui juntando nesses meses.

Brenda parou no semáforo e Diego a pegou pelo queixo e a obrigou a olhar para ele.

— Mas eu adoraria que você estivesse em casa quando eu chegasse.

— Estarei lá — ela prometeu.

* * *

Depois da aula de Belén, Brenda foi fazer compras. Escolheu dois conjuntos de lingerie bem sexy e duas cintas-ligas de renda, que Millie e Rosi aprovaram quando viram a foto pelo WhatsApp. Entrou em casa temendo encontrar Ximena. Não tinha dúvidas de que Tadeo González já havia contado a ela sobre a decisão do juiz. O que se perguntava era se também havia falado sobre Diego e ela. Tempos atrás ele havia prometido discrição. Será que ainda mantinha a promessa?

Ximena estava tranquila, planejando as refeições da semana seguinte com Modesta. Brenda as cumprimentou e se sentou em um dos banquinhos da ilha da cozinha com uma sensação estranha, como de desapego, enquanto as ouvia falar sem prestar atenção. Pegou o celular na bolsa ao ouvir uma notificação de mensagem. Seus lábios se esticaram em um sorriso esplendoroso ao ver que era de Diego. "Estou lembrando que amanhã vou te encontrar lá em casa", dizia. Brenda digitou depressa: "Estou lembrando que hoje foi demais e que amanhã também vai ser. Amo você".

— Que lindo te ver sorrir, minha menina! — exclamou Modesta, bem-intencionada. — Andou meio desanimada esses dias, não?

— É que eu menstruei segunda-feira e veio muito forte — esquivou-se Brenda enquanto evitava os olhos de Ximena, que a examinavam com firmeza.

Mais tarde, enquanto jantavam, Ximena e Lautaro conversavam animadamente sobre uma máquina que pretendiam adquirir para que a fábrica alcançasse processos de produção mais eficientes, o que lhes permitiria concorrer com outros mercados, em especial o chinês. Nem uma palavra acerca da liberação de Diego. Era possível que Tadeo não houvesse comentado? Improvável, Brenda se convenceu. Ximena devia saber, e de novo decidia mantê-la alheia aos assuntos de Diego. Será? A liberdade que sempre tivera desde pequena e a confiança que sua mãe tinha nela lhe haviam permitido entrar e sair sem que Ximena a questionasse nem controlasse. Mas o que aconteceria quando a mãe soubesse de seu namoro com Diego? Ainda estava fresca em sua memória aquela quinta-feira, 7 de abril, quando ela dissera que gostaria que Brenda o esquecesse.

Brenda revirava a comida sem comer, perdida em um emaranhado de possíveis consequências e desenlaces, quando Ximena interrompeu abruptamente o que estava dizendo.

— Filha — chamou —, pare de brincar com a torta de batatas e coma. Você está muito magra. O que está acontecendo com você, Brenda? Vou ter que levar você ao médico?

Os olhos escuros de Lautaro, que a observavam, a assustaram. O que *ele* diria quando soubesse que Diego Bertoni, com quem nunca havia simpatizado, era seu cunhado? Brenda comeu sem vontade para não levantar suspeitas e se retirou assim que acabaram. Trancou-se em seu quarto e ficou cuidando das redes sociais do DiBrama. Deu um sorriso ver que o número de seguidores crescia, assim como os pedidos de contratação. Por ordem de Diego, ela não cuidava disso; Manu e Rafa tomavam conta dessa parte, porque já tinham experiência e diferenciavam depressa os pedidos reais daqueles que se tornariam perda de tempo. De cada dez, nove eram pura conversa, ele explicara.

O vídeo que Millie havia gravado durante a festa na paróquia estava gerando uma grande quantidade de comentários. Brenda os lia com apreensão, porque, embora sempre recordasse as palavras de Krishnamurti e lutasse para evitar se comparar com Carla, sabia que os fãs não se mostrariam benevolentes. Muitos a apoiavam e destacavam a qualidade de sua voz; outros exigiam abertamente a volta de Carla Queen, em especial uma garota de nome Candy Rocher, que usava um vocabulário hostil que beirava a grosseria. Sempre que outros fãs questionavam suas afirmações, a tal Candy ficava vulgar e atacava Brenda com uma virulência desmedida.

A mão de Brenda tremia enquanto ela digitava uma mensagem para Rafa, com quem se sentia mais à vontade para falar dessas questões. Rafa a surpreendeu com uma ligação.

— Já soubemos da boa notícia! — exclamou ele em vez de cumprimentá-la, o que a fez sorrir. — Que legal! El Moro de novo em liberdade depois de tantos meses!

— Não quero ser desmancha-prazeres, Rafa, mas não podemos esquecer que é liberdade condicional e que ele tem que se comportar direitinho. Nada de bebida, baseados ou drogas, por favor.

— Manu e eu não usamos drogas, Bren — argumentou o rapaz, em tom sério. — Só um baseado de vez em quando. Confie em nós. Não faríamos nada para prejudicar Diego.

— Nem eu permitiria isso.

Após um breve silêncio, Rafa declarou:

— Você é a melhor coisa que poderia ter acontecido com El Moro.

— Ele é o amor da minha vida, Rafa. Eu o amo desde pequena.

— Uau! Que legal! Nenhuma mina me amou por mais de três meses — afirmou, e Brenda riu.

— Você é muito querido — incentivou ela. — Não sei por que as garotas não percebem.

— Deve ser porque eu sempre cago tudo de um jeito ou de outro.

— Até que chegue alguém que roube seu coração.

— É... quem sabe eu dou sorte como El Moro e me aparece uma como você. Mas, falando sobre o que você comentou na mensagem, sim, faz dias que estou seguindo essa Candy. Nós somos muito democráticos e permitimos que todos digam o que pensam, mas essa aí está forçando a barra. Vou falar com El Moro e com Manu, mas, por mim, devíamos bloqueá-la. Já pedi a um amigo meu que manja muito de redes sociais que procure descobrir quem ela é realmente.

— Como assim quem é? No perfil diz que ela é de Villa Ballester e que estuda...

— Sim, sim — interrompeu Rafa —, no perfil diz isso, mas é verdade?

— Do que você está suspeitando, Rafa? — perguntou Brenda, sem rodeios.

— Pode ser a Carla.

***

No dia seguinte, Brenda foi cedo à casa de Lita. Abraçaram-se na entrada com os olhos úmidos e sorrisos trêmulos. Muito emocionada e sem pronunciar uma palavra, a mulher estendeu o celular para mostrar a Brenda uma mensagem de Diego. "Obrigado, vó, por me amar sempre, mesmo quando eu não merecia."

— Ele me mandou ontem à noite — disse Lita, e pigarreou para limpar a voz. — Como se fosse possível não o amar.

— É impossível — ratificou Brenda.

— Meu neto está livre graças à sua mãe e ao doutor González — afirmou a idosa enquanto tirava os óculos e enxugava os olhos com o avental de cozinha.

— E ao padre Antonio — acrescentou Brenda. — Tadeo disse ontem que padre Antonio os ajudou muito.

— Bem, foi a sua mãe também que encontrou padre Antonio, então, como você está vendo, nós devemos tudo a ela. Além de tudo, Ximena colocou você no mundo e pôs você na vida do meu neto para que ele te encha de bênçãos.

Brenda riu, comovida, e tornou a abraçar aquela mulher, que significava tanto para seu amado Diego. Entraram e, enquanto tomavam mate, organizaram o dia. Depois da aula de piano, Brenda queria limpar um pouco a casa de Diego, arrumar a cama — ou melhor, o colchão no chão — e abastecer a despensa vazia.

— Vou com você ao mercado — anunciou Lita. — Eu e as meninas – referia-se a Silvia e Liliana – queremos fazer uma festinha de boas-vindas e quero preparar o prato favorito de Diego, lasanha à bolonhesa. Já está quase tudo pronto, só preciso de um pouco de queijo ralado e presunto.

— E de sobremesa, o que acha de uma chocotorta?

— Acho perfeito. — Lita franziu o cenho enquanto servia o mate. — Eu queria convidar sua mãe e o doutor González — comentou, e Brenda ficou nervosa. — Mas não se preocupe — disse a idosa enquanto lhe entregava o mate —, Diego me explicou ontem à noite como estão as coisas com a madrinha. E prometeu que vai ajeitar tudo.

— Mamãe não sabe que Diego e eu estamos juntos — balbuciou Brenda, de repente assustada ao compreender integralmente a enormidade da situação.

Talvez isso seja necessário para superar de uma vez minha Lua em Câncer, pensou.

— Compreendo — disse Lita, bem séria. — Ximena adora meu neto, mas também conhece cada fraqueza dele e cada erro que cometeu. Como mãe, eu posso entender que ele não seja o candidato ideal.

— Para mim é — retrucou Brenda —, e isso é a única coisa que importa.

* * *

Além da família, também participariam da festa de boas-vindas Manu, Rafa, Millie e Rosi, por isso fizeram duas travessas de lasanha e uma chocotorta grande. Brenda terminou de abastecer a despensa e arrumar tudo a tempo apenas de voltar para casa e tomar um banho. Escolheu um dos conjuntos de lingerie novos, o preto de renda, e a cinta-liga da mesma cor. O vestidinho azul-escuro que escolheu tinha um ar romântico e ao mesmo tempo a fazia se sentir sexy. Calçou uns sapatos prateados de Ximena, de salto alto, mas confortáveis. Perfumou-se generosamente e passou uma leve maquiagem: um pouco de blush nas maçãs do rosto e gloss fúcsia nos lábios. Pegou a bolsa com uma muda de roupa e alguns itens pessoais e saiu depressa de casa.

Um pouco depois das oito da noite já estavam todos na casa de Lita. O murmúrio se aplacou ao ouvirem um motor que parava em frente à casa. Silvia afastou a cortina e confirmou que era a van da Desafío a la Vida. Chacho, Manu e Rafa foram ajudar Diego a carregar as caixas e a mochila de roupas. Brenda ficou lá dentro, mais afastada e ladeada por suas amigas.

Diego entrou, deixou a caixa ao lado da porta e abraçou Lita, que chorou baixinho, perdida no corpão do neto. Silvia e Liliana se juntaram quando ele as convocou, agitando a mão. Afastaram-se um momento depois. As mulheres enxugaram as lágrimas do rosto e riram com um comentário engraçado de Chacho.

Diego procurou Brenda com olhos impacientes e inquisidores, e só quando a avistou do outro lado da sala foi que relaxou o semblante. Foi até ela esquivando-se instintivamente dos móveis, pois fazia questão de fitá-la fixamente. Brenda não sorria por medo de que de seus lábios trêmulos surgisse uma careta desagradável. Estava muito nervosa; as batidas de seu coração eram como socos no peito e sua boca estava seca. Uma sensação de estar vivendo um sonho a mantinha petrificada, porém bem consciente de como Diego era atraente. Estava com a calça jeans branca e a mesma camisa azul-escura daquele 7 de abril. A sensação de ser prisioneira de um sonho se acentuou, pois era difícil acreditar que estava ali, que era parte daquela recepção íntima, que era namorada dele. Parecia mentira esse mês e meio compartilhado com Diego Bertoni. Era como uma vida inteira.

Diego deu um beijo em Millie e em Rosi e deixou Brenda por último. Os dois se olharam. A emoção de Brenda contrastava com a calma e o sorriso sereno dele. Ela jogou os braços ao redor do pescoço do namorado, transbordando amor e vontade de tocá-lo. O abraço de Diego, possessivo e duro, e o jeito como beijou o pescoço de Brenda, com lábios inseguros e respiração superficial, contradiziam a sobriedade do seu semblante. Brenda o percebia tremer e soube que estava reprimindo as lágrimas. Estava lhe mostrando a fraqueza de sua Lua em Peixes, sempre escondida por trás do escudo do guerreiro Marte, a face que escolhia mostrar ao mundo. A ela, porém, ele oferecia seu coração sofrido.

Ela se afastou e levou a mão à barba dele, úmida de lágrimas. Sorriram quando os outros explodiram em aplausos e assobios. Diego apoiou a testa na dela e soltou um longo suspiro.

— Obrigado por estar aqui — sussurrou ele.

— Obrigada por me permitir estar aqui — replicou ela, e Diego assentiu.

— Vai ficar comigo essa noite?

— Sim — respondeu ela, e um calor acendeu seu rosto, fazendo Diego rir.

Ele a beijou na boca sem se importar com o fato de estarem cercados de gente.

— Muito bem, pombinhos! — interveio Chacho. — Chega de agarramento que o cheirinho da lasanha está me deixando louco e eu estou faminto.

***

Depois do jantar, os mais jovens foram para a casa de Diego ouvir música e conversar. Brenda havia acendido dois aromatizadores com essência de laranja. Foram recebidos por um aroma delicioso e refrescante, bem diferente daquele que ela havia encontrado da primeira vez. Brenda sentiu orgulho do sorriso de Diego, de seu jeito descontraído e feliz, e o estudou enquanto ele observava a organização e a limpeza do ambiente principal. Voltou-se para ela e deu uma piscadinha em sinal de agradecimento.

Embora fosse uma noite fresca, ela abriu as janelas; em poucos minutos o aroma de laranja desapareceria em uma batalha perdida contra a fumaça dos cigarros. Millie e Rosi a acompanharam à cozinha para fazer café enquanto Manu e Rafa ajudavam Diego a levar as caixas para cima.

Brenda carregava a bandeja com as xícaras fumegantes. Diego conversava com os amigos sentado no sofá e a seguia com o olhar. Nem bem ela acabou de servir o café, ele a pegou pelo pulso e a fez se sentar em seus joelhos. Brenda passou o braço pelo pescoço dele e o observou saborear o café. Perguntava-se se estaria desejando um copo de uísque ou uma carreira de cocaína. Não se atrevia a perguntar. *Ele está contente*, animou-se. Mas ela também sabia que, devido a seu Saturno na Casa VIII, Diego era um hábil fingidor.

Surgiu a questão do DiBrama, do sucesso que estavam fazendo nas redes sociais, e a conversa ficou bem animada. Os seis consultavam o celular e liam em voz alta os posts engraçados dos fãs.

— Tenho uma notícia excelente — anunciou Rafa. — A agência de publicidade onde Gabi trabalha está procurando músicos para compor um jingle. Querem contratar gente jovem. Gabi falou de nós e mostrou nosso trabalho, e nós temos uma reunião na terça-feira para saber do que se trata. A coisa está começando a acontecer de novo!

Também falaram sobre o pedido recebido via Facebook para cantar em uma festa de quinze anos em Olivos e discutiram quanto deveriam cobrar. Havia se passado quase um ano desde a última contratação e, com a inflação, os preços variavam muito. Brenda notava que Diego ficava em silêncio e só dava sua opinião quando lhe perguntavam algo diretamente; estava atento e não perdia uma palavra.

Manu teve a ideia de tirarem fotos para postar. Acabaram gargalhando das imagens alteradas com um aplicativo que transformava os rostos em carinhas de bebê ou de velho. Depois foram jogar truco, e os risos e comentários divertidos pareciam não ter fim. Brenda mantinha a mesa bem abastecida de água, refrigerante, café e petiscos. Notava que se empenhava em fazê-los esquecer que faltavam cerveja, uísque e drogas, e se sentia uma boba.

Por volta das duas da manhã, Manu propôs que fossem dançar em um lugar em Puerto Madero. Millie e Rosi aceitaram. Diego e Brenda trocaram um olhar antes de recusar.

— Estou exausto — justificou ele. — Levantei às seis e não parei o dia todo.

Brenda entregou os casacos a suas amigas.

— Estou nervosa — confessou em um murmúrio.

Millie a segurou pelos ombros e a olhou diretamente nos olhos.

— Bren, você está esperando esse momento desde que descobriu como se fazem os bebês — recordou, e a fez rir apesar de tudo. — Curta, por favor!

— Não faça nada — aconselhou Rosi. — Deixe que Diego guie você. Tenho certeza de que ele sabe o que fazer.

Brenda assentiu, nem um pouco reconfortada com aquela última afirmação bem-intencionada da amiga. A ansiedade por fazer amor com Diego estava acompanhada do medo da comparação e de decepcioná-lo. Brenda não era nenhuma santinha e tivera muita intimidade com Hugo. Contudo, diante de Diego a questão adquiria uma dimensão que a assustava.

Ela o observou vestir a jaqueta para acompanhar os rapazes até a porta da rua. Os movimentos tão masculinos dele bastavam para excitá-la. Manu falava e Diego escutava com uma expressão de concentração, enquanto Brenda estava começando a sentir o corpo mole e um formigamento entre as pernas. Como seria ele completamente nu? Pensou nas tatuagens dos braços e do peito e se propôs a decorá-las. Diego se voltou repentinamente para ela, como se o houvesse chamado, e a pegou olhando. O rosto dele relaxou, sem perder a seriedade, e o dela ficou vermelho como um tomate.

— Já venho — disse, e o tom rouco da voz dele a afetou intimamente.

Ela assentiu e o viu sair atrás dos rapazes. Até o modo de caminhar dele era atraente. Nada nele passava inadvertido. Às vezes isso a desestabilizava.

Ela procurou na playlist de seu iPhone uma música do Fun, "Some Nights". Pegou na cozinha uma caixa de fósforos e subiu depressa ao quarto para acender umas velas aromáticas que havia comprado para a ocasião. Ao voltar ao térreo, encontrou-o trancando a porta. Aproximou-se e o ajudou a tirar a jaqueta, que pendurou no encosto de uma cadeira. Diego a abraçou por trás e afastou seus longos cabelos para beijá-la atrás da orelha.

— Estava legal aqui com o pessoal, mas eu não via a hora de eles irem embora.

— Eu também — sussurrou ela.

Diego a fez girar entre seus braços. Os dois ficaram quietos se olhando. Brenda desmanchou o coque dele com muita suavidade. Diego a levou até o sofá, onde a fez montá-lo, de frente para ele.

— Você está muito cansado — afirmou ela.

Ela apoiou os joelhos no sofá para massagear o couro cabeludo de Diego. Ele a seguia com olhos vivos que desmentiam a declaração anterior. Brenda parou a massagem ao sentir que as mãos dele deslizavam por baixo de seu vestido, acariciavam suas pernas e subiam até os glúteos. Perguntou-se como seria tê-lo dentro de si se uma simples carícia a levava à beira do êxtase. Ela o beijou na boca. Amava a boca de Diego, de uma perfeição quase feminina, bem delineada e de lábios carnudos. Mordiscou o lábio inferior antes de penetrá-lo com a língua.

— Meu Deus, Brenda! — exclamou ele em um sussurro. — Está com frio? Quero tirar seu vestido.

Sem pronunciar uma palavra, ela se levantou, ficou de costas e afastou o cabelo para que Diego abrisse o zíper, coisa que ele fez de imediato. O vestido caiu a seus pés. Diego a pegou pela cintura, bem onde estava a cinta-liga, e a observou com olhos escurecidos de excitação.

— Você é mais perfeita do que eu imaginei — disse, com uma voz tão grave, tão diferente da habitual, que eriçou a pele dos antebraços dela. — Está com frio — notou o virginiano observador, preocupado, e os cobriu com as mãos ásperas e cheias de cortes e manchas de tinta.

Brenda balançou a cabeça para negar.

— Não estou com frio. É que estou muito feliz.

Ela continuou em pé, entre os joelhos de Diego, enquanto ele a estudava com o olhar e também com mãos ávidas, e no percurso áspero iam aumentando os arrepios e as batidas do coração. Brenda nunca se excitara desse jeito. Tinha a impressão de que sua vagina estava inflamada; sentia-a quente e inchada. As carícias de Diego foram ficando ousadas. Ela apoiou as mãos nos ombros dele em busca de estabilidade. Estava difícil reprimir os gemidos que nasciam quando ele tocava seus seios por cima da renda. Sem perceber, cravava suas unhas nos trapézios dele.

Enquanto esfregava um mamilo de Brenda entre o indicador e o polegar, Diego deslizou os dedos da outra mão por baixo da calcinha e acariciou sua vagina encharcada. Bastou que a roçasse umas poucas vezes para que Brenda explodisse em um orgasmo que literalmente deixou seus joelhos bambos. Ele a segurou e a guiou de novo sobre suas pernas. Ainda agitada, com os olhos fechados, ela se emocionou com a delicadeza com que Diego depositava beijinhos em sua testa e a segurava nos braços.

— Não acredito que estou vivendo isso — disse ela, com um fio de voz.
— Está gostoso?
Ela assentiu com um movimento lânguido de cabeça.
— O que eu mais queria era perder a virgindade com o único garoto que eu amo, mas jamais pensei que o meu sonho se realizaria. Quero ver você — disse, e se levantou para que ele tivesse espaço para se despir.

Ele tirou a roupa com uma pressa lisonjeira. Ficou em pé, nu diante dela, expondo com orgulho uma ereção enorme. Brenda se esforçou para esconder o espanto por imaginá-lo entrando nela, esticando-a, rasgando-a. Desviou os olhos e ficou quieta, admirando aquele torso nu coberto de desenhos de tinta preta.

— Você é tão lindo — afirmou, e acariciou as curvas que formavam os músculos que ele havia desenvolvido na casa da Desafío a la Vida depois de meses de boa alimentação e exercícios. — Tenho tanto orgulho de você — disse, e ele deve ter ficado comovido, porque a segurou pela nuca e a beijou.

O contato das peles mornas causou em ambos uma sensação deliciosa.
— Estou muito excitado — afirmou Diego. — Não aguento mais.
— Vamos para o quarto — propôs ela. — Está tudo pronto.
Ele a pegou pela bunda e a levantou do chão. Brenda cercou a cintura dele com as pernas e o pescoço com os braços. Subiram as escadas

às cegas, sem afastar o olhar um do outro, os dois perdidos em uma felicidade extraordinária.

Atravessaram a entrada do quarto. Embaixo, a playlist continuava rolando e Ellie Goulding cantava "Love Me Like You Do". Diego observou o quarto iluminado com as velas estrategicamente posicionadas, que exalavam aromas deliciosos, e apreciou também o colchão com lençóis limpos.

— Obrigado.

Sem soltá-la, sem parar de beijá-la, ele caiu de joelhos à beira do colchão e a deitou com delicadeza. Desprendeu a cinta-liga com habilidade, o que revelava que já havia feito isso antes, e tirou a calcinha de Brenda. Deitou-se entre as pernas dela sem largar o peso do corpo. O jeito como acariciou seu rosto e a contemplou, entre preocupado, admirado e excitado, deixou-a desarmada. Seu amor por ele a afogava.

— Não tenha medo. Tente relaxar um pouco. Vou bem devagar para que você vá se acostumando.

— É ruim?

— O quê? — perguntou Diego, surpreso, e de novo acariciou seu rosto com uma atitude tão preocupada e solícita que Brenda sentiu um nó na garganta.

— Precisar tirar minha virgindade, o fato de eu ser inexperiente...

Diego riu baixinho e a beijou nos lábios.

— Não, ao contrário. Estou adorando compartilhar isso com você. É fantástico saber que você estava esperando por mim. Só não quero te machucar. Espere um pouco — disse, e se levantou.

Brenda se apoiou nos cotovelos e o observou ir até o guarda-roupa. Admirou sua nudez descarada. Ele se movimentava à vontade, seguro de si e de sua anatomia. O movimento dos músculos enquanto ele caminhava a deixou extasiada. Por que apreciava nele detalhes que jamais lhe haviam chamado a atenção em outros rapazes? Diego se voltou para ela com uma camisinha na mão. Colocou-a com movimentos precisos e rápidos. A situação era alucinante para Brenda. Diego Bertoni, nu diante dela, encarava-a com desejo enquanto cobria sua ereção. Era real? Era verdade que a vida estava concedendo o que ela sempre tanto desejara? Brenda foi tomada por uma emoção repentina e seus olhos se encheram de lágrimas. Diego notou, jogou-se no colchão e a abraçou.

— Não tenha medo — pediu de novo.

— Não estou com medo — afirmou ela. — Estou muito feliz. Eu te amo tanto — sussurrou.

Diego a beijou na testa e a recostou com delicadeza. Tirou suas meias finas. Brenda se levantou um pouco só para que ele tirasse seu sutiã. Ele apoiou as mãos na cinta-liga, que já havia soltado, e ficou olhando. Decidiu deixá-la onde estava. Beijou o ventre dela e, quando tocou seu umbigo com a ponta da língua, Brenda arqueou as costas em uma resposta inconsciente. Soltou um longo gemido, que se prolongou quando os lábios dele caíram entre suas pernas e com as mãos ele cobriu seus seios. Ela o segurou pela cabeça e, esquecendo completamente os temores e a emoção, esfregou-se no rosto dele até alcançar outro orgasmo.

Diego se posicionou entre as pernas dela. Ainda prisioneira do último arroubo de prazer, ela girou a cabeça no colchão e abriu os olhos, toda lânguida. A intensidade com que Diego a contemplava a fez despertar de imediato. Em silêncio, com os olhos presos nos dela, ele foi entrando e a preenchendo. A mão que cobria o alto da cabeça dela e o polegar que lhe acariciava a testa contrapunham-se ao rigor de sua expressão. A sensação da carne dele dentro dela superava a barreira do medo, inclusive da dor. A imensidão do ato a mantinha anestesiada para tudo que não fosse o amor por Diego Bertoni. A consideração com que a tratava, o cuidado para causar nela o menor desconforto possível, o olhar preocupado com que a observava, tudo a fazia se apaixonar mais por ele.

Diego parou e sua expressão mudou. O momento ficou suspenso no silêncio e na tensão até ele capturar a boca de Brenda em um beijo antes de se empurrar cegamente dentro dela. Morreu em Diego o grito de dor dela, pois ele o absorveu por completo. Ele ficou quieto, porque sabia que ela precisava desse momento para suportar o sofrimento que a percorria como ondas. Limitava-se a depositar beijos no rosto dela e a não se mexer.

— Como você está?

— Está doendo muito.

— Procure relaxar os músculos. Respire fundo pelo nariz e solte o ar pela boca mais devagar.

Ela fez isso e pouco a pouco a dor foi cedendo. Diego começou a se mexer devagar. Seus olhares se conectaram. Teria sido impossível se afastar os olhos dele, da beleza de seu rosto, do que ele dizia sem palavras, do que escondia por vergonha, do que mostrava para parecer forte.

— Meu amor — ele pensou em voz alta, e acariciou seus lábios.

Diego sufocou um gemido emocionado e capturou a boca de Brenda com os dentes, e ela se convenceu de que ele queria calá-la para que não pronunciasse as palavras mágicas que o despojavam da armadura por trás da qual se defendia. Ela ergueu as pernas, entrelaçou os pés na lombar de Diego e se mexeu com ele, embora a dor persistisse. E valeu a pena que uma chicotada a atravessasse a cada investida de Diego para obter o que tanto havia desejado: compartilhar a intimidade do orgasmo dele. Nada teria lhe tirado tanto o fôlego como a imagem dele extasiado de prazer.

Ela o abraçou quando ele caiu sobre seu peito e, comovida, ainda encantada, tentou entender o que estava sentindo; mas ela havia nascido com o Sol em Peixes e só era capaz de sentir, e não de racionalizar a infinita grandeza do que havia acabado de acontecer.

* * *

Diego continuava dentro dela. Sua respiração agitada ia se normalizando e os músculos de suas costas, relaxando. Estava entregue e tranquilo, e era uma situação nova e tão fascinante quanto quando o via no comando e com cara de mau.

As velas lançavam cintilações na penumbra do quarto e lhes davam a sensação de estarem em um refúgio longe do mundo e dos problemas. O aroma da essência de jasmim se mesclava com o de seus corpos e fluidos. Ela queria gravar esse cheiro na memória, o cheiro deles depois de se amarem. Cada detalhe era importante. No andar de baixo continuava tocando a playlist, e, enquanto Zara Larsson interpretava "Uncover", Brenda pensava que parecia ter sido escrita para eles. *"Nobody sees, nobody knows. We are a secret can't be exposed."* Sua relação com Diego também era um segredo que não podia ser exposto, pelo menos até que ela reunisse coragem para enfrentar sua família. Ela se recusava a estragar um momento tão perfeito se demorando nessas questões.

De novo, Diego demonstrou sua capacidade perceptiva ao erguer a cabeça e fitá-la com olhos inquisitivos. Brenda segurou as longas mechas que caíam sobre o rosto dele.

— Estou muito pesado? — Brenda sorriu e negou com a cabeça. — Ainda dói? — Negou de novo, mas sim, doía.

— Obrigada.

— Por quê? — estranhou Diego.

— Pelo melhor momento de minha vida. O mais sonhado e o menos esperado.

Diego sorriu, constrangido com os elogios.

— Eu sei que te machuquei. Vou buscar um analgésico para você poder dormir.

Ele se levantou e se sentou nos calcanhares. Brenda se apoiou nos cotovelos e viu a camisinha coberta de sangue. Ficou impressionada com a maneira como Diego observava e não foi capaz de decifrar o significado de sua expressão. Recordou que, com Mercúrio em oposição à Lua, Diego não devia ser muito de conversar depois do sexo, de modo que preferiu não perguntar. Seguiu-o com o olhar enquanto ele abandonava o quarto. Algo tornou a ganhar vida entre suas pernas enquanto observava aquela bundinha se movendo ao ritmo dos passos dele. Não negava que, com Marte em Peixes, sua ideia de sexo estivesse atrelada ao romantismo, só que Diego a fazia fantasiar com coisas que nada tinham a ver com o romantismo e que eram de uma carnalidade admirável, como morder a bunda dele, passar a língua entre os glúteos e chupar os testículos.

Ela sentiu frio e se cobriu com o lençol. Ele voltou com uma toalha úmida, um copo com água e uma caixa de analgésicos. Sem uma palavra, entregou-lhe o copo e um comprimido, que Brenda tomou, grata.

— Deite-se — ordenou Diego, com aquela autoridade tão natural que ele nem percebia.

Brenda obedeceu. Diego tocou seus joelhos para indicar que os abrisse e limpou os restos de sangue, que já estavam secando entre as pernas dela. Fazia isso com delicadeza, e ela não conseguia afastar os olhos dele, do cabelo que cobria seus ombros, da barba avermelhada, dos braços e do torso tatuados quase por completo, da forma das orelhas, das sobrancelhas, do formato das mãos, das pernas peludas e grossas e do pênis incrível mesmo em repouso. Cada detalhe dele lhe pertencia. Nunca se sentira possessiva com ninguém, mas com Diego Bertoni tudo estava ao contrário.

Ele a cobriu de novo com o lençol e depois com um cobertor antes de abrir a janela e acender um cigarro.

— Não fique aí — chamou ela. — Venha para a cama. Está frio.

Brenda afastou as cobertas e Diego se deitou ao lado dela.

— Eu sei que você odeia que eu fume e eu odeio te transformar em fumante passiva.

— Neste momento não odeio nada — afirmou ela, e abriu um sorriso exagerado que o fez rir baixinho.

Os dois ficaram de lado, um de frente para o outro. Diego elevou a cabeça, apoiando-a na mão, e continuou fumando. Ela não diria isso, mas o jeito de fumar dele a seduzia; achava muito masculino o jeito como ele segurava o cigarro, entre o polegar e o indicador, ou como fechava os lábios em torno do filtro, ou como franzia o cenho quando tragava. Será que havia algo em Diego que não a enfeitiçasse?

— O que você disse a Ximena sobre esta noite? — perguntou ele.

— Que ia dormir na casa de Rosi.

Ela precisava tocá-lo. Sentia-o distante. Começou pelo cenho, só o roçou com o indicador para que o relaxasse. Deslizou-o pelo nariz e traçou o contorno da boca várias vezes, porque era sua parte favorita. Diego relaxava a cada centímetro de carícia. Suas pálpebras pesavam. Descansou a cabeça sobre o travesseiro e manteve no alto a mão com o cigarro. Brenda se aconchegou nele e notou que estava profundamente adormecido. Tirou o cigarro de suas mãos e se levantou com cuidado para apagá-lo em um cinzeiro que ele havia deixado ao lado do colchão. Também soprou o pavio das velas antes de voltar para a cama.

Não estava com sono. O analgésico estava surtindo efeito, e sua vagina estava começando a parar de latejar. Mantinha os olhos abertos, atenta aos sons da noite e da casa. De repente tomou consciência de que havia acabado de perder a virgindade com o amor da sua vida e que ia dormir ao lado dele. Foi como redescobrir a experiência. Mal distinguia o contorno de Diego e o ouvia respirar. Queria tocá-lo, mas tinha medo de acordá-lo, e ele precisava dormir.

Ela ficou repetindo na cabeça as estrofes das árias que ia interpretar no evento da catedral. Adormeceu pouco depois.

* * *

Brenda acordou tranquila. A luz que entrava pelo postigo lhe permitiu ver que Diego a olhava fixamente. Sua mão percorria a perna dela até a parte mais fina da cintura e descia de novo.

— Desculpe — disse ele, sem parar de acariciá-la. — Não queria te acordar, mas não aguentei de vontade de tocar em você.

— Bom dia — murmurou Brenda, e sorriu. — Adorei que não tenha aguentado.

Diego mergulhou o rosto no seu pescoço morno e esfregou a barba nele. Brenda se debateu, rindo, e o abraçou.

— Dormiu bem? — perguntou ele.

— Como se fosse a minha cama. Melhor impossível — acrescentou. — E você?

— Melhor impossível — imitou-a. — Dormi oito horas seguidas. Acho que desde os dez anos não dormia tanto, nem tão bem.

— É que ontem à noite você estava muito cansado — disse Brenda.

— Ontem à noite eu estava muito feliz — rebateu ele.

Ele fechou a mão em torno da cintura dela e a colou a seu corpo, fazendo-a sentir sua ereção. Os dois se beijaram, primeiro com preguiça. À medida que crescia a excitação que se provocavam, o beijo assumia o ritmo desesperado ao qual estavam habituados. Diego se interrompeu bruscamente e apoiou a testa na dela. Segurava-a pela cintura, cravando os dedos nela com um grande vigor.

— Como está se sentindo? Dói?

— Não.

— Quer tentar de novo?

— Quero.

Diego pulou do colchão e foi até o guarda-roupa. Sua pressa agradava a Brenda, seu corpo maravilhoso era uma tentação para ela. Ia doer, tinha certeza. A pulsação surda e constante havia recomeçado e se agravaria quando ele estivesse fundo dentro dela. Não importava;

naquele momento, a necessidade de acolhê-lo dentro de si afastava qualquer medo.

Diego colocou a camisinha e se ajoelhou aos pés do colchão. Afastou as cobertas e Brenda ficou nua diante dele. Ela o estudou enquanto ele a contemplava com um desejo que só serviu para precipitar as coisas.

— Diego — ela chamou com uma voz torturada, e lhe estendeu a mão.

Ele a surpreendeu afastando seus joelhos e mergulhando o rosto entre suas pernas. E a surpreendeu ainda mais quando beijou sua vagina com reverência.

— Obrigado — sussurrou ele sobre sua carne inchada e dolorida.

Era muito habilidoso com a língua, e a conduziu ao delírio de prazer com uma facilidade impressionante. Brenda o segurava pelos cabelos e o esfregava contra seu sexo, sacudia a cabeça no travesseiro e gemia. Ficou exausta e permitiu que Diego manipulasse quando ele, ainda sentado nos calcanhares, a fez flexionar os joelhos. Segurou-a pelas coxas e entrou nela com uma estocada fluida que o alojou dentro dela de maneira impactante e sem dor.

O espanto a fez despertar. Ela arqueou as costas em um espasmo inconsciente e cravou as unhas nas pernas duríssimas dele para atraí-lo ainda mais para dentro de sua carne. Diego cravava os dedos nos quadris dela e se movia a um ritmo frenético, e ela soube que seus movimentos eram deliberados cada vez que acertavam o núcleo de nervos que estava prestes a explodir outra vez. E, quando explodiu, ela fez algo que achava que só existia nas ficções românticas que Camila lia: gritou o nome de Diego e, como louca, exigiu que continuasse entrando e saindo dela, lhe dando um imenso prazer.

Ele agora a pegava pela cintura com uma força cruel e a penetrava com velocidade. Até que estremeceu e explodiu em um orgasmo avassalador que o conduziu a uma paralisia que, ao jogar a cabeça para trás, permitiu a Brenda ver os tendões e as veias inchadas em seu pescoço. Desarmado, saciado, vencido, deixou-se cair sobre ela, mas, ao notar que a estava sufocando, deitou-se de lado e soltou um longo suspiro. Cobriu o rosto com o antebraço e ficou ali, ofegante.

Brenda tirou a camisinha dele e foi ao banheiro para jogá-la no cesto que havia comprado. Voltou com uma toalha úmida e o limpou com a mesma delicadeza que ele havia tido com ela. Diego a segurou pelo pulso e a puxou para si, impaciente para tê-la a seu lado. Abraçou-a e Brenda beijou seu peito.

— Adorei essa posição — sussurrou ela, e ergueu os cílios para fitá-lo.

Diego afastou uma mecha de cabelo do rosto dela e sorriu.

— Está doendo? — Brenda negou com a cabeça. — Tenho muitas outras posições para te mostrar.

— Mostre todas — pediu, e Diego soltou uma gargalhada. — Por que está rindo? — Ela fingiu estar ofendida.

— É que você — admitiu ele, e montou nela para mordê-la e beijá-la — é a coisa mais deliciosa que eu já conheci.

Os dois se olharam, sorridentes, até que o semblante de ambos ficou sério.

— Para você foi tão maravilhoso quanto foi para mim? — perguntou Diego.

— Jura que foi maravilhoso para você? — perguntou Brenda, genuinamente incrédula, pois ela era uma virgem com pouca experiência e ele parecia conhecer todos os truques.

— Sim, muito intenso. Mas você sofreu. Talvez nós devêssemos ter esperado para fazer de novo.

Brenda o calou apoiando a mão sobre os lábios dele.

— O que nós fizemos ontem à noite e o que acabamos de compartilhar foram as duas experiências mais maravilhosas da minha vida. E foi porque era você dentro de mim.

Ela já conhecia algumas expressões dele; sabia que quando torcia a boca e semicerrava os olhos era porque estava emocionado. Beijou-o nos lábios, bem de leve, e continuou a beijá-lo em cada canto que a barba não cobria. Levou a mão ao rosto dele e o fez descansar a testa na dela.

— Amo você, Diego Bertoni.

— Por quê? — perguntou ele, quase sem voz.

— Porque é uma honra te amar, meu amor.

Diego proferiu um som estranho e a cobriu com seu corpo, apertando-a em um abraço desapiedado.

— Tenho tanto medo de te machucar e te perder — confessou no ouvido dela.

— Nunca mais me afaste da sua vida — suplicou Brenda. — Isso é a única coisa que me machucaria. Em 2011 eu sofri demais.

— Se você soubesse como eu sou na realidade, com certeza me abandonaria.

— Vamos fazer o teste — desafiou ela. — Me conte a pior coisa que você já fez.

Diego se afastou e se jogou pesadamente sobre o travesseiro. Fixou o olhar no teto e acendeu um cigarro. Deu umas tragadas em silêncio.

— Roubar para comprar droga — disse quando Brenda já achava que ele não falaria mais. — Sair no soco só porque alguém olhou na minha direção. Dirigir bêbado. *Muito* bêbado. Acabar na prisão várias vezes. E outras tantas no hospital.

— Virar a cara para Brenda em 2011. Isso não faz parte da sua lista de maldades? Porque, depois de pôr em risco a sua vida, essa foi a sua maior baixeza, na minha opinião. E, como vê, continuo aqui.

Isso o fez rir; uma risada cheia de tristeza e arrependimento. Apagou o cigarro e a cobriu de novo com seu corpo.

— Acho que Héctor não gostaria que você e eu ficássemos juntos.

— Papai amava nós dois. Ficaria feliz por nós. Ele *está* feliz por nós.

— Mas você era a filhinha dele, a luz dos olhos dele, como disse minha avó, e acho que ele não teria gostado que um viciado...

— Eu também sou viciada — interrompeu ela.

Diego se ergueu e a encarou, com confusão no olhar.

— Viciada? Em quê?

— Em você. Sou viciada em Diego Bertoni desde que me conheço por gente. Você me ajuda com meu vício e eu te ajudo com o seu.

— Como posso te ajudar com seu vício?

— Deixando que eu mostre para você que nós podemos ser felizes juntos.

Diego assentiu. Apertou as mandíbulas e engoliu em seco. Por fim, disse:

— Você já me mostrou.

* * *

Tomaram banho juntos no pequeno box. Brenda encheu as mãos de sabonete líquido e lavou os testículos dele. Enquanto fazia isso, olhava-o fixamente e ia testemunhando a dilatação das pupilas que deixavam seus olhos pretos, o modo como apertava os lábios e a brutalidade inconsciente com que a segurava. Sem uma palavra, ajoelhou-se diante dele e o tomou na boca.

Saíram do chuveiro meia hora depois, limpos e saciados. Ela tinha a impressão de que Diego não conseguia parar de tocá-la. Enxugou-a sem pressa, para poder estudá-la, e depois, enquanto ela o enxugava, Diego não a soltava, nem mesmo quando se colocou atrás para passar a toalha pelas costas dele. Ela o beijou entre as omoplatas e passou os braços sob as axilas para acariciar os peitorais dele.

— Está com fome? — perguntou Brenda.

— Eu seria capaz de comer um boi — respondeu ele.

Os dois se vestiram e desceram para preparar o café da manhã, que, na verdade, era mais um almoço, considerando a hora.

— Você encheu a geladeira e a despensa — censurou Diego enquanto pegava bandejas com presunto, queijo e lombo defumado e um frasco com azeitonas recheadas. — Por que gastou tanto?

— Porque você me faz feliz.

Brenda cobriu sua boca com um beijo quando ele tentou reclamar.

— Eu sei o que você vai dizer, que quer me dar o dinheiro, mas não vou aceitar.

— Eu tenho dinheiro — declarou Diego, ofendido. — Uma parte do que nós ganhamos fica para nós.

— Não pode aceitar um presente meu?

Ele assentiu, sisudo, e a atraiu para si com um puxão que a colocou dentro de um abraço inclemente. Passava o olhar pelo rosto dela como se quisesse gravá-lo na memória. Brenda repousou a mão na barba dele e o contemplou com ternura.

— Que foi?

— Você faz tudo parecer perfeito — disse ele depois de um silêncio, com certa beligerância.

— Mas é perfeito. É perfeito para mim porque você está comigo. Talvez para você não seja tão claro, mas para mim é.

— É claro que para mim também é — admitiu ele —, só que...

Diego permaneceu suspenso em uma angústia que transmitia com o olhar.

— Eu sei, meu amor. — Brenda o resgatou. — Não diga nada.

— Você entende tudo sem palavras.

Brenda fez café e ovos mexidos enquanto Diego fazia sanduíches com os frios e o queijo. Comeram na pequena mesa dobrável da cozinha. Diego devorava tudo enquanto ela curtia, observando-o naquela cena íntima e familiar, tão mágica como a vivida no quarto e no chuveiro. Havia uma qualidade onírica no ambiente que, ela temia, podia desaparecer em um piscar de olhos. Um dia, refletiu, conseguiria se acostumar à ideia de que Diego Bertoni e ela estavam juntos. Obrigou-se a comer. Havia emagrecido e não queria perder a forma.

— Gostei daquilo que você disse outro dia no McDonald's — disse Diego —, que nós nunca vamos ser um casal normal porque somos especiais. Por que você acha que somos especiais?

— Porque nós somos complexos. Você, por exemplo, é muito sensível, capaz de perceber o que os outros sentem como se vivesse na própria carne. Mas aprendeu a esconder essa sensibilidade para evitar a ira e a violência do seu pai. É fácil você se esconder por trás dessa cara de guerreiro malvado porque isso também é uma parte sua, sua couraça; mas a sua essência é suave, romântica e criativa. É com a música que você mostra o verdadeiro Diego, com o qual você se mais à vontade. O Diego que eu amo até o infinito.

— E o guerreiro malvado você não ama até o infinito? — ele perguntou, e entrelaçou os dedos nos dela.

— Eu amo meu Diego inteiro.

Ele assentiu com uma tensão e uma seriedade que tentavam disfarçar a emoção que sentia. Só que ela via através das camadas duras dele como se fossem transparentes. Inclinou-se sobre a mão dele e a beijou.

— Como você sabe tudo isso de mim?

— Está no seu mapa astral — respondeu ela, e percebeu a incredulidade de Diego na careta ínfima que fez com a boca.

— E você? Por que acha que você também é especial?

— Não acha que sou especial? Não acha que amar o mesmo garoto desde o jardim de infância me torna alguém especial? Ou melhor, uma louca?

Diego riu e a obrigou a se sentar nos joelhos dele. Eles se encararam com olhos cintilantes.

— Para mim, você é a garota mais maravilhosa que eu conheço.
— Meio estranha, não diga que não — brincou Brenda.
— Por me amar a vida toda? Não... é a coisa mais lógica do mundo me amar — enfatizou. — É fácil de entender — concluiu, com sua soberba natural, e Brenda soltou uma gargalhada, que se prolongou quando ele fez cócegas em seu pescoço com a barba.

17

Brenda e Diego estavam voltando do orfanato de bom humor, contagiados pelo entusiasmo das crianças, que continuavam impressionadas com a atuação do DiBrama no sábado anterior. As freiras Visitación e Esperanza contaram que haviam visto o vídeo da festa no YouTube várias vezes e que esse era o assunto das conversas durante as refeições.

O celular de Brenda tocou. Apareceu a palavra "Mamãe" na tela. Ela atendeu depressa. Ximena queria saber onde passaria a noite, e Brenda respondeu que dormiria na casa de Millie ou de Rosi.

— Sua avó, Max e eu viemos para San Justo — anunciou Ximena. — Amanhã à tarde voltaremos a Buenos Aires.

— Lauti está com você?

— Não. Camila e ele foram passar o fim de semana em Pilar, com Bianca e Sebastián.

Elas se despediram. O carro ficou imerso no silêncio, que Diego quebrou logo depois.

— O que Ximena sabe de nós?

— Nada ainda — admitiu. — Tem falado com ela ultimamente?

— Eu liguei no aniversário dela e de novo na sexta-feira para contar que havia recebido a condicional. Mas ela já sabia pelo Tadeo.

— Como ela te tratou?

— Muito bem. Já passou o bode.

— Ela estava brava porque você tinha voltado com a Carla — disse Brenda.

— Não voltei com a Carla — protestou ele, em um tom irritado.

— Eu sei, mas ela foi um domingo na casa para te ver e a encontrou lá. Concluiu que tinham voltado.

Um silêncio tenso ocupou de novo o espaço. Diego dirigia olhando para a frente, sério e sisudo. Brenda não podia deixar de observar o perfil dele, de testa ampla e nariz longo e reto. Tinha narinas grandes, mas proporcionais, bem masculinas. Na penumbra do veículo, o sombreado das pálpebras dele se aprofundava – era o aspecto mais inquietante de seu rosto.

— Mamãe não devia ter ficado brava com você por isso — declarou Brenda. — Você tem o direito de ficar com quem quiser.

— Sua mãe sempre fez tudo por mim. Se alguém tem o direito de ficar brava comigo, é ela. — Voltou-se com determinação e lhe lançou um olhar decidido. — Eu vou contar a Ximena sobre nós. É evidente que você está com vergonha.

Brenda ficou paralisada diante da hostilidade e das palavras dele.

— Não seja injusto, Diego. Nada me dá mais orgulho do que estar com você. *Nada* — enfatizou. — Eu te amo e gritaria isso aos quatro ventos. Mas foi você quem quis guardar segredo para o pessoal da Desafío a la Vida. As coisas estão complicadas lá em casa, especialmente desde que decidi abandonar a faculdade. Eu não queria que...

Aproveitando que estavam passando bem devagar pela ponte Pueyrredón, Diego parou, pegou-a pela nuca e a calou com um beijo que se transformou em um duelo de línguas. A seguir, manteve a testa colada na dela; os dois arfavam como loucos, vítimas de uma intensidade incontrolável.

— Não tenho vergonha de você — afirmou Brenda. — A única coisa que sinto por você é amor e orgulho.

— Desculpe — implorou Diego, com genuíno arrependimento. — Desculpe, eu é que tenho vergonha. Ximena sabe das minhas merdas, e, agora que o que mais quero é ficar com você, filha dela — explicou, com uma inflexão deliberada —, ela está contra mim.

— Mamãe adora você, Diego. E sabe que eu te amo. Sempre soube. Ela não vai fazer nada para nos separar. Não seria a mãe que eu conheci a vida toda se fizesse isso. E, se fizesse, para mim seria muito fácil escolher. Você e mil vezes você, meu amor.

Diego ouvia as palavras de Brenda com atenção e a mão firme em sua nuca, talvez inconsciente da dureza com que a segurava. Ela cobriu a mão dele com a sua e o obrigou a soltá-la. Segurou-a com reverência e a beijou. Uma buzinada os obrigou a acelerar de novo. Fizeram o resto da viagem em silêncio.

Ao chegar a Almagro, Diego parou em fila dupla em frente a uma Farmacity, na rua Díaz Vélez.

— Vou comprar camisinha — avisou antes de descer.

Brenda assentiu, tentando imitar a normalidade com que ele se comportava, embora para ela significasse um mundo, embora seu corpo vibrasse incontrolavelmente e sentisse o rosto quente.

* * *

Os dois foram para a casa de Brenda, aproveitando que não havia ninguém. Ela precisava de outra muda de roupa. Além do mais, já que não havia guardado a carta, queria mostrar a Diego o álbum com fotos dele e outras lembranças que guardava desde os treze anos.

Entraram no apartamento vazio e escuro. Diego, que estivera ali poucas vezes, caminhou pela sala até a porta da varanda. Brenda captou o tormento dele, de modo que decidiu se apressar e sair dali o quanto antes. Ao voltar, encontrou-o fuçando nos discos de vinil de Héctor.

— Papai nunca foi fã de CD.

— Seu pai foi uma das pessoas que me ensinaram a amar a música — disse enquanto olhava um disco de Bruce Springsteen. — Meu Deus, como ele amava o *Boss* — relembrou, chamando o cantor norte-americano pelo apelido.

Brenda ligou o toca-discos, uma Technics que Héctor lhe havia ensinado a usar quando ela tinha cinco anos. Estendeu a mão e Diego lhe entregou o álbum *Born in the U.S.A.* Colocou-o no prato. Baixou a agulha sobre a penúltima faixa do lado B, a música favorita de seu pai, "Dancing in the Dark". A potência e o ritmo da música os fizeram rir. Brenda começou a dançar e a cantar como fizera tantas vezes com Héctor. Pulava e girava em volta de Diego, que ia girando sobre si para segui-la com olhos famintos e um sorriso tão pleno que revelava sua dentição completa. Tentou pegá-la, mas Brenda fugiu. Encurralada em um canto, caiu na risada quando Diego a agarrou pela cintura e a levantou. Fechou as pernas em volta da cintura dele e caiu sobre a boca de Diego. Springsteen já estava cantando "My Hometown" e eles nem notaram, completamente absortos na paixão que os isolava.

A música parou subitamente. Brenda se voltou para o toca-discos. Lautaro e Camila os observavam como se fossem extraterrestres.

— Que merda é essa, Brenda? — interrogou seu irmão.

Diego foi deslizando Brenda lentamente até deixá-la no chão.

— Mamãe disse que você...

Lautaro avançou alguns passos com um olhar feroz, Camila grudada nele.

— Diego? — Ergueu o indicador e apontou para ele. — Diego Bertoni?

— Sim, sou eu. E aí, Lautaro?

— Está tirando uma com a minha cara, Brenda?

Ela notou a expressão assassina de seu irmão e se colocou diante de Diego em um ato automático de proteção.

— Lautaro, por favor...

— Não se meta, Camila! Minha irmã está curtindo com um viciado e eu tenho que ficar calmo?

— Vamos — resolveu Brenda, e pegou a mão de Diego.

— Você não vai a lugar nenhum com esse aí!

Lautaro tentou pegá-la com fúria e Brenda soltou um grito.

Diego a colocou atrás de si e levantou a mão, em uma clara advertência para Lautaro. Brenda ficou desesperada. Os dois eram faixa preta de caratê, ambos discípulos de Héctor; se brigassem, haveria sangue. Brenda não podia acreditar que estava vivendo esse pesadelo, que passara de um dos melhores momentos de sua vida àquele poço cego de rancor e prepotência.

Camila tentava argumentar com Lautaro, que estava possesso. O rapaz comedido e racional havia desaparecido, encarnando um ser tirânico e aterrador.

— É um maldito viciado e alcoólatra, Camila! Sempre acaba em cana! — repetia Lautaro, fora de si, e a seguir se dirigiu à sua irmã. — Você não vai sair de casa com esse aí! Bertoni, suma daqui ou vou te encher de porrada!

— Nãããoo! — Brenda soltou um grito e tentou se interpor entre os dois de novo, mas Diego a impediu.

— Você esqueceu quem é o pai desse aí? Esqueceu que ele é filho do desgraçado que nos roubou quando papai morreu?

— Diego não tem nada a ver com isso! Nada a ver! Ele não é como David!

Diego pegou o rosto dela entre as mãos e a beijou na testa.

— Não toque nela, filho da puta!

— Chega, Lautaro! — disse Camila, e o segurou pelo braço para detê-lo. — Chega, pelo amor de Deus!

— Seu irmão tem razão. É melhor eu ir embora.

— Não, Diego, não!

— É pelo seu bem.

Brenda se pendurou no pescoço de Diego para impedi-lo, apesar de sentir que o estava perdendo.

— Não me deixe!

— Lautaro — disse Diego, sem afastar os olhos de Brenda —, segure-a, por favor.

— Não! Não! — O pranto a sufocava e ela não conseguia articular as palavras. — Me leva daqui! — conseguiu pronunciar entre soluços.

Foi impossível enfrentar as duas forças, a de seu amado e a de seu irmão. Haviam decidido destruí-la e ela nada podia fazer. Ela viu Diego se afastar, aproximar-se da porta. Se atravessasse o batente, ele ficaria sozinho com sua tristeza, com sua vergonha e sem ela para ajudá-lo a não cair em tentação. Gritou, gritou seu nome até sentir o gosto de sangue na boca, até ficar sem voz; logo ela, que podia alcançar registros muito elevados, não conseguia chamar o amor da sua vida, que a abandonava assim sem mais nem menos, não batalhava porque se achava menor, porque se achava uma merda e porque, segundo ele, os demônios que o habitavam a machucariam. Só que não eram seus demônios que a estavam destruindo nesse instante; era ele.

A porta se fechou com um estalo que em seus ouvidos ecoou como um tiro de canhão, deixando-a sem ar. Ela se apoiou em Lautaro. Ao sentir que a pressão dos braços de seu irmão diminuía, tentou fugir para a cozinha; desceria pela escada e o alcançaria na recepção. Lautaro leu o pensamento dela e a envolveu com os braços.

— É pelo seu bem, Brenda. Você não pode ficar com esse viciado, ele vai estragar sua vida.

— Me solta! Me solta!

Lautaro afrouxou o abraço com cautela. Brenda se voltou depressa e lhe deu uma bofetada, e outra e outra, até que seu irmão a segurou pelos pulsos e conseguiu subjugá-la. Camila cobria a boca e chorava.

— Odeio você! Odeio você com toda a minha alma! Quem dera papai estivesse vivo! Quem dera papai estivesse vivo! — ficou repetindo e chorando até acabar jogada no chão da sala. — Papai! Papai! — começou a chamá-lo com gemidos tão doídos que até Lautaro chorava.

Camila se agachou ao lado dela e a abraçou. Cobriu-a com seu corpo e a ninou. As duas choraram amargamente.

**

Camila entrou no quarto de Brenda e a encontrou na mesma posição em que a havia deixado minutos antes, encolhida na cama. Ela chorava com uma tristeza infinita.

— Vamos, Bren — disse —, levante um pouquinho para tomar o chá com mel que eu fiz para você.

Brenda, incapaz de pronunciar uma palavra, fez que não com a cabeça e continuou chorando.

— Você vai estragar sua voz — argumentou Camila —, e não falta muito para o evento na catedral. Vamos, eu te dou o chá com a colher.

Camila a ajudou a se erguer e ajeitou o travesseiro na cabeceira da cama. A cabeça de Brenda pesava, seus músculos do rosto doíam, sentia os lábios inchados e secos, seus olhos ardiam e seu coração galopava no peito. O chá fez sua garganta machucada doer, mas ela bebeu mesmo assim, motivada pela tenacidade taurina de sua cunhada. A suavidade do mel acariciava suas cordas vocais e a laringe e aplacava o ardor.

— Ele não atende o celular — sussurrou.

— Eu nunca tinha ouvido falar do irmão de Lucía Bertoni — disse Camila. — Sabia que ela tinha um irmão, mas não que significasse tanto para sua família. Lautaro acabou de me contar que ele é afilhado dos seus pais.

— Sou apaixonada pelo Diego desde pequena.

— Ah! — espantou-se Camila. — Você nunca me contou.

— Desde que David nos roubou, não se fala dos Bertoni aqui em casa.

Camila assentiu e levou outra colherada de chá aos lábios de Brenda. Ela a sorveu e ergueu a mão para indicar que não tomaria mais. Tentou se levantar da cama.

— Vou à casa dele — anunciou.

— Lautaro trancou as portas e escondeu as chaves, inclusive a sua. Não quer que você saia.

Brenda ficou olhando para a cunhada sem compreender o que ela havia acabado de dizer.

— Eu odeio meu irmão com todas as minhas forças.

— E eu amo seu irmão com todas as minhas forças — disse Camila —, mas, neste momento ele não é minha pessoa favorita no mundo. Eu poderia matar Lautaro pelo que ele fez com você. Nunca o vi desse jeito. Era como se outra pessoa tivesse pegado o lugar dele.

— Cami, eu tenho que ver Diego. Não quero que ele tenha uma recaída. Faz meses que está limpo, mas uma coisa como essa...

— Lautaro não vai te deixar sair. Ele está decidido.

— Não me interessa! — exclamou, e levou a mão à garganta e apertou as pálpebras, acometida por uma dor pungente. — Vou ligar para mamãe — resolveu.

— Eu convenci Lautaro a não fazer isso e agora digo o mesmo a você. Ximena vai voltar da chácara a mil por hora, correndo o risco de se matar na estrada. Já é noite e está garoando.

Brenda assentiu, vencida, e se jogou na cama de novo, de lado, em posição fetal, com o celular contra o peito na esperança de que Diego ligasse, mesmo sabendo que ele não ligaria. O escorpião que habitava seu irmão havia cravado seu ferrão várias vezes em Diego. Ela se sentia angustiada ao imaginá-lo sozinho, com sede de uísque e com fissura por cocaína. Levantou-se subitamente, assustando Camila.

— Tenho que ir para a casa dele — decidiu. — Não posso deixar Diego sozinho. Ele está em liberdade condicional. Se cometer um erro, vai parar na cadeia de novo e o juiz não vai mais permitir que fique na casa de reabilitação...

— Eu conheço seu irmão, Bren — interrompeu sua cunhada. — Quando fica do jeito que está, é impossível argumentar com ele. Deixe que eu cuido disso. Vou te ajudar.

O olhar de Brenda ficou turvo; ela começou a chorar de novo, vencida pela tristeza e pela impotência. Camila a abraçou e lhe disse palavras reconfortantes.

* * *

Brenda os ouvia discutir. Era a primeira vez em cinco anos de namoro que testemunhava uma briga entre Camila e Lautaro. A porta do quarto deles estava fechada, de modo que Brenda não compreendia bem as palavras.

Ela, por sua vez, tentava ligar para Diego, Rafa e Manu; ninguém atendia. Deixou mensagens para os três. Ligou também para Millie, que se ofereceu para chamar a polícia; Lautaro não podia mantê-la presa, observou, aquilo era privação ilegítima de liberdade. Brenda a convenceu a não fazer isso e pediu que ficasse atenta, para o caso de ela precisar de algo.

Camila entrou no quarto de Brenda com o rosto vermelho, os olhos azul-claros acesos e cara de brava. Sentou-se na beira da cama e bufou.

— Eu amo Lautaro e tenho muita paciência com ele quando mostra o pior de sua natureza escorpiana. Nós sempre conversamos sobre a necessidade dele de me controlar e me possuir, mas agora não o reconheço. É como se eu estivesse diante de um talibã. — Suspirou e deixou cair os ombros. — Graças aos anos que já estudo Psicologia, acho que entendo o que acontece com Lautaro. Ele se sente no dever de ocupar o lugar de Héctor. Está se comportando como um pai.

— Papai adorava Diego e jamais o teria tratado assim — respondeu Brenda, com vigor.

— Acho que Lautaro está com ciúme também — acrescentou Camila.

— Lautaro e Diego nunca se deram, sempre disputaram papai.

— E agora você. Quer que eu traga alguma coisa para você comer? Está muito pálida, Bren.

— Não, Cami, obrigada. Não vou conseguir comer. Por que vocês estão aqui? Mamãe disse que estavam em Pilar com Bianca e Sebastián.

— Um dos irmãos de Bianca quebrou o braço jogando futebol. Como Lorena, a mais velha, está em lua de mel, a mãe ligou para Bianca para cuidar da casa, então... adeus fim de semana em Pilar. Aí, nós voltamos à capital e deu no que deu. Por que não toma um banho e tenta dormir? — sugeriu a cunhada, e Brenda assentiu.

Ao sair do banheiro enrolada em uma toalha, viu suas chaves na mesa de cabeceira. Camila havia conseguido. Olhou a hora: dez para as onze da noite. Vestiu-se depressa e, enquanto punha na mochila uma muda de roupa e jogava dentro o álbum de Diego, tentou pela enésima vez falar com Manu e Rafa, que ainda não atenderam. Decidiu ligar para Lita, algo que teria preferido evitar, para não a assustar. Sem contar que era muito tarde; tinha medo de tirá-la da cama. Digitou o número do telefone fixo. Cada toque explodia em seus ouvidos com uma nitidez aterradora. Por sorte, Silvia atendeu. Depois dos cumprimentos, Brenda inquiriu sem rodeios:

— Diego está aí com vocês?

— Não, Bren, estamos só mamãe e eu.

— Sabe se ele está em casa? Ele não atende o celular — justificou.

A mulher admitiu que não sabia e se ofereceu para ir ver. Brenda esperou ao telefone. Silvia voltou minutos depois: não havia ninguém, a casa estava vazia.

— Aconteceu alguma coisa entre vocês? — perguntou Silvia, preocupada.

Brenda sentiu um nó na garganta e seus olhos começaram a queimar de novo. Foi difícil se expressar para contar resumidamente o que havia acontecido.

— Silvia, eu sei que é muito tarde, mas você me permitiria entrar na casa do Diego? Quero esperá-lo aí.

— Claro — respondeu a mulher. — Me avise quando estiver perto de casa. Vou abrir o portão da garagem para você guardar o carro.

— Obrigada, Silvia! — exclamou Brenda, e pela primeira vez em muitas horas conseguiu sorrir.

* * *

A casa de Diego estava fria e silenciosa. Brenda acendeu a luz da sala de jantar e ficou quieta, observando o entorno. Teve medo da solidão. Da solidão de uma vida sem Diego. Uma vez que havia acariciado a felicidade, a alternativa de ficar sem ela a assustava. Sentiu um calafrio. Havia aquecedores na casa, mas, como não conhecia o mecanismo, preferiu não tocar neles. Foi para a cozinha e ligou a boca maior do fogão. Esfregou as mãos sobre as chamas azuis e ficou ali uns minutos, até que o frio a abandonou e seus músculos relaxaram.

Não estava com sono. Resolveu arrumar a casa e limpar a bagunça. Enquanto lavava a louça e jogava fora os restos de comida, pensava no que havia acontecido. Ia da raiva à compaixão em questão de segundos. Pensava: *Com que facilidade ele cedeu! Não lutou pelo nosso amor*, e se ressentia com ele. A seguir, recordava a crueldade com que Lautaro o havia atacado, pisando no calo dele, e a compaixão enchia seus olhos de lágrimas.

A cozinha ficou impecável. Sentou-se para admirar sua obra. De repente, sentiu um cansaço inesperado. Eram duas da manhã. A angústia voltou ao se perguntar onde estaria Diego. Com Carla? Estaria cheirando, bebendo? Ela sofreria essa agonia cada vez que tivessem uma briga? Duvidaria dele sempre?

Esgotada, pegou a mochila e marchou escada acima. Pôs a camisola e um par de meias, porque estava com frio; o colchão estava gelado por causa do contato direto com o chão. Enroscou-se sob as mantas e, assim que fechou os olhos, reviveu as cenas da briga com Lautaro. Será que seu irmão tinha razão? Acabaria com sua vida com um garoto como Diego, sempre espreitado por seus demônios? Chorou baixinho, sem forças, até que o sono a venceu.

***

Ela acordou com um sorriso, ainda contente com o sonho que tivera com Héctor. A luz do corredor, que banhava o quarto com uma tênue luminosidade, permitiu-lhe compreender onde estava e distinguir uma silhueta sentada a seu lado, na beira do colchão. Reconheceu-o de imediato: era Diego. Sentou-se depressa e jogou os braços ao redor do pescoço dele. O impacto entre o corpo quente dela e o frio noturno que ainda estava grudado no casaco dele a fez estremecer. Diego a apertou contra o peito e afundou o rosto nos cabelos de Brenda. Ela sentia na pele a carícia da respiração agitada e irregular dele.

— O que você está fazendo aqui? — perguntou, com gentileza, mas com a voz estranha.

— Silvia me deixou entrar — respondeu ela, sem se afastar. — Onde você estava?

— Estava olhando você dormir. Acordou sorrindo, mas dá para ver que andou chorando — afirmou ele, e passou o dedo sobre o rastro salgado que as lágrimas haviam desenhado no rosto dela.

— Eu liguei mil vezes. Onde você estava?

— Com Manu, na casa do Rafa — esclareceu.

Brenda o observou com medo, lembrando que ele a havia abandonado. Será que estava tudo terminado entre eles? A intromissão de Lautaro daria a ele o pretexto para matar o que havia acabado de nascer?

— Por que você foi embora? — perguntou ela, com mais tristeza que raiva. — Por que me deixou?

Diego a estudava com olhos ávidos enquanto afastava as mechas de cabelo que caíam sobre sua testa. Não falava; apertava os lábios até fazê-los desaparecer entre o bigode e a barba.

— Por quê, Diego? — insistiu com mansidão, e levou a mão à face dele.

Isso bastou para destruir a fachada que ele a duras penas conseguia manter.

Diego a abraçou com um soluço abafado e a estreitou sem consciência da força que usava. Não a deixava respirar, mas Brenda não se queixou. Limitou-se a perceber a angústia dele, propôs-se a absorvê-la, liberá-lo de tamanha carga.

— Lautaro tem razão — sussurrou ele com voz de choro —, sou um viciado, filho de um golpista.

— Nem que seu pai fosse um assassino eu me importaria — murmurou ela em seu ouvido, e o sentiu estremecer. — Outro dia eu te disse que a única coisa que me machucaria seria que você me afastasse. E foi a primeira coisa que você fez.

— Está vendo? Sempre faço cagada.

Diego se afastou lentamente; Brenda passou os polegares sob os olhos dele para secar as lágrimas. Beijou seus lábios.

— Eu te amo, Diego. Não me interessa seu pai, nem seu vício, nem o que o meu irmão diga. Só me interessa o que você diz. Mas quero que diga com o coração, e não porque se sente menor do que os outros.

— Você é perfeita demais para alguém como eu. Eu me sinto um merda ao seu lado.

Brenda recuou, buscando instintivamente impor certa distância. Deixou cair as mãos e evitou tocá-lo. Olhou-o fundo nos olhos. Diego prendia a respiração e a contemplava com o medo estampado nas feições.

— Se estar comigo faz você se sentir um merda, então sim, acho que não tem futuro para nós.

Diego arregalou os olhos e abriu a boca.

— Eu te amo demais para permitir uma coisa dessas — declarou, arrastando-se para trás com a intenção de se levantar.

Diego a segurou pelo pulso e a grudou em seu corpo com um movimento desesperado. Abraçou-a e falou em seu ouvido.

— Você me dá tanta felicidade que é difícil acreditar que sou eu que está sentindo isso. Nunca, ouça bem — enfatizou, e a sacudiu um pouco —, nunca na vida fui tão feliz como agora que estou com você. Eu te vejo chegar e minha vida de merda parece a melhor. Escuto sua voz ao telefone e sorrio sozinho como um idiota. Mas tenho consciência de quem eu sou e não posso negar a realidade.

— Você é tantas vezes melhor que eu! — disse Brenda, e Diego emitiu um som de incredulidade cheio de ironia. — Como não vê isso? Eu te amo porque te admiro, não percebe?

Diego escondia o rosto no pescoço dela, e, embora lutasse para não chorar, Brenda sentia a umidade na pele.

— Não me deixe — sussurrou ele, quase envergonhado, como se estivesse pedindo esmola.

Ele a deitou no colchão e se colocou sobre ela. Brenda o olhou fixamente.

— Eu liguei mil vezes. Para Manu e Rafa também.

— Eu sei.

— Você pediu aos meninos que não atendessem?

Diego assentiu.

— Foi tão fácil assim ir embora, me deixar?

Ele mordeu o lábio e sacudiu a cabeça para negar.

— Foi mais difícil que não beber, que não cheirar.

— Por que foi, então?

— Porque Lautaro tem razão. Fiz isso pelo seu bem.

— O que vocês dois sabem sobre o que é bom para mim? — disse, brava, e fez força para tirá-lo de cima dela.

Mas ele se manteve firme e a impediu.

— Quase morri de dor quando você foi embora. Não conseguia parar de chorar — ela recordou, e viu os olhos de Diego brilharem repentinamente. — O que você fez com os meninos? — perguntou para mudar de assunto.

— Se você quer saber se eu bebi ou cheirei, a resposta é não. Eu teria feito isso — confessou —, a fissura estava me enlouquecendo, mas os caras me deram força e me distraíram contando coisas de você.

— Que coisas? — perguntou, enquanto estudava a orelha dele, pequena e colada à cabeça.

Diego deu um sorriso maroto e beijou seu nariz.

— Contaram que você deu o maior esporro neles da primeira vez que veio ensaiar, quando entrou e viu que tinha maconha e bebida para um exército.

Brenda riu baixinho e assentiu.

— Você disse: "Seu melhor amigo está preso em um centro de reabilitação e vocês vêm fumar maconha e beber vodca na casa dele? Que espécie de amigos são?". Me deu vontade de compor uma música quando ouvi isso.

— Antes você estava bastante disposto a se livrar da sua musa inspiradora — censurou ela de novo.

Diego descansou a testa na dela e suspirou, cansado.

— Desculpe.

— Não posso, porque eu sei que, no fundo, você acha que teria sido melhor me deixar. Que horas são? — perguntou sem uma pausa, fingindo-se ofendida.

— Por volta das cinco. — Diego arrastou o nariz pelo rosto dela. — Não fique brava comigo, não suporto isso.

— Vamos dormir um pouco — propôs ela.

Diego assentiu, vencido, e se afastou para tirar a roupa.

* * *

Ela ergueu as pálpebras lentamente. A luz que entrava pelo postigo iluminava o rosto de Diego, que a observava com olhos atentos. Ficou emocionada por acordar ao lado dele e também por descobrir a ansiedade que ele tentava disfarçar e que ela lia como a um livro. Sorriu e o acariciou, e ele fechou os olhos e beijou os dedos dela, que tocavam seus lábios. Diego a segurava pela cintura. Aproximou-a um pouco mais com um movimento decidido, e Brenda percebeu a ereção.

— Desculpe — pediu ele de novo, depois daquelas horas de sono.

Brenda, sem afastar o olhar do dele, deslizou a mão entre os dois e pegou aquele membro duro. Acariciou-o por cima da cueca, fascinada pela expressão dele e pelo jeito inconsciente de afundar os dedos na carne de sua cintura, até que ele os afastou dali depressa para tirar sua calcinha. Ela esticou os braços e colaborou para que ele tirasse a camisola. Diego abandonou o colchão e procurou no bolso da jaqueta de couro a caixa de camisinhas que havia comprado no dia anterior. Tirou a cueca e colocou a camisinha com movimentos rápidos e precisos, mas depois, quando se recostou ao lado de Brenda, refreou a pressa e ficou olhando para ela com aquele olhar que ela já conhecia, que a estudava com uma rápida escaneada.

Brenda, por sua vez, observava-o com uma atitude desafiadora. Pegou-o pela cabeça e devorou seus lábios. Diego abriu as pernas dela e a acariciou para ver se já estava pronta. Penetrou-a com um impulso certeiro e veloz que provocou em Brenda uma dor intensa, mas fugaz. Ela arfou e arqueou as costas, jogando a cabeça para trás. Diego ficou estático, esperando que ela se habituasse a seu tamanho. Ao abrir os olhos, Brenda o encontrou atento a ela, com o cenho franzido.

— Tudo bem? — perguntou. — Ainda dói, né?

— Estou bem. Foi um instante de dor. Já está passando.

Diego derramou beijinhos no rosto dela e começou a se mexer com cuidado. Pouco a pouco, Brenda o ia admitindo em seu corpo e sentindo o prazer de tê-lo alojado dentro dela. Não importava que fosse a terceira vez que o recebia em seu interior. Era como a primeira. A dor e o desconforto se dissolviam, mas ela se sentia dominada pela mesma emoção excessiva diante da imensidão do que estava acontecendo.

Amaram-se incansavelmente naquele dia, em todos os cômodos da casa, como se quisessem batizá-la. Diego se recuperava com rapidez, e Brenda, embora exausta e sensível, continuava o acolhendo como uma viciada, como se nada bastasse. A magia não diminuía, ao contrário, alimentava-se da energia que explodia a cada orgasmo, a cada gemido e cada grito de prazer. Quanto mais disposta a satisfazê-lo ela se mostrava, maior era a excitação dele. Aquilo que Cecilia afirmara estava se mostrando verdade: com Plutão na Casa VII, Diego acabaria se revelando um homem com grandes e obscuros apetites sexuais. Era óbvio que era experiente e que gostava de experimentar posições e jogos.

Os dois andavam nus pela casa depois que ele ligou os aquecedores, e faziam amor onde o desejo os surpreendesse. Amaram-se em uma cadeira e na banqueta do piano, na mesa da sala de jantar, em cima da máquina de lavar, no sofá, na escada. Nessa última, sentado em um degrau com Brenda se segurando com as duas mãos no corrimão, de costas para ele, Diego pediu que transassem sem camisinha.

— A primeira coisa que me obrigaram a fazer quando entrei na casa — contou ele, com os lábios entre as omoplatas dela — foi um exame de sangue para ver se eu estava limpo. Deu tudo normal. E nos meses de internação não transei com ninguém. O que você acha?

— Vou marcar consulta com a ginecologista da mamãe e pedir que me receite um anticoncepcional.

— Obrigado — respondeu ele com alegria evidente. — Quero te penetrar sem a barreira do látex.

— Já transou sem camisinha? — Diego negou, balançando a cabeça e arrastando o nariz nas costas dela. — Nem com Carla? — atreveu-se a perguntar.

— Não.

— Por que não?

— Porque não confiava que ela ia tomar a pílula direito.

— Era muito distraída?

Diego soltou uma risadinha pelo nariz e beijou seu trapézio com ternura.

— Sim, muito distraída — repetiu com certa ironia, o que levou Brenda a pensar que queria dizer outra coisa.

Tomaram banho juntos e, por volta das cinco da tarde, morrendo de fome, pediram uma pizza. Diego subiu para se vestir enquanto Brenda punha a mesa. Comeram em silêncio. Diego, na verdade, devorava a pizza e Brenda o observava, tão cheio de vida e saúde que ela se emocionava ao ponto de perder o apetite. Diego, sempre atencioso como um bom virginiano, cortou a pizza e lhe deu um pedaço na boca. Levava o garfo aos lábios dela e se olhavam nos olhos, os dois recordando o que haviam acabado de fazer, a intimidade que haviam acabado de compartilhar.

Depois de comer e lavar a louça, subiram ao quarto, onde Brenda mostrou a ele o álbum com as lembranças que havia acumulado com o tempo.

— Que estranho você não ter colado aqui a carta que me escreveu — estranhou Diego.

— Estava tão triste naquele dia que, quando cheguei em casa, rasguei e joguei fora a carta.

Havia fotografias, embalagens de chocolate e outras guloseimas, laços de pacotes de presente, um lenço, vários cartões de Natal e uma infinidade de lembranças amorosamente afixadas, com as devidas referências. Diego passava as folhas e sorria ou dava curtas gargalhadas ao ler os comentários escritos em uma caligrafia infantil. "Lenço que Diego me deu para eu limpar meu nariz que sangrou ontem na casa da avó dele. Papel do chocolate que Diego me deu na semana da doçura. Eu dei para ele um alfajor Cachafaz, porque é o favorito dele. Ele me deu um beijo e disse: 'Obrigado, Bren. Cachafaz é o melhor'. Laço do presente que os Bertoni me deram de aniversário. Lucía o entregou a mim, mas Diego estava olhando quando o abri. Esta foto papai tirou no domingo na chácara. Os Bertoni foram lá comer churrasco. Diego se sentou ao meu lado e me perguntou sobre a escola e meus colegas. Eu disse que eram todos imaturos e que não gostava de nenhum. Quase disse que gostava dele, mas fiquei com vergonha e não disse nada. Agora me arrependo. Diego é o garoto mais bonito do mundo", havia escrito sob a fotografia dele.

— Este álbum é meu — declarou Diego. — Considere-se notificada: está confiscado.

Brenda se fez de difícil, torcendo a boca em uma careta hesitante.

— Não sei se você merece.

— Mesmo depois de todos os orgasmos que eu te dei hoje?

Diego gargalhou quando Brenda ficou vermelha. Prendeu-a entre os braços e beijou o topo da sua cabeça.

— *Você* é a coisa mais linda do mundo. Adoro quando fica vermelha.

— Odeio ficar vermelha — reclamou Brenda. — Só com você isso acontece.

A campainha os surpreendeu. Entreolharam-se. Durante as horas de prazer e intimidade, o mundo exterior e suas ameaças haviam desaparecido.

— Devem ser Manu e Rafa — conjecturou Diego, e a beijou nos lábios. — Vou abrir.

Ele apertou o botão do porteiro eletrônico e perguntou quem era.

— Ximena — escutou Brenda, que estava no andar de cima. — Posso entrar?

— Sim, claro — respondeu Diego. — Vou abrir.

Brenda, vestindo só uma camisa dele, sem sutiã nem calcinha, contemplou-o do patamar da escada. Diego lhe devolveu um olhar seguro e tranquilo e pediu:

— Deixa comigo. Vou falar em particular com ela.

Brenda assentiu e voltou para o quarto para se vestir. Olhou para o celular; havia ficado sem bateria. Colocou-o na tomada e, poucos segundos depois, encontrou o que temia: dezenas de mensagens de Camila, Millie, Rosi e de sua mãe. Enquanto respondia prometendo mais detalhes em breve, ouviu a porta principal se abrir e, a seguir, a voz de Ximena; não parecia brava. Era estranho vê-la ali. Foi até o topo da escada para ouvir a conversa.

— Está linda sua casa — apontou a taurina. — Tem até um cheiro bom!

— Brenda acendeu uns aromatizadores com essências, e velas também. Sente-se, por favor. Quer beber alguma coisa?

— Não, querido, obrigada. Minha filha está aqui, então. — Diego assentiu em silêncio. — Graças a Deus. — Suspirou. — Fiquei sabendo há pouco do que aconteceu ontem lá em casa e liguei um monte de vezes, mas ela não atendeu.

— Ela está lá em cima — apontou Diego. — Já vai descer. Eu pedi que me deixasse falar com você. Acho que é minha responsabilidade explicar o que está acontecendo.

— E o que está acontecendo? — perguntou Ximena.

— Sua filha e eu estamos juntos há um mês e meio — especificou, e Brenda se espantou ao ver que ele sabia o tempo direitinho. — E estamos muito bem.

— Não duvido. Brenda é apaixonada por você desde que tinha cinco anos.

— Eu sei que não sou o que você e Héctor queriam para ela.

— O que importa o que o pai dela e eu queríamos se o que ela quer é você?

Os olhos de Brenda ficaram marejados subitamente e uma sensação de estrangulamento fechou sua garganta.

— Eu me sinto mal porque deveria ter falado com você antes, mas confesso que achava que era muita cara de pau e... bem, tinha um pouco de medo de você me pedir que a deixasse.

— E se eu tivesse pedido isso, o que você faria?

Um silêncio se seguiu à pergunta, que Ximena quebrou com uma gargalhada, provavelmente motivada por uma careta de Diego.

— E a Carla? — perguntou Ximena.

— Carla e eu não estamos mais juntos. Somos amigos, mas só isso — insistiu ele.

Sobreveio outro silêncio. O ritmo cardíaco de Brenda se intensificou. Ximena acreditava nele? Teria dúvidas acerca do vínculo dos dois? Era compreensível, ela mesma duvidava.

— Eu sei que Lautaro se comportou muito mal com você ontem — disse Ximena.

— Eu entendo o Lautaro. Teria feito o mesmo.

— Ele deveria respeitar a decisão de Brenda. Não foi assim que o eduquei. Peço desculpas por ele. Você, *justamente você*, não merecia ouvir o que ele disse.

Brenda percebeu que a última frase escondia outro significado.

— Mas ele não sabe de nada — replicou Diego, somando mais mistério à questão.

— É... — disse Ximena. — Você parece bem — acrescentou com mais descontração, encerrando o assunto anterior.

— Sim, estou bem. Voltei a compor e a tocar.

— Que coisa boa!

— Manu, Rafa e eu criamos uma nova banda de rock. Chama-se DiBrama.

– DiBrama?

— *Di* de Diego, *ra* de Rafa e *ma* de Manu.

— Mas você disse Di*Bra*ma — disse Ximena. — Ou escutei mal?

— Não, escutou bem. O *B* é de Brenda. Ela é a voz feminina da nossa banda.

— Ah! — surpreendeu-se Ximena. — Ela também não me contou nada disso. Imagino que esteja no paraíso.

— Sim, mamãe — interveio Brenda, parada no último degrau da escada —, estou no paraíso. Por tudo isso.

Ela avançou para a mesa. Diego se levantou e Brenda parou ao lado dele. Deram-se as mãos.

— Vocês formam um lindo casal — declarou Ximena, e sorriu.

Brenda se jogou nos braços da mãe e se sentou nos joelhos dela.

— Quanta coisa você escondeu de mim, meu amor...

— Você também, mamãe — replicou Brenda, sem recriminações.

— Cinco anos da vida de Diego — recordou.

— No fim, o destino sempre encontra um caminho — declarou a mulher. — É inevitável.

Conversaram um pouco em um diálogo descontraído. Mas Brenda percebia certo desânimo em Diego. Entrelaçou os dedos nos dele por cima da mesa e sorriu, e ele respondeu com outro sorriso, mas forçado. Quando superaria a culpa e o sentimento de inferioridade? Quando esqueceria que ela era filha de seus amados e respeitados padrinhos?

Ximena olhou a hora e se levantou.

— Filha, eu gostaria que você voltasse para casa. Quero que faça as pazes com seu irmão.

— Não enquanto ele não pedir desculpas a Diego.

— Não é necessário — interveio ele.

— Para mim é — insistiu Brenda.

— É justo — apoiou Ximena. — Mas primeiro vamos conversar nós três. Há algo que você e Lautaro precisam saber — disse com o olhar fixo no afilhado, que lhe devolveu uma expressão dura. — Vou indo. Espero você em casa — disse, e Brenda assentiu.

Diego acompanhou Ximena até a porta e Brenda subiu para pegar suas roupas e se preparar para voltar para casa. Não sabia como se sentia. Por um lado, estava contente por, finalmente, tudo ter sido revelado; por outro, temia enfrentar o poderoso escorpiano. Especialmente, não queria deixar Diego.

Percebeu que ele estava voltando e continuou a arrumar a bagunça do quarto. Esperou que ele subisse. Como estava demorando, desceu para ver o que estava acontecendo. Encontrou-o sentado no sofá, com os cotovelos apoiados nos joelhos e cobrindo o rosto com as mãos.

— Diego? — perguntou, preocupada, e se sentou ao lado dele.

Diego se levantou e sorriu para tranquilizá-la, mas de novo era uma expressão impostada.

— Que foi? — perguntou Brenda e o observou com olhos perscrutadores. — A responsabilidade está pesando, é isso?

— Sim — admitiu ele. — Mas entre abandonar você e assumir a responsabilidade, acho que não tenho opção. Não mais.

— Eu não sou sua responsabilidade. Você é meu companheiro, não meu pai. Por favor, não me sinta como um peso.

Diego a surpreendeu roubando um beijo longo e erótico.

— Não é você o peso, não é você a responsabilidade — disse ele com um fervor incomum. — Sou eu mesmo, eu mesmo sou a pedra que me leva para o fundo. É em mim que eu menos confio. Acho que a possibilidade de perder você é a única coisa que vai me fazer ser responsável por mim mesmo pela primeira vez.

— Você gosta da ideia de ser responsável por si mesmo? — sussurrou Brenda com o cuidado que teria empregado para evitar espantar um bichinho silvestre.

— Gosto da ideia de ter você comigo; é disso que mais gosto — replicou ele, e tornou a beijá-la.

* * *

Brenda encontrou Ximena na cozinha; estava preparando algo rápido para o jantar. Sentou-se na ilha e a observou mexendo a massa.

— Diego ficou bem?

— Mais ou menos — admitiu Brenda. — Ele se sente culpado em relação a você. E a papai — acrescentou.

— Mas, quando eu perguntei se ele te deixaria caso eu pedisse, o rosto dele mostrou o contrário. Bem — acrescentou Ximena —, não duvido de que ele se sinta em falta com a memória de seu pai e comigo, mas garanto que esse sentimento é nada em comparação com o amor que ele sente por você.

— Ele nunca me falou de amor, mamãe — pontuou Brenda. — Nunca disse que me amava.

— Diego nunca expressa o que sente de verdade, filha. O importante ele guarda debaixo de sete chaves. Foi assim a vida inteira. Desde pequenino era preciso arrancar as informações dele. Às vezes se sentia mal, tinha dor de barriga, até mesmo febre, e não dizia nada.

Um sentimento avassalador sufocou Brenda e ofuscou sua vista. Max abandonou o tapetinho e apoiou as duas patas dianteiras nas pernas dela. Ganiu e farejou o rosto. Ela o pegou pela coleira e o beijou.

— Você está brava porque não te contei que Diego e eu estamos juntos?

— Não — respondeu Ximena depois de uma pausa. — Decepcionada sim, mas brava não. De qualquer maneira, entendi sua decisão de não me contar.

— Por que você disse que Diego tem uma grande capacidade destrutiva e que você queria me preservar?

— O que você quer saber de verdade? — indagou Ximena. — Se eu ainda acho que Diego tem uma grande capacidade destrutiva ou se vou me colocar entre vocês para separá-los por causa disso?

— Acho que eu quero saber as duas coisas — admitiu Brenda.

— Diego é viciado em cocaína e álcool, filha, e ele vai ter que lidar com isso a vida inteira. Portanto, sim, acho que ainda habita nele uma grande capacidade destrutiva. Quanto a te impedir de ficar com ele, você me conhece bem demais para saber que eu não faria isso. Tentei manter você longe dele desde 2011, mas, como dá para perceber, foi inútil. Como eu disse na casa de Diego, o destino sempre encontra um caminho.

Brenda pulou da banqueta e abraçou a cintura de sua mãe por trás, apoiando o rosto nas costas dela.

— Eu te amo, mamãe. Com todo o meu coração.

— E eu amo você, meu amor.

Max, que estava até então grudado em Brenda, saiu correndo para a porta principal.

— Seu irmão está chegando — anunciou Ximena.

— Como você soube do que aconteceu ontem entre Diego e Lautaro?

— Camila ligou para contar. Ficou preocupada porque você não atendia o celular, então me ligou e contou tudo.

— Cami foi maravilhosa. Ela me defendeu e conseguiu fazer Lautaro devolver minhas chaves, porque ele não me deixava sair.

Ximena, com uma seriedade incomum, assentiu e continuou cuidando do jantar. Minutos depois, ouviram o barulho da fechadura e a porta que se abria. Lautaro parou à porta da cozinha. Sustentou o olhar de Brenda, que cruzou os braços e o contemplou com desdém; naquele momento o odiava. Lautaro avançou na direção de Ximena e deu um beijo em seu rosto.

— Olá, mãe. Tudo bem?

— Preciso falar com você e sua irmã sobre o que aconteceu aqui ontem à tarde.

— Camila me disse que te contou — revelou Lautaro, e se sentou em uma das banquetas da ilha.

— Sim, Camila me contou — disse Ximena, e desligou o fogo, colocando-se em frente ao filho. — O que aconteceu, Lautaro? O que te fez reagir como um alucinado, filho? Seu pai e eu não te educamos para ser intransigente e faltar com o respeito à sua irmã.

— Achei que estivesse ajudando quando a salvei daquele viciado. Às vezes Brenda não tem nada na cabeça.

— E o que você tem com isso? A vida é minha, Lautaro!

— Brenda, por favor — interveio Ximena, e levantou uma mão para pedir calma. — Estamos os três aqui para que cada um expresse o que pensa de um jeito racional. — Dirigiu a atenção de novo para Lautaro.

— Quero que peça desculpas a Brenda.

— Não! — Lautaro se levantou. — Não vou me desculpar. Fiz o que fiz para salvar Brenda daquele viciado, filho de um golpista. Tal pai, tal filho!

— Você está enganado, filho — disse Ximena com uma tranquilidade impressionante.

— Ele é filho de David Bertoni, não é? Aquele que nos roubou durante anos depois da morte de papai.

— Você nunca se perguntou como eu descobri que David estava nos roubando?

— Graças a uma auditoria — respondeu ele, já menos seguro.

— Não, Lautaro. Não foi graças a uma auditoria. Foi Diego quem me contou.

— O quê?! — exclamaram os dois irmãos em uníssono.

Ximena assentiu com movimentos lentos de cabeça.

— Naquele verão de 2011, dei um emprego a Diego na fábrica para mantê-lo longe de problemas. Ele começou como auxiliar no setor de David. Como é muito inteligente e observador, bastaram poucas semanas para ele compreender o funcionamento do sistema e notar falhas e lacunas inexplicáveis.

Brenda, impressionada, perplexa, só conseguia pensar que a descrição que sua mãe havia acabado de fazer se encaixava perfeitamente naquilo que Cecilia lhe dissera sobre Virgem. Mas o que realmente a surpreendeu foi recordar o que a astróloga havia explicado sobre o nativo que, assim como Diego, havia nascido com o Sol em oposição à Lua. "Mas o pai também deve temê-lo, porque, tendo nascido em uma noite de lua cheia, essa pessoa chegou para lançar luz sobre os mistérios e a escuridão da família. Esse nativo tem coragem de pôr em evidência o que se tenta esconder." Era uma descoberta de tanta relevância que ela não sabia o que dizer.

— Diego foi juntando evidências, provas muito boas — enfatizou Ximena —, e, um dia, foi até minha sala e me revelou tudo. Foi um choque. Mas graças a ele salvamos a empresa, porque não sei o que teria acontecido se David continuasse com aquelas maracutaias.

— Ele mandou o próprio pai para a cadeia... — disse Lautaro, com estranheza.

— Um pai que jamais o amou nem o respeitou, porque sempre foi duro e pouco carinhoso com ele. Contudo, Diego amava Héctor e jurou em seu leito de morte que sempre protegeria a nós três, mas especialmente a mim e à sua irmã. Lautaro, Diego reuniu coragem e denunciou o pai para nos defender. Por isso me doeu profundamente saber como você o tratou.

— Eu não sabia disso.

— Diego me fez jurar que eu nunca contaria a ninguém — explicou Ximena. — Agora, porém, e dadas as circunstâncias, era necessário que vocês soubessem. E é justamente por isso, Lautaro, porque você não sabia, que eu em parte compreendo a sua reação. Agora você sabe. Mas o que jamais deveria ter feito é atacar sua irmã daquele jeito, faltar com o respeito a ela e tirar a liberdade dela. *Jamais*, Lautaro — enfatizou.

O rapaz endureceu a expressão e apertou os punhos na lateral do corpo.

— Diego Bertoni pode ter salvado a fábrica, mamãe, mas continua sendo um dependente químico. Isso não muda para mim e nunca vou aceitar que minha irmã estrague a vida se metendo com um sujeito como ele.

— Eu amo Diego — interveio Brenda. — Amo desde sempre. Você, que ama Camila, não consegue me entender?

— Camila não é drogada nem alcoólatra, Brenda. — Lautaro dirigiu um olhar implacável para Ximena. — Não te incomoda saber que a sua filha está se metendo com um drogado?

— Ele passou os últimos nove meses em uma casa de reabilitação — informou a mãe. — Está limpo esse tempo todo. E agora tem sua irmã, que vai dar a ele motivo para lutar.

— Não acredito que você seja tão inocente, mamãe — disse Lautaro, com impaciência. — Gente como ele nunca muda. Vive recaindo. Só sabe fazer uma coisa: estragar a vida dos que tentam ajudar.

Lautaro deu meia-volta e abandonou a cozinha.

18

Com a verdade às claras, a vida se tornou mais fácil. Brenda se movia com liberdade e não tinha que mentir nem inventar desculpas. Mas o ambiente continuava tenso e Lautaro, inflexível. Certa noite, ela ouviu o irmão discutir com Ximena.

— Não tem medo de que ele bata nela, mãe?

— Diego jamais tocaria em um fio de cabelo da sua irmã.

— Mas eu sei que ele fica violento quando está chapado ou bêbado. Quando está assim, deixa de ser Diego e se transforma em um animal.

— Eu sei que ele não tocaria na sua irmã nem nesse estado — defendeu Ximena. — Além do mais, com a ajuda de Deus, Diego não vai voltar a esse inferno.

— Pois é — ironizou Lautaro —, é melhor pedir a ajuda de Deus mesmo.

Brenda dividia seus dias entre Diego, a administração das redes sociais do DiBrama e os ensaios para o evento lírico. Continuavam chegando pedidos para a banda nas redes sociais. Haviam recebido um adiantamento de cinco mil pesos depois de confirmar a participação em uma festa de quinze anos em Olivos, onde tocariam durante uma hora e meia.

Na terça-feira de manhã, em uma reunião na agência de publicidade de Gabi, o chefe do projeto perguntou por El Moro.

— Gabi disse que ele é o mais criativo da banda — acrescentou.

— Nós três compomos — defendeu-se Manu —, El Moro, Rafa e eu. Mas, sim — concordou —, El Moro é muito criativo.

— Por que ele não veio?

— Está trabalhando — respondeu Brenda, meio nervosa por se encontrar ali. — Mas vamos transmitir a ele tudo que for dito hoje aqui.

Continuaram conversando sobre o produto – uma linha de absorventes femininos –, a estética do anúncio, a mensagem que queriam passar e o jingle que estavam buscando. Rafa e Brenda anotavam e ao mesmo tempo gravavam a conversa para que depois Diego a escutasse.

Prometeram voltar com o material assim que desenvolvessem algo. O chefe do projeto fixou o prazo: sexta-feira, 10 de junho.

Após a reunião na agência, foram para a casa de Diego para começar a trabalhar. Estavam entusiasmados. Rafa dizia que, se conseguissem impressionar o chefe do projeto, garantiriam outros trabalhos. Os jovens passaram a tarde toda definindo o melhor estilo para a música da campanha. Brenda, além de servir mate e fazer alguns comentários, pouco podia fazer. Olhava o WhatsApp com frequência; havia mensagens de suas amigas, de Silvani, de Bianca, mas nada de Diego. Era estranho.

Ela especulou sobre a hora de chegada dele e subiu para se arrumar. Maquiou-se bem pouco e se perfumou. Soltou o cabelo e o penteou. Enquanto se olhava no espelho, ouviu a voz dele vinda lá de baixo e viu seu rosto corar. Detestava essa reação infantil, mas admitiu que lhe dava uma tonalidade de pele atraente.

— Onde está Brenda? — perguntou ele.

— Subiu um pouco — respondeu Rafa.

— Estou aqui — anunciou ela no último degrau da escada, e ficou paralisada diante do sorriso de Diego.

Ele foi até o pé da escada, pegou-a pela cintura e girou lentamente com ela nos braços. Beijaram-se entre risos e resmungos dos amigos.

— Que feio fazer inveja aos outros! — disse Rafa.

— Acho que estamos sobrando — apontou Manu.

— Estava com tanta saudade... — sussurrou Brenda, ignorando os comentários.

— Tudo bem em casa? — perguntou ele, e Brenda assentiu.

— Está com fome?

— Muita — admitiu ele.

Pouco depois das sete, sentaram-se para comer as tortas que Modesta havia feito. Diego devorava a comida em silêncio, com os olhos fixos no prato e um estado de ânimo difícil de identificar. Brenda, porém, o percebia tranquilo a seu lado, enquanto Rafa e Manu lhe contavam sobre a reunião na agência.

— O que é que uma mulher mais valoriza em um absorvente? — perguntou Rafa.

— O conforto. Principalmente — acrescentou Brenda — quando pratica esportes ou outra atividade física.

Diego havia erguido o olhar do prato e a contemplava com seriedade. Seu jeito profissional e responsável a excitava. Queria ficar a sós com ele. Diego deve ter percebido a luxúria em seu olhar, porque aguçou os olhos, deu um sorriso orgulhoso e continuou comendo.

Continuaram trabalhando e tomando mate no estúdio; ouviram a gravação com os comentários do chefe do projeto. A primeira ideia nasceu de Diego, que propôs compor um tango, surpreendendo os outros membros da banda. Imaginava a dançarina executando giros e firulas com uma grande liberdade de movimento.

— Ela está à vontade — concluiu, e dirigiu a atenção a Brenda.

— A ideia é boa — murmurou Rafa —, mas nós não manjamos nada de tango.

— Eu manjo — declarou Diego, na atitude segura que costumava assumir no âmbito da música. — Além disso, nós podemos pedir à minha avó que nos dê uma mão. Ela manja muito.

Trabalharam um pouco mais nas possíveis melodias e letras de tango. Por volta das onze horas, Brenda notou que a energia de Diego diminuía e que suas pálpebras caíam, então propôs encerrar o dia. Manu e Rafa foram embora minutos depois.

Após acompanhar os amigos até a porta, Diego voltou para casa e encontrou Brenda arrumando a cozinha. Abraçou-a por atrás e deu um beijo em seu rosto. Ela se espantou ao notá-lo excitado; achou que, cansado como estava, iria direto dormir. Fizeram amor apoiados na bancada, ela segurando a torneira e ele seus seios. Amaram-se de novo debaixo do chuveiro quando foram tomar banho juntos. Com as costas nos azulejos e as pernas em volta da cintura de Diego, Brenda sussurrou:

— Sexta-feira eu tenho consulta com a ginecologista.

Diego soltou uma espécie de grunhido de satisfação e lhe mordeu delicadamente o trapézio. Saíram do banheiro minutos depois, Diego arrastando os pés. Ele caiu no colchão nu e adormeceu assim que encostou a cabeça no travesseiro. Brenda o cobriu com o lençol e as mantas. Estava passando creme nas pernas quando o telefone de Diego começou a vibrar e a tela se acendeu para anunciar a chamada de Carla. Nada de mensagens pelo WhatsApp; uma chamada direta. Ficou olhando aquele nome, que despertou nela todo tipo de questionamentos, dúvidas e possíveis cenários. Ia atender, mas desistiu; não queria se pôr na linha de fogo daquela mulher, que imaginava letal.

* * *

No dia seguinte, os dois chegaram ao hospital Durand pouco antes das seis da manhã. Saíram às sete, logo após cumprirem a ordem judicial de fazer o exame de urina. Dirigiram-se à estação Constitución. Brenda, no banco do passageiro, servia mate e dava biscoitinhos amanteigados a Diego. Estava absorta, ainda aflita pela ligação de Carla. Será que eles conversavam todas as noites àquela hora? Seria um costume entre eles? Diego contara a Ximena que Carla e ele eram só amigos. Ela devia acreditar e confiar nele? Não conseguia parar de pensar que era uma tonta e que eles estavam brincando com ela.

— O hospital foi deprimente para você?
— Não, de jeito nenhum.
— Então por que você está com essa cara?

Brenda estava dividida entre calar suas dúvidas e inquietudes e tocar no assunto. Convenceu-se de que, se quisessem construir uma relação sólida, tinham que poder abordar qualquer assunto.

— Ontem à noite, logo depois de você dormir, Carla ligou.
— Eu sei. Você atendeu?
— Não — respondeu ela, com um tom meio escandalizado. — Claro que não. Por que ela ligou àquela hora?
— Como vou saber, Brenda? — respondeu ele, impaciente.
— Vocês se falam todos os dias?
— Não.

"Eu quero que você não a veja mais!", queria exigir. "Quero ela fora da sua vida! Por que continua sendo amigo dela?", teria dito, sabendo que ele lhe daria a mesma resposta de dias atrás: "Continuo sendo amigo dela porque ela esteve ao meu lado em alguns momentos de merda da minha vida".

Chegaram à Constitución minutos depois. Brenda desceu para se sentar no banco do motorista. Diego a esperava com a porta aberta. Ela tentou entrar no carro, mas ele a impediu; fechou a mão em volta do pescoço dela e disse com fervor, sobre seus lábios:

— Estamos tão bem... não estrague tudo com um ciúme sem sentido.

Brenda o abraçou e buscou sua boca para beijá-lo, e ele respondeu com uma intensidade que mesclava desejo e raiva.

— Desculpe. — Brenda suspirou. — Não vou ficar com ciúme de novo — prometeu.

Contudo, no dia seguinte, quando Rafa lhe contou que o IP do qual Candy Rocher enviava suas mensagens peçonhentas pertencia ao domínio da Prefeitura de General Arriaga, o ciúme renasceu dentro dela.

— Isso confirma minha suspeita — prosseguiu Rafa. — É aquela sem-vergonha da Carla.

— Eu sei que o irmão é prefeito — argumentou Brenda —, mas ela tem acesso aos computadores da prefeitura?

— Parece que sim — confirmou Rafa. — O irmão deu a ela um cargo na Secretaria de Cultura, no setor de Espetáculos e Lazer.

— É uma funcionária-fantasma, óbvio — acrescentou Manu —, mas de vez em quando ela vai ao gabinete. Agora está indo para encher nosso saco se fazendo passar por Candy Rocher.

— O que nós vamos fazer? — perguntou Brenda.

— Vou bloquear e denunciar a conta imediatamente — decidiu Rafa. — Se quiser continuar a falar merda para a gente, terá que criar outro usuário e escrever de outro IP e domínio.

— Vamos contar para Diego? — perguntou Brenda, inquieta.

Rafa e Manu propuseram que ela ficasse fora disso; eles contariam. No dia seguinte, enquanto esperava ser atendida pela ginecologista, ela ligou para Rafa; queria saber se haviam revelado a Diego a verdadeira identidade de Candy Rocher.

— Sim — respondeu Rafa, com a voz tensa. — Fomos à casa dele ontem e contamos.

— E o que ele disse?

— Não muito, você sabe como ele é.

— Deve ter dito alguma coisa — afirmou Brenda, impaciente.

— Disse para bloquear e denunciar a conta. Eu expliquei que já havia feito isso. Manu pediu que ele ligasse para Carla e a mandasse parar de encher o saco.

— E ele disse que faria isso?

— Não disse nada, nem sim nem não.

O entusiasmo com que Brenda havia ido à consulta com a ginecologista desapareceu. Mesmo assim, ela escutou com atenção os conselhos e indicações da médica. Além de receitar o anticoncepcional, ela deu a Brenda uma prescrição para um contraceptivo de emergência à base de ulipristal, mais conhecido como pílula do dia seguinte.

— Se por acaso esquecer de tomar a pílula um dia e tiver relações sexuais, tome uma dessas — indicou. — Não é uma pílula abortiva, só retarda a ovulação.

**

Apesar da desilusão que significara a falta de reação de Diego e a suspeita de que Carla e ele se falavam com frequência, e inclusive se viam – a vadia devia ir visitá-lo na obra em Wilde –, Brenda cumpriu a promessa e controlou o ciúme. Queria muito apagar Carla de sua mente. Pensar nela envenenava seus sentimentos e distorcia a realidade. Não queria se deixar levar pelo típico defeito dos piscianos – considerados crédulos e ingênuos –, mas a verdade era que queria confiar em Diego quando afirmava que eram só amigos.

Sua menstruação desceu quatro dias depois da consulta com a ginecologista, terça-feira, 7 de junho, e ela começou a tomar o anticoncepcional às três da tarde desse mesmo dia, tal como havia indicado a médica. Estava nervosa enquanto esperava Diego na casa dele em companhia de Manu e Rafa. Ensaiava na cabeça diversos jeitos de contar que em setenta e duas horas poderiam se amar sem camisinha. Já imaginava o fim de semana trancados ali, transando o dia inteiro. Para ela era difícil acreditar que abrigava essas fantasias e os desejos que a dominavam, pois, no passado, tivera que se esforçar para encontrar sentido em um beijo ou uma carícia; só conseguia quando fechava os olhos e imaginava Diego.

Diego abriu a porta de entrada e ela amou o jeito de ele escanear a casa com o olhar até encontrá-la à porta da cozinha. Brenda soltou o pano de prato com o qual secava as mãos e correu para seus braços. Beijaram-se loucamente, sem se importar com Manu e Rafa, que saíram do estúdio e os flagraram. Com as testas unidas, riram das brincadeiras dos amigos.

Trabalharam um pouco no tango que estavam compondo para o anúncio. Haviam apresentado as ideias preliminares a Gabi e ao chefe do projeto, que as receberam com grande entusiasmo. Diego já tinha pedido ao padre Antonio para tirar a sexta-feira de folga, pois era o dia da entrega e da gravação do jingle em um estúdio alugado pela agência.

— O padre me autorizou a folgar na sexta — explicou Diego, olhando para Brenda —, mas, em compensação, tenho que trabalhar no sábado.

— As crianças do orfanato vão ficar muito decepcionadas — comentou ela.

Eram mais de dez da noite quando Manu e Rafa se despediram. Diego os acompanhou até a porta e voltou minutos depois. Brenda estava saindo da cozinha com uma xícara de chá de melissa para ajudá-lo a relaxar. Sentaram-se à mesa. Diego bebeu em silêncio enquanto ela o estudava com uma avidez que não diminuía.

— Tenho uma notícia boa e uma ruim — anunciou ela, com voz alegre.

— Primeiro a ruim — pediu ele.

— Menstruei hoje.

Diego assentiu sem revelar emoção alguma.

— E a boa?

— Hoje comecei a tomar a pílula. Daqui a três dias vamos poder transar sem camisinha.

— Três dias? — repetiu ele. — Seja precisa — exigiu o virginiano. — Quando você começou exatamente?

— Hoje às três da tarde — pontuou Brenda.

— Então — Diego fez um cálculo rápido —, sexta-feira a partir das três da tarde já podemos começar a transar sem camisinha.

Ele pegou a mão dela e a colocou sobre sua ereção. Inclinou-se para trás e Brenda se sentou em cima dele, segurou-o pelas têmporas e o olhou no fundo dos olhos.

— Morro de vontade de ter você dentro de mim sem camisinha.

A reação automática das pupilas de Diego a surpreendeu – aumentaram como se houvessem acabado de apagar as luzes e seus olhos acinzentados se tornaram pretos.

— Você acha ruim transar estando menstruada?

— Não, claro que não. Mas achei que você não gostaria da ideia.

— Por causa do sangue? — perguntou ele.

Brenda assentiu.

— Já houve sangue entre nós — recordou ele enquanto mordiscava o queixo dela —, e me deixou louco. Você acha isso esquisito?

— Não — replicou Brenda —, acho sexy.

Eles transaram na cadeira; Brenda teve a impressão de que seu orgasmo chegou mais rápido e foi mais intenso que o usual. Teve a mesma impressão sobre o orgasmo de Diego, que permaneceu em êxtase, agarrando-a pelos quadris, afundando o rosto no pescoço dela, úmido por causa da saliva e da respiração superficial. Sofria espasmos curtos e violentos e Brenda o continha entre seus braços, colado a ela, como se o consolasse de um sofrimento infinito.

***

Na manhã seguinte, cumpriram a obrigação de passar pelo hospital Durand. A caminho da estação, Brenda servia mate e punha pedaços de *medialuna* na boca de Diego.

— Lautaro continua sem falar com você? — perguntou ele.

— Sim. Ele é rancoroso, como um bom escorpiano, mas logo vai passar. Minha cunhada e mamãe estão amolecendo ele.

No sinal vermelho, Diego se voltou para ela e a acariciou.

— Lamento.

— Não se preocupe com isso.

Depois de uma curta reflexão, Brenda se atreveu a tocar em um assunto que havia evitado:

— Por que nunca me contou que foi você quem alertou minha mãe sobre a fraude de seu pai?

— Não é uma coisa de que eu me orgulhe.

— Você fez isso para ajudar mamãe, uma viúva com dois filhos adolescentes para sustentar — recordou ela.

— Não me envergonho de ter revelado tudo, e sim do meu sangue, do meu sobrenome. Do meu pai — acrescentou depois de alguns segundos.

— Você não tem que se envergonhar de nada, Diego, pelo contrário. Eu te admiro tanto... Bem — disse Brenda com expressão de derrota —, eu já disse tantas vezes quanto te admiro, mas parece que você não acredita.

— Acredito — apontou ele —, só que você está enganada. No fim das contas, sou filho dessa merda toda.

Brenda soltou um suspiro de desânimo e impotência e continuou servindo mate no silêncio que durou o restante do trajeto. Ao chegar à estação de trem, ela desceu do carro para ocupar o lugar do motorista. Diego, como já se tornara um hábito, a esperava com a porta aberta e a bolsa a tiracolo jogada para trás. Pegou-a pelo queixo com uma mão e a puxou contra seu corpo com a outra.

— Durma de novo lá em casa esta noite — exigiu, com uma voz que se contrapunha ao esforço para esconder a ansiedade e o medo de que ela negasse.

No dia seguinte, pensou ela, tinha ensaio com Silvani, por isso precisava dormir pelo menos sete horas seguidas; sua professora tinha dotes de detetive e logo notava quando Brenda não estava descansada. Conhecendo Diego, era provável que de novo acontecesse o mesmo que na noite anterior: ele a acordara no meio da madrugada para amá-la outra vez. Mas como negar? Assentiu, e o sorriso que Diego lhe deu justificou a falta de sono e a reclamação de Silvani.

Outra justificativa foi o fato de que naquela noite Diego lhe expôs uma parte que escondia com zelo; enquanto fumava depois de fazerem amor, ele falou do pai e revelou como, no início de 2011, havia descoberto seus negócios sujos. Ao longo do relato, Brenda ficou quieta e aconchegada nele e se absteve de comentar ou soltar exclamações, por medo de que Diego se fechasse por trás da máscara. Limitou-se a acariciar seu peitoral peludo, o que parecia acalmá-lo.

— A primeira coisa de que suspeitei foi que ele estava traindo minha mãe com a chefe do depósito. Ele precisava dela para roubar sem problemas — concluiu. — Estavam mancomunados. Um dia, eu disse que não ia voltar com ele porque Manu e Rafa iam me buscar. Era mentira. Eu me escondi no depósito. Tinha certeza de que, quando todos tivessem ido embora, os dois se encontrariam. Eu os vi transar em cima da mesa dela. E depois os ouvi falar de seus negócios obscuros. Não me surpreendi, porque havia coisas que não se encaixavam. Eu era um pirralho recém-chegado, que pouco sabia e pouco entendia. De qualquer maneira, tinha coisas que não faziam sentido. Mas, justamente por ser um pirralho recém-chegado, eu podia me mover com liberdade, porque ninguém suspeitava de mim, nem meu pai nem seus cúmplices, que eram dois além da chefe do depósito. Eu passava o dia procurando provas para mandá-los para a cadeia e eles nem percebiam. Decorei a senha do meu pai para entrar no sistema e copiei as movimentações que não batiam com a realidade. Reuni documentação. Filmei duas vezes quando se encontraram à noite para levar produtos que não estavam registrados na contabilidade, duas vendas que iam parar no bolso do meu pai e dos cúmplices. Não tenho provas do que vou te dizer, mas tenho certeza de que o plano era esvaziar a empresa e sumir com todo o dinheiro.

Diego cobriu o rosto com a mão e murmurou:

— São uns lixos. Meu pai é um covarde filho da puta. Roubar uma viúva com dois filhos pequenos! É um merda.

Brenda, que percebia a agitação crescente de Diego, sentou-se e o beijou nos lábios com suavidade.

— Obrigada por ter nos protegido e salvado nossa fonte de renda. Obrigada, meu amor — repetiu. — Obrigada, obrigada — continuou sussurrando e depositando beijos delicados no rosto dele.

Ela se ajoelhou no colchão e pegou a mão dele, beijando-a longamente, com reverência, de olhos fechados para evitar que as lágrimas escapassem.

— Eu sei que você prometeu a papai, quando ele estava morrendo, que nos protegeria — disse, com voz hesitante e fanhosa. — Eu sei que você selou o juramento beijando a mão dele e sei também que papai se foi pouco depois, tranquilo com a promessa que você fez. Por isso, obrigada também por ter dado paz quando papai mais precisava.

O rosto de Diego se contorcia na tentativa de reprimir um pranto irrefreável. Sua barba se sacudia no queixo, seus olhos estavam injetados e sua pele vermelha. Brenda o abraçou e sussurrou:

— Eu te amo, Diego, mais do que a qualquer pessoa neste mundo.

A contenção que a duras penas havia mantido sob controle a vontade de chorar se dissolveu e deu lugar a uma emotividade tão avassaladora que Brenda se arrependeu de ter se alegrado por ele lhe contar a respeito do pai. Choraram juntos, abraçados com tal fervor que compartilhavam o pulsar do coração, os estremecimentos, os suspiros, os fluidos e a respiração. Eram uma só criatura nessa dor conjunta.

— Por que seu pai foi morrer, e não o desgraçado do meu? — questionou Diego. — A vida não tem sentido.

— Talvez não tenha — disse Brenda —, mas, neste momento, estou muito feliz por estar viva. Sentir esse amor que eu sinto por você e estarmos assim, os dois juntos, quase justifica todo o resto.

Diego a observava com o cenho franzido, mas sem severidade; afastava os cabelos do rosto dela e o acariciava.

— Por que você me ama? — perguntou ele depois desse silêncio, com a mesma perplexidade com que o havia feito no dia seguinte à primeira vez deles.

Ele a contemplava como se ela fosse um enigma. Brenda torceu a boca em uma careta que pretendia indicar dúvida ou necessidade de submeter a resposta a uma intensa reflexão.

— Eu poderia dizer o mesmo que as suas fãs escrevem no Face: que você é mais gostoso que doce de leite e que só de ouvir sua voz fico com a calcinha molhada.

Diego ergueu as sobrancelhas e soltou uma risadinha pelo nariz.

— É o que elas dizem — enfatizou Brenda. — E é verdade. Mas eu amo o Diego que ninguém conhece, que é mais bonito que o que todos veem, mil vezes mais bonito, o que se trancou comigo em um quarto durante horas porque o palhaço do aniversário de Lucía me assustava, ou o que me levantava e me fazia girar, o que se interessava pelo que eu dizia e me perguntava sobre a escola e sobre minhas amigas, o que me deixava ganhar sempre, o que protegeu minha mãe e nossa empresa e o que deu paz ao meu pai quando ele mais precisava disso. E depois você me pergunta por que te considero meu herói? Acho que as evidências são incontestáveis, não acha? Não acha? — insistiu quando ele ficou olhando para ela em silêncio.

Ela fez cócegas na cintura dele para obrigá-lo a responder. Diego a dominou sem esforço e se jogou sobre ela, segurando seus pulsos acima da cabeça. Brenda, vencida e imobilizada, perguntou de novo mesmo assim:

— Não acha que você é um herói?

— Não, mas adoro ser *seu* herói.

* * *

De manhã, enquanto tomavam o café na cozinha, Brenda voltou ao assunto de David Bertoni. Durante as horas de insônia, havia se debatido entre evitar o assunto e esgotá-lo. Depois de uma longa reflexão, decidiu-se pela segunda opção.

— Você contou à sua mãe que seu pai a estava traindo com a chefe do depósito?

— Não.

— Por que não?

— Porque minha mãe não teria deixado aquele filho da puta mesmo que lhe provassem que ele era um serial killer. Não viu como ela o apoiou quando tudo foi revelado? Preferiu acabar com a amizade com Ximena a deixar de apoiar aquele verme. Para que contar sobre a traição? Ela teria sofrido sem necessidade e não teria largado meu pai do mesmo jeito.

— Talvez você tenha razão.

— Você acha que minha mãe não desconfia que meu pai dorme com outras mulheres?

— Você acha que ela suspeita? — perguntou Brenda, espantada.

Diego riu entre os dentes, com ironia. Segurou-a pelo queixo e a puxou para lhe dar um beijo.

— Para você é absurdo pensar que uma mulher, sabendo que seu marido a trai, continue com ele? É mais comum do que você pensa. Elas se calam para não perder o status ou porque não têm dinheiro ou emprego.

— Ou porque amam loucamente o companheiro — acrescentou Brenda, refletindo que ela mesma, apesar de suspeitar da natureza do vínculo que unia Diego a Carla Mariño, continuava com ele e não o teria deixado.

A caminho da estação, Brenda fez a última pergunta que ficava girando em sua cabeça desde que soubera do papel principal de Diego na revelação do golpe de David Bertoni.

— Amor?
— Mmm?
— Seu pai soube que foi você que alertou mamãe sobre as maracutaias dele?
— Sim, soube.
— Descobriu sozinho?
— Não, eu que contei.

* * *

Naquela quinta-feira, depois do ensaio com Silvani – o último antes do espetáculo do domingo na catedral de Avellaneda –, Bianca convidou Brenda para um café. As duas juntas até a avenida Rivadavia conversando sobre o evento e o nervosismo que sentiam. Sentaram-se em um bar e pediram dois cafés com leite.

— Como está seu irmãozinho? — lembrou Brenda de repente.

— Meio insuportável. Tem ainda três semanas de gesso e depois várias de reabilitação. Mas, por sorte, dizem que vai ficar como novo. Bren — disse Bianca com uma inflexão na voz —, eu soube pela Cami que você faz parte de uma banda de rock. Que legal!

— Sim, DiBrama é o nome.

— Eu sei, estou seguindo vocês nas redes sociais — comentou Bianca.

— Ah, obrigada!

— Ontem o Carmelo Broda, dono do The Eighties, me ligou. Se lembra dele?

— Claro que lembro, do karaokê onde você cantava.

— Esse mesmo. Bem, Carmelo me pediu que voltasse a cantar, mas não tenho tempo. Então me lembrei do DiBrama e falei de vocês. Ele entrou no YouTube e viu o vídeo que vocês gravaram naquela festa de bairro. Gostou muito.

— É uma gravação tosca — lamentou Brenda.

— Sim, mas Carmelo entende dessas coisas e notou que vocês são muito bons. Eu fiquei de perguntar se vocês estariam interessados em cantar nos fins de semana no bar dele. Claro, teriam que cantar músicas de outros artistas, especialmente de bandas e cantores dos anos 1980. Talvez isso não interesse a vocês. Mas eu quis perguntar mesmo assim. Carmelo e Mariel, a esposa dele, são duas pessoas excelentes. É muito fácil trabalhar com eles.

Bianca deu a Brenda o telefone de Carmelo Broda, e ela prometeu que ligaria depois de conversar com os outros membros da banda. Despediu-se de Bianca e foi andando pela avenida, contente e relaxada. Só notou que estava sorrindo quando parou em frente a uma vitrine e se viu refletida no vidro.

Chamou sua atenção uma camisa masculina branca, muito elegante, mas ao mesmo tempo casual, com pequenas âncoras azuis bordadas e corte justo. Também gostou de outra azul-marinho cujos punhos, do avesso, eram quadriculados de branco e azul, o que também se via na parte interna do colarinho e na fileira das casas dos botões. Imaginou Diego com essas camisas e seu corpo respondeu com o descontrole ao qual estava começando a se resignar. Ia entrar na loja para comprá-las, mas hesitou. Dinheiro era um assunto tenso entre eles. Ele ficava bravo quando ela enchia a geladeira e a despensa e não aceitava quando ele tentava devolver o dinheiro. Mas a questão era que Diego tinha pouca roupa. Entrou, e não só comprou as duas camisas como também uma calça de gabardine azul.

À tarde, esperou Diego chegar para contar a todos sobre a oferta de Carmelo Broda, dono do The Eighties. Manu, um ariano impulsivo e impetuoso, queria aceitar de imediato. Diego, com seu espírito analítico virginiano, precisava de mais informações para decidir, ao passo que Rafa, como bom libriano, esperava a decisão de seus amigos para se expressar.

Diego ligou o notebook para pesquisar sobre o The Eighties. Entraram no site do bar e na sua página no Facebook, onde leram os comentários dos clientes. Também procuraram vídeos no YouTube. Viram que os Broda, com o passar dos anos, haviam expandido os negócios e aberto mais dois bares em Palermo Hollywood.

Como sempre, Diego acabou dando seu OK e decidiram aceitar a proposta. Ele mesmo ligou para o número que Brenda lhe dera. Em poucos minutos havia marcado uma entrevista com Carmelo para o dia seguinte, assim que terminassem de gravar o tango no estúdio.

— As coisas estão começando a rolar! — exclamou Manu, esfregando as mãos.

19

No domingo, Brenda chegou à catedral com Diego, Millie e Rosi. Manu e Rafa já estavam lá e haviam guardado lugares na primeira fila. Ximena e vovó Lidia iriam no carro de Tadeo González; Lautaro e Camila iriam sozinhos. Além da inquietude normal por enfrentar o público, Brenda sentia medo por uma possível briga entre seu irmão e seu namorado.

Brenda abraçou Diego e confessou:

— Estou muito nervosa.

— Quando estiver ali, diante do público — sugeriu ele —, olhe para mim e pense em como foi demais transar sem camisinha nesse fim de semana. E pense que à noite, quando voltarmos, vamos fazer de novo. Pense nisso e o nervosismo vai passar, você vai ver. Mas olha lá que vai acabar excitada — brincou.

— Mamãe quer que eu fique em casa esta noite. Diz que eu pareço hóspede e que não durmo duas noites seguidas na minha cama.

— Porque na minha é muito melhor. Agora mais do que nunca — enfatizou ele e mexeu as sobrancelhas, fazendo Brenda rir. — Seria melhor você ir morar comigo.

Brenda amava o brilho dos olhos vivos dele. Parecia feliz. Ela gostava de pensar que *ela* o fazia feliz. Desde sexta-feira à noite faziam sexo sem a proteção do látex. Divertiam-se na liberdade que usufruíam enquanto se amavam. Não havia posição ou proposta de Diego que ela não aceitasse. Ela queria satisfazê-lo e ao mesmo tempo acalmar a excitação desmesurada que ele lhe provocava com quase nada; às vezes, bastava que a olhasse.

— Obrigada por estar aqui comigo e me acalmar.

— Onde mais eu poderia estar?

O celular de Diego vibrou; ao consultar a tela, ele franziu o cenho. Brenda teve medo de que fosse Carla.

— É minha tia Lili — anunciou ele. — Acabaram de chegar. Vou cumprimentá-los.

Deu um beijo nela que deveria ser só um selinho, mas que acabou fugindo do controle. Interromperam-se ao ouvir alguém pigarreando. Era Juliana Silvani. Seu sobrinho Leonardo e Maria Bator estavam com ela. As mulheres sorriram com malícia; Leonardo a olhava com uma expressão severa. Diego cravou os olhos no tenor. Pegou Brenda pela cintura em uma atitude que transpirava territorialismo. Era fascinante vê-lo agir de modo inconsciente, dominado pela energia de Plutão na Casa VII, que fazia dele em um ser possessivo e ciumento.

— Olá! — cumprimentou Brenda. — Este é Diego...

— Namorado de Brenda — interrompeu ele, e estendeu a mão para cumprimentá-los um a um.

Foi difícil reprimir o sorriso; era a primeira vez que Diego se apresentava como seu namorado, um termo antiquado para os padrões dele. Por que se mostrava tão possessivo? Será que se sentia ameaçado por Leonardo?

— *He's my boyfriend* — Brenda traduziu para Maria, que ergueu as sobrancelhas e o fitou com aprovação.

— *Very good guy* — respondeu a soprano em inglês.

O celular de Diego vibrou de novo. Ele se limitou a responder com uma mensagem de texto. Estava claro que não iria receber sua família. A sacristia foi se enchendo de gente quando apareceram Bianca e seu namorado, Sebastián Gálvez, e Eugenia e Jonás. Diego começou a conversar com Gálvez, pois o conhecia da Escuela Pública nº 2, e, embora parecesse distraído recordando os velhos tempos, não afrouxava o braço em volta da cintura de Brenda.

Leonardo se aproximou para falar sobre a última música do repertório, e Diego interrompeu intempestivamente a conversa com Sebastián para dirigir um olhar venenoso ao tenor. Brenda se incomodou e respondeu rápido. Leonardo se afastou e Brenda se voltou para Diego, brava.

— Posso saber o que deu em você? — sussurrou.

— Você nunca falou comigo desse sujeito.

Brenda ficou olhando para ele totalmente confusa.

— Quando ele entrou e viu a gente se beijando, fez cara de cu.

Brenda continuou sustentando o olhar.

— Ele está a fim de você. E me dá no saco o fato de você não ter me falado dele.

Ela não podia evitar: ficava enternecida diante do ciúme dele. Sabia que isso era errado, mas sua natureza pisciana não a ajudava nos casos em que teria sido mais sensato se mostrar dura e severa. Pegou-o de surpresa ao beijá-lo nos lábios. A seguir, disse no ouvido dele:

— Não falei dele porque ele não significa nada. É um bom tenor e um bom professor, nada mais.

Diego assentiu, ainda sisudo e sombrio. Soltou um suspiro e descansou a testa na dela.

— Desculpe, não sei o que deu em mim. Não sou assim. Não quero te deixar nervosa.

— Não estou nervosa — tranquilizou-o. — Não quer ir ver sua família?

— Não — respondeu, categórico.

Brenda soltou uma gargalhada que chamou a atenção dos outros.

— Como assim? Não acabou de dizer que não é ciumento?

—Não sou — insistiu ele. — Mas sair e deixar você na mão desse sujeito? Está me pedindo demais — justificou, fazendo Brenda rir.

* * *

O evento foi um sucesso do ponto de vista lírico e de público; não sobrou um lugar livre naquela catedral moderna e peculiar de Avellaneda. Havia até gente em pé. Todos haviam convidado os amigos e familiares temendo que não fosse ninguém e descobriram que a comunidade em peso havia atendido ao convite do bispado.

Os cantores aplaudidos calorosamente no final de cada peça, e Brenda foi ovacionada na última interpretação, quando cantou "S.O.S. d'un Terrien en Détresse". Era um público pouco conhecedor, que mesmo assim se comoveu diante do inquestionável talento daquela jovem que passeava pela escala musical com uma facilidade impressionante e ia desde as notas mais graves até algumas tão agudas que caíam do teclado, como dizia Leonardo. Era prodigioso o fato de um corpo tão magro e delicado como aquele produzir sons de tamanha potência e amplitude melódica e de uma doçura que levara metade do auditório às lágrimas. Até mesmo Diego enxugava os olhos, sendo que, de início, havia feito cara feia ao ver Juliana Silvani ceder o piano ao sobrinho.

As saudações e os parabéns não acabavam. Padre Antonio e padre Ismael estavam exultantes e já falavam de organizar outro evento. Brenda assentia e sorria para todo mundo. Ximena e vovó Lidia, escoltadas por Tadeo, aproximaram-se, emocionadas.

— Agora entendo por que você tinha que abandonar ciências econômicas — sussurrou Ximena enquanto a abraçava. — Bravo, meu amor. Você tem um dom. Queria que seu pai estivesse aqui hoje. Ele teria muito orgulho de você.

Enquanto isso, vovó Lidia, que sempre tivera uma queda por Dieguito — como o chamava —, abraçava-o e o beijava e o enchia de elogios.

— Você está um pão.

— Vovó — interveio Lautaro —, pare de falar em sânscrito.

Lidia olhou para ele sem entender.

— Ninguém mais diz "pão".

Brenda ficou tensa ao ouvir a voz de seu irmão. Aproximou-se de Diego e pegou a mão dele em atitude desafiadora e protetora. Lautaro se inclinou e lhe deu um beijo no rosto.

— Parabéns. Você canta maravilhosamente.

Brenda ficou calada, olhando fixamente para o irmão. Em um movimento lento e deliberado, Lautaro interrompeu o contato visual e dirigiu a atenção a Diego.

— Diego — disse, e ofereceu a mão, que o outro aceitou de imediato.

— E aí, Lautaro?

— Vamos comer alguma coisa com Bianca e Sebastián. Querem ir conosco?

— Sim, adoraríamos — aceitou Diego depressa.

Martiniano Laurentis e sua família irromperam nesse momento e a energia tensa se dissolveu quando Belén abraçou Brenda e suplicou:

— Você me ensina a cantar a última música que cantou, Bren?

— Filha! — disse Gabriela, chocada. — Não peça coisas impossíveis.

Brenda afirmou:

— Nada é impossível, Belu. Nada — enfatizou.

*　*　*

A catedral estava se esvaziando, as saudações e os comentários começavam a ficar mais escassos. Diego e Sebastián conversavam de um lado enquanto Brenda conversava com Rosi e Millie. Foram até Juliana Silvani, Leonardo e Maria para se despedir. Brenda os abraçou com afeto e uma grande parcela de gratidão. Notou duas coisas: primeiro, que Diego interrompera de novo a conversa com Gálvez e estava atrás dela; segundo, que Maria Bator dava uma cotovelada em Leonardo Silvani incentivando-o a dizer algo.

— Brenda — disse o tenor —, deixamos passar esse dia para não te sobrecarregar, mas eu e Maria temos uma notícia para você. O diretor artístico de nossa companhia lírica quer te conhecer para um teste.

— Oh! — Brenda se espantou e logo sentiu as mãos de Diego apertando seus ombros.

— Nós mostramos algumas gravações suas e ele ficou muito impressionado — prosseguiu Leonardo.

— Como não! — exclamou Juliana. — Ela é minha melhor discípula.

— Mas... — Brenda ficou inquieta. — Um teste?

— Sim, um teste. Ele quer muito te ouvir ao vivo. Se você preencher os requisitos, não tenho dúvida de que ele vai te oferecer um lugar em nossa companhia.

— Mas vocês viajam o tempo todo — apontou Brenda.

— Sim — confirmou o tenor —, mas você está livre agora. Não nos disse que abandonou a carreira de contadora?

— Sim, mas agora, eu, meu namorado e dois amigos temos uma banda de rock.

— Ah! — Foi a vez de Leonardo se surpreender.

— Eu gosto de música lírica, Leonardo, mas não é minha praia. Aprendi por causa de minha mãe, que ama esse gênero. Meu negócio é rock. Estou feliz. Cantar em uma banda é meu sonho que se tornou realidade.

— Mas... — Leonardo a contemplava com uma expressão desorientada; não encontrava as palavras. — Mas essa banda... você não sabe se vai fazer sucesso. O que estamos te oferecendo é entrar para uma companhia consolidada e...

— Vamos fazer sucesso — interrompeu Brenda. — É questão de tempo.

— Com a sua voz na banda — interveio Juliana —, não duvido.

* * *

Diego e Brenda não haviam tido tempo para comentar sobre o evento nem a incrível proposta de Leonardo Silvani. Depois da catedral, foram jantar com Lautaro e seus amigos, além de Rosi, Millie, Manu e Rafa. Passaram horas agradáveis, embora a tensão não a abandonasse por completo: Lautaro e Diego à mesma mesa a deixavam nervosa. Seu irmão havia oferecido o cachimbo da paz – porque Camila e Ximena lhe haviam pedido ou, talvez, sendo o escorpiano controlador que era, para manter Diego por perto e vigiá-lo.

Brenda pretendia dormir em casa, mas Diego lhe pediu de novo que ficasse com ele, de modo que ela mandou uma mensagem a Ximena enquanto voltavam para a rua Arturo Jauretche. Assim que atravessaram a porta, Diego a surpreendeu apoderando-se de seus lábios em um beijo implacável. *Está enciumado*, concluiu Brenda enquanto desmanchava o coque de Diego e enfiava os dedos entre os cabelos dele, até fechá-los no couro cabeludo. Sua língua se entrelaçava na de Diego, e ela notava certa agressividade no modo como a dele a penetrava. Os lábios dele cobriam por completo os dela. A desmesura do beijo não a deixava respirar.

Diego a levantou do chão e a levou até a mesa. Sentou-a na beira e indicou, sem palavras, que se deitasse. Tirou seus sapatos e a calça e acariciou suas coxas com suas mãos ásperas, sempre a olhando fixamente nos olhos. Brenda se excitava com o olhar tormentoso e aquela quietude dele. Por fim, ele tirou a calcinha dela, liberou sua ereção e a penetrou. Transaram no quarto de novo, com Brenda de quatro no colchão. Ela estava acostumada à fome insaciável de Diego e à sua rápida recuperação, porém pressentia que outro sentimento o dominava – um sentimento provocador, em busca de briga talvez. *Seu Marte na Casa I o obriga a marcar território, como os animais*, deduziu.

A conjectura se mostrou certa um instante depois, enquanto Diego fumava sentado no colchão, encostado na parede, e Brenda, montada nele, estudava suas tatuagens uma por uma.

— Você foi demais hoje. Foi impressionante te ver cantar aquelas árias. Mas a última música foi uma loucura.

— Obrigada, meu amor — disse ela, emocionada de verdade, ciente de que o virginiano raramente fazia elogios.

— Aquele babaca tem razão de querer você na companhia dele — murmurou.

— A companhia não é *dele*, Diego. E não foi só ele que me pediu para aceitar fazer o teste. A namorada dele, Maria Bator, que é uma soprano muito famosa, também queria que eu aceitasse.

Diego soltou um longo suspiro e jogou a cabeça para trás, contra a parede. Brenda aproveitou e acariciou seu pescoço; passou os lábios por um tendão duro que se destacava e se demorou na depressão na base. Diego a segurou pelas nádegas e a puxou para que ficasse bem colada nele, tanto que o nariz de um roçava o do outro.

— É uma oportunidade excelente para você — disse ele. — Não quero que recuse por causa do DiBrama.

Brenda cobriu suas têmporas e sorriu; foi um sorriso expansivo e sincero, que o fez sorrir também.

— Quer se livrar de mim, Bertoni?

— Tanto quanto quero um chute no saco.

— Porque o que eu disse a Leonardo hoje na catedral, que pertencer a uma banda de rock era meu sonho que se tornou realidade, é a verdade. Bem, não totalmente. Eu deveria ter dito que meu sonho era cantar com você, seja rock, tango ou canto lírico, mas, como eu sei que você só gosta de rock, vou cantar rock. Era isso que eu deveria ter dito. *Essa* é a verdade.

Ela ficou olhando para Diego com um sorriso que mal erguia as comissuras de seus lábios. Ele aninhou o rosto dela entre as mãos e, depois de um beijo curto e exigente, confessou:

— Adorei que seu sonho tenha se tornado realidade.

* * *

Cinco dias depois, na sexta-feira, 17 de junho, com a ajuda de Lita, Brenda preparou o prato favorito de Diego, lasanha à bolonhesa, e, com tudo pronto, inclusive a mesa posta, foi à cabeleireira fazer uma escova. Voltou à casa de Diego, trocou de roupa e se maquiou às pressas. Parou em frente ao espelho do guarda-roupa e se tranquilizou ao ver que gostava do resultado. Seu cabelo caía liso, sedoso e brilhante até poucos centímetros antes da cintura. O vestidinho preto de lycra, justo e bastante curto, com um decote canoa tão pronunciado que deixava seus ombros totalmente nus, realçava sua silhueta, assim como os sapatos de salto alto e as meias pretas.

Desceu um pouco depois das sete da noite e acendeu o aromatizador com essência de flor de laranjeira, sua favorita, e as velas do candelabro que a avó de Diego havia emprestado. Checou se tudo estava pronto na cozinha para servir a lasanha, que esperava no forno morno. Atrás de uma almofada do velho sofá ela havia escondido a sacola com as duas camisas e a calça que havia comprado dias atrás. Queria entregar tudo depois do jantar.

Estava muito nervosa. Checava a hora no celular a cada dois minutos e se olhava o tempo todo no espelho do lavabo para ver se a maquiagem e o cabelo continuavam em perfeito estado. Soube que Diego se aproximava porque reconheceu o som de seus passos no corredor a céu aberto. Seu pulso se acelerou ao ouvir o barulho da chave abrindo a porta principal, e ela esperou que ele entrasse sem mal conseguir respirar.

Diego a viu em pé ao lado da mesa e, depois de estudá-la em silêncio, dirigiu a atenção à mesa em si e às velas no candelabro. Uma música suave se ouvia de fundo e tornava o ambiente intimista e romântico, além de fresco e agradável devido ao aroma de flor de laranjeira.

— Olá — disse Brenda, e se aproximou.

Diego a observou avançar. A expressão séria dele a fazia se sentir linda e desejada. Diego a agarrou pela cintura e a puxou para si para observá-la com olhos escurecidos e tormentosos.

— Estamos comemorando alguma coisa hoje nesta casa? — perguntou em um murmúrio. — Dois meses juntos, talvez?

Brenda jogou os braços ao redor do pescoço dele e o beijou, feliz por Diego não ter esquecido.

— Pensei que você não se lembraria — confessou.

Diego deu um sorriso de lado e enfiou a mão no bolso para pegar uma sacolinha de presente pequenininha, com um laço. Brenda não pôde evitar dar uns pulinhos e exclamar como uma menininha animada. Era de uma joalheria de Haedo, onde ele e os outros rapazes da casa estavam trabalhando fazia alguns dias pintando uma fábrica de alfajores.

Ela pegou a caixinha de papelão e a abriu com dificuldade; sua mão tremia.

— Estou muito emocionada — justificou.

Dentro encontrou um conjunto de corrente, pingente e brincos, todos de aço cirúrgico com a forma da clave de sol, cujo final se transformava em um pequeno coração com uma zircônia. Os brincos eram adoráveis, pequenininhos.

— Diego — sussurrou ela pasma —, que lindos! São divinos, amor. Divinos — repetiu, e o beijou nos lábios.

— Gostou mesmo?

— Amei! Vou pôr agora.

Ela entrou no lavabo e Diego a seguiu. Parou atrás dela e a observou com interesse enquanto Brenda tirava seus brincos e os abandonava ao lado da pia. Ajudou-a a fechar a corrente.

— Ficou muito bom em você — disse Diego.

— Ficou perfeito. É tão lindo! — disse, e acariciou a clave de sol.

Diego levou as mãos às laterais das pernas de Brenda e foi puxando o vestido até deixá-lo enroscado na cintura dela. Com as mãos firmes na pia, Brenda se inclinou para a frente, devastada pelo prazer que os dedos dele entre suas pernas lhe provocavam. Não demorou para que ele arrancasse um orgasmo dela. A seguir, tirou suas ligas e a calcinha. Abaixou a tampa do vaso sanitário e a obrigou a se sentar montada nele. Olharam-se nos olhos, e Brenda sofreu um tremor ao descobrir a paixão abrasadora com que ele a observava.

— Faltava transar neste banheiro — apontou ela enquanto o ajudava a abrir o zíper e expor sua ereção.

— Falta o jardim também — disse ele, e a guiou, segurando-a pela cintura, para que o acolhesse em seu interior.

Nada saiu como Brenda havia planejado. Continuaram fazendo amor até acabarem completamente nus e suados no colchão do quarto. Ela ficou surpresa por Diego não ter preferido jantar primeiro; ele voltava morto de fome depois de uma jornada de trabalho.

— É que te vi com esse vestidinho preto — explicou ele — e a fome desapareceu. Só pensava em comer você.

Os dois comeram na cama e, enquanto Diego devorava os últimos bocados da chocotorta, Brenda desceu para buscar o presente dele.

— Não é tão pessoal quanto o que você me deu — justificou —, mas acho que vai ser útil.

Diego gostou das três peças. Brenda soube não porque ele tenha dito, mas sim porque já conhecia suas expressões, e quando mordia o lábio inferior e erguia as sobrancelhas era porque a situação o agradava. Ele concordou em experimentar as roupas.

— As duas camisas ficaram perfeitas — elogiou Brenda. — Você poderia estrear uma amanhã na festa de quinze anos ou no fim de semana que vem, quando vamos começar a tocar no The Eighties.

Ela acariciou o braço de Diego coberto pela manga justa da camisa branca com as âncoras.

— Se bem que não sei. — Ela hesitou e torceu os lábios. — Todas as garotas vão desejar você.

— Porque eu fiquei um "pão"? — brincou ele, imitando Lidia, e Brenda caiu na risada.

Esse Diego descontraído e brincalhão que ia se revelando com o passar dos dias era uma parte dele que ela recordava da infância e que sempre desejara recuperar.

— Sim, um pão com manteiga na chapa, e me deu vontade de te devorar — disse ela, e mordiscou seu pescoço.

Acabaram na cama, fazendo cócegas um no outro e rindo.

***

Nem em suas fantasias mais otimistas Brenda teria imaginado que compartilhar a vida com Diego Bertoni a teria feito tão feliz. Durante as horas em que não estavam juntos, ela pensava nele o tempo todo; qualquer pensamento acabava abrindo caminho e chegava a ele. Convencia-se de que com Diego acontecia algo parecido cada vez que recebia suas mensagens durante o dia ou as ligações nas noites que não passavam juntos, porque, segundo ele, precisava ouvir a voz dela para dormir. Brenda adorava vê-lo usar esse verbo, "precisar". "Posso saber por que está me ligando?", perguntava ela com diversão na voz, dando possibilidade a Diego responder o que ela ansiava ouvir, e ele sempre respondia com a mesma exata frase, sem mudar nem uma vírgula: "Não consigo dormir sem escutar sua voz. Preciso escutar sua voz", e Brenda sorria sozinha na intimidade de seu quarto, estremecida de prazer e de amor.

 Eles tinham uma rotina semanal que agradava a Diego e que ela amava, como ir buscá-lo na casa às terças-feiras depois da terapia e passar essa noite com ele para acompanhá-lo no dia seguinte, bem cedinho, ao Durand; ou ir para a casa dele na sexta-feira e voltar à sua só no domingo à noite, morta de cansaço depois de terem tocado no The Eighties ou em algum outro evento que os contratasse. Reuniam-se para ensaiar com Manu e Rafa tantas vezes quantas conseguissem, e às vezes só eles três, porque com Diego era mais complicado contar.

 Brenda não compreendia, com o ritmo que levavam, de onde ele tirava vontade ou energia para compor. Diego dizia que as ideias surgiam na sua cabeça em qualquer circunstância – no trem, em cima da escada enquanto pintava, no chuveiro, quando saía para correr à noite – e que não era um esforço; era mais como uma necessidade. Andava sempre com uma caderneta na qual escrevia os versos que, como relâmpagos, surgiam e desapareciam um instante depois. Assim, evitava perdê-los para sempre. Brenda reconhecia em muitas frases das novas músicas fragmentos dos diálogos que ele mantinha com ela.

 Por sua vez, Brenda não tinha um minuto para se entediar. Continuava com suas aulas de canto duas vezes por semana com Juliana Silvani, que no começo não a perdoava por ter recusado a oportunidade de fazer um teste para a companhia Vox Dei. Na opinião da professora, seu talento fora de série seria desperdiçado em uma banda de rock. Brenda continuava entusiasmada com as idas às quintas-feiras à casa de Belén para lhe dar aulas de canto. Duas colegas da escola de Belén, Mora e Jade, encantadas com os avanços que viam na amiga, haviam passado a fazer aulas também, o que significava mais dinheiro. Ela esperava com anseio as visitas ao orfanato, mesmo que Diego raramente pudesse acompanhá-la, uma vez que aos sábados à tarde ele aproveitava para ensaiar ou ia com Manu e Rafa instalar os equipamentos quando eram contratados para um evento. As aulas de piano com Lita avançavam a passo firme; Brenda estava decidida a tocar esse instrumento toleravelmente bem antes de entrar no Manuel de Falla, no ano seguinte, e por isso passava grande parte da semana na casa de Diego treinando as escalas. Às vezes, desanimada porque seus dedos travavam no teclado, abandonava o estudo e descarregava o desânimo e a frustração arrumando e limpando, atividades que nunca haviam feito parte de sua natureza, mas que, nessas circunstâncias, ajudavam-na a se acalmar. Mas, especialmente, a faziam se sentir útil, porque, mesmo que Diego jamais lhe pedisse isso, ela sabia que ele gostava de chegar em casa e encontrá-la como qualquer virginiano gostaria de encontrar: em perfeita ordem.

De qualquer maneira, e como era comum em sua vida com toques de loucura uraniana, sempre surgiam dificuldades ou contratempos que mudavam o que ela queria que fosse o curso constante e prazeroso dos dias. No início foi só uma leve náusea e uma tontura ao se levantar de manhã. Ela ficava quieta, sentada na beira da cama, inspirando pelo nariz, com os olhos fechados, até que o quarto parava de girar. Diego a havia flagrado duas vezes sentada no colchão, pálida, suando e com a respiração irregular, e insistira em levá-la ao pronto-socorro, mas ela recusara.

— Minha pressão é baixa mesmo — justificava.

Além das tonturas matinais, surgiram umas dores de cabeça que a aturdiam; primeiro porque jamais tinha dor de cabeça, segundo, porque eram tão fortes que não conseguia erguer as pálpebras. Como boa pisciana, era medrosa, de modo que logo pensou no pior; um tumor na cabeça ou leucemia eram suas opções mais prováveis. Não tinha coragem de contar a ninguém, nem mesmo a Millie e Rosi; elas aconselhariam o lógico: consultar um médico. Só que Brenda tinha pânico de que lhe dissessem que estava morrendo no melhor momento de sua vida.

* * *

As apresentações no The Eighties, anunciadas nas redes sociais, atraíam os fãs da banda, o que garantia fins de semana com faturamento duplicado ou triplicado ao bar. Devido ao sucesso, Carmelo e Mariel Broda, os proprietários, permitiam que tocassem as músicas da banda, em especial quando os fãs batiam palmas e pediam em coro uma ou outra canção do DiBrama. Eles também gostavam quando Brenda cantava músicas de Cyndi Lauper ou Diego interpretava "Smells Like Teen Spirit", do Nirvana, ou "November Rain", do Guns N' Roses.

Os Broda, que tinham dois outros bares na região, ofereceram aumentar os honorários se eles aceitassem tocar em pelo menos dois dos três estabelecimentos em uma mesma noite. O casal se comprometeu a deixar o equipamento pronto e a transportá-lo em seu quatro por quatro. Definiram um espetáculo de uma hora e meia por bar. Era um grande esforço, e, embora o dinheiro não fosse nenhuma maravilha, a exposição garantia novos seguidores. Queriam gravar um CD só com canções da era DiBrama antes do fim do ano, de modo que qualquer dinheiro extra era bem-vindo. Haviam pedido um orçamento no estúdio onde gravavam os jingles para a agência de publicidade, e, embora fosse caro, queriam fazer lá porque a tecnologia era de ponta.

Certa noite no fim de agosto, Brenda sugeriu pedir dinheiro emprestado a Ximena para financiar o primeiro CD da banda. Diego se opôs com determinação e dureza. Como Rafa e Manu estavam presentes e eles estavam a caminho de tocar no The Eighties, ela preferiu não continuar com a discussão. Ficou magoada e contrariada. O efeito do analgésico que havia tomado antes de ir ao orfanato naquela tarde já havia passado e a dor de cabeça martelava suas têmporas.

Assim que chegou ao bar, ela pediu a Mariel um copo d'água para tomar outro comprimido. Sabia que não podia continuar tomando remédios que só aplacavam o sintoma; em algum momento teria que encarar a situação. O medo, porém, ainda a dominava. Pensou em falar com Cecilia na próxima conversa pelo Skype; ela sempre encontrava as palavras certas para acalmá-la.

O analgésico fez passar a dor em menos de meia hora, mas, ao cair no estômago vazio, acentuou a náusea. Naquela noite, como em muitas das que tocavam no The Eighties, Millie e Rosi estavam presentes. As amigas notaram Brenda pálida e a questionaram. Brenda confessou que não se sentia bem, que não havia comido praticamente nada desde o café da manhã e que estava enjoada. Millie falou com Mariel, que foi buscar Brenda no camarim e a levou à cozinha, onde a obrigou a comer um sanduíche e tomar um chá. Ela se sentiu melhor.

Ao subir ao palco e ver Carla no meio do público, o bem-estar de Brenda desapareceu e o desagradável formigamento voltou a se alojar na boca do estômago. Era a primeira vez que ela aparecia no The Eighties naqueles quase dois meses. Brenda não queria olhar para Diego e encontrá-lo encarando Carla. Sentiu-se menos: menos bonita, menos mulher, menos sensual, menos sofisticada. Nenhum argumento servia para resgatá-la do poço de angústia em que se precipitara.

Só o orgulho lhe permitiu enfrentar a situação e se postar diante do público sorrindo como se aquela víbora não estivesse a poucos metros dela. Cantava sem curtir, como uma máquina, enquanto se perguntava o mesmo de sempre: o que havia de verdade entre Diego e a ex? Carla estava realmente com câncer? Parecia saudável. Diego a teria recriminado pela criação do perfil de Candy Rocher? Será que ela o visitava no novo trabalho? Ela o buscava às quintas-feiras na casa depois da terapia? Brenda o buscava às terças. As quintas seriam para Carla? Ela foi dominada por um desejo incontrolável de espionar o celular de Diego.

Brenda tinha ódio de si mesma por cair na armadilha do ciúme e se desprezava por desconfiar, por pretender xeretar nas coisas dele e espioná-lo; ela não era assim. Além do mais, Diego não dava razões para ela duvidar dele. Apesar de trabalhar de segunda a sexta e passar os fins de semana tocando, ele a procurava para amá-la incansavelmente. E, enquanto Diego estava dentro dela e a olhava, Brenda sabia que ele estava ali, tão presente quanto ela, com a mente, o corpo e o coração pulsando na mesma frequência.

Durante uma pausa, Brenda aproveitou e deu uma escapada para camarim; precisava se deitar um pouco, fechar os olhos e tentar aliviar as têmporas latejantes que nem mesmo o analgésico conseguia resolver. Diego, Rafa e Manu ficaram no palco arrumando uma caixa de som que vibrava demais.

Brenda entrou na salinha que funcionava como camarim e se deitou para descansar. Se não conseguisse se acalmar, seria impossível terminar o show. Sentia a angústia alojada nas cordas vocais e duvidava de que fosse capaz de falar; muito menos de cantar.

Alguém bateu na porta. Deitada e de olhos fechados, pediu à pessoa para entrar, certa de que eram Millie e Rosi. Sofreu um sobressalto quando a voz que ouviu era de Carla Mariño.

— Olá, Brenda. Não está se sentindo bem?

Brenda se sentou e ficou olhando para Carla. Será que ela se sentia bem fingindo interesse? Aquela louca havia esquecido que da última vez a chamara de "mosca morta" e que havia acabado trocando tapas e insultos com seus ex-colegas do Sin Conservantes? Ela entendia que, dada a forte presença de Aquário e de Urano em seu mapa, teria sempre contato com a loucura, mas Carla já era demais.

— Precisa de alguma coisa? — perguntou Brenda.

— Não — respondeu Carla, risonha. — Por que eu precisaria? Vim só te cumprimentar. Não está se sentindo bem? — insistiu. — Antes, enquanto cantava, você não parecia muito bem. Sua voz estava sem força.

— Estou com um pouco de dor de cabeça — admitiu Brenda, contrariada.

Carla riu, um riso tão cheio de sarcasmo que Brenda se levantou instintivamente.

— Imagino que você não deve usar a tão batida desculpa da dor de cabeça quando El Moro quer transar, né?

Brenda ia dizer que isso não era problema dela, mas se calou ao vê-la se aproximar.

— Não entendo como uma garota como você pode satisfazer um homem como ele, com apetites e práticas... digamos... pouco ortodoxas.

Brenda deve deixado transparecer seu desconcerto, porque Carla acrescentou:

— Como? El Moro não te contou do que gosta na cama?

— Vou te pedir que vá emb...

— Ouça — interrompeu Carla, e mudou sua atitude indiscreta para uma mais direta. — Não vim aqui falar da vida sexual patética que vocês dois devem ter, e sim de outro assunto.

— Prefiro que...

— Não me interessa o que você prefere, fedelha — a outra falava sem disfarçar a agressividade.

Brenda sentiu medo; os olhos verdes de Carla a deixavam paralisada.

— Você vai me escutar bem caladinha!

Brenda tentou passar por ela para alcançar a porta, mas a mulher a pegou pelo braço e a empurrou de novo para o meio do camarim.

— Sabia que El Moro deve muito dinheiro ao meu irmão? — disse Carla, com um sorriso sarcástico. — Não, claro que não. Ele mantém você fora de toda essa merda, mas é tanta merda, querida Brendita! Tanta... Pois é, ele deve muito dinheiro. E meu irmão não é uma ONG. Ele está esperando que Diego devolva até o último centavo, com juros, claro.

— Eu não...

— Escute! Meu irmão não é uma ONG — reiterou Carla —, muito pelo contrário. Se até agora ele não mandou os capangas atrás de Diego foi por minha causa, porque eu o detive. Mas estou ficando cansada, especialmente desde que descobri que me ele está me traindo com você.

Brenda respirava com dificuldade. Um suor frio cobria seu rosto e endurecia seus lábios. Ao medo se somavam as incertezas, as dúvidas e uma raiva tão contrária à sua natureza que ela não sabia o que fazer. Destruía a felicidade, o sonho que se tornara realidade, o amor, tudo.

O sabor amargo que lhe inundava a boca a enlouquecia. Não ouvia bem porque seus ouvidos latejavam. Sua vista estava nublada. Só captava fragmentos do discurso de Carla, que exigindo que Brenda falasse com El Moro e o convencesse a aceitar o emprego que o prefeito lhe oferecia.

— É uma oferta generosíssima e mais que conveniente. Meu irmão está fazendo isso porque eu pedi, mas garanto, *Brendita*, que ele não vai ter muito mais paciência...

A salinha começou a girar em volta dela. Não eram mais suas têmporas que latejavam, e sim a cabeça, como se fosse explodir pela parte de cima. Brenda foi cegada por uma luz que não existia um instante antes, até que alguém se apiedou e a apagou, e tudo ficou escuro e silencioso.

20

— Ela está reagindo — sussurrou uma voz desconhecida.

Brenda se esforçava para abrir os olhos, mas não conseguia sequer fazer tremer as pálpebras. Sentia uma pressão na região posterior do braço, na parte das veias radiais.

— Quando ela chegou, não estava bem — escutou Mariel Broda dizer. — Tomou um analgésico.

— Nós a achamos muito pálida assim que a vimos — acrescentou Rosi.

Brenda por fim abriu os olhos e, depois dos segundos de que precisou para focar a vista, viu um rosto desconhecido sobre si, de um jovem vestindo um macacão verde, típico dos paramédicos. Assustou-se e a angústia fez seus olhos se encherem de lágrimas. Era difícil separar os lábios, não conseguia falar.

— Ei, não se assuste — disse o rapaz. — Você desmaiou, só isso.

— Água — conseguiu sussurrar, apesar da intensa dor que lhe causou descolar a língua do palato.

— Com licença...

Ela reconheceu a voz de Diego e sentiu um alívio imenso; mas imediatamente recordou o diálogo com Carla e seus sentimentos ficaram confusos e emaranhados.

O paramédico cedeu lugar a Diego, mas continuou ao lado de Brenda para medir a pressão. Diego se acomodou na beira do sofá e a encarou com uma expressão de desolação. Brenda teve pena dele, apesar de estar tão confusa. Ele acariciava o rosto de Brenda com as costas dos dedos e reprimia a emoção que fazia seus olhos brilharem e seus lábios desaparecerem entre o bigode e a barba.

— Estou bem — murmurou para tranquilizá-lo.

— Millie e Rosi te encontraram caída no meio do camarim.

— Viemos ver por que você estava demorando tanto — explicou Rosi. — Abrimos a porta e você estava aí, caída no chão.

Como? Então Carla não havia avisado a ninguém do desmaio? Porque, se Brenda tinha certeza de alguma coisa, era de que havia perdido a consciência diante de Carla. Ela começou a respirar com dificuldade à medida que o medo e a ira se apoderavam dela. Que tipo de víbora era aquela mulher para deixá-la caída ali e ir embora sem avisar ninguém?

— A pressão está muito baixa e os batimentos cardíacos muito elevados — informou o paramédico em direção a Diego. — Acho melhor levá-la ao hospital para ficar em observação.

— Não — Brenda se opôs —, temos que cantar...

— *Shhh...* — Diego se inclinou e beijou sua testa com notável delicadeza. — Esqueça o show. A única coisa que me importa agora é a sua saúde. Quase tive uma parada cardíaca quando Rosi foi correndo me dizer que você tinha desmaiado.

— Não é nada, com certeza não é nada — Brenda quis tranquilizá-lo. — É que eu tenho pressão baixa...

— Baixa demais — enfatizou o paramédico. — Além disso, seria aconselhável examinar a pancada que ela sofreu na cabeça quando caiu. Bebeu álcool ou consumiu algum tipo de droga?

— Não bebo nem uso drogas — replicou ela, rapidamente.

— A coisa mais forte que já vi Brenda beber — disse Rosi — foi Fanta laranja; portanto, pode ir descartando essas possibilidades.

Mariel apareceu e lhe entregou um copo com água. Diego a ajudou a se sentar. Brenda teve que fechar os olhos e inspirar profundamente para conter a tontura provocada pelo simples ato de se erguer um pouco.

— Está com vertigem? — perguntou o paramédico.

Brenda assentiu devagar; cada movimento da cabeça lhe provocava náuseas e fazia suas têmporas latejarem.

Ela bebeu sem erguer as pálpebras, em parte para se esconder de Diego, que a observava como se temesse que ela tivesse uma convulsão, e em parte para deter a sala, que girava em torno dela. Diego se afastou para falar com o paramédico e Rosi e Millie aproveitaram para se aproximar. Abraçaram-na com suavidade.

— Quase morremos quando te encontramos caída — disse Millie, que estava incomumente assustada.

— Carla não avisou que eu tinha desmaiado?

Diego, que continuava falando com o paramédico, voltou-se bruscamente e a fulminou com o olhar.

— Como? O que você disse? Carla estava aqui com você?

— Sim — foi tudo que Brenda respondeu, e jogou a cabeça para trás e fechou os olhos.

— Vou buscar a maca — anunciou o paramédico, e abandonou o camarim.

— Aquela sem-vergonha bateu em você? — perguntou Millie, revelando seu usual caráter escorpiano. — Diga, Brenda. Ela bateu em você? Juro que...

— Não — disse Brenda, ciente da atenção com que Diego a olhava —, ela não fez nada. Estávamos só conversando. Mas eu não estava me sentindo bem e...

— E por você não me contou, Brenda? — interrompeu Diego, zangado. — Por que não me falou que estava se sentindo mal?

— Não grite com ela! — interveio Millie, e se levantou para enfrentá-lo. — Aposto que aquela sem-vergonha da Carla disse alguma coisa que a fez piorar e desmaiar.

Brenda a pegou pela mão e a puxou para obrigá-la a voltar a seu lado.

— Não briguem, por favor.

O paramédico e o motorista da ambulância entraram com a maca. Iam levantá-la do sofá, mas Diego se antecipou e, com uma mão erguida, indicou que ele mesmo o faria.

— O protocolo exige que a gente remova a paciente — apontou o paramédico.

— Fui eu que a levantei do chão e a deitei aí — aduziu Diego com aquela voz rouca que parecia de assassino e aqueles olhos que, transmitindo certo grau de loucura, logo dissuadiam o oponente. — Não faz diferença se eu agora a levantar e a colocar na maca.

Ele a pegou com suavidade e cuidado. Brenda se agarrou a ele e inspirou para se reconfortar com o perfume de sua pele. Diego a colocou na maca e voltou a beijá-la, dessa vez nos lábios.

Depois de perguntar sobre o plano de saúde de Brenda, decidiram ir ao hospital Otamendi. Diego foi com ela na ambulância, enquanto Millie, Rosi, Manu e Rafa os seguiam de carro. Diego segurava a mão de Brenda e a beijava com atitude reverente. Ela lembrou que ele havia beijado a mão de Héctor da mesma maneira poucas horas antes de ele os deixar para sempre. As lágrimas rolavam por suas têmporas.

— Não chore — dizia ele, bastante afetado também. — Tenho certeza de que não é nada.

— Sim, não é nada — dizia Brenda, tentando se animar, e sorria sem vontade.

No hospital, perguntaram de novo sobre o consumo de álcool e drogas, colheram sangue e a fizeram urinar em um potinho esterilizado. O médico do pronto-socorro a bombardeou de perguntas, às quais Brenda respondeu invariavelmente que não, salvo em um caso, quando perguntou se tomava algum medicamento.

— Tomo pílula anticoncepcional — respondeu.

— Desde quando? — perguntou o médico.

Brenda elevou o olhar para o teto tentando recordar. Diego se antecipou.

— Desde 7 junho às quinze horas — apontou.

— Que precisão! — disse o médico.

É que ele é virginiano, pensou Brenda.

— Hoje é... — prosseguiu o médico, e consultou o calendário de cima da mesa. — Sábado... não, já é domingo, 21 de agosto. Ou seja, faz dois meses e meio, mais ou menos, que você está tomando a pílula. — Brenda confirmou. — E me disse que há algumas semanas vem sentindo enjoo pela manhã e dor de cabeça?

— Sim — confirmou ela de novo. — No início o mal-estar era bem leve e passava sozinho. Nas últimas semanas ficou mais intenso.

— Você acha que o desmaio tem a ver com a pílula? — perguntou Diego.

— É provável — disse o médico. — Brenda apresenta os sintomas típicos de rejeição à pílula. É a primeira vez que você usa esse método contraceptivo? — Brenda assentiu. — Então, eu diria que é *muito* provável que seja essa a causa.

À felicidade de descobrir que não estava morrendo de um tumor cerebral ou de leucemia seguiu-se o desânimo de perceber que não poderiam continuar transando sem camisinha.

— Isso quer dizer que não posso continuar tomando pílula?

— Isso é o de menos — disse Diego.

— Significa — explicou o médico — que você vai ter que tentar outros laboratórios primeiro, antes de descartar o método. Muitas vezes uma troca é suficiente para o mal-estar desaparecer. Amanhã nós vamos ter mais informações, quando chegarem os resultados dos exames. Agora, vou pedir que você passe a noite aqui...

— Prefiro ir para casa.

— Com uma perda de sentidos prolongada como a que você teve e com esse imenso galo na cabeça, é melhor ficar em observação por algumas horas — argumentou o médico. — Amanhã por volta do meio-dia tenho certeza de que vou poder te dar alta.

— Sim, doutor, nós vamos ficar — respondeu Diego, e o médico assentiu.

* * *

Brenda acordou confusa; não sabia onde estava. Até que o cheiro peculiar de antisséptico a fez recordar que estava em um hospital. Sentia-se desorientada por causa da escuridão, cortada apenas por um raio de luz que se projetava da porta entreaberta do banheiro. Sentou-se na cama devagar. Ainda restavam vestígios da tontura do dia anterior. Inspirou profundamente e tentou aquietar o incômodo formigamento no estômago. Tateou até encontrar o interruptor do abajur e o acendeu.

Diego não estava na cama de acompanhante, e sim no banheiro. Falando ao telefone. Com Ximena? Haviam combinado de ligar para ela quando tivesse alta, para não a preocupar. Brenda saiu da cama, calçou as pantufas que a enfermeira havia deixado para ela e foi arrastando o suporte do soro. Era um exagero que a houvessem posto no soro; o médico, porém, dissera que, além de hidratá-la, o acesso permitiria medicá-la depressa em caso de surpresas desagradáveis.

Ela parou diante da porta encostada do banheiro ao ouvir que Diego pronunciava aquele nome fatídico: Carla.

— O que você tem na cabeça? — disse Diego. — Foi embora e a deixou ali, caída? Ela desmaiou na sua frente e você não foi capaz de me avisar?

Seguiu-se um silêncio; Brenda deduziu que a mulher estava explicando o inexplicável.

— Ah, claro — disse Diego —, você saiu do camarim e ela estava ótima. Você acha que está falando com um imbecil que não te conhece? Ninguém te conhece como eu, Carla. Ninguém — enfatizou em um sussurro raivoso, e depois tornou a cair em um silêncio tenso, interrompido quando riu baixinho, um som impregnado de sarcasmo. — Ah, você achou que Brenda estava *fingindo* desmaiar... sem dúvida, cada um julga os outros pelo que é. *Você* seria capaz de fingir um desmaio porque é a rainha do drama. Mas Brenda não. Fique longe dela. Não quero você perto da Brenda, Carla, é sério. Pode me ameaçar quanto quiser, mas não a meta no meio dessa nossa merda.

"Nossa merda." Aquele *nossa* doeu mais que qualquer outra parte do diálogo que pudesse ter ouvido. A porta se abriu de repente e Diego se deteve abruptamente. Observou-a com a cara de bravo provocada pela conversa com Carla.

— Quero usar o banheiro — balbuciou ela, e Diego assentiu.

— Venha, eu te ajudo.

— Não. Prefiro ir sozinha.

Ele a encarou, sentido, e assentiu de novo. Brenda passou por ele e fechou a porta. Olhou-se no espelho e detestou o que viu: um rosto magro, pálido e triste. Ao sair, topou com Diego, que estava quase à porta, como se houvesse colado a orelha na folha de madeira para ouvir o que acontecia lá dentro. Ele sorriu, e sua tentativa de congraçar e suavizar as coisas amoleceu o coração de Brenda. Em momentos como esse ela preferiria não ser uma pisciana romântica, e sim uma saturnina inexorável. Sorriu e, embora morresse de vontade de acariciá-lo, esquivou-se e seguiu para a cama. Diego a ajudou a se deitar enquanto segurava a mangueira do soro. Depois de cobri-la com as mantas, inclinou-se e descansou a testa na dela. Brenda estremeceu ao perceber o cansaço dele: do corpo e da alma.

Vencida pela imensa compaixão que a habitava, ela enroscou os dedos no cabelo solto dele e com a outra mão acariciou seu rosto. Diego respondeu deslizando os braços por baixo dela e abraçando-a pela cintura.

— Quer deitar comigo? — perguntou ela.

Ele assentiu sem pronunciar uma palavra.

— Venha, suba.

Ele ficou um pouco nessa posição, como se fosse difícil abandoná-la, e depois se acomodou com cuidado a seu lado. Apoiou a cabeça na mão. Entreolharam-se.

— Quase morri quando te vi caída no chão — sussurrou ele.

— E por tão pouco — lamentou Brenda.

— Por que você não me disse que estava se sentindo mal?

— Porque você me mandaria ir ao médico.

— Claro que eu teria feito isso.

— Eu não queria. Fiquei com medo de encontrarem alguma coisa grave. Não queria estragar o melhor momento da minha vida.

Diego assentiu e descansou a cabeça no travesseiro.

— Sério que este é o melhor momento da sua vida?

— Sim. Se bem que às vezes...

Diego colocou o indicador sobre os lábios dela para a calar.

— Esse também é o melhor momento da minha vida — disse ele. — E eu sei o que você ia dizer. Mas nós vamos conversar sobre isso depois, quando estivermos em casa. Agora, quero que você durma um pouco.

— Você também — instou Brenda, e Diego assentiu e sorriu, e aquele sorriso a curou de todos os males.

* * *

Almoçaram na casa de Lita, que a recebeu toda animada, com abraços e beijos. Diego havia ligado para ela do Otamendi antes de Brenda receber alta, e a idosa havia se esmerado no preparo de um almoço nutritivo; em sua opinião, Brenda havia desmaiado porque sofria de fraqueza; estava magra demais e trabalhava muito. Um pouco certa ela devia estar, pois, depois do almoço, Brenda adormeceu no sofá e nem percebeu quando Diego a levou no colo para casa. Acordou no colchão; já eram mais de cinco da tarde. Diego estava dormindo ao lado dela. Devia estar esgotado com aquela vida de louco que levava. Porém, havia confessado que para ele também aquele era o melhor momento.

Diego ergueu as pálpebras de repente, como se houvesse sido sacudido.

— Você está bem? — inquiriu, ansioso.

— Sim, estou bem — Brenda o tranquilizou e tocou sua barba, tão comprida que quase lhe chegava ao peito. — Não lembro de ter pegado no sono na casa da sua avó.

— Está com náuseas, tontura ou dor de cabeça?

— Nada. Amanhã vou ligar para minha ginecologista para ela me receitar outro anticoncepcional.

— Ligue, mas não quero que você tome pílula de novo. Veja como ficou! É um veneno para você.

— Vou tentar outra marca — insistiu ela. — Não quero transar com camisinha. Tenho certeza de que para você não é a mesma coisa. E eu quero que você sinta plenamente, especialmente depois do que Carla me disse ontem à noite.

— O que ela disse? — perguntou ele, contrariado.

— Que eu não te satisfaço na cama e que você gosta de práticas pouco ortodoxas. Que práticas, Diego?

Como ele a contemplava com uma expressão benevolente, que teria utilizado com uma menina curiosa, ela ficou brava.

— Não me trate como se eu fosse idiota. Quero saber do que ela estava falando.

— De sadomasoquismo.

— Ah!

Brenda se espantou porque havia pensado que Carla estava mentindo, que Diego não gostava de extravagâncias na esfera sexual. Porém, não deveria ter se surpreendido; afinal, Cecilia a havia advertido.

— Mas era uma coisa mais da Carla do que minha — justificou ele. — Foi ela quem propôs que nós começássemos a praticar sexo extremo. Acho que transar do jeito comum era um tédio para ela.

Uma curiosidade mórbida se apoderou de Brenda e a deixou envergonhada.

— Eu não me incomodaria de experimentar se você estiver a fim.

— Não preciso disso. Para quê? Só de olhar para você já fico de pau duro. Mas, se você quiser experimentar, tudo bem.

— Sério que não precisa disso?

— Sério, não preciso. Isso ficou no passado e não tem nada a ver com a minha vida atual nem com a gente. — Deu aquele sorriso divertido e se colocou sobre ela, com cuidado para não a esmagar. — Mas será que a minha doce Brenda esconde certa perversão e quer que eu a amarre e amordace e deixe sua bunda vermelha de chicotadas? Precisa disso para gozar?

— Não preciso — confirmou ela. — Eu também me excito quando te vejo. Mas eu sei que qualquer coisa que você fizesse comigo me excitaria, fosse cobrir meu corpo de beijos ou de chicotadas. Com você, qualquer coisa me excita. Sempre quero você dentro de mim.

O sorriso divertido de Diego desapareceu como em um passe de mágica.

— Você está sempre dentro de mim — ela se corrigiu, e o segurou pelas têmporas para beijá-lo.

Diego respondeu depressa, mas Brenda percebeu que ele se refreava, pelo bem dela. Provocou-o intensificando a união de sua boca com a dele, a agressividade de sua língua, acariciando sua bunda. Sabia que primeiro tinham que enfrentar a questão de Carla, da dívida, da proposta de emprego de Ponciano Mariño. Continuava excitando-o, incitando-o, provocando-o, porque ela mesma já não sabia o que fazer com a vontade que sentia de que se amassem e, mesmo que só por alguns minutos, esquecessem tudo.

— Está se sentindo bem? — perguntou Diego, e Brenda assentiu. — Estou morrendo de vontade de transar com você — confessou —, mas...

— Vá pegar a camisinha — ordenou ela, e Diego ergueu as sobrancelhas em uma expressão divertida. — Também estou morrendo de vontade.

No início, ele a tratou como se ela fosse de porcelana. Era frustrante, incômodo que ele sempre tivesse consideração com ela, como se quisesse preservá-la do mundo exterior, de *nossa merda*, como dissera a Carla e que tanto a havia magoado. Não precisou de muita coisa para transformá-lo em um amante voraz, ou talvez, refletiu, Diego estivesse se lembrando das práticas extremas que havia compartilhado com sua ex e se sentisse inspirado. De qualquer maneira, os dois acabaram extenuados, ela com o rosto no travesseiro, agarrando com as mãos as bordas do colchão e a bunda nua para cima.

— Merda! — murmurou Diego.

— Que foi?

— A maldita camisinha rasgou — disse enquanto a tirava. — Merda. Merda.

Ele foi para o banheiro e Brenda o seguiu com os olhos, assustada devido à reação de Diego. Ela remexeu em seu nécessaire, pegou a caixa da pílula do dia seguinte e o seguiu até o banheiro. Encontrou-o secando as mãos.

— Não se preocupe, vou tomar agora mesmo a pílula do dia seguinte — mostrou-lhe a caixa. — Minha ginecologista receitou para o caso de eu esquecer de tomar a pílula e transar.

— E se te fizer mal?

— Duvido — disse Brenda, e encheu um copo com água da torneira. — Se me fizer mal, vai ser só dessa vez — argumentou, e ingeriu um comprimido. — Pronto, fique tranquilo.

Diego a abraçou com uma emoção que também transmitia alívio.

— Obrigado — sussurrou. — Fiquei apavorado — admitiu. — Um filho agora seria uma catástrofe.

Brenda se limitou a apertar o abraço e não comentou nada; só se perguntava se, depois do susto que haviam acabado de levar, seria bom abordar o assunto de Carla. Decidiu que sim. Não postergaria. No dia seguinte a semana começava, iniciariam a rotina vertiginosa e ela pressentia que a oportunidade se diluiria.

Ela propôs que fossem fazer um lanchinho. Os dois se vestiram e desceram de mãos dadas. Brenda foi fazer café enquanto Diego abria a mesa da cozinha e punha em um prato os muffins de banana que Modesta havia mandado. Faziam as coisas em silêncio, Diego provavelmente ainda afetado pelo risco que haviam corrido; Brenda porque recordava o que Carla lhe revelara e o comparava com o que Cecilia lhe havia ensinado sobre as pessoas que, como Diego, tinham o ascendente em Touro. Segundo a astróloga, envolver-se com pessoas possessivas tanto no aspecto material quanto no emocional era parte da aprendizagem necessária para testar o apego tão natural para um taurino, fosse à riqueza ou aos afetos. Era exatamente disso que se tratava o aparecimento de Carla, falando da dívida com o prefeito Mariño como se fosse uma bomba e ameaçando usá-la para destruir Diego.

— Carla disse que você deve muito dinheiro ao irmão dela — começou Brenda, e o olhou por sobre a xícara de café.

— Não quero que você se preocupe com isso.

— Diego, eu me preocupo com tudo a seu respeito, porque você é a pessoa mais importante para mim. Quanto você deve?

— Não vou falar disso com você, Brenda.

— Por quê?

— Porque é parte de um passado que eu não quero que tenha nada a ver com você.

— Não é nenhum passado, Diego. A dívida ainda existe. Quanto você deve a ele?

— Chega! — gritou Diego, e à ordem se seguiu um soco na mesa que fez os muffins pularem.

Brenda se assustou e sufocou um grito. Ficou olhando para ele com a xícara ainda perto da boca. Diego, porém, apontava o olhar para o centro da mesa, os olhos arregalados, as narinas dilatadas, os lábios apertados, a respiração pesada. Depois de um momento de estupor, Brenda inspirou fundo e foi como se, com essa inalação, além de oxigênio e dos aromas do café e do doce, também recebesse dentro de si a impotência e a vergonha que o torturavam. Sentia tudo isso nos ossos, na carne. A astrologia lhe havia ensinado que era um dom inato nela esse de ver o que estava oculto, de sentir o que as pessoas disfarçavam. Agradecia ao cosmo o dom com que a havia abençoado porque lhe permitia ver, ver *de verdade*.

Ela arrastou a mão sobre a mesa e a fechou sobre o punho crispado de Diego. Ele, surpreso, virou a cabeça com rapidez e cravou os olhos nela.

— Desculpe se te ofendi — sussurrou ela. — Só quero ajudar.

— Eu sei. Desculpe por ter gritado. Mas eu fico louco quando meu passado de merda atinge você.

— Amor — Brenda tentou argumentar —, eu sei que você quer me preservar de tudo que acha ruim...

— Não é ruim, Brenda, é imundo, é uma merda.

— Mas foi a *sua* merda, Diego. E eu quero ser parte de tudo que é seu, da merda e da parte que cheira bem — apontou e, apesar de tudo, Diego deu uma risadinha. — Não me trate como se eu fosse uma menina delicada e estúpida que não é capaz de entender nem de...

— O que mais Carla te disse? — interrompeu-a abruptamente.

— Para eu te convencer a aceitar o emprego que o irmão dela ofereceu. — Diego negou com a cabeça e riu entre dentes. — Não me disse que emprego era.

— Mariño quer que eu seja motorista pessoal e guarda-costas dele.

— Você, um guarda-costas?

— Ele sabe que sou faixa preta de caratê.

— Ah... deve ter confiança em você para te oferecer um emprego desses.

— Toda a confiança que se pode ter em um viciado. Mas sim, ele me conhece há muitos anos e confia em mim. Diz que sou muito observador, que não deixo escapar nada.

"E sim", poderia ter dito Brenda, "você é de Virgem. Seu lema é 'Eu vejo', pelo menos segundo Cecilia".

— Mesmo assim — retomou Diego —, não sei por que Carla falou do emprego se sabe que, enquanto eu estiver sob vigilância da lei, tenho que trabalhar para a Desafío a la Vida.

— Posso perguntar por que você deve dinheiro a ele?

Diego deixou cair a cabeça e soltou um suspiro. Pegou-a pelo pulso e a obrigou a se sentar no colo dele. Trocaram um olhar sério e profundo.

— Não quero esconder nada de você — disse Diego —, mas é que...

— Eu sei — Brenda o interrompeu, porque não suportava mais senti-lo tão angustiado. — Vamos mudar de assunto.

— Você pode dormir aqui hoje? — pediu Diego.

Brenda se surpreendeu.

— Sim — balbuciou. — Tenho que avisar minha mãe.

Ximena, que ainda não sabia do desmaio e da internação, não fez objeção. Conversaram um pouco antes de se despedir.

— Obrigada — sussurrou Diego. — Acho que eu não conseguiria dormir sem você na minha cama. Ver você caída no chão me fez mais mal do que imaginei.

Brenda o convenceu a se deitar de bruços no colchão para lhe fazer uma massagem. Durante uma hora massageou cada parte do corpo dele usando óleo essencial de melissa. Diego grunhiu de prazer até ficar profundamente adormecido. Mais tarde, tomaram um banho juntos e, depois de comer algo leve, deitaram-se um de frente para o outro.

— Eu devo muito dinheiro a ele — confessou Diego em um sussurro, mais por vergonha do que por ser uma confidência.

Brenda, que achava que jamais tocariam no assunto de novo, ficou em silêncio, olhando-o com uma expressão neutra.

— Os distribuidores dele me forneciam pó. Cocaína — esclareceu, e Brenda foi incapaz de disfarçar a surpresa. — Pois é... um dos tantos prefeitos corruptos deste país. Ele controla a polícia de General Arriaga, o tráfico, as putas, o jogo clandestino. É muito poderoso. Mas eu também devo dinheiro por outra coisa.

— Que coisa?

— Quando Carla começou a dizer que o Sin Conservantes era pouco para ela, eu me endividei com o irmão dela para contratar a gravação de um CD, o primeiro da banda, e para investir em publicidade e em equipamentos melhores. Também comprei um utilitário para viajar quando ia fazer shows no interior. Era usado, mas andava muito bem.

Brenda sentiu uma compaixão tão gigantesca que achou que ia se afogar no sofrimento e na vontade de chorar. Não queria que Diego, que era tão orgulhoso, percebesse, de modo que transformou o dó em raiva e a dirigiu contra aquela estúpida, vazia, egocêntrica, egoísta e louca Carla, que, apesar dos esforços de Diego, o traíra com o produtor e provocara sua ruína. E ainda por cima o estava extorquindo usando a dívida! Maldita, maldita!

— O que aconteceu com o carro?

— Foi roubado. Graças aos contatos de Mariño, apareceu três dias depois em um descampado de Isidro Casanova, mas destruído. Havia sido usado para um roubo e depois puseram fogo nele.

— O seguro não pagou nada?

— Só tinha seguro contra terceiros. Eu não podia pagar um completo.

— Lamento, meu amor. Você não sabe o quanto lamento.

Diego assentiu e ficou olhando para ela com seriedade, sem piscar. Brenda prendia a respiração enquanto esperava que ele se abrisse, porque de uma coisa tinha certeza: Diego queria compartilhar com ela o que escondia por trás da máscara. A voz dele emergiu áspera, rouca, quase brusca e ao mesmo tempo doce, tão doce...

— Era tudo uma merda, até que eu vi você na escada naquele 7 de abril. Naquela época eu não percebia muito o que estava acontecendo, o que ia acontecer. Agora, vejo tudo com clareza e faz sentido.

— O que faz sentido?

— Os anos que nós passamos separados. Toda a merda que eu vivi antes de você.

— Você estava me esperando — arriscou Brenda.

Diego grunhiu em assentimento, e logo acrescentou:

— Foi uma preparação.

— Uma preparação? Para quê?

— Para valorizar o que nós estamos construindo juntos. Eu estive no inferno, Brenda, e agora, não sei por quê, a vida me deu de presente o paraíso. Tenho tanto medo de que a merda do passado volte e me arraste outra vez para aquele buraco de ódio e dor! Que afaste você de mim — conseguiu acrescentar, com a respiração entrecortada.

— Meu amor — disse ela, muito emocionada. — Amor da minha vida, se isso acontecesse, eu juro pela memória de meu pai, eu desceria ao inferno com você.

Diego soltou uma respiração pesada que soprou no rosto de Brenda. Ela o abraçou e apertou, certa de que o convite para dormir lá tinha mais a ver com uma fraqueza dele que com o medo de um novo desmaio. E, enquanto pensava nisso, o tempo todo sentia em sua própria boca a sede de uísque que o torturava. Sentia a garganta dele que se contraía, a saliva grossa e amarga e o coração que parecia querer rasgar a pele e escapar.

Brenda começou a cantarolar, de início com uma voz quase inaudível; depois, ao notar que ele ficara alerta, ergueu o tom e lhe permitiu entender que estava cantando "Caprichosa y Mimada", a primeira música que ele havia composto para ela. E continuou com "Querido Diego", e assim até que ele adormeceu em seus braços.

21

A ginecologista recebeu Brenda naquela mesma segunda-feira depois de saber dos fatos do fim de semana. A consulta não acabou como ela esperava, porque a médica se recusou a receitar outro anticoncepcional sem antes realizar uma série de exames.

Nos dias seguintes, Brenda ficou bem atenta a Diego. Sentira-o perigosamente instável no domingo à noite e tinha medo de uma recaída. Não sabia a quem contar seus temores. Teria sido natural conversar com padre Antonio, que tanto sabia sobre vícios, mas ele era parte fundamental da engrenagem judicial de que Diego dependia para obter sua plena liberdade, e ela não queria estragar tudo.

Entrou na página do Narcóticos Anônimos da Argentina e passou horas lendo. Como dizia um dos artigos publicados, às vezes "uma recaída pode alicerçar as bases de uma completa liberdade". Ela se sentiu consolada por ver que falavam da recaída como parte do processo natural de cura e se convenceu a não ter medo, a esperá-la e a se preparar. Começou a ler um livro de um tal Abelardo Castillo recomendado em um fórum de alcoólatras, *El que Tiene Sed* era o título, mas abandonou no meio devido à crueza das descrições. O simples fato de imaginar que Diego havia atravessado um inferno como aquele a desestabilizava, deixava-a deprimida, estragava seu dia, e ela queria estar contente quando se vissem ou quando se falassem por telefone.

Como o dia 4 de setembro, data do aniversário de vinte e seis anos de Diego, caiu em um domingo, fizeram uma festa na casa de Lita. Além dos amigos, convidaram Ximena, Tadeo González e vovó Lidia. Brenda ligou para Camila para avisar e sentiu alívio quando sua cunhada se desculpou alegando que passariam o fim de semana no litoral. Embora Lautaro houvesse oferecido uma trégua ao convidá-los para jantar naquele 12 de junho, Brenda o preferia longe de Diego.

Foi uma festa tranquila, cheia de risos e demonstrações de afeto, com excesso de comida e bebidas não alcoólicas. Brenda ficava indo da cozinha à sala, da sala à cozinha, preocupada em manter os pratos e copos cheios. Observava Chacho, o grande doutor González, Manu e Rafa, e os via tomar refrigerante e água saborizada sem perder o bom humor e o sorriso, e uma gratidão infinita nascia nela. Será que Diego se sentia envergonhado? Um dia, pensou, quando ele tivesse conquistado a completa liberdade – e não se referia à judicial, e sim à da cocaína e do álcool –, serviriam vinho, uísque e champanhe, e ele sentiria a mesma indiferença que ela.

Naquela noite, a pedido de Diego, ela dormiu com ele. Ele a capturou em um abraço ardente assim que atravessaram a porta e fizeram amor no sofá, porque não tinham tempo de subir ao quarto. Ele havia planejado isso, porque estava com a camisinha no bolso da calça. Infelizmente a ginecologista ainda não lhe receitara a nova pílula; embora nos exames estivesse tudo bem, a médica achara melhor deixar passar um mês do desmaio. Por isso, voltaram a se amar sem a barreira do látex só a partir de 20 de setembro.

Brenda, ainda montada em Diego, com o rosto dele aninhado entre seus seios, disse que queria lhe dar o presente. Ele soltou o típico grunhido que ela reconhecia como um assentimento e aguardou. Diego levantou levemente o rosto e ergueu os cílios para fitá-la. Às vezes, a intensidade de seu olhar a assustava e ao mesmo tempo a hipnotizava; fazia Brenda se sentir exposta e vulnerável e, mesmo assim, ela desejava que ele a devorasse.

— Onde está? — perguntou ele, com pouco entusiasmo. — Longe? Neste momento não posso soltar você — advertiu.

— Neste momento? — repetiu ela, divertida.

— Estou muito bem assim — explicou ele.

— Mas seu presente é muito legal — provocou ela. — Acho que você vai gostar.

— Não tanto quanto estar dentro de você. Além do mais, hoje é meu aniversário — recordou.

— Tudo bem — sussurrou Brenda.

Passavam-se os minutos e Diego continuava tão sereno, com o rosto entre os seios de Brenda, que ela se perguntou se não estaria dormindo. Um pouco depois, ele ergueu as pálpebras e sorriu.

— Quero meu presente — disse, e Brenda foi buscá-lo.

Era um par de botas Wrangler, marrons, iguais a umas que os Gómez haviam dado de presente quando ele fizera dezesseis anos.

— Você lembra dessas botas?

Diego as observava com olhos arregalados e um sorriso inconsciente.

— Como não lembraria? Adorava, usei até acabarem.

— Papai pediu à mamãe que as comprasse e eu fui com ela — lembrou Brenda. — Mamãe adorava sair para comprar seu presente cada vez que seu aniversário se aproximava. De todos os presentes que te demos, meu preferido sempre foi esse. Eu adorava ver você com aquelas Wrangler.

— Eu só tirava aquelas botas para dormir, e contrariado — confessou enquanto provava o par novo, que serviu direitinho.

Ele caminhou pelo quarto olhando para as botas.

— Serviram? — perguntou Brenda. — Podemos trocar, se não servir.

— Estão perfeitas. Muito confortáveis.

Brenda se pendurou no pescoço de Diego e ele a fez girar, ambos rindo de pura felicidade.

— Bertoni, você está um "pão" com essas Wranglers — brincou, e Diego soltou uma gargalhada.

— Não sei como você consegue.

— Consigo o quê? — inquiriu Brenda.

— Como consegue fazer tudo ser especial.

Depois de alguns segundos refletindo sobre as palavras dele, ela disse:

— Porque sei muito bem como eu quero que você se sinta e faço de tudo para conseguir.

— Como você quer que eu me sinta?

— Feliz! — exclamou Brenda, rindo, e pulou nele de novo, enroscando as pernas na cintura dele e o beijando.

Diego a carregou até o sofá, onde fizeram amor mais uma vez.

* * *

Na terceira semana de setembro Brenda já sabia de duas coisas: que estava grávida e que Diego não ficaria feliz com a notícia. Lembrava-se exatamente do dia em que haviam concebido esse filho: domingo, 21 de agosto, quando a camisinha rasgara. Lembrava-se também da reação de Diego. "Um filho agora seria uma catástrofe", ele dissera.

Mandou mensagem a Rosi e a Millie e pediu que se encontrassem com ela na terça-feira, 20 de setembro, ao meio-dia, na lanchonete da faculdade. Depois de comprar a comida, sentaram-se à mesa. Rosi aguçou o olhar.

— Aconteceu alguma coisa, Bren? Você está muito pálida.

— Acho que estou grávida — balbuciou.

— *What the fuck!* — exclamou Millie.

— Tem certeza, Bren? — interveio Rosi.

— Quase absoluta.

Nenhuma delas tocou na comida.

— O que vai fazer se confirmar? — perguntou Rosi. — Vai abortar?

— Vai nada — respondeu Millie no lugar de Brenda. — Eu a conheço melhor que ninguém e sei que não abortaria nem que a vida dela estivesse em risco.

— Tem razão — respondeu Brenda, com uma segurança surpreendente dadas as circunstâncias —, não vou abortar.

— Já contou a El Moro? — perguntou Rosi.

Brenda negou com a cabeça antes de admitir:

— Tenho muito medo da reação de Diego.

— Bren, você não pode ter medo dele — exortou Millie. — Ele não pode fazer nada contra você.

— Quer que a gente vá com você quando for contar? — propôs Rosi.

As amigas estavam interpretando mal a situação; achavam que ela tinha medo da raiva de Diego, de uma possível violência física. Claro que não era isso: tinha medo de que Diego a abandonasse.

— Não precisa, Rosi, mas obrigada — respondeu, com voz fraca. — Na verdade, tenho medo de que ele me peça para abortar e que me deixe quando eu disser que não vou fazer isso.

— Por que você não quer abortar? — inquiriu Rosi.

— Porque eu amo esse bebê e o quero vivo.

— Você vai ser a melhor mãe do mundo — declarou Millie.

Foram com ela comprar um teste de gravidez e depois ao apartamento de Rosi para fazê-lo. Deu positivo, como Brenda já esperava.

A confirmação colocou a realidade sob uma nova luz, mais forte, que iluminava recantos que antes Brenda não havia visto.

— Tenho medo de que isso faça Diego ter uma recaída — atreveu-se a expressar em voz alta.

— Saber que vai ser pai faria Diego ter uma recaída? — perguntou Rosi, e Brenda assentiu.

— Qualquer coisa pode desestabilizar um dependente — explicou Brenda —, especialmente quando ele está no início do processo de cura. E, para Diego, saber que nós vamos ter um filho pode ser pressão demais.

À noite, ela ficou grata por Rafa e Manu jantarem com eles na casa de Diego. Tinham uma série de eventos com o DiBrama e precisavam montar o cronograma para as próximas semanas. Brenda se obrigava a comer em silêncio. Diego lançava olhares sérios para ela. Manu e Rafa foram embora por volta das dez e meia, e, enquanto Diego os acompanhava até a rua, Brenda aproveitou para tirar a mesa e lavar a louça. Ela a encontrou na cozinha. Abraçou-a por trás e beijou seu pescoço.

— Que foi? — perguntou. — Por que está tão calada e séria?

Ela havia decidido evitar o assunto. Não o abordaria justo na noite anterior ao exame no Durand.

— Nada, estou muito cansada.

— O babaca do Audi te incomodou de novo? — arriscou Diego.

Ela girou nos braços dele e o beijou na boca.

— Não — tentou sorrir. — Nunca mais nem me mandou mensagens. Sério, é só cansaço. Meus exames mostraram que o ferro está perto do limite inferior — argumentou.

Diego emitiu seu clássico grunhido e continuou a contemplá-la com desconfiança. Brenda ficou na ponta dos pés e falou no ouvido dele:

— Se você fizesse amor comigo, meu cansaço passaria e o ferro voltaria ao meu sangue.

Ele a olhou nos olhos e comprovou que estavam turvos de desejo. Diego a pegou no colo para levá-la até o quarto.

— Nada de camisinha — disse Brenda e sorriu.

— Começou a tomar pílula de novo? — perguntou ele, surpreso. Ela assentiu sem abandonar o sorriso. — Hoje é dia 21. Ontem fez um mês que você desmaiou... — calculou, e Brenda assentiu de novo.

***

Brenda contaria na sexta-feira à noite, aproveitando que não tinham que ir ao The Eighties nem cantar em outro evento. E, como sabia que a coisa seria longa e que precisaria do sábado, ligou para padre Ismael para avisar que não iria ao orfanato à tarde.

No dia anterior, havia falado com Cecilia por Skype e dado a notícia a ela. A amiga a recebeu com uma atitude tranquila e reflexiva, o que transmitiu muita paz a Brenda, que desde a confirmação vivia com taquicardia e muito enjoo.

— É clássico — dissera a astróloga. — Faz parte do destino dos ascendentes em Touro aprender a encarnar, a criar a matéria, coisa difícil demais para eles. Por isso é muito comum que nunca planejem ter filhos, que a notícia os surpreenda. Um filho é a máxima expressão da encarnação — continuou explicando —, que, por um lado os obriga a se conectar com o poderio magnânimo da natureza. — Abriu um parêntese para esclarecer: — Touro é o signo da terra, da natureza. E, por outro lado, obriga a pessoa a descer das estrelas, do mundo das ideias; nesse caso, do mundo das notas musicais, e pisar com firmeza na terra.

— Ele não vai aceitar bem, não é? — perguntou Brenda, angustiada.

Cecilia torceu os lábios, o que já foi uma resposta.

— Não, não vai aceitar bem — ratificou —, mas você tem que manter a calma e a tranquilidade, pois sabe que essa é a aprendizagem de Diego, pela qual ele tem que passar para abraçar a energia taurina que lhe cabe por destino.

Mas Brenda estava muito nervosa. Ficava revirando os raviólis no prato e mantinha o olhar baixo. Diego largou os talheres com certa impaciência e a obrigou a encará-lo pegando-a pelo queixo.

— Vai me contar o que está acontecendo? E não me diga de novo que está cansada.

— Estou grávida — soltou ela, e ficou olhando para Diego sem piscar nem respirar.

Diego baixou as pálpebras e se jogou no encosto da cadeira, em uma clara manifestação de angústia e contrariedade. Brenda o contemplava; nem um fio de ar entrava em seu corpo enquanto seu coração batia desenfreado.

— Certo — reagiu Diego de repente e se levantou. — Não se preocupe, Rafa conhece uma clínica muito boa e...

— Não vou abortar.

— O quê?

— Não vou matar meu bebê, Diego.

— Isso não é um bebê, Brenda! É um amontoado de células.

O nervosismo e o mal-estar desapareceram e em seu lugar surgiu uma imensa força – a força de uma mãe defendendo sua cria.

— É um amontoado de células, mas para mim é meu filho, Diego, e eu o amo. Amo mais que tudo — enfatizou, e o olhou com uma determinação implacável.

Diego, depois de contemplá-la com a boca aberta e uma expressão atônita, perguntou:

— Quer mesmo trazer um filho a este mundo de merda?

— Não foi planejado, Diego, mas é evidente que ele tinha que vir.

— Tinha que vir? — repetiu ele, brusco.

— Você percebe que estava predestinado? Tive que parar de tomar anticoncepcional, a camisinha rasgou e a pílula do dia seguinte não funcionou. É como se ele tivesse vencido todos os obstáculos que nós pusemos.

Diego a fitava boquiaberto.

— Sinto que essa criança lutou para viver, porque a sua vida vai significar alguma coisa muito importante. Ela tem que viver por alguma razão. Não vou abortar — enfatizou Brenda depois de um silêncio pesado.

— Você está falando um monte de bobagens — disse Diego, com desprezo, e se levantou.

Brenda baixou o olhar, arrasada. Ouvia-o andar de um lado para outro, mal-humorado.

— Você não está vendo o todo — disse ele atrás dela —, por isso está dizendo tanta bobagem. Minha vida é um caos, nem livre eu sou. Tenho um emprego que não me paga quase nada e não estamos ganhando fortunas com o DiBrama. Mal consigo pagar o transporte para ir trabalhar. Como eu faria para sustentar um filho? Tem ideia de quanto custa uma criança? Não, claro que você não tem! Nunca te faltou dinheiro...

Ele continuava reclamando enquanto Brenda chorava baixinho, torturada pela culpa e por uma profunda tristeza. Diego precisava de tranquilidade para enfrentar o caminho da cura. Será que ela se tornaria a ruína dele se insistisse na ideia de ficar com esse filho? Não seria mais sensato abortar e evitar um monte de problemas? Só de pensar na possibilidade de se livrar de seu bebê, Brenda experimentou um sentimento escuro e assustador, tão indescritível e sinistro que soltou um gemido e se levantou repentinamente. Diego interrompeu o discurso e foi atrás dela, que subiu correndo para o quarto.

Brenda estava recolhendo suas roupas e colocando tudo na mochila. Iria para sua casa. Precisava de Ximena. Diego a segurou pelos pulsos e a obrigou a parar.

— O que você está fazendo?

— Vou para minha casa.

— Não. Vamos conversar. Você não vai fugir.

Brenda sacudiu os braços e Diego a soltou.

— Você quer que eu aborte. Não vou abortar. Não há solução. E não importa quanto conversemos, são posturas inconciliáveis.

— Por que você não quer abortar? Por causa de toda essa merda católica? Sua avó Lidia é muito católica — apontou.

— Eu não pratico nenhuma religião, Diego, e não me interessa o que dizem os católicos sobre isso. Quando digo que não vou abortar é porque eu amo esse bebê mais que a minha própria vida.

— Como pode dizer que ama algo tão minúsculo que quase não existe, uma coisa sem forma, sem nada?

Brenda sorriu com amargura e sacudiu a cabeça.

— Porque é seu filho, Diego, por isso eu o amo. E para mim ele existe, sim, tenha a forma que tiver. Eu amo esse bebê mais que a minha vida! Mais que você! E é paradoxal: eu o amo mais que a você porque é seu.

Brenda fechou o zíper da mochila com fúria e a pendurou no ombro.

— Você não vai a lugar nenhum — declarou Diego, e ficou em frente à porta. — Vamos conversar até que...

— Até que o quê? Até você me convencer a abortar? É a causa mais perdida da história da humanidade. Vai ter que me matar para matar o meu filho.

— Brenda, por favor, não seja melodramática!

— Não estou sendo melodramática. Estou explicando como são as coisas.

— Você disse que o ama mais que tudo porque ele é meu, mas está disposta a me deixar.

— Você não quer o bebê. Ele é minha prioridade agora. Proteger meu filho é minha prioridade — pontuou.

Diego pegou seu rosto e a beijou nos lábios.

— Você não está pensando com clareza — disse ele, condescendente. — Esse bebê vai atrapalhar os seus planos. Como você vai fazer o conservatório no ano que vem? Assim que começar, vai ter que largar para cuidar do bebê.

— Meus estudos podem esperar.

— Brenda, nós não planejamos esse filho. A camisinha rasgou! Não foi culpa nossa, não somos responsáveis por isso.

— Você escutou o que eu disse? Para mim não é uma responsabilidade; eu quero esse filho porque o amo. Me deixa passar — exigiu.

Diego não se mexeu um centímetro sequer.

— Não quero que você vá — disse ele, em tom suplicante. — Não quero, Brenda.

— Eu também não quero ir, mas...

Diego a abraçou e Brenda se agarrou a ele de imediato.

— Não vá — implorou ele de novo.

— Desculpe.

— Por quê? — perguntou Diego, surpreso, e se afastou, confuso.

— A última coisa que quero é desestabilizar e angustiar você. Não quero te criar problemas. Você sabe que eu só quero te fazer feliz.

— E me faz feliz — ratificou Diego, com veemência. — Cada minuto dos últimos meses fui feliz graças a você. Como nunca tinha sido antes.

— Eu também fui feliz como nunca tinha sido antes. Mas a vida nos surpreende, Diego. Nem sempre é como planejamos. Temos que enfrentar o desafio e seguir em frente. As coisas não precisam ser tão dramáticas.

Diego soltou um suspiro e a beijou de novo.

— Vamos tomar um banho juntos e depois dormir? — propôs ele, com o cansaço estampado nas feições. — Não quero continuar falando disso agora, estou exausto.

"E morrendo de vontade de um uísque e uma carreira de cocaína", Brenda teria acrescentado, mas se limitou a assentir.

* * *

No dia seguinte, o desconforto estava instalado entre eles. O assunto do filho era como um elefante no meio da sala que ninguém queria ver e sobre o qual ninguém queria falar. Diego passou o dia no estúdio compondo ao piano, enquanto Brenda, para fazer alguma coisa, foi primeiro ao supermercado e depois foi cuidar do jardim, aproveitando que estava um dia lindo. Pena que seu ânimo era o oposto desse dia de céu diáfano.

Por que sua vida dava essas viradas loucas? Por que não seguia o curso natural que supostamente deveria seguir? Será que havia sido amaldiçoada ao nascer com o ascendente em Aquário e Urano na Casa XII? Cecilia dizia que não existiam mapas astrais bons nem ruins; simplesmente eram o que eram. Mas Brenda não concordava tanto assim. Poucos meses depois de realizar seu maior sonho, namorar Diego, o relacionamento estava arruinado. Ela remexeu com raiva a terra em volta da roseira enquanto sacudia a cabeça e negava, porque se recusava a pensar em seu filho como causador da ruína de seu relacionamento.

As lágrimas brotavam e caíam na terra preta e perfumada. Em meio a tanta dor e confusão, de uma coisa ela tinha plena certeza: amava esse filho e o protegeria, mesmo que isso significasse renunciar ao grande amor da sua vida. A força que sentia a surpreendia, e tinha medo da centelha de esperança que não sabia de onde nascia em um panorama tão negativo que a levava a pensar que algum dia Diego amaria esse filho tanto quanto ela; tinha medo porque havia a possibilidade de ele nunca aceitar a ideia de ser pai. Ela compreendia, entendia que ele estava muito assustado. Ser responsável pela vida de outro ser humano assusta qualquer um, especialmente alguém como ele, que se menosprezava por causa de seus vícios e dos erros do passado.

Ela se sobressaltou quando Diego apareceu à porta do jardim e a chamou.

— Manu e Rafa acabaram de chegar — anunciou. — Trouxeram pizza e empanadas. Venha comer.

— Já vou — disse ela, e tirou as luvas.

Diego a esperou à porta e a segurou contra o batente quando ela tentou passar. Encarou-a com aquela expressão séria que ela tanto amava, quando a observava com olhos inquisidores como se a estivesse estudando, gravando-a na memória e a possuindo.

— Não conte aos rapazes sobre a gravidez — sussurrou, e as ilusões de Brenda desapareceram.

— Não vou contar — respondeu, enquanto se perguntava por que continuava naquela casa.

Depois, recordou que tinham que ensaiar para, à noite, ir cantar no The Eighties. Embora não soubesse de onde tiraria forças para isso, convenceu-se de que, se quisesse ser uma profissional da música, precisava deixar de lado as questões pessoais, enfrentar o público e cantar como se a vida fosse perfeita.

Diego continuava olhando para ela como se esperasse que dissesse algo; ou talvez ele quisesse dizer algo. Incapaz de se conter, Brenda levou as mãos ao rosto dele e o acariciou com os polegares. Diego baixou as pálpebras e passou o braço em torno da cintura dela.

— É tão terrível para você ser pai? — perguntou ela, em um sussurro carregado de lágrimas.

— Sim — admitiu ele, e apoiou a testa na dela. — Não quero.

Manu os chamou para comer, e Brenda, devastada e ferida, aproveitou para se desvencilhar do abraço de Diego e correr escada acima.

* * *

Eles estavam se preparando para ir ao The Eighties. Manu e Rafa iriam no carro deste último e Diego com Brenda no dela. Ele a viu pegar a mochila e a interrogou com o olhar.

— Quero dormir na minha casa esta noite. Preciso falar com mamãe amanhã — justificou. — Liguei para ela e pedi que não fosse para a chácara.

— Não conte nada a ela ainda — pediu Diego, e, diante da expressão de contrariedade de Brenda, encerrou seu rosto entre as mãos e falou perto de seus lábios. — *Eu* vou falar com ela, mas não amanhã. Me dê um tempo, por favor.

Brenda não sabia como interpretar suas palavras nem se atreveu a pedir explicações por medo de se iludir. Limitou-se a assentir com a cabeça.

Diego capturou sua boca em um beijo lento, longo e sensual, e o que até esse momento havia ficado frio e duro começou a ganhar vida. Mesmo assim, quando Diego quis tirar a mochila do porta-malas e levá-la de novo para dentro, Brenda o deteve.

— Quero dormir na minha casa mesmo assim. Acho que vai ser bom ficarmos sozinhos para pensar.

Diego soltou a mochila, com seu orgulho gigantesco ofendido. Magoá-lo provocava em Brenda uma dor tão monumental que ela quase cedeu. Contudo, juntou força de vontade para se manter firme. E à noite, enquanto subia no pequeno palco do The Eighties com a garganta apertada e certa de que não conseguiria cantar, levou a mão ao ventre, fechou os olhos e imaginou seu filho com uns dois ou três anos, louro e robusto como o pai, correndo para seus braços e a chamando de mamãe, e foi tão enorme o prazer que sentiu quando o erguia e beijava suas bochechas gordinhas e vermelhas que cantou as músicas de Madonna e depois as três do DiBrama com uma paixão e uma potência que deixaram até mesmo seus colegas admirados. O público os ovacionou.

* * *

Brenda acordou assustada e levou um instante para lembrar que estava dormindo em sua cama sem Diego. Tateou até achar o celular na mesa de cabeceira e olhou a hora: meio-dia e cinco. Enquanto saía da cama e procurava uma roupa para vestir, ligou para Rafa; teve que insistir até que ele atendesse.

— Diego não está bem — disse assim que o garoto murmurou um "alô" com voz de sono.

— Você está com ele? — perguntou Rafa, de repente bem acordado.

— Não. Mas eu sei que ele não está bem.

— Como? Ele ligou para você?

Explicar que era uma espécie de vidente e xamã por ter nascido pisciana e com Netuno na Casa XII não fazia sentido, dadas as circunstâncias, por isso ela optou por ir direto ao ponto.

— Vou precisar de você na casa de Diego para me ajudar com ele.

— OK — respondeu Rafa. — Vou me vestir e estou indo para lá.

— Obrigada.

Ximena ficou surpresa ao vê-la aparecer na cozinha vestida, com a bolsa na mão.

— Mamãe, tenho que ir à casa de Diego. Acho que aconteceu alguma coisa.

— Lita ligou?

— Não, é um pressentimento.

— Eu te levo — ofereceu Ximena, sem questionar.

— Não, fique. Te mantenho informada, não se preocupe.

A caminho da casa de Diego, Brenda ligou duas vezes, mas ele não atendeu. Ligou para Rafa de novo.

— Como Diego estava ontem à noite quando o deixaram na casa dele?

— Mal. Ele nos fez parar em uma banca vinte e quatro horas para comprar cigarros. Mas temos certeza de que ele comprou bebida também.

— Por que não me ligaram, Rafa? — perguntou Brenda, brava.

O garoto a ignorou; mas comentou:

— A única coisa que ele nos disse antes de descer do carro foi: vou ser pai.

Encontraram-se na porta e Brenda a abriu com suas chaves. Lita devia ter ido à missa, do contrário ela os teria escutado e saído para ver o que estava acontecendo. Assim que atravessou a porta, Brenda sentiu a energia nociva que a recebeu como um hálito gelado e pestilento. O cheiro estranho e desagradável que havia substituído o de melissa e flor de laranjeira a fez temer que Diego houvesse se sufocado em seu próprio vômito. Ela correu para cima. Rafa o encontrou no estúdio e a chamou aos gritos.

Diego estava seminu, só de cueca, sentado no chão com uma garrafa vazia de uísque entre as pernas. Sua cabeça pendia sobre o peito e ele parecia profundamente adormecido.

— Está gelado — comentou Rafa ao pegá-lo pelo braço.

Brenda correu de novo para o quarto e pegou um cobertor no guarda-roupa. Ao voltar, Rafa estava tentando acordá-lo. Cobriu-o com a manta.

— Venha, irmão, levante.

— Brenda — soluçou Diego.

— Está aqui comigo.

— Estou aqui — confirmou ela.

Ao som de sua voz, Diego tentou erguer a cabeça, sem sucesso.

— Brenda — murmurou de novo, mas em um tom de súplica tão impressionante que foi como se uma faca a atravessasse.

Conseguiram fazê-lo levantar. Ele fedia a álcool, a cigarro e a suor. O mais importante era aquecê-lo. Levaram-no para cima. Rafa teve a ideia de pôr um banquinho de plástico dentro do box para sentá-lo e lhe dar um banho mais facilmente.

— Eu cuido disso — disse Brenda depois que o sentaram.

Rafa fechou a porta do banheiro e Brenda, depois de acender o aquecedor, despiu-se e entrou no box. Diego parecia estar dormindo de novo, com o queixo cravado no peito e um ombro encostado na parede. Ela tirou o cobertor e molhou Diego com o chuveirinho durante longos minutos. Ia lavá-lo depois que ele recuperasse a temperatura corporal. Com muita dificuldade, tirou a cueca de Diego e lhe deu um banho suave e lento. Estava de cócoras lavando as pernas de Diego quando notou que ele estava com os olhos injetados fixos nela. Levantou-se e ele a seguiu com o olhar.

— Você me ama? — perguntou ele.

A julgar pelo modo como articulava e arrastava as sílabas, o uísque ainda corria por sua corrente sanguínea.

— Mais que a qualquer pessoa neste mundo — respondeu Brenda.

— Mentira — disse ele, cravando o indicador no umbigo dela. — Você ama mais o montinho de células.

— Porque ele é seu — disse ela, e começou a lavar o cabelo dele.

Diego passou os dois braços na cintura de Brenda e descansou o rosto entre seus seios. Ficou em silêncio durante o banho, até fechou os olhos, e Brenda achou que estivesse dormindo. Levantou a cabeça dele para ensaboar a barba. Diego ergueu as pálpebras lentamente e a contemplou com olhos mais vivos, mais despertos.

— Vou ser um pai de merda — profetizou —, e nosso filho vai me odiar como eu odeio o meu.

— O que você pretende fazer para que ele o odeie? Bater nele como seu pai batia em você? Ser repressor e não permitir que ela seja quem quiser ser? Impedir que ele realize os sonhos dele? Ser um ladrão? Disso tudo, o que você pretende fazer? Ou vai fazer tudo?

— Ser um alcoólatra e um viciado, é isso que eu vou fazer e por isso ele vai me odiar.

— Ninguém te odeia por isso, Diego. Sua avó e suas tias te adoram. Mamãe te adora. Minha avó te idolatra. Manu e Rafa te amam como se você fosse irmão deles.

— E você?

Brenda bufou, impaciente.

— Quer me ouvir de novo dizer o quanto te amo? Não é meio repetitivo? Não está cansado disso?

— Não — afirmou ele —, nunca me canso de ouvir você dizer isso.

Brenda o ajudou a se levantar; percebia que ele estava instável. Diego se apoiava nela e dava passos hesitantes. Havia ingerido uma garrafa de uísque inteira. Brenda não entendia como ele conseguia ficar em pé. Baixou a tampa do vaso sanitário e o obrigou a se sentar. Secou-o esfregando forte a toalha para fazer o sangue circular e, assim, expulsar o veneno do sistema depressa. Diego, dócil, ergueu o rosto para ela o secar. Brenda deteve o olhar no dele, que de repente ficou brilhante e aquoso.

— O que aconteceu? — perguntou ela, alarmada.

— Tive uma recaída — disse ele, com uma angústia comovente.

Brenda se inclinou para beijá-lo nos lábios.

— Às vezes uma recaída pode alicerçar as bases de uma completa liberdade.

— De onde você tirou isso?

— Li no site dos Narcóticos Anônimos.

— Entrou na página dos Narcóticos Anônimos? Por quê?

— Porque eu quero entender. Quero saber exatamente o que você sente, como, por quê.

Diego assentiu com uma expressão inescrutável. Brenda se enxugou e se enrolou em uma toalha antes de cobri-lo com o roupão.

— Quero escovar os dentes — disse ele.

Brenda colocou a pasta na escova e a entregou a ele.

Ela acompanhou Diego até o quarto, cuja temperatura estava boa graças a Rafa, que havia ligado o aquecedor. Ajudou-o a pôr um pijama e se deitar. Vestiu-se depressa e saiu do quarto, sabendo que Diego a seguia com o olhar; não lhe deu explicações. Na cozinha, encontrou Rafa tomando café e olhando o Instagram do DiBrama.

— Como ele está?

— Melhor — respondeu Brenda. — Quero que ele coma alguma coisa e tome muita água. Na quarta-feira ele tem que fazer o exame no Durand não podemos correr o risco de que encontrem rastros de álcool.

Ela preparou uma bandeja com um café da manhã rápido, uma jarra com água e um analgésico. Ao chegar ao quarto, encontrou Diego dormindo e roncando.

***

Diego dormiu até as cinco da tarde, e durante todo esse tempo Brenda não saiu do lado dele. Passou o tempo todo trocando mensagens com sua mãe e suas amigas, pesquisando no Google como tirar o álcool do sangue e falando consigo mesma. Só desceu à cozinha duas vezes para fazer um chá e comer os restos de pizza do dia anterior. Estava sozinha; Rafa havia ido embora por volta das três.

Ela o contemplava dormindo tão tranquilo que era difícil recordar que horas antes ele tivera uma recaída depois de passar meses limpo. Observava-o e o via forte e saudável, e era difícil acreditar que ela e Rafa precisaram ajudá-lo a se levantar. Seria sempre assim com ele? Diante de cada dificuldade ele se refugiaria nas drogas e na bebida? Será que Lautaro tinha razão? Recordava as palavras do irmão, que ainda a machucavam: "Gente como ele nunca muda. Vive recaindo. Só sabe fazer uma coisa: estragar a vida dos que tentam ajudar". Por outro lado, a culpa a torturava: Diego havia se entregado à bebida porque ela o deixara sozinho, e ela tinha feito isso para feri-lo, porque estava magoada com ele. Se Cecilia a havia alertado de que, devido ao ascendente em Touro, ele rejeitaria a chegada do bebê, por que ela levara tudo para o lado pessoal?

Diego acordou e reclamou de dor de cabeça. Brenda lhe deu o analgésico e um copo d'água, e depois o ajudou a se sentar para comer a única coisa que ele disse tolerar: um pedaço de pão. Mais tarde ele aceitou comer uma fruta e continuou bebendo água, por insistência de Brenda, e urinando.

— Por que você está aqui? — perguntou Diego enquanto ela lhe oferecia um pedaço de pera. — Não disse que queria ficar sozinha?

— Acordei hoje ao meio-dia e soube que você estava mal. Vim correndo.

Diego mordeu a fruta e, enquanto mastigava devagar, observava Brenda com atenção. Ela sustentava o olhar dele, embora aqueles olhos tormentosos e cheios de ressentimento a assustassem.

— Não queria que você me visse assim — admitiu ele depois de segundos de pesado silêncio. — Quero ser sempre seu herói.

— Bem — disse Brenda, com tranquilidade —, também existe a figura do herói caído e, para mim, que sou pisciana, é mais querida que a do herói vitorioso.

— Porque você é pisciana?

— Sim. Os piscianos adoram ajudar os outros.

Diego ergueu as sobrancelhas e proferiu aquele grunhido que usava como resposta e que Brenda nunca sabia se era concordância ou uma expressão de desacordo.

— Você tem que dormir na sua casa esta noite? — inquiriu Diego.

— Não necessariamente — respondeu ela. — Quer que eu fique?

— Sempre quero que você fique.

Brenda assentiu, de repente exausta. As emoções desde a confirmação da gravidez, mais a briga com Diego e a recaída, estavam sendo demais para ela. Ela tirou a roupa e vestiu uma camiseta dele que lhe chegava até os joelhos. Entrou na cama e suspirou, satisfeita. Imitou Diego e se deitou de lado. Olharam-se longamente e em silêncio.

— Achei que seu amor fosse incondicional — sussurrou ele.

— É sim, meu amor.

— Não. Você ia me deixar.

— Eu estava defendendo e protegendo nosso filho. O amor de uma mãe é incondicional também.

— O da minha mãe não.

— Mas o da sua avó, o das suas tias e o da minha mãe é.

— E o seu?

— Nunca vou deixar de amar você enquanto viver, disso tenho certeza.

— Mas... — contrapôs ele. — Eu sei que há um "mas".

— Mas agora o nosso filho vem em primeiro lugar.
— Você o ama tanto assim?
— Sim.
Voltaram ao silêncio de olhares profundos.
— Eu quero ser um bom pai — admitiu ele um pouco depois.
— Sou sua fã número um — recordou Brenda. — Minha opinião é muito tendenciosa.
— Qual é a sua opinião? — perguntou Diego.
— Você gosta de afago no ego, hein, Bertoni?
— Gosto, porque me faz sentir a pessoa mais valiosa do mundo.
— Você é isso para mim. E vai ser para o nosso filho.

A emoção o assaltou repentina e violentamente. Ele apertou as pálpebras e mordeu os lábios. Brenda o acolheu em seus braços e Diego colou o rosto no peito dela. Sua respiração pesada batia na pele dela; a saliva e as lágrimas a molhavam. Ao notá-lo mais calmo, aproximou-se do ouvido dele e sussurrou:

— Esta é minha opinião: nosso filho vai ter o melhor pai e você vai ter o melhor filho.
— Vai ser o melhor filho porque é seu — disse Diego. — E porque é neto de Héctor e Ximena.
— Mas especialmente porque é filho de Diego Bertoni — insistiu Brenda —, a pessoa mais legal que eu conheço.
— Assim eu vou acabar acreditando — advertiu ele.
— Você já acredita! — garantiu Brenda, e ele soltou uma gargalhada.

22

Como legítima filha de Urano, Brenda estava acostumada a mudanças súbitas e radicais, mas estar grávida de Diego Bertoni era a coisa mais inesperada e definitiva de todas. Tinha dificuldade de se acostumar com a ideia de que dentro dela crescia o filho dos dois, concebido sem intenção, mas com um amor enorme, pelo menos da parte dela. E o fato de Diego, sendo tão contrário à ideia de ser pai, ter aceitado a gravidez não demonstrava que ele também a amava profundamente?

No domingo, 2 de outubro, depois de uma semana da recaída de Diego, foram à chácara de San Justo com a intenção de dar a notícia a Ximena e a vovó Lidia. Por sorte, Lautaro havia ficado na capital porque tinha que estudar, mas encontraram Tadeo González.

Estavam reunidos na sala depois de um almoço tardio. Lidia servia mate enquanto Brenda distribuía quadradinhos de maçã e fatias de torta de limão. Entregou o prato a Diego, que, ao recebê-lo, acariciou a mão de Brenda e deu uma piscadinha, e para ela isso bastou para reunir coragem e enfrentar a tarefa que os havia levado até ali.

— Queremos dar uma notícia a vocês — disse Diego.

Obtiveram a atenção dos três adultos de imediato.

— O que é, querido? — incentivou Ximena.

— Brenda e eu vamos ter um filho.

— Meu Deus do céu! — exclamou vovó Lidia.

— Oh! — limitou-se a murmurar Ximena, enquanto González os fitava com olhos arregalados e um pedaço de torta de limão a poucos centímetros da boca.

Brenda estendeu a mão para sua mãe, que a pegou de imediato e a beijou.

— Estou muito feliz, mamãe. Não foi intencional, mas, agora que está aqui — disse, e descansou a mão sobre o ventre —, sou a pessoa mais feliz do mundo.

Ximena sufocou um soluço e abraçou a filha.

— Vou ser avó! — disse entre lágrimas.

— E eu bisavó — apontou Lidia, e abraçou Diego. — Parabéns, querido.

— Obrigado, Lidia — murmurou ele.

Ximena se levantou e os homens a imitaram. Foi até Diego e os dois se abraçaram com uma emoção mal contida. Ela pousou as mãos no rosto dele e o fitou com os olhos marejados.

— Meu afilhado — sussurrou com voz trêmula. — Eu queria que seu padrinho estivesse aqui hoje.

— Eu também — lembrou Diego —, mas não sei se ele teria ficado feliz com a notícia.

— Teria, claro que sim! — disse Ximena. — Ele adorava você, Dieguito, tanto quanto aos próprios filhos.

Diego assentiu com um movimento rígido e brusco de cabeça, controlando a vontade de chorar.

— E quando meu bisneto vai chegar? — perguntou Lidia, amenizando o clima.

Brenda, que sabia exatamente o dia em que engravidara, informou que o esperavam para a terceira semana de maio. E logo começaram a fazer planos e falar sobre preparativos.

— Quero que Brenda vá morar comigo — disse Diego em direção a Ximena.

— Bem — comentou a mulher —, é o que minha filha já faz há meses, praticamente mora com você. Passa só duas noites em casa com a mãe.

— Agora minha casa é a casa dela — insistiu Diego. — Nossa casa.

— Claro — concordou Ximena —, agora vocês são uma família.

A mulher olhou para Tadeo e perguntou:

— Isso muda alguma coisa na situação judicial de Diego?

Brenda notou que Diego ficou tenso e pegou sua mão para entrelaçar seus dedos nos dele. Olharam-se. "Amo você", disse só com o movimento dos lábios, e ele respondeu com uma expressão séria que se contrapunha à doçura com que acariciava a mão dela.

— Só vejo consequências positivas com essa notícia feliz — apontou o advogado. — O fato de Diego assumir a paternidade e querer iniciar uma família com uma garota de reputação boa como Brenda só pode gerar boa vontade no juiz. Poderíamos inclusive usar isso para pressionar e obter a liberdade plena. Diego precisa se livrar do compromisso financeiro com a casa de reabilitação agora que vai ter um filho. Todo o dinheiro deve se destinar ao sustento da família dele.

O advogado continuou falando. O discurso dava uma grande tranquilidade a Brenda, apesar da existência de questões bem complexas, como a dívida com o prefeito Mariño, que às vezes tirava o sono deles.

***

A verdade era que Brenda não estava a fim de enfrentar Lautaro para lhe contar que ele seria tio em maio. Tinha medo do olhar severo, dos prognósticos, do mau agouro do irmão. Ligou para Camila e a convidou para almoçar. Encontraram-se na terça-feira em um restaurante próximo à faculdade onde a cunhada fazia Psicologia. Camila reagiu como Brenda havia imaginado: com uma alegria tão sincera que acabaram fazendo planos e celebrando, como se a situação fosse absolutamente normal.

Ela se encontrou com Lautaro dois dias depois, enquanto esvaziava seu guarda-roupa e decidia o que levar para o novo lar e o que deixar para trás.

— Camila me contou a novidade — disse Lautaro à porta.

— Pela sua cara, vejo que não ficou muito feliz em saber que vai ser tio.

— Acho que você é nova demais, e ele é muito instável.

— Como sempre, querido irmão, você tem razão. Eu queria ser como você, tão perfeito e sensato, mas não tenho nada na cabeça e vivo minha vida assim.

— Não quero que ele te faça sofrer.

— Eu sofreria se não tivesse Diego. Eu amo esse homem, é tão difícil entender isso?

— O fato de você o amar não significa que ele não vai te fazer sofrer — disse ele, deu meia-volta e foi embora.

Manu e Rafa aceitaram a notícia de outro jeito: fiéis a seu estilo, zoaram e competiram pelo afeto do filho de Diego. Um queria que o bebê torcesse para o Boca; o outro para o Racing. Manu lhe ensinaria a tocar baixo, ao passo que Rafa dizia que o menino preferiria bateria. Um o levaria para pescar e o outro lhe ensinaria a amar o basquete.

— E se for menina? — provocou Brenda uma vez, apesar de pressentir que era um menino.

— Se for menina — disse Diego, que até então ficara em silêncio —, será só do papai.

Manu e Rafa vaiaram e o chamaram de repressor e ciumento. Brenda, porém, ficou emocionada. Comentários como esse, tão raros e preciosos, a convenciam de que, pouco a pouco, Diego estava se apaixonando por esse filho tanto como ela. Mas tinha consciência de que a situação o deixava tenso, mais sério que de costume, mais ensimesmado.

Dias depois, quando discutiam com Manu e Rafa os termos de um novo jingle para a agência de publicidade, Diego ficou bravo e abandonou o estúdio feito uma fera. Poucos minutos depois, saiu vestido para correr.

— Ele está muito nervoso desde que soube da gravidez — disse Brenda, tentando justificá-lo. — Não é com vocês, meninos.

— Não se preocupe, Bren — tranquilizou Rafa —, nós o conhecemos bem e nunca esquentamos quando ele fica puto.

— Se bem que às vezes tenho vontade de encher a cara dele de porrada — admitiu Manu.

Brenda disse que ia trocar a erva do mate e foi para a cozinha. Manu foi atrás dela, preocupado.

— Que foi?

— Carla te incomodou de novo?

— Não. Por quê?

Manu foi até a bancada, ao lado de Brenda, e ficou brincando com uma colherinha.

— Não me assuste, Manu. Que foi?

— Tenho certeza de que El Moro está nervoso por causa da dívida com Mariño.

— Não sei muita coisa sobre isso — confessou Brenda. — Ele não quer falar.

— É... eu o conheço. Nós avisamos para ele não se meter com aquele agiota de merda. E tudo para manter aquela louca — lamentou.

Olharam-se durante alguns segundos.

— O que você está querendo me dizer e não tem coragem? — instou Brenda.

— Rafa e eu estamos com medo de que, quando Carla souber que vocês vão ser pais, não aceite bem. Nada bem — enfatizou. — Você não conhece aquela louca. Ela é capaz de qualquer coisa.

— O que ela poderia fazer? — perguntou Brenda, fingindo segurança.

— Até agora, se Mariño não mandou os capangas para obrigar El Moro a pagar a dívida, é porque Carla sempre pede mais tempo.

— Carla sabe que Diego e eu estamos juntos e continua a protegê-lo... — comentou Brenda.

— Ela é tão egocêntrica que acha que Diego está com você só para fazer ciúme, por causa do que ela fez com o produtor do *Pasión Cumbiera*. Ela tem certeza de que, cedo ou tarde, eles vão voltar. Você não imagina quantas vezes aqueles dois brigaram e voltaram.

— E então? — perguntou Brenda, tensa. — É verdade isso que Carla pensa? Que ele está comigo para fazer ciúme?

— Óbvio que não! — respondeu o garoto, chocado. — El Moro aceitou o bebê só porque morreria se você o deixasse, e você o deixaria se ele não aceitasse o bebê, isso ficou bem claro. Foi uma boa jogada sua.

— Não foi jogada nenhuma, Manu — respondeu Brenda, irritada. — Fiz o que qualquer mãe teria feito pelo filho que ama.

— Sim, desculpe. Eu não deveria ter dito isso; você é uma boa garota, com o maior coração que conheço e sem um pingo de malícia.

— Então — retomou Brenda, impaciente —, você acha que, se Carla souber que vamos ter um filho, a coisa vai mudar e os capangas de Mariño vão para cima de Diego.

Manu, incomumente sério, assentiu.

— Carla e o irmão sabem que Diego não tem nada — murmurou ela, nervosa —, sabem que ele não pode pagar por enquanto.

— Eles o pressionam com duas coisas: para ele aceitar ser guarda-costas e capanga de Mariño e para hipotecar esta casa no banco, pegando um empréstimo para pagar a dívida.

Brenda ficou muda, paralisada de medo, com a cabeça confusa e cheia de pensamentos terríveis.

— Quanto ele deve? — ela se atreveu a perguntar.

— Não sei.

— Não minta, Manu, por favor. Eu *preciso* saber.

— Você está pálida, com as mãos trêmulas — apontou o garoto, assustado. — Eu não deveria ter contado nada disso. Se acontecer alguma coisa com o bebê por minha causa, eu me mato, juro.

— Não vai acontecer nada — Brenda o tranquilizou. — Estou bem, só meio chocada. Diego não me fala, não me conta, me deixa fora de tudo, como se eu não fosse sua companheira ou como se fosse uma menina incapaz de entender.

— Ele não quer que a merda do passado estrague essa coisa boa que existe entre vocês. Se ele souber que estou te contando isso, no mínimo vai me capar — acrescentou.

— Mas você fez bem em me contar, Manu, não sabe o quanto eu agradeço. Por favor, fala para mim de quanto é a dívida.

— Originalmente era de vinte mil dólares, mas não sei agora, porque tem que somar os juros, e você sabe que os agiotas cobram juros pesadíssimos.

Brenda assentiu, incapaz de dizer qualquer coisa. O montante da dívida a deixara sem palavras. Como fariam para juntar tanto dinheiro? Ela tinha algumas economias para fazer uma viagem pela Europa com Millie e Rosi quando se formassem. Conseguiria mais um pouco se vendesse o carro, mas suspeitava que isso não seria suficiente. E hipotecar a casa? Era preferível dever para o banco, com um plano de parcelas, que a um prefeito corrupto e agiota.

Diego escondia de Brenda questões vitais, que ela descobria por terceiros, o que a obrigava a não dizer nada – por um lado para proteger quem houvesse revelado as coisa, e por outro para evitar zangá-lo, porque sua prioridade era mantê-lo tranquilo para que não tivesse outra recaída.

* * *

Carmelo Broda apresentou a eles um grande amigo, um dos organizadores do famoso festival Cosquín Rock, que os ouviu cantar uma noite em um dos bares de Palermo Hollywood e lhes ofereceu participar do evento, que seria no fim de fevereiro de 2017. O problema de como financiar as despesas de transporte e estadia surgiu como o principal empecilho para aceitar a oferta tentadora. Broda propôs emprestar a eles o dinheiro em troca de que cantassem em seus três bares durante o primeiro semestre do ano. Diego leu, revisou e mandou corrigir o contrato, até que finalmente os quatro assinaram. Para comemorar por terem chegado a um acordo, Carmelo e Mariel lhes deram de presente as camisetas com o logo do DiBrama estampado no peito e nas costas. Bem pequeno, embaixo e ao lado, lia-se "Bar The Eighties".

Desde o ano anterior, Manu e Rafa insistiam em participar de um programa de televisão estilo *The Voice*, um "caça-talentos", que nessa nova versão escolheria a melhor banda de rock da Argentina. Diego achava a ideia tentadora; contudo, limitado por seus compromissos com a Desafío a la Vida e com o trabalho como pintor e pedreiro, não se atrevia a aceitar. Sabia que essas competições duravam semanas, e ele não dispunha de tal liberdade. Mesmo assim, Manu e Rafa foram certa madrugada aos estúdios onde seria rodado o programa, pegaram uma fila interminável e inscreveram o DiBrama.

Apesar dos projetos musicais e do aumento no número de seguidores nas redes sociais, Diego não estava contente. A questão do dinheiro o deixava de mau humor. Detestava que sua avó Lita pagasse com parte de sua aposentadoria o imposto municipal da casa e as contas de água, gás e luz. Era um assunto de discussão constante com Brenda o fato de ela usar o cartão de crédito bancado por Ximena.

— Mamãe adora nos ajudar.

— Eu é que tenho que sustentar você agora — dizia ele, ofendido. — Você deveria se ajustar ao dinheiro que posso te dar.

Brenda não comentava que, se dependessem do pouco que ganhavam com a música e do que ele ganhava como pintor e pedreiro, teriam que viver a pão e água.

— Aceito que a sua mãe continue pagando seu convênio médico porque eu quero que você e o nosso filho fiquem bem protegidos nesse sentido — argumentava, com cara de mau e olhos coléricos —, mas nada mais, Brenda.

— Amor — ela tentava convencê-lo —, estamos começando e as coisas estão meio difíceis agora. Mas tenho certeza de que um dia vamos pagar todas as nossas despesas.

Em certa oportunidade, ela sugeriu que podia trabalhar na fábrica de sua família.

— Viajar todos os dias para San Justo grávida? — respondeu Diego, nervoso. — Nem pensar, Brenda. E quando o nosso filho nascer? Vai ter que ficar em uma creche, que custa os olhos da cara? Sem dizer que não sabemos se vão cuidar bem dele.

Brenda não discutia e se calava. Tinha uma paciência infinita com ele, e também uma grande piedade. Às vezes era como se possuísse o corpo e a mente de Diego e vivenciasse a sensação que o sufocava. Em meio a tantas complicações econômicas, a dívida com Mariño era como uma espada de Dâmocles à qual Brenda jamais se referia. O pior era depender da boa vontade de Carla para evitar que a espada caísse sobre eles.

Brenda sabia que Diego e Carla se falavam por telefone e trocavam mensagens. Dependendo da cara, do tom e da postura de Diego, ela sabia se estava falando com a ex ou com outra pessoa. Não o censurava; entendia por que ele fazia isso: para manter Carla contente e, assim, ganhar tempo. Mas, em certas ocasiões, teria corrido para os braços de sua mãe e implorado que ela emprestasse os milhares e milhares de dólares que deviam ao prefeito agiota para acabar com a sombra que espreitava sua pequena família e que a cada dia ficava mais escura e ameaçadora.

* * *

Brenda pediu à médica que marcasse o último horário da tarde para fazer a ultrassonografia; assim, daria tempo de Diego chegar de Quilmes, onde ficava a nova obra em que trabalhava.

Era sexta-feira, 16 de dezembro, um dia quente e úmido. Porém, Brenda estava animada e contente. A obstetra havia dito que, com quase quatro meses de gestação e dependendo da posição do bebê, era provável que conseguissem saber o sexo. Brenda sabia que era um menino; só precisava da confirmação. Sabia também que seria igual a Diego, com cabelos louros e olhos de mouro.

Acabou de se arrumar – queria estar linda – e foi à casa de Lita. A idosa e suas filhas iriam com ela à clínica; lá encontrariam Ximena e vovó Lidia. As mulheres da família Fadul estavam tão entusiasmadas com a chegada do bisneto e sobrinho-neto que não falavam de outra coisa. Lita tricotava e costurava o tempo todo, ao passo que Silvia e Liliana sempre apareciam com um presente, desde brinquedos e roupinhas até pacotes de fraldas descartáveis e toalhinhas úmidas para a higiene do bebê.

As seis mulheres aguardavam na sala da clínica. As mais velhas falavam sem parar nem mesmo para respirar, ao passo que Brenda estava calada, olhando para as portas do elevador. Cada vez que se abriam, ela se levantava na esperança de avistar Diego. Por fim o viu descer e analisar o espaço com o olhar sisudo. E, quando seus olhos a encontraram, refletiram uma emoção que chegou a ela com a força de uma energia que se renovava em cada oportunidade e que não diminuía apesar do tempo e do fato de viverem juntos. Brenda pulou da cadeira e correu para ele. O murmúrio incessante da sala de espera se calou subitamente e só pairava no ar a música ambiental enquanto ela o beijava.

— Fiquei com medo de você não chegar a tempo — confessou ela.

— Corri feito um louco para chegar.

Estavam chamando a atenção das pessoas, que os observavam enquanto se dirigiam ao grupo de mulheres que os esperava com sorrisos e olhares benevolentes.

— Estamos sendo muito invasivas, Dieguito? — perguntou Liliana, preocupada.

— Tenho certeza de que estou sendo uma sogra intrometida — brincou Ximena.

— Teriam que me amarrar para me impedir de ver meu bisneto — garantiu Lita, o que Lidia apoiou com um "amém".

Brenda o observava receber o afeto daquelas mulheres, que o beijavam e acariciavam, e pensou no acerto da astrologia quando afirmava que a pessoa com Lua em Peixes vivia em um matriarcado de mulheres poderosas em quem confiava e que a protegiam. Só faltava a mais importante: Mabel, a mãe dele. Lita havia contado que Mabel sabia que no fim de maio seria avó. Será que ela ligara para Diego para lhe dar os parabéns? Ele não tinha comentado nada.

A médica não parecia intimidada pela grande plateia e, enquanto preparava Brenda e untava seu ventre com gel, conversava com todos e respondia às perguntas.

— Mas, doutora, olha a barriguinha dela! — reclamou vovó Lidia. — Quase nem dá para ver.

— Brenda é magra e de constituição pequena — aduziu a médica —, e não podemos esquecer que é a primeira gestação dela. Faz sentido que não tenha muita barriga. Mas, pelo que posso ver na tela, o tamanho do feto está perfeito.

Ergueu-se um murmúrio de aprovação entre as mulheres. Diego observava a tela com uma concentração notável. Murmurava perguntas à médica, que as respondia solícita, apontando na confusa imagem em branco e preto. Era fascinante vê-lo tão interessado e comprometido, sendo que meses antes quisera se livrar do bebê.

— Este é o coração — indicou a profissional. — Estão vendo como bate? Escutem — convidou depois de conectar o aparelho que amplificava o som.

Diego buscou a mão de Brenda sobre a maca e a apertou, sem tirar o olhar da imagem. Ela continuava hipnotizada, contemplando o perfil de Diego, quando descobriu as lágrimas que rolavam pelo rosto dele e se perdiam na barba.

— Querem saber o sexo?

— Sim! — exclamaram as mulheres em coro.

A médica revelou só quando Brenda e Diego deram seu consentimento.

— É um menino — disse. — Vejam, parece até que está posando para mostrar seus atributos — acrescentou a médica, e todos riram.

As mulheres mais velhas abandonaram o consultório minutos depois, e Diego ajudou Brenda a limpar os restos de gel e a se levantar da maca, o tempo todo bombardeando de perguntas a médica, que respondia pacientemente.

Festejaram o sucesso da ultrassonografia e a notícia de que seria menino com um jantar na casa de Lita, que havia feito esfihas para um exército. Manu, Rafa, Millie e Rosi foram também. Mais tarde, quando já iam servir a sobremesa, Camila e Lautaro chegaram, e Brenda não teve dúvidas de que, se seu irmão estava ali, era para agradar a namorada. Mesmo assim, ele se comportou como um cavalheiro e cumprimentou Diego com bastante cordialidade.

— Qual vai ser o nome do principezinho? — perguntou Chacho.

— Rafael! — gritou Rafa. — Que outro nome poderia ser?

— Manuel — propôs Manu — é massa. Tem muita personalidade.

— Melhor Emilio, o masculino do meu nome — propôs Millie.

— Ainda bem que eu não sugeri "Rosalío" — disse Rosi.

Riram um pouco das propostas e dos comentários absurdos dos mais jovens, até que Diego disse:

— Quero que ele tenha o nome dos dois homens que mais amei; que mais amo — corrigiu-se —, e que mais admiro: meu avô Bartolomé e meu padrinho Héctor.

Voltou-se para Brenda e acrescentou:

— Se você concordar.

Brenda assentiu, emocionada.

— Quero que nosso filho seja como eles eram — disse olhando para ela, com olhos que, pela primeira vez em muito tempo, refletiam tranquilidade e satisfação.

— Em que ordem? — perguntou Chacho. — Bartolomé Héctor ou Héctor Bartolomé?

— Em ordem alfabética — propôs Rosi.

— Bartolomé Héctor — repetiu Manu. — Assim vamos poder dizer que o B do DiBrama é também por nosso Bartolito.

— Sim — anuiu Diego —, o B do DiBrama é também pelo nosso filho.

— Quero pensar, querido afilhado — conjecturou Ximena —, que se fosse uma menina você a teria chamado de Mabel Ximena.

— Não tenha dúvida — garantiu Diego.

Como haviam tocado no assunto do DiBrama, Millie perguntou sobre a participação no Cosquín Rock. Rafa também contou sobre o programa de "caça-talentos" que começaria em abril e para o qual haviam sido pré-selecionados. Brenda, atenta à conversa, notou que Diego pegou o celular do bolso da camisa e ficou olhando a tela. Durante esses meses, ela havia desenvolvido uma grande habilidade para detectar com uma simples olhada que nome aparece. E, como esperava que se tratasse de Carla, ficou surpresa ao ler "Mãe". Era a primeira vez que via essa palavra no celular de Diego.

Diego, sem explicações, levantou-se e se afastou. Só ela e Lita notaram; os outros estavam muito interessados nas novidades do programa de caça-talentos.

— É Mabel — sussurrou Brenda no ouvido da idosa.

— Eu avisei para ela que hoje iríamos com vocês fazer o ultrassom — confessou Lita. — Ela estava ansiosa para saber o sexo do primeiro neto, mesmo tentando disfarçar.

Brenda o seguiu. Viu-o, pela fresta da porta, no quarto de Lita. Falava em voz baixa e cobria a testa com a mão. Era impossível entender o que dizia; porém, não precisava ouvir para saber o quanto ele sofria. Atreveu-se a entrar quando o viu desmoronar na beira da cama depois de desligar. Diego se assustou ao ouvi-la e ela parou a poucos passos, sem saber se seria bem-vinda.

Olharam-se na penumbra do quarto. Para Brenda, foi como entrar nas profundezas mais escuras e secretas da alma de Diego, onde ele escondia, zeloso, uma dor imensa. Abraçaram-se com o exagero que desde o primeiro momento caracterizava o vínculo entre eles.

— Era minha mãe. Ela me culpou por ter destruído meu pai e nossa família — murmurou Diego quase sem fôlego, com voz trêmula. — Disse que desejava que meu filho não fosse um traidor como eu.

Brenda levou as mãos ao rosto dele e o obrigou a encará-la.

— Você não foi um traidor. Quero que entenda e que se convença disso porque é verdade. E o nosso filho jamais vai nos trair simplesmente porque nós não vamos traí-lo como seus pais traíram você.

— Quando eu estava me preparando para a primeira comunhão — disse Diego —, eles me ensinaram os mandamentos. Um deles dizia: Honrar pai e mãe.

— Não entendo nada de mandamentos — admitiu Brenda —, porque eu, por sorte, não fui obrigada a passar por esse circo, mas bem que gostaria de reescrever esse. Para mim, teria que ser: Honrar filho e filha.

Diego deu um sorriso hesitante e acariciou o rosto de Brenda enquanto, com a outra mão, cobria o ventre dela.

— Eu não o honrei — sussurrou ele. — Não honrei nosso filho. No início, não o amei.

— Mas agora ama.

— Sim, muito — afirmou Diego. — Hoje imaginei ele flutuando no líquido amniótico, tão tranquilo e protegido dentro de você...

— Ele flutua dentro de mim — disse Brenda —, mas é muito mais que líquido amniótico o que o cerca. Bartolomé flutua em um oceano de amor, seu amor e o meu.

Os olhos de Diego ficaram marejados de repente.

— Um oceano de amor — repetiu.

23

Dois dias antes da Véspera de Natal, Tadeo González anunciou que o Tribunal, dando por cumprida a pena, concedia a Diego a liberdade absoluta. Acabaram-se os exames no Durand, a terapia duas vezes por semana na casa, a obrigação de continuar trabalhando para a Desafío a la Vida. Brenda não cabia em si de felicidade.

O advogado os advertiu de que Diego precisava se comportar com juízo e prudência. Dados seus antecedentes, explicou, até mesmo dirigir alcoolizado seria uma infração gravíssima.

Desde a morte de Héctor, Brenda detestava as festas de fim de ano. Agora, apesar de ser feliz com Diego, também não as curtia, em especial devido ao enorme consumo de álcool e à tentação que representavam para ele. Só no churrasco que fizeram no domingo, 25 de dezembro, na casa de reabilitação, foi que ela relaxou e passou momentos agradáveis.

Não foi só a celebração do Natal, e sim uma espécie de despedida para Diego e vários outros rapazes, que depois de meses de internação estavam prontos para voltar ao mundo real. Entre eles, os meninos que faziam parte do empreendimento de alvenaria e pintura, que continuariam trabalhando juntos. Estavam muito entusiasmados, porque um amigo de Diego, Sebastián Gálvez, filho do dono da Tintas Luxor, havia conseguido um acordo para eles para comprar, a preços bem convenientes – os mesmos praticados para os distribuidores atacadistas –, as latas de tinta, massa corrida, gesso, aguarrás e outros materiais, o que permitiria baixar os custos e aumentar o lucro. A única condição imposta por Cristian Gálvez, dono da Luxor, foi que usassem o boné e o macacão com o logo da marca e que adesivassem a van.

Brenda, que já era bem habilidosa na administração das redes sociais do DiBrama, ofereceu-se para criar um perfil no Facebook, Twitter e Instagram para divulgar os serviços e agendar orçamentos e trabalhos, o que fez surgir a necessidade de batizar o empreendimento.

— Que tal La Casa? — propôs Franco Laurentis.
— La Casa Recuperada — sugeriu Ángel.
— La Casa Limpia — falou José.
— Gostei de La Casa Recuperada — comentou padre Ismael.
— Sim, eu também gostei de La Casa Recuperada — disse padre Antonio.

Estavam nessa quando Brenda ouviu o celular de Diego vibrar. Nem precisou olhar para saber que era Carla. Viu-o se afastar para atender a chamada e voltar poucos minutos depois com um ar sombrio. Fazia tempo que esse nome não surgia nas conversas. Carla não aparecera mais no The Eighties nem nas redes sociais para torturá-la. Era provável que se vissem durante a semana, e, apesar de ficar louca de ciúme ao imaginá-los juntos, mesmo que fosse só conversando como amigos, Brenda entendia por que Diego não rompia relações.

Por volta das cinco da tarde, depois de um tempo em silêncio, Diego sussurrou para Brenda que tinham que ir embora. Ao chegar à casa da Arturo Jauretche, ele vestiu a roupa que usava para correr.

— Vou ao parque — disse, referindo-se ao Parque Centenario, e saiu.

Brenda sabia que ele ia se encontrar com ela. Decidiu visitar sua mãe, que já devia ter voltado da chácara. Diego ligou às oito e meia da noite.

— Onde você está? — inquiriu, zangado.
— Em casa.
— Aqui é sua casa.
— Na casa da minha mãe — corrigiu-se. — Como você foi se encontrar com Carla, eu vim para cá.

Ele soltou um suspiro.

— Volte para casa, por favor — pediu Diego, com humildade.

Ele a esperava com o portão da garagem aberto. Brenda guardou o carro e desceu. Olharam-se em silêncio.

— Por que você disse que eu fui me encontrar com ela?
— Porque eu sei das coisas, Diego. Eu pressinto. Nasci com esse dom. Ou talvez seja uma maldição. A única coisa que te peço é que não minta para mim. Eu sei por que você faz isso, e entendo, mas, por favor — repetiu —, não minta para mim.

O silêncio se prolongou de novo, assim como os olhares intensos. Até que Diego esfregou o rosto, irritado.

— Fui me encontrar com a Carla porque ela me ligou chorando — justificou-se. — Na semana passada disseram que o câncer se espalhou e que vão ter que tirar os gânglios dela.

— Lamento — murmurou Brenda. — Eu teria gostado se você tivesse dito a verdade, que estava indo se encontrar com ela.

— Ela não significa nada para mim e eu sei que você fica chateada com isso.

— Imagino que você também ficaria chateado se eu me encontrasse com Hugo — argumentou, e notou que havia acertado o alvo ao ver a mudança brutal na expressão de Diego. — Mas eu disse que entendia — amenizou a situação porque não queria brigar. — Eu sei que você faz isso pela dívida que tem com o irmão dela.

Diego soltou o habitual grunhido e continuou olhando para ela com olhos ferozes.

— Eu gostaria de falar sobre esse assunto, sobre a dívida...

— Não — disse ele, categórico.

Ela assentiu, vencida, e o seguiu para dentro de casa.

* * *

Paradoxalmente, o problema começou com o sucesso do DiBrama no Cosquín Rock. A apresentação deles no segundo dia do espetáculo, 26 de fevereiro, foi um sucesso notável, e por isso o organizador pediu que cantassem de novo no dia seguinte, no encerramento. Estava tão interessado que pagou a noite extra de hotel para eles. Essa segunda apresentação no famoso festival foi transmitida pela Telefe e representou um crescimento exponencial no número de seguidores e nos convites para participar de eventos, festivais e festas. Brenda foi a sensação; com sua barriguinha de seis meses e sua voz doce, feminina e ao mesmo tempo potente, conquistou o carinho e a admiração do público.

Dias depois, na quarta-feira, 1º de março, enquanto comemoravam o aniversário de Brenda na casa de Lita, ela não parava de admirar o anel de prata com uma ametista que Diego lhe havia dado e pensava que a vida era perfeita.

Nesse mesmo fim de semana, retomaram os shows no The Eighties e nos outros bares de Carmelo Broda; tinham uma dívida a pagar. Contudo, diante da impressionante afluência de público devido ao sucesso do DiBrama, Broda cancelou a dívida. Como explicou, havia faturado em poucas horas muitas vezes mais do que lhes havia emprestado. E lhes ofereceu um contrato com os honorários dobrados pelo resto do ano. Os quatro concordaram em aceitar.

Na segunda-feira, 6 de março, Brenda tinha consulta com a obstetra. Estava atrasada, e saiu correndo para pegar o ônibus. Não queria dirigir até o consultório, que ficava na avenida Córdoba, porque era impossível encontrar lugar para estacionar e não podia se permitir deixar o carro em um estacionamento particular, pois os preços eram absurdos. Seguia em direção à esquina com a Campichuelo quando viu o Mercedes amarelo estacionado a poucos metros. Parou no instante em que as quatro portas se abriram e três homens e Carla desceram. O homem que havia saído pelo lado do motorista devia ser o tal de Coquito Mendaña, um baixinho com roupas de mau gosto, mas na moda, e um bronzeado pouco natural que deixava sua pele alaranjada. Os outros dois tinham jeito de leão de chácara.

Em um ato instintivo, Brenda começou a retroceder. Carla avançava com os olhos fixos no ventre de Brenda, que se evidenciava por baixo do vestidinho fino de algodão.

— Vi você na TV! — exclamou a mulher, fingindo-se de amiga. — Quase caí de costas quando percebi que você está grávida. — A expressão sorridente desapareceu. — Pensou que engravidando ia prender Diego?

Era absurdo, dadas as circunstâncias, mas Brenda não gostou que Carla o chamasse de Diego. Sempre o chamava de Di, um diminutivo tão ridículo quanto tudo que saía de sua boca. Agora que a via de perto depois de tantos meses, notava o desgaste causado pelo câncer. O que Diego dissera no dia de Natal mesmo? Ah, sim, que os gânglios dela estavam comprometidos. Embora estivesse muito maquiada e seu cabelo não houvesse caído, seu olhar e seu semblante deixavam transparecer o cansaço que significava viver com aquele veneno dentro dela.

Brenda percebia que a energia abandonava Carla enquanto a doença a consumia.

— Aonde você vai? — perguntou Carla, e segurou Brenda pelo pulso quando ela tentou correr de volta para casa.

Assim como percebia que a morte espreitava Carla, Brenda também notava a força maligna que a conduzira até ali e o desejo de machucar a ela e a Bartolomé.

— Não me toque! — exigiu, e com um puxão se livrou da mão de Carla.

— Ei, mocinhas — interveio Coquito Mendaña, aproximando-se cheio de si, com um sorriso falso e um perfume barato que provocou náuseas em Brenda. — Por favor, comportem-se. Não vamos fazer uma cena no meio da rua!

Brenda girou, decidida a voltar para casa. Um dos capangas a interceptou. Desesperada, ela colocou as duas mãos sobre o ventre e olhou em volta em busca de ajuda; não se via ninguém. A Arturo Jauretche era uma rua tranquila, virava um deserto àquela hora em um dia quente de verão.

— O que você quer? — perguntou a Carla.

— Quero que pare de estragar a vida do meu homem. Acha que Diego quer ficar com você? Só está com você porque levou o golpe da barriga, e ele não quer ficar mal com a maldita madrinha, ou seja, sua mãe.

— Muito bem — disse Brenda, mas se calou ao notar que sua voz saía trêmula. — Vou indo — acrescentou depressa para camuflar o pânico.

— Ei, nada disso! — Carla avançou para Brenda enquanto o capanga a interceptava outra vez. — Você acha que eu vim até aqui só para te dizer isso? Ouça bem, pirralha, porque esta será a primeira e última advertência. Na próxima visita, não vamos ser tão gentis. Se não quiser que meus amigos aqui — apontou para eles com suas longas mãos de unhas pintadas — venham buscar Diego e cobrar os trinta e dois mil dólares que ele deve a meu irmão... — Carla sorriu. — Ah, pela sua cara, vejo que você não sabia que Di deve tanto dinheiro. Pois sim, e a dívida só cresce com o tempo, igual à sua barriguinha.

— O que você quer? — insistiu Brenda.

— Que você o deixe. Você acha que vou continuar intercedendo junto a meu irmão sabendo que ele está me traindo com você? Minha paciência e meu amor têm limites. Se em quarenta e oito horas você não desaparecer da vida do meu homem, meus amigos vão ter que cobrar a dívida. E garanto que não farão uma visita de cortesia antes.

— Brendita — interveio Coquito Mendaña, e a estudou com um olhar obsceno enquanto lhe estendia a mão, que Brenda não aceitou —, meu nome é Antonio Mendaña, mas todos me chamam de Coquito. Sou muito amigo de El Moro. Ele nunca falou de mim?

Brenda ficou em silêncio, e o homem prosseguiu, sem perder o bom humor.

— Esse Moro sempre teve bom gosto para mulheres! Você é uma belezura, mesmo grávida.

— Deixe de ser besta, Coco! — disse Carla, enfurecida.

— Calma, Carlita — dirigiu-se de novo a Brenda. — Diga a El Moro para ligar para mim. Ele sabe que nós podemos chegar a um acordo.

— Nada de acordos, Coco! — disse Carla, furiosa de novo. — Ou essa pirralha de merda larga ele ou eu vou jogar os gorilas do meu irmão em cima do Diego.

— Ela parece uma garota sensata, Carlita — disse Mendaña, sem tirar os olhos dos seios de Brenda. — Tenho certeza de que entendeu a condição principal para evitar problemas para El Moro. Não é, gata? Mas depois teremos que chegar a um acordo. Essa dívida não pode continuar crescendo. Agora nos despedimos, linda. Tenha um lindo dia.

Brenda, paralisada de medo, observava a cena confusa e angustiada. Viu-os voltar à Mercedes. Ao arrancar, o carro produziu um som irritante com os pneus que a tirou do transe. Ela tremia. Cambaleando, voltou para casa. Bateu com insistência na porta de Lita, sabendo que não conseguiria encontrar as chaves em sua bolsa. Silvia abriu. Brenda praticamente desmoronou nos braços da mulher.

— Meu Deus do céu, Brenda! O que aconteceu?

— Tentaram me assaltar — disse com dificuldade, pois seus dentes batiam.

— Você está gelada e pálida demais! Vou te levar para o Güemes agora mesmo.

***

Ela estava em observação em uma maca na área de emergência, separada do resto por cortinas. Lita e Silvia estavam a seu lado, as duas muito preocupadas, mesmo o médico tendo garantido que a ultrassonografia indicava que o feto estava bem e que a pressão e a pulsação de Brenda pouco a pouco se restabeleceriam.

Brenda havia conseguido que não avisassem Ximena, mas foi impossível persuadir Lita, que acabou ligando para Diego. Então, por volta das cinco da tarde uma enfermeira abriu a cortina e lá estava ele, todo preocupado, pálido e suado.

— Estou bem! — foi a primeira coisa que Brenda exclamou quando ele, com um passo largo, chegou a ela e a cobriu com seu corpo. — Estou bem — repetiu no ouvido dele.

— Meu Deus — murmurou ele. — Quase morri.

Ele se afastou e estudou o rosto de Brenda com aqueles olhos virginianos capazes de descobrir o erro onde ninguém o teria notado. Pousou a mão aberta sobre o ventre dela.

— E o bebê?

— Está perfeito, fique tranquilo.

— Tentaram assaltá-la na esquina de casa — interveio Silvia.

— Ela tremia como vara verde — apontou Lita. — Quase não conseguia falar. Estava gelada, com a barriga dura feito pedra.

Diego ouvia sua tia e sua avó com o olhar fixo e duro nela.

— O que você estava fazendo sozinha na rua? — censurou Diego.

— Eu tinha consulta com a obstetra — explicou — e não queria ir de carro.

— Não a faça falar, Dieguito — interveio Silvia. — O médico disse que ela tem que ficar tranquila.

Ela foi liberada um pouco depois. Diego a levou no colo, apesar das reclamações de Brenda. Pegaram um táxi à entrada do Güemes, na avenida Córdoba. Chegaram em poucos minutos à Arturo Jauretche. Lita entrou depressa em sua casa e foi preparar um caldo de frango para Brenda. Silvia os acompanhou até a casa deles para abrir a porta e preparar a cama para Brenda.

— Dieguito, no sábado nós vamos ao Easy e eu vou comprar uma cama de casal decente. Vocês não podem continuar dormindo em um colchão no chão — apontou. — Por mais limpo que esteja o chão, os lençóis sujam.

Diego soltou um grunhido e continuou tirando as sandálias de Brenda. Dias antes haviam tido uma discussão porque Ximena, ao subir pela primeira vez ao andar de cima para ver como estava ficando o quarto do neto — que Diego arrumava e pintava nas horas vagas —, havia feito uma oferta similar à de Silvia. Ele havia declinado porque, segundo argumentara, não queria continuar sendo um peso nem dever dinheiro a ninguém.

Silvia foi embora depois de entregar a Brenda uma garrafa de água mineral e um copo. O médico havia pedido que tomasse muito líquido para provocar a diurese e manter a pressão controlada.

Diego tomou um banho rápido. Voltou ao quarto com uma toalha amarrada na cintura enquanto com outra enxugava o cabelo. Parou e a colocou em volta do pescoço. Ficou olhando para Brenda.

— Você acha ruim dormir no chão?

— Não. Eu já disse que a única coisa que me interessa é dormir com você.

Diego, sério, assentiu e começou a secar o cabelo de novo.

— Não tentaram me assaltar.

— Como? Não ouvi.

— Não foi uma tentativa de assalto. Eu disse isso porque não queria que sua avó e sua tia soubessem que eu fui atacada por Carla e três homens que saíram de um Mercedes amarelo.

Brenda se arrependeu de ter contado essa verdade a ele. A reação de Diego foi descomunal. Ele foi acometido de um tremor e uma súbita palidez cobriu seu rosto, destacando de um jeito estranho o sombreado natural de seus olhos.

— Conte exatamente o que aconteceu — exigiu ele.

— Venha aqui — pediu Brenda —, sente aqui comigo. Por favor — suplicou.

Diego se sentou de pernas cruzadas em frente a ela.

— Conte tudo — exigiu de novo.

Brenda bebeu água antes de começar a relatar o que acontecera. Pensava que esqueceria metade dos detalhes, mas, à medida que avançava, ia se lembrando de tudo, de cada palavra, cada expressão, cada sensação.

— Se em quarenta e oito horas eu não te deixar — reiterou —, os capangas de Mariño virão buscar você.

— A ameaça de Carla não me assusta — replicou ele.

— Acho que ela estava falando sério, assim como Mendaña. Ele disse que a dívida não podia continuar crescendo. Mandou você ligar para ele, disse que você sabia que podiam chegar a um acordo. O que ele quis dizer?

— Não sei.

— Não minta para mim, Diego! Quero saber a verdade.

— Calma!

— Como você pretende que eu me acalme? Aqueles bandidos nos ameaçam, você não me explica nada e eu tenho que me acalmar?

Diego soltou um grunhido de impaciência e esfregou o rosto. Brenda se levantou do colchão.

— Aonde você vai?

— Para minha casa. Minha mãe já deve ter chegado da fábrica. Vou pedir que ela me empreste os trinta mil dólares que nós devemos àqueles...

— Devemos? — Diego se levantou e se inclinou para falar bem perto do rosto dela, com uma expressão dura. — *Eu* devo, Brenda. Eu e só eu!

Brenda tomou o rosto dele nas mãos, mas ele se afastou, irritado.

— Nós estamos juntos em tudo, Diego — disse ela, ignorando o desprezo dele. — Não importa se você fez a dívida antes de mim. Não importa se isso pertence ao passado. Não importa nada, só que vamos pagar tudo juntos.

— Você não vai pedir dinheiro a Ximena. Eu te proíbo!

— Por quê?

— Como você acha que eu me sentiria se, além de toda a merda que eu arrasto, sua mãe descobrisse essa nova pérola dos trinta e dois mil dólares? Mais um motivo para que seu irmão me despreze!

— Não seja orgulhoso, Diego. Mamãe nos ama, a única coisa que ela quer é que fiquemos bem. E não me interessa o que Lautaro diz.

Diego lhe deu as costas e levou as mãos à cabeça, exasperado. Brenda o abraçou pela cintura e o beijou entre as omoplatas. Recordou um aspecto do mapa de Diego – sua Lua na Casa X, a casa de Capricórnio. "O nativo com essa posição", explicara Cecilia, "nunca pede ajuda, sempre se vira sozinho. No caso de Diego, essa característica se acentua devido a seu Sol em Virgem, que é o signo que está a serviço dos outros, e não o contrário". Brenda compreendia, então, o quanto devia ser difícil para ele pedir ajuda de novo depois de ter dependido tantas vezes de Ximena. Mas a vida de Diego estava em risco, e nada era mais importante que o proteger.

— Meu amor, eu suplico, vamos pedir o dinheiro à minha mãe e nos livrar desses bandidos!

Diego se afrouxou entre os braços dela, como se estivesse se rendendo.

— Você acha que é fácil se livrar desses filhos da puta?

— Como assim?

Ele se voltou para fitar Brenda, e ela se impressionou com o medo no olhar de Diego.

— Mariño não liga para os trinta e dois mil dólares; o que ele quer é que eu faça parte da organização dele. Quer me usar como testa de ferro para lavar dinheiro das drogas e de todos os negócios sujos que tem. Ele precisa se cercar de gente de confiança. Esses corruptos dependem disso, da lealdade da sua gente. E ele confia em mim. Há anos vem tentando me convencer a ser motorista e guarda-costas dele. Era a isso que Mendaña se referia quando disse que eu sabia que poderíamos chegar a um acordo.

Brenda sentiu-se empalidecer; sentia o rosto gelado e os lábios duros e secos. Estava paralisada por um pânico atroz.

— Mariño não tinha nada para me obrigar a fazer parte de sua rede de corrupção — prosseguiu Diego. — Mas, no maldito dia em que pedi dinheiro, caí na armadilha. — Passou a mão pelos cabelos e apertou as pálpebras. — Estou me sentindo um idiota. Não queria que você soubesse disso. Tenho vergonha de mim mesmo e das merdas que fiz.

Ele abriu os olhos; devia ter notado que ela estava se sentindo mal, porque a pegou no colo e a levou ao colchão do novo.

— Deita aqui. Você está muito pálida.

***

Brenda não pregou o olho a noite toda. Nem Bartolomé; mexia-se o tempo todo, e Brenda não achava posição para ficar. Talvez ele pressentisse a angústia da mãe. Diego havia passado um longo tempo fumando no jardim – já não fumava diante de Brenda nem dentro de casa – e voltado ao quarto por volta das duas da madrugada. Dormiu pouco depois, mas foi um sono inquieto.

O despertador tocou às seis, como de costume, e Brenda desceu para fazer o café da manhã. Os dois estavam com uma cara péssima, desanimados. Brenda decidiu retomar a conversa.

— Você disse que, ao pedir dinheiro emprestado a Mariño, caiu na armadilha — argumentou —, então, pagando a dívida, você sai dessa armadilha.

— Será que você não entende que eu não tenho um centavo para pagar a dívida? — respondeu ele, irritado.

Brenda suspirou com impaciência.

— Minha mãe tem esse dinheiro, Diego, e vai ficar muito contente por nos emprestar se isso significar recuperarmos nossa tranquilidade.

— Não. E não se fala mais nisso.

— Eu quero falar nisso, sim! Você não pode me tratar como se eu fosse uma menininha que você põe de castigo. Sou sua mulher, Diego! A mãe de seu filho!

Diego se levantou violentamente, colocou a bolsa a tiracolo e saiu sem se despedir. Brenda começou a chorar. Não sabia o que fazer, a quem recorrer. Cancelou a aula com Juliana Silvani — não tinha ânimo para cantar — e ficou o dia inteiro em casa. Chegavam mensagens de Millie, de Rosi, de Ximena, de vovó Lidia, todas leves e divertidas, mas sua sensação de solidão e de vulnerabilidade chegava a níveis intoleráveis.

Como sempre acontecia diante das adversidades, seu pêndulo oscilava sem descanso, às vezes tendendo para um lado, às vezes para outro. Sua Lua em Câncer tentava seduzi-la sussurrando que fosse se refugiar sob as asas protetoras de Ximena.

Por volta das cinco da tarde, com o coração disparado, escreveu um bilhete para Diego dizendo que passaria a noite na casa de sua mãe; precisava ficar sozinha e pensar. O lado lógico de seu temperamento dizia que isso era um comportamento infantil, o mesmo de quando ele lhe propusera abortar. Mas o lado controlado por seus medos mais inconscientes a incitava a fugir.

* * *

Eram nove da noite e Diego não havia ligado nem mandado mensagem. Brenda o imaginava ofendido e bravo. Pois bem, ela também estava brava, muito brava. Desde o início da relação, ele havia escondido dela uma questão de máxima relevância e, apesar de ter a solução ao alcance da mão, recusava-a por vaidade. A raiva ia tomando outros rumos, e Brenda acabou questionando outros assuntos que antes preferiria manter debaixo de sete chaves. Como ele pôde ter se apaixonado de uma víbora manipuladora e sem escrúpulos como Carla Mariño? O que ele tinha na cabeça? Que tipo de homem se sente atraído por uma mulher vil? Estava arrependida de ter suportado que continuassem se vendo como "amigos" durante esses meses. Como deviam ter rido daquela Brenda romântica e idiota!

Ximena bateu na porta. Brenda a mandou entrar; sentou-se na cama. Sua mãe a observou antes de se aproximar.

— Modesta disse que você vai dormir aqui. O que aconteceu, filhinha?

Ela perguntou com tanta doçura que Brenda soltou o pranto com tanta dificuldade contido.

Ximena correu para a cama e a acolheu em seus braços. E foi suficiente sentir-se apertada contra o peito de sua mãe e ganhar seu beijo para Brenda sentir alívio.

Ela contou tudo a Ximena, desde as ameaças do dia anterior até a discussão com Diego naquela manhã. Não escondeu nada e fez exatamente o contrário do que ele queria. Não lhe importava. Tinha certeza de que era pelo bem dele, pelo bem da pequena família que haviam formado.

— Amanhã vou ligar para Tadeo e explicar tudo — propôs Ximena.

— Quero saber a opinião dele. E claro que vou dar a vocês o dinheiro para que paguem esse corrupto. Nem que eu mesma tenha que ir pagar, essa dívida vai ser saldada nos próximos dias.

— Obrigada, mamãe!

— Agora, quero que tome um banho, relaxe e vá dormir. Você deveria estar fazendo repouso depois do que aconteceu ontem. Vou trazer sua comida aqui — disse e foi embora.

Brenda olhou o celular. Nenhuma notícia de Diego.

* * *

Ela acordou tarde, perto do meio-dia, e se surpreendeu ao ver a quantidade de horas que havia dormido. Estava precisando; sentia-se exausta. Pegou o celular na mesa de cabeceira e viu o que já suspeitava: Diego não tentara entrar em contato com ela. Um desânimo avassalador a obrigou a se deitar de novo, encolhida, de lado. Não se atrevia a voltar para casa nem a enfrentar Diego. Em parte, temia encontrá-lo bêbado e drogado, e se culparia de novo por tê-lo abandonado, por não ter sabido controlar o impulso de sua polaridade uraniana, que gritava para que fugisse, que se livrasse do que a amarrava. Também temia confessar a ele que havia revelado a verdade à sua mãe. Sabendo o quanto Diego era orgulhoso, já imaginava a reação dele.

Foi difícil levantar. Ao abrir as cortinas e ver que estava um dia escuro e chuvoso, seu desânimo aumentou. Sentou-se na beira da cama e acariciou o ventre. Falou com Bartolomé, como era seu costume, e cantou músicas de María Elena Walsh que Ximena lhe havia ensinado a amar. Imaginar seu bebê a fez sorrir e lhe deu forças para tomar um banho e se preparar para voltar para casa, para o pai de seu filho.

Modesta não permitiria que ela fosse embora sem almoçar, por isso sentou-se à ilha da cozinha e se obrigou a comer o bife à milanesa e a salada que ela lhe serviu. Estava escovando os dentes quando chegou uma mensagem de Diego. *Volte para casa, por favor. Estou aqui esperando você.* Sentiu-se embargada por uma alegria irrefreável. Olhou a hora: quatro e dez. O que ele estava fazendo a essa hora em casa? Não tinha ido trabalhar? Talvez houvesse voltado mais cedo por causa do mau tempo, tentou se animar. Porém, um obscuro pressentimento se alojou na boca de seu estômago e fez seu coração disparar conforme se aproximava da Arturo Jauretche.

A presença do Mercedes amarelo estacionado a poucos metros da entrada só serviu para confirmar o mau agouro. Decidiu não entrar na garagem e deixar o carro do lado de fora, em uma vaga que avistou na calçada da frente. Desligou o motor e, ao tirar as chaves do contato, notou que suas mãos tremiam. Saiu depressa. Não queria perder tempo; talvez os capangas de Mariño estivessem surrando Diego e ela ali, comendo mosca. Pegou o celular e digitou o número da polícia, para estar pronto caso fosse necessário.

Assim que atravessou o umbral e entrou no corredor a céu aberto, ouviu a voz rouca de Kurt Cobain cantando "Smells Like Teen Spirit". Avançou a passos rápidos, apesar de saber que se precipitaria em um abismo do qual ninguém a salvaria. Inevitavelmente, cairia e se arrebentaria.

A porta fechada pulsava ao ritmo desapiedado das baterias do Nirvana. *Hello, hello, hello, how low?* Estava destrancada; virou a maçaneta e entrou. Não haviam aberto as persianas, de modo que a única fonte de luz provinha de um abajur, difusa e turva por causa da nuvem de fumaça que flutuava no ambiente. O cheiro era de maconha, não de cigarro comum.

Seus olhos demoraram a se habituar à mudança de luminosidade. E, quando se habituaram, Brenda foi impactada pela cena como se houvesse levado um chute que a privou de ar. Diego estava sentado no sofá com Carla no colo. A mulher colocava um espelhinho com várias carreiras de cocaína perto do nariz de Diego e até inseria a cânula na narina dele para que aspirasse. Diego aspirou com um anseio repulsivo; depois, soltou um grito triunfal e jogou a cabeça para trás como se estivesse tendo um orgasmo.

A música continuava pulsando, ensurdecedora. Ninguém notou que ela estava ali, a poucos metros, perto da porta, observando-os enquanto eles se regozijavam naquele mundo decadente. Garrafas de vodca e de Jägermeister meio vazias abarrotavam a mesinha de centro. Entre os cinzeiros cheios de bitucas e os copos sujos, viu vários papéis com um timbre que a fizeram recordar um banco famoso, e outros com cara dos típicos documentos emitidos por um escrivão. Viu também o celular de Diego e soube que havia sido Carla quem lhe mandara a mensagem convidando-a para a festinha.

Carla girou a cabeça com um movimento deliberado e sorriu com cruel deleite. Diego continuava perdido em sua realidade de cocaína e vodca e ainda não a havia visto. Carla o pegou pela mandíbula e tentou beijá-lo na boca, mas ele sacudiu a cabeça e a impediu. Disse alguma coisa, meio zangado, mas a música engoliu suas palavras.

O som foi abruptamente cortado.

— Vejam só quem está aqui! — disse Coquito Mendaña, que saía do estúdio com um baseado em uma mão e um copo com Jägermeister na outra. — Querida Brenda!

Ele deixou o copo e o baseado em uma cadeira e foi em direção a ela, que se encolheu contra a porta no ato instintivo de se afastar de um bicho peçonhento.

— Brenda! — gritou Diego, com um tom agônico que a comoveu.

Ele tentou se livrar de Carla, que ria e se recusava a se levantar. Diego lançava olhares desesperados e arrependidos a Brenda enquanto a chamava. Carla caiu pesadamente no chão e Diego se levantou com dificuldade. Cambaleou sob o peso das drogas e do álcool. A compaixão, essa tão infinita pela qual Peixes é famoso, apagou a surpresa, o estupor, a raiva, e impulsionou Brenda a ajudá-lo, a segurá-lo, só que Mendaña a agarrou pelos braços e a impediu.

— Me dá um beijinho — pediu com a boca perto da dela, e seu hálito rançoso a fez despertar como uma bofetada.

— Não toque nela, filho da puta! — disse Diego, furioso.

Brenda empurrou Mendaña, que cambaleou para trás. Ele se jogou sobre ela de novo, com uma tenacidade admirável para um bêbado chapado. Diego foi para cima deles, mas Carla, que estava rachando de rir no chão, segurou-o pelo tornozelo e o fez cair.

Brenda soltou um grito quando Mendaña a pegou pelo pescoço e tentou beijá-la à força. Arranhou o rosto dele. O homem cobriu o rosto e a xingou em meio aos gemidos. Levantou a mão para lhe dar um tapa, mas Brenda abriu a porta e saiu correndo pelo corredor disposta a fugir daquele lugar que um dia considerara seu lar e que agora lhe era alheio e detestável, cheio de ratos. Correu, correu com um único objetivo: entrar no carro e voltar para o refúgio de sua casa e sua mãe.

Uma sensação estranha, como se estivesse voando, confundiu-se com a imagem absurda que surgiu em sua cabeça: uma mão gigante que a empurrava para trás. O impacto a lançou pelo ar. Aterrissou sobre os paralelepípedos da Arturo Jauretche, vários metros adiante. Logo ouviu os gritos, o som de freadas bruscas e gente correndo. Ela continuava ali, caída na rua, com o olhar fixo no céu cor de chumbo. Gotas grossas batiam em seu rosto, até que um homem se curvou sobre ela e a protegeu da chuva.

— Querida! — exclamou, desolado. — Não vi você! Juro que não vi! Você apareceu do nada! Ai, mãe do Céu, você está grávida! — Brenda lhe estendeu a mão. — Não, não, querida, não se mexa. Minha mulher já está chamando a ambulância.

— Breeendaaa!

O grito de Diego perfurou sua realidade confusa e a fez despertar. Tentou se levantar, mas de novo o homem, acocorado a seu lado, impediu. Diego estava ao lado dela um instante depois.

— Brenda, meu amor! O que aconteceu?

— Eu a atropelei — soluçou o pobre motorista. — Ela apareceu do nada. Não a vi, não a vi. Juro. Por sorte estava devagar; graças a Deus eu estava devagar. Mas não a vi, não a vi.

— Não foi culpa sua — balbuciou Brenda, e, no esforço que representou articular essas poucas palavras, descobriu que estava completamente frouxa.

Diego a tirou do chão sem dar atenção aos protestos do homem e ordenou:

— Leve-nos ao Güemes! Agora!

No trajeto, a bolsa de Brenda estourou. O líquido abundante e morno deslizou por suas pernas e molhou também Diego, que a mantinha em seus braços, colada em seu peito, no banco de trás do carro, enquanto beijava sua testa e repetia que tudo ia ficar bem.

Já no hospital, Diego entrou gritando pela porta de emergência com Brenda no colo. Foram atendidos imediatamente. Dois enfermeiros a colocaram em uma maca e, enquanto atravessavam intermináveis corredores, iam fazendo perguntas.

— Ela acabou de ser atropelada — explicou Diego. — Está de trinta semanas e a bolsa estourou no caminho para cá.

Um dos rapazes repetia as informações em um celular e dava ordens.

— Preparem a sala de parto! Prematuro, trinta semanas, possível trauma por impacto de veículo.

Brenda os observava agir e falar e apertava as pernas, pensando: "Bartolomé não pode nascer. É muito pequenininho ainda".

24

Bartolomé Héctor Bertoni nasceu naquela quarta-feira, 8 de março, pouco depois das sete e meia da noite. No início, Brenda tentara convencer os médicos de que estavam enganados, que o nascimento estava programado para fim de maio.

— Minha querida — disse a parteira —, a bolsa já estourou e você está com quase dez centímetros de dilatação. Seu bebê está nascendo.

— Mas ele é muito pequenininho, muito pequenininho — repetia em estado de choque, e buscava Diego com o olhar para que ele a apoiasse e explicasse o que ela não conseguia.

Diego, porém, mantinha silêncio e a contemplava com uma expressão de amargura que a deixava apavorada. Foi um parto doloroso e complicado. Bartolomé não estava preparado e veio ao mundo de nádegas. Brenda ficou acabada na maca, mas teve forças para suplicar que lhe dessem seu filho, que o mostrassem a ela, que queria vê-lo, por que não o ouvia chorar?

— Ele precisa de cuidados urgentes — explicou a parteira. — O estado dele é muito delicado. Está sendo levado à UTI neonatal.

— Vá com ele! — ordenou a Diego. — Não o deixe sozinho nem um instante!

— Não quero deixar você — disse ele, desolado.

— Bartolomé é sua prioridade! — disse Brenda. — Vá com ele!

Diego assentiu e se inclinou para beijá-la nos lábios. Brenda virou o rosto. Ficou chorando, alheia ao que os médicos estavam fazendo e surda às palavras de consolo da parteira, ciente de que tudo estava desmoronando em torno dela.

**

Bartolomé morreu cinco dias depois, em 13 de março de 2017, apesar dos esforços dos médicos e de sua mãe, que passou o tempo todo sentada ao lado da incubadora tocando-o, falando com ele, cantando. Teria sido impossível amamentá-lo, porque Bartolomé estava muito fraco. Contudo, Brenda extraiu primeiro o colostro, depois o leite com um aparelho que as enfermeiras lhe deram e o alimentaram por meio do tubo nasogástrico. Para conservar a pureza de seu leite, Brenda não aceitava os analgésicos que lhe ofereciam para aplacar a dor do quadril direito, sobre o qual havia caído depois de ter sido atingida pelo carro.

Foram cinco dias que pareceram cinco anos para ela. Não afastava o olhar de seu filho; estava hipnotizada. Conhecia cada detalhe de seu corpinho minúsculo, de seus pezinhos compridos e finos, da penugem loura que lhe cobria a cabeça, da boquinha carnuda como a do pai, de suas mãozinhas em miniatura, nas quais era quase impossível distinguir as unhas. Era um tormento vê-lo cheio de tubos e sondas. Era uma tortura pensar se estava sofrendo, se estava desconfortável, se estava com frio, e não adiantava que os médicos e as enfermeiras garantissem que ele estava bem; ela sentia em sua própria carne o sofrimento de seu filho.

Brenda o havia amado desde o instante em que descobrira que estava dentro dela, mas fora surpreendida pela dimensão infinita do amor que aquela pequena criatura lhe inspirava. Deixava para trás qualquer outro sentimento que houvesse experimentado nesses primeiros vinte e um anos de vida. Nada se comparava com o que Bartolomé significava para ela. Queria sofrer no lugar dele, queria lhe dar sua vida, seu sangue, seu oxigênio, tudo, para que vivesse feliz. Teria se sacrificado por ele num piscar de olhos, sem hesitar. Mas era impossível, e o amor incomensurável que a sufocava não bastava para pôr seu filho longe do alcance da morte.

Diego ficou ao lado dela como um estoico e fiel servidor. Era ele quem a obrigava a sair um instante para comer, para ir ao banheiro, para se higienizar, para passar pomada no quadril machucado, para trocar de roupa – que Ximena levava para ela, pois Brenda não teria abandonado o hospital por nenhuma razão. Diego passava a maior parte do tempo com ela, mas também servia de elo com o mundo exterior; ia e vinha para cuidar das questões administrativas da internação; das questões legais, derivadas do acidente e a cargo de Tadeo González; e para falar com os médicos; também recebia as visitas, que conheciam Bartolomé pelo vidro da UTI da neonatologia.

Só permitiram a entrada da avó materna, da bisavó Lita e dos padres Antonio e Ismael, que, a pedido de vovó Lidia, batizaram o bebê. No quarto dia, chegaram de San Luis a avó paterna – Mabel Fadul – e Lucía, irmã de Diego, e tiveram que se conformar com vê-lo pelo vidro. Os tão temidos AVCs haviam começado, e o estado de Bartolomé era muito delicado, por isso só os pais podiam ficar com ele.

Pouco antes das seis da manhã do quinto dia, Brenda acordou assustada de um sono leve com o som de um alarme. Acostumada aos sons das máquinas, soube que se tratava de algo incomum e perigoso. A UTI ganhou vida, médicos e enfermeiras apareceram correndo e dando ordens com voz severa. Cercaram a incubadora de Bartolomé e privaram Brenda da visão.

— Diego — ordenou o chefe do plantão noturno —, leve-a para fora.
— Não — disse Brenda, resistindo.

Foi em vão; Diego a arrastou para fora.

Lá estavam Ximena, Lautaro e Camila, que haviam passado a noite no hospital, provavelmente alertados pela gravidade do estado de Bartolomé. Ximena a abraçou e a guiou até uma cadeira. Brenda desmoronou sobre sua mãe e chorou. Queria ficar com seu filho, mas a impediam. Logo apareceu o chefe da UTI e Brenda pulou da cadeira e correu até ele.

— Ele já está bem? — perguntou.

Ao notar a expressão de pesar no rosto do médico, começou a sacudir a cabeça e a repetir não, não.

— Brenda, Bartolomé acabou de partir. Fizemos tudo que podíamos, mas...

— Não! — Seu grito perfurou o silêncio matutino do hospital. — Não! Não!

Diego a abraçou; de outro modo, suas pernas não a teriam sustentado. Ele a apertava sem misericórdia e chorava com gritos amargos. Tudo era pranto e desconsolo em volta dela. Como costumava acontecer com ela diante das perdas, vivia a morte de seu filho como se estivesse enfeitiçada, prisioneira de uma realidade onírica confusa, que a assustava, e da qual lutava para escapar.

Meia hora depois, permitiram que entrassem em uma salinha e lhes entregaram o corpinho de Bartolomé envolvido em um lençol. Então, a realidade a atingiu bem na cara e a obrigou a despertar do sono e a enfrentar um fato monstruoso e aterrador: seu filho estava morto. Ela nunca seria mãe dele, não o veria crescer nem rir nem sonhar nem brincar. O que mais a angustiava era pensar que Bartolomé nunca saberia o quanto ela o amava.

Ela o colocou sobre suas pernas e abriu delicadamente o lençol para olhar aquele corpinho que sabia de cor. Depois de analisá-lo com atenção, levantou-o e o cobriu de beijos, chamando-o de meu amor, amor da mamãe, filhinho do meu coração. Havia desejado tanto conhecê-lo, carregá-lo no colo e lhe professar seu amor incondicional e eterno! Por que tinha que fazer isso quando já de nada valia, quando Bartolomé não mais podia senti-la nem a ouvir?

Sua família e Diego a cercavam, esforçando-se para segurar o choro que surgia como respirações pesadas e gemidos mal disfarçados. Brenda envolveu Bartolomé de novo e o ofereceu a Ximena, a única com quem queria dividi-lo. Viu sua mãe o beijar com a mesma devoção que ela o havia beijado. Diego pediu o bebê e Ximena o entregou docilmente. Então, Brenda o observou com a atenção que não lhe havia destinado nesses últimos cinco dias. A dor com que ele olhava o corpo sem vida de seu filho era tão pura e visceral que arrancou dela um soluço, e outro e mais outro. Diego, com Bartolomé nos braços, sentou-se ao lado dela e a abraçou. Choraram juntos pela perda desse filho tão fugaz e tão amado. Brenda também chorou pela família que nunca formariam e pelo vazio tão imenso que começava a ocupá-la pouco a pouco, irremediavelmente.

* * *

Padre Ismael e padre Antonio leram o responsório; foi muito emotivo. Brenda observava o caixãozinho branco onde estava seu bebê sem acreditar que tudo ia acabar daquele jeito tão absurdo. Diego chorava ao lado dela e fez Brenda recordar o enterro de seu pai e quanto havia ficado impressionada com a angústia do pranto dele, com o desespero que transmitia. Dessa vez o sentia perdido, mas não podia ajudá-lo; estava tão perdida quanto ele.

Ergueu o olhar e o passou pelos semblantes tristes que cercavam a cova onde seu bebê descansaria. Estavam todos presentes: seus familiares, os de Diego – exceto David Bertoni –, ex-colegas do colégio e da faculdade, Millie, Rosi, os rapazes da casa de reabilitação, Juliana Silvani, Bianca e Sebastián, Manu, Rafa, o casal Broda, Juan Manuel e Josefina Pérez Gaona, pais de Camila, os funcionários da fábrica, Tadeo González, Modesta, não faltava ninguém. Porém, ela se sentia completamente sozinha, como se em volta dela e de seu filho morto se estendesse um deserto sem fim.

O ranger das polias se propagava no silêncio à medida que o caixão descia. Ela queria se jogar e ser coberta de terra. Queria morrer e jazer junto com Bartolomé, mas pensava em Ximena e na dor que lhe teria causado e se obrigava a permanecer em pé e manter a compostura. "Papai, vovô...", repetia na cabeça enquanto o caixãozinho descia, contente por pensar que seu filho descansaria no mesmo lote onde estavam Héctor e vovô Benito, dois homens que o teriam amado loucamente.

— Brinque com Deus, Bartolomé — despediu-se padre Antonio quando o ataúde chegou ao fim do percurso.

A força que Brenda havia se proposto a conservar desmoronou como um castelo de cartas. Seus joelhos cederam e ela soltou um gemido agudo e lancinante. Diego a segurou e a manteve em pé apertando-a contra seu peito. Beijava sua cabeça e a chamava de meu amor, meu amor. Nunca a havia chamado assim. Ah, havia sim, ao encontrá-la caída na rua segundos depois do acidente, mas só essa vez. Brenda desejara tanto que ele usasse esse jeito afetuoso para se dirigir a ela... mas ele jamais o usara. Só agora, quando nada mais significava para ela.

As pessoas foram se aproximando para dar os pêsames e, pouco a pouco, foram separando-os e afastando-os. Tudo estava terminando e Brenda compreendeu que faltava muito pouco para voltar ao mundo real, à vida na qual Bartolomé nunca existiria. Foi intolerável pensar nisso. Abraçou seu irmão, que transpirava o poder e a calma de que ela precisava. Estava com dor no quadril; queria se deitar e tomar um calmante.

— Leve-me para casa — pediu com uma voz quase inaudível.

Diego parou em frente a eles e estendeu a mão a Brenda.

— Vamos para casa, meu amor. Chacho vai nos levar.

Brenda, sem olhar para ele, negou com a cabeça.

— Vou voltar para minha casa — disse em um fio de voz.

— Brenda, por favor...

— Dê um tempo a ela — interveio Lautaro.

Diego, depois de alguns segundos, assentiu, resignado. Deu um beijo em sua cabeça e sussurrou:

— Amo você.

* * *

Depois do enterro de Bartolomé, só quatro pessoas ficaram sabendo do que realmente havia acontecido: Ximena, vovó Lidia, Millie e Rosi. Brenda contou à sua mãe no dia do enterro, quando voltaram para Almagro e Ximena a encontrara no banheiro chorando desconsoladamente. Culpava-se por ter fugido como uma louca e atravessado a rua sem pensar na segurança de seu filho. Por isso, diante da lógica pergunta de sua mãe – por que havia saído correndo da casa de Diego –, decidiu confessar a verdade, e foi bom se expressar em voz alta, chorar e ficar furiosa.

— Não quero que ele caia nas mãos daquela mulher e de Mendaña — disse no fim do relato. — Acho que estavam tentando fazer Diego assinar uns papéis, não sei, não tenho certeza, mas acho que vi documentos bancários e uns instrumentos públicos, como esses redigidos por escrivães. Diego me contou que eles tinham pedido para ele ser testa de ferro do prefeito Mariño.

— Quero que você fique tranquila — disse Ximena. — Tadeo e eu vamos cuidar disso. Descanse agora para poder se recuperar.

— Acho que nunca vou me recuperar, mamãe.

— Sim, meu amor, embora agora pareça impossível, vai se recuperar. E você e Diego poderão ser felizes.

— Não vou voltar para ele, mãe.

Brenda disse isso em voz alta e foi tomada por um calafrio antinatural, como se houvesse pronunciado uma ofensa capital, algo que não se devia dizer, uma brutalidade.

— Brenda — disse Ximena, espantada —, você amou Diego a vida inteira, filha. E ele a ama tanto quanto você a ele. Já me ligou três vezes desde que voltamos do cemitério para saber como você está.

— Mamãe, eu olho para ele e o vejo com aquela mulher. Ela incita Diego a se drogar, ele se droga, e...

— Está bem, está bem — interrompeu-a Ximena —, chega de maus pensamentos. Agora, tome este calmante e durma um pouco. Precisa descansar, Brenda.

Ela tomou o comprimido porque, na verdade, queria muito fechar os olhos e esquecer tudo.

***

Não sabia onde havia ficado seu celular e, na verdade, nem se importava. Ximena dizia que Diego a estava deixando louca com mensagens e ligações porque Brenda não atendia nem respondia. Por fim, resolveu procurar o bendito celular e colocá-lo para carregar. Havia tantas chamadas perdidas e mensagens que nem se deu o trabalho de ver; a maioria era de Diego.

Sem ler nada do que ele havia enviado, escreveu uma mensagem no WhatsApp. "Quando posso passar em sua casa para pegar minhas coisas?" A resposta chegou em poucos segundos. "Quero conversar com você. Precisamos conversar. Amanhã?" Brenda, que desde o enterro vivia em uma nebulosa suspensa no tempo, teve que olhar no calendário do telefone para saber de que dia ele estava falando. Sábado, 18 de março. Haviam se passado apenas quatro dias desde que deixaram Bartolomé sozinho no cemitério. A tristeza tornou a jogá-la em um fosso de angústia e desespero e a dor se renovou com a mesma força, como se houvessem acabado de lhe dizer que ele havia morrido. Essa dor nunca passaria? Era uma prisão perpétua? Ela merecia! Havia matado seu filho por ser imprudente, por um arroubo!

"Amanhã pode ser", respondeu. "Que horas?" Diego respondeu: "A hora que você quiser. Vou estar o dia todo em casa esperando".

No dia seguinte, ela foi até lá acompanhada por Millie e Rosi, que, assim como Ximena, conheciam os fatos. Precisava delas para manter Diego sob controle, mas, especialmente, para se manter firme em suas convicções.

Embora tivesse a chave, bateu na porta. Diego abriu e se decepcionou ao ver Rosi e Millie atrás dela.

— Olá.

— Olá — respondeu Brenda. — Vamos pegar tudo rapidinho para não atrapalhar você. Tome — disse, e estendeu o jogo de chaves, que ele não pegou.

Entrou e as deixou em cima da mesa, junto com o anel de prata e ametista que ele lhe dera de presente de aniversário. Não queria olhar muito para ele, mas notou que havia acabado de tomar banho, estava perfumado e vestido com esmero, com o jeans branco, a camisa azul e as botas Wrangler, o conjunto que ela amava. A casa estava impecável e cheirava a melissa; logo viu o aromatizador aceso no canto onde ela sempre o colocava. Não parecia a mesma casa da última vez. Os ratos não estavam mais lá, não havia sinais de sua presença. Diego havia sumido com eles, mas era uma limpeza superficial, pois os bichos continuavam espreitando nos cantos.

— Podemos começar? — perguntou ela.

Ele, a contragosto, estendeu a mão para indicar que ficassem à vontade.

Brenda e suas amigas subiram e Diego se dirigiu ao estúdio. As melodias tristes do piano as acompanharam durante todo o tempo que demoraram para colocar as roupas e os artigos pessoais de Brenda em uma mala e duas mochilas. Desceram pouco depois. Ele as esperava ao pé da escada e as ajudou com as malas, deixando-as à entrada.

— Millie, Rosi — disse Diego —, poderiam nos deixar a sós um instante, por favor?

As amigas dirigiram o olhar para Brenda, que assentiu. Abandonaram a casa levando a mala e as mochilas. Brenda não via a hora de sair dali, mas entendia que não podia continuar se escondendo dele. Cedo ou tarde teria que o enfrentar.

A porta se fechou e Diego e Brenda se olharam através do espaço que os separava.

— Como você está? — perguntou ele.

— Mal. E você?

— Mal. Perdi meu filho, e a mulher que amo nem atende o telefone.

— Carla não atende o telefone? — perguntou ela com escárnio, mas logo se arrependeu.

— Eu mereço sua raiva — aceitou Diego —, mas quero te pedir que me dê a chance de explicar. O que você viu aquele dia aqui não era o que parecia. Eu estava...

Brenda ergueu a mão e notou que tremia. Baixou-a de imediato e apertou o punho. A ira e a vontade de chorar a sufocavam. Respirou fundo e fechou os olhos.

— Diego — disse depois dessa pausa —, eu não te culpo. Você não tem que se justificar comigo por nada. Eu fui atrás de você, eu te persegui. Você não queria saber de mim e me alertou sobre os demônios que o habitavam. Apesar de tudo, eu insisti. E sei que você tentou ser alguém que não era para me agradar. Sei muito bem. Mas não se pode prender uma pessoa, especialmente alguém como você. Agora você é livre de novo e vai poder fazer o que quiser, sem mim ao seu redor policiando, controlando e vigiando. Pode voltar com Carla e beber e cheirar com seus amigos...

— Não bebi nem cheirei desde aquele dia! E não pretendo voltar com Carla!

— Diego...

— E não vou cheirar nem beber nunca mais na vida! Jurei isso a nosso filho diante do túmulo dele!

Ele se calou abruptamente. Seus olhos se encheram de lágrimas e sua pele ficou vermelha de tanto tentar se controlar.

Brenda queria correr para ele e acolhê-lo em seus braços e consolá-lo. As cenas que havia presenciado naquela mesma sala se sucederam como flashes e lhe deram força para se manter fria e distante.

— Tenho que ir — anunciou.

— Não!

Diego se aproximou sem lhe dar tempo de reagir. Abraçou-a e a imobilizou contra seu corpo.

— Você não pode me deixar, Brenda. Eu te amo como um louco. Eu te amo, amo. Você é a única coisa boa que a vida me deu, você e nosso filho. Eu sei que você odeia pelo que viu naquele dia aqui e que me culpa pela morte de Bartolomé...

— Eu sou culpada pela morte do nosso filho!

— Não, amor, não — disse ele, e pousou os lábios na testa dela.

— Sim, eu o matei.

— Não, Brenda. O que está dizendo?

— Saí como uma louca daqui e atravessei a rua sem olhar, sem pensar na segurança do nosso bebê. Não pensei nele! Não pensei nele! Queria ter morrido com Bartolomé. Agora nós estaríamos juntos.

— Não diga isso, pelo amor de Deus — suplicou Diego. — Você não pensa em mim, que eu teria enlouquecido de dor se tivesse acontecido algo com você?

Ele a arrastou até o sofá, onde se sentou com ela nos joelhos. Choraram juntos, colados, abraçados. Choraram dando gritos lancinantes, choraram até ficar exaustos, ele recostado no sofá, ela encolhida em cima dele.

Brenda se levantou sentindo-se tonta e fraca. Tirou os cabelos colados no rosto e olhou em volta como se despertasse de um sono profundo.

— Carla estava assim naquele dia, no seu colo — sussurrou com voz trêmula. — Ela colocava cocaína no seu nariz e você cheirava.

— Brenda...

— Fiquei impressionada ao ver como você estava curtindo.

— Não aconteceu nada entre nós naquele dia.

— Aconteceu para mim, Diego — declarou e tentou se levantar, mas ele a segurou. — Me deixa ir, por favor.

— Não.

Ela se voltou e o olhou nos olhos. Estavam claros e sinceros. E tão cheios de esperança que doeu profundamente em Brenda, porque, para ela, não havia nada que esperar.

— Sabia que foi Carla que me mandou a mensagem que me fez vir aqui aquele dia?

— Do que você está falando?

— Eu vim porque recebi uma mensagem sua às quatro e dez me pedindo para voltar para casa. Foi você que mandou? — perguntou para corroborar.

Diego negou com a cabeça, transtornado.

— Imaginei. Quando vi seu celular na mesa cheia de garrafas e drogas, soube que ela tinha mandado a mensagem para provocar o que provocou. Mas talvez eu devesse te agradecer, porque me mostrou de um jeito cruel, mas muito eficaz, o verdadeiro Diego.

— Não fale assim, por favor.

— Por que não? É verdade. Carla me mostrou seus demônios, esses sobre os quais você me alertou. Mostrou todos de uma vez. — Tentou se levantar de novo e ele tornou a impedi-la. — Chega, Diego. Quero ir embora.

— Naquele dia, aproveitando que você tinha ido para a casa da sua mãe, eu os chamei para resolver as coisas. O que você viu, aquele espetáculo que deve ter sido repulsivo para você, eu fiz para te proteger, para manter aquela gente longe de você. Precisava ajeitar as coisas com Carla e com Mendaña para que eles não te incomodassem mais. Queria que eles acreditassem que eu era o mesmo de sempre, que podiam confiar em mim, queria conquistar Carla de novo...

— Essa mulher é vil, Diego! Há muita escuridão nela. Como você não vê isso?

— Eu vejo agora — disse ele, e ficou olhando para ela em silêncio. — Vejo desde que tive você, que é a luz dos meus olhos, como era dos de seu pai.

Brenda se soltou do abraço de Diego, que se levantou também.

— Você ia assinar uns documentos — censurou-o. — Eu vi em cima da mesa. Provavelmente iam abrir uma conta bancária em seu nome, pôr propriedades em seu nome. Talvez eles já estejam assinados e você já seja cúmplice daqueles corruptos!

— Não assinei nada!

— Não assinou porque eu cheguei para estragar a festa. Outra coisa que talvez eu tenha que agradecer a Carlita Queen. Mas ia assinar, eu sei. E tudo porque você é vaidoso.

— Amor... — disse ele, e esticou a mão para segurá-la de novo.

— Não! — Brenda se opôs. — Você preferia se envolver com aquele lixo a pedir ajuda à minha mãe.

— Brenda, sua mãe...

— Minha mãe te ama, Diego! Ela faria qualquer coisa por você. Mas você é um imbecil! — interrompeu.

O espanto na cara de Diego foi um reflexo do que ela mesma sentia, pois jamais xingava nem falava palavrões.

— Desculpe, mas isso foi o que eu senti no dia em que te vi com Carla no colo, enquanto permitia que ela te drogasse. Pensei: Que imbecil! Porque só um imbecil permite à mulher que lhe causou tanto mal... Ou esqueceu que ela queria cantar sozinha, que chifrou você, que o fez se endividar com o irmão corrupto e acabar preso por culpa dela? Esqueceu?

Eles se encararam até Diego baixar o olhar.

— Você se encontrava com ela pelas minhas costas. Mentia para mim por ela. Por aquele ser mesquinho e malvado! Permitiu que aquela ratazana entrasse na nossa casa e a sujasse. Você é um imbecil — afirmou de novo, abriu a porta e correu para a rua.

Pensou que seria bom se nesse momento passasse um carro em alta velocidade e a matasse. Não teve tanta sorte. Entrou no carro de Millie, agitada e chorosa, mas sã e salva.

— Vamos — ordenou.

***

No dia em que se completou uma semana do enterro de Bartolomé, Brenda teve uma surpresa: Cecilia chegou de Madri. Ximena foi buscá-la em Ezeiza e a levou para a chácara de San Justo. Brenda estava no jardim, colhendo umas hortênsias brancas para levar para seu filho no cemitério.

Ao ver a astróloga, soltou a tesoura, tirou as luvas e correu para recebê-la. Abraçaram-se longamente, as duas muito comovidas.

— Queria ter vindo antes — disse Cecilia, com a voz fraca.

— Agora você está aqui, como quando papai morreu — evocou Brenda.

Foi o primeiro dia em que Brenda sentiu certa serenidade. O nó no estômago, o aperto na garganta e o nó no peito afrouxaram um pouco suas garras inclementes e lhe permitiram respirar. Cecilia a contagiava com sua energia positiva e lhe propiciava um momento de esquecimento.

Depois do almoço, foram as quatro – Brenda, Cecilia, vovó Lidia e Ximena – visitar seus mortos e depositaram as flores que Brenda havia colhido no jardim. Lidia fez uma oração e acabaram as quatro chorando.

Nos dias seguintes, tendo Ximena voltado à fábrica, Brenda se apegou a Cecilia. Era fácil conversar com ela sobre qualquer assunto, em especial sobre o que acontecera com Diego e Bartolomé.

— Você continua a amá-lo com loucura, como quando era menina — afirmou a astróloga em uma ocasião, enquanto passeavam pelo condomínio.

— Por que está dizendo isso? — perguntou Brenda, na defensiva.

— Mesmo quando fala dele com rancor o está amando. Vou te confessar uma coisa. Nunca vi um amor como o que você sente por esse rapaz. Amo Jesús e fui testemunha do amor que seus pais tinham um pelo outro, mas o que você sente por Diego... — Estalou a língua e agitou o indicador. — Duvido que seja algo comum.

— Foi um amor imenso — concordou Brenda —, mas agora me sinto vazia, morta — acrescentou, com voz trêmula. — Não resta nada do que eu sentia por ele. É como se meu filho tivesse levado tudo.

Cecilia passou o braço pelos ombros dela e a puxou para confortá-la. Continuaram caminhando abraçadas e em silêncio.

— O que você diria se eu te propusesse passar um tempo conosco em Madri?

Brenda olhou séria para ela.

— Faria bem para você sair daqui, mudar de ares, de energia, de rostos. Para uma pessoa com ascendente em Aquário, é fundamental realizar essa experiência, abandonar seu local de origem e se sentir um peixe fora d'água, em terras estranhas. Seria muito bom para você. O que acha?

— Não sei — hesitou Brenda. — Deixar mamãe neste momento...

— Ah, essa Lua em Câncer — brincou Cecilia. — Ela me contou que, cada vez que você tinha problemas com Diego, corria a se refugiar na casa dela e que sentia que o abandonara à própria sorte.

Brenda assentiu, olhando para o chão.

— Pois bem, já é hora de a sedutora Lua em Câncer ficar para trás. Você já é uma mulher, uma linda e nobre mulher — enfatizou. — A menina Brenda que precisa de sua mãe para se sentir segura tem que desaparecer para permitir que essa mulher se desenvolva com plenitude.

— O que eu ia fazer lá o dia todo, sozinha? Você e Jesús trabalham e...

— É que minha sugestão é por interesse — admitiu Cecilia. — A escola de astrologia está indo muito bem e eu preciso de alguém para me ajudar; alguém de minha inteira confiança e que entenda de questões contábeis e administrativas. Andei pensando muito esses dias — admitiu. — Quanto mais penso, mais faz sentido. Além do mais, tendo passaporte italiano, você não vai ter problemas para ficar o tempo que for preciso. O tempo necessário para fechar a ferida e para recomeçar.

— Não creio que isso seja possível.
— Ah, mas será, você vai ver.

* * *

Cecilia e Brenda partiriam para Madri no dia seguinte. Brenda contava com o apoio de Ximena e de Lautaro, mas ela mesma não tinha certeza do passo que ia dar. Sua mãe sugeriu que, no instante em que quisesse voltar, comprasse uma passagem e voltasse. Era livre para ir, era livre para voltar. Só que Brenda não se sentia livre, e sim escrava da dor, daquela pontada perpétua que a acompanhava desde a morte de seu filho e que só a abandonava quando dormia, graças aos comprimidos que Ximena lhe dava.

Seu outro grande pesar era Diego; só havia recebido uma mensagem desde o encontro na casa dele, aquela vez que o chamara de imbecil. "Você tem razão", escrevera ele, "sou um imbecil e não mereço você. Mas juro pela memória do nosso filho que um dia você vai ter orgulho de mim. Amo você para sempre". Brenda chorara até se desmanchar depois de ler essa mensagem e vivia olhando o telefone na esperança de que ele entrasse em contato outra vez. Era como começar tudo de novo; de novo se transformava na adolescente que o seguia nas redes sociais e suspirava por seu amor. Tinha um pânico atroz de voltar ao passado, especialmente agora que conhecia a capacidade destrutiva de Diego e o mal que podia lhe causar.

A distância a ajudaria a esquecer e a se curar, convenceu-se, e continuou fazendo a mala com um desânimo infinito, como se em vez de viajar fosse caminhar os últimos metros até o cadafalso. Pensava com frequência na morte. Talvez Diego tivesse razão quando dizia que a vida não tinha sentido.

Max abandonou seu quarto e foi para o vestíbulo ganindo e latindo. Não podia ser Lautaro; havia saído com Camila. Ouviu Ximena abrir a porta principal e receber alguém com alegria. Devia ser Tadeo González, que os visitava cada vez com mais frequência. Ela seguiu os passos de sua mãe, que adentrava a casa, e escutou também outros mais pesados, mais lentos, definitivamente masculinos.

— Filha — chamou Ximena à porta de seu quarto.

Brenda se voltou. Soltou uma curta e sufocada exclamação ao ver a figura que se destacava atrás de sua mãe: Diego Bertoni. Ele a olhava com ansiedade e um sorriso triste.

— Diego veio se despedir. Soube que você vai para Madri manhã.

— Entre — Brenda conseguiu balbuciar, afastou a cadeira de sua escrivaninha e o convidou a se sentar.

Ele entrou e se dirigiu a ela para lhe dar um beijo no rosto; um beijo deliberado, daqueles que lhe dava no início do relacionamento e que tanto a confundiam.

— Manu e Rafa me contaram que você falou com eles ontem — disse, como que para se justificar. — Que ligou para se despedir. Você se incomoda de eu ter vindo?

Brenda negou com a cabeça e tornou a indicar a cadeira. Sentou-se na beira da cama e escondeu as mãos sob as coxas para que ele não notasse que tremiam. Observou as dele, sempre sujas de tinta.

— Como vai o trabalho? — perguntou, para quebrar o silêncio.

— Bem. Graças ao contato de Seba Gálvez com a Luxor, temos muito bons preços, muito competitivos. — Brenda sorriu, contente de verdade. — Estamos pensando em contratar alguns ajudantes. Os caras vão me cobrir nas próximas semanas, enquanto gravamos para o concurso da TV.

— Manu e Rafa estão muito entusiasmados.

— Eles acham que nós temos chance de ganhar.

— Você não acha?

— Há muitos interesses em jogo — declarou. — Não acho que para ganhar baste apenas o talento. Mas, se nós tivéssemos sua voz...

— Não — disse Brenda, categórica. — Eu não conseguiria cantar. É cedo demais.

— Hoje é 8 de abril — apontou ele. — Hoje Bartolomé faria um mês.

Entreolharam-se no silêncio que inundou o quarto.

— Como você está? — perguntou ela, e Diego deu de ombros.

— Estou limpo, e isso já é alguma coisa.

— Fico feliz. Achei que, com tudo que aconteceu, você teria uma recaída — confessou ela.

— Pensar em você e na promessa que fiz ao nosso filho é suficiente para eu não recair.

Brenda sentiu um nó na garganta. Torceu os lábios e mordeu a bochecha por dentro para segurar o choro. Diego se comoveu ao vê-la emocionada.

— Amor — sussurrou Diego —, está muito difícil viver sem você.

— Não era isso que você me fazia sentir quando estávamos juntos — respondeu ela, sem ressentimento, esgotada. — Eu tinha a sensação de que segurava tudo, que você queria voltar com Carla, mas não voltava porque eu não perdoaria a traição.

Diego pulou da cadeira e caiu de joelhos diante dela.

— Não, amor, não — disse com a voz trêmula. — Eu sei que cometi erros, mas te amo profundamente e vou te amar para sempre, loucamente. Desculpe se te fiz se sentir diminuída, você era tudo para mim. Você *é* tudo para mim, Brenda.

Ela levou a mão à testa, exausta. Embora não fizesse quase nada o dia todo, sentia um esgotamento indescritível. Ximena queria que ela fosse ao médico; talvez precisasse de ferro e vitaminas. Brenda recusava, ciente de que a fraqueza provinha de seu coração e do vazio que havia ficado nela depois da morte de seu filho. Não se curaria com remédios.

— Você nunca me disse que me amava — ela comentou com uma voz quase inaudível.

Diego acariciou seu rosto com as costas da mão, como costumava fazer.

— Eu sei. Eu tinha medo.

— De quê?

— É difícil explicar.

— Tente.

— É muito louco.

— Não importa. Estou acostumada com coisas loucas.

— Eu tinha medo de admitir como era feliz, o quanto te amava, como ficava ansioso para chegar em casa e te ver. Bastava ver você em casa para que a vida ganhasse sentido e a sede desaparecesse. Mas, em minha vida, o bom sempre acaba. Nunca tive tanto medo de que algo acabasse, como perder nosso relacionamento, ou que eu estragasse tudo por ser como sou. Então, eu não dizia o quanto te amava como um mecanismo de proteção. — Ele suspirou, esfregou o rosto e coçou a barba, exasperado. — Eu queria enganar o destino, só que ninguém engana o destino.

Brenda ergueu o olhar e encontrou o de Diego. Estava arrasada de ver o sofrimento que o habitava. Não estava em condições de lidar com a dor dele; sua própria perda já era demais. De repente, como acontecia desde a morte de Bartolomé, ficou impaciente e nervosa. Queria que ele fosse embora, porque estava cutucando suas feridas. Descobriu que, apesar de se considerar culpada pela perda de seu filho, também culpava Diego.

— Por que você está indo embora? — perguntou ele.

— Você quis enganar o destino — disse —, eu quero enganar a mim mesma. Quero sair deste lugar e ir para outro sem lembranças nem história. Se não fugir, acho que vou enlouquecer.

Ela se levantou e Diego a imitou.

— Não me deixe — suplicou ele, e tentou pegar a mão de Brenda.

Ela a afastou com delicadeza, mas o fitou com uma expressão dura.

— Se durante o tempo que passamos juntos você tivesse sido sincero comigo — cobrou —, se tivesse confiado em mim em vez de achar que eu era uma idiota... Me deixa terminar — deteve-o com a mão levantada. — Se realmente tivesse me considerado sua companheira, em quem podia confiar para qualquer problema, as coisas não teriam acabado como acabaram. Mas sua arrogância te impedia de se abrir comigo.

Diego chorava em silêncio e assentia.

— Você tinha alguns temas que eram tabus, como Carla e seu universo, em que Brenda, a tonta, não podia tocar. E você cuidou de tudo sozinho...

— Fiz merda — reconheceu ele, afogado em pranto.

— Sim, fez merda — ratificou ela.

E, subitamente, a ira e o rancor desapareceram. Brenda soltou um suspiro e baixou a cabeça.

— Mas tudo é passado agora, e não é muito sábio chorar sobre o leite derramado, como diz minha avó. Agora só nos resta tentar nos perdoar e seguir em frente.

— Eu quero seguir em frente com você — suplicou Diego. — Não quero que vá embora.

— Mas se eu não me afastar de você — disse Brenda — não vou me curar. Preciso me perdoar e perdoar você. E aqui não vou conseguir. Está tudo em carne viva. Tudo me faz lembrar nossa vida juntos, nosso bebê...

Ela se calou de repente, acometida por uma dor intolerável.

— Está bem, está bem — Diego a tranquilizou, e enxugou o rosto com um lenço. — Quero que você tenha tranquilidade, isso é o mais importante para mim. Mas há outra coisa mais importante: quero que fique bem claro que te amei, que te amo e que vou te amar para sempre. E que, quando você voltar, estarei aqui, esperando. — Acariciou o rosto encharcado dela. — Um dia você vai sentir orgulho de mim e, juro pela memória de Bartolomé, vamos voltar a ser felizes. Nossa história não vai acabar, Brenda. Não *pode* acabar. E não tenho mais medo do destino. Quando eu tinha medo, ele me tirou tudo. De agora em diante, vou fazer meu destino, sozinho, e cada passo que eu der será para me conduzir de novo a você.

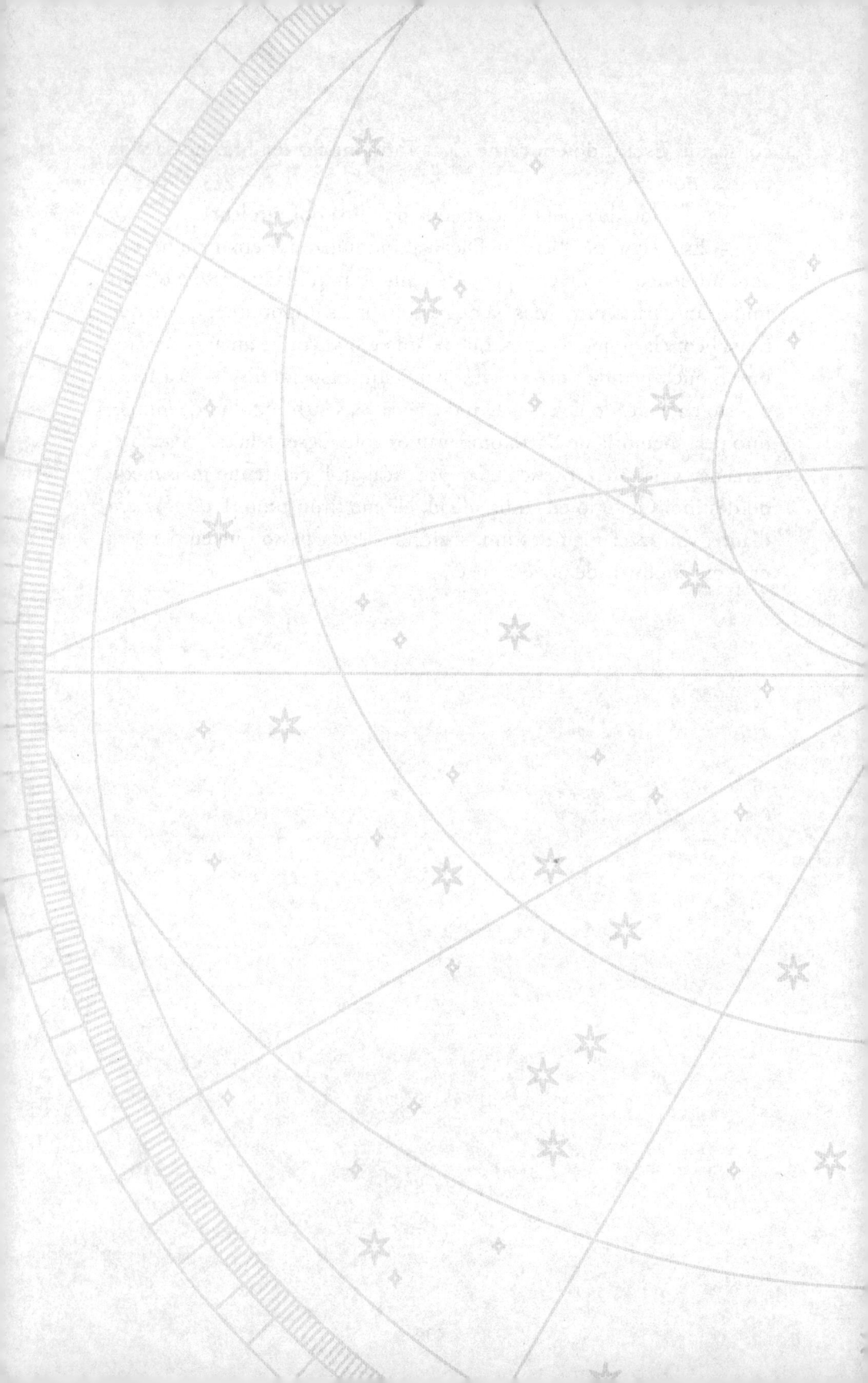

TERCEIRA PARTE

Voltando (a viver)

Aqueles que não aprendem nada com os fatos desagradáveis da vida forçam a consciência cósmica a reproduzi-los tantas vezes quanto seja necessário para aprender o que o drama acontecido ensina. O que negamos nos subjuga. O que aceitamos nos transforma.

Carl Gustav Jung, psiquiatra e psicólogo suíço (1875-1961)

25

Buenos Aires, 8 de julho de 2019.

A água havia esfriado e Brenda continuava submersa, recordando, chorando, ouvindo as canções do DiBrama. Em cada verso se reconhecia ou reconhecia algum aspecto de sua vida com Diego. Fazia meia hora que repetia a mesma música, chamada "El Boss", e era inevitável chorar no refrão.

> *Lo feliz que me hiciste la tarde*
> *que bailaste "Dancing in the Dark" para mí.*
> *El destino me miraba e yo temía sufrir.*
> *Era tan fácil desearte, adorarte.*
> *¿Quién podía entender que me amaras a mí?*[6]

A música parou abruptamente. O celular ficou sem bateria. Ela saiu da banheira com a pele enrugada e os músculos intumescidos. Vestiu o roupão atoalhado e atravessou a porta que dava para seu quarto arrastando os pés. Pôs o celular para carregar com medo; temia que durante sua viagem ao passado houvesse acontecido o pior. Por sorte, não havia mensagens de Ximena nem de Lautaro. Havia uma de Gustavo Molina Blanco, que lhe provocou um grande pesar.

"Costumam cometer os mesmos erros repetidamente", dissera Cecilia tempos atrás ao se referir aos piscianos, e tinha razão. Depois da experiência com Hugo Blanes e de ter jurado que nunca mais ficaria com alguém por quem não estivesse apaixonada, estava fazendo de novo, e pela mesma razão: esquecer Diego.

---

6. Você me fez tão feliz na tarde/ em que dançou "Dancing in the Dark" para mim./ O destino me olhava e eu temia sofrer./ Era tão fácil desejá-la, adorá-la./ Quem podia entender que você me amava? (N.T.)

Durante os dois anos e pouco longe de seu país, de seu lar e, especialmente, de Diego Bertoni, Brenda não havia conseguido o que planejara ao partir: parar de sofrer e esquecer o amor de sua vida. Continuava sofrendo e continuava se lembrando dele todo maldito dia. Mesmo nos dias bonitos de Alicante, enquanto repetia a si mesma que era feliz, enganava-se, e, o que era pior, enganava o pobre Gustavo.

— O que negamos nos subjuga. O que aceitamos nos transforma — murmurou várias vezes enquanto se enxugava com esfregadas agressivas.

Ela estava furiosa. Será que não havia aprendido nada? Por que negar que, apesar de tudo, continuava amando Diego loucamente? Mesmo vivendo longe e com outras pessoas, Diego Bertoni iria com ela para onde fosse porque estava cravado em seu coração junto com Bartolomé. Situações como as vividas com Francisco Pichiotti no avião se sucederiam enquanto ela não se atrevesse a enfrentar os fatos.

Ela não desejara vê-lo aquele dia em Madri, quando ele ligou pedindo que se encontrassem? Naquela oportunidade, Brenda desejara que ele a estivesse esperando lá fora, que não se resignasse tão facilmente, que lutasse, que não aceitasse seu não sem lutar. Havia fantasiado uma cena de beijos forçados que finalmente se tornavam ávidos e voluntários. Por que não se olhava no espelho e proclamava a verdade em voz alta: que não tinha existido uma manhã ou uma noite durante esse tempo todo em que não houvesse acordado e ido dormir sem pronunciar o nome dele?

Brenda abriu a porta do guarda-roupa, atrás da qual havia um espelho de corpo inteiro, e ficou contemplando sua imagem refletida.

— Covarde — murmurou.

Pegou o celular e escreveu uma resposta para Gustavo, pedindo que fizessem uma chamada por vídeo no Skype; precisavam conversar. Mais tranquila com essa resolução, vestiu o pijama, um robe e foi para a cozinha – não porque estivesse com fome, mas porque não queria desprezar a lasanha à bolonhesa de Modesta. A mulher sabia que era o prato favorito de Diego. Teria feito de propósito? Ou ela estava vendo sinais por todo lado, inclusive onde não existiam?

Na cozinha, encontrou Tadeo González, que morava com Ximena desde que Lautaro fora morar com Camila. Ele estava ao telefone, e a julgar pelo tom de voz e pelo vocabulário, devia ser com um cliente.

Ela sorriu, e o advogado lhe devolveu um sorriso enorme, que expressava verdadeira alegria.

Brenda gostava do companheiro de sua mãe; era um bom homem. Estava tranquila sabendo que Tadeo apoiava e protegia Ximena. E sempre seria grata a ele pelo que havia feito por Diego. Tadeo havia acompanhado Ximena na última viagem a Madri e, quando tentara falar dele – de Diego –, Brenda lhe pedira que não contasse nada. Mas agora queria saber tudo sobre ele.

O advogado desligou e foi dar um abraço e um beijo em Brenda.

— Brendita, que bom ter você aqui de novo! Sua mãe ficou muito feliz, apesar de tudo. Ela sente muito a sua falta — observou ele.

— E eu dela.

— Modesta, por favor, sirva o jantar. Tenho que ir para o hospital depressa.

— Sim, senhor — respondeu a empregada e, solícita, colocou os pratos na ilha, sobre as toalhinhas do jogo americano.

— Modesta, essa lasanha está demais — comentou González depois da primeira garfada.

— É o prato favorito de Diego — completou Brenda, e tanto o advogado quanto a empregada ficaram olhando para ela.

É, pensou Brenda, *eles acham que enlouqueci.*

— Sim, minha menina, é mesmo — lembrou Modesta. — Deve ser porque eu passo o dia escutando as músicas daquela sua banda no rádio que me deu vontade de fazer o prato favorito de Diego.

— Não é minha banda, Modestiña — corrigiu Brenda.

— Ah, minha menina, é sua sim. Não tem o B de Brenda?

— Sim, Modestiña, é de Brenda — concedeu, com um sorriso benevolente.

— É estranho ouvir você falar dele — afirmou Tadeo, e a encarou fixamente.

Brenda assentiu e se obrigou a engolir um pedaço de lasanha.

— Quando sua mãe e eu fomos a Madri — lembrou o advogado —, quisemos falar dele, mas você não aceitou.

— Mas agora eu quero falar dele — disse Brenda. — Agora preciso que você me conte tudo.

— O que você quer saber?

— Como ele está?

Tadeo deu de ombros.

— Do ponto de vista profissional e financeiro, é um momento excelente para ele. Do ponto de vista pessoal, nem tanto.

— Por quê? — ela o incentivou a prosseguir.

— Porque há dois anos ele perdeu a mulher que amava e o filho, os dois ao mesmo tempo, por isso não está bem — disse González.

Brenda se surpreendeu com a dureza do que ele acabava de dizer e com o jeito como a fitou. Baixou o olhar, envergonhada, como se houvesse feito alguma coisa errada.

— Ele teve alguma recaída? — atreveu-se a perguntar.

— Não, e isso é o que me faz admirá-lo tanto. O vício dele era muito resistente, Brenda. Contudo, e apesar de tudo, nunca mais bebeu nem cheirou. Isso é admirável — acrescentou, com orgulho evidente. — Ele é muito dependente de sua mãe — disse a seguir.

— É mesmo? — perguntou Brenda, com a voz estrangulada.

— Sempre foi muito apegado a ela, como você sabe, mas, desde que você o deixou, a dependência em relação a Ximena aumentou muito.

Embora Tadeo não tenha usado um tom severo, Brenda recebeu suas palavras como um golpe.

— Nós achamos que isso acontece porque Ximena é sua mãe e, mantendo um vínculo estreito com ela, de alguma maneira ele conserva o que tinha com você. Ximena o obrigou a fazer terapia assim que você se mudou para Madri. Por sorte, padre Antonio nos recomendou um psicólogo excelente, especializado em dependentes químicos, e as coisas estão indo muito bem todo esse tempo. Não foi fácil conseguir alguém a quem Diego aceitasse e respeitasse. Você sabe como ele é exigente.

— Sim, eu sei — murmurou, comovida.

Brenda limpou a garganta e bebeu água antes de se atrever a perguntar:

— E sobre Carla e todo aquele problema, o que você pode me dizer?

Ela ouviu Modesta soltar um bufo belicoso e viu Tadeo González revirar os olhos.

— Que gentalha! — murmurou a empregada. — Que o diabo os leve.

— Eu sei que você não lê os jornais argentinos — disse o advogado —, mas houve um grande escândalo aqui no ano passado quando foi descoberta a rede de corrupção mantida por vários prefeitos, entre eles Mariño. Ele era uma espécie de chefe dos chefes, como um *capo* da máfia.

— Nossa! — exclamou Brenda. — Me conte tudo, Tadeo, por favor.

— Deve ter sido um ajuste de contas, ou foi algum delegado de Buenos Aires que não estava satisfeito com o acordo ou com a porcentagem que levava. Também se especula que os traficantes colombianos queriam tomar esse território e precisavam tirar Mariño e sua grande rede da jogada. Seja como for, um "arrependido" — e fez aspas com os dedos — o denunciou à Justiça Federal, com provas mais que suficientes para condená-lo a várias prisões perpétuas. O homem acabou preso.

— Ah! — exclamou, ainda surpresa. — E Carla?

Queria saber se estava viva.

— Afundada até o pescoço nas maracutaias do irmão — disse ele.

— Ela estava mal, com câncer — recordou Brenda.

— Como diz o ditado, minha menina — interveio Modesta —, vaso ruim não quebra.

— Deve estar curada, porque está vivinha da silva. Fica desfilando pelos corredores do Comodoro Py com seus advogados. E parece bem saudável.

— Parece uma vadia, senhor, se me permite a intromissão — disse Modesta. — Com aquela roupa toda agarrada e os lábios que parecem duas salsichas. Se fosse eu, pela cara já a prendia.

Apesar de tudo, Tadeo e Brenda riram.

— Não podemos julgar os outros pela aparência — ponderou o advogado.

— Não é assim que a justiça funciona, Modestiña — acrescentou Brenda.

— Não sei — resmungou a empregada, e deu de ombros. — Do jeito que está, a famosa Justiça também não funciona muito bem.

— Nisso você tem razão, Modestiña.

Brenda olhou de novo para Tadeo, séria e ansiosa, e pediu:

— Continue contando, por favor. Do que Mariño é acusado?

— Do que *não* é acusado, você deveria perguntar — respondeu González. — Tráfico de drogas e humano...

— Humano! — escandalizou-se Brenda.

— Sim, humano. Na maioria, meninas pobres do Sul ou do litoral, que ele enganava oferecendo um emprego digno em Buenos Aires, mas que acabavam em bares, obrigadas a exercer a prostituição.

— Coitadinhas — lamentou Modesta.

— Ele é acusado também — retomou o advogado — de agiotagem, tráfico de influência, corrupção de funcionário público, malversação de fundos públicos, lavagem de dinheiro... Enfim, a lista é grande.

— E Coquito Mendaña?

— Também até o pescoço — afirmou Tadeo.

— Estão presos?

— Mariño e Mendaña, sim. Carla foi liberada. Isso não quer dizer que não possa ser presa se ficar provado que ela sabia e participava dos negócios do irmão.

— Deus do céu — sussurrou Brenda, e ficou olhando fixamente para o advogado.

— Eu sei — disse o homem —, você está pensando em Diego.

Brenda assentiu.

— Eu sempre digo à sua mãe que você o salvou naquele dia em que apareceu na casa dele. No dia em que Bartolomé nasceu — acrescentou, e ficou calado por um tempo: — Você e Bartolomé o salvaram de cometer o maior erro da vida dele. A rede de testas de ferro e cúmplices que Mariño mantinha para lavar o dinheiro que ganhava com as drogas e o tráfico de pessoas está desmoronando. Se Diego tivesse assinado os papéis que você viu na casa dele naquele dia, estaria implicado em delitos muito graves.

Brenda deixou o garfo no prato e cobriu o rosto. De repente se sentiu fraca, percorrida por um calafrio que – ela sabia – se tornaria um suor frio e pegajoso.

— Venha aqui, minha menina — interveio Modesta. — Abra a boca e levante a língua.

A empregada colocou uns grãozinhos de sal embaixo da língua de Brenda e ficou observando com o olhar atento.

— Eu te conheço. Assim começa sua pressão baixa e depois você acaba no chão.

— Obrigada, Modestiña — murmurou Brenda. — Já me sinto melhor.

— Mas vá dormir logo, que sua mãezinha me disse que você está com não sei o quê porque Madri é muito longe e eles não têm a mesma hora que nós. *Jet set*, acho.

— Jet lag — esclareceu. Brenda

— Isso mesmo, foi o que disse dona Ximena, sei lá o que é isso. Deve ser uma coisa terrível, porque você está muito pálida, minha menina.

— Sim, Brendita — apoiou o advogado —, por que não vai descansar? Sua mãe me contou que você passou o dia todo no hospital.

— Eu vou — prometeu —, mas antes preciso saber mais sobre Diego e sua relação com os Mariño. Não vou conseguir dormir se você não me contar. Como ele fez para se livrar deles? Porque ele se livrou, não é? — perguntou, meio temerosa, meio esperançosa.

— Eu mesmo o levei à prefeitura de General Arriaga com os trinta e dois mil dólares que ele devia.

— Ah! Ele conseguiu o dinheiro, então.

— Mabel emprestou dez mil dólares...

— Mabel? — estranhou Brenda. — Mabel Fadul, a mãe dele?

— Exato. A morte de Bartolomé os aproximou de novo.

— E o resto do dinheiro?

— Sua mãe deu para ele, é claro. Mas ele já devolveu até o último centavo. Está indo muito bem com a música.

— Quando ele pagou a dívida com Mariño? — inquiriu Brenda. — Porque os juros aumentavam dia a dia, não tinha como continuar esperando.

— Lembro muito bem de quando ele pagou — afirmou González. — Foi numa segunda-feira, 8 de maio de 2017, e lembro bem porque, enquanto íamos a General Arriaga, Diego me disse: "Hoje Bartolomé faria dois meses".

* * *

Brenda dormiu poucas horas. Às cinco e meia já estava acordada. Olhou o celular. Por sorte, nenhuma mensagem de Ximena nem de Lautaro; só uma de Gustavo, que perguntava se podiam adiar a conversa por Skype até ele chegar ao hotel de Colombo; estava muito atrapalhado com a organização da viagem ao Sri Lanka. "Viajo amanhã, quarta-feira, bem cedo", explicava. "Mas se for urgente, amor, falamos hoje mesmo. Como está sua avó?" Sentindo-se egoísta e culpada, Brenda respondeu de imediato dizendo que não era urgente, que se falariam quando ele tivesse tempo. "Vovó continua igual", acrescentou antes de se levantar da cama.

Às seis e meia já estava em um táxi a caminho do hospital. Queria substituir Ximena para que ela descansasse um pouco. Encontrou-a na lanchonete, tomando um café com Tadeo, que havia feito companhia para ela durante a noite.

— Agora que Brendita chegou — disse o advogado —, vou voltar para casa, tomar um banho e ir para o escritório. Volto na hora do almoço — prometeu.

Ximena assentiu e sorriu, e Brenda soube que era uma expressão forçada; sua mãe estava extenuada. Sentou-se ao lado dela e a abraçou.

— Por que não vai para casa com Tadeo e dorme um pouco? — propôs. — Eu fico com a vovó.

Ximena, teimosa como uma boa taurina, mas também resistente e forte, negou com a cabeça.

— Mamãe — disse Brenda enquanto fuçava dentro da bolsa —, veja o que encontrei no mural das minhas fotos.

Entregou a fotografia de Manu, Rafa, Diego e ela no The Eighties.

— Nunca tinha visto essa — apontou.

Ximena pegou a foto e a observou em silêncio, esboçando um sorriso.

— Diego me deu de presente de aniversário — confessou. — Um antigo fã do DiBrama, desses que seguem a banda desde a época do The Eighties, mandou para ele.

— Ah, foi presente de Diego...

Ximena ergueu o olhar e o cravou em sua filha.

— Eu a coloquei no seu mural... — começou, mas se deteve. — Não sei por que fiz isso — admitiu. — Talvez eu quisesse que acontecesse isso, que um dia você voltasse e a encontrasse lá. — Ximena sorriu. — Está morrendo de vontade de me perguntar o que ele disse quando me deu a foto, né? — Brenda assentiu. — Só disse que estavam os três juntos.

— Os três? — estranhou Brenda. — São quatro. — Ela apontou para Manu e Rafa.

— Não, os três — insistiu Ximena. — Ele se referia a você, Bartolomé e ele. Disse: Brenda já estava grávida, mas ainda não dava para ver.

Brenda pegou a foto e a ficou contemplando, embargada por uma dor indescritível e algo mais; uma sensação horrível que, no fim, identificou como arrependimento.

Passou o dia inteiro no box da UTI, ao lado de vovó Lidia, que estava sedada e intubada. O que ela havia escrito a Gustavo – que sua avó continuava igual – não era verdade. A velhinha havia piorado, seu coração estava muito debilitado. Devido à sua condição médica, os familiares mais próximos tinham autorização para permanecer a seu lado sem respeitar os horários de visita nem o número máximo de duas pessoas por vez.

Na hora do almoço, aproveitando que Lautaro e Camila ficariam com vovó Lidia, Brenda desceu à lanchonete para encontrar Millie e Rosi. Assim como no dia anterior, queria evitar falar de Diego Bertoni; mas dessa vez ela mesmo o abordou abertamente.

— Ainda amo Diego — declarou assim que se sentaram a uma mesa.

— Que bom! — exclamou Millie, com a boca cheia. — Finalmente a ficha caiu, menina!

— Estou namorando em Madri.

— O quê?! — exclamaram as duas em coro.

Ela contou sobre Gustavo Molina Blanco, como o havia conhecido, quanta coisa ele havia feito para seduzi-la e conquistá-la.

— Por um momento ele me fez esquecer tudo — admitiu.

— O que você pretende fazer? — perguntou Rosi.

— Pedi a ele para conversarmos por Skype. Quero ser sincera com ele, fico péssima por enganá-lo.

— Vai terminar?

— Sim. Estou repetindo o erro que cometi com Hugo Blanes — lamentou, com amargura.

Martiniano Laurentis apareceu nesse momento; Brenda sentiu uma alegria imensa; havia visto Marti pela última vez no enterro de Bartolomé. Ela pulou da cadeira e os dois se abraçaram.

— Vim direto do aeroporto — comentou o rapaz. — Passei o fim de semana e ontem em Salta fazendo uma auditoria.

— Vou pegar alguma coisa para você comer — ofereceu Brenda.

— Não, não, comi no avião. Estou tranquilo.

Depois de explicar ao amigo a situação de Lidia, Brenda perguntou por sua família, em especial por seus irmãos, Franco e Belén, o que desembocou em Diego Bertoni quando falaram de La Casa Recuperada, a empresa de pintura e alvenaria.

— Eles devem muito a El Moro — apontou Martiniano. — Ele ensinou quase tudo que eles sabem, principalmente sobre alvenaria. Depois, conseguiu o acordo com a fábrica das tintas Luxor, o que deu a eles preços bem competitivos. E, agora que é megafamoso, vive recomendando os rapazes a outros famosos para fazer trabalhos grandes.

— Conte para ela, Marti — incentivou Millie —, no que eles estão trabalhando agora.

— Bem — disse Martiniano —, agora estão com duas obras ao mesmo tempo. Estão reformando a casa de El Moro, na rua Arturo Jauretche...

— Bren morou lá — explicou Rosi.

— Ah, não me lembrava — admitiu o rapaz. — Bem, estão reformando a casa inteira porque El Moro quer montar um grande estúdio de gravação lá. Parece que ele quer abrir sua própria gravadora.

— Uau! — surpreendeu-se Brenda.

— Franco me contou que estão instalando toda parte de tecnologia. Vai ficar maravilhoso.

— Fale do outro, Marti, do apartamento em Puerto Madero.

— Ah, sim, El Moro comprou um apartamento na rua Juana Manso, em um edifício maravilhoso, você não imagina a vista que tem, Bren. Aproveitando que estava em turnê, pediu aos rapazes que o pintassem e fizessem algumas reformas. Quando ele voltar da turnê, já vai estar pronto.

— Você disse que estão fazendo as duas obras ao mesmo tempo — estranhou Brenda —, o apartamento de Puerto Madero e a casa de Arturo Jauretche. Como conseguem? Não eram tantos meninos assim.

— Agora eles têm vários funcionários — explicou Martiniano, com orgulho. — La Casa Recuperada é um sucesso, Bren.

* * *

Depois da conversa com seus amigos, Brenda voltou à UTI. Antes de entrar, respondeu a uma mensagem de Francisco Pichiotti, que perguntava por sua avó Lidia. "Não muito bem, Fran", respondeu. "Quer que eu vá até o hospital para dar uma força?", ele ofereceu, o que a fez sorrir. "Não, Fran, mas agradeço. Curta sua visita a Buenos Aires."

Encontrou Ximena no box, segurando a mão de sua mãe e soluçando em silêncio. Tadeo González estava ao lado dela.

— Não quero que ela continue sofrendo — disse Ximena.

— Ela não está sofrendo, querida — confortou González. — Está muito medicada.

— Mamãe, por que vocês não vão um pouco à lanchonete? — propôs Brenda. — Eu fico com a vovó.

Demoraram para convencê-la; no fim, conseguiram fazer Ximena sair um pouco para arejar a cabeça. Brenda ocupou a cadeira que sua mãe abandonara, pegou a mão de Lidia e a beijou com devoção. Fechou os olhos e se forçou a evocar a primeira memória que conservava de seus avós, e dessa velha lembrança – uma festa no jardim de infância – passou a percorrer as vivências mais importantes em que Lidia e Benito estiveram presentes. As lágrimas corriam entre suas pálpebras e banhavam a mão de sua avó. Brenda caiu no choro abertamente ao recordar quanto Lidia tentara consolá-la depois da perda de Bartolomé. Levantou-se e beijou sua testa, os olhos fechados e as faces descarnadas.

— Eu te amo, vovó — sussurrou. — Sempre vou te amar. E quero que saiba que eu amo Diego Bertoni com todas as forças de meu ser. Ele é o amor da minha vida, o pai do meu filho adorado. Vou fazer uma promessa para que você vá tranquila: vou fazer o impossível para reconquistar o amor dele, para que Diego e eu fiquemos juntos para sempre, como você e vovô Benito, para que sejamos tão felizes quanto vocês.

Lidia morreu horas depois, de madrugada.

* * *

Ela seria enterrada na quinta-feira, 10 de julho, ao meio-dia, no mesmo cemitério parque de San Justo onde descansavam Héctor, Benito e

Bartolomé. Lidia, porém, ficaria em um jazigo próximo; o outro havia se completado com o pequeno ataúde do filho de Brenda.

Brenda se preparava no quarto e, enquanto cobria as olheiras com corretivo, olhava-se no espelho e tentava se convencer de que reuniria coragem para voltar ao lugar onde jazia seu bebê. Tinha medo do que as horas seguintes lhe reservavam; seria como abrir uma ferida que nunca cicatrizara de verdade.

Eles se distribuíram entre os elegantes automóveis pretos da empresa funerária e foram até San Justo em um silêncio só quebrado pelas notificações dos celulares anunciando a chegada de mensagens. Brenda havia avisado Gustavo sobre a morte de sua avó, mas não obtivera resposta. Ele devia estar chegando a Colombo ou se instalando no hotel, deduziu.

Era grande a multidão que se agrupava em volta da cova aberta onde Lidia descansaria para sempre. Padre Antonio e padre Ismael haviam aceitado recitar o responsório, e a familiaridade de suas vozes monótonas conduziu Brenda, inevitavelmente, ao momento do qual ansiava escapar. Ela acabou se rendendo diante da força da recordação. Fechou os olhos e, agarrando-se ao braço de Millie, permitiu que as imagens a inundassem, que a afogassem, que a destruíssem; as cenas do pior momento de sua vida, o mais duro, o mais inexplicável. Por que a vida arrebatara dela seu bebê? Por que havia atravessado a rua como uma louca sem pensar no bem-estar dele? Por que não se perdoava? E, enquanto ouvia de novo as polias rangendo e contemplava de novo a descida do caixãozinho de Bartolomé com infinita impotência, teve um instante de iluminação, uma epifania que lhe permitiu ver, ver de verdade, além da nuvem de confusão e dor. Ela havia ficado longe de sua família, mas especialmente do amor de sua vida, como uma forma de castigo ou de expiação por seu grande pecado: ser culpada pela morte de Bartolomé. A descoberta a espantou, e ela ergueu depressa as pálpebras, em parte atraída pelo som de um motor, de uma van preta com vidros espelhados, que parava em uma das ruas internas do cemitério, a poucos metros do jazigo de Lidia.

Brenda sufocou uma exclamação quando Diego Bertoni desceu pela porta do passageiro. Ao volante estava Mariel Broda.

Brenda viu Diego avançar para o cortejo fúnebre e teve a impressão de que tudo nela esfriava e endurecia; um terror desconhecido a paralisava.

Ela o observou sem piscar, sem respirar, sem se mexer, sem pensar. Só conseguia absorver a imponência do porte dele naquele terno azul-escuro e a severidade do cenho que lhe endurecia a expressão.

Millie apertou sua mão e sussurrou:

— Calma.

Para Ximena não foi uma surpresa vê-lo ali, por isso Brenda deduziu que sua mãe sabia que ele chegaria. Ela o viu posicionar-se ao lado dos Fadul e de frente para ela, com a cova no meio, como símbolo do obstáculo que os mantinha afastados. Depois de cumprimentar Lita com um beijo fugaz e silencioso, dirigiu o olhar para Brenda; e foi de um jeito tão deliberado e com tanta severidade que ela baixou a cabeça de imediato para se proteger do ressentimento que ele transmitia. Será que por fim ele havia percebido que ela era a culpada por terem perdido Bartolomé? Poucos meses antes, quando telefonara para a escola de astrologia, ele havia declarado seu amor com voz trêmula. Por que nesse momento tão doloroso para ela a contemplava quase com desprezo?

O responsório acabou e o funcionário do cemitério ligou o motor que acionaria a máquina para baixar o caixão de vovó Lidia. De novo o som das polias rangendo que se propagava no silêncio ferido apenas pelo pranto baixinho de Ximena levou Brenda de volta ao dia 14 de março de 2017, e outra vez as imagens e as cenas a acertaram com uma dureza renovada. Deu meia-volta e se afastou, caminhando depressa, desorientada, sem rumo. *Bem uraniana*, reconheceu, de repente ciente de sua natureza, que a obrigava a fugir quando se assustava. Sempre fizera isso, censurou-se, porque toda vez que sua polaridade uraniana gritara para que fugisse, que impedisse a intensidade, que preservasse a liberdade a qualquer custo, ela tinha fugido e abandonado Diego, deixando-o à mercê de seus vícios e inseguranças. A promessa feita naquele distante dia de 2016, justamente o dia em que haviam concebido Bartolomé – que, se ele caísse de novo no poço de ódio e dor que as drogas e o álcool representavam, ela desceria com ele –, mostrou ser uma grande mentira. À culpa por ter provocado a morte de seu filho somava-se a vergonha por não ter mantido uma promessa pronunciada pela memória de seu pai. A vergonha maior, porém, era a de ter decepcionado a pessoa que mais amava. A dor e a culpa eram cruéis.

Ela acabou de cócoras junto à lápide que sinalizava o túmulo de Héctor, Benito e Bartolomé, e, com o rosto encharcado de lágrimas e a visão embaçada, foi acariciando as letras dos nomes sem as ver de verdade, como um cego apalpa o desconhecido. "Papai, papai", gemia baixinho, "fiz tudo errado, papai. Me ajude".

Ouviu a grama estalar e, depois de enxugar os olhos com as costas da mão, avistou um par de sapatos marrom-claros, novos e de qualidade, parados a poucos centímetros da lápide. Levantou-se meio fraca e tonta. Diego estava de pé a seu lado e, depois de fitá-la rápida e duramente, abaixou-se ao lado do túmulo. Pousou a mão aberta sobre o mármore e ficou ali, quieto e em silêncio. Brenda sentiu um calafrio ao vê-lo acariciar as letras da palavra Bartolomé. E mordeu o lábio quando Diego beijou a ponta dos dedos e os pousou sobre o nome de seu filho.

Ela o viu se levantar com o coração acelerado retumbando no peito, no pescoço, nos ouvidos, no estômago. As batidas enlouquecidas a ocupavam por completo. Sentia a boca seca, e uma angústia pela certeza de que seria muito difícil falar normalmente. Era a primeira vez que se viam em quase dois anos e meio, e ela não conseguia dizer nem "olá". Ele, por sua vez, continuava olhando para ela com desprezo. Era fácil entrever em sua expressão severa o Marte na Casa I, que o transformava em um ariano belicoso e cruel. Ela havia feito algo que o levara a desembainhar a espada do deus Ares e agora sofreria as consequências.

Contudo, quando Diego falou, deixou-a desconcertada, afinal ela achara que ele jogaria na sua cara a morte de seu filho.

— É verdade que você está namorando? — perguntou, e ela ficou muda.
— É verdade? — insistiu ele, no tom arrogante que ela tanto conhecia.

— É muito recente — balbuciou Brenda, com a voz desfalecida, sem ter real consciência das palavras que pronunciava.

— Um sujeito de Madri? — perguntou Diego, outra vez com seu jeito exigente e severo, e Brenda só conseguiu assentir.

Depois se lembraria de *seu* Marte, que, em conjunção com o Sol, justificaria o impulso que a havia resgatado do feitiço e da angústia e que lhe havia permitido reagir.

— É verdade que você está saindo com uma modelo? — interrogou ela. — É verdade? — pressionou.

Os olhos de Diego, desconcertantes em sua excentricidade, aguçaram-se e a fulminaram com um olhar que deixava entrever uma hostilidade implacável. O sombreado de suas pálpebras havia se tornado quase inverossímil, como se ele tivesse passado algo para acentuá-lo. Mas ela sabia que aquilo era um efeito natural, que acontecia quando ele estava furioso.

Depois desse olhar letal, Diego deu meia-volta e foi embora.

26

Depois de quase dois anos e meio sem se verem, tudo acabava depois de uma breve e ressentida conversa. Ela ficou sentada ao lado do túmulo, com as pernas dobradas e a testa colada nos joelhos. Não queria voltar ao enterro de sua avó, não estava a fim de cumprimentar as pessoas, menos ainda os Fadul, que a tratariam com carinho, pois ela sabia que a culpavam por tudo, pelo bebê e pela infelicidade de Diego. *Eu sei, Lita*, pensou, *sou uma filha da puta que foge como os ratos quando o barco está fundando, mas o que posso fazer? Com Urano na Casa XII, sou escrava da loucura.*

Ficou ali sentada, sabendo que Millie e Rosi iriam procurá-la. Ouviu-as chegar minutos depois.

— Bren, o que aconteceu? — perguntou Rosi.

— Vimos El Moro vindo para cá — comentou Millie. — Vocês brigaram?

— Ele me perguntou se era verdade que eu estava namorando — respondeu, com a voz congestionada. — Não entendo como ele soube. Não contei nem à minha mãe.

— Você contou para o menino com quem viajou? — inquiriu Rosi, e Brenda ergueu depressa a cabeça. — É, contou sim — confirmou, sem necessidade de palavras.

— Foi ele — disse Millie. — E não se surpreenda se tiver dado até o número do seu celular para El Moro.

O presságio de Millie se cumpriu nesse mesmo dia, no fim da tarde, quando, na chácara de San Justo, pensando em fugir para Madri, Brenda ouviu seu celular notificar a chegada de uma mensagem de Diego no WhatsApp. "Você ama esse cara como me amou?", ele queria saber. Brenda notou o verbo no passado e decidiu responder com deliberada ambiguidade. "Não, nunca vou amar ninguém como te amei." Mandou a mensagem e ficou olhando para a tela. Suas pernas tremiam, então se sentou na beira da cama. "Por que está com ele?", perguntou Diego segundos depois, e ela respondeu com uma franqueza inabalável. "Pela mesma razão pela qual fiquei com Hugo Blanes: para esquecer você." O que se seguiu foi a lógica consequência da resposta de Brenda. "E conseguiu me esquecer?" E ela decidiu arriscar e continuar dizendo a verdade. "Não. E você, por que está com a modelo?"

Depois do enterro, ela havia pesquisado sobre Diego no Google, algo que havia se proibido de fazer. No intervalo de poucas horas absorveu as informações de mais destaque da vida de Diego Bertoni durante os dois últimos anos. Saber tão pouco dele, de seu sucesso e realizações, das mulheres com quem o associavam e da tal Ana María Spano, uma espécie de Megan Fox argentina, que a fazia sentir uma barata, fez Brenda mergulhar em uma profunda tristeza.

A resposta de Diego demorou um pouco mais que as anteriores. "Não para te esquecer. Sei que isso seria impossível. Sinto muito por sua avó e sinto muito não ter dito isso no cemitério." *Ah*, pensou Brenda com ironia, *vai mudar de assunto*. Mas, como queria manter o tratamento cordial, respondeu com gentileza. "Obrigada. E obrigada também por ter vindo só para nos acompanhar neste momento. Mamãe me contou que você está em turnê." Não obteve resposta e se convenceu de que tudo acabaria ali.

Ela se deitou na cama e fixou a vista no plafon do teto, que pouco depois se tornou difuso quando as lágrimas marejaram seus olhos. Acabaram se derramando por suas têmporas e molhando o travesseiro. Havia perdido Diego, e era a única culpada. Havia abandonado Diego no pior momento, quando ele tanto precisava dela, e agora ele preferia outra mulher. Ela merecia. Sentiu ódio de si mesma. Um instante depois, o ódio se dirigiu também a Diego ao recordar quantas coisas ele havia escondido, ao reviver a sórdida cena da fatídica tarde do nascimento de Bartolomé. Ele que ficasse com a Spano! Ela seria feliz sozinha.

Brenda se levantou subitamente ao ouvir a notificação do WhatsApp, e foi impossível conter o sorriso ao ver que era Diego outra vez. "Desculpe pela demora em responder. Estava embarcando. Agora tenho que desligar o celular, mas depois continuamos conversando. Pode ser?" Ela respondeu depressa que sim. "Só me diga uma coisa: quem te deu meu número? Não me incomoda, é só curiosidade." A resposta a deixou atônita: "Foi Tadeo, hoje, depois do enterro. Agora tenho que desligar o celular".

***

Brenda desceu e encontrou Tadeo na cozinha. Estava fazendo um chá para Ximena, que assistia a um filme na sala.

— Olá — cumprimentou, e se sentou à mesa.
— Olá, Brendita. Quer um chá?
— Não, Obrigada. Por que Diego foi ao enterro com Mariel Broda?
— Porque Carmelo é o produtor e empresário do DiBrama. Ele está no México com Manu e Rafa. Mariel, que ficou em Buenos Aires, foi buscar Diego em Ezeiza.
— São muito boa gente.
— Muito boa gente e especialmente honestos — enfatizou o advogado —, algo difícil de encontrar no mundo da música.
— Eu estava trocando mensagens com Diego — ela confessou, e González virou a cabeça para fitá-la. — Ele disse que foi você quem deu meu número a ele.
— Ele me pediu quando foi cumprimentar sua mãe — justificou Tadeo. — Admito que me surpreendeu. Ele jamais me pediu nada referente a você. Depois da conversa que nós tivemos na segunda-feira à noite, achei que deveria dá-lo. Fiz mal?
— Não, de jeito nenhum. Fez bem — garantiu ela, e sorriu.

O celular vibrou em sua mão e Brenda se apressou para ver quem era. Era Francisco Pichiotti perguntando pela saúde de sua avó Lidia. "Faleceu, Fran. Acabamos de enterrá-la." Ela comovida quando ele a convidou para ir ao cinema para se distrair um pouco. "Vamos deixar o cinema para quando eu voltar à capital. Agora estou em San Justo." Ia perguntar se ele havia revelado a Diego que ela estava namorando, mas se absteve; não valia a pena. Perguntou, porém, se havia visto a sobrinha da mulher de seu pai, a garota argentina de quem gostava – tinha outra em Madri –, e ele respondeu que sim, mas que a menina já não lhe parecia tão legal como no ano anterior. "É muito imatura", afirmou, e Brenda sorriu.

Arranjando um pretexto qualquer, encerrou a conversa com Francisco quando Diego escreveu de novo. "Como você está?", perguntava simplesmente. "Acho que ainda não caiu a ficha de que nunca mais vou ver minha avó. Quando cair, vai ser terrível. Escrevo isso e tenho medo só de pensar." Diego respondeu imediatamente. "Não tenha medo. Você é uma das pessoas mais fortes que conheço." Brenda torceu os lábios, em franco desacordo. Não era forte, e sim uma covarde especialista em fugas e, graças à influência de Júpiter na Casa XII, uma especialista em negar a realidade; quando não gostava das coisas, olhava para o outro lado.

"Me fale de você", pediu, para evitar que ele se referisse a ela e a sua suposta força. "O que você quer saber?" Ela queria saber tudo, exceto sobre a tal da Spano, a quem já detestava. "Do sucesso do DiBrama", respondeu. "Desde que cheguei a Buenos Aires só dá vocês, por todo lado."

Durante a hora seguinte, a troca de mensagens foi febril, intensa, mais ou menos como havia sido o relacionamento deles. Diego começou relatando as peripécias durante o programa de TV *Latin Rock Band*, que os havia lançado ao estrelato em meados de 2017 e onde tinha nascido o sucesso que tinham nesse momento. Choviam contratos para shows; o ano não tinha dias suficientes para aceitar todos. Estavam trabalhando em um novo álbum, cujas músicas principais apresentariam em Vélez no domingo, 4 de agosto. Ele escreveu, com orgulho, que os quase cinquenta mil lugares do estádio estavam vendidos, e Brenda comentou: "Você deve estar superfeliz". Diego respondeu: "Não, nunca estou feliz. Satisfeito por ter cumprido a promessa que fiz tempos atrás, sim, mas feliz, não. Você é feliz?". Brenda respondeu sem hesitar: "Não". E queria ter acrescentado que só alcançaria a felicidade se ele a amasse de novo, mas se absteve, porque achou injusto. Diego estava tentando refazer sua vida com a modelo, e, embora morresse de ciúme e raiva, Brenda não tinha direito de importuná-lo – não depois da maneira como se comportara.

"Você não é feliz com ele?", perguntou Diego, e Brenda se espantou com a pergunta tão direta. "Não quero falar dele porque é uma boa pessoa e não acho justo. Por que não ficou mais tempo em Buenos Aires?" Diego aceitou a negativa com dignidade e se limitou a responder que no sábado tinham um show em Monterrey; queria chegar o quanto antes para supervisionar a instalação dos equipamentos no palco. Brenda sorriu. "Sempre o eterno controlador." Ele logo se defendeu: "É o único jeito para que as coisas saiam direito". Brenda digitou a seguir: "Concordo plenamente. Você não deveria ter se exigido tanto no meio de uma turnê.

Mamãe teria compreendido perfeitamente se você não viesse. Acho até que ela está meio brava com você por ter feito uma viagem dessas para ficar poucas horas. Não, é mentira... mamãe nunca fica brava com você". Diante disso, Diego acrescentou: "Fui por Ximena, mas também porque sabia que veria você".

O coração de Brenda disparou e, com os polegares sobre o teclado, não sabia o que responder. Queria lhe dizer tantas coisas e, ao mesmo tempo, sentia-se amarrada pelo medo. E se descobrissem que nada restava do amor que confessaram um ao outro um dia? E se esses dois anos os tivessem mudado irremediavelmente e os dois não fossem mais feitos um para o outro? E se nunca cicatrizasse a ferida causada pela morte de Bartolomé? "Você estava muito bravo comigo", escreveu depois desses segundos de angústia, que para ele devem ter durado uma eternidade. "Não, bravo não. Com ciúme. Muito. Desculpe." "Eu é que tenho que te pedir desculpas, meu amor", é o que teria gostado de dizer. Contudo, escreveu: "Não fique com ciúme. Não faz sentido". Diante disso, ele depressa perguntou: "Por que não faz sentido?". Ela foi igualmente veloz: "Você sabe melhor do que ninguém. Agora quero que descanse, você precisa dormir. Fez uma maratona de viagem, e precisa estar descansado para enfrentar os shows. Por favor, durma um pouco". A resposta dele a fez sorrir com ternura: "Ainda se preocupa comigo? Então, vai gostar de saber que faz dois meses e três dias que não fumo". Dessa vez o coração de Brenda deu um pulo, mas de alegria. "Fico muito feliz!", escreveu com um sorriso inconsciente, e ele respondeu: "Então eu te faço feliz, é?". Brenda não hesitou e digitou: "Sim, desde que me conheço por gente. Agora vá dormir, por favor". Ele concordou com um submisso: "Sim, vou descansar. Acho que vou dormir muito bem. Até manhã". "Até manhã", respondeu ela, com esperanças de que ainda haveria um amanhã para eles.

* * *

Nos dias seguintes ela não desmoronou pela ausência de Lidia porque a troca de mensagens com Diego, que continuava fluente, a segurava. Na verdade, fazia Brenda se sentir viva de novo. Ela esperava com anseio o alerta do celular e, estivesse onde estivesse, fazendo o que fosse, respondia. Apesar da diferença de fuso e da agenda apertada do DiBrama, ele, mesmo que fossem umas poucas linhas, sempre escrevia e nunca faltava ao encontro cibernético deles. Brenda vibrava com cada palavra, e, embora não mencionassem a modelo ou o rapaz de Madri, os dois falavam de qualquer assunto. Mas também se reprimiam e agiam com extrema prudência. Existia uma tensão sexual impossível de esconder, que se exacerbou quando as mensagens escritas se transformaram em áudios e a voz rouca e grave de Diego provocou nela o mesmo que teria provocado se ele tocasse suas zonas erógenas. Embora as mensagens de áudio se sucedessem, cada uma renovava a experiência: nunca cansavam, nunca ficavam repetitivas, nunca viravam um hábito. Ela ouvia aquele "Brenda" e suas pálpebras se fechavam por decisão própria.

Brenda vivia para receber suas mensagens e responder. Ia com o celular para todo lado; até enquanto tomava banho o deixava perto. Impunha-se um pouco de normalidade e fazia outras coisas, como ficar com Ximena, durante abalada pela perda da mãe. Também aceitou o convite de Fran Pichiotti para ir ao cinema e se divertiu. Depois do filme, enquanto tomavam um sorvete, o garoto confessou que estava radiante porque trocava mensagens pelo Instagram com El Moro quase todos os dias.

— Hoje eu contei para ele que nós viríamos ao cinema e ele me pediu para mandar uma foto nossa. Pode ser?

Brenda, sorrindo, negou com a cabeça e se aproximou para uma selfie e esta logo acabou no Instagram de Diego, que já contava com quase três milhões de seguidores. Nos últimos dias, e graças ao sucesso na Cidade do México, Monterrey e Guadalajara, o número havia aumentado notavelmente.

— Eu sei que El Moro conversa comigo por sua causa, Bren — disse Francisco.

— Ele conversa porque gosta de você, Fran. Talvez, em um primeiro momento, eu tenha sido o pretexto, o elo, digamos assim. Mas agora vocês já têm uma amizade.

— Eu morreria se El Moro me dissesse que me considera um amigo.

— Ele pode ser um amigo e um mestre — apontou Brenda. — Diego manja demais de música, e, se for isso que você quer estudar, ele pode te orientar.

— Seria demais, meu Deus — disse o menino, com tamanha veemência que a fez rir.

Outras questões não eram tão agradáveis. A chamada por Skype com Gustavo estava sendo adiada repetidamente devido à grande diferença de horário e aos compromissos profissionais dele, ligados à produção do documentário. Brenda se sentia culpada pela ansiedade com que queria terminar com ele, como se quisesse despachar o fotógrafo madrilense porque já não era mais útil para ela.

— Não exagere — repreendeu-a Cecilia em uma de suas habituais conversas por telefone. — Você não quer se livrar dele como se fosse uma pulga. O que você quer é acabar com a mentira.

— Sim, pode ser — concordou Brenda, com a voz apagada. — De qualquer maneira, eu me sinto mal. E me dá raiva ter caído duas vezes na mesma armadilha, uma vez com Hugo e agora com o coitado do Gustavo, que é tão legal.

— Acho que você aprendeu a lição.

— Essa e a de não fugir como um rato toda vez que a coisa aperta.

— Ah, minha querida uraniana, essa lição eu receio que você tenha que aprender cada vez que a coisa apertar. Garanto que, assim como você respira sem pensar, tenderá a fugir sem pensar.

— Que destino! — resmungou Brenda. — Por que justo eu tinha que ter um mapa tão complicado?

— Você já sabe o que eu acho... — começou a astróloga.

— Sim, já sei — interrompeu Brenda. — Mapa fácil, vida medíocre. A essa altura, acho que eu preferiria uma vida medíocre.

— Ah, é? — provocou Cecilia. — E você acha que com um mapa simples teria amado do jeito que ama Diego, desde pequena?

Como amar Diego era a coisa mais importante de sua vida, mais que a música, que sua família, que tudo, Brenda decidiu não reclamar mais das complexidades com que havia sido abençoada ao nascer no dia 1º de março de 1996, às quatro e quinze da madrugada, na cidade de Buenos Aires.

— Outra coisa — disse Cecilia. — É impressão minha ou você não pretende voltar a Madri?

Brenda havia viajado em 7 de julho; era dia 20 e ela continuava indecisa. Tinha a impressão de ter apertado o botão de pausa do controle remoto para que sua vida congelasse enquanto Diego Bertoni não voltasse a Buenos Aires.

— Não sei — foi sincera. — Estou confusa.

— Confusa nada — provocou a astróloga. — Você sabe muito bem o que quer. E quero que o diga em voz alta.

— Quero voltar com Diego.

— Isso! Aí está! Foi tão difícil assim?

— Mas e se ele não me quiser?

— É mais fácil um porco voar — afirmou a astróloga.

— Ele está com aquela modelo de quem eu falei — disse Brenda, obstinada.

— Sim, eu pesquisei no Google. Bem bonita — concordou Cecilia. — Mas tem certeza de que estão juntos?

— Ele não negou quando eu perguntei.

— Ela está com ele agora na turnê?

— Não, acho que não. Eu a sigo nas redes sociais e nos programas de fofocas. Eu sei, não diga nada, é o fim da picada ver esses programas, mas eu morro de ansiedade e de ciúme — confessou.

— Compreensível — disse Cecilia. — Você disse que a segue nos programas e nas redes. E aí?

— Parece que ela está aqui, na Argentina. Mas está sempre falando de El Moro. El Moro isso, El Moro aquilo, como se estivessem juntos. Isso me deixa doente, juro.

— Posso imaginar. Mas, se está me dizendo que você e Diego se falam todos os dias, por que não pergunta diretamente em que pé estão as coisas com a tal modelo?

— Não tenho coragem.

— Ah, pisciana medrosa! Vai fazer como fez com Carla, quando ela era um assunto tabu entre vocês?

O comentário de Cecilia a deixou calada, não porque não soubesse o que dizer, mas por causa do impacto que foi ouvir uma verdade tão avassaladora.

— Eu sugiro que você pergunte — disse Cecilia. — Primeiro resolva as coisas com Gustavo e, depois que estiver livre, enfrente Diego e fale sem rodeios.

— Obrigada, Ceci — respondeu Brenda, com um fio de voz.

Brenda ficou angustiada o resto da tarde, com pena de si mesma e esbravejando contra o destino cruel que sempre a punha diante de dificuldades quando se tratava de Diego Bertoni.

Ele ligou à noite de Bogotá e logo notou que ela estava desanimada. Já não usavam a funcionalidade das mensagens gravadas do WhatsApp. Fazia alguns dias que se telefonavam.

— Tudo bem? — perguntou Diego.

— Sim, só um pouco cansada.

Ela mentiu, porque, embora pensasse em perguntar a ele como estavam as coisas com Spano, o medo gigantesco da possível resposta a amordaçava.

— Qual é a próxima cidade? — perguntou, para não lhe dar tempo de ele continuar indagando.

Conversaram sobre a apresentação em Lima, e os assuntos importantes continuaram sendo os elefantes no meio da sala, como sempre acontecia.

* * *

Na última semana de julho, Brenda fez duas visitas longamente postergadas; a primeira a Lita, a quem, enquanto esteve em Madri, só havia ligado nos aniversários e no Natal. A avó de Diego sempre a tratava com carinho e ficava contente ao ouvi-la, mas Brenda suspeitava de que estivesse magoada pela maneira como ela havia fugido depois da morte de Bartolomé. Nunca mencionava Diego, e Brenda jamais perguntava. Conversavam poucos minutos e a conversa acabava de maneira cordial e só.

Brenda ligou no domingo, 28 de julho, à tarde, e Lita pediu que ela fosse até lá no dia seguinte. Tinha saudade de tê-la de novo em sua casa e conversar como nos velhos tempos. Um pouco para celebrar esses velhos tempos, Brenda fez uma torta de limão, como daquela primeira vez, e se arrumou com especial capricho, mesmo que só para ver Lita; Diego estava longe, em Santiago do Chile. Enquanto passava batom, seu celular apitou com uma mensagem. Não tinha muito tempo, então decidiu ver depois. No entanto, ao pensar que podia ser Diego – nesse dia ele não havia escrito nem ligado –, largou o batom e pegou o celular. "Minha avó acabou de me contar que você está indo na casa dela." Brenda sorria enquanto escrevia a resposta. "Sim, estou morrendo de vontade de ver Lita", admitiu. "Estou com saudade dela", acrescentou. "Minha velhinha está muito feliz com a sua visita", afirmou Diego. "Obrigado por ir se encontrar vê-la. Isso é muito importante para ela." Brenda digitou depressa a resposta. "Para mim também é."

Contudo, ao entrar na Arturo Jauretche e se ver a poucos metros do lugar onde havia sido atropelada, ela freou bruscamente e ficou no meio da rua, cega pela cena que se reproduzia diante dela, sentindo nas entranhas o medo e especialmente a confusão. "Brenda, amor! O que aconteceu?" – o terror com que Diego pronunciara essas palavras ainda a impedia de respirar. Ela as mantivera enterradas, e agora que voltavam à superfície ameaçavam destruí-la.

Brenda saiu do transe com a buzina de um carro que queria passar. Engatou a primeira, deu uma guinada para a direita, bem em frente à casa de Lita, e estacionou no mesmo espaço da primeira vez. Desceu muito perturbada, com a torta de limão nas mãos. Lita a esperava com a porta aberta e um sorriso, alheia às lembranças que a atormentavam. Contudo, ao vê-la se aproximar, a velhinha franziu o cenho ao captar seu estado de ânimo.

— Olá, meu amor! — exclamou a avó de Diego, e deu um beijo em seu rosto. — Entre, entre — disse enquanto pegava a torta.

Entraram. Brenda fechou os olhos e inspirou o aroma tão familiar da casa dos Fadul. Havia sido feliz e amada naquele lugar, e o abandonara como uma covarde. Ergueu as pálpebras e encontrou Lita diante dela, contemplando-a com um sorriso de expectativa.

— Recordando os bons e velhos tempos, não é, meu amor?

Brenda a abraçou e começou a chorar. A mulher a guiou até o sofá, onde a acolheu em um abraço maternal.

— Eu abandonei Diego, Lita — murmurou entre espasmos de choro. — Eu o abandonei quando ele mais precisava de mim. Ele é o amor da minha vida e eu o abandonei.

— Você havia perdido seu filho de um jeito trágico, Brendita — consolou a idosa. — Estava perturbada e ferida. E era tão novinha, meu amor...

— Eu não me perdoo — confessou Brenda. — Não consigo me perdoar.

Lita a afastou de seu seio e a fitou com determinação.

— Você vai ter que deixar o passado para trás e se perdoar, e perdoar Diego, se vocês dois quiserem voltar a ser felizes.

— Eu o perdi, Lita.

Lita se permitiu uma gargalhada curta e irônica.

— E eu sou a Marilyn Monroe.

Cecilia dissera que era mais fácil um porco voar, e agora Lita se comparava com o ícone da beleza. Por que tinham tanta certeza de que Diego a queria de volta e ela se sentia tão insegura? Durante esses dezoito dias de constantes mensagens e ligações – sim, ela estava contando –, ela havia se iludido em várias ocasiões e em outras tantas concluíra que ele só queria uma amizade, ou talvez quisesse que ela o perdoasse, ou provavelmente queria encerrar uma questão que havia ficado inconclusa, ou sabe-se lá o quê, mas não voltar com ela.

— Agora ele está com aquela modelo, Ana Spano. Ela é linda — lamentou Brenda.

— Não a conheço pessoalmente — disse Lita —, aqui ele nunca a trouxe, mas sim, é linda. Eu sei porque as meninas — referia-se a suas filhas, Silvia e Liliana — me mostraram uma foto. Mas eu conheço bem meu neto, Brendita, e posso garantir que, se ele está com ela como andam dizendo, é porque a solidão pesa. O homem não sabe ficar sozinho, essa é uma grande verdade. Mas bastaria isto — disse, e estalou os dedos — para que ele deixasse essa moça e se jogasse a seus pés.

Brenda riu entre lágrimas, contagiada pelo otimismo da avó de seu amado Diego.

— Obrigada por me receber e me tratar bem, apesar do quanto eu fiz seu neto sofrer.

— Meu neto provocou muitas das desgraças que o atingiram — disse a mulher. — Eu amo Diego profundamente — esclareceu —, mas o amor não me cega e eu sei que ele cometeu erros graves. Eu sei o que aconteceu no dia do nascimento de meu bisneto. Ele me contou um tempo depois, quando não aguentava mais a angústia e a dor. Chorou assim como você está chorando agora e me contou tudo. Ele se sentia tão culpado! Estava arrasado.

Brenda enxugava as lágrimas e tentava conter os espasmos e os tremores.

— Não entendo como ele não teve mais recaídas — disse, com a voz fanhosa.

— Ele morou aqui comigo e com Silvia — comentou Lita. — Disse que não podia voltar para casa, que tudo lembrava você e que voltaria aos vícios se ficasse sozinho. Desde a morte de meu bisneto, meu Dieguito foi muito sensato. Eu sei que fez um juramento a você e a meu bisneto. Eu sei que prometeu que se tornaria alguém de quem vocês dois se orgulhariam. Acho que foi essa promessa que o segurou todo esse tempo. Agora até se deu ao luxo de parar de fumar.

— Estou tão orgulhosa dele! — disse Brenda.

— E ele fez tudo sozinho, Brendita, sem usar você como bengala. — Brenda franziu o cenho, confusa. — Depois de sair da casa de reabilitação — explicou Lita —, se ele se manteve no bom caminho foi porque não queria perder você, mas eu sei, porque o conheço como ninguém, que o vício o vigiava bem de perto. Ele sentia uma pressão terrível, a responsabilidade o sufocava, e se não recaía era para não perder você. Mas isso seria uma reabilitação genuína?

— Não, acho que não — aceitou Brenda.

— Pois é. Agora, Dieguito reconstruiu a si mesmo desde o alicerce e com seu próprio esforço. A morte de Bartolomé marcou o ponto mais baixo de sua vida e também um marco de onde era impossível retornar. Nessas circunstâncias, um ser humano perece ou se torna mais forte e sábio. Dieguito se fortaleceu. Claro, o incentivo para se manter no caminho da reabilitação foi cumprir a promessa que fez a vocês dois, mas ele conseguiu sozinho. Acho que agora se sente digno de você.

Que frase mais sábia!, pensou Brenda. Diego sempre se sentira diminuído e pouco merecedor, e, consequentemente, suscetível e inseguro.

— Talvez — disse Brenda, ainda emocionada — todo esse sofrimento que nós enfrentamos tenha servido para ele finalmente se livrar das correntes que o escravizavam.

— E assim — acrescentou a idosa — o sofrimento ganha sentido.

— Se serviu para isso, eu o aceito — declarou Brenda. — Eu daria qualquer coisa para ver Diego feliz.

— Dê a ele o seu amor — disse Lita. — É a única coisa de que ele precisa.

Depois dessa catarse, as duas se sentaram à mesa para tomar chá e conversar com uma carga emotiva mais leve. Com Diego Brenda estava sempre pisando em ovos, mas para Lita ela perguntava o que queria.

— Você sabe se Carla e Diego voltaram a se ver?

— Acho que não — respondeu Lita, com o semblante severo que o nome daquela mulher sempre lhe inspirava. — Eu o ouvi uma vez falar com ela, dias depois do enterro de Bartolomé. Ele foi muito duro e a acusou da morte do filho. E gritou que não queria tornar a vê-la nunca mais na vida. Parece que a safada tocou no assunto da dívida que Dieguito tinha com Mariño, porque ele respondeu que já tinha o dinheiro e que ia pagar em breve.

— Tadeo me contou que Mabel emprestou a ele dez mil dólares — apontou Brenda. — Isso quer dizer que eles retomaram a relação?

Lita torceu os lábios.

— Minha filha é uma menina muito limitada — declarou com invejável fatalismo. — Para ela, vai ser sempre difícil, talvez impossível, entender as complexidades de um menino como Diego. Podemos dizer que ela não tem estrutura para o filho que tem. Mas sim — concluiu —, as coisas estão melhor entre eles, e isso é bom para Dieguito. Eles se falam sempre e Mabel vem de vez em quando visitá-lo. Assim como Lucía, que está muito mudada também.

— E com David?

— Dieguito não quer saber daquele verme — replicou. — Mas, voltando ao assunto de Carla, duvido que tenham voltado a se ver. Eu sei que ela o perseguiu durante um tempo. Talvez continue, especialmente agora que ele é famoso. Mas eu sei também que ela está muito ocupada desfilando pelos tribunais. Por sorte, o irmão dela e Coquito Mendaña estão presos. E, se tudo der certo, essa prostituta acabará presa também.

Lita a levou para ver as obras de reforma da casa de Diego, onde Brenda encontrou Ángel e José, que estavam trabalhando junto com os novos funcionários de La Casa Recuperada para transformar em uma gravadora aquele lugar que ela havia considerado seu lar. Os rapazes, contentes por vê-la, a guiaram pela casa toda enquanto comentavam sobre as reformas e a tecnologia que eram obrigados a utilizar, considerando as características das atividades que seriam realizadas ali no futuro.

— Fran e Uriel adorariam te ver — comentou Ángel.

— E nós todos adoraríamos te ouvir cantar de novo — acrescentou José, que, por ser tão tímido, enterneceu Brenda com esse comentário.

— Faz mais de dois anos que não canto — confessou ela. — Acho que ficaria angustiada.

— Gostaria de conhecer o apartamento novo de El Moro em Puerto Madero? — propôs Ángel. — Fran e Uriel estão cuidando da reforma, aposto que adorariam mostrar tudo para você.

— Não, não — Brenda declinou depressa. — Acho que não seria apropriado.

Lita estalou a língua e revirou os olhos em uma expressão de impaciência, e Brenda caiu na risada.

***

Brenda voltou da casa de Lita com o coração leve e contente. Estava contando a Ximena os detalhes da tarde quando recebeu uma mensagem de Diego. Pediu licença e foi responder em seu quarto. "Eu sei que você e minha avó se divertiram." Ela ficou surpresa por não ser uma mensagem de áudio nem uma ligação. Disposta a fazer como ele preferia, respondeu por escrito. "Sempre é divertido com Lita. Foi uma tarde reparadora." Ele quis saber o que ela queria dizer com isso. "Chorei muito", confessou, e esperou a resposta prendendo a respiração. "Não quero que você chore mais. Quero que seja feliz." As lágrimas embaçaram sua vista. Ela digitou a resposta meio às cegas. "Eu também quero que você seja feliz. Quando você volta a Buenos Aires?" "Em 31 de julho", respondeu ele, com pouco tempo para se preparar para o encerramento da turnê em Vélez. Estava entusiasmado, contando sobre o desafio que era enfrentar um estádio dessa magnitude. "Estou muito ansioso para voltar, e quando fico ansioso tenho medo de recair", acabou confessando. "Sente vontade de beber?", perguntou Brenda, e ele respondeu de imediato: "Os alcoólatras sempre têm vontade de beber. Às vezes um pouco mais, às vezes um pouco menos. Agora estou com muita". Ela se sentiu embargada por uma impotência angustiante. Teria voado até ele para abraçá-lo, absorver sua ansiedade e libertá-lo da vontade de beber. Mas lembrou que Lita a havia chamado de "bengala de Diego" e se convenceu de que seria melhor ele superar isso sozinho. Ligou para fazê-lo falar.

— Olá — disse.

— Que gostoso ouvir você — disse Diego, alegre.

Ela se convenceu de que ele fazia de propósito, que usava sua voz para sensibilizá-la.

— É por causa de Vélez que você hoje está com muita vontade? — ela perguntou sem rodeios.

— Por causa de Vélez e de você.

— De mim? — estranhou.

— Porque você está aí, porque já não está tão longe de mim.

— O que você faz quando a vontade de beber é grande? O que faz para não recair?

— Agora, só escutar você já basta.

— E antes, quando não podia me escutar?

— Eu te via e te escutava cantar. Quer que eu te mostre o vídeo que me manteve sóbrio todo esse tempo?

— Sim, eu gostaria.

Segundos depois, ela soltou um gemido doloroso quando o vídeo se reproduziu diante de seus olhos incrédulos, emocionados, úmidos, surpresos. Tinha pensado

que seria um vídeo dela no The Eighties ou no Cosquín Rock. Jamais teria esperado se ver com Bartolomé no colo, uma das duas vezes que lhe haviam permitido pegá-lo. Era tão complicado tirá-lo da incubadora com as sondas, os cabos e as agulhas que o invadiam e que o torturavam que só pudera colocá-lo contra seu peito em duas ocasiões – os momentos mais felizes, doces, tristes e amargos de sua existência. E, nessa ocasião em particular, ela não percebera que Diego estava filmando enquanto ela cantava "El Reino del Revés" e beijava aquele rostinho minúsculo, e não percebera porque durante aqueles cinco dias só havia respirado e existido por aquela criatura que lutava para viver. Não percebia nada, nem Diego, nem os pontos na vagina, nem a dor no quadril, nem suas necessidades fisiológicas. Só Bartolomé.

Ela chorou com o celular colado ao ouvido. Seu pranto, porém, não a impediu de ouvir o dele.

— Obrigada por me mostrar o vídeo — sussurrou quando teve certeza de que conseguiria falar.

— De nada.

— Não beba, por favor — suplicou.

— Não, meu amor. Você e Bartolomé são minha força. Não vou recair.

— Obrigada.

* * *

Ela fez a segunda visita na quarta-feira, 31 de julho, dia em que Diego dissera que o DiBrama voltaria ao país. Foi ver sua professora de canto, Juliana Silvani, e o que deveria ter sido uma visita de cortesia e agradável se revelou um momento crucial; Brenda ficou frente a frente com seu destino e a certeza de que havia chegado a hora de decidir que caminho seguir.

Naquela tarde, Juliana não estava sozinha no velho casarão de Caballito; seu sobrinho, o tenor Leonardo Silvani, estava ali, e Brenda suspeitou de que a presença dele não era casual. Confirmou isso um pouco depois, quando o cantor lírico deu início a um interrogatório meticuloso e manipulador que não tinha outro objetivo senão convencer Brenda a retornar ao país, voltar a cantar e fazer parte da companhia lírica que ele havia acabado de fundar e que estava tendo muito sucesso em um teatro da avenida Córdoba, não muito longe do lendário Cervantes.

— Maria Bator também faz parte dessa companhia lírica? — perguntou Brenda.

— Maria e eu não estamos mais juntos — anunciou Leonardo. — Nós nos separamos no ano passado. Eu queria largar o circuito de teatros líricos internacionais para fundar minha própria companhia e trabalhar na Argentina e em outros países da região.

— Não sabia que você e Maria tinham se separado — comentou Brenda. — Lamento.

Ela lamentava de verdade. Sempre gostara de Maria, que havia sido generosa com ela ao prepará-la para o evento lírico da catedral de Avellaneda.

— Maria e eu somos bons amigos — acrescentou Leonardo —, e tenho certeza de que em mais de uma oportunidade vamos tê-la cantando conosco na Ópera Magna. Esse é o nome da companhia lírica que eu fundei — esclareceu. — Então? O que acha, Bren? Gostaria de participar?

— A Ópera Magna está fazendo muito sucesso e ganhando críticas excelentes — apontou Juliana.

— Faz dois anos e meio que não canto, Leo — Brenda esquivou-se. — Acho que não seria capaz de cantar nem uma canção de ninar.

Leonardo e sua tia riram.

— Brenda — interveio sua professora —, com seu talento e seus extraordinários ressonadores, em poucos dias você estaria em forma de novo, cantando como antes.

— Poderíamos começar amanhã mesmo — pressionou Leonardo.

Brenda não sabia o que o futuro lhe reservava; só tinha uma certeza: queria voltar com Diego.

— É que agora estou estudando astrologia...

— Astrologia! — interrompeu o tenor, escandalizado. — Brenda, talvez você não tenha consciência do enorme potencial de sua voz. A natureza a beneficiou com um dom, sua voz magnífica. E esse dom não foi dado para que você o esconda, e sim para que comova com seu canto, como você fez aquele dia na catedral de Avellaneda, lembra? — Brenda assentiu. — Anos atrás você deixou de lado o canto pelas ciências econômicas. Depois, por sorte, percebeu seu erro e largou a faculdade para estudar música profissionalmente. Agora a está abandonando pela astrologia. Vai cometer o mesmo erro duas vezes?

Como ela era especialista em cometer várias vezes os mesmos erros, o comentário do tenor foi um golpe duro. Brenda gostava de astrologia, mas tinha que admitir que não lhe dava a satisfação nem a alegria que encontrava no canto e na música. Morria de medo de se iludir; porém, era impossível, naquelas circunstâncias, não se imaginar como parte do DiBrama. Se ela recuperasse a voz, será que a quereriam de novo? Haviam se tornado a banda de rock mais importante da Argentina e uma das mais ovacionadas na América Latina; seria honesto e justo voltar, sendo que não havia feito nada para ajudar o DiBrama a chegar ao lugar que ocupava naquele momento? Não, não era, nem honesto nem justo, mas como desejava isso! Compartilhar o palco com Manu, Rafa e Diego outra vez, cantar as músicas dele e se sentir poderosa e viva. Queria voltar a viver.

Estava se dando conta de que passara os dois anos em Madri hibernando. Depois da morte de Bartolomé e do fim do relacionamento com Diego, havia escolhido se anestesiar por medo de que a dor a devorasse. Talvez tivesse sido uma estratégia sensata se afastar e se preservar. Mas já era hora de voltar a viver.

— Eu poderia começar amanhã praticando algumas escalas — sugeriu.

— Acho ótimo — aceitou Juliana. — Estou com bastante tempo porque o ISA está em férias de inverno.

— Excelente! — entusiasmou-se o sobrinho. — E ao meio-dia, Bren, passo para te buscar e te levar ao teatro para você conhecê-lo. Sabia que Bianca Rocamora canta na Ópera Magna?

— Bianca! — Brenda admirou-se. — Ela tem uma voz excelente.

— Sim, mas a sua não fica atrás — acrescentou o tenor, e deu uma piscadinha.

* * *

Ela não conseguia dormir, em parte pela visita reveladora à casa de Juliana e também porque Diego não entrava em contato havia dois dias. Depois das lágrimas compartilhadas na segunda-feira por causa do vídeo com Bartolomé, ele nem sequer lhe mandara uma mensagem. Ela se convencia de que ele não tinha tempo, pois estava ocupado com a organização do megaevento em Vélez. Sendo controlador e obsessivo com a perfeição, devia estar revisando cada detalhe, sem um minuto livre para escrever uma linha.

Saiu da cama, farta de ficar se virando sem achar uma posição. Ligou o computador e, enquanto esperava carregar os programas, tentava se convencer a não buscar notícias de El Moro Bertoni na internet. Convenceu-se de que era uma péssima ideia, porque se o visse com Spano seu coração se partiria e ela não conseguiria colá-lo de novo.

Contudo, escreveu um e-mail enorme para Gustavo. Como não conseguia coordenar com ele uma conversa por vídeo e tinha urgência de pôr um fim naquela espera angustiante, relatou sua história – que nunca lhe havia contado – desde quando era criança e vivia orgulhosa de seu herói Diego Bertoni até a morte de Bartolomé e a decisão de se mudar para Madri a fim de se curar. "Mas nunca vou me curar se não enfrentar a verdade: continuo apaixonada pelo pai do meu filho. Quando aceitei ficar com você, fui injusta e pouco sincera. Você não merecia isso. Desculpe, não quero te machucar; só desejo o melhor para você. Sei que as justificativas não adiantam, mas preciso explicar que eu mesma queria acreditar que a história entre Diego e mim estava acabada. Quando voltei ao meu país, eu me dei conta de que não; ao contrário. Querido Gustavo, espero que você seja muito feliz. Sei que comigo nunca teria sido. Brenda."

Ela clicou em "Enviar" e voltou para cama. Dormiu pouco depois.

27

Naquela quinta-feira começava o mês de agosto. Brenda se levantou às sete e a primeira coisa que fez foi olhar o celular. Foi uma desilusão não encontrar mensagens de Diego. Sem pensar duas vezes para não perder a coragem, tomou a iniciativa e escreveu: "Olá! Está tudo bem? Já está em Buenos Aires?", e sorriu ao ver que, apesar da hora, ele respondeu poucos segundos depois. "Olá! Que gostoso você me escrever! Chegamos ontem à noite. Os últimos dias no Chile foram terríveis, cheios de coisas. E agora mais um show nos espera. Vou estar meio atolado até depois do show em Vélez, no domingo. Você me espera?" Embora a resposta dele a tenha decepcionado, digitou logo: "Claro que espero. Vélez vai ser um sucesso, não tenho dúvida".

Enquanto se vestia, meditava e analisava a resposta de Diego, a decepção ia crescendo e se transformando em uma devastadora angústia. Ela tinha esperado que, quando chegasse a Buenos Aires, ele quisesse passar a maior parte do tempo com ela. Será que ele não sentia a mesma necessidade de estar com ela? Será que ela havia entendido mal a natureza as conversas das últimas três semanas? Talvez Diego só quisesse restabelecer a amizade. Havia dito "meu amor" na última chamada, de 29 de julho, depois de enviar o vídeo de Bartolomé. Será que as palavras tinham escapado sem querer, movido pelas lembranças e a emoção? E ele não a convidaria para ver o show em Vélez? Talvez Spano fosse, e por isso ele não a quisesse lá.

Com o ânimo sombrio e se sentindo mal, ela foi para a casa de Juliana Silvani. Não estava a fim nem de falar, quanto mais de cantar, mas, para não decepcionar a professora de quem tanto gostava, faria um esforço e melhoraria o humor.

A mensagem de Gustavo chegou assim que ela estacionou o carro e ia sair. Ele explicava que havia lido o e-mail e suplicava que conversassem por Skype. "Vamos nos falar hoje, às dez e meia da noite. Para mim serão sete da manhã de sexta-feira. Pode ser?" Brenda aceitou porque queria acabar com aquilo, embora a ideia de enfrentar Gustavo a atraísse tanto quanto ver Diego beijando a modelo.

No fim, fez bem a ela passar a manhã com sua antiga professora, e levantou sua autoestima comprovar que sua voz era nobre e se recuperava com uma rapidez impressionante. Por volta das onze da manhã, enquanto Juliana preparava um lanche, Brenda atendeu a uma ligação de Francisco Pichiotti.

— Olá, Fran! Tudo bem?

— Tudo uma merda — respondeu o adolescente.

— O que aconteceu? Não me assuste.

— Lembra que eu te contei que meu pai comprou os ingressos para ir ver o DiBrama no domingo? — Brenda assentiu. — Bem, como sempre, meu pai me deixou na mão. Não pode ir porque tem o batizado de não sei qual parente da mulher dele.

— E ele não deixa você ir com algum amigo? — arriscou Brenda.

— Sim, mas o único amigo que eu tenho em Buenos Aires está esquiando em Las Leñas.

— E a sobrinha da mulher do seu pai? Por que não a convida?

— Não... — disse. — Ela só gosta de Rihanna e é muito chata. Além do mais, também vai ao batizado.

— Putz, uma droga mesmo — disse Brenda, com pena.

— Você não iria comigo, Bren? *Plis, plis.*

— Eu?

— Sim, *plis, plis*! Não quero ir sozinho. Aliás, meu pai não me deixa ir sozinho.

— Mas seu pai não me conhece e você é menor de idade...

— Eu disse a meu pai que te convidaria e ele disse que achava ótimo. Ele te conhece porque mostrei uma foto sua no Instagram.

— Ah! — disse Brenda, surpresa.

— *Plis*, eu imploro, Bren. Seria demais ver o show do DiBrama com você. Meu pai paga o táxi de ida e volta. Vamos, por favor, diga sim.

Brenda acabou aceitando. Seu coração pisciano a impedia de decepcioná-lo. Minutos depois, enquanto analisava as possíveis consequências de sua ida ao show, não tinha mais tanta certeza de ter feito a coisa certa. E se Diego a visse? Ou Rafa ou Manu? No caso, daria na mesma. *Como vão te ver em um estádio com quase cinquenta mil pessoas?*, argumentou consigo mesma. O terrível seria ver Spano compartilhando o sucesso e o talento de Diego e no papel de namorada dele. *Duvido que a veja*, tornou a argumentar. *Se ela for, deve ficar no backstage, como cabe a uma convidada VIP*, pensou, desanimada.

Brenda avisou Juliana que ia ao banheiro e se trancou para falar com Francisco de novo.

— Fran, queria te pedir uma coisa.

— O que quiser, Bren!

— Por favor, não diga a Diego que eu vou ao show com você.

— Sem problemas. Meus lábios estão selados — garantiu o garoto.

— Sério? Promete?

— Sério. Sou moleque ainda, mas sei bem o que é uma promessa.

— Obrigada.

* * *

Ela voltou para casa lá pelas cinco, depois de ter passado a tarde em companhia de Leonardo Silvani, que a levara primeiro ao teatro, onde lhe mostrara inclusive as oficinas em que o figurino era confeccionado, e depois para almoçar em um restaurante em Puerto Madero. Em determinado momento, Brenda começou a suspeitar de que o interesse do tenor ia além do profissional e de seu desejo de tê-la no elenco da Ópera Magna. Certos comentários, certos olhares, certos toques aparentemente involuntários e inocentes a alertaram. Era pisciana e, consequentemente, meio distraída – Millie diria que ela sempre andava perdida como cachorro em dia de mudança –, mas Leonardo Silvani estava se mostrando abertamente e até um cego teria visto suas intenções. A confirmação chegou quando ele perguntou se, depois do espetáculo do sábado, para qual a estava convidando, ela aceitaria jantar com ele. Ela declinou com uma mentira: disse que passaria o fim de semana em San Justo com Ximena, que estava mal pela morte da mãe.

Brenda sentiu alívio quando se despediram à porta do restaurante. Ele insistiu em levá-la até sua casa; ela recusou com firmeza. De repente, queria fugir dele. *E de novo a polaridade uraniana*, recordou, com sarcasmo;

se bem que, nesse caso, era justificada, pois se sentia traindo Diego ao almoçar com um sujeito que não a queria *só* para cantar.

Entrou na cozinha; Modesta, que estava vendo TV, desligou depressa.

— Olá, minha menina — cumprimentou, nervosa. — Quer um mate gostoso? Fiz torta de ricota, como você gosta, minha linda.

— O que está acontecendo, Modestiña? — perguntou, e a olhou direto nos olhos.

A mulher lhe deu um sorriso fugidio e evitou o contato visual. Não era à toa que Brenda era pisciana com polaridade netuniana. Seus dotes de vidência lhe permitiam sentir o nervosismo de Modesta e também intuir que tinha a ver com Diego.

— Nada, minha menina. O que poderia acontecer? Tudo tranquilo.

— Ligue a TV no canal em que estava quando entrei.

— Para quê, minha menina? — disse a mulher, colocando a cuia e a erva na ilha. — Só tem porcaria na TV.

Brenda pegou o controle remoto antes de Modesta e ligou a TV. Estava sintonizada em um programa de fofocas. A legenda em letras vermelhas teve o efeito contundente de um tapa na cara. "El Moro Bertoni, recém-chegado ao país, e Ana María Spano, juntos." Ela se sentou em uma das banquetas, de repente fraca e cansada. Muito cansada...

— Não queria que você visse, minha menina.

— Tudo bem, Modestiña. Não se preocupe.

— Como não vou me preocupar sabendo o quanto você ama o Diego?

A imagem, gravada por paparazzi na entrada de um edifício moderno, que o programa repetia o tempo todo, mostrava a chegada de uma van preta com vidros espelhados, de modo que não se podia saber ao certo se Diego estava lá dentro. O carro parava a uns trinta metros e Diego saía pelo lado do motorista. Mal dava para vê-lo, as câmeras o focalizavam de longe e a vegetação do jardim dificultava a visão, mas era ele, sem dúvida era ele. Do lado do passageiro descia a beldade Spano com um casaco vermelho. Segundo o jornalista, as imagens haviam sido feitas às três e meia da tarde, enquanto Brenda almoçava com o tenor e se sentia traindo o amor da sua vida.

Ela assistiu ao programa de fofocas com um interesse doentio. Mostravam outras imagens, uma gravada mais cedo, enquanto almoçavam em um restaurante de San Isidro, e outra da van abandonando o edifício meia hora depois de ter chegado, Diego sozinho ao volante. As especulações não tinham fim. Esgotada, Brenda desligou e foi se refugiar em seu quarto. Jogou-se na cama com o rosto no travesseiro. Sentia-se uma idiota por ter escrito a Diego naquela manhã, preocupada porque ele não dava sinais de vida. Agora compreendia o motivo de ele estar "atolado".

O que estou fazendo aqui ainda? O que estou esperando para voltar a Madri?, perguntou-se, sem se importar se estava fugindo como um rato. Queria parar de sofrer!

O celular anunciou a chegada de uma mensagem. Devia ser Millie ou Rosi; sabendo do espetáculo que Diego e Spano estavam dando para divertir os argentinos, deviam estar mandando mensagens para lhe dar apoio. Ela se levantou e fuçou na bolsa até encontrar o aparelho. Para seu espanto, era uma mensagem de Diego. "Você deve estar sabendo do que a imprensa anda falando sobre Ana María e eu." Só o fato de ele digitar o nome dela já a enlouquecia de ciúme. Odiava Diego. Continuou lendo, consumida pela ira. "Quero que fique bem tranquila." Ela soltou uma gargalhada irônica. *Estou bem tranquila, Dieguito*, pensou. "Eu precisava ajeitar as coisas para começar uma nova etapa, que espero que você aceite compartilhar comigo."

Ela deixou cair as pálpebras e apertou o celular até fazê-lo estalar. Sem dúvida, as palavras de Diego a tranquilizavam e lhe causavam um alívio imenso. Contudo, persistia um mal-estar do qual não tinha ideia de como se livrar, uma espécie de ressentimento por ele ter tentado refazer a vida. *Mas você não se recusou a se encontrar com ele em Madri, quando ele ligou em março? A propósito, você não começou a namorar Gustavo?*, pensou. Tinha vergonha de aceitar que seu ego dizia que ela tinha direito, mas Diego não. Diego era obrigado a sofrer e expiar suas culpas. "Preciso perdoar a mim e a ele", havia dito ela naquela triste e última conversa de 2017. Será que não havia conseguido se perdoar nem o perdoar? E o que era perdoar? Esquecer? *Não*, respondeu, *são duas coisas diferentes*. Talvez fosse porque havia tentado esquecer que continuava guardando ressentimentos. Nunca esqueceria, a menos que se submetesse a uma lobotomia. Mas de uma coisa tinha certeza: amava Diego Bertoni e o amaria a vida inteira.

"Eu também tenho que ajeitar minhas coisas. Hoje à noite vou falar por vídeo com Gustavo." Diego respondeu logo. "Gustavo... esse é o nome dele, então. Estou com ciúme", admitiu, e Brenda sorriu; não um sorriso triunfal, e sim benevolente e terno. "Eu também estou com ciúme", confessou. "Não tem motivo para isso", rebateu Diego. "Digo o mesmo a você", disse ela.

* * *

Por um lado, Brenda se sentia mal por ir ao ao show sem comentar com Diego; por outro, era excitante saber que o veria em toda a sua glória e que ele não teria ideia de que ela estava ali, no meio do público. Seu lado malicioso tentava convencê-la de que Diego merecia, por não a ter convidado. Nem voltara a procurá-la depois de dizer que ia terminar com Spano, notícia que depois viralizou na internet e nos programas de TV. Do fim de sua efêmera relação com Gustavo só Millie, Rosi e Cecilia souberam. Não havia contado nem a Ximena.

Ela se sentia deprimida ao pensar em Gustavo. A conversa por vídeo havia sido dolorosa e difícil. Ele havia alimentado esperanças quando Brenda lhe garantira que só havia visto Diego uma vez e rapidamente.

— Então — conjecturara —, você não voltou com ele.

— Não.

— Só porque viu ele uma vez, por poucos minutos, quer terminar comigo? — perguntara ele, incrédulo.

— Estou sendo sincera com você, Gustavo. De que adianta nós continuarmos juntos se eu ainda penso nele? Você merece uma garota ame só a você.

— E o que eu faço com esse amor que sinto por você? — perguntara ele, angustiado.

— Gustavo... — dissera Brenda, comovida, sentindo-se culpada e uma pessoa ruim.

— Pelo que você explicou no e-mail, seu ex é um sujeito instável e pouco confiável.

— Mas não estamos falando disso — disse Brenda. — De um ponto de vista lógico e racional, eu deveria ficar com você, que é estável e confiável. Mas...

— Mas você ama o seu ex — completara Gustavo.

— Sim, eu o amo.

Oprimida pela culpa e a tristeza, ela continuou a se vestir. Em quinze minutos chegaria o táxi com Francisco Pichiotti que os conduziria ao estádio de Vélez, em Liniers. Pela enésima vez se questionou se ir ao show do DiBrama era uma decisão sensata ou outra das loucuras nascidas de seu forte Urano. Fosse como fosse, não podia voltar atrás sem decepcionar Francisco.

Vestiu uma calça skinny azul-clara e uma blusa de gola alta de modal rosa pálido, não muito quente, pois não estava frio. Mesmo assim, levaria sua jaqueta de pena de ganso branca, porque o show começaria às seis e meia, quando o sol já teria praticamente se escondido, e a temperatura tenderia a cair. Calçou os All Star brancos e parou em frente ao espelho. *Um bom look para um show em um estádio*, pensou. Começou a se maquiar; algo bem simples: rímel e gloss nos lábios. Quanto ao cabelo, deixou-o solto; pensou em fazer chapinha, mas decidiu deixá-lo ao natural, com as ondas que se formavam sozinhas só de secar ao vento.

Ximena apareceu à porta e assobiou.

— Como você está linda! — exclamou. — Passou perfume? — perguntou a taurina sensorial.

— Não, mamãe. Mas acho que ninguém vai notar em um estádio cheio de gente suada.

— Nenhuma mulher que se preza pode viver sem perfume — declarou, com veemência —, seja para ficar em casa o dia todo, seja para descarregar um navio no porto. Os perfumes são uma das coisas boas da vida, temos que aproveitar. Vou pegar o último que comprei. É uma delícia.

Era mesmo. Brenda o passou generosamente, por insistência de sua mãe, e até no cabelo.

— Mamãe, será que estou fazendo bem em ir?

Ximena a beijou na testa.

— Você está com vontade de ir?

— Sim, mas também tenho medo de que Spano esteja lá com ele.

— Você não viu que saiu em todo lugar que eles terminaram?

— Sim, mesmo assim.

Ximena riu e a abraçou.

— Você sabe que Spano não vai estar no show. Está preocupada com o quê?

— Com medo de ele ter tentado refazer a vida com outra — disse Brenda, sem refletir.

— Duvido muito que ele tenha planejado se casar e ter filhos com aquela garota — disse Ximena. — Talvez tenha se cansado de ficar sozinho. Talvez precisasse de um pouco de distração diante de tanta dor. E você não nos permitiu dar seu telefone de Madri para ele — acrescentou, em tom de censura. — Diego ficou muito mal, Brenda. O fato de não ter recaído nos vícios mostra como ele é forte e nobre, e o quanto te ama, filha.

— Fiz tudo errado — ela lamentou, com a voz trêmula.

— Você fez o que podia diante de uma situação extremamente traumática. Diego também precisa lidar com suas culpas e erros. Por que vocês não deixam o passado para trás e são felizes? Só precisam se amar para isso.

— Eu o amo demais, mamãe! — exclamou Brenda, e jogou os braços em volta do pescoço de Ximena.

— Não demais — corrigiu Ximena. — Você ama Diego infinitamente.

* * *

O entusiasmo de Francisco bastou para silenciar as dúvidas e os temores de Brenda. Ele estava tão contente que ela não parava de sorrir. Falava o tempo todo enquanto o motorista os levava a Liniers. De vez em quando se calava para responder às mensagens do WhatsApp. O amigo em Las Leñas, tão fanático pelo DiBrama quanto Francisco, queria saber os detalhes da aventura em tempo real.

— Ele está com inveja porque eu estou indo com você, que é tão linda — confessou, e Brenda soltou uma gargalhada. — Para mim você é muito mais bonita que aquela modelo Spano — acrescentou.

— Obrigada, Fran. Você sabe como fazer uma garota se sentir bem.

— Mas é verdade — afirmou, sério.

Brenda que estavam nas imediações do estádio porque começaram a aparecer pencas de jovens com camisetas do DiBrama e agitando cartazes. Avançavam pelas ruas cantando a plena voz as músicas da banda. Ela os contemplava com fascinação, enfeitiçada pelas cenas que pareciam extraídas de um sonho maravilhoso. *Você conseguiu, meu amor*, pensava, e era invadida por um grande orgulho do homem que amava. Sentia frio na barriga de tanta emoção. Entre a população feminina, a preferência por El Moro era clara. Uma garota, em cuja camiseta estava estampado o rosto de Diego, agitava um cartaz que dizia: "El Moro, quer casar comigo?". E abaixo constava o número de um celular.

Só nesse momento Brenda compreendeu a magnitude do sucesso do DiBrama e da popularidade alcançada em tão pouco tempo. Depois de ter passado as últimas semanas ouvindo as músicas deles, podia afirmar que tinham um ingrediente mágico, um componente que ia além da musicalidade das melodias e da qualidade da composição e que tinha a ver com a sinceridade dos versos. Diego, quando compunha, falava com o coração, tinha algo a dizer, algo pessoal e importante, e o público gostava disso. No meio da multidão, os fãs reconheciam uma conexão íntima com seu ídolo, El Moro Bertoni. Francisco Pichiotti era um exemplo vivo dessa conexão.

O táxi parou em uma rua lateral menos movimentada, em frente a um portão de grades azul-claras. Pouca gente se reunia e formava uma fila na calçada. Estavam chegando bem cedo para arranjar um bom lugar. Brenda pegou a carteira para pagar.

— Já está tudo certo, moça — explicou o motorista.

— Meu pai já pagou — acrescentou Francisco.

— Quando acabar o show — disse o homem —, liguem que venho buscá-los nesse mesmo portão.

Despediram-se. Brenda saiu do carro e de imediato sentiu na carne as vibrações intensas que circundavam o lendário estádio de Liniers. Eram tão poderosas que faziam o ritmo de seu coração acelerar. O que se seguiu a fez parar, porque de repente soube que Diego estava muito nervoso e que precisava dela.

— Que foi, Bren?

— Nada, nada — disse, e continuou se dirigindo à fila. — Por que tem tão pouca gente aqui? — estranhou. — As outras entradas estão abarrotadas.

— Essa é a entrada da área VIP, os lugares mais caros do estádio.

— Ah, área VIP... nunca fui a um show em estádio. Não sabia que isso existia.

— É o melhor lugar — explicou Francisco —, colado no palco; mas é cercado e menor, e ninguém fica empurrando e esmagando a gente.

— Seu pai caprichou, Fran — comentou Brenda. — Deve ter custado caro.

— Sim, os olhos da cara — replicou ele. — Mas o DiBrama só usa metade do setor que normalmente fica para a área VIP. A outra metade é área normal, assim quem paga menos também pode ficar perto do palco.

— Então — estranhou Brenda —, qual é a vantagem de pagar pela área VIP?

— Há uma vantagem. Mesmo chegando tarde, você tem seu lugar garantido perto do palco. Quem não tem ingresso VIP tem que chegar *muito* cedo para conseguir os primeiros lugares. Isso por um lado; por outro, na área VIP é mais tranquilo. É para os velhos que não estão a fim de que a molecada fique empurrando e pulando em cima deles.

— Ah, por isso seu pai comprou na área VIP.

— Sim, por isso — murmurou.

— Você preferiria estar na área normal? Podemos ir, se você quiser — ofereceu Brenda. — Eu não me importo.

— Não, não — ele respondeu depressa —, prefiro a VIP. Mas esse negócio de permitir que quem paga menos tenha acesso aos primeiros lugares fez os fãs do DiBrama amarem mais ainda a banda.

Enquanto esperavam que liberassem a entrada, Francisco digitava freneticamente os detalhes para seu amigo, e Brenda fechou os olhos e conjurou o rosto de Diego. Inspirava e expirava pelo nariz a um ritmo constante e lento, tentando acalmar seu coração. Pouco a pouco foi se acalmando e mergulhando na cena. Imaginou Diego sorrindo enquanto ela acariciava sua barba. *Tudo vai dar certo, meu amor*, incentivou. *Seu público te idolatra e eu te amo infinitamente.*

O processo de entrada foi rápido e organizado. Havia muitos seguranças com uniformes azuis e quepes de estilo militar. Em menor quantidade, embora numerosos também, havia homens de terno preto, óculos escuros e transmissores nos ouvidos.

Ao entrar no campo e ver o palco enorme, Brenda abafou uma exclamação. E de novo foi surpreendida pela energia que a havia percorrido ao descer do táxi e que pulsava em cada centímetro cúbico daquele espaço enorme que pouco a pouco ia se enchendo da agitação dos fanáticos.

Um dos homens de preto os guiou até a área VIP do campo, um setor à direita do palco, separado por uns cinco metros, onde já se alinhavam vários seguranças de uniforme azul para evitar que algum espectador excessivamente animado pulasse a grade e tentasse chegar aos membros do DiBrama. O homem de preto foi abrindo caminho entre os que já ocupavam o setor e indicou a Brenda e Fran um lugar colado à cerca que indicava o limite mais próximo ao palco. Era um ótimo lugar.

A escuridão ia derrubando a claridade do dia, e as luzes do estádio começavam a acender. Brenda absorvia a realidade em volta com um ânimo insaciável. Não perderia um detalhe daquele momento extraordinário, a máxima consagração da banda que ela havia ajudado a formar e da qual Diego era o gênio criador. Tentou se concentrar de novo e materializá-lo em sua mente, mas foi impossível; estava muito nervosa e o burburinho aumentava cada vez mais. A área VIP já estava enchendo; ali, o público era mais tranquilo. Brenda prestou atenção em duas amigas atrás deles que falavam de El Moro.

— Na quinta-feira ele largou a Spano — comentou a de cabelo curto e louro.

— Quanto tempo eles ficaram juntos? — questionou a outra, de cabelo preto com mechas vermelhas. — Dois minutos?

— É, quase nada. No programa de fofocas do América disseram que Spano ficou arrasada. Ela estava muito apaixonada por El Moro.

— Embora não goste dela, eu entendo — disse a morena. — Vejo Diego e já fico molhadinha.

— E quando ouço ele cantar — acrescentou a loura —, com essa voz rouca que ele tem, eu me masturbo.

Brenda ergueu as sobrancelhas, escandalizada, e Francisco cobriu a boca para esconder o riso.

— Nossa — disse a morena, e girou a cabeça de um lado para o outro —, por que há tantos MIBs? — perguntou, referindo-se aos seguranças de terno preto.

— Segurança, ora — disse a loura. — Afinal, aqui é a área VIP.

— Já vim muitas vezes na área VIP — declarou a morena — e a única segurança que tem é aquela — apontou para os homens de azul.

— Nunca vi tanto segurança na área VIP, eu garanto.

— Deve vir alguém famoso — conjecturou a loura —, por isso redobraram as medidas.

— É, deve ser isso — entusiasmou-se a outra. — Vamos ficar de olho para tirar uma selfie.

Brenda ficou na ponta dos pés e observou o estádio às suas costas. Uma massa apertada de gente se estendia até o último canto do campo de futebol. As arquibancadas dos dois lados estavam lotadas. O lugar vibrava de emoção e de uma expectativa contida, e o frio na barriga e as palpitações de Brenda se acentuaram.

Minutos depois entrou a banda de abertura, e o público a recebeu com aplausos e um ânimo festivo contagioso. Os flashes dos celulares brilhavam no crepúsculo, filmando ou fotografando a banda de cúmbia pop que tocava canções leves que grudavam no cérebro. Eles se despediram depois de meia hora e a espera começou a ficar insuportável, não só para Brenda como também para o estádio inteiro. Os fãs gritavam: "Di-Bra-Ma! Di-Bra-Ma!", e a emoção sufocava Brenda. Ela sentia os olhos quentes e seus lábios tremiam. Estava uma pilha de nervos.

O público soltou um grito enlouquecido quando começaram a projetar nos telões da lateral do palco as imagens da banda gravadas durante a última turnê, um compêndio dos momentos épicos da viagem pela América Latina – clara evidência de que em poucos minutos a banda de carne e osso apareceria.

Foi abrupto e provocou um efeito imponente: as luzes do palco se apagaram e o espaço se transformou em um grande fosso preto. A excitação do público chegou a um limite insustentável. As luzes voltaram tão de repente quanto haviam ido, e lá estavam os três músicos em suas posições. A vibração do público foi ensurdecedora, e provocou uma onda energética que atravessou Brenda dos pés à cabeça.

Porém, ela só tinha olhos para Diego, que erguia a mão e cumprimentava o público com aquele seu sorriso, o mais bonito do planeta na opinião de Millie. Estava mais bonito que antes ou era parte da magia criada pelo fervor do espetáculo? Usava uma camiseta branca justa, de manga comprida, com apenas dois traços grossos e paralelos, como umas pinceladas sem capricho, azul-claras, e um círculo amarelo no meio, sobre o espaço branco que ficava entre eles. Era uma bandeira argentina. Brenda se emocionou com esse tributo de Diego a seu país e a seu público, que o havia ajudado a realizar o sonho de sua vida. Completando o look, jeans preto e um lenço no pescoço, que – ela sabia – ele tiraria quando as cordas vocais já estivessem aquecidas.

Era possível que estivesse com as botas Wrangler que ela havia dado em seu aniversário de 2016? Ainda as tinha? Talvez fossem outras. Ficava muito bem nele a barba recortada rente à mandíbula, assim como o bigode, que deixava a descoberto seus lábios grossos e macios, que ela e todas as mulheres presentes queriam beijar.

O estádio pulsava ao ritmo da primeira música, "Caprichosa y Mimada". As pessoas ondulavam os braços segurando barras luminosas de várias cores ou os celulares com as lanternas ligadas. Começou "Todo Tiene Sentido (Excepto que No Estés Aquí)" e o público, estimulado pelo ritmo rápido da música, começou a pular e dançar.

— É sua música, Fran! — gritou para que o garoto a ouvisse. — Aquela que te ajudava a esquecer que seu avô havia morrido!

— Sim, é demais! Que legal que você lembrou! — surpreendeu-se ele. — Está curtindo?

— Demais! Obrigada por me convidar!

"Todo Tiene Sentido (Excepto que No Estés Aquí)" acabou, e a intensidade dos aplausos, vivas e bravos não diminuía. Brenda seguia Diego com olhos ávidos. Estava perto e ao mesmo tempo tão longe, lá em cima, no palco, fazendo o que tanto amava com um profissionalismo que a deixava pasma e orgulhosa. Ao mesmo tempo se sentia aliviada e decepcionada por saber que teria sido quase impossível que ele a visse no meio daquela massa humana.

Diego bebeu um gole de água mineral e voltou ao microfone. Pegou-o com as duas mãos e gritou uma saudação.

— Boa noite, Argentina!

O público pirou de novo ao escutar aquela voz tão rouca e tão peculiar.

— Obrigado por estarem aqui esta noite! — Ergueu as mãos para pedir silêncio, e a multidão se calou. — Este é um momento muito especial para o DiBrama. Manu, Rafa e eu estamos felizes por fazer o encerramento em nossa terra, com nossos compatriotas, dessa tão bem-sucedida turnê pela América Latina.

De novo as pessoas gritaram e Diego levantou as mãos.

— Mas esta noite é superespecial para mim pessoalmente, e quero compartilhar isso com vocês.

O próprio público começou a fazer "*Shhh*" para calar os exaltados que não paravam de gritar. Todos ansiavam ouvir o que El Moro queria contar.

— Hoje, aqui, neste majestoso estádio e entre vocês, está a pessoa mais importante da minha vida.

Ah, surpreendeu-se Brenda. *Lita está aqui*, pensou, e, em um ato reflexo, voltou-se para as cadeiras, o único lugar onde imaginava que poderiam tê-la colocado para que ficasse confortável.

— A pessoa que é tudo para mim — prosseguiu Diego —, por quem eu faço tudo que faço. A luz dos meus olhos, a mãe do meu filho — pontuou, e na última sílaba sua voz falhou.

Ele elevou a vista ao céu e estendeu o punho fechado acima da cabeça.

Brenda sentiu os joelhos bambos e a boca repentinamente seca. Estava falando dela? Porque ela era a mãe de Bartolomé, filho de Diego. Então, notou que Francisco segurava sua mão como ela havia segurado a dele durante a turbulência no avião. Voltou-se para ele, e o olhar ansioso e o sorriso expectante do adolescente foram prova suficiente de que era cúmplice de Diego.

— Calma — sussurrou Francisco. — Ninguém tem que perceber que você é você. É para sua segurança.

Depois de ter mencionado o filho, seguiram-se alguns segundos de silente tributo, e então Diego limpou a garganta para prosseguir.

— É uma honra que ela esteja aqui hoje. Sou o que sou graças a ela, que me ajudou a superar as drogas, o álcool e toda essa merda. A que deu sentido à minha vida. Amor — disse, olhando para o espaço à sua frente —, este show é para você. Eu te amo mais que à vida.

Manu exclamou:

— Para Bren e Bartolito!

E Rafa acrescentou:

— Eles são o B do DiBrama! — e acompanhou suas palavras com um rufar da bateria antes de começarem a tocar uma de suas músicas mais famosas, "La Balada del Boludo", que o público recebeu com uma emoção e uma excitação que atingiram níveis inimagináveis.

O coração de Brenda batia a um ritmo desenfreado, quase doloroso. Ela o sentia no peito, mas também na garganta, nas têmporas, atrás dos olhos. Não sabia o que fazer. Tinha medo de desmaiar. Só nesse momento compreendeu que os dois homens de preto que se mantinham a uma distância prudente, mas próxima, estavam ali por causa dela, para protegê-la. Em nenhum momento Diego olhou em sua direção, mas Brenda tinha certeza de que ele sabia exatamente onde ela estava.

Só em uma oportunidade, quatro canções depois, quando Diego apresentou uma música nova, que, como explicou, faria parte do álbum que lançariam em outubro, olhou rapidamente para a área VIP e seus olhos se encontraram. Foi tão efêmero o contato, lamentou Brenda, que julgou improvável que ele houvesse conseguido notar quão emocionada e orgulhosa ela estava. Depois, quando Diego anunciou o nome da nova música, compreendeu por que havia olhado para ela. Chamava-se "Tu Héroe Caído".

Diego tirou a guitarra elétrica e se sentou ao piano. O público enlouquecia com cada movimento dele. Depois da declaração de amor, conquistara um pedaço ainda maior do coração de seus seguidores, disso Brenda não tinha dúvidas. A loura e a morena, que continuavam perto dela, começaram a chorar ao ouvir a letra da nova composição, que falava de uma heroína, de um amontoado de células e de um herói vencido. Era improvável que compreendessem o sentido das palavras. Só ela tinha condições de apreciar o profundo significado de cada verso. Contudo, as mulheres e quase o público todo, inclusive os homens, fungavam, comovidos pela tristeza que a melodia e a voz de Diego transmitiam.

Francisco cutucou-a com o cotovelo suavemente para chamar sua atenção e lhe mostrou a tela de seu celular. Já haviam colocado no YouTube o "discurso del El Moro Bertoni ao amor de sua vida", que tinha quase quinhentas mil visualizações.

Que noite mágica!, pensou Brenda um pouco depois, enquanto o DiBrama se despedia no palco. *Nunca a esquecerei enquanto viver.*

* * *

— Senhorita Brenda — disse um dos homens de preto quase em seu ouvido —, espere um instante aqui enquanto o estádio esvazia. Temos ordens de levá-la ao camarim depois.

— Está bem — respondeu. — Muito obrigada.

Ela se voltou para Francisco e sorriu.

— Vocês planejaram tudo friamente, não é?

— Sim, e você não imagina meu nervosismo, porque tinha certeza de que ia pisar na bola e estragar a surpresa.

— Mas você disfarçou muito bem, Fran — elogiou ela. — Não percebi nada, nem suspeitei, e veja que sou bem bruxa e vidente.

— O mais difícil foi convencer você a vir comigo.

— Não foi *tão* difícil — disse Brenda.

— El Moro me disse que não seria difícil, que eu te convenceria. Ele disse: "Para você não sofrer, ela vai te acompanhar".

Ele me conhece muito bem!, pensou enquanto ria, emocionada.

— Então é mentira que seu pai tinha um batizado hoje e que seu melhor amigo está em Las Leñas?

— Siiiim — admitiu Francisco —, é tudo mentira. Dei os ingressos que meu pai comprou para dois amigos. Eu tinha os que El Moro me mandou, para a área VIP.

— Como vocês tramaram tudo? — perguntou.

— El Moro ligou para o meu pai e pediu permissão para organizar a surpresa com a minha ajuda. Eu não tinha ingressos para a área VIP — esclareceu. — Tinha a pior localização, a mais barata. E veja, graças a você, acabei vendo o show do melhor lugar. Mas o mais legal do mundo, da vida, de tudo — disse o sagitariano otimista —, é que, planejando sua surpresa, El Moro e eu ficamos superamigos. Você não sabe a quantidade de vezes que conversamos para acertar os detalhes. No início eu ficava nervoso. Imagine eu falando no telefone com El Moro! Mas, como ele é muito legal, fui ficando mais calmo.

— E agora vai conhecer o Diego quando nos levarem ao camarim.

— Sim, e de novo estou supernervoso.

— Eu também — admitiu Brenda.

— Tomara que vocês voltem — disse o garoto, com os olhos no chão e timidez na voz. — Vocês dois são as pessoas mais legais que eu conheço.

Brenda o abraçou.

— Se nós voltarmos, vai ser graças a você, querido Fran.

* * *

Eles caminharam vários minutos pelos corredores intermináveis antes de parar diante de uma porta de metal. O homem de preto bateu duas vezes. Carmelo Broda abriu e, ao ver Brenda, deu um sorriso enorme e a cumprimentou com grande alegria. Convidou-os a entrar. Embora sem graça, era um recinto amplo usado como camarim, com boa iluminação.

Ali dentro estavam Mariel, esposa de Broda, Rafa, Manu e, mais afastado, sentado em uma banqueta alta, Diego. Brenda o viu imediatamente, e, quando seus olhares se entrelaçaram, foi impossível afastá-los, como se estivesse enfeitiçada. Apesar do feitiço, ela notou que ele havia trocado de camiseta; agora estava com uma polo vermelha de mangas compridas. Havia refeito o coque. Estava lindo!

— Fran! — exclamou Diego, e abandonou seu lugar para receber o adolescente que estava ali, paralisado, e o encarava de longe com os olhos arregalados.

Brenda sentiu um nó na garganta ao ver Francisco responder ao abraço e assentir enquanto Diego falava em seu ouvido. Só quando Manu a abraçou e a fez girar no ar foi que ela se lembrou de que havia outras pessoas ali. Caiu na risada. Logo passou para os braços de Rafa, que imitou as exageradas manifestações de seu amigo ariano.

— Parabéns! Vocês arrasaram no palco. Foi demais — enfatizou.

— Você está tão linda! — elogiou Rafa, o libriano.

— Que legal ter você aqui de novo! — exclamou Manu. — Não imagina a falta que fez para a gente.

— E vocês para mim.

— Mentira! — disse Manu. — Mas, agora que voltou, não vamos te soltar nunca mais.

Ele a abraçou e, quando falou no ouvido dela, a atitude jocosa mudou drasticamente.

— El Moro planejou tudo nos mínimos detalhes para fazer essa surpresa para você. Por favor, não vai decepcionar ele. É a primeira vez que o vemos contente em um tempão.

— É a primeira vez que *eu* estou contente em um tempão — sussurrou ela.

— Você é a única que o faz feliz. Não imagina tudo que ele fez para merecer seu perdão, sua admiração. Por favor, faça Diego feliz de novo.

Brenda assentiu, tão comovida que não conseguia falar. Manu se limitou a lhe dar um beijo na testa. Do outro lado do camarim, Francisco recebia presentes em meio a exclamações e gestos de admiração e incredulidade. Brenda se aproximou. Diego se inclinou e a beijou no rosto com aquele jeito deliberado e lento que a fazia sentir o volume dos lábios dele em sua pele.

— Oi — cumprimentou-a com um sussurro.

Brenda, como se fosse uma de suas fãs, como se o visse pela primeira vez, como se nunca tivessem se amado até a exaustão, como se não tivessem tido um filho juntos, ficou vermelha.

— Oi — respondeu do mesmo jeito, em voz baixa.

— Veja, Bren! — Francisco mostrou a ela a camiseta do DiBrama. — Autografada pelos três! E os CDs e o pôster também estão autografados. Que demais, meu Deus. Obrigado, Moro! — exclamou, e tornou a abraçá-lo.

— Ei! — resmungou Manu. — E nós dois não existimos? Nada de obrigado para nós? Esses dois aí são *nossos* autógrafos — disse, apontando para a camiseta.

Dessa vez foi Francisco quem ficou vermelho. Brenda passou um braço pelos ombros dele e o puxou para si.

— Não ligue para ele — disse —, está sempre provocando. Mas é um bom menino.

— Obrigado a vocês dois também — murmurou Francisco, vermelho das bochechas até as orelhas.

— Obrigado a você, Fran — interveio Rafa, e lhe deu um tapinha no ombro. — Sem você teria sido impossível preparar essa surpresa para Bren.

— Você foi demais, Fran — elogiou Diego.

— Não suspeitei de nada — garantiu Brenda. — Nem por um instante pensei que vocês estivessem por trás disso. Estava até me sentindo mal por vir ao show sem avisar vocês.

— Gostou do show? — perguntou Diego, e ela soube que na simplicidade da pergunta escondia-se um significado profundo.

— Demais — respondeu ela, e o olhou nos olhos. — Foi mágico. Estar na plateia foi uma experiência única. Talvez vocês não notem no palco, mas a energia que vocês geram é enorme. Às vezes me dava a impressão de que o estádio ia explodir.

A pedido de Fran, tiraram várias fotos, e Brenda acabou rolando de rir por causa das tiradas e poses de Manu e Rafa. Manu chamou Diego de limão emburrado – sempre posava com cara de cu, na opinião dele –, e só por isso o vocalista do DiBrama intensificou a careta séria até conseguir uma expressão meio ridícula, e todos explodiram em gargalhadas.

Manu ergueu as mãos e aplaudiu.

— Muito bem, estou morrendo de fome. Vem conosco comer uma pizza, Fran? — disse, apontando para os Broda e Rafa.

— Posso ir com vocês? — o menino perguntou, com uma expressão perplexa que Brenda achou uma graça.

— Bem, El Moro, o seu preferido, não vai conosco — Manu alfinetou mais um pouco.

— Ele não é meu preferido — balbuciou o garoto, sempre vermelho.

— Deixe o menino em paz! — defendeu Brenda.

— Só o baixista e o baterista são suficientes? — prosseguiu Manu. — Ah, e nosso manager e sua linda esposa. O que acha?

— Acho ótimo.

Brenda disse a ele para ligar para o pai para pedir permissão e avisar o motorista do táxi que não precisaria dele para voltar.

— Vocês o levam para casa, não é, Manu? — perguntou Brenda, baixinho.

— Óbvio, fique tranquila.

— Não muito tarde. Não abusem, por favor. Ah, e não bebam na frente dele. É muito novo, tem só quinze anos.

— Refrigerante e água, fique tranquila.

Ela deu meia-volta e topou com Diego, que, bem perto dela, a observava com uma intensidade que a levou a se perguntar o que estaria pensando. Sorriu, de repente tímida. Faltavam poucos minutos para que ficassem sozinhos depois de uma separação de mais de dois anos. Havia chegado a hora de enfrentar as questões do passado.

Brenda acompanhou Francisco até a porta, onde se despediram com um abraço.

— Posso ligar para você semana que vem? — perguntou o adolescente.
— Claro. Quando quiser.
— Esse foi o melhor dia da minha vida, Bren.
— Da minha também, Fran, e, em grande parte, devo isso a você.

Ela fechou a porta e o camarim mergulhou em um silêncio alterado apenas pelas gargalhadas de Manu, que iam se perdendo enquanto se afastava. Voltou-se com o coração acelerado e a respiração presa. Diego, parado no meio da sala, olhava para ela com ansiedade e nervosismo.

— Está orgulhosa de mim? — perguntou, e Brenda correu para ele.

Diego a recebeu em seus braços e foi como se não houvesse existido uma separação de quase dois anos e meio, como se nunca se houvessem se machucado nem traído. Brenda o abraçou e simplesmente descansou o rosto sobre o coração dele, sentindo-se em casa de novo, sentindo um alívio profundo. Estivera perdida e agora voltava ao lar que jamais deveria ter abandonado.

— Eu não conseguiria explicar com palavras como estou orgulhosa de você.

Brenda ergueu a cabeça. Diego a contemplava com olhos marejados e lábios apertados.

— Desculpe — disse sem pensar, com a voz embargada. — Desculpe — repetiu, e começou a chorar.

Diego a conduziu a um sofá, onde se sentou antes de colocá-la sobre os joelhos. Brenda continuou chorando abraçada a ele, angustiada, porque teria preferido estar feliz e contente, e não se desmanchando em lágrimas. Mas não conseguia parar. Diego cobria a face dela com a mão e depositava beijos silenciosos em sua cabeça.

— Por que está me pedindo desculpas? — perguntou ele ao notá-la mais tranquila.

— Porque eu fugi como uma covarde. Eu te abandonei no pior momento.

— E foi a melhor coisa que você poderia ter feito — declarou ele.

— Não — protestou ela —, eu te deixei sozinho quando você mais precisava de mim. Isso não se faz com a pessoa que se ama mais que qualquer outra coisa no mundo.

Diego sorriu com benevolência e levou as mãos ao rosto dela para beijá-la; um beijo leve, um suave roçar de lábios. Esse primeiro contato de bocas depois de tanto tempo os pegou de surpresa. Foi uma descarga de energia poderosa, que os atravessou da cabeça aos pés e ltransformou seu ânimo, que de melancólico passou a uma emoção visceral.

Diego capturou a boca de Brenda entre os dentes e a penetrou com a língua de um jeito agressivo. O beijo exigente, febril, impaciente, fez Brenda esquecer tudo, exceto aquele primeiro beijo, compartilhado na academia da casa de reabilitação, na tarde em que compreendera que só o amor de sua vida poderia provocar nela essa sensação prodigiosa. Ela se desintegrava nas mãos dele, sob o efeito do beijo, e ao mesmo tempo se reconstruía como mulher, renascia da morte. Por que havia se negado essa felicidade durante tanto tempo? A resposta chegou repentinamente, como no dia do enterro de sua avó, quando percebeu que havia sido o castigo que lhe cabia por ser responsável pela morte de Bartolomé. Ela havia se imposto o exílio para sofrer a pena justa por um pecado tão grande.

Diego continuava a beijá-la, escravo de uma ansiedade demolidora que não parecia encontrar satisfação, mexendo a cabeça de um lado para o outro no afã de continuar a invadindo, devorando. Brenda o segurava pela nuca e correspondia com tamanha paixão que só existia quando eram os lábios de Diego Bertoni que a tocavam.

Ela interrompeu o beijo delicadamente, e, como não se atrevia a fitá-lo, colou sua testa na dele e manteve os olhos fechados. Ele ainda segurava o rosto de Brenda, e seu hálito tão familiar, ao tocar a pele dela, provocava-lhe uma felicidade incomensurável. Diego estava ali, com ela, vivo. O passado ficaria para trás junto com os pecados e os castigos.

— Meu Deus — arfou ele —, que vontade eu estava de fazer isso!

— Estou tão feliz! — sussurrou ela.

— Foi o que você me disse da primeira vez que te beijei, na academia da casa. Lembra?

Brenda, impressionada com a coincidência de lembranças, assentiu sem afastar a testa da dele.

— Continua sendo tão incrível para você como é para mim? — atreveu-se a perguntar.

— Muito mais incrível — afirmou Diego. — Daquela vez eu estava cheio de culpa e tinha medo de prejudicar você. — Brenda se afastou e o olhou nos olhos. — Você me amou quando eu estava caído — murmurou ele, com a voz insegura —, quando nem sequer era livre, quando não tinha nada para te dar. Não poderia me amar de novo agora que tenho tudo para te oferecer?

Brenda assentiu, sabendo que seria incapaz de falar. Seu sorriso tremia nos lábios enquanto o acariciava e o via se emocionar.

— Eu te amo tanto — sussurrou sobre os lábios dele. — Você sempre foi meu herói, mas a admiração que senti hoje por você durante o show... — Pegou a mão dele e o obrigou a apoiá-la sobre seu peito. — Está sentindo como o meu coração bate forte? — Diego assentiu. — Está batendo assim desde que te vi aparecer no palco. Eu não conseguia parar de olhar para você.

Beijaram-se de novo. Brenda, que havia acabado montada em Diego, sentia a ereção dele entre as pernas.

— Chega — murmurou Diego, e a afastou com suavidade. — Não quero fazer isso neste lugar de merda. Quero que seja em casa, onde está tudo pronto para você.

— Qual é sua casa agora? A de Puerto Madero?

Diego negou com a cabeça.

— Onde você estiver, *essa* é minha casa. Onde você estiver, eu estou bem. Onde você estiver, quero estar para sempre — acrescentou.

Brenda riu, emocionada, levou as mãos ao rosto dele e roubou um beijo curto e intenso. Bateram na porta. Brenda se levantou para permitir que Diego se levantasse e fosse abrir. Era um dos homens de preto.

— Tudo pronto, senhor Bertoni — anunciou, com um jeito seco e profissional.

— Obrigado — respondeu Diego, e se voltou para ela. — Vamos para casa?

Essa pergunta causou em Brenda uma emoção intensa. Havia magia na simplicidade da frase, havia promessa, havia futuro, havia segurança, havia cura. Ela sentia que as feridas cicatrizavam, e seu coração, por tanto tempo pesado e escuro de dor, ficou leve e continuou a bater como louco, de felicidade. Ela se jogou nos braços dele e respondeu:

— Vamos para casa, meu amor.

28

Apesar da hora, ainda havia alguns fãs reunidos em uma das entradas do estádio. Brenda e Diego os contemplaram de longe, do portão do estacionamento subterrâneo por onde emergiu a van preta da companhia de segurança que os conduziria até Puerto Madero.

— Para quem está escrevendo? — perguntou ele.

— Para mamãe. Vou avisar que...

— Sua mãe já sabe de tudo.

Brenda parou de digitar e olhou para ele na penumbra do carro. Os olhos de Diego fulguravam e seus lábios escondiam um sorriso.

— Minha mãe sabe do quê?

— Da surpresa durante o show. E sabe que, se tudo desse certo, eu te levaria para casa comigo.

Brenda riu, incrédula e divertida.

— Minha mãe deveria ser atriz — declarou. — Você não imagina com que tranquilidade ela falou comigo hoje antes de eu sair de casa. E eu ainda me orgulho de meus dotes de vidente...

— Em parte, se estou vivo é graças a Ximena — confessou ele. — Pouco antes de você ir para Madri, ela me procurou e me disse o que eu precisava escutar para encontrar de novo o sentido de cada dia.

— O que ela disse?

— "Eu pari Brenda e conheço minha filha como ninguém. Sei que nunca vai deixar de amar você, mas ela está machucada e precisa curar suas feridas."

Brenda secou as lágrimas com as costas da mão e sorriu, emocionada.

— Eu perguntei — prosseguiu Diego: — "O que eu posso fazer para ter Brenda de volta?". E ela disse: "Torne-se alguém que a faça sentir orgulho de você".

Brenda tirou o cinto de segurança e, sem dar importância à presença do motorista, sentou-se no colo de Diego. Agarrou o rosto dele e o beijou nos lábios.

— Tenho tanto orgulho de você — afirmou —, sempre tive! Quando nos separamos, eu estava ferida, destruída pela morte do nosso filho, mas você continuava sendo o amor da minha vida. Nunca duvide disso.

Diego a apertava com um ímpeto descomunal e quase a impedia de respirar. Falou com ferocidade no ouvido dela:

— Ponha o cinto. Às vezes, quando fecho os olhos, escuto a freada e o grito que você deu quando o carro te atropelou, e te vejo de novo caída no meio da rua...

Sua voz sumiu e ele colou a boca no rosto dela para reprimir as emoções.

— *Shhh* — fez Brenda, e beijou sua testa. — Vou pôr o cinto, fique tranquilo.

Ela voltou para o seu lugar, e, embora tentasse fechar o cinto, não conseguiu; suas mãos tremiam. Diego o fez por ela. Brenda ficou olhando para ele, querendo decorar cada detalhe de seu rosto, às vezes velado por causa das sombras, às vezes iluminado pelas luzes da cidade. Diego lhe devolvia um olhar intenso.

— Quem mais sabia da surpresa? — perguntou, fingindo descontração.

— Tadeo e Modesta. E eu teria gostado que sua avó também soubesse. Ela queria que nos acertássemos. Ela foi a única que me deu uma pista para encontrar você em Madri quando soube que eu ia viajar.

— Acho que minha avó ficou doente para me obrigar a voltar — disse Brenda. — Sabe quais foram as últimas palavras dela?

Diego negou com a cabeça.

— "Quero que você procure Diego. Quero que o perdoe. Quero que volte com ele. Quero que seja feliz."

O rosto de Diego ficou tenso. Brenda segurou a mão dele e a levou ao rosto. Fechou os olhos antes de suplicar:

— Não fique triste. Ela queria nos ver felizes. — Pigarreou para limpar a voz e tentou de novo mudar o astral. — E Modesta também sabia, então?

— Tive que contar, porque na quinta-feira ela me ligou para me dar bronca quando saiu toda aquela merda nos programas de fofocas.

— Não acredito que Modesta ligou para você! Ela tem seu número?

— Eu dei depois da morte de Bartolomé. Pedi que me ligasse se você ficasse mal.

Brenda assentiu com os olhos arregalados, fingindo um sorriso.

— E o que ela disse na quinta-feira?

— Tudo — admitiu Diego. — Expliquei que estava ajeitando as coisas para te fazer uma surpresa durante o show do domingo, e ela se acalmou um pouco. O que me surpreendeu foi que você assistisse a esses programas de quinta categoria.

— Não assisto — confirmou Brenda. — Mas, como todas as coisas importantes da vida, aconteceu por acaso. Entrei na cozinha e vi Modesta desligar a TV correndo; ela tentou me distrair com mate e uma torta que havia feito. Como suspeitei de que alguma coisa estava acontecendo, liguei a televisão e... bem...

— Entendi — replicou Diego —, viu a merda toda. Por isso te mandei aquela mensagem; porque Modesta me avisou.

Brenda estava decidida a tocar no assunto de Ana María Spano, mas não nesse momento. Cansada das lágrimas e dos dissabores, precisava de um pouco de leveza e alegria.

— Obrigada pela maravilhosa surpresa que você fez para mim.

— Gostou mesmo?

Brenda fez uma expressão de felicidade, e Diego riu.

— No começo, quando você disse "a pessoa mais importante da minha vida", pensei que estivesse falando de Lita.

— O quê?!

— Juro! Até fiquei imaginando onde ela estaria sentada. Nas cadeiras, pensei. Mas, quando você falou da mãe do seu filho... Bem, aí eu percebi.

— Eu estava morrendo de vontade de olhar para o seu setor — confessou ele —, mas não tinha coragem. Tinha medo de que os fãs fossem para cima de você apesar dos seguranças que contratei para te proteger.

— Os seguranças não teriam dado conta das garotas — brincou Brenda. — São todas malucas por El Moro Bertoni. Não viu o cartaz de uma fã pedindo você em casamento e dando o número de telefone dela?

Diego negou com a cabeça e caiu na risada.

— E outra disse que se masturbava quando ouvia sua voz. Elas devem escrever para você o tempo todo nas redes — conjecturou. — O que me chama a atenção é que, tendo milhões de seguidores no Instagram, você tenha visto justo a foto que Fran e eu tiramos no avião.

— Ah, essa foto — suspirou Diego. — Quando vi... não tenho palavras para descrever o que eu senti. Amor, felicidade, ciúme, inveja, dor, raiva... tudo junto. Como você mesma disse, as coisas importantes acontecem *por acaso*. Não sei por que abri aquela mensagem dentre as milhares que recebo por dia. Alguma coisa inexplicável me fez clicar no nome de Fran. E depois, quando li na mensagem que você tinha incentivado o menino a me escrever, senti esperança.

Brenda ia perguntar: "Você tinha perdido as esperanças, meu amor?", mas se calou, porque a van subiu na calçada, atravessou um portão automático e entrou em um espaço em frente a um edifício imponente e suntuosamente iluminado. Pelos vidros espelhados, Brenda via o entorno, onde se destacava um jardim exuberante e um parque pequeno com brinquedos para crianças.

O veículo parou diante da entrada de colunas altas e completamente envidraçado. Diego soltou o cinto dela e Brenda desceu quando o motorista abriu a porta. Agradeceram, dispensaram o homem e, abraçados, entraram na recepção de piso de mármore preto, paredes altas cobertas de painéis de madeira escura e com poltronas minimalistas estofadas de branco e preto. O luxo era sóbrio.

— Gostou? — perguntou Diego, com a ansiedade que havia caracterizado suas perguntas até o momento.

— Demais — afirmou ela.

Os dois subiram pelo elevador forrado de espelhos, e Brenda notou que o corretivo havia desaparecido e havia manchas de rímel sob seus olhos. Soltou um gemido e tentou se arrumar um pouco. Diego a obrigou a se voltar e a imobilizou com um abraço exigente.

— Você está perfeita — afirmou antes de beijá-la.

Um sininho tocou e as portas do elevador se abriram. Eles desceram em um hall privado decorado no mesmo estilo da recepção. A iluminação rebotava no mármore do piso, que cintilava. Diego abriu uma porta dupla.

— Em que andar nós estamos?

— No vigésimo sexto. O prédio tem trinta e três. Nosso apartamento é um duplex — esclareceu.

— Nosso?

— Seu e meu — afirmou, e a surpreendeu passando o braço sob os joelhos dela e a pegando no colo antes de cruzar o batente da porta.

Brenda ria e o beijava no rosto.

— Bem-vinda a seu lar, meu amor.

O vestíbulo cheirava a tinta fresca e ainda estava sem mobília. Contudo, a iluminação era ótima e a qualidade dos materiais era suficiente para realçar a beleza do lugar.

— Que lindo, meu Deus! — disse, ainda no colo de Diego.

— Os caras deram duro para terminar a reforma. Eu queria tudo pronto para te trazer aqui esta noite.

— Quero ver tudo — ela exigiu.

Embora o apartamento fosse de tirar o fôlego, eram a ansiedade e a expectativa de Diego que a encantavam. Subiram ao andar de cima, onde havia quatro dormitórios.

— E este é o nosso — anunciou, e passou a mão pelo sensor de luz para acendê-la. — É uma suíte — esclareceu. — Amanhã você vai conhecer a vista impressionante do rio. Agora nós temos cama — apontou depressa, e indicou a cama king size com cabeceira com moldura de madeira e centro de couro bege capitoné. — Gostou da cabeceira e das mesinhas? Mandei uma foto para Ximena e ela disse que você ia adorar, mas, se não gostar...

Brenda ficou na ponta dos pés e selou seus lábios com um beijo.

— Adorei a cama. E as mesinhas de cabeceira são divinas. Mas eu dormiria no chão de novo — disse, olhando-o fundo nos olhos. — Você sabe que eu me contentaria com um colchão no chão, não é? Só me importa você, Diego.

— Eu sei — respondeu —, mas eu quero mostrar para você o quanto te amo.

— O que você fez hoje no palco me deixou bastante convencida.

— Bastante? — ele fingiu se ofender. — Não totalmente?

Brenda torceu os lábios e inclinou a cabeça em uma expressão de pouca convicção.

— Não totalmente — afirmou, e soltou um grito quando Diego a surpreendeu pegando-a de novo no colo.

Ele a levou até a cama, onde a deitou delicadamente com as pernas para fora. Tirou os tênis dela antes de ajeitá-la confortavelmente.

— Pois eu pretendo te convencer agora — disse e, sem afastar o olhar dela, começou a se despir.

Brenda se apoiou nos cotovelos e acompanhou o processo com crescente agitação. Havia chegado o momento que desejava e temia na mesma medida. O sexo sempre havia sido maravilhoso entre eles. Mas e se a química não existisse mais? E se, por causa do nervosismo, tudo desse errado? E se ele a comparasse com Ana María Spano, que era modelo e lindíssima?

Diego ia tirando a roupa e revelando seu corpo saudável e bem cuidado e os braços e o peito cobertos de tatuagens. Enquanto isso, as dúvidas e os temores de Brenda se dissolviam, e um desejo descomunal a incitava a se levantar automaticamente. Ela ficou de joelhos na beira da cama com o olhar fixo na cueca branca que mal disfarçava a excitação dele.

— Tire — ordenou, e estranhou o tom exigente de sua própria voz.

Diego ficou nu. Brenda desceu da cama e, olhando para o membro dele com eloquente fixação, pegou-o na mão e o acariciou com movimentos decididos. Diego soltou um gemido e jogou a cabeça para trás. Brenda observava o prazer dele depois de tanto tempo. Amava vê-lo tão entregue; parecia livre das lembranças que o afligiam. Amava o jeito como ele a segurava e como lutava para não ser brusco demais quando a excitação o deixava cego.

Brenda ia ficar de joelhos para tomá-lo em sua boca, mas ele recusou.

— Não consigo esperar — anunciou, e a obrigou a voltar para a cama e se deitar na beira.

Com uma velocidade que a fez rir, tirou a calça e a calcinha dela.

— Você toma pílula? — perguntou.

Como Brenda disse que não, ele pegou uma camisinha na gaveta da mesa de cabeceira e a colocou em tempo recorde. Penetrou-a com um impulso surdo que o fez se enterrar fundo em seu interior. Brenda se arqueou sob o corpo dele e soltou um grito misto de dor e de imenso prazer. Diego beijou seu pescoço tenso até que ela relaxou debaixo dele.

— Meu Deus — arfou no ouvido dela. — Não acredito que estou dentro de você de novo.

Eles se olharam fixamente. Diego dava estocadas entre as pernas de Brenda e ela as fechava em torno da cintura dele em uma tentativa instintiva de segurá-lo. Os olhos dele, que haviam perdido toda a clareza, contemplavam-na de um recanto cheio de tormentos, onde seus demônios dançavam e se erguiam para torturá-lo.

— Não quero que você tente me esquecer de novo — ele exigiu, e ela entendeu que ele estava pensando na relação dela com Gustavo Molina Blanco.

— Nunca mais, meu amor — ela jurou, e se calou, paralisada por um orgasmo que a deixou sem ar, sem voz.

Diego acelerou as investidas e em poucos segundos soltou um grito rouco que Brenda achou familiar e ao mesmo tempo único e impressionante. Ficaram abraçados e quietos, com o corpo agitado, ele ainda rígido de prazer. Diego beijou sua testa e os olhos fechados, e o nariz, e os lábios.

— Amo você — sussurrou, e Brenda sorriu sob os lábios dele. — Qual é a graça?

— Você nunca me disse que me amava depois de fazer amor. E acabei de descobrir que é a coisa mais linda que existe.

— Você vai se acostumar, porque pretendo dizer muitas vezes e no fim você não vai achar que é a coisa mais linda que existe.

— Então você vai ter que ser criativo a cada vez — desafiou ela. — Aquilo que você disse no palco, que me amava mais do que a vida, foi muito bonito.

Diego riu, escondendo o rosto no pescoço de Brenda, e, embora sentisse cócegas, ela continuou a abraçá-lo e segurá-lo colado a seu corpo. Queria sentir as batidas do coração dele, que pouco a pouco iam se normalizando.

— Você sente muita vontade de fumar?

— Sim, bastante. Mas não se preocupe, não tanto a ponto de voltar ao vício.

— Também fiquei feliz por saber que você tinha parado de fumar. Eu te admiro por isso.

— Preciso dos meus pulmões para cantar — disse Diego. — Não fazia sentido arrebentar tudo com nicotina. Está com fome?

— Agora que você disse, sim. Vamos pedir uma pizza?

— Está tudo pronto — respondeu ele, com ar misterioso, e se levantou.

Foram juntos para o banheiro e, enquanto Brenda admirava as instalações, Diego tirava a camisinha e se limpava. Ele se cobriu com um roupão branco e se aproximou dela por trás. Observaram-se pelo espelho. Sem palavras, ele tirou a blusa rosa e o sutiã de Brenda. Pegou os seios dela e massageou os mamilos, e ela precisou se apoiar no mármore da pia, dominada por uma súbita e inesperada onda de desejo. Diego a espremeu levemente contra a borda da bancada para lhe mostrar que estava excitado de novo.

— Queria te ver toda nua — justificou. — Podemos fazer de novo?

Brenda respondeu com um assentimento. Diego mexeu na gaveta embaixo da pia e pegou uma camisinha, que colocou ficando de costas para ela. Brenda não viu os detalhes do processo veloz, apesar de seguir, atenta, os movimentos no espelho. Estremeceu quando ele tirou o roupão e o deixou cair com descuido. Não havia piedade no olhar exigente de Diego, porém ele teve o cuidado de forrar a borda de mármore com uma toalha para que ela não se machucasse.

— Fique na ponta dos pés — ordenou, e ela obedeceu.

Ele passou o braço esquerdo pela cintura dela para mantê-la firme e parada, enquanto com a mão direita segurava o pênis e o guiava até a entrada. Penetrou-a lentamente e a puxou para baixo, para que tomasse tudo dentro dela. Brenda levou o braço para trás e envolveu sua nuca para ter um ponto de apoio. Não conseguia afastar o olhar da imagem que o espelho lhe devolvia. Estava fascinada com o contraste entre a delicadeza de sua pele e a aspereza das mãos dele, entre a coloração cremosa e olivácea dela e a pálida de Diego. Mexeu os quadris com um movimento rotatório para conduzi-lo às profundezas de suas entranhas. A reação dele foi automática e quase agressiva. Olharam-se pelo espelho e Brenda sentiu a turbulência que despontava nos olhos dele, escurecidos de luxúria. As investidas, até esse instante cuidadosas, transformaram-se em uma sucessão de movimentos rápidos e fortes.

Aconteceu em um instante em que ele afrouxou o braço e ela se recostou sobre o mármore. Ela ergueu o rosto e entreviu, na parte esquerda do peito dele, uma tatuagem nova; distinguia-se do resto porque tinha rastros de cor, e as outras eram só de tinta preta. Era um único B maiúsculo com traços muito finos, do qual nasciam os nomes dela e do filho que haviam perdido; apesar de a estar vendo ao contrário, ela leu sem dificuldade.

Diego a observava enquanto ela fazia a notável descoberta e escolheu esse momento para deslizar a mão entre suas pernas e lhe arrancar uma nova rajada de prazer. Deixou a mão ali para prolongar o orgasmo e também para amortecer o impacto de suas violentas investidas, que nem a toalha teria atenuado.

Ele se aliviou segundos depois, segurou-a com determinação de novo e disse no ouvido dela.

— Amo você e Bartolomé mais que a vida.

* * *

Os dois tomaram um banho juntos e desceram até a cozinha para comer. Diego pôs para esquentar as esfihas especialmente feitas por Lita. Brenda, com um roupão enorme para ela, xeretava nos móveis e gavetas e ia se familiarizando com a localização dos utensílios. Se bem que, na verdade, não havia quase nada.

— Não faz muito tempo que juntei o dinheiro para comprar este apartamento — revelou Diego. — E nunca tive tempo de comprar nada. As poucas coisas que você está vendo foram minhas tias que me deram.

Ele passou um braço pela cintura de Brenda e a puxou para falar perto dos lábios dela:

— Mas agora que você está aqui, vamos fazer a decoração juntos e comprar tudo que for necessário. Amanhã vamos buscar suas coisas na casa da sua mãe. Quero você aqui na nossa casa o quanto antes.

Brenda vibrou de alegria.

— Em algum momento vou ter que voltar a Madri para trazer o resto — disse. — Quando soube da minha avó, fiz uma mala correndo e vim sem pensar em mais nada. Deixei um monte de questões pendentes. Claro que não me preocupo porque tenho Ceci, mas em algum momento vou ter que voltar.

— Nós vamos juntos — disse Diego — e eu te ajudo a concluir o que você deixou sem resolver lá. Mas você nunca mais vai sair de perto de mim — decretou.

— Nunca — aceitou ela.

Comeram sentados nas banquetas altas da ilha de granito. Brenda curtia cada mordida das esfihas, acrescentando limão, segundo os ensinamentos de Lita. Diego já havia devorado duas e estava indo para a terceira.

— Amor — disse Brenda —, você disse que, quando viu a foto que eu e Fran tiramos no avião, teve esperanças de novo. Você tinha perdido as esperanças?

Diego depositou a meia esfiha no prato e limpou a boca sem olhar para Brenda.

— Sim — admitiu —, tinha perdido.

Brenda, com a garganta apertada de angústia, ficou olhando para ele.

— Naquele dia em Madri, quando liguei para você, achei que pelo menos aceitaria me ver.

Em um ato inconsciente, Brenda estendeu a mão e apertou a dele.

— Eu não queria te pressionar, mas estava morrendo de vontade de te ver. Fiquei em um bar em frente à escola de Cecilia esperando você sair.

— Jura? — Brenda se espantou.

— Fiz isso nos dois dias que ainda nos restavam em Madri. Nos dois dias te vi sair com outras garotas, sorrindo e conversando com elas. Você estava muito linda e parecia contente.

Brenda pulou da banqueta e o abraçou.

— Desculpe — suplicou. — Eu me arrependi mil vezes do que disse aquele dia, e fantasiava que você estaria me esperando na porta e me daria um beijo à força, e que depois eu iria retribuir.

Diego riu baixinho e sacudiu a cabeça, perplexo.

— Quem pode entender as mulheres? — lamentou.

— Na maioria das vezes, nem eu mesma me entendo. Desculpe — suplicou de novo.

— Você sabe que eu perdoaria qualquer coisa em você.

— Agora entendo por que você começou a sair com a modelo.

— Se você tinha virado a página — explicou Diego —, eu também podia, pensei; só que era tudo muito forçado, muito falso. E quando vi aquela foto sua com Fran fiquei louco de alegria, mesmo sem saber por quê. Era tão pouco, na verdade. Mas mandei tudo à merda e me agarrei a essa esperança e fiz de tudo para que ficássemos de novo assim, juntos. Sua mãe, como sempre, foi minha melhor aliada.

— No enterro da minha avó você estava zangado — recordou ela, com o rosto apoiado no ombro dele para evitar fitá-lo.

— A caminho do cemitério, Fran me contou que você tinha dito que estava namorando. Deus, Brenda, fiquei morrendo de ciúme, puto da vida. No telefone voçê tinha dito que não estava com ninguém.

Brenda se agarrou ainda mais e escondeu o rosto no pescoço dele, devastada pela culpa.

— Era muito recente, só alguns dias — desculpou-se.

— Por que você queria me esquecer?

— Às vezes — disse ela depois de um silêncio —, meu amor por você me dá medo.

— Por quê? — sussurrou ele, como se temesse perguntar.

— Porque é tão enorme, Diego! Eu sofri enquanto você me considerava uma menina, e sofri muito quando aconteceu aquilo com seu pai e você não me deu bola por cinco anos. Em 2016 aconteceu o milagre e nós ficamos juntos. Eu estava tão, mas tão feliz, que não me atrevia a ser livre, a ser eu mesma, por medo de perder você. Mas te perdi do mesmo jeito, e, por culpa minha, perdemos nosso bebê.

— Não, meu amor, não — repetia Diego com a voz congestionada, enquanto Brenda chorava com o rosto colado sobre os nomes ali impressos para sempre.

Ela abriu o roupão dele, revelou a delicada tatuagem e a percorreu com o indicador.

— Também quero tatuar seu nome e o do nosso filho.

— Não — disse Diego. — Eu amo sua pele perfeita, sem defeito nem marca. Além do mais, você não precisa tatuar nossos nomes. Estou sempre no seu coração e você carregou nosso filho na barriga. Como poderia esquecer alguém que carregou na barriga durante tantos meses?

Brenda caiu em um silêncio confortável, absorta na observação das tatuagens.

— Você nunca me culpou pela morte dele — disse minutos depois —, mas eu sei que foi minha culpa, por ter atravessado a rua como uma louca.

— E eu acho que foi culpa minha — objetou Diego. — Poderíamos passar dias inteiros tentando definir quem foi o verdadeiro responsável, e para quê? — argumentou, e pegou em seu rosto para obrigá-la a fitá-lo.

Mesmo assim, ela baixou os olhos e se recusou a enfrentá-lo.

— Brenda, olha para mim. Olha para mim, por favor — pediu com mais doçura, e ela ergueu o rosto. — Quero ser feliz. Nunca fui feliz, exceto durante os meses em que nós estivemos juntos. Você é a única pessoa capaz de me dar a paz de que eu preciso. Você conseguiria deixar o passado para trás e ser feliz comigo a partir de agora e para sempre?

Ela assentiu, incapaz de falar, porque a vontade de rir e de chorar se mesclavam.

* * *

Brenda acordou com a agradável sensação de sua nudez em contato com o corpo morno do garoto que amava para além da razão. Do homem, na realidade, porque naqueles dois anos e meio Diego Bertoni havia sofrido uma transformação tão radical que de eterno adolescente conflituoso se transformara em adulto, dono de seu próprio destino.

Uma felicidade arrebatadora a fez sorrir na escuridão do quarto, apenas perturbada pelos raios de sol que entravam pelas frestas da cortina blackout. Diego acariciava a curva da cintura dela e descia pela perna até o joelho, e subia de novo.

— Bom dia — disse ele.

— Bom dia — respondeu ela. — Queria fazer o café da manhã para você, mas não quero sair daqui.

— O café pode esperar — disse ele.

Contudo, quando o telefone de Diego tocou pela terceira vez em poucos minutos, ele se afastou de Brenda para atender.

— Caraca, está de brincadeira? — disse assim que atendeu, e ela não teve dúvidas de que estava falando com Manu ou Rafa. — Eu pedi que hoje não me enchessem o saco, quero ficar tranquilo com Brenda.

Ele se sentou na beira da cama, cravou o cotovelo no joelho e descansou a cabeça na mão enquanto ouvia o que Rafa ou Manu dizia.

Brenda foi de quatro pela cama e ficou atrás dele para massagear seus ombros. Diego se endireitou prontamente e apoiou a cabeça nos seios nus dela. Brenda o beijou por trás e começou a massagear os músculos duros dele. Ele ronronava enquanto, com a mão livre para trás, acariciava a bunda de Brenda.

— Não tem nada acontecendo — replicou de repente. — Não estou fazendo barulho nenhum. Quer saber minha opinião? Temos que analisar bem qual convite aceitar. Não vamos a qualquer programa de merda queimar nosso filme, portanto calma. Não, Manu, não vou expor Brenda a esse circo. Sei que pode ser bom para o DiBrama, mas também é uma faca de dois gumes. Vou falar com Broda para saber como estão as coisas e depois nos reunimos para decidir.

Diego jogou o telefone, que rebotou no travesseiro, e Brenda ficou com vontade de perguntar sobre a conversa, mas ele a obrigou a ficar de quatro para possuí-la nessa posição de que tanto gostava. Quando terminaram, ficaram jogados na cama, entrelaçados e relaxados. Diego a acariciava e depositava lânguidos beijos na mandíbula de Brenda. Ela estava tão saciada e tranquila que não tinha força nem para ir ao banheiro.

— Sabe que horas são?

Brenda negou com a cabeça.

— Três e meia da tarde. Em vez de tomar café da manhã, temos que fazer um lanche.

— O que Manu queria?

— Disse que os programas de fofocas e a internet estão malucos por causa do que eu disse ontem no show. O vídeo viralizou no YouTube e já tem sei lá quantas visualizações. Tem um monte de cópias com legendas em vários idiomas.

Brenda ergueu as sobrancelhas, espantada de verdade.

— É o que parece — prosseguiu ele, e mordiscou o lábio inferior de Brenda. — Manu disse que o telefone de Broda não para de tocar. Todos os programas estão ligando para nos entrevistar e querem que você vá. A garota misteriosa de El Moro, estão dizendo.

Brenda estremeceu de excitação e de receio. Mais tarde, enquanto fazia ovos mexidos, escutava as matérias que Diego lia sobre o show do "novo Soda Stereo".⁷ Os críticos elogiavam desde os aspectos técnicos – o excelente som e a presença de palco – até a química entre o público e os membros da banda. No site da lendária revista *Rolling Stone* destacavam a excelente qualidade musical das composições interpretadas brilhantemente pelo guitarrista e vocalista Diego "Moro" Bertoni e acompanhadas pelo baixista Manu Zabiola e pelo baterista Rafa Barbero. "Sem dúvida", acrescentava o jornalista da *Rolling Stone*, "várias músicas que ouvimos ontem em Vélez vão entrar para o ranking das cem melhores do rock argentino que esta publicação realiza a cada década, como 'La Balada del Boludo' e a composição do novo álbum, 'Tu Héroe Caído'".

Brenda tirou a frigideira do fogo e se voltou para Diego para abraçá-lo e beijá-lo.

— Parabéns, amor! Você conseguiu! Meu orgulho e minha admiração não têm fim.

— Espere — disse —, tem mais. Agora vem a parte que fala de você.

— De mim? — surpreendeu-se Brenda.

— Um capítulo à parte — prosseguiu a leitura — merece a declaração de amor eterno de El Moro Bertoni à mulher que o ajudou a vencer os vícios; a mãe do seu filho, e, como disse ele, a pessoa mais importante da sua vida. Antiga vocalista do DiBrama, Brenda Gómez...

— Ah! — surpreendeu-se. — Eles sabem meu nome!

— Bastou Manu dizer Bren e Rafa gritar que você é o B do DiBrama para eles descobrirem. Manu me disse que estão passando os vídeos do Cosquín Rock nos programas de fofocas.

O pêndulo de Brenda começou a se oscilar, e da confortável e serena posição de equilíbrio em que se encontrava depois de uma noite mágica de amor e sexo ameaçou fazer movimentos violentos e desestabilizá-la. Ela agarrou a mão de Diego, que afastou os olhos do iPad e a observou com o cenho franzido.

— Ei, que foi? — perguntou, preocupado, e a colocou entre suas pernas.

— Isso poderia prejudicar você de alguma maneira? — perguntou, angustiada. — Poderiam descobrir o motivo de termos nos separado em

---

7. Soda Stereo foi uma banda argentina de muito sucesso nos anos 1980. (N.E.)

2017? Não quero que associem seu nome ao de Carla e àquele bando de delinquentes.

Diego beijou sua testa.

— Se algum jornalista começar a remexer meu passado, vai ser inevitável que me associem a ela. O Sin Conservantes existiu e há muitos vídeos na internet. Mas ninguém pode me vincular com a situação atual legal dela simplesmente porque não existe conexão entre mim e seus negócios sujos.

Ele a pegou pela nuca e a puxou para falar perto dos lábios dela.

— E isso graças a você, que chegou naquele dia bem a tempo de evitar que eu assinasse um monte de merda que teria me metido em uma confusão e hoje eu estaria muito, mas muito fodido.

Diego mordeu o lábio de Brenda antes de beijá-la com uma paixão inextinguível. Interrompeu o beijo subitamente para dizer:

— Nunca vou poder te agradecer o suficiente por ter me salvado daquele que teria sido o pior erro da minha vida.

— O que você fez comigo ontem à noite e hoje de manhã são boas maneiras de demonstrar sua gratidão, garanto.

Diego riu baixinho.

— Gostou? — perguntou ele, e Brenda se surpreendeu por isso o preocupar. — Foi tão bom como antes?

— Melhor, se é que isso é possível — disse ela, categórica, sem hesitar. — Não sei como consegue, mas, quando acho que já não tenho mais como gozar de novo, você me toca e começa tudo outra vez. E para você?

Diego sorriu com uma expressão condescendente antes de responder:

— Se foi tão bom como antes ter feito amor com você... não sei... quantas vezes?

— Muitas — riu Brenda.

— Sim, muitas. Bom demais!

Brenda assentiu e se aninhou em Diego, que continuou lendo os comentários da internet e as matérias de jornais e revistas com ela entre os braços.

— Amor?

— Mmm?

— Você sabia que Carla estava metida nos negócios sujos do irmão?

Diego soltou um suspiro que revelou quanto o irritava enfrentar esse assunto, só que não haviam atravessado o inferno e quase perecido para continuar cometendo os mesmos erros. Ele se afastou e a olhou nos olhos com uma clara mensagem: não evitaria esse tipo de pergunta.

— Eu sabia que Mariño era um prefeito corrupto e que distribuía drogas no território dele, que ia além de General Arriaga. Mas, sejamos honestos, neste país a maioria dos prefeitos é corrupta, especialmente os que são reeleitos mil vezes, como Mariño. Mas eu jamais vendi drogas, apesar de ele ter pedido.

— E Carla vendia?

— Não — respondeu, categórico, mas hesitou quase imediatamente. — Pelo menos não na minha frente. Ela sempre tinha muito dinheiro e um cartão platinum, mas era normal, pelo menos eu achava. O irmão, que a adorava e a mimava desde que era pequena, dava tudo o que ela pedia e mais. Por isso eu não estranhava que ela sempre tivesse dinheiro. Bem, pode ser que o dinheiro não viesse da generosidade do irmão, e sim do trabalho de traficante, mas acho que não. Eu teria percebido. — Deu de ombros em explícito desinteresse. — Do que eu não sabia era do lance de tráfico humano. Quando saiu nos noticiários, fiquei pasmo.

— E Carla sabia?

— Não sei — admitiu. — E nunca vou saber. porque não pretendo entrar em contato com ela. Não me interessa, na realidade.

— Do que ela está sendo acusada?

— A promotoria disse que ela sabia do tráfico humano e que participava ativamente disso. A mídia a chama de "cafetina". Talvez tenha se envolvido depois que terminamos, não sei. Ela também é acusada de lavagem de dinheiro. Existem contas no nome dela na Suíça, no Uruguai e em Luxemburgo, e, como ela não tem como justificar tamanha quantidade de dinheiro, está encrencada.

Brenda teve uma vertigem forte. Abraçou Diego em um ato inconsciente de proteção. Ele a abraçou também, com um vigor que esmagou suas costelas. E disse com paixão no ouvido dela:

— Tudo isso acabou. Nada dessa merda vai sequer chegar perto de você. — Afastou-se para jurar. — Eu daria minha vida por você, Brenda.

— E eu a minha por você.

* * *

Os dois passaram o resto da tarde na cama vendo os programas de fofocas dos quais eram protagonistas. Brenda assistia com o espírito desapegado, como se aqueles jornalistas não falassem dela, uma garota absolutamente normal, das mais comuns, dessas que nunca teriam se tornado objeto de interesse da imprensa marrom. Houve um jornalista bastante incisivo que a deixou nervosa e desconfortável com suas declarações.

— Sempre soubemos — comentou, mexendo com dificuldade seus lábios inchados de colágeno — que El Moro era o mais tranquilo da banda do ponto de vista romântico. E sabíamos que isso se devia a um antigo amor que ele não conseguia esquecer. Agora entendemos por que ele largou Spano semana passada. Voltou com a misteriosa garota por quem é loucamente apaixonado! Parece coisa de novela!

Uma colunista interveio para tirar proveito também, com expressão de contentamento.

— Dizem que quase todas as músicas que El Moro compôs são para ela ou para o filho deles, que mor...

À menção de Bartolomé, Diego apontou o controle remoto para a TV e a desligou.

— Chega de tanta merda — decretou.

— Só importa o que falam do DiBrama em termos musicais — disse Brenda. — E não há um lugar que não fale maravilhas. Não ligue para essas coisas.

Diego se recostou nela e a contemplou em silêncio, concentrado.

— Não ligo a mínima — afirmou. — Mas tenho medo de que afete você e que você fuja de novo para Madri. A mídia e os fãs vão encher muito o saco e te seguir para todo lado. Vou fazer o impossível para que a sua vida não se complique, mas não vai ser fá...

Brenda o calou cobrindo seus lábios com o indicador.

— Uma vez quebrei a promessa que te fiz. Não vou quebrar de novo.

— Que promessa? — estranhou Diego.

— Jurei pela memória do meu pai que, se você descesse ao inferno de novo, eu iria com você. Não cumpri. Fiz justamente o contrário. Depois da morte do nosso filho, quando você mais precisava de mim, quando mais perto você estava deter uma recaída, eu fui embora. Fugi como uma covarde...

Foi Diego quem a calou dessa vez, com um beijo.

— Eu já disse que você fez muito bem — recordou. — Perder você foi como levar um soco na cara. Nem ser preso nem acabar na casa de reabilitação foram suficientes para me fazer acordar e me obrigar a ser homem de uma vez por todas. Só aprendi isso depois que você me deixou. E, quando Ximena me disse que eu teria você de volta se me transformasse em alguém de quem se orgulhasse, eu tirava energia dessa promessa para fazer tudo que fiz.

— Mas agora é minha vez de provar que você pode confiar em mim e que não vou te deixar de novo, aconteça o que acontecer. — Ela pegou o rosto dele e repetiu: — Aconteça o que acontecer, nunca vou te deixar. Seja do passado ou do presente, quero que contemos tudo um para o outro. Somos um só, Diego. Se estivermos unidos, nada vai poder nos destruir. Mas só se estivermos unidos.

— Amo você — afirmou ele, emocionado. — Amo você — repetiu, e a beijou com uma paixão que Brenda julgara saciada e que se reavivava ao som da voz rouca e grave dele, que murmurava palavras de amor.

* * *

Depois de passar a segunda-feira trancados em um casulo com pouco contato com o mundo exterior, na terça tiveram que voltar à realidade. Aproveitando que de manhã Diego tinha terapia, Brenda voltou para casa a fim de pegar as poucas coisas que havia trazido de Madri. Diego passaria para buscá-la perto do meio-dia.

Enquanto recolhia sua roupa e ia enfiando tudo na mala, Modesta lhe servia mate e contava o que diziam deles nos programas de fofocas.

— Você ficou famosa, minha menina! — dizia a mulher, exultante. — Todo mundo quer te conhecer. E Diego se portou tão bem com você! Ah — suspirou com os olhos fechados —, que coisas bonitas ele disse durante o show! Todas as mulheres estão com inveja. Ontem entrevistaram aquela Spano — acrescentou, com ar sombrio.

— Ah, é? — perguntou Brenda.

— Ela falou que El Moro e ela terminaram de comum acordo. Comum acordo uma ova! — exclamou, e Brenda caiu na risada. — Ela está louca de ciúme. Agora mesmo vou acender uma vela a meu querido Santo Expedito para que te proteja, minha menina — disse, e abandonou o quarto.

Enquanto esperava que Diego fosse buscá-la, Brenda respondeu a várias mensagens de Millie e Rosi. A primeira disse estar "enlouquecida" com os eventos do domingo em Vélez e que já havia visto o vídeo com o discurso do El Moro dezenas de vezes; queria que se encontrassem. Depois, Brenda confirmou a aula de canto na quinta-feira com Juliana, marcou ginecologista para a sexta-feira e mandou uma mensagem a Cecilia para pedir que fosse dar uma olhada em seu apartamento em Malasaña e que pegasse a correspondência.

Tocou o telefone. Era Diego.

— Amor?

— Estou perto da sua casa — disse ele, com a voz séria.

— Já desço.

— Não. Os paparazzi estão me seguindo.

— Ah! — espantou-se ela.

— Depois da terapia, fui ao escritório de Broda e eles estavam me esperando lá.

— O que você quer que eu faça? — inquiriu.

— Não quero que eles descubram onde é o seu prédio, para que não fiquem de plantão aí.

— Quer que eu volte para casa com meu carro?

A voz de Diego ficou doce ao dizer:

— Que lindo você dizer *para casa*.

— É que, onde você estiver — disse Brenda —, para mim é meu lar — ela recordou, usando as próprias palavras dele.

Brenda chegou ao edifício da rua Juana Manso e os seguranças, já alertados, iam deixá-la entrar. Os paparazzi, diante do portão, estudaram a condutora do carro e, ao reconhecê-la, transformaram-se em uma matilha de lobos famintos. Foi necessário que dois homens da vigilância saíssem para afastar os jornalistas que batiam no vidro dela e vociferavam comentários provocadores.

Ela deixou o carro em uma vaga provisória e foi até a recepção com o olhar baixo, enquanto das grades ao redor chegavam perguntas mordazes.

— É verdade que você o deixou porque o culpava pela morte de Bartolomé? Por que você voltou para ele agora? Porque ele está rico e famoso? Essa mala significa que você vai morar com ele? Ou vai voltar para Madri?

Diego a esperava no hall privado e a recebeu em seus braços. Brenda se agarrou a ele, desfalecida. Estava com taquicardia e tinha a boca seca.

— Consegui despistar os que me seguiam entrando no estacionamento do Alto Palermo — relatou Diego —, mas, quando cheguei aqui, encontrei outros de plantão.

— Como souberam que você mora aqui?

Ele deu de ombros.

— Qualquer um pode ter vendido essa informação, desde um funcionário da empresa que administra o edifício até o porteiro, ou algum segurança. Qualquer um — enfatizou.

Brenda assou umas pizzas congeladas e decidiu mudar o espírito desanimado causado pela invasão dos paparazzi. Ela sabia que Diego não se incomodava só pelo assédio, mas porque temia que ela se assustasse e fugisse. Enquanto punha a mesa, ouvia-o ensaiar no piano da sala e percebia seu ânimo depressivo. Foi buscá-lo para comer. Ao vê-la se aproximar, Diego interrompeu a melodia e esperou tê-la ao alcance da mão para fazê-la se sentar montada nele. Brenda observou o olhar dele, carregado de preocupação.

— Não fique mal por causa dos paparazzi. Não é importante, não me afeta. Só quero que você fique tranquilo e feliz.

— Eu queria tanto proclamar meu amor na frente de todos para que você nunca mais duvidasse do quanto te amo que acabei não prevendo as consequências.

— Se você se arrepender do que fez em Vélez por causa desse pessoal lá embaixo, aí sim vou ficar brava. — Diego sorriu com tristeza. — Foi um dos momentos mais sublimes da minha vida. Eu estava morta, e você me devolveu a vida.

Os olhos de Diego vibraram com as palavras de Brenda. Ele capturou seus lábios em um beijo febril. Bastou pouco para que se excitassem.

Brenda correu para cima para pegar uma camisinha. Ao voltar, encontrou Diego sentado na banqueta sem calça, com a ereção parecendo um mastro. Ela colocou a camisinha nele e tirou a calcinha. Levantou a saia e se sentou na mesma posição. Deixou-se cair sobre ele. Diego mordia o pescoço dela e a guiava pela cintura.

— Estava precisando disso — admitiu ele quando acabaram.

— Na sexta tenho consulta com a ginecologista — informou Brenda enquanto lhe dava lânguidos beijos nos olhos fechados. — Vou pedir que me receite a pílula de novo. Não quero que você continue usando camisinha.

Diego se ergueu e a encarou, severo e preocupado.

— Não, fazia muito mal a você. Você acabou desmaiando. Não quero — insistiu.

— Dessa vez não vai me fazer mal — garantiu, e, diante da confusão de Diego, explicou: — Naquele momento me fez mal porque eu *tinha* que parar de tomar para engravidar de Bartolomé. Nosso bebê tinha que nascer para salvar o pai.

Os olhos de Diego ficaram marejados de repente.

— É isso? — perguntou, com a voz congestionada. — Ele veio para isso?

— Sim, meu amor — Brenda beijou seus lábios trêmulos. — Veio para ser sua redenção.

— Eu quis que você abortasse — sussurrou entre soluços mal contidos. — Às vezes penso que o tiraram de nós por isso, porque no início eu não o queria. E você pagou pela minha culpa.

— Nós combinamos que não falaríamos mais de culpa — recordou ela. — Além do mais, não é assim que funciona. O universo não nos castiga. O destino de nosso filho era esse: nascer, viver cinco dias e ficar para sempre conosco, em nossos pensamentos e coração. Mas, especialmente, o destino dele era te ajudar a romper as correntes das drogas e do álcool para sempre. Eu sei que você não acredita nos signos do Zodíaco, mas Bartolomé era de Peixes. E Peixes é o signo que se sacrifica pelos que ama. Ele veio para salvar você. Bartolomé veio para salvar o pai dele.

— Você também é de Peixes — apontou Diego, com voz trêmula, mas decidida —, e a música "Nacidos Bajo el Hechizo de Piscis" eu compus para vocês dois, para minha mulher e meu filho, meus dois únicos amores. Porque você também tem esse poder de me curar, só que não quero que se sacrifique — concluiu, e secou as lágrimas com passadas duras e impacientes das costas da mão. — Às vezes me pergunto como ele seria... fisicamente, digo. Na quinta-feira faria dois anos e cinco meses. Eu o imagino correndo por aí dizendo mamãe e papai e... tenho saudade dele — soluçou. — Pode não fazer sentido, mas sinto saudade.

— Fisicamente ele seria igual a você — afirmou Brenda. — Lita, quando entrou para visitar Bartolomé aquela vez, disse que era como ver você recém-nascido. Mamãe disse o mesmo. Bartolomé seria igual ao pai — enfatizou.

Eles almoçaram mais tranquilos depois de fazer amor. Falar sobre o filho morto havia colocado o assunto dos jornalistas e a perseguição sob outra perspectiva; perdeu importância e sentido. Contudo, quando por volta das três da tarde chegaram Broda, Manu e Rafa, a questão foi abordada. Na opinião do empresário, aceitar duas ou três entrevistas acalmaria o anseio da imprensa.

— Desde domingo à noite o telefone não para de tocar — informou Carmelo. — Ligam de todo lado para entrevistar vocês, até de outros países, e não só latino-americanos, da Europa e da Ásia, porque o vídeo viralizou em outros idiomas também.

— Qual é sua sugestão? — perguntou Rafa.

— Por enquanto, eu aceitaria o convite do programa de Martha Lugo, o de Susana Gillespie e a entrevista com a *Rolling Stone* — propôs o manager. — E a partir daí nós vemos a repercussão e analisamos os passos seguintes. Jogamos esses ossos para que eles tenham com que se entreter. Logo vai explodir um novo escândalo e eles vão deixar de incomodar vocês — profetizou. — Mas há males que vêm para o bem — sentenciou. — Com todo esse negócio de Brenda e a declaração de amor de El Moro, estamos ganhando um monte de publicidade grátis. Várias marcas me ligaram para vocês fazerem spots publicitários. Tudo isso paga muito bem. Estão chovendo convites para shows e eventos sociais. Mas — pareceu recordar de repente — em todos os pedidos de entrevista que recebi eles querem Brenda.

— Não — opôs-se Diego —, eu já a expus demais. Agora ela nem consegue sair à rua sem ser perseguida e encurralada.

— Moro, esconder Brenda vai criar mais obsessão — disse Manu. — Além do mais, o que você pretende? Manter Brenda aqui trancada em casa o dia todo e sair com ela enrolada em um lençol para que ninguém a veja?

— Por outro lado — argumentou Rafa —, se ela vai fazer parte do DiBrama de novo, você vai ter que se acostumar com a exposição dela, assim como nós.

— Ah! — espantou-se Brenda, pois não haviam conversado sobre ela ocupar de novo o lugar de vocalista. — Não sei se seria conveniente eu voltar à banda — disse.

— Por que não? — perguntou Diego, com o cenho franzido.

— Vocês são uma banda de rock consagrada — disse. — É preciso analisar bem as mudanças. E se os seus fãs não virem com bons olhos eu fazer parte da banda?

— Brenda tem razão — interveio Broda. — Temos que agir com cuidado para não alterar o equilíbrio sempre precário dos artistas. Hoje vocês estão na glória, e um erro tolo pode levar vocês para baixo.

— Muitos fãs — apontou Manu —, que nos seguem desde o começo, e outros que nos conheceram graças ao Cosquín Rock, ainda perguntam se a Brenda vai voltar.

— Eu sei — admitiu o empresário. — Hoje Mazzurco me ligou — referia-se ao especialista que administrava o site e as redes sociais do DiBrama — e me contou que o bombardeio de mensagens e de comentários desde o domingo é incontrolável, mas que uma pergunta se repete: Quando Brenda vai voltar à banda?

— Estou falando! — exclamou Manu. — Eu sabia. Se Bren subir no palco, vai arrasar.

— De qualquer maneira — interveio Carmelo Broda de novo —, vamos devagar, agindo com prudência. Os meninos me disseram — dirigiu-se a Brenda — que em Madri você não se dedicava ao canto.

— Não — confirmou ela. — Faz mais de dois anos que não canto. Mas semana passada comecei a fazer aulas de novo com minha professora de sempre. E na próxima quinta volto ao estúdio dela para continuar praticando. Ela disse que em pouco tempo vou estar em forma de novo.

— A professora que tinha um sobrinho que era tenor? — interrogou Diego, e, embora tentasse parecer casual e descontraído, não conseguiu.

— Sim, Leonardo Silvani. Na verdade eu o encontrei na casa da minha professora semana passada e ele me convidou para trabalhar na nova companhia lírica dele. Ópera Magna.

— Você não me contou que esteve com ele — reclamou Diego, e lhe fixou um olhar de reprovação.

— Esqueci completamente. Com tantas coisas mais importantes para falar...

— Seria bom se você tivesse me contado que aquele sujeito te ofereceu um emprego e...

— Moro! — disse Manu. — Está de brincadeira, cara? Vai fazer uma cena de ciúme? Justo com Brenda, que é apaixonada por você desde os três anos? Sério, qual é seu problema com esse tenor? É evidente que a coitada sofre de cegueira de amor, porque, podendo se apaixonar por mim, que sou gato demais, continua louquinha por você, que é um pé no saco de marca maior.

Começaram a rir, todos menos Diego, que lançou um olhar hostil a Manu. Ao notá-lo tão contrariado, o coração pisciano de Brenda não pôde suportar. Ela falou no ouvido dele.

— Desculpe por não ter contado. É que esqueci de verdade, porque não tem importância para mim.

Diego assentiu e, mesmo tendo-a beijado na testa, Brenda percebeu que o assunto ainda o incomodava. Eles se distraíram organizando a agenda das próximas semanas, sendo o show no estádio Mario Kempes, em Córdoba, em meados de setembro, o evento mais importante.

* * *

Na quarta-feira, Diego e Brenda jantaram na casa de Ximena. Tadeo González, dirigindo seu Audi com vidros espelhados, foi buscá-los para despistar os paparazzi de plantão na Juana Manso. Lautaro, Camila e Max já haviam chegado. Camila, como sempre, mostrou-se simpática com Diego e o parabenizou pelo sucesso do DiBrama.

— E o que você fez em Vélez... — acrescentou — ... proclamar de peito aberto seu amor por Bren — a taurina elevou os olhos ao céu com um sorriso beatífico —, acho que nunca vi nada tão romântico.

— Não foi perigoso para minha irmã? — questionou Lautaro. — Poderiam ter ido para cima dela, ou alguma fã louca poderia ter atacado simplesmente por ciúme.

— Não seja ridículo, Lauti! — reclamou Brenda.

— Estava tudo previsto — respondeu Diego. — Dois profissionais, ex-soldados de elite do exército, estavam lá para cuidar dela.

— Ex-soldados de elite? — surpreendeu-se Brenda.

— Eu os recomendei a ele — interveio Tadeo González. — Nós os contratamos sempre para proteger nossos clientes importantes.

— Fizeram um trabalho excepcional — reconheceu Diego, e ergueu sua taça de suco de maçã para o advogado, que fez o mesmo com a de refrigerante.

Brenda amava sua mãe e o companheiro por concordar em compartilhar a mesa com eles e abrir mão do vinho com que costumavam comer. Diego havia notado a ausência de bebidas alcoólicas, e Brenda percebia os sentimentos contraditórios que isso suscitava nele: alívio por não ter que lutar contra a tentação, e vergonha, já que os anfitriões haviam sido obrigados a mudar seus hábitos.

Mesmo assim, e apesar do olhar crítico e intenso de Lautaro, eles passaram momentos agradáveis. Ximena expressou seu desejo de tirar uma foto com seus quatro filhos, e Tadeo foi buscar a câmera profissional – fotografia era seu hobby desde a adolescência. Todos se divertiram posando em vários pontos da sala de jantar e da varanda.

— Você vai voltar a cantar no DiBrama? — perguntou Camila a Brenda enquanto tomavam o café na sala e viam as fotos do último show na página da banda.

— Sim — respondeu Diego de imediato.

Brenda, mais prudente, disse:

— Essa é a ideia, mas queremos primeiro ver qual seria a reação do público.

— Brenda — interveio Lautaro —, com sua voz, você vai arrasar.

— Obrigada, irmãozinho. Mas faz muito tempo que não canto profissionalmente.

— Mas você não disse que está fazendo aulas com Juliana Silvani de novo? — comentou Camila.

— Sim, amanhã tenho a segunda aula — confirmou, e notou o ar impaciente que marcou a expressão de Diego.

Ele tinha certeza de que Leonardo Silvani apareceria na casa da tia, no dia seguinte, bem na hora da aula de Brenda e com um único objetivo: seduzi-la.

— Ele está louco por você desde o show na catedral — dissera, e Brenda não se atrevera a contradizê-lo, pois sabia que não estava enganado.

No dia seguinte, levantaram cedo porque Diego tinha uma agenda muito apertada com compromissos de trabalho e outras coisas a fazer. Brenda, por sua vez, havia marcado um almoço com Millie e Rosi e à tarde tinha aula de canto em Caballito.

— Eu te levo e busco nos dois lugares — disse Diego.

— Amor, é loucura. Hoje você tem mil coisas para fazer.

— Brenda — disse ele, impaciente —, não quero que você ande com seu carro de lá para cá com os paparazzi de moto atrás. Você vai ficar nervosa e pode sofrer um acidente. Além do mais — acrescentou, e a encarou —, vou te buscar na casa de Juliana. Quero que o babaca do sobrinho dela me veja.

Após um instante de surpresa – que erro pensar que o virginiano havia esquecido aquilo! –, ela se aproximou para pôr nele a gravata que havia escolhido e lhe roubou um beijo, mas ele não correspondeu. Contudo, contemplou-a fazendo cara de mau ou de ofendido, Brenda não saberia dizer. A situação a fez rir.

— Quer dizer que você vai marcar território? — Diego soltou seu grunhido familiar. — Segundo os parâmetros atuais — prosseguiu, divertida —, isso é um comportamento inaceitável, machista e...

Ela soltou uma exclamação quando Diego a encerrou entre seus braços e a calou com um beijo.

— Eu sei muito bem que é um comportamento machista — admitiu —, mas não suporto saber que esse sujeito gosta de você. Não gosto de ser assim, mas me dá uma chance, porque estou inseguro.

— Amor! — disse Brenda, pasma. — Inseguro comigo, Diego?

— Não por você — disse, e cobriu o rosto com exasperação. — É a mesma merda de sempre — confessou. — Estou tão feliz desde que você voltou para mim que tenho medo de que o destino nos separe outra vez.

Não quero ter essa visão pessimista — esclareceu, e Brenda assentiu e acariciou seu rosto —, mas vejo tudo como uma ameaça e perco a cabeça. Desculpe — acabou suplicando sobre os lábios dela repetidas vezes. — Não quero te sufocar, desculpe.

— *Shhh* — fez Brenda, respondendo aos lábios exigentes e suplicantes dele. — Vamos fazer tudo juntos hoje — cedeu. — Só quero ver você tranquilo.

Por essa razão, Brenda acabou na rádio Rock & Pop, cujo programa principal, de maior audiência entre as FMs argentinas, entrevistaria a banda de rock do momento depois do sucesso de Vélez. Ela entrou no estúdio, mas ficou de lado. A apresentadora, porém, torcia por uma exclusiva e queria apresentá-la à audiência. Depois de umas rodadas de perguntas para os três membros do grupo, ela acabou confessando ao público que estava no estúdio a garota mais procurada da Argentina.

— Vocês a conhecem pelo vídeo do Cosquín Rock 2017 que está circulando na internet — prosseguiu —, mas garanto que é muito mais bonita pessoalmente. E todos nós sabemos que ela tem uma voz privilegiada. Você poderia vir até o microfone e nos dar o privilégio escutar sua voz prodigiosa, nem que seja só para cumprimentar os fãs do DiBrama?

Ela não teve opção; suas pernas e mãos tremiam e a boca estava seca. Engoliu várias vezes para umedecer a garganta, morrendo de medo de que em vez de um olá saísse um grasnado. Sentou-se ao lado de Diego, que pegou a mão dela por baixo da mesa. Isso a tranquilizou. A apresentadora, muito simpática, deixou-a logo à vontade.

— Estão chegando centenas de mensagens dos fãs do DiBrama — comentou a garota, consultando a tela do computador. — Todos perguntam a mesma coisa: quando vão poder escutar Brenda cantar?

— Em breve — Diego tomou a palavra. — Cantar com ela ao meu lado é um sonho que, espero, vai se realizar em breve.

— Meninas — a apresentadora se dirigiu ao público feminino —, se vocês pudessem ver com que devoção El Moro Bertoni está olhando para Brenda neste momento! E depois dizem que não existe mais romantismo. Aqui, nos estúdios da Rock & Pop, está mais vivo que nunca!

***

Depois do almoço com os diretores de uma gravadora importante, Diego foi buscá-la no escritório de contabilidade do pai de Millie. Elas haviam decidido comer ali mesmo para não se expor e evitar o assédio. Assim que entrou no carro de Diego, ela olhou para trás.

— Três caras me seguiram de moto — comentou ele —, mas eu os despistei entrando de novo no estacionamento do Alto Palermo. São espertos, logo vão acabar percebendo, mas por enquanto consegui escapar.

— O que você vai fazer enquanto eu estiver na casa de Juliana? — perguntou Brenda.

— Vou aproveitar que estarei ali perto para ir à casa da minha avó. Quero ver como anda a reforma da casa. Estou com uns materiais de que eles precisam no porta-malas.

Como Diego havia profetizado, Leonardo estava na casa da tia. Ele soube ao ver a BMW do homem parado à porta. Evitou comentar. Beijaram-se e, quando ela tentou entrar, ele a pegou pela nuca e penetrou sua boca de novo, intensificando o contato.

— Mande uma mensagem quando acabar, tá? — sugeriu ele, ainda a segurando e com a testa encostada na dela.

— Sim, amor.

Diego pegou na carteira várias notas de mil pesos, dobrou-as e as estendeu para Brenda.

— Por que está me dando dinheiro? — disse Brenda, pasma, e não o aceitou.

— Para você pagar a aula.

— Não precisa. Ainda tenho dinheiro dos euros que troquei quando cheguei.

Brenda notou a mudança sutil na expressão de Diego. Esse assunto o incomodava e era uma das questões que o deixavam inseguro.

— Brenda — disse ele, usando aquele tom que a assustava e excitava —, quero que você aceite esse dinheiro porque tudo que é meu é seu. Para mim é importante saber que eu posso dar à minha mulher tudo que ela quiser ou precisar. Antes eu não podia fazer isso e ficava muito mal — acrescentou, e estendeu de novo o dinheiro, que Brenda aceitou.

— Eu também tenho minhas economias no banco de Madri — disse, de repente incomodada, sem entender bem o motivo de seu constrangimento.

Seria consequência da pergunta que havia gritado o jornalista? "Por que você voltou para ele agora? Porque ele está rico e famoso?" Por que o assunto do dinheiro e dos bens materiais a afetava tanto? Ela tinha medo de que as pessoas dissessem que estava com Diego porque agora ele é importante? "Isso é puro ego, Brenda!", teria dito Cecilia. Convenceu-se de que só importava o que Diego e ela sentissem e pensassem.

— Ah, é? — sussurrou ele com um sorriso condescendente, e se inclinou para beijar seu pescoço. — Você tem economias em Madri? E o que quer dizer com isso?

— Que aquele dinheiro é seu — respondeu, e jogou a cabeça para trás para facilitar o acesso de Diego. — Porque o que é meu também é seu, embora seja pouco.

Diego passou os lábios pelo seu queixo antes de capturar os lábios dela de novo.

— Você é a garota mais rica do mundo para mim porque tem a única coisa que me faz feliz.

— O quê? — sussurrou Brenda de olhos fechados, ainda extasiada com o beijo.

— Você é dona da Brenda Gómez.

Brenda ergueu lentamente as pálpebras. Diego a estudava com aqueles olhos virginianos, sempre atentos, sempre analíticos.

— Amo você — declarou, e Diego soltou um grunhido. — Por que essa cara feia?

— Lembrei do tenor babaca.

— Tenho certeza de que ele não vem hoje à casa da tia — desafiou ela, mesmo sabendo que ele estava lá.

— Ah, vem — respondeu Diego, com sarcasmo.

* * *

Leonardo Silvani participou ativamente da aula, inclusive mais que sua tia, que parecia ter combinado com o sobrinho intervir o mínimo possível. Ela ficava sentada ao piano e executava as escalas e os acompanhamentos que o tenor pedia. A situação incomodava Brenda porque dava a impressão de que Leonardo a considerava parte de sua companhia teatral e que a estava preparando para o espetáculo. Deveria ter se sentido lisonjeada por um profissional do porte de Leonardo Silvani estar lhe ensinando, mas preferia voltar às aulas com Juliana e ela sozinhas. Ficou consultando a hora a cada poucos minutos; queria mandar uma mensagem a Diego para que fosse buscá-la.

Após quase uma hora e meia de aula, sem que Leonardo mostrasse sinais de cansaço ou de querer encerrar, a campainha da casa se impôs sobre a música do piano. Juliana abandonou a banqueta e foi abrir. A um sinal de Leonardo, Brenda não se permitiu distrair e prosseguiu com a difícil vocalização que o tenor lhe exigia. Até que se calou abruptamente ao ver Diego entrar na sala atrás da professora. Ele avançava de cara feia e o olhar fixo em Leonardo. Compunha um quadro exótico, alto e corpulento como era, com cara de leão de chácara, e ao mesmo tempo elegante com o terno azul e os sapatos marrom-claros. O contraste entre a roupa formal e seus dedos cobertos de anéis e as orelhas crivadas de brincos era insólito e atraente, sem falar da barba, das têmporas raspadas e do coque no alto da cabeça, que ajudavam a compor sua aparência excêntrica.

Uma onda de orgulho e de desejo indomável quase a fez pular nos braços dele.

— Amor! — exclamou, e foi recebê-lo.

Beijou-o na boca, um simples roçar de lábios, que ele não retribuiu.

— Eu ia te mandar uma mensagem agora. Estamos terminando. Está lembrado da Juliana e do Leonardo, não? Você os conheceu no show da catedral.

— Sim — disse, e ofereceu a mão ao tenor. — Como vai? — limitou-se a murmurar.

— Você era o roqueiro, não? — comentou Leonardo.

Brenda gostaria que ele tivesse sido menos irônico.

— Ele é *o roqueiro* — interveio Juliana, com um entusiasmo que provocou um olhar duro do sobrinho.

Mais cautelosa, acrescentou:

— Vi na TV que o show do DiBrama foi um sucesso.

Brenda ficou pasma por sua professora não ter comentado isso antes. Para explicar seu comportamento só lhe ocorreram duas razões: não queria falar de Diego para evitar incomodá-la, ou o sobrinho havia proibido que tocasse no nome dele. *Está mais para a última*, convenceu-se. Fosse como fosse, pensou, o carisma de Diego havia encantado Juliana, que o olhava com admiração.

— Parabéns — disse a professora, e sorriu.

— Muito obrigado — respondeu ele. — Brenda vai entrar no DiBrama de novo, por isso sua colaboração para que ela recupere a voz o mais rápido possível é fundamental. Agradeço por isso também.

— Como? — disse Leonardo, pasmo. — Você vai voltar a cantar rock?

— Essa é a ideia — respondeu Brenda. — Mas antes queremos avaliar a resposta dos fãs.

— Brenda — disse Diego, exasperado —, você sabe que todos os fãs estão pedindo que você volte ao DiBrama.

— Mas uma voz como a sua, querida Brenda — insistiu o tenor —, que desperdício! Eu sei, porque conheço o circuito dos teatros líricos do mundo, que você poderia chegar muito longe. Para mim seria muito fácil, por meio da minha companhia, te colocar entre as divas da ópera mundial.

Brenda queria que Leonardo Silvani se calasse. O Marte de Diego, tão poderoso na Casa I, já estava com a espada desembainhada. Se ela não interviesse, e com firmeza, correria sangue.

— Leonardo — disse —, cantar com Diego é a única coisa que me faz feliz. Se ele fosse cantor lírico, você poderia ter nós dois em sua companhia teatral.

Juliana, que havia notado a belicosidade nos olhos do roqueiro, deu uma risadinha forçada e nervosa e disse:

— Talvez um dia Diego componha uma ópera rock tipo *The Wall*, e você, Leo, poderá montá-la. Afinal, quem disse que o rock e a ópera não podem se dar as mãos?

Diego dirigiu à professora aquele sorriso famoso entre suas seguidoras, e Brenda percebeu que a mulher abriu levemente os lábios e ergueu as sobrancelhas em uma reação inconsciente.

— Compor uma ópera rock seria um desafio que eu adoraria encarar um dia — disse ele, e Juliana riu de novo, dessa vez fascinada.

Poucos minutos depois, saíram da casa da professora. Estava escuro, e Diego observou o entorno para se certificar de que não havia sido seguido. Abriu a porta do passageiro e apressou Brenda a entrar. Nem bem se sentou ao volante, surpreendeu-a pegando-a pela nuca e a beijando.

— Foi excitante ver você cortando a onda daquele babaca — disse, sem interromper totalmente o beijo. — "Cantar com Diego é a única coisa que me faz feliz" — evocou, e sorriu sobre os lábios dela. — Eu transaria com você aqui mesmo.

— Ainda temos que batizar o carro — recordou ela, e ele riu baixinho.

O rugido de um motor e uma luz forte os atingiram com violência e os obrigaram a se afastar. Um paparazzo o havia atravessado a motocicleta na frente do carro de Diego e disparava com sua câmera fotográfica. Diego soltou um palavrão e ligou o motor. Brenda apertou o antebraço dele antes que engatasse o carro.

— Fique calmo, amor — disse. — Isso não tem importância.

Diego olhou para ela e assentiu. Arrancou com cuidado, desviou da moto em baixa velocidade e depois acelerou.

29

As únicas fotografias atuais de El Moro Bertoni e Brenda Gómez juntos – e, para piorar, em uma situação íntima – foram parar nos sites das revistas de entretenimento naquela mesma quinta-feira, poucas horas depois. No dia seguinte, uma vez mais eles foram protagonistas dos programas de fofocas.

Broda contou a eles que havia aumentado o número de ligações de todos os canais convidando-os para diversos programas, não só os que falavam do *jet set*, qualquer um, inclusive um de culinária; eles eram a atração do momento. O empresário confirmou que naquele domingo participariam do lendário almoço de Martha Lugo e uma semana depois da famosa sala de estar da diva Susana Gillespie. A sessão de fotos para a *Rolling Stone* seria na quarta-feira e a entrevista aconteceria no escritório de Broda no dia seguinte, quinta-feira, 16 de agosto.

— Mas no sábado você não tem o show em Rosario? — perguntou Brenda quando Diego lhe descreveu a agenda.

— Não se preocupe — tranquilizou ele —, nós damos conta de tudo.

Estavam na sala de espera da ginecologista. Como ela havia se negado a cancelar a consulta, Diego decidira acompanhá-la. As outras pacientes olhavam para ele, algumas mais discretamente que outras, e Brenda não sabia se era porque o achavam atraente ou porque o reconheciam como o líder do DiBrama. Sem dúvida, estava lindo com o cabelo solto, o boné de beisebol e óculos de sol. A camiseta verde de manga comprida, o jeans rasgado e os tênis brancos caíam tão bem nele quanto o terno que usara no dia anterior para almoçar com os diretores da gravadora. Brenda entendia a fascinação que ele provocava, mas nem seu coração pisciano compassivo conseguia suportar o ciúme, e as desconfianças a atormentavam. No dia anterior, ela havia comentado isso com Millie.

— Pelo amor de Deus, Brenda! O cara proclamou em um estádio, diante de cinquenta mil pessoas, que te ama mais que tudo, e você ainda tem dúvidas?

— Não sobre ele, Millie — justificou Brenda. — Mas tenho certeza de que ele recebe propostas o tempo todo. Alguma poderia ser tentadora — deduziu.

Mas logo se arrependeu; tinha a impressão de que o estava traindo com seus temores.

— Bem, isso é verdade — concordou Millie —, as pessoas escrevem as bobagens mais insuspeitadas para ele. Algumas fãs têm uma imaginação de cair o queixo. Prometa que nunca vai ler essas coisas. Eu te conheço, Bren, e sei que faria mal para você. Prometa, amiga.

— Prometo.

Depois da consulta com a ginecologista, que pediu alguns exames antes de receitar a pílula, foram ao supermercado e em seguida ao shopping, onde Brenda pretendia comprar roupas para enfrentar os compromissos das semanas seguintes. Rosi, que aos domingos via o programa de Martha e o de Susana e conhecia bem o dress code, como dizia ela, tinha mandado fotos de possíveis combinações tendo em conta o estilo etéreo e romântico de Brenda.

Diego não lhe permitiu pagar nada, e, considerando que era um assunto sensível, Brenda devolveu o cartão de crédito à carteira e o deixou fazer como queria – um pouco também para evitar uma cena diante do enxame de jornalistas que os seguiam tirando fotos e perguntando intimidades. Brenda ficou muito nervosa quando um mais temerário se atreveu a segurá-la pelo pulso para captar sua atenção e Diego o afastou com um empurrão.

— Não toque nela nunca mais — advertiu ele, com um olhar tão feroz que o rapaz deu uns passos para trás e murmurou um pedido de desculpas.

***

Brenda tinha certeza de que tropeçaria ao entrar no estúdio do programa de Martha Lugo, que engasgaria com a bebida e que ficaria com um pedaço de comida entre os dentes, o que a câmera focaria em close. Diego ria e a beijava, e ela o afastava para não estragar o batom tão lindo que uma maquiadora do canal havia passado nela.

— Bren — elogiou Rafa —, você parece uma deusa. A única coisa que a câmera vai fazer é focar seu lindo rosto.

— Você é a rainha do programa — disse Manu. — É você que todos querem ver.

— Não diga isso que eu fico mais nervosa ainda.

Não aconteceu nada do que Brenda profetizou, e a transmissão do almoço correu sem problemas – fora o fato de a apresentadora ter sido incisiva com as perguntas e os comentários, como quando apontou que, por respeito a Diego, que era um ex-alcoólatra, não serviriam vinho, e sim água e suco de frutas. Brenda admirou a serenidade e a dignidade com que Diego a corrigiu.

— Não sou *ex-alcoólatra*. Isso não existe. Um alcoólatra é sempre um alcoólatra. Agora minha doença está sob controle. Não é a doença que domina minha vida; eu que a domino. Mas tenho consciência de que esse é um equilíbrio precário e que devo prestar muita atenção e ter um grande respeito pela questão.

— Exato — apoiou Martha —, o alcoolismo é uma doença, e isso não fica devidamente claro quando se fala do assunto.

— A primeira coisa para vencer o alcoolismo — declarou Diego — é reconhecer que estamos doentes.

A apresentadora se voltou para Brenda, a quem havia apresentado como uma jovem de rara delicadeza, uma boneca de porcelana, e sorriu antes de interrogá-la.

— Você não tem medo de vincular sua vida à de um homem que se declara alcoólatra?

— A única coisa de que eu tenho medo é de viver sem ele — respondeu ela, com tamanha segurança que Martha ergueu as sobrancelhas e ficou calada, algo incomum. — Eu amo Diego desde que me conheço por gente.

— Poucas vezes ouvi uma declaração de amor tão linda, profunda e sincera. Moro — disse a apresentadora —, você deve estar orgulhoso.

— Como declarei em Vélez domingo passado — apontou Diego —, ela é a pessoa mais importante da minha vida.

— Brenda — insistiu a mulher —, você disse que ama El Moro desde que se entende por gente. Qual é a primeira lembrança que tem dele?

— Eu tinha quatro anos...

— Quatro anos! — admirou-se Martha. — Tão pequenininha!

— Eu tinha quatro e ele quase dez. Estávamos no aniversário da irmã dele e tinham contratado um palhaço para animar a festa. Eu fiquei absolutamente apavorada com aquele homem esquisito. Chorava e gritava quando ele se chegava perto. Então, Diego me pegou no colo e me levou ao quarto de seus avós. A festa era na casa dos avós dele, Lita e Bartolomé — explicou.

— Beijos para nossa velhinha linda! — interrompeu Manu, e, para piorar, de boca cheia.

— Isso mesmo, um beijo para minha adorada Lita — disse Brenda. — Então, Diego me levou ao quarto dos avós dele e passou a tarde toda ali comigo, me distraindo com brinquedos e cantando para mim. Ele perdeu a festa e a diversão por mim, para que eu não ficasse com medo. — Voltou-se para ele para dizer: — Não lembro se já te agradeci por isso.

Os outros riram. Diego se inclinou e a beijou nos lábios.

— Você se lembra disso? — perguntou a apresentadora, e ele respondeu que sim. — O que levou um menino de dez anos a fazer algo assim? — disse a mulher, admirada.

— Brenda era minha fraqueza — foi tudo que ele disse.

— Era? — brincou Rafa, e todos riram de novo.

— E você disse que ele cantava para te distrair — comentou Martha em direção a Brenda.

— Sim, a música sempre foi fundamental na vida dele. Naquela idade ele já sabia tocar piano. A avó Lita é que tinha ensinado para ele. Mais tarde, a tia dele, Silvia, ensinou Diego a tocar violão.

— Disseram para mim que você é uma excelente cantora. Faz muito tempo que estuda canto?

— Desde os quinze anos. Estudo com a professora Juliana Silvani, do Instituto Superior de Arte do Colón.

— Ah! — admirou-se Martha —, ela deve ser excelente.

— A melhor.

— Mas — raciocinou a mulher —, se ela dá aula no Colón, deve ser professora de canto lírico.

— Ela me ensina os dois estilos, lírico e popular.

— Na verdade — interveio Rafa —, a primeira coisa que ouvimos Bren cantar foi a ária de uma ópera. Ainda ficamos de queixo caído quando lembramos. Como se chamava, Bren?

— "Ebben? Ne Andrò Lontana."

— Ah, de *La Wally*! — exclamou a apresentadora, que era muito culta. — Não me lembro do compositor.

— Alfredo Catalani — disse Brenda.

— Puxa, meu querido DiBrama, vocês têm uma cantora de alto nível.

— Bren é a melhor parte do DiBrama — declarou Manu, e deu uma piscadinha. — Por isso o B é em letra maiúscula.

— Você cantaria uns versos de "Ebben? Ne Andrò Lontana" para nós? — inquiriu Martha.

— Bem — hesitou Brenda —, é que não preparei as cordas vocais...

— Só uns versos — insistiu a apresentadora.

Brenda sentiu a mão de Diego se fechar em sua coxa. Ela o encarou e ele sorriu, incentivando-a a se mostrar, a brilhar. Ela bebeu água e limpou a garganta. O espaço a seu redor mergulhou em um silêncio intimidador. Ela inspirou para soltar o diafragma e começou a cantar. E, durante os poucos minutos que durou a ária, evocou os anos longe de Diego, em Madri, arrastando seu sofrimento, submetendo-se ao castigo que se havia imposto pela perda de Bartolomé, e deve ter impregnado os versos de uma tristeza infinita, porque, quando acabou, até mesmo Manu, o cínico, estava fungando. Foi aplaudida e ovacionada.

— Que prodígio! — exclamou Martha Lugo quando a normalidade voltou a reinar no estúdio. — Não duvido de que você alcançaria a fama no mundo do canto lírico.

— Eu só quero cantar no DiBrama — declarou ela.

— Porém — arremeteu Martha —, um dia você foi embora para Madri e o DiBrama continuou sem sua voz.

— Quando nosso filho morreu, eu não conseguia cantar uma nota sequer — disse, com um equilíbrio que espantou a si mesma. — Eu precisava me curar para voltar a cantar.

— E se curou? Dizem que é muito difícil superar a morte de um filho — apontou a mulher.

— Eu nunca mais vou ser a mesma — admitiu Brenda. — Uma parte de mim morreu com Bartolomé. Mas, pouco a pouco, a vontade de viver vai voltando.

Ela sentiu necessidade de se voltar para Diego, sentado à sua direita, e o encontrou com o olhar fixo nela, os olhos marejados e a boca rígida em uma tentativa de conter a emoção.

— Não vou perguntar nada a El Moro — apontou a apresentadora — porque ele está muito emocionado — e se dirigiu a outro convidado, um famoso cirurgião plástico.

* * *

Foi muito acertado participar de um dos programas mais famosos da televisão argentina. A mídia absorveu a obsessão de Diego por Brenda com grande empatia e carinho, e os paparazzi e jornalistas, embora continuassem a persegui-la, demonstravam uma atitude mais respeitosa. O estilo das perguntas passou de agressivo a amigável. Ela havia causado uma profunda impressão ao mostrar seu canto lírico, e nas transmissões dos programas de fofocas repetiam a interpretação à mesa de Martha Lugo. Foram entrevistar Juliana Silvani, que estava com Leonardo, e este aproveitou para divulgar sua companhia lírica. Juliana, por sua vez, declarou que Brenda Gómez tinha uma das vozes mais refinadas e extraordinárias que ela conhecia.

— Ela nasceu com esse talento — enfatizou a mulher. — É justo que o compartilhe com o mundo porque ouvi-la cantar faz bem, seja música lírica ou popular, dá no mesmo. A voz de Brenda sempre emociona.

A agitação positiva na mídia preparou o terreno para o show em Rosario. Haviam convidado Fran Pichiotti, que estava viajando com eles na van alugada que os levava até aquela cidade em Santa Fé. O adolescente estava mais bem informado das questões do DiBrama que Mazzurco, o especialista em redes, e ia contando para eles as notícias mais relevantes e as mais engraçadas.

— Bren, quando você cantou aquela música de ópera no programa da Martha Lugo — admirou-se o garoto —, quase caí no chão.

— É uma ária — corrigiu Rafa. — Gostou?

— Gostei porque foi Bren quem cantou, mas ópera é meio deprimente — declarou, e os outros riram. — Ainda bem que você vai cantar rock no DiBrama, Bren, e não ópera.

— Ainda não decidimos nada sobre o DiBrama — disse ela. — É meu sonho, mas temos que ter certeza de que não vai alterar o equilíbrio da banda.

Diego revirou os olhos em uma careta exasperada, e Francisco comentou:

— Todo mundo quer você de novo no DiBrama! Eu acompanho o que dizem da banda desde o show em Vélez e garanto que até as garotas querem você de novo. Você arrasou no Cosquín Rock, e isso porque estava grávida... — interrompeu-se subitamente. — Desculpe, sempre dou bola fora.

Brenda, que estava ao lado dele, apertou sua mão.

— Não se preocupe, Fran. Nunca me senti mais energizada do que quando tinha Bartolomé na barriga. Acho que nunca cantei melhor que naqueles meses.

— O jeito, então, é manter Bren sempre grávida, Moro — sugeriu Manu.

— Vai ser um prazer — respondeu Diego, em uma inusitada demonstração de bom humor.

Como ele estava sentado ao lado do motorista, no banco do passageiro, levou a mão para trás, entre os bancos, e apertou o joelho de Brenda, que respondeu acariciando-a.

Haviam saído de Buenos Aires na quinta-feira depois da entrevista para a *Rolling Stone*, que seria publicada na edição de setembro com eles na capa. Chegaram à noite a Rosario e fizeram o check-in no hotel praticamente arrastando os pés. Jantaram lá mesmo, no restaurante do último andar, e logo depois foram dormir. Brenda acompanhou Fran ao quarto dele, localizado ao lado do deles, e se assegurou de que ficasse confortável e que nada lhe faltasse.

— Diego e eu estamos no quarto ao lado — recordou. — Qualquer coisa de que precisar, não importa a hora — enfatizou —, chame. Seu celular está carregado? — perguntou.

— Sim — respondeu o garoto com um sorriso. — Você é pior que minha mãe, Bren.

— Você é minha responsabilidade — disse. — Nós nos comprometemos com seu pai a cuidar de você e te devolver são e salvo.

— Essas são as melhores férias de toda a minha vida — declarou Fran, e a abraçou. — E você vai ser a mãe mais legal do universo.

— Obrigada — disse Brenda, e o beijou no rosto. — É fácil ser boa com alguém como você. Ande, vá dormir. Amanhã temos um dia cheio.

Diego passou a sexta-feira e grande parte do sábado no Hipódromo Independencia, onde aconteceria o show. Cuidou da instalação dos equipamentos, das luzes e dos telões com a exigência e a precisão virginianas pelas quais já era famoso entre seus colaboradores. Manu e Fran, enquanto isso, lidavam com a mídia. Aceitaram ir aos estúdios das duas principais rádios de Rosario e participaram de um programa de TV na sexta-feira à tarde. Brenda, em companhia de Francisco e de Mariel Broda, passeou por Rosario e fez compras, e foi uma mudança refrescante caminhar sem nenhum paparazzo nem jornalista a perseguindo.

Depois de lotar o estádio de Vélez apenas treze dias antes, apresentar-se no Hipódromo Independencia de Rosario, com capacidade para quarenta mil pessoas, era um grande desafio. Mas os ingressos esgotaram. Diego voltou ao hotel no sábado por volta das quatro da tarde para descansar um pouco e se preparar para o show, que começaria às nove. Brenda o esperava com a banheira pronta para curtirem juntos um banho de imersão. Ele nem esperou que ela tirasse a roupa. Encurralou-a contra a parede da entrada e ali mesmo fizeram amor. Brenda ainda estava com as costas na parede e as pernas em volta dos quadris de Diego quando o ouviu sussurrar, agitado:

— Fiquei com saudade esses dois dias.

— Um dia e meio — precisou Brenda —, tirando as noites, porque nós as passamos juntos.

— Para mim pareceram dois meses, com noites e tudo — insistiu ele, e a carregou até o banheiro, onde relaxaram submersos na água quente com sais de banho.

Um pouco depois, Diego adormeceu profundamente enquanto Brenda fazia massagem em suas costas, pernas, pés e mãos com um óleo essencial de lavanda. Ela o acordou às sete da noite. Diego, fingindo que estava se espreguiçando, pegou-a pelo pulso e a fez deitar ao lado dele.

— Nunca consigo dormir antes de um show — confessou, maravilhado. — Sempre fico nervoso, tenso. Mas agora estou bem relaxado.

— Foi a massagem que eu fiz — explicou Brenda, sem vaidade, e Diego ficou olhando para ela, observando-a.

— Não duvido que a massagem a tenha ajudado — disse por fim —, mas na verdade estou tão bem porque você está aqui, porque me dá paz. Porque você é de novo uma parte de mim.

* * *

Diego e Brenda encontraram os outros no saguão do hotel e partiram para o Hipódromo, localizado no coração de Rosario. Era uma noite escura, de céu limpo, e a lua parecia uma linha branca no fundo preto. O clima estava bom, sem ameaça de chuva, e, embora corresse um ar fresco, não estava frio. Diego ficara preocupado com a meteorologia depois de dispensar a tenda por causa da acústica, confiando na previsão do tempo, que afirmava que não choveria. Até o momento tudo estava saindo de acordo com seus planos meticulosamente traçados.

Assim que entraram no edifício do Hipódromo, os organizadores os conduziram ao camarim, onde os membros da banda tomaram infusões para aquecer as cordas vocais e depois, durante alguns minutos, ficaram vocalizando. Francisco participava dos preparativos com um olhar de admiração e um silêncio reverencial. Ele e Brenda ficariam depois sempre perto do casal Broda e veriam o show dos bastidores, na lateral do palco.

Era a primeira vez, depois da separação, que Brenda entrava nos bastidores antes de um show, e, embora reconhecesse a mesma energia eletrizante do passado, notava que a fama implicava uma pressão e uma exigência que tornavam o clima dos minutos anteriores algo quase intolerável.

Por volta das nove e vinte avisaram que a banda de abertura encerraria a apresentação em poucos minutos. Foram para o palco, Diego e ela de mãos dadas. Ela o observou de soslaio e o viu sério, concentrado e bem tranquilo. Entraram na estrutura montada no campo do Hipódromo e, enquanto se dirigiam para o palco, Diego respondia às perguntas de Francisco com desenvoltura e simpatia. Despediram-se depois de um toque de mãos. Diego arrastou Brenda para a escuridão e, sem uma palavra, beijou-a. A agitação do público os alcançava, com gritos repetidos: "Di-Bra-Ma! Di-Bra-Ma!".

— Estou muito feliz neste momento — disse.

— Você merece a felicidade — afirmou Brenda. — Não conheço outra pessoa que tenha lutado tanto para realizar um sonho.

— Não estou feliz pelo sucesso do DiBrama — objetou. — Não estou feliz por estar limpo há quase dois anos e meio. Estou feliz porque você está aqui.

— Eu entendo — afirmou. — Nada tem sentido se não estamos juntos, não é?

— Nada — ratificou ele, com veemência.

Ficaram em silêncio na penumbra, olhando-se nos olhos. Diego amarrava o lenço vermelho na cabeça enquanto caminhava para o palco. Brenda o seguiu e se posicionou ali perto, sem revelar sua presença. Os fãs explodiram em um grito unânime e ensurdecedor quando as luzes se acenderam e os membros do DiBrama apareceram em suas posições. Os telões projetavam o que acontecia no palco para os espectadores localizados nos pontos mais afastados do campo. A guitarra de Diego soltou uma catarata de notas magistralmente executadas antes de começar a tocar "Nacidos Bajo el Hechizo de Piscis", seguida por "Todo Tiene Sentido (Excepto que No Estés Aquí)", em uma passagem tão sutil e sem quebras que teria sido difícil distinguir quando terminava uma música e começava outra. Depois dessa introdução, as imagens dos telões mudaram e apareceram as do Cosquín Rock 2017. Brenda se surpreendeu; achava que fariam o mesmo que em Vélez e repetiriam a sequência da turnê pela América Latina.

— El Moro decidiu introduzir essa mudança — disse Mariel. — Para que o público visse você.

Diego saudou a multidão e, enquanto agradecia, elevou-se do público uma voz masculina gritando o nome de Brenda, e outra, e mais outra. A curiosidade pela ex-vocalista do grupo foi se contagiando até se transformar em um cântico vociferado: "Brenda, cadê você? Brenda, cadê você? Brenda, cadê você?". Os membros do DiBrama trocaram olhares e sorrisos. Manu e Rafa assentiram para Diego, que, determinado, foi para a lateral do palco. Brenda o via se aproximar incrédula. Seu coração, que havia entendido a situação antes de sua mente, batia enlouquecido.

— Amor — disse Diego, e estendeu a mão para ela —, o público está chamando você. Vamos.

Brenda agitou a cabeça para recusar. Certamente ele não a exporia; não havia ensaiado com a banda sequer uma vez e só havia feito três aulas com Juliana.

— Não estou preparada — esquivou-se, e se assustou ao notar que sua voz tremia.

— Você está mais que preparada, e sabe disso. — Ele a acolheu em um abraço implacável. — Quero cantar com você ao meu lado.

Nesse momento, Brenda se deu conta de que era incapaz de lhe negar qualquer coisa, pois, apesar do pânico que sentia, assentiu e entrelaçou seus dedos nos dele. A recepção do público a atingiu como um golpe suave. Foi uma sensação mágica, indescritível, algo físico e ao mesmo tempo invisível, provocado pelo rugido de aplausos e pela ovação dos fãs, que se sustentaram até que Diego ergueu os braços e pediu silêncio.

— Obrigado, querida Rosario, por receber Brenda com tanto amor! Ela está meio nervosa porque isto não foi planejado, e disse que não está preparada. Mas a voz dela é a melhor que já ouvi na vida e eu sei que ela está sempre preparada.

O público vibrou mais uma vez. Os técnicos já estavam instalando um pedestal e um microfone para ela enquanto Diego sussurrava que cantariam três músicas das antigas, da época em que ela fazia parte da banda, e citou quais eram. Não precisou dizer a Manu nem a Rafa, de modo que Brenda supôs que haviam pensado na possibilidade de que isso acontecesse. Com um rufar da bateria, prepararam-se para interpretar "Caprichosa y Mimada".

Diego tem razão, pensou Brenda ao comprovar que sua voz estava pronta. Amava cantar, o que já era um estímulo suficiente para desatar o nó de sua garganta e fazer as notas deslizarem entre seus lábios com facilidade. A música e o canto eram sua vida; contudo, não teriam sentido sem o homem que estava ao lado dela, que tocava guitarra com notável destreza e entoava os versos com uma voz brusca e rouca que o deixara famoso em todo o continente; aquele homem que era um compositor excelente e que não parava de olhar para ela. Aquele homem que lhe transmitia o orgulho que ela lhe inspirava. Acabaram "Caprichosa y Mimada" e Brenda, aturdida de amor, embriagada pela energia do público, abraçou Diego e o beijou na boca. Em um movimento hábil, ele colocou a guitarra nas costas, enlaçou-a com o braço esquerdo e a fez girar. Brenda gargalhava enquanto o público celebrava, em um paroxismo inefável.

Cantaram "Querido Diego" e por último "Incondicional", uma canção composta para o Cosquín Rock que ela amava porque falava do amor de mãe. Acabou a terceira música e Brenda fez uma reverência para se despedir. O público discordou e vociferou um novo cântico: "Não vá embora! Brenda, não vá embora". Diego deu de ombros e olhou para ela com cara de inocente.

— Você não pode decepcionar essa galera, amor — disse no ouvido dela e beijou sua testa. — Fique e faça todo mundo feliz, eles e eu.

— Mas...

— Vamos improvisando — propôs.

Brenda se espantou por ele, um virginiano que planejava até os mínimos detalhes, concordar em inovar no palco. Nada a teria convencido mais da vontade que Diego tinha de cantar com ela que essa declaração tão alheia à índole dele.

Levaram uma banqueta alta para ela e a colocaram em frente ao pé do microfone. Ela se sentou, incentivada pela aprovação do público e pelo sorriso de Diego; sentia-se cheia de segurança, de energia e ao mesmo tempo de uma grande serenidade. A música recomeçou e ela acompanhou Diego. Ele a incentivava com gestos e assentimentos de cabeça e ela cantava. Sabia as letras de quase todas as canções novas da banda, e era natural para ela ajustar as notas a seu registro vocal, o que deu um toque de renovação às composições. O público não parava de aplaudir e de pedir bis. Já era mais de uma da manhã, havendo se estendido quase meia hora a mais da licença outorgada pelo município, quando o DiBrama se despediu do palco. Nos bastidores, Diego, completamente suado, com os olhos brilhantes de excitação e os músculos tensos de adrenalina, agarrou-a pela nuca e devorou seus lábios. Francisco imortalizou a cena em uma fotografia que acabou na internet, onde se propagou com rapidez.

* * *

A coletiva de imprensa depois do show aconteceu em um dos salões do edifício do Hipódromo. Brenda se recusou a participar e ficou de lado com Francisco e Mariel Broda. Os três membros do DiBrama entraram no auditório e os flashes explodiram. Os jornalistas vociferavam as perguntas até que, graças à intervenção de Carmelo, organizaram-se e as formularam um de cada vez. Queriam saber sobre a volta de Brenda, o lançamento do novo álbum e o show em Córdoba em meados de setembro. Quarenta e cinco minutos depois, Broda deu por encerrada a entrevista.

Jantaram em um restaurante do centro de Rosario, transbordando entusiasmo. Como haviam transmitido o show ao vivo pelo Facebook, Broda comentava as reações e passava os números, que Mazzurco ia processando. Francisco também contribuía e informava o aumento exponencial de visualizações e mensagens nos blogs de fãs e nos principais fóruns de música. A resposta do público na internet inteira refletia o mesmo resultado positivo obtido no campo do Hipódromo Independencia, sendo a participação de Brenda o assunto de destaque.

— Arrasou, Bren! — repetia Francisco entre uma mordida e outra no hambúrguer. — E não estou falando porque você é minha amiga. Até parece! — acrescentou, e caiu na risada.

— Claro que somos amigos — confirmou ela.

— Sim, mas eu disse porque você tem a melhor voz do mundo.

— Brenda, sua volta ao DiBrama — apontou Broda — não poderia ter acontecido de um jeito melhor, porque foi o próprio público que exigiu sua presença.

Brenda sorria e observava Diego, que engolia a lasanha sem levantar a vista do prato. Para ele a exigência devia ser imensa, pensou ela, porque não só estava atento à sua parte como também a cada detalhe do que acontecia no palco; nada ficava fora de seu controle. Antes, quando tocava no Sin Conservantes, depois de um show ele devia se drogar e beber para encarar o anticlímax que era o fim do espetáculo. Agora nem sequer fumava. *Ele tem a mim*, recordou a si mesma, e, como se Diego ouvisse os pensamentos dela, ergueu o olhar e lhe deu uma piscadinha.

Voltaram ao hotel para tomar um banho e fazer o check-out, pois retornariam para Buenos Aires. Queriam estar de volta nas primeiras horas da manhã do domingo. Os membros da banda pretendiam dormir um pouco e depois se preparar para o programa de Susana Gillespie. Brenda dormiu durante as três horas de viagem. Abriu os olhos com dificuldade e notou que estavam parados. Reconheceu o edifício onde morava o pai de Francisco. Diego e o adolescente se despediam com um abraço na calçada.

— Quer ir conosco hoje à noite ao programa da Susana? — ela escutou Diego dizer ao garoto, e, apesar de estar meio adormecida, sorriu da reação desmesurada do sagitariano.

— Eu adoraria, Moro! Demais mesmo!

O garoto pulou em Diego e o abraçou. Diego, rindo, deu uns tapinhas nas suas costas. Esperaram Fran entrar no edifício antes de sair com carro. Brenda se acomodou no colo de Diego para continuar dormindo e murmurou:

— Obrigada por convidar o Fran.

* * *

Diego estava no estúdio controlando a instalação dos equipamentos; haviam combinado com a produção tocar duas músicas, uma no início da entrevista e outra para encerrar. Brenda estava sentada em uma poltrona no camarim e se entregava às mãos especializadas da maquiadora.

— Que pele perfeita! — elogiou a mulher. — Dá até dó cobrir com base.

— Bem — comentou Brenda —, tenho vinte e três anos.

— Já vi garotas da sua idade sentadas aqui com a pele grossa e porosa de tanto fumar e beber — rebateu a maquiadora. — Tenho certeza de que você não bebe nem fuma.

Brenda sorriu e negou com a cabeça. A mulher deu os últimos retoques; aplicou o pó translúcido com um pincel grosso e mais brilho nos lábios.

— Está lindíssima — elogiou. — Vou buscar a cabeleireira — anunciou, e a deixou sozinha.

Brenda se inclinou diante do espelho e observou o trabalho da profissional. Bastaram poucos minutos para que a maquiagem, habilmente aplicada, a transformasse. Seus olhos pareciam maiores e amendoados, e as maçãs do rosto mais altas e proeminentes. Ela se sentia linda.

A porta se abriu e Brenda girou na poltrona esperando que fosse a cabeleireira, que havia sido apresentada a ela assim que chegara ao estúdio. Mas a garota que havia acabado de entrar e que permanecia junto à porta meio aberta não era a cabeleireira. A primeira coisa que pensou foi: "Que mulher linda!", e, ao se dar conta de quem era, a segurança inspirada pelo trabalho da maquiadora evaporou. Era Ana María Spano, mais atraente e alta do que parecia na televisão.

Spano fechou a porta e ficou olhando para ela. Brenda abandonou a poltrona. Como a produção de Susana podia ser tão insensível e convidar a ex de Diego no mesmo dia?

— Está procurando a maquiadora? — perguntou Brenda.

— Não — respondeu a garota, com uma voz sensual e grave. — Uma amiga minha trabalha no canal e me deixou entrar. Eu queria conhecer você, mas já vou embora. Sabe quem eu sou?

Brenda assentiu enquanto tentava disfarçar a angústia que ia se apoderando de seu ânimo, um instante antes luminoso e seguro e agora escuro e vulnerável. De novo sofreria o que havia sofrido por causa de Carla Mariño? De novo uma ex de Diego seria um empecilho para a felicidade? Evocou o que Cecilia havia explicado sobre o ascendente de Diego, Touro, que o obrigava a enfrentar a força do apego, uma característica bem taurina que o nativo rejeitava e que tendia a projetar nos outros, o que se traduzia em mulheres pegajosas e possessivas. Sua Lua em Peixes não ajudava nesse sentido, pois favorecia vínculos confusos que costumavam acabar sendo tóxicos.

Tal como a astróloga havia advertido, diante da adversidade sua polaridade uraniana se ativou; Brenda queria fugir. Estava quase desviando da modelo para sair correndo do camarim quando se lembrou da promessa que havia feito a Diego: não fugiria mais. Respirou fundo e disse:

— Já me conheceu. Agora, por favor, saia.

— Você disse domingo passado no programa da Martha — começou a garota, como se Brenda não tivesse dito nada — que ama El

Moro desde que se conhece por gente. Eu também, há muito tempo, dez anos, desde que era uma fã de dezesseis anos do Sin Conservantes, e seguia a banda por todo lado porque era apaixonadíssima pelo líder.

Por que essas cenas loucas e absurdas acontecem comigo?, ela se questionou. *Ah, sim*, recordou sarcasticamente, *com Urano na Casa XII, não posso pretender uma vida muito normal...* As excentricidades de seu mapa astral eram um fardo! Brenda estava farta de enfrentar situações e pessoas loucas, de vivenciar a perda e o desapego. Nem sua essência pisciana nem seu Netuno poderoso a haviam dotado da compaixão necessária para justificar as ações de Ana María Spano. Só queria que ela fosse embora e os deixasse em paz.

— Eu odiava Carla Queen — prosseguiu a modelo — porque era má influência. Fiz de tudo para que me contratassem para o primeiro clipe do DiBrama. Minha agente moveu céus e terra até que conseguiu o papel principal para mim. Foi assim que nos conhecemos. El Moro não te contou?

Brenda ficou olhando para ela e nem sequer negou com a cabeça. A garota retomou o discurso como se tudo aquilo fosse normal. Será que estava chapada? Estava se comportando de um jeito estranho.

— Mas tinha alguma coisa que não funcionava direito — declarou. — Era óbvio que ele mantinha uma barreira erguida que não me deixava passar. Eu tentava quebrar a couraça e só conseguia afastar El Moro de mim. Até que ele voltou da turnê e me contou a história de vocês. Ele confessou que a amava e que só com você podia ser feliz. Eu o odiei — confessou, e Brenda, em um ato instintivo, deu um passo para trás. — E, depois de ouvir a declaração de amor que ele fez em Vélez, morri de inveja. Mas eu te vi no programa da Martha Lugo domingo passado e comecei a entender por que ele te ama tanto. Só queria te conhecer — reiterou. — Eu não suportaria se você fosse outra Carla Queen.

— Não sou — afirmou Brenda.

— É evidente que não — afirmou a modelo.

A porta se abriu. Era Diego. O sorriso dele desapareceu, e Brenda se espantou com a rapidez com que sua expressão endureceu ao ver a ex ali. Passando por Ana María rapidamente, ele se colocou diante dela em um ato protetor.

— O que você está fazendo aqui? — inquiriu, sem delicadeza.

— Olá, Moro.

— O que você está fazendo aqui? — insistiu ele.

— Eu queria conhecer Brenda.

— Você me prometeu que não tentaria entrar em contato com ela.

— Não consegui resistir. Desculpe.

— OK, já conheceu. Agora, por favor, nos deixe sozinhos.

— Está bem. Tchau, Moro. Até mais. — Diego se limitou a inclinar a cabeça. — Tchau, Brenda. Foi um prazer te conhecer.

Brenda não respondeu; teria sido hipócrita. Sentia-se sufocada por uma animosidade que a duras penas controlava. Queria aquela mulher a milhares de quilômetros dali. Com que objetivo Spano havia planejado esse encontro? Teria consequências?

A porta se fechou com um estalo que se propagou com o silêncio da sala. Diego se voltou para ela. Estava assustado; ela temia sua reação.

— Tudo bem? Ela disse alguma coisa que a ofendeu? Diga.

Brenda negou com a cabeça.

— Não sei por que ela veio te ver. Eu...

— Não quero que ela seja outra Carla — Brenda o interrompeu.

— Ela não vai te incomodar de novo, eu garanto.

— Não estou me referindo a isso. O que eu não quero é que você comece a me esconder que ela liga, que te persegue, que quer te ver. Não quero mais segredos entre nós. Eu não suportaria.

— Não, amor, não.

Ele a abraçou, e Brenda afundou o nariz no pescoço dele e inspirou o perfume familiar de sua pele.

— Não vou repetir os erros do passado. Não quero nem vou te esconder nada.

A cabeleireira entrou e, ao vê-los abraçados, ficou à porta.

— Quer que eu faça alguma coisa no seu cabelo? — ofereceu.

— Umas ondas — respondeu Brenda. — Pode ser?

— Claro — respondeu a garota e entrou.

Diego se sentou na poltrona ao lado e ficou no camarim o tempo todo enquanto a cabeleireira fazia cachos em Brenda. Isso porque tinha medo de que Spano voltasse. Soltava piadinhas e as fazia rir, e Brenda se perguntava que pensamentos estariam ocupando a mente dele. Estaria analisando o comportamento da ex? A possibilidade de que a garota desse para acuá-lo e persegui-lo a deprimia. Na verdade, era a ideia de Diego falando com ela, mesmo que só para lhe dar o fora, que a fazia mergulhar em uma profunda angústia.

Apesar de Brenda estar desanimada, a entrevista foi um sucesso graças à personalidade genuína e espontânea da apresentadora, que, assim que a viu entrar de mãos dadas com Diego soltou:

— Mas você não tem cara de roqueira! Nada de roupa de couro nem tachas. Como disse Martha semana passada, parece uma boneca de porcelana.

Susana Gillespie a pegou pela mão e a fez dar uma volta para mostrar o conjunto de calça branca skinny e paletó acinturado da mesma cor, sob o qual se via uma regata de seda listrada de branco e azul. Os sapatos eram de Ximena, peep toes bem altos de verniz branco. Diego, antes de irem à entrevista, havia dito que ela estava "impecável", um termo bem virginiano, pensou Brenda. Rafa e Manu haviam sido menos elegantes.

— Sua namorada é linda, Moro! — elogiou Susana. — Bem, os quatro integrantes do DiBrama são lindos — afirmou, e fez um sinal para que se sentassem em sua famosa sala de estar. — Porque, depois do show de ontem à noite em Rosario e da música que vocês acabaram de tocar aqui, já podemos dizer que os membros do DiBrama são quatro, certo? O grupo acabou de recuperar sua filha pródiga, não é?

Os fãs que estavam na plateia do estúdio aplaudiram.

— Isto aqui está explodindo de seguidores que vieram hoje ao estúdio para participar do programa. Mas me conte, Moro querido, como foi que convenceu Brenda a voltar de Madri e entrar na banda de novo?

— Manu, Rafa e eu sempre dizemos que devemos tudo aos nossos fãs. Sem eles, sem seu apoio constante e fiel, sem seu incentivo, não teríamos chegado aonde estamos.

Ele ergueu a mão e saudou a plateia, o que despertou outra onda de gritos, ovações e aplausos.

— Mas eu, pessoalmente, devo a um fã o fato de ter recuperado a mulher que amo.

— Como assim? — perguntou a apresentadora. — Conte tudo *já*.

Diego se voltou para Brenda e perguntou:

— Quer contar você?

Brenda assentiu e relatou os fatos que haviam começado no avião devido a um trecho de turbulência e acabado em Vélez com a já lendária declaração de amor.

— Bendita turbulência! — exclamou Susana Gillespie quando Brenda acabou o relato. — E bendito esse garoto! Como é o nome dele mesmo?

— Francisco Pichiotti — respondeu Brenda. — Ele está aqui hoje. Nós pedimos para ele nos acompanhar. — Apontou para o setor da plateia onde estava o adolescente, que ficara vermelho como um tomate. — Graças a ele, Diego e eu estamos juntos de novo.

A câmera focalizou Francisco e depois fez um plano geral dos demais fãs do DiBrama.

— Estou vendo cartazes bem descarados das fãs — comentou a apresentadora. — Para Manu e Rafa, tudo que quiserem, porque estão solteiros. Mas El Moro é um homem comprometido. Por favor, garotas, tenham juízo. — Fixou de novo a atenção em Diego. — Moro, querido, eu me pergunto: como é possível que, entre os milhões de seguidores que você tem no Instagram, tenha aberto justo a mensagem de Francisco?

Diego respondeu sem afastar o olhar de Brenda.

— A única coisa que eu imagino, Susana, é que a magia do universo estava a meu favor e que agiu para que eu pudesse consegui-la de volta.

— Acredita em magia, Moro?

— Sou descrente por natureza — admitiu o virginiano —, mas as evidências na minha vida são tantas que sim, hoje, com quase vinte e nove anos, tenho que aceitar que a magia existe.

* * *

Depois de um fim de semana intenso, na segunda-feira decidiram ficar em casa. Dormiram até tarde, tomaram o café da manhã na cama e passaram o dia fazendo amor e conversando. À tarde, Diego recebeu uma mensagem. Ele a leu com o cenho franzido e depois entregou o celular a Brenda. Era de Spano. "Moro, desculpe por ontem", dizia. "Não foi minha intenção perseguir nem incomodar Brenda. Só queria conhecê-la. Você sabe o quanto te amo e me preocupo com você. Vou te esperar para sempre."

Brenda ficou grata por Diego ter mostrado a mensagem a ela, mesmo que a ler tenha sido como um soco no estômago. Devolveu o celular para ele, e os dois se olharam em silêncio.

— Obrigada por me mostrar.

— Eu sei que não te faz bem.

— Seria pior se você escondesse de mim.

— Sempre que escondi algo foi para te preservar — justificou —, porque não quero que você sofra.

— Vai responder?

— Não — respondeu ele, decidido —, não precisa. Não há mais nada a dizer.

No dia seguinte, Diego tinha alguns compromissos e Brenda tinha consulta com a ginecologista. Embora uns poucos paparazzi ainda os perseguissem, ela o convenceu a deixá-la ir sozinha de carro. Mas ele a encheu de recomendações e advertências antes de permitir que ela saísse.

Brenda saiu contente do consultório. A médica havia sugerido tentar um anticoncepcional de outro laboratório, que, na opinião dela, não causaria efeitos adversos. Considerando que os fotógrafos a seguiam de perto, pediria a Modesta que fosse à farmácia comprar o anticoncepcional, aproveitando que precisava ir à casa de sua mãe para devolver os sapatos e que havia usado no programa de Susana Gillespie.

Modesta, depois de comentar como Brenda estivera bonita e simpática no domingo na sala de estar de Susana, pôs um casaco para ir à farmácia. Enquanto enrolava um cachecol no pescoço, lembrou:

— Ah, minha menina, ontem entregaram um envelope para você na guarita do segurança.

— Para mim? — surpreendeu-se.

— Deixei lá no seu quarto.

Brenda parou na porta e o avistou em cima da mesa. Era de papel pardo, pequeno, e tinha seu nome escrito em letras grandes pretas. Apenas o nome. Ela teve um pressentimento horrível. Estava com medo de abri-lo, pois sabia que nada de bom sairia dali. Deu um passo, e mais um, em direção à mesa. A certeza de que tinha que proteger a si mesma e a Diego a impelia.

Ela observou o pacote antes de se atrever a pegá-lo. Levantou-o e o virou. Não havia nenhuma informação, nem um remetente, nem um endereço. "Brenda Gómez" na frente e mais nada. Quem o teria deixado na guarita do segurança?

Ela reuniu coragem e o abriu. Dentro havia um pendrive e um post-it amarelo com o número de um celular. Foi ao quarto onde estava o computador de Ximena. Ligou-o e inseriu o pendrive, certa de que o antivírus protegeria o equipamento. O único arquivo que havia se chamava "Di_aniversário_2014"; era um vídeo. Brenda soltou o mouse; não se atrevia a abri-lo. Não só sua mão tremia; seu corpo também. Era como se a malícia que – ela tinha certeza – o conteúdo daquele arquivo encerrava a segurasse pelo pescoço; sentia a garganta garrotada e seca. Clicou e o vídeo começou a rodar diante de seus olhos arregalados. Diego e uma garota bem novinha – uma adolescente? – transavam de maneira barulhenta e sórdida. Ela fechou o vídeo imediatamente, incapaz de suportar as imagens e as grosserias que gritavam.

Brenda ficou com os olhos pregados na tela. O sangue fluía com tamanha velocidade que provocava um assobio em seus ouvidos. Foi ao banheiro e colocou os pulsos embaixo da água fria. Havia saído tão contente do consultório da ginecologista, e agora estava tomada pelo medo e pela incerteza. Por que sua vida tinha que ser como uma montanha-russa?

Cansada das especulações e do pânico, pegou o celular e digitou o número indicado no post-it. Foi atendida no segundo toque.

— Olá, Brenda — disse uma voz feminina sem que ela pronunciasse uma palavra. — Está me reconhecendo? Sabe quem sou?

— Sim — respondeu. — Você é Carla Mariño.

30

— O que você quer? — exigiu Brenda.

— Por telefone não — impôs Carla. — Quero que nos encontremos pessoalmente.

— Você ficou louca! — replicou, sentindo-se um pouco mais dona de si.

— Se quiser proteger Diego do escândalo que eu posso fazer e que acabaria com a carreira e a vida dele, você vai fazer tudo que eu mandar.

Brenda ficou em silêncio.

— Muito bem, estou vendo que está começando a ser sensata.

— O que você quer? — perguntou de novo.

— Que a gente se encontre agora.

— Onde? Tem que ser um lugar público — exigiu.

— E os paparazzi que te seguem?

— Vou sair pela porta de serviço.

— Tem um bar perto de sua casa, na esquina da Hipólito Yrigoyen com a Castro Barros.

— Conheço.

— Me encontre lá, daqui a trinta minutos. Só você. Se eu te vir com alguém, vou embora e tudo vai explodir — ameaçou antes de desligar.

O medo e a incerteza haviam desaparecido depois de ouvir a detestável voz de Carla. Sua mente estava mais clara. Só importava neutralizar o mal que aquela mulher causaria a Diego se ela não fizesse alguma coisa. Brenda ouviu Modesta voltar da farmácia.

— Que foi, minha menina? — perguntou assim que a viu entrar na cozinha. — Está pálida.

— Estou bem. Preciso do seu celular emprestado.

— Sim, sim, claro — balbuciou a mulher, e o entregou sem perguntas.

— Modestiña, preciso levar comigo o celular por um instante. Não posso explicar nada agora. Só preciso que você confie em mim.

— Claro, minha menina, claro. Mas aonde você vai? Eu te acompanho — ofereceu, e foi pôr o casaco de novo.

— Não. Tenho que ir sozinha. Não se preocupe, não é nada grave. Tem bateria? — perguntou, e mostrou o aparelho.

— Sim, carreguei agora pouco.

Brenda foi ao quarto de sua mãe e escolheu, entre as tantas bolsas que ela tinha, uma pequenininha de vime que Ximena comprara no Caribe no ano anterior, ideal para seu plano, porque tinha uns furinhos perto da base por onde passava uma fita de gorgorão azul. Tirou-a facilmente para deixar livres os buraquinhos. Acomodou dentro o celular de Modesta de modo que a câmera coincidisse com um dos orifícios e o colou com fita adesiva, com cuidado para não tampar o microfone. A partir desse momento e até que a aventura terminasse, o celular gravaria e filmaria tudo que acontecesse. Só esperava que a bateria aguentasse. Na verdade, não sabia o que acabaria obtendo. Sabia que estava agindo por instinto.

Saiu pela porta de serviço, que dava para a rua Colombres. Caminhou a passo rápido até a esquina com a Hipólito Yrigoyen e dali prosseguiu até a Castro Barros. Viu Carla sentada perto da janela do bar. Entrou, avançou se desviando das mesas do pequeno salão e se sentou em frente a ela. Com atitude casual, deixou a bolsa a seu lado de modo que focasse o melhor possível seu objetivo.

Carla sorriu e Brenda a observou. Tinham se visto pela última vez no dia do nascimento de seu filho. Nesses dois anos e cinco meses, o rosto de Carla havia se deteriorado de maneira ostensiva, e o cabelo, depois de suportar um platinado atrás do outro, havia virado palha. Estava muito magra, quase cadavérica. Vestia-se de um modo discreto se comparado ao seu antigo padrão; talvez não quisesse chamar a atenção, considerando as circunstâncias.

Carla estendeu a mão pedindo alguma coisa e Brenda franziu o cenho, fingindo não entender.

— O celular — disse a mulher.

— Para quê?

— Para desligar.

Brenda o tirou do bolso da jaqueta e o colocou sobre a mesa. Carla o desligou e o deixou a seu lado.

— Para quem enterrou um filho, você está muito bem — provocou.

Brenda, que conhecia a mordacidade e o poder de manipulação de Carla, se fez de surda. E perguntou:

— Como você sabia onde eu moro?

— Levei Diego lá algumas vezes em 2011, mas nunca entrei. Ele não queria que sua mãe me conhecesse.

— O que você quer?

— Imagino que tenha visto o vídeo.

Brenda ficou olhando para ela, revoltada, depois de um silêncio eloquente.

— Sim, viu. A garota era menor de idade na época.

— Por que você tem esse vídeo?

— Por quê? Porque eu estava filmando enquanto eles trepavam.

Brenda se surpreendeu e deve ter refletido isso em sua expressão, porque a mulher caiu na risada.

— Di e eu éramos muito... como poderíamos dizer? Livres no sexo. Nós gostávamos de experimentar coisas extremas. Com você, imagino, ele deve se comportar como um cavalheiro, mas a essência dele é outra. Mais cedo ou mais tarde ele vai se revelar.

— Imagino que ele vá me procurar para satisfazer os desejos obscuros dele de um jeito que só eu sei.

Brenda manteve silêncio; prometera a si mesma evitar discussões inúteis com Carla. O garçom se aproximou. Ela pediu um café que não pretendia tomar.

— O que você quer? — perguntou de novo assim que o homem se afastou.

— Isso mesmo — concedeu a mulher —, vamos direto ao ponto. Eu também não gosto de estar aqui olhando para sua cara.

— Fale, então.

— Se não quiser que esse vídeo do *grande* Moro Bertoni acabe em todas as redes sociais e programas de fofocas do país, você vai fazer o que eu mandar.

— Diga o que quer de uma vez por todas.

— Quero dinheiro, muito dinheiro, e que você desapareça da vida de Diego.

— Por que você não nos deixa em paz?

— Ah, sim, vou deixar vocês em paz, mas só quando você cumprir as duas condições que eu acabei de impor. Quero cem mil dólares...

— Cem mil dólares! — exclamou Brenda em um sussurro. — Está louca? Eu não tenho esse dinheiro.

— Mas sua mãe tem. E você vai pedir a ela.

— Por que está me pedindo dinheiro? Seu irmão é um homem muito rico.

— Você é idiota ou se faz? Ah, desculpe, talvez não saiba, depois de tanto tempo em Madri e longe dos rolos deste país maldito. Meu irmão está preso e todas as nossas propriedades e contas bancárias foram bloqueadas. Não temos um puto, Brendita. Já estou cheia de precisar me virar. Liguei várias vezes para Di querendo pedir dinheiro emprestado, mas ele nem sequer me atende.

Diego culpava aquela maluca pela morte de Bartolomé e ela ainda se atrevia a ligar para pedir dinheiro? Das duas, uma: ou era uma egocêntrica sem tamanho ou as drogas havia corroído seu cérebro.

Ambas se calaram enquanto o garçom deixava o café. Assim que o homem foi embora, Brenda perguntou:

— Se eu te desse o dinheiro, como posso ter certeza de que esse vídeo não vai acabar na internet do mesmo jeito?

— Se você me der o dinheiro *e se... e só se* você desaparecer, eu te dou minha palavra de que esse vídeo jamais vai ser divulgado.. Afinal, eu amo Di e não quero prejudicar aquele homem. Mas estou em uma situação muito complicada e...

— Por que você quer que eu desapareça? Por que não nos deixa ser felizes depois de tudo que sofremos?

A máscara de ironia de Carla caiu subitamente e seu semblante sofreu uma alteração tão radical que Brenda se assustou. Recostou-se na cadeira em um ato instintivo e inútil que pretendia deixá-la fora do alcance da outra.

— Porque eu detesto você — murmurou com os dentes apertados.

— Detesto você desde sempre. Você era importante para Diego. No verão em que ele trabalhou na fábrica de sua família, passava o tempo todo falando de você. Brenda isso, Brenda aquilo. Amava mais a você que à irmã dele. E eu te detestava por isso. Os olhos dele se iluminavam quando ele mencionava você. No dia em que te conheci no portão da fábrica, confirmei duas coisas: que você estava apaixonada por ele e que cedo ou tarde me criaria problemas. A julgar pelo modo como as coisas aconteceram, eu tinha razão, não é?

Carla ficou em silêncio por um tempo, mas seus olhos verdes e fixos em Brenda comunicavam mais que as palavras.

— Ele fez um filho com você. Apesar de eu tomar pílula, ele usava camisinha por medo de me engravidar. A ideia de ter um filho comigo parecia a pior das cagadas para ele.

— Se servir de consolo, não foi planejado. Ele quis que eu abortasse.

— Mas você ameaçou deixar Di e ele, para não te perder, aceitou o filho.

— Como você sabe disso?

— Di me contou. Ele me ligou uma noite muito bêbado, chorando, porque você queria terminar. Meu Deus — exclamou —, como eu o odeio! Só me restava o consolo de que, quando tinha problemas, ele continuava me procurando. Como você pode ver, ele sempre acaba voltando para mim.

Brenda lutava para controlar a dor e a confusão causadas por essas revelações horríveis. Precisava manter a mente clara para lidar com uma desclassificada como Carla Mariño.

— Então — evocou —, naquele dia em que você me interceptou com Mendaña e os capangas, mentiu quando disse que ficara surpresa ao saber que eu estava grávida...

— Não menti — afirmou. — Di tinha dito que, no fim, você tinha aceitado abortar. Quando te vi na TV durante o Cosquín Rock e percebi que continuava *bem* grávida, liguei para tirar satisfação e ele me disse que não tinha te obrigado a abortar para não se indispor com sua mãe, que era a única que podia te emprestar dinheiro para pagar o empréstimo a meu irmão.

Brenda ficou muda, olhando para ela. A rede de intrigas e de mentiras era interminável. Enojada, farta e cansada, perguntou:

— Se você ama Diego de verdade, por que não o deixa ser feliz?

— Claro que deixo — afirmou. — Ele pode ser feliz com quem quiser; com Ana María Spano, por exemplo, mas não com você. O que vocês estavam pensando? Que podiam se exibir nos programas mais vistos da televisão, esfregar sua felicidade na minha cara, que eu iria aguentar calada? Não é meu estilo.

— Com Ana María você o deixaria em paz porque sabe que, no fundo, ele não seria feliz — deduziu Brenda. — Você não se importa com Diego, não te interessa que ele seja feliz. Você só pensa em si mesma.

Brenda se levantou, pegou a alça de madeira da bolsa e, quando ia pegar seu celular, Carla a segurou pelo pulso e a obrigou a se sentar de novo.

— Aonde você vai? Não terminamos.

— Eu acho que sim — refutou Brenda. — Você já disse o que tinha para dizer. Não temos mais nada para conversar.

— Não se faça de besta, Brenda. A reputação e a vida de Diego estão em jogo.

— Eu sei.

— Então, vai me dar o dinheiro e desaparecer. Você pode voltar a Madri — sugeriu, com ironia.

— Já disse que não tenho essa quantia de dinheiro. Tenho que falar com minha mãe primeiro.

— Eu te dou uma semana.

— É muito pouco tempo!

— Uma semana — reiterou Carla, implacável. — Vá pensando na historinha que vai contar à sua mãe, porque, se ela descobrir que é para mim, o vídeo vai parar no YouTube rapidinho. Para falar comigo, ligue para o mesmo número que usou hoje. Nada de truques, Brenda. Vai ser muito fácil apertar o *Enter* e provocar uma catástrofe mundial. Uma semana — reiterou. — Hoje é terça-feira, 20 de agosto. Se na terça-feira, dia 27, eu não tiver os dólares nas minhas mãos antes do meio-dia, vou entender que você decidiu não cumprir o trato. E, se eu não vir nos programas de fofocas que você e El Moro Bertoni terminaram, também vou entender que não temos um acordo.

— Posso ir?

— Uma última coisa: nem uma palavra disso com o Diego.

— Vai ser muito difícil esconder dele. Você acha que ele vai acreditar que quero terminar porque não o amo mais?

— Uma vez você terminou — recordou Carla.

— E daí se ele souber da sua extorsão? Duvido que se surpreenda.

— Isso não é da sua conta — disse Carla, obstinada. — E acho que você não está em condições de questionar nada, não acha, *Brendita*?

— Eu poderia contar para ele e você nunca saberia.

— Ah, eu saberia, não duvide — garantiu a outra, com tal convicção que Brenda desanimou.

Ela se levantou, pegou a bolsa, seu celular e foi embora.

* * *

Brenda caminhou as duas quadras que a separavam de sua casa apertando os dentes e os punhos. O turbilhão de sensações, emoções e pensamentos era brutal. Suas duas polaridades, a uraniana e a netuniana, ameaçavam comprometer sua sensatez. Era difícil respirar; não sabia o que fazer. Na verdade, sabia sim: queria fugir e se esconder. Cair de novo nas garras daquela maldita Carla Mariño era um pesadelo intolerável, uma brincadeira macabra. Estava se cansando de ser obrigada pelo destino a lidar com gente desequilibrada e com situações que a desestabilizavam.

Entrou em casa e se trancou no quarto. Pegou o celular de Modesta na bolsa, tirou a fita adesiva e checou a qualidade da gravação. A imagem não era das melhores, mas ninguém teria duvidado de que era Carla Mariño. O som das vozes, embora perturbado pelo murmúrio constante do bar e o dos automóveis, podia ser ouvido com nitidez. Brenda procurou nas gavetas de sua escrivaninha até encontrar um pen drive de celular. Inseriu-o no aparelho de Modesta, baixou o arquivo e o apagou do celular. Àquela altura, não sabia se o vídeo seria útil; de qualquer maneira, era uma prova irrefutável de extorsão. Quantas vezes havia visto, nos noticiários, políticos e empresários acusados de corrupção graças a emboscadas armadas com câmeras ocultas? No caso dela, agiria com prudência, porque o que provava a chantagem também expunha Diego a uma acusação de abuso de menor.

Paralisada de medo, confusa e angustiada, sentou-se na beira da cama e segurou a cabeça. Que conselho Cecilia teria dado? Que se acalmasse, foi a resposta imediata, e que buscasse o equilíbrio que as forças opostas que disputavam em seu interior tentavam tirar das suas mãos. Sentou de pernas cruzadas no chão, inspirou e expirou até conseguir diminuir seu ritmo cardíaco. O conselho seguinte de Cecilia teria sido que identificasse as prioridades. "Minha prioridade é Diego", respondeu. Contudo, para salvá-lo, aceitaria se submeter à vontade de um ser ladino e traiçoeiro como Carla Mariño, que recorria à extorsão cada vez que ficava sem dinheiro?

Ela abriu os olhos, assaltada por uma clareza repentina que lhe deu muita paz: se havia pedido a Diego que não existissem segredos entre eles, então contaria tudo a ele, e juntos recorreriam a Tadeo González, que lhes daria a assessoria apropriada para sair daquela confusão sem ceder às condições de Carla – porque, se de alguma coisa tinha certeza, era de que não cederia à chantagem daquela víbora, não lhe entregaria um centavo e, evidentemente, não abandonaria o amor da sua vida.

* * *

— Oi, amor! — Diego atendeu com tanta alegria que as lágrimas brotaram nos olhos de Brenda.

— Onde você está? — perguntou, tentando manter a voz normal.

— Na casa da Arturo Jauretche. Vim ver a obra — esclareceu. — Que foi, Brenda? Está tudo bem?

— Sim, estou bem — tranquilizou-o. — Você pode vir para casa?

— Nossa casa ou a da sua mãe?

— Nossa casa. A sua e minha.

— Estou indo para aí.

Diego chegou quarenta minutos depois. Brenda, que havia escutado o elevador parar no vigésimo sexto andar, o esperava no vestíbulo. Pulou no pescoço dele assim que atravessou o batente da porta. Diego a abraçou com o vigor de que ela precisava.

— Não me assuste — falou no ouvido dela. — Que foi?

— Estou bem — voltou a tranquilizá-lo —, mas aconteceu uma coisa hoje.

— O quê? Diga, por favor.

— Vamos sentar — propôs Brenda.

Os dois se sentaram no sofá da sala. Diego segurou as mãos dela.

— Estão frias. Foi alguma coisa que a ginecologista disse?

— Não, deu tudo certo lá. Ela me receitou a pílula e eu já comprei. O que aconteceu veio depois. Eu estava em casa... na casa da minha mãe — esclareceu —, e Modesta me disse que ontem tinha chegado um envelope para mim.

Brenda prosseguiu com o relato e foi testemunhando as mudanças notáveis no semblante de Diego, que pouco a pouco foi se contorcendo em uma careta de ira e desprezo. Ficou furioso quando ela disse que havia concordado em se encontrar com Carla. Levou as mãos à cabeça.

— Que ideia foi essa de se encontrar com aquela louca? — disse, enfurecido.

— Eu exigi que fosse em um lugar público.

— E você acha que isso teria evitado que ela te desse um tiro ou uma facada em plena avenida 9 de Julio com a Corrientes? Ela está sempre chapada, Brenda, não sabe o que faz.

— Por favor — implorou Brenda —, não fique bravo comigo. Eu *precisava* ir. Ela quer prejudicar você. Você acha que eu não faria nada para impedir essa mulher?

Diego beijou sua mão com reverência. Manteve os lábios ali e os olhos fechados. Respirava superficialmente, e isso provocava cócegas agradáveis nos dedos de Brenda.

— Só de pensar no que ela poderia ter feito com você, fico gelado — disse ele.

— Ela me odeia.

— Sim, desde que te conheceu — ratificou Diego.

— Não, desde antes — objetou Brenda. — Disse que você sempre falava de mim e que me amava mais que a Lucía.

— Como eu fui idiota! — queixou-se, e cobriu a testa com a mão. — Que imbecil! Eu era tão idiota quando conheci essa mulher! Era um imbecil arrogante, e o pior era que pensava que sabia de tudo. Ela, sendo como é, acabou me ensinando muito sobre a natureza humana.

Lançou um olhar tão triste e envergonhado a Brenda que cortou o coração dela.

— Desculpe, amor. Desculpe por ter exposto você a esse lixo. Morro de vergonha por você ter visto esse vídeo. Você não imagina quanto.

— Isso não é o pior — disse Brenda. — O pior é o que ela me pediu para não divulgar o vídeo.

— O que ela quer? — perguntou ele com desprezo.

— Cem mil dólares e que eu termine com você, que anuncie o nosso rompimento nos programas de fofocas.

— O quê?! Filha da puta! Filha de uma maldita puta!

Ele abandonou o sofá, incapaz de ficar quieto. Andava pela sala dando passos longos enquanto cuspia um palavrão atrás do outro.

— Deixe isso comigo — disse Diego. — Vou ligar para essa louca de merda e...

— Não! — Brenda se levantou e o fez parar. — Ela insistiu muito que eu não te dissesse nada. Ameaçou publicar o vídeo se eu contasse para você.

— Estou com medo — confessou ele. — Tenho medo de que, para me salvar, você esteja pensando em me deixar. Tenho medo de que se sacrifique por mim.

— Não vou dar um centavo para ela e não vou deixar você, *nunca* — afirmou. — Já sofremos demais por causa das intrigas dela. Mas temos que planejar bem os passos, porque, se esse vídeo vazar, você vai ser muito prejudicado.

— Quero ver esse vídeo — exigiu Diego, e Brenda, de repente acovardada, assentiu.

Foram para cima, para o quarto onde Diego havia montado o escritório. Brenda inseriu o pen drive na porta USB do computador.

— Tire o volume, por favor — foi a única condição que ela impôs.

Diego olhou pesaroso para ela, assentiu e silenciou os alto-falantes. Brenda desviou o olhar assim que o vídeo começou. Segundos depois, obrigou-se a olhar. Diego o havia pausado em uma imagem nebulosa. Em pé ao lado, ela pousou a mão no ombro dele em sinal de apoio.

— Ela estava filmando — comentou.

— Sim — confirmou Diego. Ela gostava de me filmar transando com as amigas dela.

Brenda se espantou com a tranquilidade e desapego dele.

— Ela filmava escondido?

— Não. Ela organizava as orgias e depois filmava.

— Ah!

— Ela usava uma filmadora antiga, presente do irmão. — Apontou para a data que aparecia no rodapé direito da tela, 2 de agosto de 2014.

— Esse foi no dia do aniversário dela.

Leonina, pensou Brenda, e compreendeu muitas coisas. Diego fechou o vídeo e bufou, enojado e farto.

— Você se lembra desse dia?

— Sim — admitiu ele —, eu estava bêbado e doidão, mas lembro. E lembro dessa garota. Agora entendo por que Carla proibiu você de me contar. Porque ela sabe que eu sei que a garota do vídeo não era menor de idade.

— Ah! — reagiu Brenda, animada. — Tem certeza? Parece ter uns catorze, quinze anos.

— É — concordou com ar cansado —, parecia uma adolescente e explorava muito essa cara de menininha. Mas tinha a mesma idade de Carla. Foram colegas de escola e depois dançaram juntas em um programa de cúmbia em um canal a cabo.

— Tem certeza de que eram da mesma idade?

— Absoluta — ratificou. — Tinha uma foto no quarto da Carla, que ela tirou em Bariloche com as amigas em uma viagem da escola. Nilda está na foto.

— Nilda é o nome dela?

— Nilda Brusco — especificou ele. — E tenho certeza de que, se eu pedir para ela testemunhar que era maior de idade no momento da gravação, ela vai fazer isso de bom grado.

— Por que você tem tanta certeza?

— Porque Carla quase matou essa garota quando ficou sabendo que ela tinha se apaixonado por mim e me procurado. Tive que separar as duas. Carla ficou com mechas do cabelo de Nilda nas mãos.

Brenda, ainda em pé ao lado dele, o encarou, pasma.

— Era assim que eu vivia naquela época. Depois você chegou, e foi como emergir de um poço seco cheio de merda e sentir o cheiro do mais sublime perfume.

Brenda se inclinou e beijou a cabeça de Diego, e ele a abraçou pela cintura. Ergueu o rosto e a fitou com tristeza.

— Quero continuar sendo seu herói — declarou.

— Sempre — sussurrou ela.

* * *

Saber que a garota do vídeo era maior de idade acabou com o drama da questão. Brenda inseriu um adaptador na porta USB do computador, encaixou o pendrive do celular e mostrou a Diego a gravação do encontro com Carla Mariño no bar. Ela o observou enquanto ele via sua ex chantageando Brenda. Diego não falou nada, não se alterou, não soltou seu famoso grunhido, não afastou o olhar da imagem. Brenda desligou a gravação quando acabou, e Diego manteve o olhar na tela.

— Não sei se vai ajudar — arriscou Brenda —, mas me ocorreu uma coisa que poderia ser útil.

Diego se voltou para ela e a contemplou com uma expressão angustiada.

— Eu queria que nós tivéssemos paz — disse. — Depois de tudo que sofremos, queria te dar paz e felicidade. Mas temos que enfrentar essa merda, de novo. Tenho medo de que isso afete você. Ver esse maldito vídeo, ter que escutar o monte de merda que Carla disse... Tenho medo de que seja demais para você.

Ele se calou e dirigiu a Brenda um olhar cheio de ansiedade.

— No passado foi um problema porque você escondia as coisas de mim e eu acabava descobrindo da pior maneira — refletiu Brenda. — Isso era muito doloroso, porque, quando a pessoa esconde as coisas e não sabemos realmente por que ela faz isso, surgem muitas especulações, e sempre ruins.

— Eu já disse que fazia isso para te proteger — recordou Diego.

— Eu sei, mas não deu certo.

— Não deu, é verdade — ele concordou, e baixou o olhar.

— Só que, quando falamos abertamente, quando contamos e explicamos tudo um para o outro, somos muito fortes. E nada pode nos destruir. Se nós permitirmos que o veneno de Carla entre de novo e nos machuque, é porque não aprendemos nada. E ela vai vencer de novo.

— Então — disse ele, decidido —, eu quero que você me diga tudo que você tem na cabeça agora. Eu te conheço, Brenda, sei que tem coisas que te incomodam, que fazem você desconfiar de mim. Quero saber tudo — enfatizou.

Brenda o encarou, surpresa com sua determinação. Falou depois de alguns segundos de silêncio.

— Por que você ligou para ela na noite da recaída? Por que contou o que tinha acontecido entre nós?

— Eu estava cego de tão bêbado, amor.

— Mas ligou para ela — pressionou Brenda. — Ela sabia de uma coisa que só você poderia ter contado. A questão é que, diante de um problema, você recorreu a ela. Por quê? E, ainda por cima, depois disse a ela que eu tinha abortado.

— Isso foi para proteger você, para manter Carla longe de você!

— Eu sei, eu sei — tentou acalmá-lo. — Não estou te julgando — esclareceu depressa. — Simplesmente quero compreender por que você ligou para ela naquela noite. Quero conhecer você nos mínimos detalhes.

Diego, como sempre que precisava racionalizar as emoções, esfregou o rosto com exasperação.

— Uma vez, quando eu ainda estava na casa de reabilitação, padre Antonio me disse que eu continuava suportando Carla ao meu lado porque ela apoiava o adolescente imaturo que existia em mim. Não só apoiava, como também o alimentava. Segundo ele, Carla fazia isso para me controlar. E, como eu não queria crescer, porque crescer significava ser responsável e dono do meu próprio destino, eu ficava com ela. Quando eu soube que ia ser pai, entrei em pânico. Nada nos obriga tanto a amadurecer quanto um filho. Eu não era responsável pela minha própria merda, imagine se ia querer ser responsável por uma criaturinha que dependeria de mim para tudo. Mas você não era Carla. Você não me permitiu fugir como um covarde e me mostrou que era capaz de qualquer coisa para proteger nosso filho. Foi como levar um balde de água gelada na cabeça perceber que, apesar de me amar desde que se conhecia por gente, por aquele amontoado de células você estava disposta a me deixar. Deus — exclamou, e elevou os olhos ao céu —, que cagaço eu senti! Minha Brenda, que me amava e me idolatrava, ia me deixar sem pensar duas vezes por algo tão minúsculo que nem dava para ver. Meu terapeuta disse que esse foi o golpe mais duro que meu ego recebeu. Segundo ele, meu ego é muito grande, outro sintoma da minha imaturidade — acrescentou com um sorriso envergonhado, que enterneceu Brenda. — Você e Bartolomé me obrigaram a encerrar uma adolescência que tinha se prolongado demais. Mas naquela noite, naquela noite em que enchi a cara, o Diego imaturo e infantil ainda se debatia. Por isso, tenho certeza, liguei para a pessoa que continuava me incentivando a ser um eterno moleque.

— Obrigada por me contar isso — disse Brenda. — É importante para mim que você compartilhe tudo comigo. E eu quero que saiba que estou orgulhosa de você. Ver o herói caído se levantar é quase melhor que o ver vencer sempre.

Diego, porém, fixou nela um olhar receoso.

— Eu sei que tem algo mais — disse —, equero que você me diga.

Brenda escondeu o olhar e ficou olhando para suas mãos entrelaçadas e tensas.

— Nós já falamos sobre isso faz um tempo, mas quero falar de novo.

— Eu sei. E sei do que se trata. Mas eu quero que você diga — insistiu ele.

— Eu não vi o vídeo — admitiu —, só as primeiras cenas, mas me afetaram muito — confessou.

— Posso imaginar, amor — disse ele, sensibilizado.

— E me pergunto se realmente nossa relação na cama satisfaz você.

Brenda não se atrevia a subjugar o Plutão de Diego, localizado na Casa VII, do relacionamento, razão pela qual as afirmações de Carla faziam sentido.

— Eu te vejo e já fico com vontade de transar. Isso não é prova suficiente de que você me satisfaz?

Brenda não respondeu e prosseguiu com sua linha de análise.

— Da outra vez você me disse que praticava sadomasoquismo com Carla, mas esse vídeo revela que a coisa ia além disso.

— Sim, ia além — admitiu Diego. — Carla gostava de fazer swing, de orgia, dessas merdas todas.

— Eu não suportaria isso — confessou Brenda.

— E você acha que eu suportaria ver outro encostando um dedo em você? Pelo amor de Deus, Brenda!

— Só quero saber se você sente falta dessas práticas. Mas não diga que não sente só para me agradar. Não sou criança, Diego. Às vezes acho que você sempre vai me ver como uma menininha que tem que ser protegida.

Diego a segurou pela nuca e a beijou intensamente. A seguir, destinou um olhar tão cheio de desejo que Brenda se animou imediatamente.

— Sempre vou proteger você, meu amor; sempre. Não me peça para não fazer isso porque é uma coisa instintiva, quase animal. Não consigo evitar.

— Como quando você me protegeu do palhaço no aniversário de Lucía.

— Sim, como naquele dia — lembrou ele. — Ou quando eu fiz o babaca do seu ex parar de perseguir você. Mas quero que fique claro que não te vejo como uma menininha. Você é minha mulher, a mãe do meu filho, uma pessoa muito melhor que eu, muito mais sensata e inteligente. Aquela noite depois de Vélez, no camarim, eu te observava enquanto você instruía Manu e Rafa para cuidarem de Fran, para que o levassem para casa, que não bebessem na frente dele, e pensava: *Meus filhos vão ter a melhor mãe do mundo*, e senti muito orgulho, e também vergonha, porque você é muito melhor que eu. Por isso, porque te considero muito inteligente, peço que me diga se realmente acredita que eu sinto falta daquelas práticas que foram parte de uma época que eu quero esquecer.

— Não, acho que não, mas...

— Quando fazemos amor, você sente falta de alguma coisa?

— Não — respondeu ela, com firmeza. — Para mim, é tudo perfeito.

— E para mim também tudo é perfeito. Não pense mais nisso. É o que Carla quer, contaminar nós dois com o veneno dela, como você disse, e nos desestabilizar.

— Mas já nos contaminou, Diego. E agora temos que fazer alguma coisa para evitar que ela prejudique você.

— Deixe que ela poste o vídeo — decidiu Diego. — A melhor coisa que podemos fazer é ignorar. Ela sempre quer ser o centro das atenções.

— Não concordo — protestou Brenda. — Isso poderia ser muito prejudicial para você, não do ponto de vista jurídico, pois já sabemos que a garota era maior de idade, mas poderia prejudicar sua carreira e reputação. Nilda parece mesmo menor de idade. Vão começar a especular nos programas de fofocas, já imagino o que vai ser. Não vamos ter paz. E estamos às vésperas do show em Córdoba. Não quero que aquela louca consiga o que quer, Diego. De novo não. Não — enfatizou. — Se não a detivermos agora, ela vai ficar sempre no nosso caminho. Sabe-se lá quantos vídeos como esse ela tem.

— A única coisa em que eu consigo pensar é em denunciar Carla.

— Vamos falar com Tadeo, o que acha? — propôs Brenda, e olhou a hora. — São quatro e meia da tarde. Ele ainda está no escritório.

Diego ligou e o advogado os convidou a ir a seu escritório, perto do Fórum. Chegaram depois das cinco. A secretária os acomodou na mesma sala de reuniões onde Diego, no fim de maio de 2016, surpreendera Brenda com a notícia de sua liberdade.

— O doutor González vai atender vocês em um instante — anunciou a secretária. — Querem beber alguma coisa?

Os dois recusaram. Brenda ligou o notebook e preparou os dois pendrives, para o caso de González querer ver os vídeos. O advogado chegou minutos depois e os cumprimentou com afeto sincero, embora preocupado.

— Se vocês estão aqui — deduziu —, é porque estão com algum problema.

Brenda, ansiosa para revelar os fatos, entregou a ele o envelope, que Tadeo pegou e analisou.

— Ontem deixaram isso para mim na portaria do prédio de mamãe — explicou. — Como você pode ver, só tem o meu nome.

— O que havia aqui dentro?

— Um pendrive e este post-it — disse e o mostrou.

González assentiu.

— É um número de celular — afirmou. — Você viu o que havia no pendrive?

— Um vídeo — respondeu ela.

— Um vídeo — interveio Diego — de uma garota e eu transando.

González ergueu as sobrancelhas e respirou fundo.

— É de 2014 — explicou Brenda, para evitar más interpretações.

— Você viu? — perguntou o advogado.

— Só as primeiras imagens — admitiu ela.

— E ligou para esse número — deduziu González.

— Sim — confirmou Brenda. — Era Carla Mariño. Querendo me extorquir.

Tadeo González assentiu com um movimento lento e deliberado.

— Me conte exatamente como foi a conversa.

Brenda relatou os fatos, e, assim como Diego, o advogado a repreendeu por ter ido sozinha encontrar "aquela maluca". Mas também a parabenizou pela iniciativa de gravar a conversa. Solicitou a gravação.

Brenda, que estava com o arquivo pronto, deu play. Carla apareceu na tela. González acompanhou o diálogo com concentração e algumas vezes pediu a Brenda que voltasse um pouco o vídeo.

— Quem é a menor de idade de quem Carla está falando? — perguntou González.

— O nome dela é Nilda Brusco — respondeu Diego —, mas não é menor de idade. Em 2014 ela tinha pelo menos vinte e seis anos, só que parecia uma adolescente.

— Tem certeza do que está me dizendo, Diego? — pressionou o advogado. — Essa é a questão mais importante desse assunto.

— Tenho certeza — afirmou, e relatou o mesmo que dissera para Brenda. — Também tenho certeza de que, se eu entrasse em contato com ela, aceitaria depor a meu favor.

— Excelente, excelente — murmurou o advogado. — Preciso falar com essa Nilda Brusco o mais rápido possível. Quando você poderia entrar em contato com ela?

— Não tenho o telefone dela — disse Diego —, mas vou procurar o perfil dela nas redes sociais.

— Ótimo — aprovou González, e ordenou: — Faça isso agora.

Diego pegou seu celular para procurar a jovem na internet. Brenda se inclinou sobre a tela para acompanhar a busca. Por sorte, Nilda Brusco era ativa nas redes sociais; Diego logo a encontrou. Deixou duas mensagens, uma no Facebook e outra no Instagram.

— De minha parte — retomou González —, vou ligar para o promotor do processo de corrupção que envolve Carla Mariño. Eu sei que ele não concordou quando o juiz das garantias concedeu liberdade a ela. Ele dizia que, com ela solta, o irmão continuaria administrando seus negócios escusos da cadeia.

— Você conhece o promotor? — perguntou Brenda.

— Sim, e muito bem. Foi colega de faculdade de meu irmão. Somos bons amigos.

— Queremos processar Carla por extorsão — informou Diego. — A princípio pensei em não fazer nada, em deixar que ela postasse o vídeo se quisesse, mas Brenda tem razão: se não a detivermos, ela nunca vai nos deixar em paz.

— É um assunto delicado — disse González. — Essa garota faz parte de uma rede muito pesada de tráfico humano e de entorpecentes. De ingênua não tem nada. Temos que agir com cautela para evitar expor você e Brenda em vão.

Ele reuniu as coisas que estavam em cima da mesa: o envelope, o post-it e os dois pendrives.

— Vou ficar com isso — anunciou. — Vou guardar tudo agora mesmo no cofre. Antes, vou gravar cópias dos dois vídeos em um CD. É uma mídia mais confiável que o pendrive. Vocês têm outras cópias?

— Não — disse Brenda. — Tadeo, temos só uma semana — recordou.

— Eu sei, mas quero que você fique tranquila. Vou ligar para o doutor Calabrese, o promotor, agora mesmo. Podem ir, qualquer novidade eu ligo.

— O que você acha que pode acontecer? — perguntou Diego.

— Tenho dois objetivos — pontuou o advogado: — evitar que o vídeo se torne público e conseguir fazer Carla Mariño ser presa. São meus dois objetivos prioritários. E, a partir deste momento, vou agir para alcançá-los.

— Obrigado — murmurou Diego, muito sério.

* * *

Sendo Virgem, junto com Escorpião, o signo mais controlador do Zodíaco, Brenda compreendia a inquietude de Diego. Embora confiasse em Tadeo González, era difícil para ele delegar por completo o assunto nas mãos do advogado. Teria preferido ele mesmo resolver o problema do vídeo. Além do mais, sentia-se responsável.

Assim que voltaram do escritório, Diego vestiu uma roupa de ginástica e foi à academia do prédio. Brenda achou uma boa ideia ele descarregar a raiva e a impotência malhando. Ela, por sua vez, aproveitaria para arrumar a casa, lavar roupa, fazer alguma coisa para o jantar. Fez um rabo de cavalo e pôs mãos à obra. Gostava de se ocupar com questões cotidianas e normais e planejar a próxima compra do supermercado ou a contratação de uma pessoa para a ajudar com a limpeza. "Vou perguntar a Modesta se conhece alguém de confiança", decidiu enquanto trocava os lençóis. Distrair-se com as tarefas domésticas do lar que estavam construindo dava a ela uma serenidade que provinha da certeza de que, independentemente de Carla e suas ameaças, a vida continuaria, e eles, assim como com as outras provas do destino, encontrariam uma maneira de superar esse novo desafio.

Estava na cozinha cortando berinjelas quando ouviu Diego voltar da academia. Parou o que estava fazendo e ficou estática, esperando. Ele passou reto e subiu, certamente para tomar um banho. Desceu quando a comida estava quase pronta e Brenda punha a mesa. Entrou na cozinha, abraçou-a por trás e beijou seu pescoço. Deslizou as mãos por baixo da blusa de Brenda e acariciou seus seios, e ela entendeu que jantariam mais tarde. Transaram ali mesmo, na borda da mesa, sem palavras, sem tirar a roupa, um encontro furtivo, visceral e primitivo que a deixou louca de desejo. Diego continuou enterrado nela, tremendo, depois de um alívio descomunal, ainda tenso, como se, apesar da força do orgasmo, não conseguisse se livrar da raiva que o consumia e que ela sentia em suas próprias entranhas.

Diego arrastou os lábios e mordeu o lóbulo da orelha dela.

—Não suporto ver que minha merda está atingindo e perturbando você de novo — sussurrou.

Brenda se voltou. Diego a esperava com um olhar intenso, sem pestanejar.

— Se a astrologia me ensinou alguma coisa, é que o que acontece no externo nós mesmos geramos com nossa energia interna. As coisas acontecem na vida para que nós aprendamos algo. Se o destino nos trouxe esse novo desafio, foi para nos ensinar a lutar unidos, para que você aprenda a confiar em mim, a se apoiar em mim, e para que eu aprenda a enfrentar o que me assusta sem fugir. Quero que você pare de se culpar. Sou forte, Diego. Se eu consegui superar a morte de nosso filho, eu me sinto capaz de qualquer coisa.

— Obrigado por me apoiar — disse ele, com a voz insegura. — Obrigado por ser minha apesar de tudo.

— Eu amo ser sua.

***

Horas depois, estavam deitados na cama; não conseguiam dormir. Diego a abraçava enquanto Brenda descansava o rosto no peito dele e se distraía enroscando seus dedos nos pelos dele.

— Amor... — sussurrou ela para não ferir o silêncio do quarto escuro.

— Hmm?

— Não entendo uma coisa. Se Carla é tão egocêntrica, como suportava ver você com outras?

— Ela dizia que da morte e dos chifres ninguém escapa. Por isso preferia ter esse acordo comigo: nós dois podíamos transar com outros de um jeito controlado, consensual e sem trapaça. Foi assim que viramos swingers.

Diego fez silêncio. Brenda pensou nas palavras dele sem compreender, por mais que se esforçasse, essa filosofia de vida.

— E você não ligava de ver Carla com outros?

— Não se esqueça de que, quando conheci Carla, ela era três anos mais velha que eu. Para mim, era a mina mais legal do mundo. O oposto da minha mãe. Eu adorava o fato de ela não ser submissa, de trabalhar, de ser ambiciosa, de ter objetivos na vida. Era transgressora e sempre me desafiava a experimentar coisas malucas. Eu não queria que Carla me achasse medroso; ela desprezava gente medrosa. Então, eu me convenci de que quebrar limites e regras era a única maneira de ficar com ela. E assim fiz.

Ele ficou calado, e Brenda achou que não continuaria falando. Espantou-se quando Diego retomou o discurso.

— Como disse padre Antonio, ela me controlava como bem queria. Agora entendo que esse estilo de relacionamento era outro jeito de me controlar. E eu permitia porque ela me incentivava a continuar sendo um moleque irresponsável que, no fundo, só tinha medo de se responsabilizar pela própria vida.

— Posso compreender por que você aceitou esse tipo de relacionamento — disse Brenda —, mas por que ela tinha tanto medo da traição? Não é verdade que inevitavelmente a pessoa vai ser chifrada.

Diego beijou a cabeça de Brenda na escuridão e ela percebeu a condescendência no gesto.

—Tenho certeza de que seu pai nunca traiu sua mãe — afirmou ele —, nem sua mãe a ele, mas pode acreditar, isso é minoria.

— E tenho certeza de que Bartolomé nunca traiu Lita nem Lita a Bartolomé — insistiu Brenda. — Eu, a propósito, jamais traí você.

Diego riu.

— E nem eu traí você — afirmou —, mas Carla tinha certeza de que cedo ou tarde um parceiro trairia o outro, porque, segundo ela, a monogamia é um mito ridículo.

— Por que pensar assim, tão negativamente?

Diego soltou um suspiro. De novo, Brenda achou que ele se calaria. Surpreendeu-se de novo quando ele disse:

— Para Carla, isso não era pensar negativamente; era um modo realista de ver a vida. Acho que a história dela explica muita coisa.

— Que história?

— O pai de Carla era o típico machista, com todos os vícios e maus costumes que você possa imaginar. Agiota, clientelista político, mulherengo, apostava em corridas de cavalos... Enfim, uma bosta de pessoa. A mãe, porém, era a típica dona de casa sofrida que suportava em silêncio que o marido chegasse todo dia às três, quatro da manhã, com perfume de outra e batom na camisa. Aturava também que as amantes dele ligassem para a casa deles e que ele atendesse e falasse em voz alta como se fosse um amigo. Carla me contou que foi testemunha dessas conversas telefônicas em mais de uma ocasião. Até que chegou o dia em que a submissa dona de casa deu um basta. Pegou uma das pistolas que o marido colecionava... parece que tinha uma coleção impressionante. Então, matou o pai de Carla e depois se matou.

— O quê?! — Brenda se sentou e acendeu a luz do abajur.

Diego virou a cabeça no travesseiro e a encarou com uma expressão neutra.

— Carla tinha catorze anos. Ponciano, que é doze anos mais velho que ela, deu continuidade aos negócios do pai, à agiotagem e toda aquela merda, e assumiu a criação da irmã mais nova. A partir desse momento ele permitiu tudo, imagino que para compensar pelo que ela tinha perdido.

Brenda se deitou na cama e buscou outra vez o abrigo dos braços de Diego. Ficou pensativa. Sentia Diego tranquilo, e isso lhe dava tranquilidade.

— Amor...

— Hmm?

— Se você e Carla faziam swing, por que você ficou tão bravo quando viu o vídeo dela com o produtor?

— Porque ela fez aquilo pelas minhas costas. Transar com outros era consensual para nós, um jeito de evitar o tédio da monogamia e também de provar que continuávamos preferindo um ao outro apesar de transar com outros. Ela transar com aquele sujeito sem me contar foi uma grave traição do nosso acordo. Como ela é manipuladora e mentirosa, a princípio me fez acreditar que o sujeito tinha feito chantagem: se transar comigo, não vou denunciar você por posse de entorpecentes.

— Por isso você foi à casa do cara e deu uma surra nele?

Diego soltou um grunhido que serviu de afirmação.

— Mas as coisas não foram como ela disse, não é?

— Ela fez aquilo por causa de sua ambição desmedida. O que Carla queria acima de qualquer coisa era ser famosa. Desde sempre queria isso, desde que era muito novinha, ela mesma me confessou. Fazer parte do Sin Conservantes e receber a admiração dos seguidores, embora não fossem muitos, deu a ela uma demonstração do que poderia ser se realmente se transformasse em uma espécie de Madonna argentina. Era obcecada com isso. Bem... o resto você já sabe.

Brenda apagou a luz do abajur e os dois voltaram ao silêncio inicial. Até que Diego perguntou:

— O que o destino quis me ensinar me fazendo conhecer uma mulher que quase me destruiu?

Brenda refletiu por um momento não só sobre a resposta, mas também sobre a pergunta.

— Acho que, naquela época, você teria usado qualquer coisa para tentar se destruir. Não foi Carla o que quase te destruiu, e sim suas próprias decisões. Escolher Carla como companheira foi uma clara decisão destrutiva.

Diego ficou em silêncio, e Brenda não soube dizer se concordava ou discordava de sua análise.

— Quanto ao que o destino quis te ensinar colocando Carla em seu caminho... Bem, acho que te obrigou a chegar ao extremo das coisas, como quando derrapamos em uma curva porque entramos nela em alta velocidade. Você tinha que derrapar para saber onde encontrar o limite. Às vezes as pessoas precisam se machucar para reagir.

— Mas, como diz minha avó — interveio ele com leveza —, Deus aperta, mas não enforca. E, quando achei que me enforcaria, ele colocou você no meu caminho.

Ela não fez comentário nenhum, e Diego ficou preocupado.

— Em que está pensando?

— Se não tivesse acontecido o que aconteceu hoje com Carla, talvez você nunca me contasse sobre seu passado com ela. Nunca conversaríamos sobre essa parte da sua vida.

— Não é uma parte de minha vida de que eu me orgulhe — disse ele, com a voz sombria.

— Por quê? — perguntou Brenda. — Naquele momento você achava que estava bem.

— Mas não pelas razões certas — disse Diego. — Eu fazia tudo sem muita consciência, mais para agradar Carla do que por uma profunda certeza de que a monogamia destrói os relacionamentos, que é a base dessa prática.

— E o sadomasoquismo? Por que faziam isso?

— Porque nada nunca parecia bastar para ela.

* * *

No dia seguinte, embora nenhum dos dois tocasse no assunto, passaram o dia à espera da ligação de Tadeo González. Diego treinou um pouco, compôs um pouco ao piano, foi visitar a obra da Arturo Jauretche, tudo com o celular a mão. Brenda, por sua vez, fez os exercícios de vocalização, foi ao supermercado, depois à casa de sua mãe para falar com Modesta sobre uma possível recomendação e, por último, foi visitar Lita, onde encontrou Diego, que acompanhava os avanços da obra. Os dois se movimentavam com relativa liberdade. Os jornalistas e os paparazzi haviam começado a aliviar a perseguição e quase não os incomodavam mais. Era assustador para ela imaginar o caos que seria se Carla decidisse divulgar o vídeo.

Diego recebeu uma ligação à tarde, enquanto tomavam mate com Lita. Brenda o viu se afastar para os quartos e soube que era Tadeo

González. Ela continuou conversando com a idosa fingindo serenidade; não queria preocupá-la. Depois, de volta ao apartamento, ficou sabendo dos detalhes.

— O celular que Carla usou é roubado — disse Diego.

— Roubado? — Brenda se surpreendeu.

— Não me surpreende, vindo dela. Não se esqueça de que ela era, ou melhor, *é*, parte de uma rede de tráfico muito bem elaborada.

— Como Tadeo descobriu que o telefone é roubado? Foi o promotor Calabrese que contou?

— Não, foi um mandachuva da Polícia Federal, muito amigo dele. Vão grampear esse celular e o seu, para o caso de ela tentar falar com você de novo.

A ideia de ter seu celular grampeado a incomodou, mas Brenda fingiu não dar importância ao fato para não alterar Diego, que estava nervoso.

— O que mais Tadeo disse?

— Amanhã de manhã temos que ir ao Comodoro Py e apresentar formalmente a denúncia no Tribunal.

Brenda ficou desanimada e de novo tomou cuidado para não demonstrar. Embora houvesse se recusado a ficar de braços cruzados diante da ameaça de Carla, nesse momento tinha medo do que poderiam ter que enfrentar.

— Tenho outra novidade — anunciou Diego. — Hoje de manhã, Nilda Brusco respondeu à mensagem que eu deixei no Instagram dela. Já entrou em contato com Tadeo.

— Nossa, excelente! — disse Brenda, mais animada.

— Ela prometeu me ajudar — afirmou ele.

∗ ∗ ∗

No dia seguinte bem cedo foram à casa de Ximena e, dali, ao Tribunal Comodoro Py no Audi de Tadeo González. Ninguém os seguia e, por sorte, entraram no gabinete da promotoria sem inconvenientes. Para espanto de Brenda, encontraram Nilda Brusco lá dentro. Um funcionário havia ido buscá-la e a conduzira até ali.

Ela estava vestida com discrição, porém sua aparência não dizia que era uma mulher de mais de trinta anos. De cabelo escuro bem comprido e com um corpo exuberante, continuava parecendo talvez não uma adolescente, mas uma garota bem mais nova.

O rosto de Nilda se iluminou ao ver Diego entrar. Brenda logo entendeu que pretendia pegar carona na fama dele e do DiBrama. Mas também estava grata por ela ter aceitado comparecer perante as autoridades para exonerar Diego.

— Di! — exclamou, fazendo os ouvidos de Brenda doerem.

Nilda o abraçou e deu um beijo em seu rosto.

— Que coisa boa ver você de novo! Está divino.

— Olá, Nilda — disse Diego, com cordial prudência. — Esta é minha namorada, Brenda Gómez.

— Oi — disse Brenda, e se inclinou para dar um beijo em seu rosto. — Obrigada por aceitar nos ajudar.

— Qualquer coisa pelo grande Moro Bertoni! — exclamou Nilda, e pousou a mão no ombro dele.

— Senhorita Brusco — interveio González —, sou o advogado de Brenda e de Diego. Você falou comigo ontem.

Tadeo deu um jeito de tirá-la dali. Levou-a a um canto e lhe deu instruções. Brenda e Diego trocaram um olhar eloquente. Ximena, que não havia ido à fábrica para acompanhá-los, aproximou-se e puxou uma conversa banal para distraí-los. Era evidente que Diego estava constrangido e envergonhado diante de sua madrinha devido à situação para a qual havia arrastado Brenda.

O promotor Calabrese e seu secretário registraram a denúncia de Brenda e receberam as provas do caso: o envelope, o post-it com o número de telefone, o vídeo de Diego e Nilda e a gravação feita no bar com a câmera oculta. A seguir, separadamente, tomaram o depoimento de Nilda, que foi incluído no processo junto com a documentação que comprovava sua idade. De novo na antessala, depois da proposta de Nilda para que almoçassem juntos, González interveio de novo.

— Senhorita Brusco — disse —, é altamente inconveniente para a causa que vocês sejam vistos juntos em público. Bertoni é um músico muito popular e isso poderia prejudicá-lo.

— Ah, sim, claro — disse a garota, visivelmente decepcionada.

Despediram-se pouco depois. Primeiro saíram o funcionário e a testemunha e, minutos depois, tendo recebido a confirmação de que não havia jornalistas, Brenda, Diego, Ximena e González.

— E agora? — perguntou Diego.

— Agora vão para casa e relaxem — sugeriu o advogado. — A Justiça vai cuidar disso. Nós só temos que esperar.

* * *

Duas horas depois, as mãos de Brenda tremiam enquanto ela lia uma mensagem no WhatsApp. "Filha da puta, você me denunciou. Agora vai saber do que eu sou capaz. Eu deveria ter acabado com você há muito tempo." O celular escorregou, caindo ruidosamente na mesa de vidro da cozinha. Diego, que estava fazendo um café, voltou-se abruptamente.

— Amor! — Ele se assustou e foi depressa para ela. — O que aconteceu? Você está tremendo.

Brenda pegou o telefone e o entregou a ele. Diego leu a mensagem.

— Merda! — murmurou enquanto pegava seu celular e procurava um número nos contatos. — Vou ligar para Tadeo — informou, e pôs no viva voz.

O advogado atendeu depressa. Diego leu a mensagem. O silêncio do outro lado da linha foi eloquente.

— Eles têm um informante na promotoria ou no Tribunal — deduziu González. — Calabrese já deve saber da mensagem porque grampeou o celular de Brenda — comentou. — Vou fazer umas ligações e falo com vocês em breve.

Como a palidez de Brenda se acentuava e suas mãos estavam geladas, Diego a conduziu à varanda para que tomasse sol naquela tarde incomumente quente de fim de inverno. Acomodaram-se os dois na mesma espreguiçadeira de teca. Diego a abraçava e Brenda percebia em seu próprio corpo a raiva e a angústia que o dominavam.

— Estou bem — disse ela. — Só me pegou de surpresa — justificou. — Já vai passar.

— Maluca de merda! — xingou Diego, dominado pela impotência.

— Por que ela me odeia tanto?

— O que ela odeia é o fato de eu amar tanto você — explicou ele. — Odeia saber que você é o amor da minha vida. Mas, com essa mensagem, ela cavou a própria cova. Isso vai além de uma extorsão — analisou. — É uma clara ameaça de morte.

Tadeo González não ligou de novo, mas apareceu no apartamento da rua Juana Manso na companhia de Ximena.

— Já avisei o promotor — informou o advogado — para que ele aja depressa. De qualquer maneira — esclareceu —, eles já sabiam, porque, como comentei, seu telefone está grampeado, Brenda.

— O que eles pretendem fazer? — perguntou Diego, impaciente.

— Revistar a casa dela e prendê-la.

— Falando em casa — interveio Ximena —, se eles têm alguém infiltrado na promotoria ou no Tribunal, talvez Carla já saiba que Brenda mora aqui. Ela constituiu este endereço como domicílio legal quando fez a denúncia — recordou. — Filha, não seria conveniente, até que a poeira baixasse, que você voltasse para Madri e...

— Não! — protestou Diego e, em um ato instintivo, apertou Brenda contra si. — Não — repetiu, mais controlado. — Desculpe, Ximena — acrescentou, envergonhado. — Eu sei que tudo isso é culpa minha, mas não posso me afastar de Brenda. De novo não.

— Querido — disse a mulher, com benevolência —, não estou pedindo que se afastem. Por que não viajam juntos? Aí vocês aproveitam para resolver as pendências de Brenda lá e trazem o resto das coisas dela. Ela está praticamente sem roupa — brincou, para amenizar o assunto.

— Faltam poucos dias para começarmos a gravação do novo álbum — explicou Diego. — Já alugamos o estúdio.

— E não esqueça, mamãe — disse Brenda —, em 14 de setembro temos o show em Córdoba. Preciso ensaiar.

Caiu um silêncio sobre os quatro. Diego esfregou o rosto, frustrado, e bufou antes de dizer:

— Eu sei que deveria te deixar ir — admitiu —, mas não posso.

Ximena, com um sorriso, pousou as mãos no rosto dele e o obrigou a se inclinar para que ela beijasse sua testa.

— E eu entendo, meu amor.

Tadeo González e Ximena jantaram com eles. Pediram carne e saladas em uma churrascaria de Puerto Madero e tentaram passar momentos descontraídos evitando o assunto Carla Mariño. Contudo, conforme ia chegando o fim da refeição, acabava também o assunto. González recebeu uma ligação; foi informado de que a acusada havia fugido e que na revista da casa haviam confiscado várias armas de grosso calibre e tijolos de cocaína, o que avalizava a suspeita do promotor: com a irmã em liberdade, Ponciano Mariño continuava administrando seus negócios das entranhas da cadeia. Já havia sido emitido o mandado de prisão de Carla, e a cela do ex-prefeito fora revistada em busca do celular que ele usava para se comunicar com o mundo exterior.

Logo chegaram várias mensagens no celular de Brenda e de Diego. Eram de Francisco Pichiotti, Millie, Rosi, Rafa, Manu, todos comentando a mesma coisa: circulava nas redes um vídeo "pornô" de El Moro Bertoni. Já se comentava que ele estava transando com uma menor.

Logo chegaram Carmelo e Mariel Broda para analisar a situação e decidir a melhor maneira de agir; tinham que controlar o potencial prejuízo à sua carreira e ao DiBrama.

— Soltem uma declaração para a mídia depressa — aconselhou González.

Começaram a redigi-la sob sua assessoria, uma vez que, estando a Justiça envolvida, tinham que ter cuidado com o sigilo e evitar indiscrições.

Também falaram sobre a possibilidade de contratar de novo os seguranças de Vélez para proteger Brenda. Diego insistia em afirmar que não podiam menosprezar a ameaça de Carla.

— Eu sei que ela é capaz de qualquer coisa — enfatizou.

Os mais velhos foram embora de madrugada. Um cansaço demolidor obrigou Brenda a se apoiar em Diego para subir a escada. O medo sugava toda a sua energia. Tomaram banho juntos. Quando terminaram, Diego a enxugou com suavidade. Brenda o observava enquanto ele, agachado, secava seus pés. A elasticidade e os movimentos fluidos de seu corpo tatuado e saudável, que com tanta fidelidade havia tolerado anos de drogas, álcool e abusos e que tanto prazer proporcionava a ela, causavam nela uma profunda emoção. Ela amava aquele corpo por ter sido forte e por ter mantido Diego vivo.

Ele se levantou e ficou olhando para ela.

— Eu não voltaria para a Espanha sem você — sussurrou Brenda.

— Eu deveria te deixar ir — admitiu ele de novo —, mas é impossível.

Brenda assentiu. Diego continuou a contemplá-la com expectativa e de cenho franzido. Segurou o rosto dela com decisão.

— Amor, com o vídeo na internet, a coisa vai ficar muito feia.

— Eu sei — disse ela. — Estou preparada, se você estiver comigo.

— Até o fim dos meus dias — prometeu ele.

31

Desatou-se o caos e, apesar da prudência com que a declaração de Diego havia sido redigida, tentando evitar a violação do sigilo processual, a mídia sabia de tudo, inclusive o nome da garota com quem El Moro Bertoni estava transando no vídeo – o que justificava a suspeita da existência de um delator dentro da promotoria ou do Tribunal. Tadeo González apresentou um recurso perante o juiz por esse motivo, e este determinou uma investigação. Mesmo assim, o mal estava feito. Os jornalistas e paparazzi os sobrevoavam como abutres.

Embora as principais plataformas houvessem censurado e tirado o vídeo pouco depois de Carla o postar, isso não impedira que milhares de cópias ficassem nos computadores, celulares e demais dispositivos eletrônicos de metade do país. Diego ordenou a Mazzurco que bloqueasse a seção de comentários dos seguidores de seu Instagram e do DiBrama devido à vulgaridade de alguns. Também contratou os guarda-costas que haviam protegido Brenda na área VIP de Vélez e alugou uma van com vidros espelhados para que ela pudesse se deslocar com toda a privacidade e liberdade possíveis, considerando as circunstâncias. Diego se esforçava para que ela tivesse uma vida normal, e Brenda, para vê-lo tranquilo, tentava esquecer que a mídia a encurralava com perguntas mordazes, que Carla Mariño continuava fugida e que havia um processo judicial em curso. Ia às aulas de Juliana, ao supermercado, à casa de sua mãe, à de Lita, e participava dos ensaios do DiBrama – estavam acontecendo no The Eighties até que ficasse pronta a casa da rua Arturo Jauretche.

Millie e Rosi contaram a Brenda que Diego havia ligado para elas pedindo que lhe dessem apoio durante a tempestade causada por Carla, e que os seguranças e ele estavam à disposição para levá-las e buscá-las quantas vezes quisessem para ficar com ela.

— Ele está desesperado — acrescentou Millie, a escorpiana —, embora tente não demonstrar.

Na segunda-feira, 26 de agosto, Diego organizou em seu apartamento uma despedida para Francisco, que ia voltar à Espanha naquela quarta-feira, pois as aulas começavam em setembro. Para Brenda, foram horas reconfortantes de risos, lembranças agradáveis, canto e fotos, que compartilharam com os fãs, ávidos por saber de El Moro e do DiBrama.

Quem estava se beneficiando com esse pesadelo era Nilda Brusco, que aparecia em todos os programas de TV que a convidassem para dar sua versão dos fatos. Millie e Rosi mantinham Brenda a par das fofocas, pois ela se recusava o ver TV ou ler o que falam deles nas redes. Nilda, nas palavras de Rosi, estava tendo seus cinco minutos de fama e aproveitando ao máximo.

— Ela fala cobras e lagartos de Carla — apontou Millie. — Diz que é viciada em cocaína, que tem sérios problemas mentais e que El Moro a suportava porque tinha dó.

— Disse que El Moro e Carla faziam swing — comentou Rosi, e se calou.

Brenda já sabia que essa informação havia vazado porque, no dia anterior, enquanto saía do edifício da rua Juana Manso para ir à casa de Lita, vários jornalistas haviam batido na janela da van e perguntado aos gritos se El Moro e ela *também* faziam swing. Agora ela sabia a origem do vazamento: Nilda Brusco.

— É verdade, eles faziam swing — ratificou.

— Por quê?

— Diego disse que Carla achava que a monogamia era insustentável e que, antes de ser traída ou trair, preferia que de comum acordo os dois transassem com outros.

— Não é má ideia — apontou Millie.

— Eu não suportaria — admitiu Brenda.

— Nem El Moro suportaria que outro sequer olhasse para você duas vezes — disse Millie —, mas nem todos os casais são como vocês, Bren. O que vocês têm não é uma coisa comum. Eu imagino vocês ainda transando aos oitenta anos. "Minha velha" — disse, imitando a voz de um idoso —, "abra um pouco mais que eu não consigo enxergar onde enfiar".

— Ai, você é impossível! — disse Rosi, enquanto Brenda rolava de rir.

Independentemente das indiscrições de Nilda Brusco, Brenda era grata a ela porque havia insistido, deixado bem claro e provado várias vezes mostrando seu documento de identidade que era maior de idade na época em que transara com El Moro Bertoni.

— Não imagino Diego transando com uma menor — chegou a dizer em um programa de rádio. — Ele é muito íntegro. Sempre me perguntei o que estava fazendo com uma louca como Carla.

* * *

O escândalo na mídia entretinha o país; porém, a questão era séria e envolvia uma quadrilha de delinquentes sem escrúpulos. A polícia continuava atrás de Carla Mariño enquanto, na prisão, depois de ter revistado as celas do irmão e de Coquito Mendaña, encontraram, além de celulares, drogas e armas brancas.

Na opinião de uma fonte confiável de Tadeo González, os sócios mexicanos de Mariño – membros do cartel fornecedor de cocaína – estavam inquietos e preocupados com o escândalo provocado pela detenção do chefe de sua rede de distribuição na Grande Buenos Aires.

— Tudo que Carla está conseguindo — disse o advogado — é chamar mais a atenção para os negócios do irmão e, consequentemente, para a atividade dos mexicanos. A última coisa que os narcotraficantes querem é cair no radar das autoridades. Carla está brincando com fogo, e com essa gente não se brinca.

Para Brenda, isso pareceu uma premonição.

— O que poderia acontecer? — perguntou.

— Até agora — comentou o advogado —, os traficantes estão pagando os serviços do melhor escritório de advocacia de Buenos Aires e dando proteção a eles dentro da cadeia. Mas poderiam retirar o apoio de uma hora para outra e deixá-los à deriva. Esse seria o melhor cenário.

— E o pior? — perguntou Brenda de novo.

— Fazê-los desaparecer para evitar que continuem pondo tudo em risco.

Ao ler a inquietude em seu semblante, Tadeo sorriu.

— Fique tranquila, Brendita. Essa gente não tem nenhum interesse em você nem em Diego. Nada vai acontecer com vocês.

— Mas Carla continua à solta — observou Diego —, e eu morro de preocupação de que machuque Brenda.

— Ela vai acabar sendo presa — prognosticou González. — Mudando de assunto, Ximena me contou que amanhã vamos comemorar seu aniversário aqui — disse com alegria.

— Sim — confirmou Diego. — Manu e Rafa vão me dar uma mão e vamos fazer um churrasco no terraço. Como é quarta-feira, vamos começar cedo para não dormir muito tarde.

Preparar o aniversário de Diego mantinha Brenda distraída e a afastava do pesadelo que havia começado na terça-feira, 20 de agosto, quando aceitara se encontrar com Carla. Decidir o cardápio, fazer as compras e pensar nos detalhes – desde solicitar autorização para o uso do terraço até pedir a Modesta que lhe desse uma mão essa noite – a ajudavam a esquecer que Carla a havia ameaçado de morte e tentado destruir a reputação e a carreira do homem que amava.

Nesse sentido estava tranquila, porque não só o final apocalíptico não havia acontecido, como também, apesar da crise econômica do país, as vendas haviam aumentado e os ingressos para ver o DiBrama no estádio Mario Kempes de Córdoba haviam se esgotado dois dias antes. Sem dúvida, a rápida intervenção e a publicação do comunicado de Diego haviam evitado uma possível catástrofe. Brenda, porém, continuava certa de que, sem as declarações de Nilda Brusco, a coisa teria sido muito diferente.

Essa noite, anterior ao aniversário de Diego, enquanto relaxavam no sofá vendo um pouco de TV, Nilda aparecia em um programa muito popular do canal América.

— Queria que ela não fizesse o que está fazendo — murmurou Diego.

— Por quê?

— Está se expondo demais. Assim como nós, Carla também pode estar vendo Nilda e ouvindo o que ela está dizendo. Eu ligaria para fazer um alerta — disse —, mas Tadeo foi categórico: nenhum contato entre nós enquanto durar o processo.

— Então? — perguntou Brenda, preocupada.

— Pedi a Tadeo que de algum modo a alertasse. Ele disse que ligou assim que soube que ela andava aparecendo em todos os programas de TV.

— E?

— Nilda ignorou o perigo e disse que essa era a oportunidade que estava esperando para lançar sua carreira.

— Carreira de quê?

— De atriz.

— Tenho medo de que aconteça alguma coisa com ela — disse Brenda. — Nós pedimos para ela comparecer ao Tribunal e...

— Não, Brenda. — Diego pôs a TV no mudo e se voltou para ela. — Primeiro e principal, o mais provável é que não aconteça nada com Nilda e que isso realmente sirva para ela se fazer notar no mundo do espetáculo. Segundo, nós pedimos, é verdade, mas, se não tivéssemos feito isso, o juiz a teria intimado. De qualquer maneira, o nome e a declaração dela acabariam no processo.

— Talvez você tenha razão — murmurou Brenda, pouco convicta.

Diego a acolheu em seus braços e beijou sua testa.

— Conte para mim — disse, com a clara intenção de distraí-la —, o que você fez hoje?

Ela não contaria que, escoltada pelos dois seguranças, havia ido ao shopping comprar os presentes dele, que os paparazzi haviam sido muito irritantes e que um deles, interessado em fotografar as sacolas de perto, a havia assustado e ela as deixara cair no chão. Um rapaz moreno, de uns trinta e cinco anos e uns olhos de uma tonalidade cor de jade, muito chamativos, ajudou Brenda a recolher tudo enquanto os seguranças afastavam os fotógrafos inoportunos. Também não contaria a ele, porque não tinha importância, que, quando acabara as compras, vira de novo o rapaz dos olhos exóticos no estacionamento subterrâneo do shopping; estava meio afastado, com os olhos fixos nela. Também se absteria de comentar que, nessa segunda oportunidade, havia se lembrado de que já o vira dias antes na saída do prédio da rua Juana Manso, ocasião na qual também o havia observado por causa da tonalidade incomum de suas íris. *É um paparazzo*, refletiu, mas logo deixou para lá porque ele não tinha uma câmera. Será que era um jornalista?

— Fui ao supermercado comprar o que faltava para o churrasco — disse. — Por sorte, consegui *mollejas*, que você adora. E combinei com Modesta que amanhã às três da tarde ela vem me dar uma mão com a arrumação.

— Você não ia arranjar alguém para trabalhar aqui duas ou três vezes por semana?

— Sim, ela me recomendou Consuelo, sua melhor amiga. Estou feliz porque conheço Consu há anos. Ela é ótima. Mas ela teve que ir para o Peru porque a mãe está doente. Modesta disse que, assim que ela voltar, vai me avisar e nós marcamos uma entrevista.

* * *

Na quarta-feira, 4 de setembro, dia do aniversário de Diego, Brenda levantou cedo e, depois de trocar o absorvente – menstruara no dia anterior –, maquiou-se um pouco, penteou o cabelo e se perfumou. Desceu à cozinha para preparar o café da manhã e subiu com uma bandeja com café cujo aroma se mesclava com o dos croissants mornos e os ovos mexidos com presunto. Havia também suco de laranja feito na hora e a sobremesa favorita de Diego desde que era menino: banana em rodelas com doce de leite. Deixou a bandeja sobre a cômoda e abriu só as laterais da cortina blackout para deixar entrar um pouco de luz.

Diego se remexia na cama com os olhos ainda fechados. Brenda se inclinou e beijou sua boca macia e morna de sono.

— Feliz aniversário, amor da minha vida — sussurrou, e deu um gritinho quando ele a surpreendeu pegando-a pela cintura e fazendo-a se deitar ao seu lado.

— Este vai ser o melhor aniversário de todos — prognosticou, sobre os lábios dela, com a voz mais rouca que o normal.

— Desejo que você seja sempre muito feliz — disse, abraçando-o.

— Se esse *sempre* incluir você, pode ter certeza.

— Não sei o que você poderia fazer para não me incluir — brincou.

— Eu sei o que fazer para garantir que esse sempre com você dure para sempre.

— É mesmo? E o que seria?

— Pedir você em casamento.

O sorriso desapareceu do rosto de Brenda. Ela se levantou e acendeu o abajur. Diego a observava com uma expressão neutra que, Brenda sabia, disfarçava a tensão e a expectativa que na realidade ele sentia.

— Casar no civil?

— De que outra maneira seria?

— Pensei que você não quisesse se casar, que achava o casamento uma instituição antiga, obsoleta.

Diego se sentou e se apoiou na cabeceira da cama. Puxou-a para si e a obrigou a se acomodar entre suas pernas.

— É verdade — admitiu —, eu achava isso. Isso e mais um monte de bobagens. Mas, um dia, vi Brenda Gómez no patamar da escada e...

— Diga a verdade — exigiu, com fingida seriedade —, você viu a bundinha de Brenda Gómez no patamar da escada, porque foi isso o que realmente te atraiu para mim. Na verdade, seu amor por mim se baseia em...

Diego capturou os lábios dela entre os dentes e proferiu seu habitual grunhido, enquanto deslizava a mão para acariciar sua bunda.

— Podemos transar sem camisinha — anunciou Brenda. — Ontem comecei a tomar a pílula.

— Você não poderia ter me dado melhor presente de aniversário.

Ela não teve tempo de comentar que estava menstruada. Diego a colocou de bruços, tirou a calcinha dela e a penetrou nessa posição. Era tão fácil se excitar com ele e se desconectar da realidade e dos problemas quando o recebia... Diego tornou a tocar no assunto, ainda agitado depois do orgasmo.

— Quer se casar comigo? Quer ser minha esposa?

— Não há nada que eu queira mais na vida, Diego. Desejo isso desde que eu tinha cinco anos e desenhava você como um príncipe ao lado da princesa, que era eu.

Diego a virou e se colocou sobre ela. Brenda notou que os olhos dele vibravam na penumbra.

— Meu amor — sussurrou ele, com a voz insegura. — Eu te amo tanto... Às vezes me assusta te amar desse jeito.

— Que jeito?

— Sem limite, sem medida.

— Do mesmo jeito que eu te amo.

— Mas isso me deixa muito vulnerável — reclamou o virginiano controlador.

— E qual é a solução?

Diego caiu em um silêncio intenso de olhos que a percorriam com ganância e mãos que a apertavam sem cuidado.

— Vai se casar comigo, então?

— Sim, mil vezes sim!

Diego lhe deu seu sorriso, esse que ainda a deixava sem fôlego. Era uma experiência notável se sentir alvoroçada cada vez que ele erguia os cantos dos lábios e revelava os dentes para transmitir sua alegria. E não falhava nunca: ele sorria e o coração dela acelerava.

— Você é tão lindo — disse ela, e acariciou seus lábios esticados.

— Lindo e feliz — brincou ele, e se levantou para ir ao banheiro se limpar.

Ele voltou minutos depois. Brenda o observou abrir a gaveta da mesa de cabeceira e tirar uma caixinha de veludo vermelho. Apoiou-se nos cotovelos e, movida pela curiosidade, acabou se sentando na cama. Diego ergueu a tampa da caixinha e lhe mostrou o interior: dois anéis, o de prata e ametista que lhe havia dado de presente de aniversário em 2017 e um novo, um solitário de platina – a julgar pelo brilho.

— Amor! — disse Brenda, admirada, pegando os anéis. — Você ainda tem este anel — disse, e apontou o de ametista.

Diego, sorridente, pegou o de diamante e o deslizou no dedo anelar esquerdo dela. Pegou o anel antigo e o colocou no anelar direito.

— Este anel, que eu te dei quando você fez vinte e um anos — disse Diego —, representa meu amor constante, e o de diamante, meu amor eterno e minha proteção.

* * *

Mabel Fadul e Lucía Bertoni os surpreenderam à noite ao chegar à festa com Lita, Silvia, Liliana e Chacho.

— Faz semanas que Mabelita está planejando isso — explicou Lita, contente. — Ela estava morrendo de vontade de ver o filho feliz com você, Brendita.

Brenda sorriu e assentiu, apesar de não ir muito com a cara de nenhuma das duas – nem sua futura sogra nem sua futura cunhada. Não gostou de que houvessem aparecido sem avisar porque talvez, se soubesse, Ximena preferisse não ir. No entanto, ao ver a alegria de Diego, decidiu ser a melhor anfitriã do mundo. Ximena, ao que parecia, tomou a mesma decisão, pois cumprimentou a ex-amiga com grande simpatia;

apesar de que, a bem da verdade, foi Mabel quem se aproximou com grandes demonstrações de carinho.

Um pouco depois, Camila, Millie e Rosi a cercavam para admirar a beleza do brilhante que Diego lhe havia dado naquela manhã.

— Lucía Bertoni está muito diferente — comentou Camila. — Parece outra garota.

— Às vezes se aprende na porrada — disse Brenda.

— Parece que é o jeito como os irmãos Bertoni aprendem — acrescentou Millie, e sustentou o olhar da garota.

— É mesmo — ratificou Brenda.

— Mas El Moro sabe como conseguir o perdão das pessoas — disse Rosi. — Ele anda se comportando como o herói de um livro romântico — acrescentou, com a vista fixa no solitário.

Diego, à cabeceira da mesa, levantou-se e pediu a atenção dos convidados.

— Hoje, meu vigésimo nono aniversário, é o mais feliz de que me lembro — declarou. — Estou cercado pelas pessoas que amo e o DiBrama alcançou um lugar importante na música nacional.

— E internacional! — acrescentou Manu, e Diego assentiu.

— Mas é especialmente o mais feliz porque Brenda voltou para mim — acrescentou, e a olhou através do espaço que os separava.

Todos aplaudiram, assobiaram e ovacionaram, e eles se perderam no olhar um do outro. Diego ergueu as mãos e os convidados se calaram.

— Hoje de manhã, Brenda me deu o melhor presente de aniversário. Eu a pedi em casamento, e ela aceitou. Vamos nos casar em novembro.

De novo explodiram bravos e assobios, aplausos e risos. Brenda se levantou e foi até Diego, que a envolveu em seus braços. Olharam-se, de novo indiferentes ao burburinho que os circundava.

— Obrigada por essa segunda chance — sussurrou ele. — Obrigado por ser minha.

— É o que eu sempre quis ser; é a única coisa de que sempre tive certeza.

***

O circo midiático do ano deu uma súbita guinada na manhã de terça-feira, 10 de setembro, quando a imprensa anunciou que Nilda Brusco havia sido encontrada morta em seu apartamento. Uma amiga que morava com ela, ao voltar de uma viagem às cataratas do Iguaçu, encontrara Nilda.

O DiBrama estava ensaiando no The Eighties para o show do fim de semana em Córdoba quando Millie, por volta das quatro da tarde, mandou uma mensagem a Brenda para avisar.

— Ah, não! — exclamou.

— Que foi? — perguntou Diego.

— Millie disse que Nilda foi encontrada morta no apartamento dela.

— O quê?! — exclamaram Rafa e Manu em uníssono.

Os membros da banda correram para o escritório de Broda e ligaram a TV. Puseram no canal TN. Era a notícia do momento. Mostravam imagens do edifício de Nilda Brusco, em um bairro residencial de General Arriaga. A polícia científica entrava com seus macacões brancos e suas maletas para coletar o material que ajudaria na investigação. Fontes policiais afirmavam que ela havia sido apunhalada várias vezes. A câmera mostrou o momento em que tiravam o corpo em um saco preto. Brenda, abraçada a Diego, escondeu o rosto no peito dele. Sabia quem a havia assassinado e por quê. *Sou a próxima da lista*, deduziu.

Foi impossível continuar ensaiando. Estavam abalados demais com a notícia. Diego, em especial, estava obcecado e não tirava os olhos da tela da TV.

— Vamos para casa — sugeriu Brenda.

Diego se voltou para ela e deve ter notado sua lividez, porque a observou com o cenho franzido.

— Está se sentindo bem? Diga — exigiu. — Não quero que acabe desmaiando de novo por tomar anticoncepcional.

— Estou bem, só meio impressionada com o que aconteceu com Nilda.

Pronunciou esse nome e seus olhos se encheram de lágrimas.

Diego estalou a língua e a estreitou em seus braços.

— Que foi, Bren? — perguntou Rafa, preocupado.

— Ei — disse Manu —, por que está chorando?

— Ela se sente culpada pelo que aconteceu com Nilda Brusco — explicou Diego.

— Nós pedimos que ela aparecesse para provar que não era menor de idade — explicou ela entre soluços.

— Você acha que a morte dela tem a ver com a denúncia de vocês por extorsão? — perguntou Rafa.

Brenda assentiu.

— Carla? — insinuou Manu, e Brenda assentiu de novo.

— Filha de uma puta. Maldita arrombada. Ela é bem capaz mesmo, vadia! Nilda andava de programa em programa falando horrores dela. Carla é capaz de qualquer coisa.

A última frase ficou suspensa no silêncio da sala. Despediram-se arrasados. Durante a viagem para Puerto Madero na van com os dois seguranças, Diego não abriu a boca. Brenda, deprimida e assustada, também não disse nada. Ao chegar, Diego ordenou que ela fosse se deitar; estava pálida. Ele ficou embaixo e Brenda não teve dúvidas de que estava informando os dois ex-soldados de elite sobre a guinada da situação. Mais tarde, ouviu-o ao telefone com Tadeo González.

— Foi ela, Tadeo — afirmou Diego em voz baixa, pois achava que ela estava dormindo. — Sabe de alguma coisa?

González sabia pouco. Ficaram sabendo de certos detalhes naquela noite, enquanto acompanhavam as notícias na TN. Repetiam o vídeo de uma pessoa suspeita que entrava no edifício na hora que os legistas, em um exame preliminar, determinaram como sendo a da morte: dez da noite. Apesar da imagem pouco nítida e em branco e preto, da atitude e da vestimenta da pessoa – boné de beisebol e jaqueta e calça folgadas demais –, dava para chegar a uma conclusão: estava tentando esconder sua identidade.

No dia seguinte, enquanto se preparavam para voltar ao The Eighties e retomar o ensaio, Diego ligou a TV. Estavam comentando os primeiros resultados da autópsia realizada no corpo de Nilda Brusco.

— Ela levou trinta e duas punhaladas — detalhou o jornalista.

Brenda afastou os olhos da tela e encontrou os de Diego fixos nela. E, diante do espetáculo de seus olhos tomados de culpa, angústia e terror, os medos e os pensamentos obscuros que a haviam devastado no dia anterior desapareceram. Foi depressa para ele e o abraçou.

— Fale comigo — suplicou. — Não faça como antes, não engula as coisas. Diga o que está pensando — pediu, embora já soubesse.

— A culpa está me corroendo. Eu expus você àquela louca. Eu...

— Eu, eu, eu — repetiu Brenda com firmeza. — Sempre eu. Não, Diego, não depende de você. Isso faz parte do meu destino, e você é uma peça que o cosmo colocou para que eu vivesse o que tenho que viver, assim como Carla Mariño. Então, nada é culpa sua. As coisas simplesmente são como têm tem ser. Se mantivermos a calma e ficarmos unidos, vamos superar. Do contrário, não.

Diego baixou as pálpebras lentamente e apoiou a testa na dela.

— O que eu faço, Brenda? — sussurrou. — O que eu faço para proteger você?

— É só me amar e confiar em mim — respondeu ela.

Diego bufou e curvou apenas os cantos dos lábios em um esboço de sorriso.

— Então você não poderia estar mais protegida.

— Eu sei — afirmou ela.

* * *

Os dias passados em Córdoba ajudaram a dissipar a nuvem escura que os seguia desde o anúncio do assassinato de Nilda Brusco. Diego se distraiu cuidando da instalação dos equipamentos, instrumentos e telões no palco. Brenda, Manu e Rafa promoveram o show na mídia local. Os guarda-costas, discretos, seguiam-nos para todo lado. Brenda não queria levá-los para Córdoba. Achava um gasto desnecessário longe de Buenos Aires, o foco do perigo. Mas Diego insistira, pois sabia que passariam a maior parte do tempo separados.

Depois de ter cantado no Hipódromo Independencia de Rosario, Brenda se sentia preparada para enfrentar um público ainda mais numeroso no estádio Mario Kempes. Também se sentia preparada porque, depois do duro treinamento com Juliana Silvani e de semanas de ensaios, havia recuperado por completo as qualidades de sua voz.

O show foi um sucesso, e, a julgar pelo fervor com que os seguidores receberam El Moro no palco, ficou claro que o vídeo não havia abalado o carinho e respeito que sentiam pelo músico. Carmelo Broda havia contratado uma assessora de imagem para Brenda, e ela entrou no palco com um visual diferente, que embora conservasse o estilo feminino e delicado que combinava com sua personalidade e feições, era mais ousado. Era um vestido estilo quimono, justo, que chegava à metade da coxa, confeccionado em um tecido sedoso violeta furta-cor. Diego tinha adorado. A maquiagem combinava, assim como os acessórios.

    Brenda cantou com a alma para conquistar o público e, mais que por ela e para alicerçar sua carreira, percebia que fazia isso por ele, por Diego, para vê-lo feliz. Os fãs os ovacionaram e, no dia seguinte, a mídia foi muito generosa com as críticas, apesar de alguns falarem dos escândalos das semanas anteriores e da morte de Nilda Brusco.

* * *

No início de outubro, Ximena decidiu tirar umas semanas de férias para ajudar a filha na organização do casamento. Pretendiam fazer algo íntimo, só para a família e os amigos, na chácara de San Justo.

    Entre os preparativos e a gravação do novo álbum do DiBrama, Brenda tinha pouco tempo para recordar a ameaça de Carla Mariño ou a apavorante morte de Nilda Brusco; porém, bastava um instante para se angustiar. O pior era a situação dos dois casos na justiça. Nada se dizia; tudo parecia ter parado ou sido esquecido.

    A polícia não havia identificado a pessoa suspeita do vídeo nem encontrado a arma do crime, uma faca de grande envergadura, segundo as observações dos forenses. Depois de novos exames, a polícia científica passou a trabalhar com uma digital parcial encontrada em um pedaço de fita adesiva com a qual o assassino havia amarrado a vítima.

    Passavam-se os dias, pesados de trabalho e compromissos, e a ajudavam a esquecer. Ninguém mais falava do assassinato de Nilda Brusco; agora a mídia estava ocupada com a exaltada campanha eleitoral. Tadeo González os mantinha a par dos poucos avanços do processo por extorsão e ameaça de morte.

    — Enquanto Carla não aparecer — explicou certa ocasião —, tudo vai ficar parado.

    — Entendo que um processo de extorsão não tem grande importância para a Justiça — apontou Diego —, mas ela está envolvida no tráfico humano e de drogas.

— Exato — disse o advogado. — Quando chantageou e ameaçou Brenda, Carla perdeu o direito obtido quando pagou a fiança. Se a pegarem, vai ter que esperar o julgamento na cadeia, e não em liberdade.

— Então, o que eles estão esperando para pegarem a Carla? — perguntou Diego, exasperado.

— Encontrá-la — respondeu González, com simplicidade. — Ela é esperta e age com prudência.

— A polícia suspeita dela na morte de Nilda? — perguntou Brenda.

— Não tenho contatos na região, mas acho que deve ser a primeira na lista de suspeitos — concluiu Tadeo. — Temos que esperar a análise daquela impressão digital parcial.

* * *

Brenda propôs a Diego dispensar dos serviços dos guarda-costas. Eles cobravam por hora, e não era lá muito barato. Ela sabia que a condição financeira dele havia dado uma guinada de cento e oitenta graus; ganhava muito dinheiro. Mas ela não esquecia que a maior parte havia sido usada para saldar a dívida de trinta e dois mil dólares, comprar o duplex e o carro e a financiar a reforma da casa de Almagro. Brenda queria economizar. A resposta de Diego foi contundente: não.

— Enquanto não pegarem aquela louca, Tincho e Mauro — referia-se aos seguranças — vão te seguir por todo canto.

— Talvez nunca a peguem — disse Brenda, desanimada. — Você ouviu o que Tadeo disse outro dia, que ela pode ter fugido do país com um passaporte falso.

— É só uma suposição — disse ele. — Não estou a fim de jogar roleta-russa com a única coisa realmente importante na minha vida: você.

Como sempre, Brenda cedeu às demandas de Diego para evitar deixá-lo nervoso. Ele estava estressado por causa do lançamento do novo álbum. Passava o tempo todo nos estúdios revisando as gravações ou preparando a campanha de lançamento e promoção nos escritórios de Carmelo Broda. A situação econômica do país não estava boa, e Manu temia que fosse um fracasso. Queria esperar até o ano seguinte; talvez tudo melhorasse. Diego e Rafa, porém, achavam o contrário. Havia tensão entre os membros da banda, o que aumentava o nervosismo de Diego.

* * *

Como segunda-feira, 14 de outubro, era feriado, Brenda planejou para eles um fim de semana prolongado sozinhos na chácara de San Justo. Ximena e Tadeo iam para o litoral, e Camila e Lautaro passariam o feriado com os Pérez Gaona. Ela queria que Diego relaxasse por uns dias e esquecesse do mundo.

Na sexta-feira 11, Tincho e Mauro a acompanharam ao supermercado para comprar provisões e a ajudaram a subir as sacolas até o apartamento. Depois disso, ela os convenceu a ir embora; não pretendia sair enquanto Diego não voltasse. Ficava nervosa com eles na casa sem fazer nada e ganhando uma fortuna por hora.

— Tem certeza, senhorita? — perguntou Mauro, sempre em seu estilo seco e respeitoso.

Brenda reafirmou que ficaria em casa. Não fazia sentido, considerando as medidas de segurança do edifício e do apartamento, que eles ficassem. Tincho checou a porta de serviço, que dava para a cozinha, para ver se estava bem trancada. Mauro foi ver as portas-balcão da varanda. Brenda ficou imaginando quem ousaria entrar pela varanda de um apartamento no vigésimo sexto andar. *O Homem-Aranha?*, pensou.

Despediram-se, e Tincho usou suas chaves para fechar a porta principal, do hall privado. Embora fossem excelentes profissionais e muito discretos, Brenda apreciou o alívio que foi ficar sozinha. Não via a hora de pegarem Carla para recuperar a normalidade e a liberdade. A busca, porém, havia esfriado.

Estava arrumando a mala quando seu celular tocou. Era Modesta.

— Modestiña!

— Olá, minha menina linda. Como está?

— Bem, arrumando tudo. Vou com Diego a San Justo.

— Ah, não vá ainda. Consu acabou de voltar do Peru e está vindo para cá. Ficou muito contente quando eu disse que você queria que ela trabalhasse na sua casa.

— Ela vem para cá hoje?

— Se você concordar, minha menina. Consu disse que pode pegar um ônibus na avenida Belgrano e ir até Puerto Madero. Em uma hora, talvez menos, chegaria aí. Já está indo viajar?

Fazia semanas que ela queria resolver a questão do trabalho doméstico. O lugar era grande e ela não dava conta, sem falar que limpar não era sua atividade favorita e a organização não fazia parte de seus atributos piscianos, pelo contrário. Ela se esforçava por Diego, que, fiel à sua essência virginiana, detestava o caos.

— Não, Modestiña, não vamos ainda. Ela pode vir, estou esperando. Vou passar o endereço certinho — e ditou. — Diga a Consu que se apresente na portaria. Já vou passar o nome dela lá embaixo. Qual é o sobrenome mesmo? Não lembro.

— Vallejos — respondeu a empregada. — Consuelo Vallejos.

Desligou e avisou à portaria que deixassem Consuelo entrar. Voltou às malas. Um pouco depois, enquanto enchia um nécessaire com os artigos pessoais de Diego, assustou-se com o som da campainha. Era a de serviço; o som era diferente da campainha da porta principal. Ficou brava com a portaria por ter obrigado Consuelo a entrar pela porta de serviço e decidiu que explicaria que, dali em diante, deviam permitir que ela entrasse pela recepção principal. Desceu correndo as escadas ensaiando uma desculpa para a mulher.

Abriu a porta com um sorriso, que congelou em seu rosto ao perceber que não era Consuelo. Era Carla Mariño.

32

Carla aproveitou o instante que Brenda levou para reconhecê-la para entrar. Brenda tentou fechar a porta, mas era tarde demais: Carla já estava com metade do corpo para dentro. Brenda cambaleou para trás devido ao vigor com que a mulher abrira a pesada porta de madeira. Tropeçou em uma cadeira e caiu no chão.

Levantou-se depressa e saiu correndo para a escada. Se chegasse ao quarto, refletiu, poderia se trancar no banheiro. Mas, antes de atravessar metade da ampla sala, algo duro e contundente a acertou na parte posterior da cabeça. Desequilibrando-se, ela enroscou o pé no tapete, sobre o qual havia uma mesinha de centro, e, ao cair, bateu a têmpora direita na borda de madeira. Uma dor atroz a atravessou com uma rapidez extraordinária e, ao mesmo tempo que ofuscava sua visão, lhe dava vontade de vomitar.

Entreabriu os olhos com dificuldade ao ouvir os passos decididos que se aproximavam.

— Vou rasgar você todinha a facadas, como fiz com aquela traidora da Nilda — disse Carla, abrindo a boca pela primeira vez, e foi a calma e a decisão com que falou que deixaram Brenda apavorada.

Ela pegou uma faca, não de cozinha, mas dessas de guerra, que se veem nos filmes de ação. Houve um instante em que Brenda soube que ia morrer. Então, viu Diego; não o Diego feliz dos últimos tempos, e sim o atormentado, o Diego que seu espírito pisciano amava ainda mais por saber que era fraco e assustado. *Não posso morrer*, decidiu. *Se eu morrer, Diego vai voltar às drogas e ao álcool.* Nada mais o resgataria do inferno, nem mesmo o juramento a Bartolomé.

Ela levantou a perna e a empurrou, mas sentia uma fraqueza incontrolável, de modo que Carla se livrou facilmente. A mulher levantou a mão com a qual empunhava a faca com a intenção de cravá-la no peito de Brenda, mas ela rolou para o lado e a punhalada afundou na lã do tapete. Tentou se levantar. Não conseguiu. Ondas de uma dor indescritível nasciam de sua têmpora e deixavam suas pernas bambas.

Carla se jogou em cima de Brenda, que amparou uma facada com o antebraço direito, coberto apenas pelo algodão da blusa. Soltou um grito abafado diante da sensação de queimação na carne. Continuou lutando, tentando manter a ponta da faca longe de seu rosto. A dor e o sangue, que escorria e entrava entre seus lábios, acentuavam as náuseas que sentia. Apesar da resolução inicial, Brenda sabia que estava perdendo a batalha. Carla estava dominada pela loucura e o ódio, duas forças inexpugnáveis.

Ouviram-se sons secos. Carla se voltou para a porta principal, que se abriu com violência. Brenda viu uma pessoa completamente coberta de preto. *O Homem-Aranha*, pensou, confusa e à beira do desfalecimento. Atrás da silhueta entrou outra, também vestida de preto. Balaclavas escondiam o rosto dos dois. Era evidente que se tratava de dois homens.

— Quem são vocês? — gritou Carla, aterrorizada. — Não, não! Me soltem!

Brenda, que mal conseguia manter as pálpebras abertas, sentiu tirarem a mulher de cima dela. O alívio foi imenso e ela respirou fundo. Um dos intrusos agarrou Carla pelos cabelos e a arrastou até tirá-la do apartamento. Seus gritos se calaram de um modo abrupto.

O outro se inclinou sobre Brenda e abriu primeiro uma pálpebra dela, depois a outra, com o indicador e o polegar cobertos por uma luva. Estava avaliando o reflexo das pupilas.

— Está morta? — perguntou o cúmplice à porta.

— Só desmaiada — afirmou.

Estava enganado. Brenda ainda estava consciente; inclusive identificou o sotaque mexicano e reconheceu os olhos cor de jade que pairavam sobre seu rosto e se destacavam sob a balaclava preta.

A casa ficou silenciosa. Brenda ficou caída no chão. Entre as pálpebras semicerradas, só via uma linha do teto branco e uma parte do lustre de cristal que haviam comprado duas semanas antes e que um dos rapazes do Desafío a la Vida havia instalado. Era muito bonito. Diego teria escolhido outro, Brenda sabia. Era mentira que preferia esse, e concordara em comprá-lo porque, como bom virginiano observador, notara que ela se apaixonara pelas franjas, lágrimas e candelabros de cristal assim que o vira.

Tenho que me levantar e ligar para Diego, decidiu, mas as náuseas e a fraqueza chegavam até seus ossos e a faziam tremer. Era impossível sequer erguer a cabeça. Antes de perder contato com a realidade – com a linha do teto –, ouviu uma voz familiar que a chamava.

— Brenda, menina! Menina! O que aconteceu, minha menina?

* * *

Ela recuperou primeiro o olfato. Um aroma pungente, mas não desagradável, a fez franzir o nariz.

— Está voltando à consciência — anunciou uma voz feminina e desconhecida.

Houve exclamações reprimidas, correria e murmúrios nervosos, até que suas fossas nasais detectaram a fragrância de Diego, Terre d'Hermès, um dos presentes que havia dado a ele de aniversário e que ele passava generosamente todas as manhãs, especialmente na barba; ela achava graça, não sabia a razão. Agora, o delicioso perfume estava suspenso sobre ela e a deixava feliz, sentindo-se a salvo.

— Diego — disse quase sem voz, e quis erguer a mão para tocar o rosto dele, sem sucesso.

— Estou aqui, amor — respondeu ele, e ela notou a voz congestionada.

Ao tentar abrir os olhos, sentiu uma dor aguda. Abafou um gemido. Tentou levantar a mão de novo para tocar a têmpora direita, o foco do mal-estar. Alguém a segurou e mediu sua pulsação. Depois seguraram sua outra mão com uma ansiedade e uma reverência que se contrapunham ao contato desapegado e profissional de quem checava seu ritmo cardíaco.

— Abra os olhos, Brenda — pediu um homem com firmeza, mas educadamente. — Vamos, devagar, tente abrir os olhos.

Ela sabia que a outra mão era de Diego. Se ele estava ali, pensou, não tinha com que se preocupar. Lutou contra o sofrimento e abriu as pálpebras. Imediatamente foi assaltada pela luz de uma lanterna que, alternadamente, aparecia e desaparecia.

— Reflexo fotomotor perfeito — disse o homem, claramente um médico. — Pulso — prosseguiu, como se estivesse ditando —, cinquenta e seis por minuto.

Pouco a pouco a visão de Brenda ia ganhando nitidez. Ela compreendeu que estava na maca de um hospital sendo atendida por um médico e uma enfermeira. Diego estava ao seu lado, e a seus pés estava Ximena.

— Mami — soluçou —, o que aconteceu comigo?

Diego beijou seus lábios e a contemplou com uma amargura que a abalou. Nunca havia visto tamanha angústia nos lindos olhos acinzentados dele. Sorriu para acalmá-lo.

— Estou bem, estou bem.

Diego assentiu e tentou sorrir, mas seus lábios tremeram e só conseguiu imprimir uma expressão de profunda tristeza. Ximena havia ido para a cabeceira da cama e beijava a mão da filha.

— Lembra o que aconteceu, Brenda? — inquiriu o médico.

Ela só mexeu a cabeça no travesseiro para assentir.

— O que aconteceu? — insistiu o homem.

— Uma mulher, Carla Mariño, entrou em minha casa e me atacou.

Ximena sufocou um grito. Diego, porém, ganhou uma sobriedade súbita e anormal.

— Como você cortou o braço?

— Ela me cortou com uma faca. Queria me matar.

— Santo Deus! — soluçou Ximena.

Diego a contemplava em silêncio, mas para ela era muito fácil ouvir os gritos lancinantes que explodiam dentro dele.

— Já estou bem, amor. Estou bem.

— Ela poderia ter matado você — murmurou ele com uma voz estranha, carregada de um pânico visceral.

— Temos que avisar a polícia — disse o médico.

— Já avisamos, doutor — disse Tadeo González, e pela primeira vez entrou no campo visual de Brenda. — A polícia científica está trabalhando no local do ataque. Olá, Brendita.

— Olá, Tadeo.

— Quero que Brenda passe a noite no hospital devido à contusão cerebral que provocou a perda de consciência — explicou o médico. — Se não apresentar sintomas, amanhã lhe darei alta.

— Ela precisa de proteção policial — disse o advogado. — A agressora continua livre.

— Vou providenciar a transferência para um quarto e a proteção — afirmou o médico. — Por favor, é essencial que Brenda fique tranquila e descanse — acrescentou, e se retirou.

Com uma delicadeza infinita, Diego a cobriu com seu corpo, deslizou as mãos por baixo das costas dela e a abraçou. Afundou o rosto no pescoço de Brenda, e ela soube que estava chorando. Ela percebia que ele tentava se conter para não a assustar, mas a angústia era avassaladora e ingovernável. Abraçou-o, com cuidando para não dobrar o acesso no braço esquerdo. Falou no ouvido dele.

— Meu amor, fique bem. O pesadelo acabou.

— Não, ela ainda está solta — disse ele, com ira.

Brenda não teve tempo de lhe explicar os fatos. Dois enfermeiros a levaram do pronto-socorro por um corredor até um elevador. Diego caminhava a seu lado segurando sua mão, sem jamais afastar o olhar do dela. Ximena e Tadeo os seguiam de perto.

— Em que hospital estou?

— No Fernández — respondeu um dos enfermeiros. — Vamos pôr você em um quarto para que fique mais confortável com seu marido.

— Obrigada — disse, e sorriu para Diego, que deu uma piscadinha de cílios úmidos e grudados, e bastou a ela essa expressão descontraída para se sentir melhor.

O quarto era sóbrio, limpo e sem graça. Diego dormiria em um sofá que ficava embaixo de uma janela comprida situada perto do teto. Com movimentos hábeis e precisos, os enfermeiros a colocaram na cama usando o lençol da maca e ajeitaram o soro para evitar que enroscasse.

— A ferida não dói nem um pouco — comentou Brenda enquanto observava o curativo no antebraço direito, com a intenção de acalmar a Diego.

— Porque estão colocando analgésicos no soro — explicou Ximena.

— Você levou vinte pontos — acrescentou Diego, com voz e semblante sombrios. — Por que estava sozinha? Por que Mauro e Tincho não estavam lá?

Brenda ficou olhando para ele assustada, envergonhada por sua insensatez.

— Não fique bravo — começou a balbuciar e, de repente, foi assaltada pelas lembranças.

Ela estava tão preocupada com Diego, com a angústia e o sentimento de culpa dele, que não havia se dado plena conta da realidade: Carla Mariño havia tentado matá-la. E, como se olhasse para um telão, viu as imagens assustadoras que havia protagonizado. Reviveu os fatos, mas também as emoções que a levaram a lutar. Era possível que ela, a simples e crédula Brenda Gómez, houvesse sido apunhalada por Carla Mariño? Sua visão se ofuscou e seu queixo tremeu. Deixou escapar um soluço, e outro, e mais outro, e acabou chorando nos braços de Diego.

— Desculpe — balbuciava —, desculpe. Eu disse para eles irem embora... para eles irem...para economizar.

Diego fazia "*shhh*" no ouvido dela e lhe pedia que se acalmasse, que o perdoasse, que não queria tê-la preocupado. Ximena lhe deu um copo com um canudinho e Brenda bebeu água mineral. Abraçou Diego de novo e ele a apertou. A fragilidade a obrigava a ficar colada nele, uma espécie de reação instintiva diante da catástrofe da qual havia escapado por milagre. Não conseguia calar a voz que sussurrava: *Você quase o condenou de novo ao inferno das drogas e do álcool, e tudo por ser uma idiota que queria economizar.*

***

Camila e Lautaro chegaram um pouco depois e avisaram que havia um policial na porta. Manu e Rafa, que estavam com Diego quando ele recebera a notícia e que o haviam levado até o Fernández, bateram na porta e entraram. Brenda pegou o pulso de Manu e o encarou. Seu amigo mordeu o lábio, emocionado, e, só depois de olhar em volta e ver que os outros estavam cochichando em um canto, confessou em voz baixa:

— Achei que ele ia enlouquecer. Atendeu o telefonema da sua mãe e um segundo depois começou a gritar. Não, não, não, gritava. Rafa e eu não estávamos entendendo nada. Diego não conseguia explicar. Ele tremia. Seus lábios tremiam, suas mãos...

Manu fez uma pausa e a contemplou com um sorriso inseguro.

— Que bom que você está sã e salva, adorada Bren. Se não...

— Estou viva por ele — afirmou —, *para* ele — acrescentou, e Manu assentiu, incapaz de falar.

Bateram na porta. Eram dois inspetores da polícia; queriam interrogar a vítima. À exceção de Diego e de Tadeo González, na qualidade de advogado, os outros tiveram que abandonar o quarto.

— O médico nos autorizou a interrogar você por uns poucos minutos — disse o inspetor mais corpulento. — Em ataques como o que você sofreu, é preciso agir depressa para conseguir pegar o criminoso.

Brenda, segurando a mão de Diego e flanqueada por Tadeo González, relatou os fatos. À medida que avançava no relato, os policiais iam explicando certas lacunas, como o fato de que o objeto contundente que Carla havia jogado nela era uma caneca de cerâmica, dessas grandes que se usam para tomar chá; haviam-na encontrado no meio da sala. Também explicaram que os golpes secos que distraíram a atacante certamente eram tiros disparados para destruir a fechadura da porta principal. A polícia científica, que ainda trabalhava no duplex para coletar material, estava analisando o calibre e o possível uso de um silenciador.

— "Vou rasgar você todinha a facadas como fiz com aquela traidora da Nilda?" — repetiu o inspetor mais jovem enquanto fazia anotações em uma caderneta. — Tem certeza de que foi isso que ela disse?

— Sim, absoluta. Foi a única coisa que ele disse.

— E sobre os dois homens de preto que levaram Carla Mariño, o que pode nos dizer?

— Muito pouco — mentiu Brenda. — Quando entraram, eu estava quase desmaiando. Pareciam altos — dirigiu o olhar para Diego. — Um pouco mais baixos que ele e mais robustos. Só pude ver um deles pegar Carla pelos cabelos e a arrastar para fora da minha casa. Depois, perdi a consciência.

— Como eles entraram no edifício? — perguntou Diego. — No apartamento, entraram pela porta principal — afirmou.

— Ainda não determinamos como entraram no prédio — admitiu o inspetor mais velho. — Os seguranças na guarita não notaram nada pelas câmeras. Os homens deram de cara com um segurança na recepção, que havia subido para levar um envelope. Neutralizaram-no com uma pistola elétrica, uma Taser — esclareceu —, e o esconderam na sala do encarregado, que estava vazia.

— O segurança está bem? — perguntou Brenda.

— Sim — afirmou o mais jovem. — Está em observação neste hospital.

— Ele conseguiu descrever os atacantes? — perguntou Tadeo.

— Com dificuldade. Disse que agiram muito depressa, como profissionais.

— Senhorita Gómez — retomou o inspetor mais velho —, a mulher que a encontrou... — Consultou sua caderneta. — Vallejos — leu. — Consuelo Vallejos. Por que ela foi à sua casa?

— Ela seria contratada para me ajudar com as tarefas domésticas. Ela tinha ido conhecer nosso apartamento.

— E você abriu a porta sem olhar achando que era ela, Consuelo Vallejos, é isso? — enfatizou o policial.

— Sim, eu estava esperando por ela — ratificou Brenda. — Já tinha avisado a portaria para deixar que ela subisse. Como Carla conseguiu entrar com toda a segurança que há em nosso edifício?

— Estamos trabalhando para determinar isso — respondeu o mais jovem —, mas achamos que ela entrou em um caminhão do Carrefour, usado para fazer as entregas.

— Ela estava decidida a cumprir a ameaça de morte que havia feito a você — comentou o mais velho.

Os inspetores entregaram seus cartões de visita a Tadeo González e se despediram. O quarto foi tomado por um silêncio tenso. Brenda alternava olhares angustiados entre Diego e González.

— Amor, que foi?

— Tadeo, eu menti para a polícia.

— Como assim, Brendita?

— Um dos homens que levou Carla... eu já tinha visto ele antes.

— O quê?! — exclamou Diego.

— Calma — interveio o advogado —, não a assuste.

Diego a obrigou a beber água. O advogado lhe pediu que, com tranquilidade, relatasse tudo como havia acontecido. Brenda contou sobre o rapaz que a havia ajudado no shopping a pegar as sacolas do chão e que depois o viu no estacionamento subterrâneo.

— Naquele momento — explicou Brenda —, quando o vi no estacionamento, lembrei que já tinha visto ele na porta de nosso edifício uns dias antes. Eu o reconheci pelos olhos, que eram de um verde muito claro e que se destacavam na pele bem escura. Pensei que fosse um jornalista.

— O que mais você pode me falar sobre esse homem? — persistiu o advogado.

— Tanto ele quanto o outro tinham sotaque mexicano; bem, não sei se mexicano, mas não era argentino. Latino-americano. O que arrastou Carla para fora perguntou ao outro: *Está morta?* E o de olhos claros disse que não, que eu estava só desmaiada.

— É bem provável — decretou González — que fossem do bando de traficantes que fornece as drogas a Mariño. Na verdade — enfatizou —, não tenho dúvidas sobre isso. Certamente foram enviados para eliminá-la porque ela estava fazendo barulho demais, ou sabe-se lá por quê. Com essa gente, nunca se pode ter certeza de nada.

— Talvez para pressionar Ponciano — conjecturou Diego. — Primeiro vamos pegar sua irmã, e, se não fizer o que queremos, vamos pegar sua mulher e seus filhos.

— É bem provável — disse Tadeo. — O caso Mariño está incomodando muita gente. Muitos envolvidos têm medo de que ele solte a língua e conte o que sabe para conseguir um bom acordo com o juiz. E, se Mariño abrir a boca, mais de um peso pesado deste país e vai estar com problemas muito sérios.

— Por que não matam Mariño diretamente? — perguntou Diego.

— Porque ele está em um presídio de segurança máxima e, desde que confiscaram o celular dele, está em isolamento. Não é tão fácil chegar a Mariño. Assim como tem gente que o prefere morto, há outros que o preferem vivo. Estamos em ano eleitoral, não esqueçam. É uma guerra.

— Que lixos — murmurou Diego com desprezo. — Mas por que seguir Brenda? Por que entrar na nossa casa?

— Está claro que eles sabiam, graças aos informantes que têm nos tribunais, que havíamos processado Carla por ameaça de morte. Usaram Brenda como isca. Certamente não conseguiam encontrar Carla — raciocinou o advogado — e preferiram seguir Brenda na esperança de que a outra fosse cumprir a promessa, assim como aconteceu.

— Eu devo a vida a eles — disse Brenda, com a voz fraca, de repente extenuada. — Eu não tinha mais forças para lutar. Estava me sentindo tão mal...

— Você bateu a têmpora, amor.

— Sim, na mesinha da sala — confirmou.

— É verdade — interveio González —, você deve a vida a eles. Mas, se isso que acabou de confessar sair deste quarto e chegar aos ouvidos do sujeito de olhos verdes, você correria risco de morte de novo. Foi muito sensata em guardar essa informação e não contar à polícia. Esses traficantes têm informantes em todos os níveis e em todas as instituições. Mas agora — disse, com uma severidade que Brenda não se recordava de ter visto nele — quero que jure que jamais vai falar sobre isso com ninguém, nem mesmo com sua mãe, Brenda. É por sua vida que te peço isso.

— Amor, eu imploro, por nada neste mundo volte a falar sobre isso com alguém.

— Com ninguém — ratificou Brenda —, juro pela memória do nosso filho. Se não contei aos inspetores foi porque meu instinto me disse para não contar. Claro que não vou comentar mais. Agora, só quero viver em paz.

— Não vai ser possível enquanto não soubermos que fim levou Carla — pontuou Diego.

— Carla Mariño não existe mais — sentenciou Tadeo González. — Talvez o corpo nunca seja encontrado, mas tenho certeza de que já está morta.

* * *

Um pouco depois, o médico pediu que as visitas se retirassem para que a paciente descansasse. Uma enfermeira injetou algo no soro de Brenda. Devia ser um remédio para dormir, pois suas pálpebras começaram a pesar minutos depois.

Ela emergiu de um sono profundo, sem imagens nem sons, uma experiência nova que a confundiu por alguns instantes, até que viu sua mãe sentada ao lado da cama. Ximena se levantou e sorriu.

— Você ficou, mamãe?

— Diego e eu, meu amor — disse, e beijou sua testa. — Ele me pediu para ficar, tinha medo de dormir; queria controlar sua respiração. A cada cinco minutos punha o dedo embaixo do seu nariz para se certificar. Não adiantou eu explicar que você estava sendo monitorada e que, se parasse de respirar, os alarmes dispararim. Ele disse que não confiava na tecnologia.

Virginiano controlador, pensou Brenda.

— Como está se sentindo?

— Bem, mãe. Meio tonta, mas bem. Onde está Diego?

— Foi pegar um café.

— Quero ir ao banheiro — disse Brenda, e Ximena a ajudou a sair da cama.

Sua mãe teve que a segurar, porque o quarto começou a girar e Brenda perdeu o equilíbrio. Fechou os olhos e respirou fundo para ganhar estabilidade. Ela caminhou devagar enquanto Ximena arrastava o suporte do soro. Acendeu a luz do banheiro e a primeira coisa que viu foi sua imagem refletida no espelho. Ficou impressionada com o hematoma violeta que avançava pela parte direita de seu rosto; tinha até um derrame no olho. Observou-se roçando o olho apenas com a ponta dos dedos. Não doía, nem o corte no antebraço, certamente graças aos analgésicos que injetavam no soro.

Brenda urinou e lavou as mãos. Ao sair, viu que Ximena não estava e que Diego a esperava perto da porta. Sua expressão, um misto de ansiedade, culpa e alívio, tocou-a profundamente. Abraçaram-se e Brenda soltou um suspiro. Sentia-se tão segura nos braços dele...

— Eu te amo — sussurrou. — Mais que à minha própria vida — enfatizou.

Diego, com o rosto escondido, ficou mudo, e Brenda soube que estava lutando para segurar o choro. Apertou-o um pouco mais.

— No pior momento — disse —, quando eu não aguentava mais, pensei em você, que não ia te deixar sozinho, e continuei lutando. Se estou viva é por sua causa.

— Obrigado — balbuciou Diego, com a voz trêmula, e a fez voltar para a cama.

Ele a ajudou a se deitar. Evitava o olhar dela. Brenda o pegou pelo pulso e o obrigou a parar.

— Que foi, amor? Está zangado porque eu mandei Tincho e Mauro embora?

Diego negou com a cabeça.

— Então por que não olha para mim?

Diego ergueu o rosto e Brenda se impressionou com a clareza com que os olhos dele transmitiam o medo visceral que ele sentia.

— Eu sei que tudo teria terminado se eu não tivesse lutado — confessou. — Se eu consegui vencer meus demônios depois da morte do nosso filho, foi porque você continuava aqui, neste mundo, longe de mim, sim, mas era parte da realidade. Meu Deus, como lutei para ter você de volta!

Brenda apertou os lábios.

— Tudo que eu fiz foi por você. Por você e pelo nosso filho, porque eu queria que tivessem orgulho de mim.

— Nós te amamos — afirmou Brenda —, e nosso orgulho não tem limite.

— Tenho medo de que meu passado continue fodendo a nossa vida — disse de repente.

— Como? — estranhou Brenda.

Diego a fitou nos olhos antes de falar.

— Ponciano Mariño — disse, e depois de uma pausa, acrescentou: — Ele é bem capaz de me culpar pelo desaparecimento da irmã e tentar se vingar em você.

— Você não tem nada a ver com isso — pontuou Brenda, energicamente. — Foram aqueles homens de roupa preta.

— Eu sei, mas você não conhece esse cara. Estou dizendo isso para que você entenda que o perigo ainda não acabou. Você tem que deixar que eu te proteja. Tincho e Mauro vão continuar sendo seus guarda-costas. Os demônios do meu passado não desapareceram totalmente — insistiu. — Não sei se um dia vão desaparecer.

— Seja como for — afirmou Brenda —, vamos continuar a enfrentá-los. Afinal, que alternativa temos?

Diego ergueu subitamente os cílios e cravou o olhar nela.

— Qual? — insistiu ela.

— Não tem alternativa — afirmou ele.

— Não mesmo — disse Brenda.

***

Como era de esperar, alguém – um funcionário do hospital Fernández, um informante, alguém no Tribunal, não sabiam quem – havia vendido a informação à mídia, e as câmeras e repórteres os aguardavam na portaria do hospital.

No sábado na hora do almoço, depois da alta, saíram no Audi com vidros espelhados de Tadeo. Mesmo assim, os jornalistas sabiam que eram eles. Alguns paparazzi de moto os seguiram até a chácara de San Justo, onde Diego havia decidido passar alguns dias, como já havia sido a intenção de Brenda naquele fim de semana prolongado. Enquanto isso, Manu e Rafa, os dois em Buenos Aires, aguardavam o aval da polícia científica para mandar trocar a fechadura da porta principal. E Modesta esperava para poder arrumar a casa e limpar os rastros do ataque, especialmente o sangue de Brenda, que havia manchado o piso de madeira e o tapetinho embaixo da mesa de centro.

O domingo amanheceu bonito, e Diego quis ir ao cemitério visitar Bartolomé. Foram com Ximena e Tadeo. Primeiro fizeram uma homenagem a Lidia e depois caminharam pelo parque tranquilo até o local onde descansavam vovô Benito, Héctor e o pequeno Bartolomé. Diego tirou as flores secas e colocou o buquê de rosas brancas que havia comprado na entrada enquanto os paparazzi os fotografavam.

Almoçaram na galeria da chácara, o lugar favorito de Brenda. Diego insistia que ela comesse, mas Brenda não sentia fome por causa dos analgésicos. Aceitou uns pedacinhos de carne e umas verduras por ele, para que não se angustiasse. Estavam tomando café quando tocou o celular de González, que, depois de olhar a tela, pediu licença e foi para perto da piscina.

Ximena estendeu a mão e acariciou o rosto de sua filha, bem embaixo do hematoma.

— Está com sono? — Brenda assentiu. — Por que não vão deitar um pouco?

Quando iam abandonar a mesa, González voltou com um ar de consternação que obrigou Diego a se sentar de novo.

— Que foi? — perguntou Ximena.

— Era meu amigo, o comissário da Federal — disse o advogado. — Há menos de uma hora encontraram o corpo de Carla.

Brenda sufocou uma exclamação e abraçou Diego. Ele ficou rígido, com o olhar fixo em González e o cenho bem franzido.

— Onde? — perguntou, com a voz clara.

— Em um bairro de General Arriaga. Segundo meu amigo, foi um recado para Ponciano Mariño; um recado dos traficantes — esclareceu.

— Um recado? — perguntou Ximena, desorientada. — Que recado?

O advogado alternava olhares preocupados entre eles.

— Que foi, Tadeo? — perguntou Diego. — O que fizeram com ela?

— Foi decapitada. Deixaram a cabeça na porta da casa de Mariño. A esposa dele a encontrou hoje de manhã.

— Santo Deus! — disse Ximena, horrorizada.

Brenda empalideceu e começou a tremer. Diego demorou alguns segundos para reagir. Abraçou-a.

— Leve-a para descansar, querido — pediu Ximena. — O médico disse que ela precisa dormir.

Diego a pegou no colo e levou até o quarto, no andar de cima. Colocou-a na cama e tirou os tênis dela. Cobriu-a com uma manta leve, baixou a persiana, despiu-se e se deitou com ela, debaixo da manta, e Brenda se acomodou de frente para ele. Procurou seu rosto na escuridão.

— Está se sentindo bem? — perguntou Diego, e a puxou para si.

— Sim, mas quero que me diga o que você está sentindo. Não me esconda nada, por favor. Ponha tudo para fora, seja o que for, eu vou entender.

— Não sei o que estou sentindo.

— Faz sentido — disse ela. — Os virginianos não processam facilmente a surpresa.

— Por quê?

— Porque as surpresas fogem do planejado, e vocês sempre vivem sob um estrito planejamento.

— Meu plano é fazer você feliz, e não estou conseguindo.

— Vamos superar isso — determinou Brenda. — A felicidade, para mim, não é estar sempre contente; é outra coisa.

— Que coisa?

— A serenidade do espírito. E a única maneira de sentir essa serenidade é sabendo que tenho você ao meu lado, que estamos unidos.

— Amor... — disse Diego, emocionado.

— Por isso — prosseguiu Brenda —, quando estiver preparado, quero que me diga o que sente pela morte de Carla.

O silêncio se propagou na penumbra do quarto. Brenda adormeceu. Acordou gemendo com a boca de Diego entre suas pernas. Estendeu os braços e, às cegas, obrigou-o a cobri-la com o corpo e penetrá-la. Transaram na escuridão silente, na paixão descontrolada que caracterizava seu vínculo desde aquele primeiro beijo na academia da casa de reabilitação. Transaram sem palavras, sem pensamentos, levados apenas pela necessidade imperiosa de se fundir um no outro para reviver uma vez mais a magia que criavam ao se amar, que nunca bastava, que nunca ficava repetitiva, uma confirmação permanente de que o amor deles não tinha explicação, não era comum, como havia dito Millie, transcendia a hipocrisia humana e se conservava sempre puro.

Ainda agitada, com Diego dentro dela, Brenda afastou a boca e o rosto.

— Não, não, não — murmurou.

Diego se endireitou subitamente e acendeu o abajur.

— Que foi? — perguntou, preocupado. — Está se sentindo mal?

Afastou com cuidado o cabelo da testa dela para ver o hematoma.

— Faz três dias que não tomo a pílula — confessou, e o encarou, desolada. — Com tudo que aconteceu, esqueci. Esqueci — reiterou, angustiada.

Diego relaxou e mordiscou os lábios dela.

— Qual é o problema? — perguntou com leveza. — Você não disse a Fran que nunca cantou melhor do que quando estava com nosso filho na barriga?

Brenda o pegou pelo rosto e o obrigou a fitá-la.

— Você não se importa? — estranhou.

— Não sei.

— Como não sabe? — disse Brenda, impaciente.

— Os virginianos não lidam bem com as surpresas — disse, com um sorriso. — E esta é uma grande surpresa.

— Por favor, diga, é uma surpresa boa ou ruim?

Diego a contemplou em silêncio e com um sorriso tão plácido que Brenda relaxou. Ela enfiou os dedos nos longos cabelos dele e ele fechou os olhos lentamente.

— Se você me desse outro filho — disse ele, com a voz mais grave e rouca que o habitual —, seria a melhor surpresa para mim. Nada me faria mais feliz. Nada — enfatizou.

* * *

À noite, durante o jantar, Brenda quebrou o silêncio ao perguntar:
— Tadeo, conte para nós tudo que sabe sobre o caso, por favor.
— O que você quer saber, Brendita?
— Confirmaram a suspeita sobre o caminhão de delivery do Carrefour?
Tadeo assentiu.
— Um dos responsáveis pelas entregas confessou que Carla lhe deu dinheiro para que ele a deixasse entrar no edifício. Ela disse que era jornalista e que queria entrevistar e fotografar El Moro Bertoni se exercitando na academia do prédio.
— Como os traficantes souberam que Carla estava em nosso apartamento justo naquele momento? — questionou Brenda, mas foi uma pergunta retórica. — Ela entrou com o caminhão do Carrefour, eles não poderiam ter percebido.
— Perguntei a mesma coisa ao inspetor Demigros.
— Demigros era o jovem? — perguntou Ximena.
— Não, o outro — disse González. — A suposição mais plausível é que, como estavam de tocaia e atentos, eles a viram descer do caminhão, entrar pela garagem e ir até o elevador de serviço. Como explicou o funcionário da vigilância do edifício, os fornecedores são obrigados a estacionar os caminhões *fora* da garagem subterrânea e, dali, descer pela rampa. Os homens poderiam facilmente tê-la visto pela grade que circunda o prédio.
— Algum sinal dos homens que a levaram? — perguntou Ximena, e o advogado negou com a cabeça.
— O que foi confirmado — acrescentou González — é que a impressão digital parcial encontrada na fita adesiva era de Carla. Brendita, se o que ela disse a você quando a atacou não havia convencido a polícia

a fechar o caso de Nilda Brusco, essa prova irrefutável convenceu. Carla teria ido parar na cadeia por muitos, muitos anos.

— Que destino infeliz... — murmurou Ximena.

— Ela sempre viveu desafiando o destino — disse Diego, que havia ficado calado durante a refeição. — Agora vejo tudo com clareza. Carla sempre dizia que queria viver ao máximo, mas, na realidade, queria se destruir porque não suportava viver. — Voltou-se para Brenda. — E eu teria acabado igual se não fosse por você.

— Você não, querido — afirmou Ximena. — Você não teria acabado igual porque é feito de outra matéria, que Héctor descobriu quando você era bem pequeno.

— Que matéria? — perguntou ele, com um olhar e um sorriso incrédulos.

— A melhor, a matéria de que as pessoas boas são feitas, pessoas que a cada manhã se levantam prontas para construir e fazer o bem. A matéria das pessoas que amam incondicionalmente, como você ama minha filha.

— É muito fácil amar sua filha — declarou. — Não tenho nenhum mérito.

* * *

Voltaram a Buenos Aires na terça-feira de manhã. Brenda sabia, graças a Millie e Rosi, que o assassinato de Carla Mariño e a conexão com Brenda e El Moro Bertoni estava entre as notícias de destaque na imprensa. Um jornalista do *Clarín* das páginas policiais havia posto a seguinte manchete em sua reportagem: "Ciúme, inveja e muitas drogas". Outro do *La Nación* falava do vínculo entre o tráfico de drogas e o mundo da cúmbia e do rock. Carmelo Broda, que estava preparando uma declaração desde a sexta-feira, o dia do ataque, mandou-a a Diego para que a revisasse. No texto, curto e claro, não falava dos pormenores da tentativa de assassinato – eram de conhecimento de todos – e se limitava a confirmar o bom estado de saúde de Brenda e a agradecer aos seguidores o apoio e o interesse tão bem-vindos em um momento de tribulação e dor. Nas linhas finais, falava da fé na Justiça argentina, que acabaria esclarecendo os fatos. Colocaram a declaração nas redes sociais do DiBrama e nas pessoais de Diego na terça-feira ao meio-dia. O apoio dos seguidores foi maciço, e todos expressaram sua solidariedade para com Brenda.

As circunstâncias, que já estavam convulsionadas, deram um novo giro na quinta-feira na hora do almoço, quando as autoridades do serviço penitenciário anunciaram que o ex-prefeito de General Arriaga, Ponciano Mariño, havia se suicidado em sua cela usando um pedaço de metal para cortar os pulsos. Como um detento em um presídio de segurança máxima e em isolamento havia arranjado um objeto dessa natureza era motivo de investigação interna da cadeia.

— Acho que foi o último presente dos amigos traficantes dele — disse Tadeo González —, e Mariño soube usar. A mensagem que mandaram com Carla foi contundente. Se quisesse poupar sua esposa e filhos de um final parecido com o de sua irmã, ele tinha que fechar a boca para sempre.

Depois de encerrar a ligação com o advogado, Diego se jogou no sofá. Estava cansado, abatido. O sombreado natural de seus olhos se intensificara pela falta de uma boa noite de sono. Brenda se acomodou sobre os joelhos dele. Olharam-se.

— Diga — pediu ela —, diga o que está sentindo.

— Alívio — respondeu. — Para você eu posso confessar que a morte de Ponciano me causa muito alívio. Eu tinha medo de que ele quisesse machucar você para se vingar de mim. Não quero que pense que fiquei contente com a morte dele, mas... — Estalou a língua e elevou os olhos ao céu. — Que assunto de merda! — lamentou.

— E por Carla? — perguntou Brenda. — Não falamos mais dela desde que Tadeo nos avisou que foi assassinada. O que você sente? Não me esconda nada, Diego. Não faz bem para você.

— Não sei o que sinto — admitiu e se permitiu um instante para meditar. — Alívio também, muito alívio — disse por fim. — Eu a conhecia, sei que ela tentaria machucar você de novo. E também sinto culpa.

— Culpa?

— Porque não consegui ajudar Carla a sair da merda.

— Foi muito difícil para você mesmo escapar daquele círculo de droga e corrupção para o qual ela te arrastou, Diego. Até o último momento ela tentou tornar você cúmplice dos negócios do irmão.

Diego a segurou pelo queixo e a beijou com um ardor que a pegou de surpresa.

— Sinto pena dela. Carla não teve a sorte que eu tive de encontrar alguém como você, amor da minha vida — disse depois de uns instantes de silenciosa contemplação.

— Desde quando você sabe que eu sou o amor de sua vida?

— Desde o dia em que você decidiu me deixar para proteger Bartolomé. Meu Deus — murmurou, e descansou a cabeça no encosto —, nunca vou me esquecer do pânico que senti. Você estava tão decidida a me deixar por ele... Naquele dia eu soube que não tinha mais volta. Você já era dona do meu mundo inteiro; ele não valia nada sem você.

33

O ambiente estava aquecido devido às eleições presidenciais, e o jornalismo passou a apontar suas câmeras e microfones para o setor político, o que ajudou a dissipar a obsessão por Brenda e El Moro Bertoni. Se bem que os programas de fofocas continuavam dedicando alguns minutos diários a eles.

O hematoma no rosto de Brenda estava desaparecendo e, salvo um pesadelo ocasional, quando a imagem de Carla a acordava de madrugada, sua vida estava voltando ao normal. O lançamento do novo álbum, *La Caída del Héroe*, previsto para 1º de novembro, mantinha todos ocupados e distraídos, assim como os preparativos para o casamento, marcado para sábado, 23 de novembro, sempre motivo de curiosidade nas entrevistas que concediam para promover *La Caída del Héroe*.

Já retirados os pontos do antebraço e sem vestígios do hematoma, Brenda e Diego aceitaram posar para uma sessão de fotos que a revista *Rolling Stone* usaria na edição de fevereiro de 2020, mês de San Valentín. Haviam avisado que a foto deles sairia na capa e que pretendiam usar a chamada "O músico e a musa", pois achavam fascinante a história de amor e o papel fundamental da música no vínculo do casal.

A banda se apresentou em vários programas de TV e rádio. O trabalho era intenso e às vezes estressante. Brenda fazia questão de curtir e não se perder em detalhes absurdos. Nem mesmo em seus sonhos mais ousados teria imaginado uma história tão feliz. Não dava nada por garantido. Todas as manhãs, ao abrir os olhos e encontrar Diego ao seu lado, era como um novo milagre para ela; não importava que se repetisse, para ela sempre encerrava uma magia que a deixava boquiaberta. Por isso, quando, no meio da loucura da preparação do novo álbum e do casamento, notou que sua menstruação estava vários dias atrasada, não se espantou. A vida era generosa, e ela continuava recebendo muito. Sentiu uma felicidade indescritível, que soube esconder de Diego até que pudesse confirmar; mas seu instinto lhe dizia que seria mãe de um menino de novo.

Mandou Consuelo – ela trabalhava para eles já fazia algumas semanas – comprar dois testes de gravidez. Ambos ratificaram sua expectativa: estava grávida de quase um mês, porque não tinha dúvidas de que o haviam concebido naquele 13 de outubro na chácara de San Justo, e já estavam em 11 de novembro.

* * *

Diego ligou e pediu a Brenda que se encontrassem na casa da rua Arturo Jauretche; queria lhe mostrar a reforma terminada. Brenda amava vê-lo contente; estava entusiasmado com a inauguração do lugar onde planejava, pouco a pouco, instalar um estúdio de gravação e uma gravadora. O virginiano Diego era impulsionado por projetos grandes e ambiciosos, e isso o enchia de energia.

Ela fez uma escala no shopping para comprar um presente para ele. Quando chegou à rua Arturo Jauretche já eram mais de quatro e meia da tarde. Abriu com sua chave e encontrou Diego e o engenheiro de som conversando na sala completamente vazia, sem móveis nem decoração. Um aroma agradável de tinta fresca brincava sob suas fossas nasais.

Ao vê-la, Diego abriu um grande e lindo sorriso. Brenda ficou na entrada, esquecendo o engenheiro, perdida na admiração pelo homem que amava desde sempre e que caminhava para ela sustentando seu olhar. Os olhos dele sussurravam, diziam que estava feliz. Ele contornou a cintura dela com um braço e a beijou na boca.

— Marcos — Diego dirigiu-se ao especialista em som —, esta é Brenda, minha futura esposa — acrescentou.

Títulos tão pomposos, quase anacrônicos, nos lábios de um homem com anéis em quase todos os dedos, brincos nas orelhas, tatuagens, têmporas raspadas e um coque na cabeça pareciam incongruentes... mas era tão bom ouvi-los! O rapaz a cumprimentou com simpatia e, depois de um pouco de papo-furado, voltou ao assunto de seu interesse. Brenda os seguia pela casa, atenta à conversa. Entendia pouco, na verdade; referiam-se a questões técnicas sobre as quais ela nada sabia. Diego, porém, demonstrava seu conhecimento fazendo perguntas pontuais e usando um vocabulário que a excluía.

Diego acompanhou Marcos até a porta da rua e, quando voltou, ficou sob o batente com os olhos ansiosos fixos em Brenda.

— O que achou? Ficou bom?

Brenda largou a bolsa no chão e se jogou nos braços dele. Diego a pegou no colo.

— Ficou demais, amor. Tem uma energia excelente aqui. — Fechou os olhos e inspirou fundo. — Vamos fazer coisas grandiosas nesta casa.

— Coisas grandiosas? — murmurou ele enquanto mordia o pescoço dela. — Podemos começar batizando cada cômodo.

— Já batizamos, um por um — recordou ela. — Em 2016.

— Mas temos que batizar de novo depois de uma reforma, sabia?

Brenda caiu na risada. Diego a conduziu até a cozinha e fizeram amor sobre a bancada, sem camisinha, mesmo sabendo que desde 13 de outubro Brenda não tomava a pílula.

— Amor, eu trouxe um presente para você.

Diego, ainda imóvel e calado depois do alívio, soltou um grunhido.

— Na verdade — corrigiu-se Brenda —, não é exatamente para você, porque não é você que vai usar, mas comprei pensando em você, na cara que faria quando o visse.

— Você está me deixando intrigado — confessou ele. — Passa para cá esse presente que não é para mim — exigiu.

Brenda soltou uma risadinha.

Ele subiu a cueca e a calça e entregou a Brenda a calcinha, que havia ficado no chão. Voltaram à sala de jantar. Diego pegou a bolsa de Brenda do chão e a entregou a ela. Brenda tirou o pacotinho com laço. Ele o abriu com cuidado e descobriu um pequeno par de tênis azul-claros. Franziu o cenho e ficou olhando para aqueles sapatinhos minúsculos com olhos brilhantes. Brenda beijou sua boca tensa.

— Estamos grávidos de novo.

— Verdade? — murmurou ele, emocionado. — É sério?

— Acabei de fazer o teste. Duas vezes — enfatizou.

Diego tirou os olhos dos sapatinhos para encará-la.

— No que você está pensando?

— Neste mesmo lugar, você me disse que seríamos pais de Bartolomé. Eu me assustei quando me disse isso.

Brenda, de repente emocionada, assentiu.

— Eu sei.

— Sinto saudade dele, é possível? Penso muito nele. Não conto para não te angustiar, mas penso muito nele. Todos os dias.

Brenda o abraçou com força.

— Eu também, meu amor, eu também. Nunca vamos esquecer nosso bebê.

Diego foi se acalmando. Brenda procurou na bolsa até encontrar um lenço de papel. Secou os olhos e o rosto dele. Diego colocou os sapatinhos nos dedos indicador e médio e os fez caminhar. Riu, uma risada congestionada, ainda carregada de emoção.

— Tão minúsculos! — comentou. — E azul-claros — apontou. — Já sabe que vai ser menino?

— Estou com esse pressentimento. Você queria uma menina?

— Eu queria um filho seu, do sexo que fosse — disse ele, e caiu de joelhos diante dela; beijou seu ventre com reverência. — Nós te amamos, filhinho — sussurrou.

* * *

O casamento no civil aconteceu na chácara de San Justo, na grande tenda que haviam alugado por medo de que o clima não colaborasse. Foi uma previsão acertada, pois a manhã do sábado 23 de novembro amanheceu chuvosa e fria. Brenda, exultante de felicidade, não deu a mínima.

— Casar com chuva dá sorte — disse Ximena. — Pelo menos era o que dizia sua avó. — Obrigou-a a girar diante dela. — Você está maravilhosa, meu amor — e borrifou perfume na filha.

Brenda se olhou uma última vez no espelho. Estava diferente com o cabelo preso e a delicada tiara de flores brancas e pérolas. Ela e Ximena haviam escolhido um vestido de mikado rosa clarinho, de um corte simples, bem acinturado, chegando até os joelhos, com alças grossas e decote canoa. Os sapatos eram clássicos, de pelica cor de manteiga e saltos bem altos. Brenda acariciou o ventre, que ainda nem formava uma pequena elevação.

— Como está meu neto? — perguntou Ximena, e seus olhares se encontraram no espelho.

— Bem, mamãe. Acho que tão contente quanto eu.

— Seu pai ficaria radiante de saber que você está tão feliz, meu amor!

— Todos eles estão aqui hoje, mamãe. Papai, vovô Benito e vovó Lidia. E Bartolomé.

— Ceci diz que você é uma xamã, uma bruxa poderosa — acrescentou Ximena —, portanto eu acredito.

Bateram na porta. Era Lautaro que fora buscar a noiva. Contemplou sua irmã em silêncio, com os olhos esmiuçadores que o caracterizavam.

— Você está lindíssima — disse depois desses segundos de contemplação.

Se o escorpiano está dizendo, pensou Brenda, *deve ser porque estou realmente linda.*

— Obrigada, irmãozinho — agradeceu ela, e o beijou no rosto.

Lautaro a surpreendeu abraçando-a e lhe dando um beijo emocionado.

— Estou feliz por você, Bren. Muito feliz.

— Eu sei. Obrigada.

— Meus dois amores — interveio Ximena e os abraçou. — Sou tão feliz por saber que são felizes! Vocês escolheram companheiros maravilhosos, como seu pai foi para mim. Deus os abençoe, meus amores.

— Obrigada, mamãe — disse Brenda, e Lautaro se limitou a inclinar a cabeça antes de dizer:

— Seu futuro marido já está na tenda conversando com o juiz, que acabou de chegar. Ele me pediu para vir te buscar. Está meio ansioso.

— Eu também — admitiu Brenda enquanto Ximena cobria seus ombros com um xale de caxemira e seda de tom marfim. — Obrigada, mamãe. Vamos — disse, e pegou o braço do irmão.

Entraram na tenda ao som de "Tu Héroe Caído", o hit do momento, que já havia chegado ao topo das paradas de sucesso. Brenda seguia agarrada a Lautaro, como se temesse cair. Sentia a presença dos amigos e dos parentes reunidos nas laterais do corredor improvisado, porém era incapaz de afastar os olhos de Diego, imponente naquele terno escuro com colete, camisa branca e gravata de seda azul com bolinhas brancas. O que roubou sua atenção foi o cabelo penteado com gel meticulosamente puxado para trás, preso com um coque na parte posterior da cabeça. Estava elegante e, ao mesmo tempo, escandalosamente lindo e provocante com os brincos que cobriam suas orelhas e algumas tatuagens que subiam por seu pescoço que nem a camisa nem a barba bem recortada cobriam.

Diego também olhava só para ela e sorria. Avançou um passo, ansioso para recebê-la, e murmurou um "obrigado" em direção a Lautaro. Beijou-a nos lábios antes de dizer no ouvido dela:

— Você está uma deusa, meu amor. Não consigo parar de olhar para você.

— Obrigada. E você me deixou sem fôlego. Está um pão — brincou ela, e os dois riram diante da perplexidade do juiz e dos convidados, que acompanhavam os murmúrios sem entender nada.

Após a cerimônia civil, os padres Antonio e Ismael se aproximaram. Primeiro abençoaram o casal e depois, com as mãos a poucos centímetros do ventre de Brenda, fizeram o mesmo com Benicio – assim o chamaram, porque Diego havia revelado a eles o nome de seu segundo filho.

* * *

A celebração, que começou por volta da uma e meia da tarde, se estendeu até bem tarde da noite. Fazia tempo que Brenda havia abandonado os sapatos de salto alto e dançava com chinelos confortáveis. Já Diego estava com o cabelo solto e com a linda gravata azul de bolinhas brancas amarrada na cabeça. Brenda o via tão feliz dançando e cantando com os amigos que era difícil afastar a atenção dele.

Ela abandonou um instante a pista de dança para dar atenção aos convidados que permaneciam nas mesas. Não eram muitos, na verdade, só os amigos mais íntimos e a família. Foi cumprimentar Juliana Silvani, que conversava animadamente com Silvia Fadul, talvez sobre música, já que as duas eram professoras. Leonardo, sobrinho de Juliana, dançava na pista com Millie; pareciam se divertir, a julgar pelo jeito como riam. No início Diego não queria convidá-lo, mas Brenda acabou por convencê-lo ao explicar que era muito grata a ele e à tia, que haviam ensinado tudo que ela sabia sobre canto e a voz humana.

Depois de se certificar de que Juliana estava à vontade, foi visitar a mesa onde estavam Lita e Mabel, que havia chegado no dia anterior de San Luis com Lucía. Ninguém falava de David Bertoni, pelo menos não na presença de Brenda. Ela se sentou ao lado de Lita, que logo lhe cobriu o ventre com a mão.

— Como está meu bisneto?

— Pulando de alegria — respondeu Brenda —, assim como eu. Estão se divertindo? — perguntou, e olhou para Mabel, muito elegante com um vestido longo lilás, mas com cara de cansada ou de preocupada.

— Muito, querida — respondeu Mabel e, embora tentasse parecer contente, seu tom de voz desmentia a afirmação. — Ver meu filho tão feliz me causa uma emoção enorme.

— E tudo graças a este anjo — interveio Lita, e beijou Brenda no rosto. — Deus a abençoe, meu amor.

— Obrigada, Lita.

Diego se aproximou, todo suado e risonho, bebeu um grande gole de refrigerante do copo de Mabel e pegou a mão de Brenda.

— Vamos dançar, amor.

Ele a conduziu ao centro da pista e a encerrou nos braços. Contemplou-a com uma serenidade inexistente segundos atrás, como se só os dois estivessem dentro da tenda e o silêncio fosse absoluto. Brenda lhe devolveu o olhar, mal conseguindo respirar. Ele se inclinou e falou no ouvido dela.

— Eu te amo profundamente.

Brenda o ouviu perfeitamente, como se o barulho ao redor houvesse desaparecido.

— Eu te amo mais que à vida, mais que tudo que é valioso para mim. Eu te amo porque você deu sentido à minha existência. Eu te amo porque você me resgatou do inferno, e eu sei que, por fazer isso, perdeu quem mais amava.

Ele se calou de repente; Brenda o ouvia respirar com afã.

— Eu te amo — retomou segundos depois — porque, apesar de tê-lo perdido, você ainda me ama.

— Mais que à minha própria vida, Diego — disse ela. — E você sabe que não estou falando da boca para fora. Não é uma frase feita. Se estou viva, é por sua causa. Eu lutei por você.

Diego assentiu com a testa colada na de Brenda. Ficaram assim, testa com testa, abraçados, em silêncio, respirando o ar um do outro, curtindo a vitória, até que Diego se afastou e limpou a garganta.

— Compus uma música para você hoje. Quer ouvir?

— Adoraria.

— Chama-se "Sin Fin" — disse, e se afastou para estalar os dedos em direção a Manu e Rafa.

Manu se aproximou com a guitarra já conectada e Rafa colocou o pé e o microfone diante de Diego. O DJ interrompeu a música repentinamente e os convidados se reuniram ao redor de Diego.

— Obrigado por compartilharem o dia mais feliz da minha vida com Brenda e comigo — disse Diego. — Obrigado de coração. — Colocou a correia da guitarra no ombro esquerdo. — Não é segredo para ninguém que eu sou louco por esta garota — disse, e puxou Brenda para si.

— Eu tenho algumas dúvidas! — brincou Manu, e os demais riram.

Diego a abraçou pela cintura e a fez ficar na ponta dos pés para lhe roubar um beijo rápido e intenso, que arrancou vivas e aplausos dos convidados.

— Depois de esclarecer algumas dúvidas infundadas — brincou Diego —, quero compartilhar com vocês a música que compus para minha esposa. O nome é "Sin Fin".

Diego arranhou as cordas da guitarra com a palheta em uma exibição de grande habilidade e em um instante captou a atenção do público. Era uma canção de melodia doce, que contrastava com sua voz rouca e a dotava de uma cadência melancólica. No refrão, porém, o ritmo mudava.

Tengo una historia,
una historia sin fin.
Perdí la memoria
o la quise destruir.
Hoy la quiero contar.
Hoy la voy a compartir.

Si por miedo a perderte
me vuelvo a equivocar.

Si en el afán por tenerte
te vuelvo a lastimar.
Ya no voy a temerle.
Sólo tengo que recordar:
nuestra historia es sin fin.[8]

* * *

Por volta das dez da noite já não restavam convidados, só os familiares. Brenda entrou na casa para pegar suas coisas; iam voltar à capital. No dia seguinte partiriam para a Espanha. Ela parou ao pé da escada ao entrever pela fresta da porta do escritório Diego e Lucía conversando em voz baixa, consternados. Lucía começou a chorar e Diego a abraçou. Era raro ver os irmãos juntos e assim. Brenda subiu as escadas e se fechou em seu quarto para arrumar a bagunça e a mala.

Ouviu a porta se abrir às suas costas e soube que era Diego. Ele a abraçou por atrás e cobriu seu ventre com as mãos.

— Como está meu filho?
— Feliz.
— E minha esposa?
— Mais feliz ainda.

Brenda girou nos braços dele. Contemplou-o nos olhos e não foi difícil descobrir que algo o perturbava – algo que ele pretendia não revelar.

— Adorei a música nova. Vai ser um sucesso.
— Preciso arrumar muitos detalhes — explicou ele —, mas não via a hora de cantar para você. Manu teve a ideia de uma introdução com sax e Rafa disse que poderíamos acelerar o ritmo das estrofes, mais parecido com o do refrão.
— Vai ficar espetacular. Mas, independentemente disso, ficou lindíssima do jeito que você a tocou para mim. — Ela o beijou nos lábios.
— Nossa história sem fim.

---

8. Eu tenho uma história,/ uma história sem fim./ Perdi a memória/ ou a quis destruir./ Hoje quero contá-la./ Hoje vou compartilhá-la./ Se por medo de perdê-la/ eu tornar a errar./ Se no afã de tê-la/ eu tornar a lhe machucar./ Já não terei medo./ Basta eu recordar:/ nossa história é sem fim. (N.T.)

Brenda ficou em silêncio, olhando para Diego. Era tão fácil ver a tristeza nos olhos dele...

— Eu sei que você tem algo para me contar.

Diego negou com a cabeça.

— Agora não — decidiu. — Agora estamos felizes demais.

* * *

Diego contou durante o voo para Madri.

— Meu pai está com câncer — disse, e embora tentasse manter uma expressão imperturbável, Brenda percebeu o medo dele.

— Onde é o tumor?

— No pâncreas. Minha mãe não queria me contar para não estragar o casamento, mas Lucía me contou ontem, quando a festa acabou.

Brenda assentiu.

— Você preferiria ter adiado nossa viagem? — perguntou.

— Não, não — respondeu ele enfaticamente, e tornou a fitá-la com ansiedade.

— Quer ir para San Luis quando voltarmos?

— Não — respondeu ele, depressa demais. — Não sei — murmurou depois.

Brenda pegou a mão dele e a colocou sobre seu ventre.

— Faça isso, pelo nosso filho.

— Por que pelo nosso filho? — estranhou Diego.

— A astrologia me ensinou muitas coisas, as mais valiosas que sei. Mas uma me surpreendeu.

— Qual?

— Nossos mapas astrais não são fruto do acaso, e sim dos mapas dos nossos antepassados, especialmente de nossos pais e avós. Um astrólogo disse uma vez que somos uma cascata de mapas astrais. Se você teve dificuldades com seu pai, o que é fácil ver em seu mapa pela localização de Saturno e do Sol, é porque seu pai, tenho certeza, teve uma relação difícil com o dele.

— Sim, é verdade — afirmou Diego. — Meu avô Giuseppe era daqueles italianos brutos e duros, violento muitas vezes. Acho que meu pai o odiava. Tinha medo dele também. Não chorou no enterro dele. E me impressionou ver que ele não chorou nem uma vez.

— É assim mesmo — ratificou Brenda. — As coisas não resolvidas passam para a geração seguinte até que uma toma consciência e interrompe o ciclo. Quero que você faça isso pelo nosso filho, mas especialmente por você, para que tenha uma relação plena de amor e compreensão com Benicio. Se perdoar, se tentar entender o seu pai, você vai sentir muita paz, meu amor.

— Ele sempre foi um canalha — endureceu Diego.

— Ele foi filho de um homem violento — recordou Brenda. — Não teve ninguém que o ensinasse a ser amoroso e bom.

— Eu tive seu pai — disse ele, e cobriu a testa com a mão. — Como eu o amava! Gostava de imaginar que era meu pai de verdade.

— Papai te amava tanto quanto a Lautaro e a mim. A vida abençoou você pondo meu pai em seu caminho.

— Sim, abençoou — disse Diego —, mas o que mais agradeço a Héctor é ter dado vida a você.

* * *

Na primeira semana em Madri os dois concluíram as questões pendentes de Brenda e entregaram as chaves do apartamento que ela alugava em Malasaña. Dias antes, Cecilia havia contratado uma empresa de mudanças para embalar os pertences de Brenda e guardá-los em um depósito. Brenda só retirou as caixas com roupas e outros acessórios, e o resto doou à escola de astrologia.

Apesar dessas ocupações, sobrou tempo para se encontrarem com Francisco Pichiotti, que não cabia em si de tanta alegria por tornar a vê-los. Ele conversou muito com Diego sobre seu futuro no mundo da música.

— Já disse à minha mãe, Moro — informou o adolescente, com uma expressão séria e adorável. — Quando acabar a escola, vou voltar a Buenos Aires. Quero estudar música lá.

— E não vai ficar com saudade da sua mãe?

— Não! — respondeu Francisco, enfático. — Bem, um pouco, sim.

Diego, rindo, bagunçou o cabelo do garoto, que o usava igual ao de seu ídolo.

— Vá para Buenos Aires, Fran. Brenda e eu vamos estar esperando você.

— Legal!

Diego não gostou da mensagem que Gustavo Molina Blanco mandou para Brenda. Pelos enteados de Cecilia, ele soubera que ela estava de volta e queria vê-la.

— Por acaso ele não sabe que você se casou? — ele se irritou.

— Claro que sabe, amor — Brenda tentou argumentar. — Ele só quer me dar um oi.

— Sei... e eu sou o Freddie Mercury.

Brenda se sentou sobre os joelhos dele e o beijou na boca.

— Você é melhor que o Freddie — afirmou.

— Não tente me distrair ou mudar de assunto — advertiu ele.

— Não terminei direito com Gustavo — justificou Brenda. — Foi por Skype.

— Qual é o problema de terminar por Skype? Além disso, vocês não estavam juntos tinha poucas semanas? Não foi um ano. Por Skype está perfeito. Para que tanto drama?!

Combinaram de se encontrar no bar do hotel. No início, Brenda se sentia estranha, constrangida na presença de Gustavo, que a encarava com olhos suplicantes e tristes. Pouco a pouco, enquanto ele falava de seu trabalho e ela da volta ao DiBrama, foi ganhando segurança.

— Você está feliz, Bren? — perguntou ele repentinamente.

— Sim, muito feliz — afirmou ela, e Gustavo assentiu com um sorriso nostálgico. — Quero te pedir desculpas por não ter contado minha história antes de começarmos a namorar. Talvez você tivesse preferido nem começar.

— Mesmo que tivesse me contado — garantiu o fotógrafo —, eu teria ficado com você. Você é uma mulher pela qual vale a pena arriscar tudo.

— Você foi o único, em dois anos, que me deu um pouco de paz, de alegria. Obrigada — disse, e estendeu a mão por cima da mesa.

Gustavo a apertou. Brenda a retirou com suavidade.

— Espero que um dia você encontre uma garota que te faça feliz como merece.

Gustavo assentiu e sorriu; sua expressão, contudo, transmitia incredulidade. Dirigiu os olhos para a entrada do bar.

— Do jeito que o grandalhão que acabou de entrar está olhando para mim, aposto que é o seu marido.

Brenda esticou o pescoço e sorriu.

— Sim, é ele. — Ergueu a mão e acenou. Diego não devolveu o aceno nem o sorriso. — Ele não é tão mau quanto parece — justificou, meio nervosa.

— Não se preocupe — disse Gustavo. — Como homem, eu entendo. Eu também ficaria com ciúme.

Diego chegou à mesa e Gustavo se levantou. Trocaram um aperto de mãos enquanto Brenda os apresentava. Diego colocou uma cadeira ao lado da dela e passou o braço sobre o encosto. Começara a conversar sobre a viagem e os problemas que haviam tido para fechar a conta bancária.

— Brenda me disse que vocês vão uma semana nas Baleares — comentou Gustavo, tentando quebrar o silêncio.

— Sim, vamos amanhã.

— A qual ilha vão?

— Mallorca — respondeu Diego. — Conhece?

— Sim. No inverno é paradisíaca — apontou Gustavo.

— Só quero descansar — comentou Brenda. — Esta última semana em Madri foi uma loucura, isso sem falar das anteriores ao nosso casamento.

— Vocês vão ao lugar ideal para descansar e recuperar a serenidade. Quanto tempo vão ficar em Mallorca?

— Só uma semana — respondeu Brenda. — Precisamos estar em Buenos Aires em 16 de dezembro. Temos dois shows antes do Natal.

* * *

Brenda sabia que durante as duas semanas na Espanha Diego havia trocado mensagens com Lucía. Embora ele não comentasse, suspeitava que conversavam sobre o estado de saúde de David Bertoni. Certa tarde, no quarto do hotel em Palma de Mallorca, ela o vira entrar no site do banco; tinha quase certeza de que havia transferido dinheiro para a irmã.

De volta a Buenos Aires, ocupados com os compromissos de trabalho decorrentes do novo álbum, mergulharam nas atividades do DiBrama e nas consultas com a obstetra, que informou que o feto tinha nove semanas de gestação – havia sido concebido em meados de outubro – e seu desenvolvimento era perfeito.

As duas famílias passaram a véspera de Natal na casa de Lita e o almoço foi na chácara de San Justo. Para a última noite de 2019, Brenda estava organizando um jantar em sua casa, mas os planos mudaram na madrugada de 27 de dezembro, quando acordaram com o telefone tocando. Era Lucía.

Diego saiu do quarto e voltou minutos depois. Brenda, que havia aproveitado para ir ao banheiro, encontrou-o sentado na beira da cama.

— O que aconteceu, amor?

— Meu pai — disse, e a colocou entre suas pernas para abraçá-la e mergulhar o rosto nos seios dela. — Está internado. Muito mal.

— Vamos — urgiu Brenda. — Você tem que ir ver seu pai.

— Não sei se ele quer me ver — hesitou, e ergueu o olhar para fitá-la.

— Quer sim. É o que ele mais quer.

— Como você sabe?

— Eu sei, Diego. Eu sei e pronto.

Compraram as passagens pela internet e se prepararam para pegar o primeiro avião para San Luis, que partia bem cedo naquela mesma sexta-feira, 27 de dezembro. Durante o voo, Diego ficou calado, e Brenda pediu ao universo que não levasse David Bertoni, que desse tempo ao filho de encontrar o pai mais uma vez.

Mabel se surpreendeu ao ver seu primogênito avançando pelo corredor da UTI. Cobriu a boca para sufocar uma exclamação. Diego a abraçou e a mulher começou a chorar.

— Seu pai quer ver você — disse entre soluços. — É o que ele mais quer, filho: ver você.

Diego trocou um olhar com Brenda.

— Aqui estou, mãe. Quando posso ir lá?

Mabel se afastou para falar com o médico. Dois homens de uns sessenta anos se aproximaram sorrindo.

— Você é El Moro Bertoni, não? O famoso roqueiro — comentou o que se destacava por um notável bigode e uma magreza extrema.

— Somos colegas de seu pai na companhia de táxi — esclareceu. — Meu nome é Claudio. Este é José — disse, e apontou para o outro, atarracado e gordinho.

Diego os cumprimentou com apertos de mão e apresentou Brenda como sua esposa.

— Que bom que pôde vir para ver seu pai! — José se alegrou. — Ele tem tanto orgulho de você! Diz a todo mundo que é seu pai. Nós tiramos sarro dele sempre, aquele babão.

Pediram para tirar fotos com ele, o que Brenda achou uma indelicadeza, e por sorte não conseguiram, pois Lucía apareceu e os repreendeu.

— Não é hora de selfies — decretou. — Venha, Diego, já pode ver papai.

— Vamos, amor.

Diego a pegou pela mão com uma exigência que transmitia sua ansiedade.

Tiveram que vestir aventais e lavar as mãos com um sabonete antibacteriano. Mabel já estava lá dentro e Lucía preferiu não entrar; era muita gente, alegou. Antes de atravessar o batente do box, Diego dirigiu a Brenda um olhar desesperado. Ela pegou a mão dele e a colocou sobre seu ventre.

— Nosso filho e eu estamos aqui para te ajudar a passar por este momento. Quando estamos os três juntos, tudo é mais fácil. Você vai ver — prometeu.

Entraram. Brenda percebeu em sua carne o tremor de Diego. David Bertoni não era David Bertoni, e sim uma sombra do homem corpulento, atraente e saudável do qual ela se lembrava. Se não soubesse que era seu sogro, não o teria reconhecido, tão devastado pela doença.

— David — sussurrou Mabel —, Dieguito está aqui.

Bertoni pestanejou e ergueu lentamente as pálpebras. Ele mesmo tirou a máscara de oxigênio e sorriu para o filho. Diego apertou a cintura de Brenda sem misericórdia e sem perceber.

— Filho — David mal conseguiu levantar a mão da cama.

— Estou aqui, pai — disse, deu um passo à frente e pegou a mão de David, que chorava baixinho.

— Estou tão orgulhoso de você — sussurrou o homem. — Todos o admiram. Que bom que você não me deu ouvidos. Que sorte que perseguiu seu sonho e... — sua voz tremeu e ele olhou para Diego com culpa e agonia.

Mabel interveio e recolocou a máscara de oxigênio no marido.

— Não se esforce, pai. Quero que você fique bem para que possamos conversar depois. Há muitas coisas que quero te contar; a mais importante é que você vai ser avô — disse Diego.

David assentiu e sorriu sob a máscara transparente.

— Aqui está minha esposa — Brenda se aproximou do leito. — Lembra dela?

David tirou a máscara de novo.

— Claro que me lembro de Brendita. Que linda você ficou!

— Olá, David — cumprimentou ela, quase perguntando "tudo bem?" movida pela força do hábito. Mas se calou. — Obrigada pelo elogio — disse.

— Ainda guarda rancor de mim?

Brenda se surpreendeu e, como ela ficou em silêncio, olhando para ele, Bertoni esclareceu:

— Por ter sido tão mau amigo de sua mãe.

— Nunca tive rancor — respondeu, e resolveu ser tão sincera quanto o avô de seu filho estava sendo. — Você nunca esteve entre minhas pessoas favoritas — admitiu, e David soltou uma risadinha abafada —, mas eu não sentia rancor. Deveria sentir, mas talvez eu fosse grata demais a você por ter dado vida à pessoa que eu amo desde que me conheço por gente.

David assentiu com a cabeça no travesseiro.

— Digno da filha de Héctor e Ximena — declarou, e fechou os olhos, evidentemente exausto.

***

David Bertoni passou a última noite de 2019 na unidade de terapia intensiva. Contra qualquer prognóstico, no dia 2 de janeiro foi transferido para um quarto. Mabel falava de um milagre, fruto da volta de Diego. Os médicos não se mostravam tão otimistas; o tumor era muito agressivo e a quimioterapia demonstrava poucos resultados.

Como a casa dos Bertoni – a casa da infância de David – era pequena e tinha poucas comodidades, Diego e Brenda ficaram em um hotel perto do hospital. A partir do dia 2 de janeiro, tendo mais liberdade para visitar o doente, Diego passava grande parte do dia com o pai. Muitas vezes ficava em silêncio vendo-o dormir. Preferia que Brenda não se expusesse à contaminação hospitalar, por isso ela ficava em casa ajudando Mabel com as tarefas domésticas ou saía com Lucía. As duas estavam de férias. Mabel trabalhava na administração da prefeitura e Lucía em uma loja de roupas.

David recebeu alta em 7 de janeiro. Foi levado de ambulância para casa, onde era esperado com uma série de comodidades providenciadas por Diego, como uma cama hospitalar com colchão de gel para evitar escaras e ar-condicionado no quarto. Assim como no hospital, Diego passava o dia com o pai. Às vezes Brenda se juntava a eles e os três conversavam como se o que acontecera em 2011 não houvesse existido.

David estava fraco, mas se esforçava para levantar e andar alguns minutos de braço dado com seu primogênito. De manhã bem cedo saíam ao jardim para que ele tomasse sol e recarregasse a energia. Esse simples esforço o deixava esgotado, então logo voltava ao quarto.

Brenda suspeitava de que às vezes falavam de assuntos ríspidos, porque Diego voltava mais devastado que de costume e à noite ficava se remexendo na cama, sem conseguir dormir. Brenda o abraçava e o obrigava a desabafar.

— Quanto tempo vamos ficar aqui? — perguntou Diego certa madrugada. — Quero voltar a Buenos Aires, tenho muitas coisas para fazer, e não posso porque sinto que o estarei abandonando.

— Quando for a hora de voltar — disse Brenda — você vai saber. Agora estamos aqui e não quero que pense nos compromissos nem no trabalho. Manu, Rafa e Carmelo estão cuidando de tudo.

No dia em que David Bertoni falou do roubo, Brenda estava presente.

— Vejo você, Brendita — disse David —, e é como ver seu pai; não porque se pareçam fisicamente, mas porque você é feita da mesma madeira nobre que ele. Eu tinha inveja de Héctor — confessou. — Invejava sua bondade e ao mesmo tempo a autoridade que tinha. Era um líder nato. Todos o respeitavam, todos o amavam. Eu também o amava —

admitiu, e cobriu o rosto. — Eu traí meu amigo — disse, e começou a chorar, sem forças.
— Não se agite, pai — pediu Diego.
— Não, filho, me deixe falar.
Brenda lhe entregou um lenço de papel e David enxugou o rosto.
— Não quero ir embora com essa amargura. Tenho que pedir desculpas. A você, meu filho, que me salvou de cometer um erro ainda maior do que já havia cometido, e a Brenda, porque prejudiquei a família dela e a empresa que o pai dela havia fundado. Às vezes me pergunto por quê, sabendo como você é inteligente e rápido com números e com tudo, resolvi lte levar para trabalhar comigo na fábrica. Sempre admirei sua facilidade para matemática. Achava um desperdício você não querer cursar ciências econômicas sendo tão hábil com os números.
— A música é uma espécie de matemática — argumentou Diego. — Tem uma lógica muito parecida — acrescentou.
— Deve ser, filho, porque dizem que você é um músico excelente — afirmou David. — E era assim com números. Como pude pensar que você não perceberia, sendo tão observador? — questionou de novo.
— Talvez você me subestimasse — sugeriu Diego, sem rancor.
— Não, não — o pai esclareceu depressa —, eu conhecia bem esse seu talento. Talvez o tenha feito inconscientemente para que você me detivesse. Não sei onde teria acabado se você não houvesse exposto tudo à pobre Ximena. Que dor devo ter causado a ela! Pobre Ximena, tão boa mulher e excelente patroa, sempre preocupada com seus funcionários. — David Bertoni ergueu o olhar e encontrou o de Brenda e Diego, turvos. — Dizem que é fácil pedir desculpas, que o difícil é perdoar. Porém, para um arrogante como eu, pedir desculpas não é fácil. Mas a vida se encarrega de nos ensinar o valor das coisas e, este momento, aqui, com vocês, é para mim um dos mais importantes que já vivi. Estou feliz por abrir meu coração e mostrar a vocês toda a minha vergonha e o meu arrependimento. Não pretendo que me perdoem pelo mal que fiz a vocês. Só quero que saibam que estou arrependido.
Falar tanto e com tanto sentimento o deixou esgotado. David os olhos, de repente pálido. Brenda levou o canudinho à boca do sogro.
— David, tome um pouco de água, por favor.

— Obrigado, Brendita.

— Agora volte para a cama, pai.

Diego se inclinou para ajudá-lo a se levantar do sofá que haviam colocado ao lado da cama.

— Você tem que descansar.

David assentiu, dócil e submisso. Diego o levantou e o segurou. Sem o apoio do filho ele teria caído, de tão magro e fraco que estava. Diego praticamente o levou no colo e o deitou. Estava ajeitando o encosto com o controle remoto quando David o agarrou pelo braço e o obrigou a prestar atenção.

— Você é meu orgulho, Dieguito. Você e sua irmã Lucía. Não os mereço. Eu te amo, meu filho.

Brenda percebeu o desconforto e a emoção de Diego, que ficou olhando para o pai com os lábios apertados.

— Tarde demais para dizer isso pela primeira vez, não é?

— Nunca é tarde, pai — murmurou Diego, com a voz trêmula.

**

— Voltaremos amanhã — decidiu Diego em 14 de janeiro, quando fazia uma semana da alta de David.

— Como você quiser, amor — respondeu Brenda.

— Você não concorda? — perguntou ele, irritado. — Está falando com uma cara...

— Claro que concordo.

— Você tem consulta com a obstetra dia 17 — recordou ele.

— Ah, tinha esquecido — admitiu ela.

— Mas eu não.

— Claro que não — ratificou Brenda. — Você é de Virgem, preciso, previsor, planejador. Já eu sou de Peixes, seu oposto complementar. Como diz Lautaro, não tenho nada na cabeça.

— Eu amo sua cabeça — disse Diego, e a beijou na testa —, mesmo vazia.

À tarde, Diego estava no quarto com David, cuja aparência estava muito ruim; segundo Mabel, ele não havia pregado o olho a noite toda.

Naquela manhã, depois de decidir voltar a Buenos Aires, Diego ligara para o oncologista; queria saber quais eram os planos dele para seu pai. O médico fora brutalmente sincero ao prognosticar que o paciente não suportaria outra sessão de quimioterapia no estado de fraqueza em que se encontrava. Seria preciso esperar para ver a evolução, só que o tempo urgia.

Diego estava lendo um artigo de jornal para David, interessado nas últimas medidas econômicas do governo para resolver a situação, quando Brenda trouxe gelatina para o doente.

— É de cereja. Mabel disse que é sua preferida.

— Não tenho apetite, Brendita.

— Você tem que comer, pai — disse Diego, abandonando o jornal e pegando a gelatina. — Vamos, abra a boca.

David obedeceu.

— Como era meu neto Bartolomé? — perguntou depois de engolir. Eles se surpreenderam; era a primeira vez que dizia o nome dele.

— Como era fisicamente? — perguntou Brenda, e David assentiu. — Lita me disse que era igual a Diego recém-nascido.

— Mabel disse a mesma coisa — comentou David, e aceitou outro pouco de gelatina. — Dieguito era lindo, louro e vermelho, gordinho. Lindo — reiterou com orgulho. — Bartolomé — repetiu, como se saboreasse o nome, e fechou os olhos. — Bartolomé Héctor — acrescentou.

* * *

Por volta das sete da noite, como todos os dias, Diego ajudou Mabel a dar banho em David. Colocavam-no sentado em um banquinho de plástico dentro do box e o lavavam exaustivamente. Enxugavam-no com pancadinhas para evitar agredir sua pele e passavam um creme para prevenir escaras. Já refrescado, ajudavam-no a se deitar na cama, cujos lençóis Brenda e Lucía haviam acabado de trocar.

Naquela tarde, depois do ritual do banho, Diego ficou a sós com o pai enquanto as mulheres cuidavam do jantar. Brenda foi ao quarto para perguntar que tipo de massa queriam, curta ou longa, e ao chegar à porta parou subitamente. Sentiu uma energia nova dentro do quarto, mais fria, apesar de o ar-condicionado estar desligado, e mais leve, até perfumada. Ficou quieta à espera de não sabia o quê enquanto observava sem ser vista na penumbra do corredor.

Sentia a inquietude de Diego, que não se atrevia a contar ao pai que havia decidido voltar a Buenos Aires no dia seguinte. Ele estava à cabeceira da cama apontando o controle remoto para a TV, procurando o noticiário que David gostava de ver àquela hora. Atentos, ouviam sobre a pandemia do coronavírus que assolava a província de Wuhan, na China.

— A que mundo estou trazendo o meu filho? — murmurou Diego com os olhos fixos na tela.

David agarrou o braço de Diego, que se voltou para ele.

— Você vai ser um pai excelente — afirmou.

— Vou errar muitas vezes — pressagiou Diego, pessimista.

— Brenda vai te mostrar seus erros e você vai corrigir cada um.

— Sim — concordou —, ela me faz uma pessoa melhor. Mas, independentemente de que façamos qualquer coisa para que Benicio seja feliz, a que mundo o estamos trazendo?

— Ao mundo em que o pai dele é feliz com a mulher que ama, em que conseguiu realizar seu sonho e se tornar um roqueiro famoso.

Diego riu baixinho e deu um tapinha no ombro do pai.

— Não sabia que você era tão otimista, pai, nem tão romântico — brincou.

— Eu também sou feliz, filho. Agora sou feliz — enfatizou, e dirigiu o olhar para a frente, um pouco para cima, como se algo o houvesse distraído.

— Pai? — chamou Diego ao notar o olhar estranho dele, perdido. — Está se sentindo bem?

— Bartolomé — sussurrou David com um sorriso.

Respirou fundo e soltou o ar com um som rouco.

— Pai? — Diego se preocupou. — Pai! Pai, abra os olhos! — exigiu, e ao mesmo tempo lhe dava leves palmadas no rosto.

Brenda entrou depressa e segurou a mão inerte de seu sogro. Sentiu um calafrio, o mesmo que a havia obrigado a parar à porta.

— Papai! — exclamou Diego. — Papai!

Os gritos atraíram Mabel e Lucía, que se jogaram sobre David para reanimá-lo.

— Lucía! — disse Brenda. — Chame a ambulância!

A garota pegou o celular e ligou. Os dez minutos que o socorro demorou para chegar pareceram dez horas para Brenda. Por ordem de Diego, haviam deitado David no chão, onde ele mesmo começou a fazer a massagem cardíaca. E o fazia com certa habilidade, de modo que Brenda suspeitou que ele andara vendo vídeos e lendo sobre o assunto. Dois paramédicos entraram intempestivamente e, depois de uma rápida avaliação, diagnosticaram parada cardíaca. Tentaram reanimá-lo aplicando descargas elétricas com o desfibrilador, uma, duas, três vezes. Por fim, decretaram o óbito.

Mabel se jogou sobre o corpo do marido e começou a chorar amargamente. Lucía, ajoelhada ao lado dos pais, mordia o punho e reprimia os gritos de angústia. Diego segurou a mãe pelos ombros e a afastou para que os paramédicos pudessem recolocar David na cama. Mabel abraçou o filho e continuou chorando.

— Ele me deixou sozinha! — disse, e soluçou. — Foi embora e me deixou sozinha!

Diego mordia o lábio, apertava os olhos e abraçava sua mãe, até que a mulher se livrou do abraço e voltou para junto do homem que havia amado incondicionalmente. Brenda correu para consolar Diego, que ficara abandonado no meio do quarto com cara de perdido e os olhos marejados fixos em David, cujo rosto pouco a pouco adquiria um ar sereno. Contudo, quando Diego a abraçou, ela notou que fora até ele não para consolar, e sim para ser consolada, não tanto pela perda de seu sogro, mas pela dor de Mabel, que ocupava o quarto como uma presença, um sentimento familiar que deixou Brenda aterrorizada.

Ela levantou o rosto e encontrou o olhar de Diego. E soube que ele estava pensando o mesmo que ela. "Nunca me falte", pediam os olhos dele aos gritos.

EPÍLOGO

Em 19 de março de 2020, a Argentina decretou quarentena obrigatória devido à pandemia do coronavírus. A notícia afetou Diego de duas maneiras. Por um lado, ele ficou mais controlador, obsessivo e meticuloso que nos meses anteriores; por outro, ficou mais tranquilo, porque Brenda estava o dia inteiro em casa, sob sua proteção e cuidados.

Depois da morte de David, e antes da ameaça do coronavírus, Diego demonstrava um comportamento quase autoritário, ao qual Brenda respondia com paciência. Para ela era fácil, devido à experiência sofrida com Bartolomé, compreender os medos e inseguranças dele; mas complicava sua vida o fato de ele não lhe permitir dirigir, levantar peso — nem mesmo as sacolas do supermercado —, de controlar o que comia, se tomava o ácido fólico diariamente, se fazia os exercícios físicos recomendados pela obstetra… Não queria que ela ficasse ao celular o dia inteiro e à noite desligava o Wi-Fi para evitar tanta exposição às ondas. A maior parte do tempo, porém, ele era amoroso e passava cremes na barriga dela para combater as estrias, fazia massagens em sua cintura e nos pés e lia livros sobre parto, cuidados com recém-nascidos e psicologia infantil; esses últimos eram seus favoritos e propiciavam longos debates.

A imposição da quarentena implicou grandes mudanças para Brenda, que de repente viu encerradas suas aulas de canto, os encontros com Millie e Rosi, as visitas a Lita e Ximena, os shows e as atividades mais banais, como ir ao cabeleireiro ou ao supermercado, pois, embora fosse permitido sair para comprar alimentos, Diego não lhe deixava ir. Ele se encarregava disso, e também fazia as compras para sua avó, e apenas uma vez por semana. Ao voltar, punha a roupa toda para lavar e limpava os produtos com álcool.

Por sorte tinham a varanda, onde Brenda se recostava para ler ou fazer chamadas de vídeo com suas amigas e com Ximena, enquanto Diego descarregava a energia em uma pequena academia que havia montado em um quarto do andar de cima, pois se cansara de ser incomodado na academia do edifício com selfies e autógrafos e de as vizinhas tentarem seduzi-lo.

Além disso, estava compondo uma ópera-rock. Leonardo Silvani o havia convencido – desde o dia do casamento, ele estava saindo com Millie. Certa noite, no início de fevereiro, os dois casais foram jantar em um restaurante de Puerto Madero e os dois músicos, posicionados em âmbitos opostos da arte que amavam, encontraram um ponto de encontro nos trabalhos de bandas como The Who, The Pretty Things e em especial Pink Floyd, que haviam composto álbuns classificados como ópera-rock. Leonardo mostrara ser um grande conhecedor do gênero, o que lhe valera o respeito de Diego, que começou a vê-lo com outros olhos.

— Você poderia compor uma ópera-rock — sugerira o tenor — e montá-la com minha companhia lírica.

— Que história essa ópera-rock contaria? — perguntara Millie.

— Não sei — balbuciara Leonardo —, a que Diego quiser, desde que tenha partes suficientes de drama e intriga para manter o público sentado nas poltronas.

— Então — propusera Millie, dirigindo-se a Diego —, teria que contar a história de vocês dois. Tem de tudo — dissera, e enumerara os ingredientes servindo-se dos dedos da mão: — paixão, desencontro, intriga, ruptura. Até assassinato! Tudo — enfatizara.

Diego e Brenda trocaram um olhar, e ela vira o brilho de entusiasmo que iluminava o semblante de seu marido. Amara vê-lo emocionado outra vez desde a morte do pai, que havia sido um golpe mais duro do que se atrevia a admitir.

Por isso, quando tiveram que se isolar para se proteger do coronavírus, Diego ficou ocupado com a composição da ópera-rock, que havia decidido batizar de *Sin Fin* e cuja melodia de base era justamente a da música que havia composto para ela e interpretado no dia do casamento. Passava o dia escutando e estudando os trabalhos de outros músicos, inclusive óperas clássicas, em especial as de Verdi, que lhe serviam de inspiração. Também, por sugestão de Leonardo Silvani, com quem mantinha longas chamadas de vídeo, interessou-se pelas nove sinfonias de Beethoven e ficou viciado nelas. No duplex estava sempre tocando uma sinfonia do compositor alemão e, enquanto comiam ou tomavam banhos de banheira juntos, ele contava a Brenda a história de cada criação. Ficara admirado por Beethoven ter composto a Nona já surdo como uma porta.

— É que Beetho — chamou-o pelo apelido que lhe havia dado — tinha a música na cabeça e no coração, por isso não precisava dos ouvidos. Que artista, meu Deus!

Brenda deslizou na jacuzzi e passou as pernas em volta da cintura de Diego. Ele acariciou seu ventre bastante volumoso de seis meses de gravidez.

— Você é tão bom quanto Beetho — disse ela, e mordiscou o lábio inferior dele.

— E você está querendo outra coisa — deduziu ele —, por isso está me bajulando.

— Sim, quero outra coisa — confessou Brenda —, mas não estou te bajulando. Para mim, você é o melhor músico da história.

— O amor é cego — disse Diego, rindo — e, no nosso caso, surdo também — acrescentou antes de se apoderar da boca de Brenda.

* * *

Ao longo da gravidez, Diego havia mantido longas conversas com o filho que faziam Brenda gargalhar, às vezes sorrir com ternura, outras lacrimejar. Benicio conhecia a voz rouca do pai e reagia quando a ouvia, às vezes se mexendo, louco de alegria, às vezes se acalmando, em especial quando Diego cantava para ele.

Em meados de julho, já fazia quase duas semanas que Brenda tinha contrações leves; em geral começavam cedo, duravam o dia todo e desapareciam ao anoitecer, permitindo-lhe descansar. Diego passava o dia grudado nela, na barriga dela, conversando com Benicio David, como haviam decidido chamá-lo. Diego havia sugerido isso a Brenda com timidez, sondando o terreno, e ela aceitara com um sorriso.

Na madrugada de 18 de julho, Brenda acordou com uma contração notavelmente forte e se levantou com tanta violência que acordou Diego. Meio adormecido, em um ato instintivo, ele cobriu a barriga dela com uma mão e com a outra acendeu o abajur.

— Que foi, amor?

— Essa foi muito forte — explicou Brenda —, estou com muita dor na cintura.

Diego se inclinou sobre a barriga e a beijou.

— Está duríssima — disse, preocupado. — Benicio — chamou —, amor do papai, já quer sair, filho?

Às sete da manhã, o intervalo entre as contrações era de poucos minutos, de modo que Diego resolveu agir. Por sugestão da obstetra, durante algumas semanas avaliaram a possibilidade de Benicio nascer em casa. Brenda ficara fascinada com a ideia, mas sabia que Diego não aceitaria. Embora a probabilidade de uma complicação fosse muito baixa, deixar algo ao acaso e depois ter que sair correndo para o hospital era, para ele, um ataque frontal à sua essência virginiana, previdente e controladora. Ele leu sobre isso e mergulhou no assunto, viu vídeos, analisou os prós e contras em profundidade, até que se sentiu pronto para dar um veredito: Não. Depois de entender as razões dele, até mesmo Brenda preferia o hospital, apesar de sua índole pisciana ficar lhe sussurrando que teria sido melhor que o bebê nascesse ali, na intimidade de seu lar.

Chegaram ao hospital por volta das sete e quarenta e cinco. No caminho, Diego já havia falado com a obstetra, com Ximena, Mabel e Lita para avisar do iminente nascimento de seu filho. Entre uma contração e outra, Brenda ria por vê-lo tão nervoso; havia pensado que ele agiria com mais tranquilidade.

Benicio David Bertoni nasceu naquele sábado, 18 de julho de 2020, às duas e sete da tarde. Brenda fora categórica com Diego quando lhe pedira que, assim que visse a cabecinha aparecer, olhasse a hora e a decorasse. Queria que Cecilia fizesse o mapa astral dele; queria saber tudo sobre seu filho, conhecê-lo profundamente.

Brenda o ouviu berrar antes de vê-lo e começou a chorar de pura felicidade. A parteira o colocou sobre o peito dela – algo que não havia vivido com Bartolomé –, e a emoção foi transbordante, como se a felicidade a afogasse. Benicio gritava, apertava as mãozinhas e abria um bocão, o que fazia Brenda rir entre lágrimas.

— Que foi, amor? Mamãe está aqui. Benicio, Benicio — chamava, mas o recém-nascido continuava berrando sem pausa.

Diego enxugou os olhos com a manga do avental antes de se inclinar sobre a esposa e beijá-la nos lábios.

— Obrigado, meu amor — sussurrou com a voz trêmula. — Obrigado, amor da minha vida.

Brenda continuou em silêncio, enfeitiçada pela maneira como Diego observava seu segundo filho, tão desejado e amado, que encarnava a perfeição do amor deles. Viu-o beijar sua cabecinha, ainda molhada e com rastros de sangue, e se comoveu por vê-lo de olhos fechados, lábios trêmulos e uma reverência infinita.

— Benicio — chamou ele, e o bebê se calou, como em um passe de mágica, o que suscitou risos do pessoal que cuidava de Brenda.

— É que essa voz de El Moro Bertoni... — suspirou uma das enfermeiras.

* * *

Dadas as restrições impostas pela quarentena, ninguém pôde ir ao hospital visitar o recém-nascido. As mulheres da família o conheceram por vídeos e fotos que Diego mandava. Lita e Mabel concordavam que, assim como Bartolomé, Benicio era o vivo retrato do pai. Ximena, Silvia e Liliana referendavam a declaração.

Brenda mandou uma mensagem a Cecilia para avisar do nascimento e também para passar os dados para que ela fizesse o mapa astral do menino. Havia nascido sob o signo de Câncer, era a única coisa que sabia – signo de água, como o dela, muito sensível e apegado à família, em especial à mãe.

Benicio começou a berrar e Diego o devolveu aos braços de Brenda, que pôs o peito para fora e o amamentou. Estavam surpresos com a abundância de leite, que havia começado a brotar na sala de parto com os primeiros gritos de Benicio. Saciado e cansado, o bebê adormeceu. Diego o ergueu com cuidado extremo e, sem precisar de instruções, colocou-o habilmente sobre o peito para fazê-lo arrotar. A seguir, colocou-o de lado no berço e ficou contemplando-o, mais com ansiedade que com ternura, como se temesse que parasse de respirar ou que se engasgasse ao regurgitar. E, quando a enfermeira da neonatologia chegou para levá-lo, ele a impediu: seu filho ficaria com eles o tempo todo; nada de levá-lo ao berçário.

— É para Brenda poder descansar melhor — tentou dissuadi-lo a garota.

— Brenda vai descansar porque eu vou ficar aqui para cuidar de Benicio — decretou ele, e lhe destinou um olhar duro que obrigou a enfermeira a bater em retirada.

A pequena família Bertoni ficou a sós. Brenda pediu o bebê e Diego pôs Benicio nos braços dela. Ficaram em silêncio, com o olhar fixo no recém-nascido.

— Não consigo parar de olhar para ele — admitiu Diego. — É tão perfeito!

— É igual a você, meu amor — afirmou Brenda, e beijou o rosto barbudo de seu marido. — Veja os lábios, carnudos como os seus.

— Todas as garotas vão querer dar uns beijos nele — brincou Diego.

— Mas ele só vai querer beijar a mamãe – rebateu Brenda, e acariciou o narizinho de Benicio com a dela. — Ele vai ser só da mamãe.

— Como assim só da mamãe? E do papai? — reclamou Diego.

— Do papai e da mamãe — afirmou. — Nosso Benicio será muito apegado a nós, à família.

— Por que está dizendo isso? — perguntou Diego, esperançoso.

— Ceci acabou de me mandar uma mensagem dizendo que ele não só é canceriano, o signo da família e da mãe, como a Lua dele também está em Câncer, como a minha — acrescentou.

— A Lua? O que significa a Lua na astrologia?

— Assim como a Lua é o astro mais próximo da Terra, na astrologia ela representa o mais próximo à pessoa, ou seja, a mãe e a família.

— E você tem a Lua em Câncer? — perguntou Diego, e Brenda assentiu. — Quer dizer que ele vai ser conosco como você é com Ximena, como era com Héctor?

— Sim, basicamente. Benicio será muito apegado à sua casa, a nós, às suas coisas, às suas rotinas familiares. Vai preferir estar com a família que com o mundo exterior.

O sorriso de Diego a emocionou, como sempre, e ela ficou fitando-o enquanto ele observava, com fascinação e olhos ansiosos, o pequeno Bertoni.

— Você tinha razão, meu amor — disse. — Perdoar meu pai me deu muita paz, mas especialmente liberou nosso filho dessa maldição que se repetia geração após geração em minha família.

— Você pôde chorar por David — recordou Brenda.

— Sim, e é paradoxal, porque, por ter chorado por ele, agora vou rir e ser feliz com nosso filho.

— Você vai ser imensamente feliz com nosso filho, Diego — profetizou Brenda.

Ele afastou o olhar do bebê e o fixou no dela.

— Já sou imensamente feliz — afirmou ele.

FIM

REFERÊNCIAS DAS CANÇÕES DESTE LIVRO

"Demons", ℗ 2013 KIDinaKorner/Interscope Records. Intérprete: Imagine Dragons.

"Wuthering Heights", ℗ 1978 Parlophone Records Ltd. Intérprete: Kate Bush.

"Rolling in the Deep", ℗ 2011 XL Recordings Ltd. Intérprete: Adele.

"Insensitive", ℗ 1994 A&M Records de Canadá. Intérprete: Jann Arden.

"Hot N' Cold", ℗ 2008 Capitol Records, LLC. Intérprete: Katy Perry.

"Don't Stop Me Now", ℗ 2014 Hollywood Records, Inc. Intérprete: Queen.

"En Mi Mundo", ℗ 2015 Walt Disney Records. Intérprete: Martina Stoessel.

"S.O.S. d'un Terrier en Détresse", © Universal Music Publishing Group. Intérprete: Daniel Balavoine.

"Some Nights", ℗ 2012 WEA International Inc. Intérprete: Fun.

"Love Me Like You Do", ℗ 2015 Universal Studios y Republic Records, uma divisão da UMG. Intérprete: Ellie Goulding.

"Uncover", ℗ 2012, 2014 Record Company Ten AB, sob licença exclusiva de Epic Records, uma divisão da Sony Music Entertainment. Intérprete: Zara Larsson.

"Dancing in the Dark", ℗ 1984 Bruce Springsteen. Intérprete: Bruce Springsteen.

"My Hometown", ℗ 1984 Bruce Springsteen. Intérprete: Bruce Springsteen.

"Smells Like Teen Spirit", ℗ 2011 Geffen Records. Intérprete: Nirvana.

"November Rain", ℗ 1991 Geffen Records Inc. Intérprete: Guns N' Roses.

"El Reino del Revés", ℗ 2007 Sony BMG Music Entertainment (Argentina), S. A. Intérprete: María Elena Walsh.

AGRADECIMENTOS

À grande astróloga Beatriz Leveratto, que com enorme entusiasmo preparou e leu os mapas astrais de Brenda e Diego para mim, e se referia a eles como eu faço: acreditando que os dois existem.

À minha queridíssima Milena de Bilbao, atriz e cantora. Graças a ela conheci um pouco do fascinante mundo da música. Obrigada, Mile. Amo você infinitamente.

LEIA TAMBÉM, DE FLORENCIA BONELLI

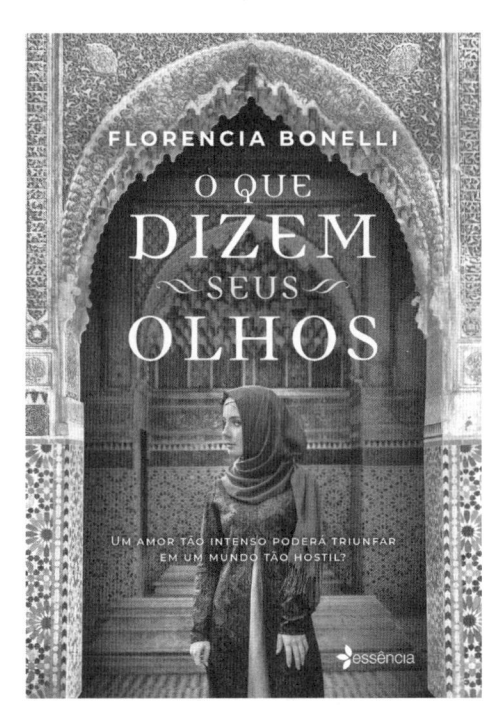

O QUE DIZEM SEUS OLHOS

Córdoba (Argentina), 1961. Apesar de suas origens humildes, Francesca De Gecco conseguiu ter uma sólida educação. Sua carreira começou no jornal dirigido por seu rico padrinho e mentor, mas os planos de se tornar uma jornalista de sucesso foram interrompidos por uma história de amor impossível.

Após sofrer uma terrível desilusão que só o tempo e a distância poderiam curar, seu tio consegue um emprego para a jovem em uma embaixada distante, e Francesca se muda para Genebra. No entanto, essa cidade será apenas a primeira parada de uma viagem muito mais longa. Ao redor do mundo, nos palácios mais deslumbrantes do deserto árabe, Francesca terá uma segunda chance de ser feliz.

**Acreditamos
nos livros**

Este livro foi composto em Adobe Garamond
Pro e impresso pela Geográfica para a Editora
Planeta do Brasil em março de 2022.